Für Eva

Weihnachten
984
Ulla

Marion Zimmer Bradley

DAS LICHT VON ATLANTIS

Marion Zimmer Bradley

DAS LICHT VON ATLANTIS

Roman

aus dem Amerikanischen
von Rosemarie Hundertmarck

Gustav Lübbe Verlag

1. Auflage September 1984
2. Auflage November 1984

Titel der Originalausgabe: Web of Light / Web of Darkness
Originalverlag: The Donning Company, Norfolk/Virginia

Aus dem Amerikanischen von Rosemarie Hundertmarck
Schutzumschlag: Roberto Patelli, Köln,
unter Verwendung einer Zeichnung von Albert Belasco
durch Kunstverlag Reich's British Art, Baden-Baden
Foto der 2. Schutzumschlagklappe:

Satz: ICS Computersatz GmbH Bergisch Gladbach
Druck und Einband: Ueberreuter, Wien

Printed in Austria
ISBN 3-7857-0384-8

Inhalt

I. Micon

»Alle Ereignisse sind nichts als die Folge vorhergegangener Ursachen, klar gesehen, aber nicht deutlich begriffen. Wird eine Melodie gespielt, kann auch der unwissendste Zuhörer vorhersagen, daß sie mit dem Grundton enden wird, auch wenn er nicht versteht, warum jeder der aufeinanderfolgenden Takte letzten Endes zum Schlußakkord hinleitet. Das Gesetz des Karma ist die Kraft, die alle Akkorde zum Grundton zurückführt. Es setzt die kleinen Wellen, die ein in einen Teich geworfener Stein erzeugte, fort, bis die Flut einen Erdteil ertränkt, während der Stein längst versunken und vergessen ist.

Dies ist die Geschichte von einem solchen Stein. Er fiel in den Teich einer Welt, die vom Wasser verschlungen wurde, lange bevor die ägyptischen Pharaonen einen Stein auf den anderen setzten.«

Aus den *Lehren des Priesters Rajasta*

1. Abgesandte

Sandalenbewehrte Füße schritten über den Stein. Der Priester Rajasta hob den Blick von der Schriftrolle, die er auf den Knien hielt. Zu dieser Stunde war die Bibliothek des Tempels gemeinhin leer, und er hatte es sich angewöhnt, es als sein Vorrecht zu betrachten, jeden Tag um diese Zeit hier ungestört zu studieren. Als er die Schritte hörte, runzelte er die Stirn – nicht aus Zorn, denn Zorn lag nicht in seiner Natur, aber doch ein wenig ungehalten, denn sie rissen ihn aus tiefen Gedanken.

Nun aber erregten Männer, die die Bibliothek betreten hatten, sein Interesse. Er richtete sich auf und beobachtete sie, ohne jedoch die Schriftrolle beiseite zu legen oder aufzustehen.

Der ältere der beiden war ihm bekannt: Talkannon, Erzadministrator im Tempel des Lichts, war ein stämmiger Mann mit fröhlichem Gesicht, dessen Gutmütigkeit einen seltsamen Kontrast zu seinem kritischen Verstand bildete, der ihn in einen kalten, strengen und sogar rücksichtslosen Menschen verwandeln konnte. Der andere war ein Fremder, ein Mann, dessen anmutige Tänzerfigur sich nur langsam und mit Mühe vorwärts bewegte. In seinem dunklen Lächeln lag ein ironischer Zug; ganz als ob seine Lippen, die der Schmerz fest zusammenpreßte, sich zu einer Grimasse verziehen wollten. Ein hochgewachsener Mann war er, dieser Fremde, tiefgebräunt und gutaussehend, und er trug weiße Gewänder von ungewohntem Zuschnitt. Wenn er in dem von Licht und Schatten gesprenkelten Raum eine dunkle Stelle durchquerte, schimmerte sie.

»Rajasta«, sprach der Erzadministrator den Priester an, »unser Bruder strebt nach neuem Wissen. Er hat die Erlaubnis, nach eigenen Wünschen zu studieren. Laß ihn dein Gast sein.« Talkannon verbeugte sich leicht vor dem immer noch sitzenden Rajasta. Dann drehte er sich zu dem Fremden um. »Micon von Ahtarrath, ich lasse dich mit unserem größten Gelehrten allein. Der Tempel und die Tempelstadt gehören dir, mein Bruder. Habe keine Bedenken, mich jederzeit aufzusuchen.« Noch einmal verbeugte Talkannon sich. Dann machte er kehrt und überließ es den beiden anderen, einander näher kennenzulernen.

Krachend fiel die Tür hinter der mächtigen Gestalt des Erzadministrators ins Schloß, und Rajastas Stirn krauste sich von neuem. Er war an Talkannons Manieren gewöhnt, fürchtete jedoch, der Fremde könne denken, es mangele ihnen allen an Höflichkeit. Er legte seine Schriftrolle hin, stand auf, ging auf den Gast zu und streckte ihm zur Begrüßung die Hände entgegen. Wenn er stand, war Rajasta ein sehr großer Mann, dessen Gang und Benehmen Disziplin und eine gewisse Steifheit verrieten.

Micon war an der Stelle stehengeblieben, wo Talkannon ihn verlassen hatte, und zeigte nach wie vor jenes ernste, leicht verzerrte Lächeln. Seine Augen waren tiefblau wie der Himmel vor einem Gewitter. Die Fältchen um diese Augen zeugten von Humor und großer Toleranz.

Dieser Mann ist bestimmt einer von uns, dachte der Priester des Lichts, während er sich zeremoniell verbeugte und wartete. Der Fremde blieb stehen und fuhr fort zu lächeln, ohne irgendein Entgegenkommen zu zeigen. Wieder begann sich Rajastas Stirn zu umwölken. »Micon von Ahtarrath . . .«

»So werde ich genannt«, antwortete der Fremde förmlich. »Ich bin gekommen, darum zu bitten, meine Studien in eurem Kreise fortsetzen zu dürfen.« Seine Stimme war tief und wohlklingend, dabei aber von einer gewissen Anstrengung gezeichnet, die den Eindruck erweckte, als unterliege sie ständig einer strengen Kontrolle.

»Sei willkommen und teile mein Wissen mit mir«, erklärte Rajasta mit ernster Höflichkeit. »Und du selbst bist willkommen –«

Er zögerte, dann setzte er in einem plötzlichen Impuls hinzu: »Sohn der Sonne.« Mit der Hand schlug er ein bestimmtes Zeichen.

»Nur ein Ziehkind, fürchte ich«, gab Micon mit einem kurzen, leicht verzerrten Lächeln zurück, »und übermäßig stolz auf diese Verwandtschaft.« Dann hob er zum Zeichen, daß er die rituelle Selbstidentifikation Rajastas erkannt hatte, die Hand und machte ebenfalls die archaische Geste.

Rajasta trat vor, um seinen Gast zu umarmen. Sie waren nicht nur durch die Bande gemeinsamen Wissens und gemeinsamer Suche verbunden, sondern auch durch die Macht, die hinter der geheimsten Magie der Priesterschaft des Lichts stand: Wie Rajasta war Micon einer ihrer höchsten Initiierten. Rajasta wunderte sich darüber – Micon sah so jung aus! Erst als sie die Umarmung lösten, fiel Rajasta auf, was er vorher nicht bemerkt hatte. Sein Gesicht verdunkelte sich vor Kummer und Mitleid. Er nahm Micons ausgezehrte Hände in die seinen und führte ihn zu einem Sitz. »Micon, mein Bruder!« flüsterte er.

»Ein Adoptivkind, wie ich sagte . . .« nickte Micon. »Woran hast du es gemerkt? Man hat mir gesagt, es gebe weder eine äußerliche Entstellung noch –«

»Nein«, fiel Rajasta ein, »ich habe es erraten. Deine Ruhe, irgend etwas in deinen Gesten. Aber wie ist dies über dich gekommen, mein Bruder?«

»Darf ich davon ein anderes Mal sprechen? Was geschehen ist –« Wieder zögerte Micon, und seine klangvolle Stimme verriet die Anstrengung »– kann nicht ungeschehen gemacht werden. Laß es dir genügen, daß ich – das Zeichen erwidert habe.«

Rajastas Stimme bebte vor Erregung. »Du bist wahrhaftig ein Sohn des Lichts, obwohl du in Finsternis wandeln mußt. Vielleicht – vielleicht der einzige Sohn des Lichts, der sein Gesicht diesem Glanz zuwenden kann.«

»Nur weil ich ihn niemals erblicken werde«, murmelte Micon. Seine leeren Augen schienen sich auf das Gesicht zu richten, das er niemals sehen würde. Ein verzerrtes und schmerzliches Lächeln huschte über Micons Antlitz. Sie schwiegen.

Endlich tastete Rajasta sich vor: »Aber . . . du hast mein Zeichen erwidert – und ich glaubte, ich hätte mich bestimmt geirrt – du könntest doch sehen –«

»Ich kann – ein wenig Gedanken lesen«, antwortete Micon. »Nur ein bißchen, und nur dann, wenn es notwendig ist. Ich weiß noch nicht, wie weit ich mich auf diese Fähigkeit verlassen darf. Doch bei dir spürte ich kein Zögern.«

Von neuem schwiegen sie, als seien ihre Gefühle zu aufgewühlt, als daß sie hätten sprechen können. Dann rief vom Gang her die Stimme einer jungen Frau: »Rajasta!«

Rajastas Züge entspannten sich. »Ich bin hier, Domaris«, rief er zurück und erklärte Micon: »Meine Schülerin, eine junge Frau – Talkannons Tochter. Sie ist noch unerweckt, aber sie trägt den Keim der Größe in sich. Vorausgesetzt sie lernt gut und . . . erreicht Vollendung.«

»Das Licht des Himmels gewähre ihr Wissen und Weisheit«, meinte Micon mit höflichem Desinteresse.

Domaris betrat den Raum. Sie war ein großes Mädchen mit stolzer, aufrechter Haltung. Ihr Haar hatte die Farbe gehämmerten Kupfers und erfüllte die sonnendurchwobenen Schatten mit seinem Leuchten. Ihr Gang war fast ein Schweben. Doch dann blieb sie in einiger Entfernung von den Männern stehen, zu schüchtern, um in Gegenwart eines Fremden zu sprechen.

»Mein Kind«, sagte Rajasta freundlich, »dies ist Micon von Ahtarrath, mein Bruder im Licht, der in jeder Beziehung wie ich selbst zu behandeln ist.«

Domaris wandte sich dem Fremden zu. Als sie ihn ansah, weiteten sich ihre Augen und ihr Gesicht nahm einen ehrfürchtigen Ausdruck an. Mit einer Geste, die wirkte, als vollführe sie sie gegen ihren Willen, legte Domaris die rechte Hand auf die Brust und hob sie langsam bis zur Höhe der Stirn. Es war der Gruß, der nur den höchsten Initiierten der Priesterschaft des Lichts erwiesen wurde. Rajasta lächelte; ihr Instinkt hatte Domaris nicht getrogen, und das freute ihn. Trotzdem ergriff er jetzt schnell das Wort, um den Zauber zu brechen, denn Micon war so tief erblaßt, daß seine Haut grau wirkte.

»Micon ist mein Gast, Domaris, und wird bei mir wohnen – so du mit diesem Vorschlag einverstanden bist, mein Bruder?« Micon nickte zustimmend, und Rajasta fuhr fort: »Geh nun, Tochter, zur Mutter der Skriptoren und bitte sie, ständig einen Skriptor für meinen Bruder zur Verfügung zu halten.«

Domaris zuckte zusammen, erschauerte und warf Micon noch einen bewundernden Blick zu. Dann beugte sie ehrerbietig vor ihrem Lehrer den Kopf und ging, um zu tun, was ihr aufgetragen war.

»Micon!« Rajasta sprach kurz und bündig. »Du kommst vom Dunklen Schrein!«

Micon nickte. »Aus seinen Verliesen«, präzisierte er sofort. »Ich – ich fürchtete, daß –«

»Ich bin kein Abtrünniger«, erklärte Micon fest. »Ich habe dort nicht gedient. Mein Dienst läßt sich nicht erzwingen!«

»Erzwingen?«

Micon bewegte sich nicht, aber die Art, wie er die Brauen hob und die Lippen kräuselte, hatte die Wirkung eines Schulterzuckens. »Man hat mich zwingen wollen.« Er streckte seine verkrüppelten Hände aus. »Du kannst sehen, daß sie – überzeugende Argumente hatten.« Rajasta erschrak und holte tief Luft. Micon zog die Hände zurück und verbarg sie in den Ärmeln seiner Robe. »Aber meine Arbeit ist noch nicht getan. Und bevor sie vollendet ist, halte ich den Tod mit diesen Händen von mir ab – obwohl er mir sehr dicht auf den Fersen ist.«

Micon sagte das so gelassen, als rede er vom Regen in der letzten Nacht. Rajasta neigte sein Haupt vor dem gleichmütigen Gesicht. »Wir nennen sie Schwarzmäntel«, stellte er bitter fest. »Sie verstekken sich unter den Mitgliedern der Magier-Sekte, die den Schrein des Verhüllten Gottes bewachen, jenen also, die wir hier Graumäntel nennen. Ich habe gehört, daß diese . . . Schwarzmäntel – foltern! Sie handeln im geheimen. Ihr Glück! Seien sie verflucht!«

Micon erschrak. »Fluche nicht, mein Bruder!« sagte er ernst. »Du solltest die Gefahr besser als jeder andere kennen.«

Rajasta gab tonlos zurück: »Wir haben keine Möglichkeit, gegen sie einzuschreiten. Wie ich sagte, verdächtigen wir Mitglieder der Graumantel-Sekte. Doch alle sind – grau!«

»Ich weiß. Ich sah zu deutlich, deshalb – sehe ich jetzt gar nichts mehr. Genug«, bat Micon. »Ich trage meine Erlösung in mir, mein Bruder, aber ich darf mich ihr noch nicht hingeben. Wir wollen nicht darüber sprechen, Rajasta.«

Seufzend fügte Rajasta sich Micons Willen. Tatsächlich versteckten die Schwarzmäntel sich immer so gut, daß kein Opfer seine Folterer jemals hatte identifizieren können. Aber warum hatten sie sich an Micon vergriffen? Micon war ein Fremder und hatte keine Gelegenheit gehabt, sich ihre Feindschaft zuzuziehen. Außerdem hatten sie es nie zuvor gewagt, eine so hochstehende Persönlichkeit zu ihrem Opfer zu machen. Jetzt, da Rajasta erfuhr, was Micon widerfahren war, begann eine neue Runde in dem Krieg, der so alt war wie der Tempel des Lichts

Der Gedanke daran quälte den Priester.

In der Skriptoren-Schule war Mutter Lydara dabei, eine ihrer jüngsten Schülerinnen zur Ordnung zu rufen. Die Skriptoren waren die Söhne und Töchter der Priesterkaste, die in ihrem zwölften oder dreizehnten Lebensjahr Talent für das Lesen oder Schreiben zeigten, und an die dreißig intelligente Jungen und Mädchen sind nicht leicht in Zucht zu halten.

Mutter Lydara dachte bei sich, sie könne sich an kein Kind erinnern, das soviel Schwierigkeiten gemacht habe wie das mißmutige kleine Mädchen, das ihr gerade gegenüberstand: ein dünnes Kind mit eckigen Bewegungen, etwa dreizehn Jahre alt, mit Haaren, die in wirre schwarze Locken aufgelöst waren, und leidenschaftlichen Augen. Die Kleine hielt sich sehr steif und gerade, die nervösen Händchen entschlossen geballt; das weiße Gesicht verriet wilden Trotz.

»Deoris, Töchterchen«, mahnte die Skriptoren-Mutter, die felsengleich und geduldig vor ihr stand. »Wenn du hoffen willst, jemals auf den höheren Ebenen zu dienen, mußt du es lernen, sowohl deine Zunge als auch dein Temperament zu beherrschen. Die Tochter Talkannons sollte für die anderen ein Beispiel sein. Du wirst dich jetzt bei mir und bei deiner Spielgefährtin Ista entschuldigen, und dann wirst du die Sache deinem Vater melden.« Die alte Priesterin wartete, die Arme vor der fülligen Brust verschränkt, auf eine Entschuldigung, die nicht kam.

Statt dessen sprudelte das Mädchen mit tränenerstickter Stimme hervor: »Ich will nicht! Ich habe nichts Böses getan, Mutter, und ich werde mich für nichts entschuldigen!«

Sie hatte eine klingende, zu Herzen gehende Stimme. Schon jetzt war es klar, daß Deoris unter allen Kindern des Tempels als zukünftige Zaubersängerin ausgewählt werden würde. Sie bebte am ganzen Körper vor Leidenschaft wie die klingende Saite einer Harfe.

Die Skriptoren-Mutter betrachtete sie verblüfft, aber ihre Geduld schien zu Ende zu sein. »Das ist nicht die richtige Art, mit einer Erwachsenen zu sprechen, mein Kind. Gehorche mir, Deoris.«

»Ich will nicht!«

Die alte Frau hob die Hand, sich selbst nicht sicher, ob sie das Mädchen beschwichtigend streicheln oder ohrfeigen sollte. Da klopfte es an die Tür. »Wer ist da?« rief die Priesterin gereizt.

Die Tür schwang auf, und Domaris steckte den Kopf herein. »Hast du einen Moment Zeit, Mutter? Wir brauchen für einen Gast einen Skriptor zum Vorlesen.«

Mutter Lydaras besorgtes Gesicht entspannte sich, denn Domaris war viele Jahre lang ihr Liebling gewesen. »Komm nur, mein Kind – für dich habe ich immer Zeit.«

Domaris blieb auf der Schwelle stehen, die Augen auf das

wütende Gesicht des kleinen Mädchens im Skriptorenkittel gerichtet.

»Domaris, *ich habe nichts getan!*« jammerte Deoris. Wie ein verlorener kleiner Wirbelsturm lief sie auf Domaris zu und warf ihrer Schwester die Arme um den Hals. »Ich habe überhaupt nichts getan!« schluchzte sie hysterisch.

»Deoris – Schwesterchen!« schalt Domaris und löste mit fester Hand die sie umklammernden Arme. »Vergib ihr, Mutter Lydara – hat es wieder Schwierigkeiten mit ihr gegeben? Nein sei still, Deoris; dich habe ich nicht gefragt.«

»Sie ist frech und unverschämt, sie läßt sich nichts sagen und man wird einfach nicht mit ihr fertig«, erklärte Mutter Lydara. »In der Schule gibt sie ein schlechtes Beispiel, und im Schlafsaal treibt sie Unfug. Es widerstrebt mir, sie zu bestrafen, aber –«

»Mit Strafen erreichst du bei Deoris gar nichts, es wird allenfalls schlimmer«, sagte Domaris ruhig. »Man sollte nicht streng zu ihr sein.« Sie zog Deoris an sich und glättete die wirren Locken. Sie selbst verstand sich gut darauf, Deoris durch Liebe und Güte zu leiten, und sie nahm Mutter Lydara ihre Härte übel.

Die Skriptoren-Mutter war nicht gewillt, von ihren Prinzipien abzurücken. »Solange Deoris in der Skriptoren-Schule ist, wird sie so behandelt, wie alle anderen auch. Das heißt also, daß sie auch so bestraft wird wie alle anderen. Und falls sie sich nicht etwas Mühe gibt, sich so zu benehmen, wie die anderen, dann wird sie nicht lange in dieser Schule bleiben.«

Domaris hob die Brauen. »Ich verstehe . . . Ich war gerade bei Rajasta. Er braucht einen Skriptor zum Dienst bei einem Gast, und Deoris ist bestimmt geeignet. In der Schule ist sie weder glücklich, noch willst du sie hier haben. Laß sie diesem Mann dienen.« Ihr Blick streifte das Köpfchen, das sich jetzt an ihre Schulter schmiegte. Staunend sah das Mädchen zu ihr auf. Immer gelang es Domaris, die Dinge wieder in Ordnung zu bringen!

Mutter Lydara runzelte die Stirn. Insgeheim aber war sie erleichtert. Deoris stellte ein Problem dar, das ihre, Lydaras, beschränkte Fähigkeiten überforderte. Und die Tatsache, daß dies verzogene Kind Talkannons Tochter war, machte die Situation nicht leichter. Ja, theoretisch stand Deoris in der Schule auf einer Stufe mit den anderen, praktisch konnte jedoch die Tochter des Erzadministrators nicht bestraft werden wie das Kind eines gewöhnlichen Priesters.

»Mach es, wie du willst, Tochter des Lichts«, sagte die Skriptoren-Mutter barsch. »Aber sie muß ihre eigenen Studien fortsetzen – sorge dafür!«

»Sei unbesorgt, ich werde ihre Ausbildung nicht vernachlässigen«, gab Domaris kalt zurück.

Während sie das niedrige Gebäude verließen, beobachtete sie ihre Schwester aufmerksam. In den letzten Monaten hatte sie Deoris kaum gesehen. Als sie selbst zu Rajastas Akoluthin auserwählt wurde, war das Kind in die Skriptoren-Schule geschickt worden. Davor allerdings waren sie unzertrennlich gewesen, obwohl ihre Beziehung wegen der acht Jahre Altersunterschied weniger eine Beziehung zwischen Schwestern als vielmehr eine Art Mutter-Tochter-Verhältnis war. Nun spürte Domaris an ihrer kleinen Schwester eine Veränderung, die sie bekümmerte. Früher war Deoris immer fröhlich und fügsam gewesen. Was hatte man ihr angetan, daß sie sich in diese verdrossene kleine Rebellin verwandelt hatte? Zorn flammte in Domaris auf, und sie entschloß sich, Talkannons Erlaubnis dazu einzuholen, daß sie Deoris wieder unter die eigenen Fittiche nehmen durfte.

»Darf ich wirklich bei dir bleiben?«

»Ich kann es dir nicht fest versprechen, aber wir werden sehen«, lächelte Domaris. »Möchtest du es denn?«

»O ja!« rief Deoris leidenschaftlich. Wieder warf sie mit einer solchen Heftigkeit, daß Domaris Stirn sich in tiefer Besorgnis furchte, die Arme um ihre Schwester. Was hatten sie nur mit Deoris gemacht?

Domaris befreite sich von den sie umklammernden Armen und mahnte: »Sachte, sachte, Schwesterchen!« Dann wandten sie ihre Schritte dem Haus der Zwölf zu.

Domaris gehörte zu den zwölf Akoluthen, sechs jungen Männern und sechs jungen Frauen, die jedes dritte Jahr nach ihrer körperlichen Vollkommenheit und Schönheit sowie aufgrund ihrer besonderen Begabung unter den Kindern der Priesterkaste ausgewählt wurden. Nach Erreichen der Volljährigkeit lebten sie drei Jahre lang im »Haus der Zwölf«, studierten die alten Weisheiten der Priesterkaste und bereiteten sich darauf vor, den Göttern und ihrem Volk zu dienen. Sollte irgendein Unglück die ganze Priesterkaste mit Ausnahme der zwölf Akoluthen vernichten, so würden diese, wie es hieß, in der Lage sein, das gesamte Wissen der Tempel zu rekonstruieren. Am Ende der Dreijahresperiode heiratete jeder den Partner, der ihm zugeteilt worden war. Die Auswahl der sechs jungen Paare erfolgte mit so großer Sorgfalt, daß ihre Kinder nur in seltenen Fällen nicht zu den höchsten Rängen der Priesterschaft aufstiegen.

Das Haus der Zwölf war ein geräumiges Gebäude. Es krönte einen grünen Hügel, der abseits von dem dichtbebauten Tempelbezirk lag und von weiten Rasenflächen, eingezäunten Gärten und kühlen Springbrunnen umgeben war. Die Schwestern schlenderten den Pfad entlang, der sich, gesäumt von blühenden Büschen, zu den weißen Mauern der Festung hinaufwand. Eine junge Frau, kaum den Kinderschuhen entwachsen, lief ihnen über den Rasen entgegen.

»Domaris! Komm her, ich möchte dir – oh, Deoris! Bist du aus dem Skriptoren-Gefängnis befreit worden?«

»Ich hoffe«, antwortete Deoris schüchtern, und die Mädchen umarmten einander. Die dritte stand im Alter zwischen Domaris und Deoris, ja, sie hätte fast eine weitere Schwester sein können. Alle drei waren sie hochgewachsen und schlank, mit feinem Knochenbau, zarten Händen und Armen und den typischen, feingezeichneten Zügen der Priesterkaste. Nur in den Farben unterschieden sie sich. Domaris, der größten, fiel das lange, wellige Haar in feurigen Kaskaden über die Schultern; ihre Augen waren von einem kühlen, beschatteten Grau. Deoris, die zierlicher und kleiner war, hatte schwere schwarze Locken und Augen wie Veilchen. Elis' Locken zeigten ein glänzendes Rotbraun wie poliertes Holz, und ihre fröhlichen Augen strahlten in klarem Blau. Die Töchter Talkannons hatten ihre Cousine Elis von allen Menschen im Haus der Zwölf und auch im ganzen Tempel am liebsten.

»Es sind Gesandte aus Atlantis da«, berichtete Elis ihnen eifrig.

»Aus dem See-Königreich? Wirklich?«

»Ja, vom Tempel zu Ahtarrath. Der Prinz von Ahtarrath und sein jüngerer Bruder wurden hierhergeschickt, sind aber niemals angekommen. Sie wurden entführt oder ermordet oder haben Schiffbruch erlitten, und jetzt wird die ganze Meeresküste nach ihnen oder ihren Leichen abgesucht.«

Domaris sah ihre Cousine überrascht an. Ahtarrath war ein ehrfurchtgebietender Name. Der Muttertempel hier im Alten Land hatte wenig Kontakt mit den See-Königreichen, von denen Ahtarrath das mächtigste war. Nun hörte sie an einem Tag gleich zweimal davon reden.

Elis fuhr aufgeregt fort: »Es gibt Hinweise darauf, daß der Prinz gelandet ist, und man spricht von Schwarzmänteln! Hat Rajasta etwas davon erwähnt, Domaris?«

Domaris krauste die Stirn. Sie und Elis gehörten dem Inneren Kreis der Priesterkaste an, aber es stand ihnen nicht zu, über höherstehende Personen zu reden. Schon die Anwesenheit von

Deoris verbot derartigen Klatsch. »Rajasta vertraut sich mir nicht an. Auch sollte ein Akoluth nicht auf das Geschwätz der Tore horchen!«

Elis' heftiges Erröten stimmte Domaris ein bißchen nachsichtiger. »Jeder Schwarm begann einmal mit einer einzigen Biene«, sagte sie freundlich. »Rajasta hat einen Gast aus Ahtarrath. Sein Name ist Micon.«

»Micon!« rief Elis aus. »Das ist doch gerade so, als sage man, der Name einer Sklavin sei Lia! In den See-Königreichen gibt es mehr Micons als Blätter auf einem Singbaum –« Elis brach ab, denn ein kleines Mädchen, kaum fähig, allein zu stehen, hängte sich an ihren Rock. Ungeduldig sah Elis nach unten, dann bückte sie sich, um das Kind hochzuheben. Aber das Baby mit dem Grübchengesicht lachte und tappelte auf Deoris zu, fiel hin und blieb schreiend liegen. Deoris nahm das Kind auf den Arm. Elis blickte verärgert der kleinen, braunhäutigen Frau entgegen, die ihrem entlaufenen Schützling nachgeeilt kam. »Simila«, schimpfte sie, »kannst du nicht dafür sorgen, daß uns Lissa nicht zwischen die Füße läuft – oder ihr beibringen, wie man fällt?«

Die Kinderfrau wollte Lissa an sich nehmen, doch Deoris hielt sie fest. »Oh, Elis, laß sie mir. Ich habe sie so lange nicht gesehen, sie konnte neulich noch nicht einmal kriechen, und jetzt läuft sie! Ist sie schon entwöhnt? Nein? Wie hältst du das bloß aus? Nun, Lissa, Schätzchen, erinnerst du dich noch an mich?« Das Baby quietschte vor Entzücken und fuhr mit beiden Händchen durch Deoris' dichte Locken. »Oh, du dickes kleines Liebchen!« lachte Deoris und bedeckte die runden Wangen mit Küssen.

»Dicker kleiner Plagegeist!« Elis betrachtete ihre Tochter mit einem bitteren Auflachen. Domaris klopfte Elis verständnisvoll die Schulter. Da die weiblichen Akoluthen ohne Berücksichtigung ihrer eigenen Wünsche verheiratet wurden, waren sie bis zum Tag ihrer Verehelichung frei. Elis hatte von dieser Freiheit Gebrauch gemacht, sich einen Liebhaber genommen und ihm ein Kind geboren. Das war nach den Gesetzen des Tempels durchaus erlaubt. Nicht korrekt war allerdings, daß ihr Liebhaber sich geweigert hatte, die Vaterschaft anzuerkennen. Einem Kind, das nicht anerkannt wurde, drohten schreckliche Strafen. Um ihrer Tochter Kaste zu geben, hatte Elis sich gezwungen gesehen, den ihr vorherbestimmten Gatten, Chedan mit Namen, Akoluth wie sie, um Erbarmen anzuflehen. Chedan hatte sich großmütig gezeigt und Lissa anerkannt, obgleich jeder wußte, daß er nicht ihr Vater war. Niemand, nicht einmal Domaris, hatte je erfahren, wer die kleine Lissa gezeugt hatte. Dem wirklichen Vater wäre eine schwere Strafe für seine Feigheit gewiß gewesen, hätte Elis ihn verraten. Aber Elis weigerte sich standhaft, das Geheimnis zu lüften.

Elis' verbitterter Blick veranlaßte Domaris zu der sanften Frage: »Warum schickst du Lissa nicht weg, Elis, wenn Chedan solche Abneigung gegen sie hat? So wichtig, daß sie den Frieden der Akoluthen auf diese Weise stören kann, ist sie nun auch nicht, und du wirst andere Kinder bekommen –«

Elis' Mundwinkel zuckten, ehe sie antwortete. »Warte, bis du weißt, wovon du redest, bevor du mir Ratschläge gibst!« Sie streckte die Arme aus, um Deoris das Kind abzunehmen. »Gib mir den kleinen Plagegeist, ich muß zurück.«

»Wir kommen mit«, sagte Domaris, aber Elis klemmte sich Lissa unter den Arm, winkte der Kinderfrau zu und eilte davon.

Besorgt blickte Domaris ihr nach. Bis zu diesem Augenblick hatte sich ihr Leben in ordentlichen, vorgezeichneten Bahnen abgespielt, so vorhersehbar wie der Lauf eines Flusses. Jetzt kam es ihr vor, als habe die Welt sich verändert. Gerede über Schwarzmäntel, der Fremde aus Ahtarrath, dessen Anblick sie so sehr bewegt hatte – ihr ruhiges Leben schien plötzlich von seltsamen Geschehnissen und Gefahren bedroht zu sein. Sie wußte nicht, warum Micon einen so tiefen Eindruck auf sie machte.

Deoris sah sie an, im Blick der veilchenfarbenen Augen lagen Unruhe und Zweifel. Erleichtert kehrte Domaris in die Welt ihr vertrauter Pflichten zurück. Sie mußte sich darum kümmern, den Aufenthalt ihrer Schwester im Haus der Zwölf vorzubereiten.

Später am Tag erhielt sie eine höflich formulierte Bitte von Micon. Sie möge doch den Skriptor noch an diesem Abend zu ihm bringen.

In der Bibliothek saß Micon allein im Schatten einer Fensterbrüstung. Sein weißes Gewand leuchtete schwach in der Dämmerung. Seine ruhige Gestalt ausgenommen, war die Bibliothek verlassen, und es gab keine andere Lichtquelle als dieses schwache Leuchten.

Domaris sang einen niedrigen Ton, und ein flackerndes goldenes Licht glühte rings um sie auf. Ein weiterer Ton, leiser gesungen, vertiefte das Licht zu einem milden Strahlen ohne erkennbare Quelle.

Der Atlanter drehte sich beim Klang ihrer Stimme um. »Wer ist da? Bist du es, Tochter Talkannons?«

Domaris trat vor. Deoris' kleine Hand hatte sich scheu in die ihre geschoben. »Herr Micon, ich bringe dir die Skriptor-Schülerin

Deoris. Sie hat Anweisung, dir jederzeit zur Verfügung zu stehen und wird dir dienen.« Ermutigt durch Micons freundliches Lächeln, setzte sie hinzu: »Deoris ist meine Schwester.«

»Deoris.« Micon wiederholte den Namen mit seinem weichen atlantischen Akzent. »Ich danke dir. Und wie wirst du genannt, Akoluthin Rajastas?« Noch ehe sie antworten konnte, erinnerte er sich. »Domaris . . .« Seine weiche, schwingende Stimme verweilte auf den Silben. »Und die kleine Skriptorin ist deine Schwester? Komm zu mir, Deoris.«

Domaris zog sich zurück, während Deoris scheu vortrat und vor Micon niederkniete. Der Atlanter sagte betreten: »Du darfst nicht vor mir knien, Kind!«

»Es ist so Brauch, Herr.«

»Als Priestertochter bis du zweifellos gut erzogen«, lächelte Micon. »Aber wenn ich es verbiete?«

Deoris erhob sich gehorsam und stand nun vor ihm.

»Bist du mit dem Bestand der Bibliothek vertraut, kleine Deoris? Du scheinst noch sehr jung zu sein, und ich muß mich völlig auf dich verlassen, beim Schreiben ebenso wie beim Lesen.«

»Warum?« platzte Deoris unvorsichtig heraus. »Du sprichst unsere Sprache, als seist du hier geboren! Kannst du sie nicht ebensogut lesen?«

Nur für einen Augenblick huschte ein gequälter Ausdruck über das dunkle, angespannte Gesicht. »Ich dachte, deine Schwester hätte es dir erzählt«, sagte er ruhig. »Ich bin blind.«

Deoris war so überrascht, daß sie kein Wort hervorbrachte. Ein Blick auf Domaris, die ein paar Schritte hinter ihr stand, zeigte ihr, daß ihre Schwester kreidebleich geworden war. Auch sie hatte es nicht gewußt.

Eine Weile herrschte verlegenes Schweigen. Dann griff Micon nach einer Schriftrolle, die in seiner Nähe lag. »Rajasta hat das hier für mich dagelassen. Ich würde dich gern lesen hören.« Er reichte Deoris die Rolle mit einer höflichen Geste. Das Kind setzte sich auf den Skriptorschemel, der zu Füßen von Micons Sessel gestellt worden war, und begann mit der gleichmäßigen, schwebenden Stimme zu lesen, die einen trainierten Skriptor nie im Stich ließ, ganz gleich, welche Gefühle ihn beherrschen mochten.

Sich selbst überlassen, gewann Domaris ihre Gemütsruhe zurück. Sie trat in eine Mauernische und summte den leisen Ton, der diese strahlend hell erleuchtete. Sie versuchte, sich auf eine Textseite zu konzentrieren. Aber soviel Mühe sie sich auch gab, ihre Gedanken auf ihre eigenen Aufgaben zu richten, ihre Augen wanderten immer wieder, als besäßen sie einen eigenen Willen, zu dem Mann hinüber, der bewegungslos dasaß und dem monotonen Murmeln der Kinderstimme lauschte. Domaris hatte keine Ahnung gehabt! So normal waren seine Bewegungen, so schön die tiefdunklen Augen – warum bewegte es sie so? War *er* vielleicht der Gefangene der Schwarzmäntel gewesen? Sie hatte seine Hände gesehen – oder was von ihnen übriggeblieben war –, hagere, verrenkte Gebilde aus Fleisch und Knochen, die vielleicht früher einmal stark und geschickt gewesen waren. Wer war dieser Mann? Und *was* war er?

In dem seltsamen Chaos ihrer Gefühle war seltsamerweise nicht eine Spur von Mitleid. Warum konnte sie ihn nicht bemitleiden, so wie sie andere bemitleidete, die geblendet oder gefoltert und dabei gelähmt worden waren? Wie ein scharfer Stich durchfuhr sie die Frage: Wie kann er es wagen, unerreichbar für mein Mitleid zu sein?

Es ist sonderbar, aber ich beneide Deoris, dachte sie, ohne eine rationale Erklärung dafür zu haben. *Warum nur?*

2. Von Fernen Stürmen

Es kam kein Donner. Nur das unaufhörliche Wetterleuchten eines Sommergewitters drang durch die geöffneten Fensterläden. Drinnen war es schwül. Die beiden Mädchen lagen auf schmalen Matratzen, die sie nebeneinander auf den kühlen Ziegelboden gelegt hatten. Beide waren sie unter ihren dünnen Leinentüchern fast nackt. Ein feiner Netzbaldachin hing unbewegt über ihnen. Kein Lufthauch regte sich. Die Hitze klebte an ihnen wie schwerer warmer Stoff.

Domaris, die sich schlafend gestellt hatte, drehte sich plötzlich auf die Seite und befreite eine lange Strähne ihres gelösten Haars von Deoris' ausgestrecktem Arm. Sie stützte sich auf einen Ellenbogen. »Du brauchst nicht so leise zu sein, Kind. Ich schlafe auch nicht.«

Deoris setzte sich hoch und schlang die Arme um ihre mageren Knie. Die dicken Locken klebten ihr an den Schläfen; sie warf sie ungeduldig zurück. »Und wir sind nicht die einzigen, die wach sind«, stellte sie überzeugt fest. »Ich habe allerhand gehört. Stimmen und Schritte und irgendwo ein Singen. Nein – kein Singen, ein Beschwören. Ein furchterregendes Beschwören, weit weg, sehr weit weg.«

Domaris sah sehr jung aus in ihrem hauchdünnen Nachtgewand. Die unaufhörlichen Blitze konturierten ihre Gestalt in scharf abgegrenztem Schwarz und Weiß. Sie kam sich in dieser Nacht nicht viel älter vor als ihre kleine Schwester. »Ich glaube, ich habe auch etwas gehört.«

»Ungefähr so.« Deoris summte ganz leise eine Melodie.

Domaris erschauerte. »Nicht! Deoris – wo hast du diesen schrecklichen beschwörenden Gesang gehört?«

»Ich weiß es nicht.« Deoris dachte angestrengt nach. »Weit weg. Als käme es von unter der Erde her – oder vom Himmel herab –, nein, ich bin mir nicht einmal sicher, ob ich es tatsächlich gehört oder nur geträumt habe.« Sie faßte einen Zopf ihrer Schwester und begann ihn aufzulösen. »Es blitzt soviel, aber es donnert nicht. Und wenn ich den Gesang höre, scheinen die Blitze heller zu werden –«

»Deoris, nein! Das ist unmöglich!«

»Warum?« fragte Deoris furchtlos. »Wenn man in bestimmten Räumen einen bestimmten Ton singt, entsteht Licht. Warum sollte Singen nicht auch ein anderes Licht entzünden?«

»Weil es blasphemisch, weil es böse ist, auf diese Art mit den Gesetzen der Natur herumzuspielen!« Kälte, beinahe Angst erfaßte ihre Seele. »In der Stimme liegt Macht verborgen. Das lernst du später noch, in der Priesterschaft. Du darfst von solchen bösen Kräften nie sprechen!«

Deoris' flinke Gedanken waren längst ganz woanders: »Arvath ist eifersüchtig, weil ich in deiner Nähe sein darf und er nicht! Domaris!« Ihre Augen funkelten lustig. Sie brach in Lachen aus. »Ist das der Grund, warum du wolltest, daß ich in deinen Räumen schlafe?«

»Vielleicht.« Ein Hauch von Röte überzog das zarte Gesicht der älteren Schwester.

»Domaris, liebst du Arvath?«

Domaris wandte die Augen von dem forschenden Blick ihrer Schwester ab. »Ich bin mit Arvath verlobt«, erklärte sie ernst. »Die Liebe muß noch wachsen, bis wir dafür reif sind. Es ist nicht gut, allzu gierig auf die Geschenke zu sein, die das Leben für einen bereithält.« Sie empfand ihre eigenen Worte als hochtrabend und heuchlerisch. Aber ihr Ton ernüchterte Deoris. Der Gedanke, von ihrer Schwester getrennt zu werden, und sei es durch deren Heirat, erfüllte sie mit einer Eifersucht, die sich zum Teil sogar schon gegen Domaris' zukünftige Kinder richtete . . . Ihr ganzes Leben lang war *sie* Domaris' Baby und Liebling gewesen.

Wie um dies Unglück abzuwenden, flehte Deoris: »Schick mich nie wieder von dir fort!«

Domaris legte einen Arm um die schmalen Schultern. »Niemals, solange du nicht selbst gehen willst, Schwesterchen«, versprach sie. Doch die kritiklose Bewunderung, die aus der Stimme des Kindes sprach, beunruhigte sie. »Deoris –« sie schob die Hand unter das kleine Kinn und drehte das Gesicht ihrer Schwester zu sich – »du darfst mich nicht auf diese Weise vergöttern. Ich mag das nicht.«

Deoris antwortete nicht, und Domaris seufzte. Deoris war ein merkwürdiges Kind. Meistens sehr reserviert und zurückhaltend, liebte sie einige wenige Personen so stürmisch, daß es Domaris beunruhigte. Deoris kannte in ihrer Liebe und in ihrem Haß keine Mäßigung. *Bin ich daran schuld?* fragt sich Domaris. *Habe ich zugelassen, daß sie mich so unvernünftig vergöttert, als sie noch klein war?*

Ihre Mutter war schon bei Deoris' Geburt gestorben. Die achtjährige Domaris hatte in jener Nacht den Entschluß gefaßt, ihre neugeborene Schwester solle niemals der Fürsorge einer Mutter entbehren. Die Amme hatte versucht, sie zu einer gewissen Zurückhaltung zu zwingen. Aber als Deoris entwöhnt wurde, hörte ihr Einfluß auf. Die beiden Schwestern waren von nun an unzertrennlich. Die kleine Schwester ersetzte Domaris die Puppen, die sie einfach wegwarf. Auch als Domaris älter wurde und Unterricht bekam, und später, als sie Pflichten im Tempel übernehmen mußte, hing Deoris ständig an ihrem Rock. Bis Domaris in das Haus der Zwölf eintrat, waren sie niemals auch nur einen einzigen Tag getrennt gewesen.

Domaris war erst dreizehn, als sie mit Arvath von Alkonath verlobt wurde. Er war ebenfalls Akoluth und derjenige unter den Zwölf, dessen Himmelszeichen in Opposition zu ihrem stand. Somit ergänzten sie sich. Domaris hatte es immer als eine Selbstverständlichkeit betrachtet, daß sie Arvath eines Tages heiraten würde, ebenso wie sie den Aufgang und den Untergang der Sonne hinnahm. Domaris hatte nicht die leiseste Ahnung, daß sie eine schöne Frau war. Die Priester, unter denen sie aufgewachsen war, behandelten sie alle mit der gleichen, selbstverständlichen Zuneigung. Arvath hatte schon öfter eine engere Beziehung zu ihr gesucht. Domaris reagierte darauf aber mit sehr gemischten Empfindungen. Arvaths Jugend und Lebensfreude sprachen sie an, aber von echter Liebe oder gar von bewußtem Verlangen konnte nicht die Rede sein. Einerseits zu ehrlich, um ein Gefühl zu heucheln, das sie nicht empfand, war sie andererseits zu gutmütig, um ihn ganz und gar zurückzustoßen, und zu unschuldig, um sich einen anderen Liebhaber zu suchen. Manchmal beschäftigte sie sich mit Arvath in Gedanken, aber sie nahm das Problem ihrer fehlenden Zuneigung nicht allzu ernst.

Stumm saß sie neben Deoris, von einer vagen Unruhe erfüllt. Die Blitze flackerten und zuckten unregelmäßig wie die Sätze einer unterbrochenen Beschwörung.

Plötzlich überlief Domaris ein langer Schauer. Sie klammerte sich an ihre Schwester, bebend im eisigen Griff der Angst. »Domaris, was ist das, was ist das?« jammerte Deoris. Domaris' Atem kam stoßweise, und ihre Finger bohrten sich heftig in die Schulter des Kindes.

»Ich weiß es nicht . . . ich wünschte, ich wüßte es«, hauchte sie entsetzt. Dann nahm sie alle Kraft zusammen und gewann die Beherrschung zurück. Rajastas Lehren hatten sich ihrem Gedächtnis eingeprägt, und sie versuchte, sie anzuwenden.

»Deoris, keine Macht des Bösen kann uns schaden, solange wir es nicht zulassen. Leg dich hin –« Sie ging mit gutem Beispiel voran und faßte in der Dunkelheit nach den Händen ihrer Schwester. »Jetzt wollen wir das Gebet sprechen, das wir immer aufsagten, als wir noch kleine Kinder waren. Und dann schlafen wir.« Obwohl ihre Stimme ruhig klang und ihre Worte ermutigend waren, hielt Domaris die kalten kleinen Finger in ihren Händen ein bißchen zu fest. Heute war die Nacht des Nadir, in der alle Mächte der Erde entfesselt werden, die guten wie die bösen, beide in gleicher Zahl, damit die Menschen sich entscheiden können.

»Erschaffer aller sterblichen Dinge«, begann sie mit leiser Stimme, die vor strenger Selbstkontrolle heiser klang. Zitternd fiel Deoris ein, und die Helligkeit des alten Gebets umgab sie beide wie ein Schutz. Die Nacht, die bis dahin ungewöhnlich ruhig gewesen war, verlor ein wenig von ihrem Grauen, und die Hitze lastete nicht mehr so drückend auf ihnen. Domaris' verkrampfte Muskeln wurden locker, die gereizten Nerven entspannten sich.

Deoris dagegen wimmerte und kuschelte sich an sie wie ein verängstigtes Kätzchen. »Domaris, sprich mit mir. Ich fürchte mich so, und diese Stimmen sind immer noch –«

Domaris unterbrach sie. »Nichts kann dir hier etwas antun«, ermahnte sie die kleine Schwester, »und sollten sie üble Beschwörungen vom Dunklen Schrein selbst singen!« Sie merkte, daß die Antwort ernster ausgefallen war, als es den Umständen entsprach, und fügte daher schnell hinzu: »Erzähle mir doch ein wenig von Micon.«

Deoris' Stimmung hob sich sofort. Sie sprach fast mit Verehrung. »Oh, er ist so freundlich und gut – und er ist dabei so menschlich, ganz anders als viele der Initiierten, wie Vater oder Cadamiri!« Mit gedämpfter Stimmen sprach sie weiter. »Und er leidet so! Er scheint ständig Schmerzen zu haben, Domaris, obwohl er nie darüber spricht. Aber seine Augen und sein Mund und seine Hände verraten es mir. Und manchmal tue ich so, als sei ich müde, damit er mich wegschickt und sich selbst ein bißchen ausruhen kann.«

Aus Deoris' kindlicher Miene sprachen Mitleid und höchste Verehrung, und diesmal tadelte Domaris sie nicht. Ihr selbst erging es mit Micon ja ähnlich, und das aus sehr viel geringerer Ursache. Obwohl sie ihn in den letzten Wochen oft gesehen hatte, war außer der Begrüßung kein Dutzend Worte zwischen ihnen gewechselt worden. Aber immer war da das seltsame Gefühl von etwas halb Wahrgenommenem, eher erahnt als begriffen. Domaris ließ diese Empfindung langsam in sich reifen.

Deoris schwärmte weiter: »Er ist zu jedem gut, aber mich behandelt er wie – beinahe wie eine kleine Schwester. Wenn ich lese, unterbricht er mich oft, nur um mir etwas, das ich gelesen habe, zu erklären, als sei ich seine Schülerin, sein Chela . . .«

»Das ist sehr freundlich von ihm«, stimmte Domaris zu. Wie die meisten hatte sie in ihrer Kinderzeit als Vorleserin gedient und wußte, wie unüblich es war, eine kleine Skriptorin anders als einen leblosen Gebrauchsgegenstand, eine Lampe oder einen Fußschemel, zu behandeln. Von Micon durfte man offenbar das Unerwartete erwarten.

Als Rajastas erwählte Akoluthin hatte Domaris viel von dem Gerede im Tempel gehört. Der vermißte Prinz von Ahtarrath war nicht gefunden worden, und die Gesandten planten die Heimreise, da ihre Mission fehlgeschlagen war. Auf verschlungenen Wegen hatte Domaris entdeckt, daß Micon sich vor ihnen verborgen hielt und sie seine Anwesenheit im Tempel des Lichts nicht einmal ahnten. Seine Gründe verstand sie nicht – aber bei Micon konnte man stets nur die edelsten Motive annehmen. Obwohl sie es nicht beweisen konnte, war Domaris überzeugt, daß es sich bei Micon um eine der gesuchten Personen handelte. Vielleicht war er der jüngere Bruder des Prinzen . . .

Deoris' Gedanken waren schon wieder abgeschweift: »Micon spricht oft von dir, Domaris. Weißt du, wie er dich nennt?«

»Wie denn?« Domaris' Stimme war kaum mehr als ein Hauch.

»Die in Sonne gekleidete Frau.«

Schützend verbarg die Dunkelheit das Glitzern von Domaris' Tränen.

Auf der Schwelle zeichnete sich die Silhouette eines jungen Mannes ab: Blitze zuckten über seine Gestalt und verloschen wieder. »Domaris?« fragte eine Baßstimme. »Ist bei dir alles in Ordnung? Ich war deinetwegen etwas unruhig – in einer solchen Nacht.«

Domaris strengte die Augen an, um in der Dunkelheit etwas zu erkennen. »Arvath! Komm herein, wenn du möchtest. Wir schlafen nicht.«

Der junge Mann trat näher, hob das dünne Netz und ließ sich mit gekreuzten Beinen auf dem Rand der Matratze neben Domaris nieder. Arvath von Aklonath – ein Atlanter, Sohn einer Frau aus der Priesterkaste, die weggezogen war, um einen Mann aus den See-Königreichen zu heiraten – war der älteste der erwählten Zwölf, beinahe zwei Jahre älter als Domaris. Die aufflackernden und wieder verlöschenden Blitze zeigten geläuterte, friedliche Züge, die offen und ernst waren und doch verrieten, daß dieser Mann das Leben liebte – und das aus voller Überzeugung. Die Fältchen um seinen Mund waren nur zum Teil ein Ausdruck von Selbstdisziplin; sie rührten auch vom vielen Lachen her.

Domaris sagte mit gewissenhafter Ehrlichkeit: »Vorhin haben wir beschwörende Gesänge gehört und spürten, daß – daß irgendwie etwas Unheimliches geschah. Aber ich werde mich nicht durch solche Dinge ängstigen oder ärgern lassen.«

»So ist es richtig«, stimmte Arvath lebhaft zu. »Doch es könnten noch mehr Störungen in der Luft liegen. Seltsame Kräfte regen sich; du weißt, es ist die Nacht des Nadir. Kein Mensch im ganzen Haus kann schlafen. Chedan und ich haben im Springbrunnen gebadet. Rajasta geht im Tempelbezirk umher, in vollem Ornat, und er – nun, ich möchte ihm nicht über den Weg laufen!« Er schwieg eine Weile. »Es gibt Gerüchte –«

»Gerüchte, Gerüchte! Die ganze Atmosphäre ist voller Gerüchte über skandalöse Dinge! Elis platzt schier aus den Nähten vor lauter Gerede! Ich kann mich kaum umdrehen, ohne schon wieder ein Gerücht zu hören!« Domaris zuckte die Schultern. »Kann selbst Arvath von Alkonath nichts Besseres tun, als dem Geschwätz des Marktplatzes zu lauschen?«

»Es ist nicht alles Geschwätz«, versicherte Arvath und sah zu Deoris hinüber. Das Mädchen hatte sich so verkrochen, daß nichts als die Spitze einer dunklen Locke über dem Bettzeug sichtbar war. »Schläft sie?«

Wieder zuckte Domaris die Schultern.

»Kein Segel bläht sich ohne Wind«, fuhr Arvath fort. Er verlagerte sein Gewicht ein bißchen und beugte sich zu Domaris vor. »Hast du schon von den Schwarzmänteln gehört?«

»Wer hat das nicht? Seit Tagen höre ich kaum etwas anderes!«

Arvath musterte sie schweigend, bevor er fragte: »Weißt du auch, daß behauptet wird, sie versteckten sich unter den Graumänteln?«

»Ich weiß so gut wie nichts über die Graumäntel, Arvath, außer daß sie den Verhüllten Gott bewachen. Wir von der Priesterkaste haben bei den Magiern keinen Zutritt.«

»Aber viele von euch kommen mit ihren Adepten zusammen, um die Heilkunst zu lernen«, bemerkte Arvath. »In Atlantis werden die Graumäntel in hohen Ehren gehalten . . . Nun gut: Unterhalb des Grauen Tempels, wo Avatar sitzt, der Mann mit den gekreuzten Armen, erzählt man sich die Geschichte von einem Ritual, das seit Jahrhunderten nicht mehr vollzogen wurde und schon lange Zeit verboten ist – ein Schwarzes Ritual –, und von einem Abtrünnigen im Ring der Chelas . . .« Seine Stimme sank zu einem unheilverkündenden Flüstern ab.

Solche seltsamen Ausdrücke und Andeutungen fremdartigen Horrors erweckten Domaris' Ängste von neuem. Sie rief: »Woher hast du das alles nur?«

Arvath lachte vor sich hin. »Es ist nur Klatsch. Sollte allerdings Rajasta davon erfahren . . .«

»Dann wird es Ärger geben«, ergänzte Domaris knapp. »Für die Graumäntel, wenn die Geschichte stimmt, für die Gerüchtemacher, wenn sie falsch ist.«

»Du hast recht, es geht uns nichts an.« Arvaths Händedruck und sein Lächeln sagten ihr, daß er ihre Ermahnungen annahm. Er streckte sich auf der Matratze neben ihr aus, ohne sie indes zu berühren – das hatte er schon vor langer Zeit gelernt. Deoris neben ihnen schlief jetzt fest. Aber ihre Anwesenheit ermöglichte es Domaris, das Gespräch in unpersönlichere Bahnen zu lenken. Das war ihr lieber, als von privaten Dingen oder von Tempelangelegenheiten zu sprechen.

Nachdem Arvath sich – sehr spät – in seine eigenen Räume zurückgezogen hatte, lag Domaris noch lange wach, und ihr Kopf dröhnte, so hartnäckig peinigten sie ihre Gedanken.

Zum erstenmal in den zweiundzwanzig Sommern ihres jungen Lebens fragte sich Domaris, ob es richtig und weise sei, ihren Weg als Priesterin unter Rajastas Führung weiterzugehen. Vielleicht hätte sie besser daran getan, die Priesterschaft zu verlassen, eine Frau unter vielen zu werden, zufrieden damit, als Gattin eines Priesters in dem Tempel leben zu können, in dem sie geboren worden war. Es gab viele Frauen in der Welt des Tempels, Ehefrauen und Töchter von Priestern. Sie spazierten in der Stadt umher, ohne die leiseste Ahnung davon zu haben, was in der großen Wiege der Weisheit, in der sie wohnten, im einzelnen vorging. Ihr Heim, ihre Kinder und die Repräsentationspflichten des Priesteramtes füllten sie vollständig aus . . . *Was ist nur los mit mir?* fragte Domaris sich unruhig. *Warum kann ich nicht sein, wie sie sind? Ich will Arvath heiraten, wie ich es tun muß, und dann –*

Und dann was?

Gewiß, sie würde Kinder bekommen und Jahre des Wachstums und des Wandels erleben. Es gelang ihr nicht, ihre Gedanken noch weiter in die Zukunft wandern zu lassen; sie versuchte es ohne Erfolg, bis sie endlich der Schlaf übermannte.

3. Der Webstuhl des Schicksals

Der Tempel des Lichts lag nahe dem Meer an der Küste des Alten Landes. Er erhob sich hoch über der Stadt-der-sich-windenden-Schlange, die die Form einer Mondsichel hatte. Wie eine Frau in den sie umfangenden Armen eines Liebhabers lag der Tempel zwischen den beiden Hörnern der Mondsichel, genau im Brennpunkt bestimmter Naturkräfte. Seine Mauern waren so gebaut, daß sie diese Kräfte abfingen und leiteten.

Ein milder Sommernachmittag lag über der Stadt, und in den Strahlen der Sonne schimmerte die See wie ein Goldtopas. Ein Traum von einer Brise bewegte leicht die von süß-salzigem Geruch des Flutwassers erfüllte Luft. Drei große Schiffe wiegten sich mit schwellenden Segeln im Hafen. Ein paar Meter vom Kai entfernt hatten Händler ihre Stände aufgeschlagen und riefen ihre Waren aus. Die Ankunft der Schiffe war ein Ereignis, das Stadt und Land, Bauern und Adlige gleichermaßen erregte. In den überfüllten Straßen drängten sich bunt durcheinander Priester in leuchtenden Roben mit unnachgiebigen Kaufleuten und abgerissenen Bettlern. Ein unaufmerksamer Flegel, der andere im Gedränge stieß oder knuffte, wäre an jedem anderen Tag mit Auspeitschung bestraft worden. Heute trug es ihm nur einen scharfen Blick ein. Jungen in zerlumpten Kleidern rannten in die Menge hinein und wieder hinaus, ohne einem einzigen fetten Kaufmann die Tasche zu leeren.

Eine kleine Gruppe von Menschen nur blieb von Anrempeleien und Vertraulichkeiten verschont. Ehrfürchtiges Lächeln folgte Micon, der eine Hand leicht auf Deoris' Arm gelegt hatte, auf seinem Weg durch die Straßen. Sein leuchtendes Gewand aus einem eigentümlichen, makellos weißen Stoff, in ungewöhnlichem Stil geschnitten und gegürtet, verriet den Leuten, daß der Mann, der gekommen war, um ihre Kinder zu segnen oder ihr Land fruchtbar zu machen, kein gewöhnlicher Priester war. Die Töchter Talkannons in seiner Begleitung waren natürlich jedem bekannt. Arvath wurde von manch einem jungen Mädchen in der Menge mit einem Lächeln bedacht. Aber die dunklen Augen des jungen Priesters hafteten eifersüchtig auf Domaris. Er grollte, daß seine Verlobte sich von Micon so beeindruckt zeigte. Heute war Arvath ihnen buchstäblich nachgelaufen.

Sie machten auf einer sandigen Dünenkette halt und blickten aufs Meer hinaus. »Oh!« rief Deoris in kindlichem Entzücken, »die Schiffe!«

Aus Gewohnheit wandte Micon sich ihr zu. »Was für Schiffe sind das? Erzähle es mir, kleine Schwester«, bat er. Lebhaft und eifrig beschrieb Deoris ihm die großen Schiffe: hoch über den Wellen schwankend, Schlangenbanner in grellem Rot am Bug. Micon hörte mit gedankenverlorenem, verträumtem Gesicht zu.

»Schiffe aus meiner Heimat«, murmelte er sehnsüchtig. »In keinem See-Königreich gibt es so herrliche Schiffe wie in Ahtarrath. Die rote Schlange ist das Zeichen meines Vetters –«

Arvath unterbrach ihn ohne jede Förmlichkeit: »Auch ich stamme von den Goldenen Inseln, Herr Micon.«

»Wer sind deine Vorfahren?« erkundigte sich Micon interessiert. »Ich habe Heimweh nach einem bekannten Namen. Bist du je in Ahtarrath gewesen?«

»Ich habe einen großen Teil meiner Jugend am Fuß des Sternenbergs verbracht«, antwortete der jüngere Mann. »Mani-toret, mein Vater, war Priester der Äußeren Tore im Neuen Tempel, und durch Adoption bin ich der Sohn Rathors in Ahtarrath.«

Micons Gesicht leuchtete auf, und er streckte seine dürren Hände freudig dem jüngeren Mann entgegen. »Dann bist du in der Tat mein Bruder, junger Arvath! Denn Rathor war mein erster Lehrer in der Priesterschaft und führte mich zur Initiierung!«

Arvaths Augen wurden groß. »Dann – dann bist du *dieser*

Micon?« staunte er. »Mein Leben lang hat man mir von dir erzählt –«

Micon runzelte die Stirn. »Laß das«, warnte er. »Sprich nicht davon.«

Von Verlegenheit überwältigt, rief der junge Mann: »Du kannst wirklich Gedanken lesen!«

»Dazu war nicht viel Gedankenlesen notwendig, jüngerer Bruder«, meinte Micon trocken. »Kennst du diese Schiffe?«

Arvath sah ihn unverwandt an. »Ich kenne sie. Und wenn du dich verborgen halten möchtest, hättest du nicht hierherkommen sollen. Du hast dich sehr verändert. Ich habe dich nicht wiedererkannt. Aber es mag Leute geben, die es tun.«

Die Schwestern standen nah bei ihnen und lauschten gespannt den geheimnisvollen Andeutungen. Ihre Augen wanderten zwischen den beiden Männern hin und her, und dann tauschten sie wieder Blicke miteinander.

»Du hast mich nicht –« Micon hielt inne »– wiedererkannt? Sind wir uns denn einmal begegnet?«

Arvath lachte herzlich. »Ich habe nicht erwartet, daß du *mich* wiedererkennst! Hört zu, Domaris, Deoris, ich will euch von Micon erzählen! Als ich ein kleiner Junge war, noch keine sieben Jahre alt, wurde ich zu Rathor geschickt, dem alten Eremiten auf dem Sternenberg. Einen Mann wie ihn hätten die Alten einen Heiligen genannt. Seine Weisheit ist so berühmt, daß man selbst hier seinem Namen Ehre erweist. Aber zu jener Zeit wußte ich nur, daß viele ernste und verständige junge Männer als Schüler zu ihm kamen, und manch einer von ihnen brachte mir Süßigkeiten und Spielzeug mit und verwöhnte mich. Während Rathor sie unterrichtete, spielte ich mit einem Kätzchen in den Hügeln. Eines Tages rutschte ich auf einem glatten Fels aus, rollte über den Klippenrand und brach mir den Arm . . .«

Micon lächelte und rief aus: »*Dieses* Kind bist du also? Jetzt erinnere ich mich!«

Arvath war ganz in seine Erinnerungen versunken. »Vor Schmerz verlor ich das Bewußtsein, Domaris, und wußte von nichts mehr, bis ich die Augen wieder öffnete und einen jungen Priester neben mir stehen sah, einen von denen, die zu Rathor kamen. Er hob mich hoch, setzte mich auf seine Knie und wischte mir das Blut vom Gesicht. Er schien heilende Kräfte in den Händen zu haben –«

Mit einer ruckartigen Bewegung wandte Micon sich ab. »Genug davon!« stieß er mit erstickter Stimme hervor.

»Nein, ich will alles erzählen, älterer Bruder! Als er mich von

Blut und Schmutz säuberte, spürte ich keinen Schmerz, obwohl sich die Knochenenden durch das Fleisch gebohrt hatten. Er sagte: ›Ich habe nicht genügend Kenntnisse, um mich selbst darum zu kümmern.‹ Dann trug er mich auf seinen Armen in Rathors Haus, denn meine Verletzungen waren so stark, daß ich nicht laufen konnte. Erst fürchtete ich mich vor dem Heiler-Priester, der kam, um den gebrochenen Knochen wieder zu richten. Dann aber hielt mich mein Retter auf seinem Schoß, bis der Knochen bandagiert war. Die ganze Nacht blieb er bei mir, denn ich fieberte und konnte nicht schlafen. Er fütterte mich mit Brot und Milch und Honig, sang mir vor und erzählte mir Geschichten, bis ich den Schmerz vergaß. Ist das etwas so Schreckliches?« fragte er leise. »Fürchtest du, diese Mädchen könnten dich für weibisch halten, weil du gut zu einem kranken Kind warst?«

»Hör auf«, bat Micon wiederum.

Arvath wandte sich ihm zu und betrachtete ihn ungläubig. Der Ausdruck, der in dem dunklen blinden Gesicht lag, besänftigte ihn und er gab nach. »Wie du willst«, sagte er. »Aber ich habe es dir nicht vergessen, mein Bruder, und ich werde es auch nie tun.« Er streifte den Ärmel seiner Priesterrobe zurück und zeigte Domaris eine lange Narbe, die sich gelblich von der sonnengebräunten Haut abhob. »Siehst du, hier hatte sich der Knochen durch das Fleisch gebohrt –«

»Und der junge Priester war tatsächlich Micon?« fragte Deoris.

»Ja. Und er brachte mir Süßigkeiten und Spielsachen, solange ich im Bett lag. Ich habe ihn seit jenem Sommer nicht wiedergesehen.«

»Wie seltsam, daß ihr so weit von zu Hause einander wieder begegnet seid!«

»Nicht ganz so seltsam, kleine Schwester«, erklärte ihr Micon mit seiner wohlklingenden, freundlichen Stimme. »Unsere Geschicke weben ein Muster, und unsere Taten tragen die Früchte, die sie gesät haben. Diejenigen, die sich gefunden und geliebt haben, können nicht getrennt werden. Sehen sie sich nicht in diesem Leben wieder, dann in einem anderen.«

Deoris nahm die Worte ohne Kommentar hin, doch Arvath fragte aggressiv: »Du glaubst also, daß du und ich auf eine solche Weise aneinander gebunden sind?«

Die Spur eines Lächelns spielte um Micons Lippen. »Wer kann es sagen? Als ich dich an jenem Tag von den Felsen aufhob, habe ich vielleicht nur eine Gegenleistung für einen Dienst erbracht, den du mir erwiesest, bevor sich die Hügel dort auffalteten.« Er wies mit belustigtem Blick auf den Tempel hinter ihnen. »Ich bin kein Seher.

Frage dein eigenes Wissen, mein Bruder. Vielleicht steht die Verpflichtung noch aus. Die Götter mögen geben, daß wir beide uns ihr wie Männer stellen.«

»Dazu sage ich Amen«, erklärte Arvath ernst. Micons Worte hatten ihn tief bewegt, und so schlug seine Stimmung bei seinem lebhaften Temperament sofort ins Gegenteil um. »Domaris wollte in der Stadt ein paar Einkäufe machen. Sollen wir zum Basar zurückkehren?«

Domaris schrak aus tiefen Gedanken auf. »Männer haben kein Interesse an bunten Stoffen und Bändern«, behauptete sie fröhlich. »Warum bleibt ihr nicht hier am Hafen?«

»Ich wage es nicht, dich in der Stadt aus den Augen zu lassen, Domaris«, sagte Arvath. Domaris warf gereizt den stolzen Kopf in den Nacken.

»Glaub' nicht, daß du mir meine Schritte vorschreiben kannst! Wenn du mit mir kommen willst – kannst du mir *folgen!*« Sie nahm Deoris' Hand, und die beiden gingen voraus, dem Marktplatz entgegen.

Die Schiffe aus den See-Königreichen hatten den sonst so verschlafenen Basar zu regem Leben erweckt. Eine Frau hielt in Käfigen aus geflochtenen Binsen Singvögel feil. Deoris blieb wie verzaubert stehen, um sich die hübschen Tiere anzusehen und ihren Stimmen zu lauschen. Mit nachsichtigem Lächeln ordnete Domaris an, einen der Vögel ins Haus der Zwölf zu schicken. Dann schlenderten sie weiter. Deoris war außer sich vor Begeisterung.

Ein schläfriger alter Mann bewachte Säcke mit Korn und glitzernde Tonkrüge voller Öl. Ein nackter Junge saß mit übereinandergeschlagenen Beinen zwischen Weinfässern, bereit, seinen Herrn zu wecken, sobald ein Käufer kam. Domaris blieb jetzt an einem etwas größeren Stand stehen, wo Ballen mit buntgemusterten Stoffen auslagen. Micon und Arvath, die langsam folgten, hörten einen Augenblick den Mädchen zu, die ihrem Entzücken freien Lauf ließen. Dann lächelten sie einander zu und spazierten zusammen weiter, vorbei an Blumenverkäufern und alten Bäuerinnen. Hühner gackerten in großen Körben und wetteiferten mit den Rufen der Händler, die getrockneten und frischen Fisch oder Früchte aus den Obsthainen hinter der Stadt anboten. Alte Frauen verkauften Kuchen und Süßigkeiten und billiges, saures Bier. Es gab Stände mit leuchtenden Teppichen und schimmerndem Schmuck, aber auch bescheidene Buden mit Töpferwaren und Kesseln.

Ein kleiner Mann von den Inseln mit runzeliger Haut verkaufte unter einem gestreiften Zeltdach Parfums. Als Micon und Arvath vorübergingen, verzog sich sein Gesicht zu einer neugierigen Fratze. Er richtete sich auf, tauchte einen kleinen Pinsel in einen Flakon und schwenkte ihn in der Luft, die bereits von verschiedenen Düften honigsüß geschwängert war. »Parfums von Kei-lin, ihr Herren«, verkündete er in einem rumpelnden, schnaubenden Baß, »Gewürze des Westens! Die schönsten Blumen, die süßesten Gewürzbäume . . .«

Micon blieb stehen. Dann ging er mit sicherem Schritt auf das gestreifte Zelt zu. Der Parfumverkäufer, der erkannte, daß seine Gäste hohe Würdenträger des Tempels waren, floß über vor Ehrerbietung und Beredsamkeit. »Herrliche Parfums und Essenzen, ihr Herren, süße Gewürze und Salben von Kei-lin, Düfte und Öle für das Bad, alle wundervollen Gerüche der weiten Welt für deinen Schatz –« Der geschwätzige kleine Mann verbesserte sich schnell »Für deine Frau oder Schwester, Priester!«

Micon verzieh ihm mit einem Grinsen. »Ich habe weder Frau noch Schatz, Alter«, bemerkte er trocken. »Auch will ich keine Salben oder Duftwässer von dir kaufen. Trotzdem kannst du uns dienlich sein. In Ahtarrath – und nur dort – wird aus der roten Lilie, die am Fluß des Sternenbergs wächst, ein Parfum hergestellt . . .«

Der Verkäufer betrachtete den Initiierten neugierig. Er wandte sich ab und raschelte lange Zeit hinten in seinem Zelt herum wie eine Maus in einem Strohhaufen. »Nicht viele fragen danach«, schnaufte er entschuldigend. Schließlich fand er, was er wollte. Er verschwendete keine Zeit darauf, die Güte des Parfums anzupreisen, sondern wedelte nur ein Tröpfchen in die Luft.

Domaris und Deoris, die sich den beiden Männern wieder anschließen wollten, blieben stehen und atmeten den würzigen Duft ein. Domaris' Augen weiteten sich.

»Wunderbar!«

Der Wohlgeruch blieb in der Luft, während Micon dem Alten ein paar Münzen reichte und den kleinen Flakon ergriff. Er prüfte ihn genau mit den Händen. Seine dünnen Finger fuhren zart über die feinen Schnitzereien. »Filigranarbeit aus Ahtarrath – das erkenne ich sogar jetzt noch.« Er lächelte Arvath zu. »Nirgendwo sonst wird so etwas hergestellt, nur dort kennt man solche Muster . . .« Immer noch lächelnd gab er die Phiole an die Mädchen weiter, die die entzückenden Verzierungen wortreich bewunderten.

»Was ist das für ein Duft?« erkundigte sich Domaris und hob den Flakon an ihr Gesicht.

»Eine Pflanze aus Ahtarrath, ein ganz gewöhnliches Unkraut«, antwortete Arvath scharf.

Micons Gesicht sah aus, als teile er mit Domaris ein Geheimnis. Er fragte sie: »Gefällt dir der Duft ebenso wie mir?«

»Er ist wunderbar«, wiederholte Domaris verträumt. »Sehr erlesen, aber auch sehr eigenartig.«

»Es ist eine Blume aus Ahtarrath, ja«, murmelte Micon, »eine rote Lilie, die dort wild am Fluß des Sternenbergs wächst. Die Arbeiter reißen sie aus, weil sie überall wuchert. Die Luft ist schwer von ihrem Parfum. Mir gefällt sie besser als jede Blume, die in gepflegten Gärten wächst. Rot – ein so leuchtendes Rot, daß einem fast die Augen schmerzen, wenn die Sonne darauf scheint, eine fröhliche, lebendige Farbe – eine Blüte der Sonne.« Seine Stimme klang plötzlich müde. Er faßte nach Domaris' Hand, drückte ihr entschlossen das Fläschchen hinein und schloß behutsam ihre Finger. »Er ist für dich, Domaris«, sagte er dann mit einem kleinen Lächeln. »Auch dich krönt das Sonnenlicht.«

Es war ohne Nachdruck gesprochen, doch Domaris mußte die Tränen hinunterschlucken. Sie versuchte, ihrem Dank Ausdruck zu geben, aber ihre Hände zitterten, und kein Wort kam über ihre Lippen. Micon schien indes auch keine zu erwarten, denn er sagte mit leiser Stimme, nur für ihre Ohren bestimmt: »Lichtgekrönte, ich wünschte, ich könnte dein Gesicht sehen ... Blüte des Glanzes ...«

Arvath stand neben ihnen, die Stirn umwölkt. Dann brach er grob das Schweigen. »Wollen wir nicht weitergehen? Wir stehen sonst heute Nacht noch hier!« Deoris ging schnell auf den jungen Mann zu und hängte sich bei ihm ein. So konnte Domaris mit Micon vorausgehen – ein Privileg, das Domaris gemeinhin eifersüchtig für sich selbst in Anspruch nahm.

»Ich werde ihre Arme eines Tages mit diesen Lilien füllen«, brummte Arvath und starrte auf das hochgewachsene Mädchen, das an Micons Seite schritt. Ihr flammendes Haar schien in Sonnenlicht zu schwimmen. Als Deoris ihn fragte, was er gesagt habe, wollte er es nicht wiederholen.

4. Die Hände des Heilers

Rajasta blickte von der Schriftrolle hoch, die seine Aufmerksamkeit gefangengenommen hatte, und sah, daß die große Bibliothek verlassen dalag. Noch vor wenigen Augenblicken hatte rings um ihn

Papier geknistert, hatte er das leise Murmeln der Skriptoren gehört. Nun waren die Nischen dunkel, und der einzige andere Mensch, den er entdeckte, war ein emsiger Bibliothekar. Er sammelte verschiedene Rollen ein, die auf den Tischen liegengeblieben waren.

Kopfschüttelnd steckte Rajasta die Rolle, die er studiert hatte, in ihre Schutzhülle zurück und legte sie beiseite. Obwohl er heute keine Verabredungen einzuhalten hatte, ärgerte er sich darüber, daß er so viel Zeit damit verbracht hatte, eine einzige Schriftrolle immer wieder und wieder zu lesen – noch dazu eine, die er Satz für Satz hätte auswendig hersagen können. Ein bißchen außer Fassung geraten, erhob er sich und schickte sich an zu gehen. Erst jetzt stellte er fest, daß die Bibliothek gar nicht so leer war, wie er gedacht hatte.

Nicht weit von ihm entfernt saß Micon an einem düsteren Tisch. Sein gewohnheitsmäßiges, leicht verzerrtes Lächeln verlor sich in den Schatten, die über sein Gesicht fielen. Rajasta blieb eine Weile neben ihm stehen. Er betrachtete Micons Hände und das, was sie verrieten. Es waren seltsame, viel zu dünne Hände. Die Finger sahen aus, als seien sie mit Gewalt in die Länge gezogen worden. Die Hände lagen kraftlos auf dem Tisch und wirkten doch irgendwie angespannt oder krampfhaft verrenkt. Geschickt und behutsam nahm Rajasta die schwachen Finger und umschloß sie leicht mit seiner starken Hand. Micon hob fragend den Kopf.

»Sie zeugen von so viel Schmerz«, hörte der Priester des Lichts sich sagen.

»Sie würden schmerzen, wenn ich es zuließe.« Micons Gesicht war darin geübt, nichts als Gleichmut zu zeigen, aber die schlaffen Finger bebten ein bißchen. »Ich kann den Schmerz innerhalb gewisser Grenzen halten. Zwar spüre ich ihn –« Micon lächelte erschöpft »–, aber mein Ich vermag sich von ihm zu trennen – bis ich ermüde. Auf die gleiche Weise halte ich den Tod von mir fern.«

Die Ruhe des Atlanters ließ Rajasta erschauern. Die Hände in den Seinen zuckten – Micon wollte sie ihm entziehen. »Laß sie mir«, bat Rajasta. »Ich kann dir einige Erleichterung verschaffen. Warum weist du meine Kraft zurück?«

»Ich komme schon zurecht.« Die Linien um Micons Mund verschärften sich für einen Augenblick, dann entspannten sich seine Züge wieder. »Verzeih mir, Bruder. Aber ich stamme aus Ahtarrath. Ich habe meine Pflicht noch nicht erfüllt. Bis jetzt habe ich noch nicht das Recht zu sterben – denn ich habe keinen

Sohn.« Als er nach einer kurzen Pause fortfuhr, klang es, als wiederhole er mit seinen Worten nur ein Gespräch, das er schon oft im stillen mit sich selbst geführt hatte. »Sonst werden sich andere, die kein Recht dazu haben, die Kräfte nehmen, die ich in mir trage.«

»Es geschehe, wie du willst«, sagte Rajasta, und seine Stimme war sanft und zustimmend, denn auch er lebte nach diesem Gesetz. »Und die Mutter?«

Eine Weile blieb Micon stumm, und sein Gesicht verriet nichts. Sein Zögern dauerte jedoch nicht lange. »Domaris«, antwortete er.

»Domaris?«

»Ja.« Micon seufzte. »Das wird dich kaum überraschen.«

»Nicht sehr«, gab Rajasta endlich zu. »Es ist eine weise Wahl. Allerdings ist sie mit deinem Landsmann verlobt, dem jungen Arvath ...« Rajasta krauste nachdenklich die Stirn. »Trotzdem steht es ihr frei, zu wählen. Sie hat das Recht, das Kind eines anderen zu gebären, wenn sie es möchte. Liebst du sie denn?«

Micons angespanntes Gesicht leuchtete auf, und Rajasta schoß die Frage durch den Kopf, was diese blinden Augen erblicken mochten. »Ja«, gestand Micon leise. »Ich hätte mir nie träumen lassen, daß ich zu solcher Liebe fähig wäre ...« Der Atlanter stöhnte auf, denn Rajastas Griff hatte sich verstärkt.

Erschrocken ließ der Priester des Lichts Micons mißbrauchte Hände los. Lange Zeit herrschte befangenes Schweigen zwischen ihnen; währenddessen kämpfte Micon geduldig gegen den Schmerz. Rajasta stand daneben und beobachtete ihn. So lange, wie Micon seine Dienste zurückwies, konnte er ihm nicht helfen.

»Du hast viel erreicht«, stellte Rajasta plötzlich fest. »Und ich bin bis jetzt noch nicht wirklich vom Licht berührt worden. Willst du mich für die dir zugemessene Zeit – als Schüler annehmen?«

Micon hob das Gesicht; sein Lächeln wirkte verklärt. »Was ich an Kraft des Lichts zu geben vermag, wird dich bestimmt auch ohne mich bescheinen«, versicherte er. »Aber ich nehme dich an.« Dann fuhr er mit leiserer, nüchterner Stimme fort: »Ich glaube – das heißt: ich hoffe –, ich kann dir ein Jahr geben. Es sollte genügen. Und wenn nicht, so wirst du imstande sein, das Letzte Siegel allein zu vollenden. Das gelobe ich dir.«

In gewohnter Langsamkeit erhob Micon sich und stand Rajasta von Angesicht zu Angesicht gegenüber. Groß und dünn, die Haut im schattendurchwobenen Sonnenlicht, das durch die Bibliotheksfenster auf sie fiel, beinahe durchscheinend, legte der Atlanter seine verrenkten Hände leicht auf die Schultern des Priesters und zog ihn an sich. Mit einer Hand machte er auf Rajastas Stirn und Brust ein

Zeichen und ließ daraufhin seine Finger federleicht über das Gesicht des älteren Mannes gleiten.

Rajastas Augen waren feucht. Für ihn war das etwas Unglaubliches: Mit einem Fremden war er diese bedeutungsvollste aller Verbindungen eingegangen. Er, Rajasta, Priester des Lichts, Abkömmling einer langen Reihe von Priesterahnen, hatte darum gebeten, Schüler eines Ausländers zu werden, dessen Stamm-Tempel man in der Priesterkaste verächtlich als *›jenes Hinterwald-Kapellchen inmitten des Ozeans‹* bezeichnete!

Rajasta empfand kein Bedauern, sondern zum erstenmal in seinem Leben nichts als reine Demut. *Vielleicht ist meine Kaste zu stolz geworden,* dachte der Priester, *und deshalb zeigen die Götter sich nun durch diesen blinden, gefolterten Ausländer. Sie wollen uns daran erinnern, daß das Licht nicht nur jene berührt, die durch Geburt dazu ausersehen sind . . . Die Schlichtheit dieses Mannes und sein Mut sollen mir Talismane sein.*

Micon ließ ihn los, und Rajastas Lippen preßten sich zu einer strengen, grimmigen Linie zusammen. »Wer hat dich gefoltert, Krieger des Lichts?« fragte er dann. »Wer?«

»Ich weiß es nicht.« Micons Stimme war vollkommen ruhig. »Alle waren maskiert und ganz in Schwarz gekleidet. Doch für einen Augenblick sah ich – und zwar zu deutlich. Deshalb sehe ich jetzt nichts mehr. Laß es dabei bewenden. Auf die Tat wird Bestrafung folgen.«

»Das mag sein, aber aufgeschobene Strafe gibt nur Zeit für weitere Taten«, antwortete Rajasta. »Warum hast du mich gebeten, dich verborgen zu halten, solange die Abgesandten aus Ahtarrath bei uns waren?«

»Sie hätten viele Menschen erschlagen oder gefoltert, um mich zu rächen – und so noch größeres Übel heraufbeschworen.«

Rajasta zögerte. Von neuem staunte er über die Kraft dieses Mannes. »Ich will deine Weisheit nicht in Frage stellen, nur – ist es richtig, daß du deine Eltern umsonst trauern läßt?«

Micon setzte sich wieder und lachte leise. »Mach dir darum keine Sorgen, mein Bruder. Meine Eltern starben, als ich noch ein Kind war. Und ich habe schriftlich festgehalten, daß ich lebe, wie ich lebe und wie lange ich noch leben werde, und versiegelt habe ich den Brief mit – mit etwas, das mein Großvater nicht verkennen kann. Meine Botschaft reist mit dem selben Schiff, das die Nachricht von meinem Tod bringt. Sie werden alles verstehen.«

Rajasta nickte. Dann fiel ihm ein, daß der Atlanter zwar imstande war, ihm in die Tiefen seiner Seele zu blicken, seine

Gesten dagegen nicht sehen konnte. Deshalb sagte er laut: »Dann hat also alles seine Ordnung. Doch was hat man dir angetan? Und aus welchem Grund?« Micon wollte protestieren, aber Rajasta ließ ihn nicht zu Wort kommen, sondern fuhr mit erhobener Stimme fort: »Es ist mein Recht – mehr noch, es ist meine Pflicht, es zu erfahren! Ich bin hier Wächter.«

Rajasta wußte nicht – und Micon war es völlig entfallen –, daß unweit von ihnen Deoris auf der Kante ihres Skriptorenschemels hockte. Still wie eine kleine weiße Statue hatte sie den beiden Männern zugehört, die bei ihrem Gedankenaustausch alles um sich herum vergessen hatten. Sie begriff so gut wie nichts davon, aber Domaris war erwähnt worden, und Deoris brannte darauf, mehr zu hören. Die Tatsache, daß das Gespräch nicht für ihre Ohren bestimmt war, störte sie nicht im geringsten. Sie war der Meinung, alles, was Domaris betraf, sei ebenso auch ihre Angelegenheit. Inbrünstig hoffte sie, Micon werde ihre Anwesenheit auch weiterhin nicht bemerken. Domaris mußte das erfahren! Das Mädchen ballte die Hände zu Fäusten, als sie sich ihre Schwester als Mutter eines Kindes vorstellte . . . Eine immer wieder unterdrückte, kindische Eifersucht, über die Deoris sich nie ganz klar werden sollte, verwandelte ihre Bestürzung in Schmerz. Wie kam Micon darauf, Domaris auszuwählen? Deoris wußte, daß ihre Schwester mit Arvath verlobt war – wenngleich diese Heirat erst in ferner Zukunft stattfinden würde. Wie konnten Micon und Rajasta es wagen, auf diese Weise von ihrer Schwester zu sprechen? Wie konnte Micon es wagen, Domaris zu lieben? Wenn sie sie nur nicht bemerkten!

Sie bemerkten sie nicht.

Micons Augen waren dunkel geworden. Ihr seltsames Leuchten verschleierte eine kaum verhüllte Gefühlsbewegung. »Das Streckbett und der Strick«, sagte er langsam, »und Feuer zum Blenden, weil ich einem die Maske abriß, bevor sie mich binden konnten.« Seine Stimme war leise und heiser vor Erschöpfung, als seien er und Rajasta nicht Priester in ihrem Ornat an einem altehrwürdigen und heiligen Ort, sondern kämpfende Ringer auf einer Matte. »Der Grund?« fuhr Micon fort. »Wir aus Ahtarrath besitzen die angeborene Fähigkeit, uns bestimmte Naturkräfte zu Dienste zu machen – Regen, Donner und Blitz und sogar die furchtbare Gewalt des Erdbebens und der Vulkane. Dies ist unser Erbe und unsere Wahrheit, ohne die das Leben in den See-Königreichen vielleicht unmöglich wäre. Es gibt Legenden . . .« Micon schüttelte plötzlich den Kopf, lächelte und sprach in leichterem Ton weiter: »Du mußt es gewußt oder erraten haben. Wir setzen unsere Macht zum Wohle aller ein, selbst derer, die sich unsere Feinde nennen. Aber die Fähigkeit, diese Kräfte zu kontrollieren, kann gestohlen und in die schlimmste Art von Zauberei umgewandelt werden.«

»Und sie wollten . . .«

»Ja«, sagte Micon grimmig. »Doch von mir haben sie nichts bekommen. Ich bin kein Abtrünniger. Ich hatte zumindest genug Kraft, um ihre finsteren Absichten zu durchkreuzen, wenngleich nicht genug, um mich selbst zu retten . . . Ich weiß nicht genau, was meinem Halbbruder widerfahren ist, und muß mich daher zwingen, in und mit diesem Körper zu leben, bis ich die Überzeugung gewonnen habe, daß ich sterben darf.«

»Oh, mein Bruder!« Rajasta dämpfte seine Stimme und rückte wieder näher an Micon heran.

Der Atlanter senkte den Kopf. »Ich fürchte, die Schwarzmäntel haben Reio-ta auf ihre Seite ziehen können. Mein Großvater ist alt und wieder zum Kind geworden. Wenn ich ohne Nachkommen sterbe, geht die Macht bei meinem Tod auf meinen Bruder über. Aber ich will nicht, daß Zauberer und Abtrünnige sie bekommen! Du kennst das Gesetz! Allein das Gesetz zählt, nicht dieser zerbrechliche Körper noch das, was in ihm wohnt und leidet. Mein eigentliches Ich bleibt unangetastet, weil nichts es berühren kann, solange ich es nicht zulasse!«

»Laß mich dir Kraft leihen«, bat Rajasta von neuem. »Mit dem, was ich weiß . . .«

»Wenn es notwendig wird, tue ich es vielleicht«, erwiderte Micon, nun wieder gefaßt. »Jetzt brauche ich nur Ruhe. Es kann sein, daß ich ganz plötzlich und ohne Vorwarnung auf dein Angebot zurückkommen muß. Ich werde dich dann beim Wort nehmen, und ich danke dir von Herzen!«

Deoris richtete die Augen unverwandt auf ihre Schriftrolle und tat, als sei sie völlig ins Lesen vertieft. Dabei spürte sie Rajastas strengen Blick auf dem Hinterkopf.

»Deoris«, fragte der Priester ernst, »was tust du hier?«

Micon lachte. »Sie ist meine Skriptorin, Rajasta, und ich habe vergessen, sie nach Hause zu schicken.« Er stand auf, ging zu Deoris hinüber und legte ihr die Hand auf den Lockenkopf. »Es ist genug für heute. Lauf, mein Kind, und spiele.«

Mit Micons freundlichem Lächeln entlassen, eilte Deoris ins Haus der Zwölf und suchte Domaris. In ihrer jungen Seele herrschte ein Durcheinander von Wörtern: ›Schwarzmäntel‹, ›Leben‹, ›Tod‹,

›Abtrünnigkeit‹ – was immer das bedeuten mochte –, ›Folter‹, ›Domaris soll einen Sohn gebären . . .‹ Unverständliche Bilder huschten an ihrem geistigen Auge vorbei. Atemlos stürzte sie in ihre gemeinsame Wohnung.

Domaris beaufsichtigte Sklavinnen, die dabei waren, saubere Kleidungsstücke zu falten und zu sortieren. Das Zimmer war gefüllt vom Licht der Nachmittagssonne und dem Duft nach frischem, glattem Leinen. Das Geplauder der Sklavinnen – kleine dunkle Frauen mit geflochtenem Haar und den typischen Gesichtern der Pygmäenrasse, der die Tempelsklaven angehörten – klang wie Vogelgezwitscher. Die kleinen Frauen trippelten ohne Unterlaß um das hochgewachsene Mädchen herum, das in ihrer Mitte stand und ihnen in freundlichem Ton Anweisungen erteilte.

Als Domaris sich umdrehte und fragend zur Tür blickte, schwang ihr offenes Haar anmutig um die Schultern. »Deoris! Zu dieser Stunde! Ist Micon –?« Sie brach ab und wandte sich an eine ältere Frau, die keine Sklavin, sondern eine Bürgerin der Stadt und ihr als persönliche Bedienung zugeteilt war.

»Mach hier bitte weiter, Elara«, wies Domaris sie an. Dann winkte sie Deoris zu sich. Der Ausdruck, den das Gesicht des Kindes zeigte, ließ ihren Atem stocken. »Du weinst ja, Deoris! Was ist los?«

»Nichts!« widersprach Deoris und hob ihr vor Aufregung gerötetes Gesicht. »Es ist nur, daß – daß ich dir etwas erzählen muß –«

»Warte, nicht hier. Komm –« Sie zog Deoris in ihre gemeinsame Schlafkammer und betrachtete die erhitzten Wangen des Mädchens mit Sorge. »Was tust du hier zu dieser Stunde? Ist Micon krank? Oder –« Sie hielt inne, unfähig den Gedanken, der sie quälte, auszusprechen, ja nicht einmal fähig, ihn vor sich selbst klar zu formulieren.

Deoris schüttelte den Kopf. Nun, da sie Domaris gegenüberstand, wußte sie kaum, wie sie anfangen sollte. Mit zitternder Stimme begann sie dann: »Micon und Rajasta haben über dich gesprochen . . . sie sagten –«

»Deoris! Still!« Erschrocken legte Domaris die Hand auf die zu eifrigen Lippen. »Du darfst mir niemals weitersagen, was du bei den Priestern gehört hast! Das ist einer der wichtigsten Grundsätze, die im Bereich des Tempels des Lichts zu beachten sind!«

Deoris war wütend über die indirekte Zurechtweisung. »Aber sie haben vor meinen Augen miteinander geredet! Sie wußten beide, daß ich da war! Und sie sprachen von dir, Domaris. Micon sagte, daß du –«

»Deoris!«

Der strenge Blick der Schwester sagte dem Kind, daß dies eine der seltenen Gelegenheiten war, wo Domaris keinen Ungehorsam duldete. Mißmutig blickte Deoris zu Boden.

Domaris sah bekümmert auf den gesenkten Kopf ihrer kleinen Schwester nieder. »Deoris, du weißt doch, daß ein Skriptor niemals wiederholen oder weitergeben darf, was zwischen den Priestern gesprochen wird. Das ist die erste Regel, die du gelernt haben solltest!«

»Ach, laß mich in Ruhe!« stieß Deoris zornig hervor. Gejagt von einer Furcht, die sie weder beherrschen noch verbergen konnte, lief sie aus dem Zimmer, ein zorniges Schluchzen in der Kehle. Welches Recht hatte Micon – welches Recht hatte Rajasta – es war nicht recht, nichts davon war recht . . . Aber wenn Domaris nicht einmal zuhören wollte, was konnte sie, Deoris, da noch tun?

Deoris hatte die Bibliothek kaum verlassen, als Rajasta sich Micon zuwandte. »Die Angelegenheit muß Riveda zur Kenntnis gebracht werden.«

Micon seufzte müde. »Warum? Wer ist Riveda?«

»Der Erste Adept der Graumäntel. Es fällt in seine Zuständigkeit.«

Micon bewegte verneinend den Kopf. »Ich würde ihn lieber nicht damit belästigen –«

»Es muß sein, Micon. Diejenigen, die legitime Magie zu schmutziger Zauberei prostituieren, müssen von den Wächtern zur Rechenschaft gezogen werden, sonst bringen sie Unheil über uns alle und richten vielleicht mehr Schaden an, als wir wiedergutmachen können. Es ist leicht, zu sagen, wie du sagst: ›Laß sie ernten, was sie gesät haben.‹ Eine bittere Ernte wird es sein, daran zweifle ich nicht! Aber was ist mit den Menschen, denen sie Böses angetan haben? Willst du ihnen die Möglichkeit geben, weiterzufoltern?«

Micon wandte das Gesicht ab; seine blinden Augen bewegten sich ziellos hin und her. Rajasta dachte mit Unbehagen daran, welche Visionen jetzt im Geist des Atlanters auftauchen mochten.

Endlich zwang Micon sich zu einem Lächeln. »Ich dachte, *ich* solle der Lehrer sein und *du* der Schüler. Aber du hast recht«, murmelte er, und ein freundlicher Protest schwang in seiner Stimme mit, als er hinzusetzte: »Ich fürchte mich – vor der Befragung. Und allem übrigen . . .«

»Ich würde dich verschonen«, versicherte Rajasta ihm kummervoll, »wenn ich nur könnte.«

Micon seufzte. »Ich weiß. Es geschehe, wie du willst. Ich – ich hoffe nur, Deoris hat nicht alles gehört, was wir besprochen haben! Ich hatte vergessen, daß das Kind noch hier war.«

»Und ich habe sie überhaupt nicht bemerkt. Die Skriptoren sind natürlich verpflichtet, Stillschweigen über das zu bewahren, was sie hören – doch Deoris ist jung, und kleinen Kindern fällt es schwer, die Zunge im Zaum zu halten. Ja, diese Deoris!«

Die leichte Verärgerung in Rajastas Ton veranlaßte Micon zu der etwas erstaunten Frage: »Magst du sie nicht?«

»Doch, doch«, erklärte Rajasta schnell. »Ich liebe sie, ebenso wie ich Domaris liebe. Tatsächlich halte ich Deoris oft für die brillantere von den beiden, wobei ich damit allerdings nur ihre Intelligenz meine. Sie wird niemals so – so *vollkommen* sein wie Domaris. Es fehlt ihr an – Geduld. Beständigkeit gehört nicht zu Deoris' Tugenden.«

»Das kann ich kaum glauben«, widersprach Micon. »Ich bin viel mit ihr zusammen und habe sie als sehr geduldig und hilfsbereit kennengelernt. Sie ist auch sehr freundlich und taktvoll. Und ich möchte behaupten, daß sie wirklich brillanter als Domaris ist. Nur ist sie noch ein Kind, und Domaris ist –« Er verstummte abrupt und lächelte. Ebenso schnell kehrte er zum vorigen Thema zurück und fragte zögernd: »Muß ich mit diesem – Riveda zusammentreffen?«

»Es wäre das beste, meine ich«, erwiderte Rajasta. Der Priester wollte noch mehr sagen, überlegte es sich aber anders. Er beugte sich vor und betrachtete Micons Gesicht aus der Nähe. Die wie eingeätzt wirkenden Linien vertieften sich. Da wandte der Priester sich ab und rief einen Diener aus der Eingangshalle zu sich. Als er gekommen war, sagte Rajasta zu ihm: »Ich gehe jetzt zu Riveda. Führe Micon in seine Räume.«

Micon verzichtete mit Würde auf einen weiteren Einspruch – aber Rajasta bemerkte, daß die Muskeln in seinem Gesicht sich vor Sorge und Zweifel spannten. Rajasta hatte gehört, daß die Atlanter den Graumänteln eine Verehrung entgegenbrachten, die an Anbetung grenzte. In gewisser Weise war das verständlich, besonders wenn man die Krankheiten und Seuchen bedachte, die die See-Königreiche ständig heimsuchten. Die Graumäntel hatten dort Wunder vollbracht, indem sie Plagen und Pestilenz besiegten ... Dennoch hatte Rajasta keine derartige Reaktion von Micon erwartet.

Schnell verbannte Rajasta die aufsteigenden Bedenken. Sein Plan war bestimmt die beste Lösung. Riveda war der größte Heiler unter den Graumänteln und konnte Micon vielleicht da helfen, wo seine,

Rajastas, Fähigkeiten zu Ende waren. Vielleicht war es das, was den Atlanter beunruhigte. *Schließlich ist Micon von edler Abstammung,* dachte Rajasta. *Er ist demütig, aber er besitzt Stolz. Und wenn ein Graumantel ihm sagt, er müsse sich mehr schonen, so wird er auf ihn hören müssen!*

Rajasta drehte sich um und verließ den Raum; die weiße Robe rauschte ihm um die Füße. Wahrscheinlich hatte auch Micon die Gerüchte über verbotene Rituale unter den Graumänteln gehört, von schwarzgekleideten Zauberern, die heimlich alte und böse Kräfte weckten, keine Menschlickeit kannten und ihre Benutzer Zug um Zug zu grausamen Rohlingen machten.

Der Priester blieb in der Eingangshalle stehen und schüttelte, tief in Gedanken, den Kopf. War es möglich, daß Micon diese Gerüchte glaubte und daß er fürchtete, Riveda werde den Schwarzmänteln Gelegenheit bieten, ihn von neuem gefangenzunehmen? Nun, sobald sie sich kennengelernt hatten, würden solche Zweifel bestimmt verfliegen. Riveda, der Erste Adept unter den Graumänteln, war zweifellos am besten geeignet, sich dieses Problems anzunehmen. Rajasta war sicher, daß Gerechtigkeit geübt werden würde. Er kannte Riveda.

Nachdem er sich davon überzeugt hatte, daß sein Entschluß der richtige war, schritt Rajasta den Flur entlang und begab sich durch einen gedeckten Gang in ein anderes Gebäude. Dort blieb er vor einer bestimmten Tür stehen und klopfte dreimal in gleichen Abständen fest gegen das Holz.

Der Magier Riveda war ein großer Mann und überragte selbst den hochgewachsenen Rajasta noch um einen halben Kopf. Fest und muskulös waren seine breiten Schultern, stark genug, einen Bullen zu Boden zu zwingen. Als Rajasta eintrat, wandte sich Riveda von der Kontemplation des sich verdunkelnden Himmels ab. In seiner Kapuzenrobe aus rauhem, grauem Wollstoff wirkte er ehrfurchtgebietend.

»Wächter«, grüßte er höflich, »welche dringende Angelegenheit führt dich zu mir?«

Rajasta antwortete nicht sofort, sondern betrachtete noch eine Weile stumm sein Gegenüber. Die Kapuze, die auf Rivedas Schultern zurückgeschlagen war, enthüllte einen großen Kopf, der gut proportioniert auf einem dicken Hals saß und mit dichten kurzgeschnittenen Haaren in hellem Silber bedeckt war – eine seltsame Farbe über einem noch seltsameren Gesicht. Riveda gehörte nicht der Priesterkaste an. Er war ein Mann des Nordens aus dem

Königreich Zaiadan. Seine groben Züge wirkten, als stamme er aus einem primitiveren Zeitalter, und sie standen in einem merkwürdigen Gegensatz zu den zarteren, fein geschnittenen Gesichtern der Priesterkaste.

Als Reaktion auf Rajastas schweigende, eingehende Musterung warf Riveda den Kopf zurück und lachte. »Es muß sich in der Tat um eine sehr dringende Angelegenheit handeln!«

Rajasta bezähmte seine Gereiztheit – Riveda gelang es doch immer wieder, ihn aus der Fassung zu bringen! Sein gleichmütiger Ton ernüchterte den Adepten. »Ahtarrath hat einen Sohn in unseren Tempel gesandt, den Prinzen Micon. Er wurde von Schwarzmänteln ergriffen, gefoltert und geblendet – mit dem Ziel, ihn zum Dienst an ihren Wunschträumen zu zwingen. Ich bin gekommen, dir zu sagen: Kümmere dich um deinen Orden!«

Das eisige Blau von Rivedas Augen verdunkelte sich, ließ Schatten der Sorge erahnen. »Davon wußte ich nichts«, bekannte er. »Ich bin vollauf mit meinen Studien beschäftigt gewesen . . . Ich bezweifle dein Wort nicht, Rajasta, aber was können die Verborgenen zu erreichen gehofft haben?«

Rajasta zögerte. »Was weißt du über die Kräfte Ahtarraths?«

Riveda zog die Brauen hoch. »Fast nichts«, gab er offen zu, »und das wenige, das ich weiß, ist nicht mehr als ein Gerücht. Man sagt, bestimmte Personen, die von dort stammen, könnten Wolken zum Regnen bringen und den Blitz auslösen. Es heißt, sie ritten auf den Gewitterwolken und dergleichen.« Er lächelte ironisch. »Wie und warum sie dies tun, hat mir noch niemand sagen können, weshalb ich mir ein endgültiges Urteil bis heute vorbehalten habe.«

»Die Kräfte von Ahtarrath sind sehr real«, erklärte Rajasta. »Die Schwarzmäntel wollen sie in . . . in spirituelle Hurerei ummünzen. Ihr Ziel war, ihn zum Abtrünnigen zu machen und in den Dienst ihrer Dämonen zu zwingen.«

Riveda kniff die Augen zusammen. »Und?«

»Sie versagten«, antwortete Rajasta knapp. »Micon wird sterben – aber erst, wenn er sich dazu entschließt.« Rajastas Gesicht war unbewegt, aber Riveda, der sich darauf verstand, unbewußte verräterische Zeichen zu erkennen, blieb seine innere Erregung nicht verborgen. »Geblendet und gebrochen, wie er ist – der Erlöser des Menschen wird nicht siegen, bevor Micon es will. Er ist ein . . . ein Gefäß des Lichts!«

Riveda nickte mit einer Spur von Ungeduld. »Also wollte dein Freund dem Dunklen Schrein nicht dienen, und man versuchte, ihn mit Gewalt zum Abtrünnigen zu machen? Hmm . . . denkbar ist es . . . ich könnte diesen Prinzen von Ahtarrath bewundern.« Rivedas Worte waren kaum mehr als ein Murmeln. »Ich könnte ihn bewundern, wenn all das, was du sagst, stimmt. Er muß in der Tat ein tapferer Mann sein.« Das ernste Gesicht des Graumantels entspannte sich für einen Augenblick zu einem Lächeln. Dann bildeten die Lippen wieder eine strenge Linie. »Ich werde die Wahrheit über diese Machenschaften schon herausfinden, Rajasta, glaube es mir.«

»Das weiß ich«, sagte Rajasta schlicht. Die Blicke der beiden Männer trafen sich und ruhten ineinander; gegenseitige Wertschätzung sprach aus ihnen.

»Ich werde Micon befragen müssen . . .«

»Dann komm in der vierten Stunde zu mir«, forderte Rajasta ihn auf und wandte sich zum Gehen.

Riveda hielt ihn mit einer Handbewegung zurück »Du vergißt, daß das Ritual meines Ordens bestimmte zeitraubende Vorbereitungen von mir verlangt. Erst wenn –«

»Ich habe es nicht vergessen«, erwiderte Rajasta kühl.

»Aber die Sache ist sehr dringend, und du hast in solchen Fällen einigen Spielraum.« Mit diesen Worten entfernte er sich rasch.

Riveda blickte auf die geschlossene Tür. Er war beunruhigt, doch nicht wegen Rajastas fordernder Art. Ein solches Verhalten war für einen Wächter normal, und im allgemeinen wurde es auch durch die Umstände gerechtfertigt.

Es gab immer Magier – und würde sie, wie Riveda vermutete, auch immer geben –, die sich nicht daran hindern ließen, mit den schwarzen verbotenen Künsten der Vergangenheit herumzuexperimentieren. Riveda wußte nur zu gut, daß sein Orden automatisch verdächtigt wurde, wenn es im Tempel zu irgendwelchen Störungen kam. Es war töricht von ihm gewesen, sich in seine Studien zu versenken und die Graumäntel von niedrigeren Adepten leiten zu lassen. Jetzt mußten vielleicht für die Dummheit und Grausamkeit einiger weniger auch die Unschuldigen leiden.

Idioten sind sie, schlimmer als Idioten, dachte Riveda. *Daß sie ihre Höllenspiele nicht auf Personen ohne Bedeutung beschränken können! Und wenn sie schon so hoch hinaufgreifen, dann sollten sie nicht so dumm sein, ihre Opfer am Leben zu lassen und ihnen so die Gelegenheit zu geben, Schauergeschichten zu erzählen!*

Rasch räumte Riveda die feinen Geräte ein, mit denen er die Studien betrieb, die ihn so lange beschäftigt hatten. Sein düsteres Gesicht zeigte einen Ausdruck grimmiger Entschlossenheit.

Es war in der Tat Zeit, daß er sich um seinen Orden kümmerte.

In einer Ecke des Raums, die Rajastas Verwaltungsarbeiten vorbehalten war, saß ruhig der Erzpriester Talkannon. Er wirkte völlig losgelöst von der Menschheit und ihren Sorgen. Neben ihm stand bewegungslos Domaris, die ab und zu Micon mit einem Seitenblick bedachte.

Der Atlanter hatte nicht Platz nehmen wollen und lehnte sich an einen Tisch. Micons Ruhe war unheimlich – eine anerzogene Haltung, die Rajasta nervös machte, denn er wußte, was sich dahinter verbarg. Nachdenklich die Stirn runzelnd, wandte der Priester den Blick ab und sah durch das Fenster die graugekleidete Gestalt Rivedas, unverkennbar auch auf die weite Distanz. Der Magier war auf dem Weg zu ihnen.

Ohne sich zu bewegen, fragte Micon: »Wer kommt da?«

Rajasta fuhr zusammen. Die Wahrnehmungsgabe des Atlanters war für ihn ein Quell ständiger Verwunderung. Obwohl er blind war, hatte Micon etwas bemerkt, das sowohl Talkannon als auch Domaris entgangen war.

»Riveda, nicht wahr?« setzte Micon hinzu, bevor Rajasta antworten konnte.

Talkannon hob den Kopf, doch er sprach nicht. Alle schwiegen, als Riveda eintrat und die Priester mit lässiger Höflichkeit grüßte. Domaris wurde, dem Brauch entsprechend, nicht beachtet. Sie hatte Riveda bisher noch nie gesehen. Ganz kurz begegnete ihr Blick dem des Adepten. Dann senkte sie schnell den Kopf und kämpfte gegen eine instinktive Angst und einen spontanen Widerwillen an. Ihr war sofort klar, daß sie imstande war, diesen Mann, der ihr nie etwas zuleide getan hatte, zu hassen – und ebenso, daß sie diesen Haß niemals auch nur durch das kleinste Anzeichen verraten durfte.

Micon berührte Rivedas Hand leicht mit seiner eigenen und dachte: *Der Mann da ist zu vielem fähig . . .* Auch der Atlanter hatte ein ungutes Gefühl, ohne zu wissen, warum.

»Willkommen, Herr von Ahtarrath«, sagte Riveda mit gewandter, unzeremonieller Ehrerbietung. »Ich bedaure zutiefst, daß ich nichts davon erfuhr, bis –« Er brach ab. Plötzlich kam ihm klar zu Bewußtsein, was er bislang allenfalls geahnt hatte: Dem Mann vor ihm hatte der Tod sein Siegel aufgedrückt. Alles an Micon verriet es: die nur mühsam zusammengehaltenen Kräfte, die langsamen, vorsichtigen Bewegungen, das sorgsam gehütete Feuer seines Willens, der bewußt sparsame Einsatz von Energie, all das und Micons fast durchscheinender, ausgemergelter Körper verkündeten, daß er keine Kraft zu vergeuden hatte. Und doch war ebenso offensichtlich, daß der Atlanter ein Adept war – ein Adept der hohen Mysterien.

Riveda, durstig nach Wissen und der Macht, die Wissen bedeutet, empfand eine seltsame Mischung von Neid und Bedauern. *Welch fürchterliche Verschwendung!* dachte er. *Dieser Mann würde sich – und seinen Idealen – besser dienen, wenn er sich den dunkleren Seiten des Lichts zuwendete!* Licht und Dunkelheit waren schließlich nichts als aufeinander abgestimmte, ausgewogene Erscheinungsformen eines Ganzen. Aus dem Kampf mit dem Tod konnte eine Kraft gezogen werden, wie sie das Licht niemals zu zeigen oder zu gewähren vermochte . . .

Micons Begrüßung bestand aus bedeutungslosen höflichen Phrasen und Riveda hörte sie nur mit halbem Ohr. Als Micon dann aber zur Sache kam, lauschte der Graumantel verblüfft und ungläubig den Worten des Atlanters.

»Ich war unvorsichtig.« Die klingende Stimme füllte den ganzen Raum. »Was mir zugestoßen ist, hat keine Bedeutung. Aber da war und ist einer, der auf den Weg des Lichts zurückkehren muß. Versuche, meinen Halbbruder zu finden. Was das Übrige angeht – ich kann dir den Schuldigen nicht nennen, und ich will es auch nicht.« Eine sparsame Geste unterstrich, daß Micons Entschluß unabänderlich war. »Es soll keine Rache genommen werden! Die Tat trägt ihre eigene Strafe in sich.«

Riveda schüttelte den Kopf. »Mein Orden muß gesäubert werden.«

»Darüber mußt du entscheiden. Ich kann dir dabei nicht helfen.« Micon lächelte, und zum erstenmal spürte Riveda die Wärme, die von dem Mann ausging. Der Atlanter drehte den Kopf und sah Domaris an. »Was sagst du dazu, Lichtgekrönte?« fragte er. Riveda und Talkannon verschlug es die Sprache, daß er eine einfache Akoluthin – und eine Frau noch dazu – auf solche Weise anredete.

»Du hast recht«, erklärte Domaris nachdenklich. »Aber Riveda hat ebenfalls recht. Viele Lernwillige kommen auf der Suche nach Wissen hierher. Wenn Zauberei und Folter unbestraft bleiben, gedeihen die Übeltäter wie die Maden im Speck.«

»Und was sagst du, mein Bruder?« Micon wandte sich an Rajasta. Das nahm Riveda ihm übel – auch er war schließlich Adept und ein Initiierter, und doch leugnete Micon jede spirituelle Verwandtschaft mit ihm.

»Domaris sagt die Wahrheit, Micon.« Rajastas Hand schloß sich ganz behutsam um den mageren Arm des Atlanters. »Zauberei und Folter schänden unseren Tempel – und die Pflicht verlangt, dafür zu sorgen, daß anderen nicht das gleiche Übel widerfährt wie dir.«

Micon seufzte und machte eine resignierte Bewegung mit der

Hand. »Dann muß ich mich eurem Urteil beugen. Aber ich kann die Täter leider nicht nennen . . . Sie nahmen uns am Kai in Empfang, behandelten uns mit erlesener Höflichkeit und brachten uns bei Graumänteln unter. Am Abend führte man uns in eine Krypta und verlangte von uns unter Androhung von Folter und Tod bestimmte Dinge. Wir weigerten uns . . .« Ein eigentümliches Lächeln überzog die hageren, dunklen Züge. Micon streckte seine verrenkten Hände aus. »Ihr seht, daß es keine leeren Drohungen waren. Und mein Halbbruder –« Wieder brach er ab, und kurze Zeit herrschte kummervolles Schweigen. »Er ist fast noch ein Knabe«, ergänzte Micon schließlich, »und sie konnten ihn für ihre Zwecke nutzen, wenn auch nicht in dem Maße, wie ich ihnen hätte dienen können. Es gelang mir, mich für einen Augenblick loszureißen, bevor sie mich in Fesseln legten, und von einem Gesicht die Maske herunterzuzerren. Und deshalb . . . deshalb sehe ich jetzt nichts mehr. Danach – sehr viel später, glaube ich – wurde ich freigelassen. Freundliche Männer, die mich nicht kannten, brachten mich in Talkannons Haus, wo ich meine Diener wiederfand. Wie man ihnen meine lange Abwesenheit erklärt hat, weiß ich nicht.« Micon hielt inne und setzte dann leise hinzu: »Talkannon sagte mir, ich sei lange krank gewesen. Und tatsächlich gibt es eine Zeitspanne, an die ich überhaupt keine Erinnerung habe.«

Talkannons eiserner Griff zwang seine Tochter zum Schweigen.

Riveda stand mit gefalteten Händen da, betrachtete Micon nachdenklich und fragte schließlich: »Wie lange ist das her?«

Micon zuckte, leicht verlegen, die Schultern. »Ich habe keine Ahnung. Meine Wunden waren geheilt – soweit eine Heilung möglich war –, als ich in Talkannons Haus erwachte.«

Nun brach Talkannon, der bis jetzt so gut wie nicht gesprochen hatte, sein Schweigen und sagte: »Er wurde mir von einfachen Leuten ins Haus gebracht, von Fischern. Sie behaupteten, sie hätten ihn am Strand gefunden, bewußtlos und fast nackt. An dem Schmuck, den er noch um den Hals trug, erkannten sie ihn als Priester. Ich befragte sie eingehend, aber sie wußten nicht mehr.«

»Du hast sie befragt?« bemerkte Riveda mit beißender Verachtung. »Woher weißt du, daß sie die Wahrheit gesprochen haben?«

Talkannons Antwort kam wie ein Peitschenhieb. »Wenn ich mehr aus ihnen hätte herausbringen wollen, so hätte ich sie foltern lassen müssen.«

»Genug davon«, bat Rajasta, denn Micon zitterte.

Riveda schluckte eine weitere Bemerkung hinunter und wandte sich Micon zu. »Erzähle mir wenigstens noch etwas über deinen Bruder.«

»Er ist nur mein Halbbruder«, antwortete Micon mit einigem Zögern. Seine unheimliche Ruhe war verschwunden; seine verrenkten Finger an den kraftlos herabhängenden Händen zuckten schwach. »Sein Name ist Reio-ta. Er ist viele Jahre jünger als ich, aber im Aussehen unterscheiden – unterschieden wir uns nicht so sehr . . .« Die Stimme versagte ihm, und er schwankte.

»Ich will tun, was ich kann«, erklärte Riveda mit plötzlicher, überraschender Sanftheit. »Hätte ich nur früher davon erfahren! Ich kann euch gar nicht sagen, wie leid es mir tut . . .« Der Graumantel neigte den Kopf. »Nach so langer Zeit kann ich indes nichts versprechen . . .«

»Ich verlange nichts von dir, Riveda. Ich weiß, du wirst tun, was du mußt. Aber ich bitte dich: Rechne bei deinen Nachforschungen nicht auf meine Hilfe.« In Micons Ton schwang eine unausgesprochene Entschuldigung mit. »Ich habe nicht die Kraft dazu, auch wäre ich von keinem großen Nutzen – da es mir nicht möglich ist, dir zu –«

Riveda richtete sich mit finsterer Miene auf. »Du hast mir gesagt, du hättest ein Gesicht gesehen. Beschreibe es!«

Alle Anwesenden neigten sich Micon zu. Sie warteten – aber der Atlanter straffte seinen Körper und erklärte mit fester Stimme: »Das ist ein Geheimnis, das mit mir sterben wird. Ich habe gesagt: *Es soll keine Rache genommen werden!*«

Talkannon ließ sich seufzend auf seinem Sitz zurücksinken. Domaris' Gesicht verriet ihre widerstreitenden Gefühle. Rajasta machte Micon nicht einmal in Gedanken einen Vorwurf. Von ihnen allen kannte er den Atlanter am besten und er hatte sich entschlossen, Micons Einstellung zu akzeptieren, obwohl er sie im Grunde nicht billigte.

Riveda maß ihn mit strengem Blick. »Ich bitte dich, darüber noch einmal nachzudenken, Micon! Ich weiß, dein Gelübde verbietet dir, Rache für ein dir persönlich angetanes Unrecht zu nehmen, aber –« Er ballte die Fäuste. »Hast du nicht auch einen Eid geleistet, andere vor Unheil zu schützen?«

Micon blieb unbeugsam. »Ich habe gesagt, daß ich weder sprechen noch Zeugnis ablegen werde.«

»Dann sei es so!« Rivedas Stimme klang bitter. »Ich kann dich nicht zwingen, gegen deinen Willen zu sprechen. Der Ehre meines Ordens wegen muß und werde ich Untersuchungen anstellen. Aber sei überzeugt: *Dich* werde ich nicht wieder belästigen!«

Rivedas Zorn traf Micon tief; er taumelte und stützte sich schwer auf Rajasta, der sofort alles andere vergaß und dem Atlanter zu dem Sitz half, den dieser zuvor ausgeschlagen hatte.

Mitleid milderte die strenge Miene des Graumantel-Adepten. Riveda konnte sehr liebenswürdig sein, und er hatte jetzt den dringenden Wunsch, Micon zu beschwichtigen. »Wenn ich dich beleidigt habe, Micon«, sagte er ernst, »so bitte ich dich, folgendes zu berücksichtigen: Was dir widerfahren ist, berührt die Ehre meines Ordens, über die ich ebenso sorgfältig wachen muß wie du über die Einhaltung deiner Gelübde. Ich will das Nest bösartiger Vögel ausrotten – Feder, Flügel und Ei! Und zwar nicht allein deinetwegen, sondern auch im Interesse aller, die dir in unsere Hallen folgen werden.«

»Für dies Ziel habe ich Verständnis«, erwiderte Micon fast demütig, die blinden Augen unverwandt auf Riveda gerichtet. »Welche Mittel du anwendest, ist nicht meine Sache . . .« Er seufzte, und die Anspannung seiner Nerven ließ ein wenig nach. Von den Anwesenden hatte vielleicht nur die außergewöhnlich empfindsame Domaris gewußt, wie sehr der Atlanter sich vor diesem Gespräch gefürchtet hatte. Jetzt konnte er sich wenigstens zumindest sicher sein, daß Riveda nicht zu seinen Folterern gehörte. Er hatte mit dieser Möglichkeit gerechnet und war darauf vorbereitet gewesen, sein Wissen gegebenenfalls geheimzuhalten. Mit der Erleichterung kam die Müdigkeit. »Mein Dank ist nichts wert, Riveda«, sagte er, »aber nimm mit ihm meine Freundschaft an.«

Sehr behutsam ergriff Riveda die ausgerenkten Finger und prüfte mit seinen kundigen Augen unauffällig, wie lange es her sein mochte, daß sie verheilt waren. Rivedas Hände waren selbst groß und hart, rauh von der körperlichen Arbeit, die er in seiner Kindheit verrichtet hatte. Dennoch waren sie nicht weniger sensibel als Micons. Der Atlanter spürte, daß in Rivedas Händen eine starke Kraft gefesselt war – eine ursprünglich ungebärdige, jetzt aber beherrschte Kraft. Die Kräfte der beiden Initiierten trafen sich – doch schon der kurze, unmittelbare Kontakt zu so viel Vitalität war für Micon zuviel. Mit aschfahlem Gesicht zog er seine Hand zurück. Ohne ein weiteres Wort und von der Anstrengung, ruhig zu wirken, zitternd, drehte er sich um und ging auf die Tür zu.

Rajasta machte einen Schritt vorwärts, um ihm zu folgen, blieb dann jedoch stehen, einem unhörbaren Befehl gehorchend, der schlicht und einfach »Nein« lautete.

Knarrend schloß sich die Tür, und Rajasta wandte sich Riveda zu: »Nun?«

Riveda stand da und sah stirnrunzelnd auf seine Hände nieder.

Voller Unbehagen erklärte er: »Der Mann ist ein roher, offener Kanal der Macht.«

»Wie meinst du das?« fragte Talkannon gepreßt.

»Als unsere Hände sich berührten«, murmelte Riveda, »spürte ich, wie die Lebenskraft mich verließ. Er schien sie aus mir herauszuziehen wie ein Vampir oder . . .«

Rajasta und Talkannon starrten den Graumantel bestürzt an. Was Riveda beschrieb, war ein Geheimnis der Priesterkaste, von dem nur selten und nur mit unendlicher Behutsamkeit Gebrauch gemacht wurde. Kaum zu bändigende Wut überkam Rajasta. Von ihm hatte Micon solche Hilfe mit einer Endgültigkeit, die keinen Raum für Einwände ließ, verschmäht . . . und Riveda, so wurde ihm plötzlich bewußt, hatte nicht im geringsten begriffen, was eigentlich vorgegangen war.

Das heisere Flüstern des Graumantels klang beinahe verängstigt. »Ich glaube, er hat es auch gemerkt – er zog sich von mir zurück, wollte mich nicht wieder berühren . . .«

Talkannon stieß heiser hervor: »Sprich niemals darüber, Riveda!«

»Ich werde mich hüten!« In einer für ihn völlig ungewöhnlichen Geste bedeckte Riveda das Gesicht mit den Händen und wandte sich erschauernd von den beiden ab. »Ich darf niemals . . . ich bin zu stark, ich hätte ihn töten können, ich –«

Domaris lehnte sich immer noch an ihren Vater; ihr Gesicht war so weiß wie Talkannons Robe. Mit der freien Hand ergriff sie die Tischkante. Die Knöchel ihrer Finger waren wie weiße Knoten.

Talkannon hob ruckartig den Kopf. »Was fehlt dir, Mädchen?«

Rajasta, der seine strenge Selbstbeherrschung augenblicklich zurückgewann, sah sie besorgt an. »Domaris! Bist du krank, Kind?«

»Ich – nein«, stammelte sie. »Aber Micon . . .« Tränen strömten ihr übers Gesicht. Sie riß sich von ihrem Vater los und floh aus dem Raum.

Die Männer sahen ihr sprachlos nach. Als das Schweigen bedrükkend wurde, durchquerte Riveda den Raum und schloß die Tür, die Domaris bei ihrer hastigen Flucht offengelassen hatte. Mit ätzendem Sarkasmus bemerkte er: »Ich stelle bei deinen Akoluthen einen gewissen Mangel an Haltung fest, Rajasta.«

Ausnahmsweise fühlte Rajasta sich dieses Mal durch Rivedas Grobheit nicht beleidigt. »Sie ist ein Mädchen«, meinte er milde. »Und die Angelegenheit, um die es hier geht, ist ziemlich böse.«

»Ja«, stimmte Riveda ihm schwer zu. »Nun . . .« Er richtete die eisblauen Augen auf Talkannon und unterzog den Erzadministrator einem strengen Verhör. Wie hießen die Fischer, die Micon »entdeckt« hatten? Wann war das alles geschehen? Der Adept suchte nach dem kleinsten verräterischen Hinweis, nach halbvergessenen Einzelheiten, hinter denen sich wesentliche Informationen verbergen mochten, erfuhr jedoch bei allem nur wenig mehr als das, was er bereits gewußt hatte.

Das Kreuzverhör, das der Graumantel darauf mit Rajasta anstellte, war noch weniger ergiebig. Riveda, der selbst in bester Stimmung immer leicht erregbar war, wurde schließlich zornig und brüllte: »Wie soll ich arbeiten, wenn ich so im Dunkeln tappe? Ihr wollt wohl auch mich zu einem Blinden machen!« Trotz seiner Enttäuschung und Verärgerung war er sich klar darüber, daß er alles, was es über den Fall zu wissen gab, ausgelotet hatte. »Na gut!« sagte er dann. »Wenn die Priester des Lichts mir dies Geheimnis nicht erhellen können, muß ich eben lernen, schwarze Gestalten in völliger Schwärze zu erkennen!« Er wandte sich zum Gehen und rief über die Schulter zurück: »Ich danke euch, daß ihr mir die Möglichkeit bietet, mein Wahrnehmungsvermögen zu verfeinern!«

In der Zurückgezogenheit seiner Wohnung lag Micon ausgestreckt auf dem schmalen Bett, das Gesicht in den Armen verborgen. Er atmete langsam und bewußt. Durch Rivedas Lebenskraft, die Micon in einem Augenblick der Unvorsichtigkeit hatte auf sich wirken lassen, hatte er die ständig gefährdete Kontrolle über seinen Körper verloren. Heftige Gleichgewichtsstörungen machten ihn wie betäubt, und zu seiner Benommenheit gesellte sich Entsetzen. Es war paradox, daß ihn diese Kraft, die ihm in einer weniger kritischen Situation nur hätte guttun können, in diesem Augenblick mit dem völligen Zusammenbruch und Schlimmerem bedrohte.

In Micon breitete sich die Überzeugung aus, daß die Folterung und das, was er jetzt erlitt, nur das Vorspiel zu einer noch längeren, bitteren Quälerei waren – und wozu? Um dem Bösen zu widerstehen!

Obgleich er Priester war, war Micon doch noch so jung, daß er in schreckliche Verwirrung geriet. *Anständigkeit,* dachte er mit plötzlicher Wut, *ist ein viel zu teurer Luxus!* Aber er bezwang die Versuchung, sich einer solchen Stimmung hinzugeben. Zornig auf sich selbst erkannte er, daß es Gedanken waren, die die Dunklen sandten. Ihr Wille war, durch die Nadelstiche, die ihre Folter geöffnet hatte, einem weiteren Sakrileg Tür und Tor zu öffnen.

Verzweifelt kämpfte er die geistige Anfechtung nieder. Sie würde sonst die bereits nachlassende Kontrolle über seinen Körper, die er nur mit aller Mühe aufrechterhielt, noch weiter schwächen.

Ob ich das noch ein ganzes Jahr lang werde ertragen können?

Doch er hatte eine Aufgabe zu vollenden, mochte kommen, was wollte. Er hatte bestimmte Versprechen abgegeben, und er mußte sie halten. Er hatte Rajasta als Schüler angenommen . . . und dann war da Domaris . . . Domaris . . .

5. Die Nacht des Zenits

Der Nachthimmel war ein stilles Gewölbe. Bläue türmte sich auf Bläue, Purpur über Indigo, bestäubt mit einem Glitzern soeben erblühender Sterne. Ein zartes Leuchten, zu schwach für Sternenglanz, zu schemenhaft, um irdischen Ursprungs zu sein, schwebte über dem Pfad in der mondlosen Nacht. In seinem Schimmern schritt Rajasta unbeirrbar dahin, und Micon neben ihm bewegte sich ruhig und sicher, ohne je zu straucheln.

»Warum suchen wir heute nacht das Sternenfeld auf, Rajasta?«

»Heute nacht – ich dachte, ich hätte es dir schon erzählt – ist die Nacht, in der Caratra, der Stern der Frauen, den Zenit berührt. Die Zwölf Akoluthen werden den Himmel beobachten, und jeder wird die dort sichtbaren Zeichen auslegen, so gut er kann. Es wird dich bestimmt interessieren.« Rajasta lächelte seinem Gefährten zu. »Domaris wird hinkommen, und ihre Schwester wird wahrscheinlich auch dort sein. Sie bat mich darum, dich mitzubringen.« Der Pfad führte zur Kuppe eines Hügels. Rajasta nahm Micons Arm und half ihm freundlich beim Aufstieg.

»Es wird mir bestimmt Freude machen.« Micons Lächeln war frei von dem Schmerz, der sein Gesicht sonst so oft verzerrte. Wo Domaris war, war Vergessen; er war nicht immer so stark. Irgendwie hatte sie die Fähigkeit, ihm eine Kraft zu verleihen, die nicht allein physischer Natur war, sondern eher wie ein Überströmen ihrer eigenen reichen Lebenskraft. Micon fragte sich, ob sie es bewußt tat – daran, daß sie zu einer solchen überströmenden Großzügigkeit *imstande* war, zweifelte er nie. Ihre Sanftmut und Freundlichkeit waren wie ein Geschenk der Götter –, und mit einem Sinn, der über bloßes Sehen hinausging, hatte er erkannt, daß sie schön war . . .

Rajastas Augen waren traurig. Er liebte Domaris, und wie sehr er sie liebte, das wurde ihm erst jetzt bewußt, da er ihren Frieden bedroht sah. Diesem Mann, den er ebenfalls liebte, rückte der Tod immer näher. Das Gefühl, das Rajasta zwischen Micon und Domaris aufblühen sah, war zart und schön, doch trug es den Keim des Kummers in sich. Ebenso wie Micon wußte Rajasta, daß Domaris sich Micon ganz hingeben würde, so sehr, daß sie sich dabei selbst beraubte. Er wollte und konnte das nicht verbieten, und das unvermeidliche Ende, das er mit großer Klarheit voraussah, stimmte ihn traurig . . .

Micon sagte mit einer Zurückhaltung, die seine Worte um so überzeugender klingen ließ: »Ich bin gewiß nicht durch und durch selbstsüchtig, mein Bruder. Auch ich bin in der Lage, die Vorboten kommender Auseinandersetzungen zu erkennen. Du weißt jedoch, daß mein Geschlecht fortgesetzt werden muß – andernfalls hätte die Göttliche Sache gegen allzu große Gefahren zu kämpfen. Ich tue es nicht aus Stolz.« Er zitterte, als friere er, und Rajasta reichte ihm schnell und vorsichtig seinen Arm.

»Ich weiß«, erwiderte der Priester des Lichts. »Wir haben ja oft darüber gesprochen. Die Dinge nehmen ihren Lauf, und wir müssen darauf achten, daß sie sich nicht gegen uns wenden. Versuche, heute nacht nicht daran zu denken. Komm, es ist jetzt nicht mehr weit.« Rajasta hatte schon einmal miterlebt, wie Micon von seinen Schmerzen überwältigt wurde, und die Erinnerung daran war nicht angenehm.

Augen, die sich an die Nacht gewöhnt hatten, erschien das Sternenfeld als ein Ort von ätherischer Schönheit. Der Himmel lag über ihnen wie zusammengefaltete Schwingen, und die Sterne funkelten wie eine Vielzahl winziger Staubkörner. Der süße Duft der atmenden Erde, das Murmeln gedämpfter Unterhaltungen und die samtschwarzen Schatten schufen eine Traumwelt. Es war, als könne ein einziges Wort die ganze Szene auflösen und gähnende Leere hinterlassen.

Rajasta meinte leise: »Es ist wirklich unbeschreiblich schön.«

»Ich weiß.« Über Micons dunkles, unruhiges Gesicht zuckte ein schmerzvoller Ausdruck. »Ich fühle es.«

Domaris, deren helles Gewand silbern wie Rauhreif schimmerte, schien ihnen entgegenzuschweben. »Kommt und setzt euch zu uns, Lehrer der Weisheit«, lud sie die beiden Männer ein und zog Deoris eng an sich.

»Gern«, antwortete Rajasta und folgte mit Micon der hochgewachsenen, anmutigen Gestalt.

In diesem Augenblick machte sich Deoris plötzlich von dem Arm los, der ihre Taille umfaßt hielt, und ging auf Micon zu.

»Kleine Deoris«, sagte der Atlanter mit freundlichem Lächeln.

Bei aller Schüchternheit kühn, legte das Kind seine Hand auf Micons Arm. Ihr seliges Lächeln hatte auch etwas Beschützendes; die in Deoris erwachende Frau nahm ungescheut von allem Kenntnis, was die klügere Domaris sich nicht einzugestehen wagte.

Neben einem niedrigen, lieblich duftenden Busch, dessen weiße Blüten sich vor dem nächtlichen Hintergrund abhoben, blieben sie stehen. Domaris setzte sich auf den Boden und nahm ihren Mantel aus silbernen Spinnwebfäden von den Schultern. Deoris zog Micon sorgsam zwischen sich und die Schwester nieder, und Rajasta nahm Platz neben seiner Akoluthin.

»Du hast dir die Sterne angesehen, Domaris; was siehst du dort?«

»Priester«, erwiderte das Mädchen förmlich, »Caratra nimmt heute nacht eine merkwürdige Position ein. Sie steht in Konjunktion mit dem Harfner und der Sichel. Wenn ich das ausdeuten müßte . . .« Sie zögerte und hob ihr Gesicht von neuem zum Himmel auf. »Die Schlange steht zu ihr in Opposition«, murmelte Domaris. »Ich würde sagen – eine Frau wird eine Tür zum Bösen öffnen, und eine Frau wird sie wieder verriegeln. Es ist jeweils die gleiche Frau, aber das Verriegeln der Tür gelingt ihr nur durch den Einfluß einer anderen. »Domaris schwieg eine Weile, doch bevor ihre Gefährten sprechen konnten, fuhr sie fort: »Ein Kind wird geboren werden, und von ihm wird ein Geschlecht abstammen, das das Böse für immer bannen wird.«

Mit einer impulsiven Bewegung umfaßte Micon unbeholfen ihre Schultern. »Die Sterne sagen das?« fragte er heiser.

Domaris begegnete seinen blicklosen Augen in betroffenem Schweigen. Dies eine Mal war sie beinahe froh über seine Blindheit. »Ja«, antwortete sie, die Stimme beherrscht, aber rauh. »Caratra nähert sich dem Zenit, und Alderes, ihre Dame, begleitet sie. Die Sieben Wächter haben sich um sie geschart – schützen sie nicht nur vor der Schlange, sondern auch vor El-cherkan, dem Schwarzen Krieger, der sie aus den Klauen des Skorpions bedroht . . .«

Micon entspannte sich und lehnte sich minutenlang an sie. Domaris hielt ihn sanft, ließ ihn an ihrer Brust ruhen und teilte ihm in einer bewußten Anstrengung von ihrer Kraft mit. Es geschah unaufdringlich und mit Würde, gleichsam als spontane Antwort auf eine besondere Notlage, aber auch in jener instinktiven Übereinstimmung, die sie mit Micon verband. Die Sicht, die der Geist des Initiierten ihr enthüllte, ging über ihre eigene Erfahrung und Vorstellungskraft weit hinaus. Zwar war sie Akoluthin der Mysterien, doch die Tiefe und Klarheit seiner Wahrnehmungen sowie die Sicherheit seines Bewußtseins erfüllten sie mit einer Hochachtung, die niemals mehr schwinden sollte. Und seine ausdauernde Tapferkeit und Entschlossenheit weckten in ihr ein Gefühl, das der Verehrung nahekam. Gerade die Behinderung dieses Mannes verkündete die ihm eigene menschliche Größe; seine große Demut war eins mit einem Stolz, der die übliche Bedeutung dieses Wortes vergessen machte . . . Domaris erkannte, wie hier Emotionen, die einen anderen rasend oder rebellisch gemacht hätten, von einem starken Willen niedergehalten wurden – und plötzlich schrak sie zusammen. Sie selbst stand im Mittelpunkt seiner Gedanken! Ein heißes Erröten, das selbst im Sternenlicht noch sichtbar war, breitete sich auf ihrem Gesicht aus.

Schnell, aber doch behutsam, so daß die plötzliche Leere nicht schmerzte, zog sie sich von der Berührung zurück. Der Gedanke, bei dem sie ihn überrascht hatte, war so zart und schön, daß er ihr wie eine Weihe war. Aber es war Micons ureigenster Gedanke und es rief ein köstliches Schuldgefühl in ihr hervor, daß sie ihn erhascht hatte.

Micon spürte, was vorgefallen war, und er löste sich vorsichtig von ihr, wenn auch mit Bedauern. Er nahm ihre Verwirrung wahr; Domaris hatte sich noch nie Gedanken über ihre Wirkung auf Männer gemacht.

Schließlich zerriß Deoris, die die beiden mit einer Mischung aus Bestürzung und Unwillen beobachtete, die letzten Reste der noch vorhandenen hauchdünnen Verbindung. »Micon, du hast dich überanstrengt«, rief sie vorwurfsvoll und breitete ihren wollenen Mantel für ihn auf dem Gras aus.

Rajasta setzte hinzu: »Ruh dich aus, mein Bruder.«

»Es war nur eine vorübergehende Schwäche«, murmelte Micon. Zufrieden, sich neben Domaris ausstrecken zu können, ließ er ihnen jedoch ihren Willen. Kurz darauf spürte er, wie ihre warme Hand sich in einer federleichten Berührung, die seinen verkrüppelten Fingern nicht wehtat, um die seine schloß.

Rajasta segnete die beiden stumm, und Deoris, die seinen Gesichtsausdruck bemerkte, schluckte schwer. *Was geschieht mit Domaris?* Ihre Schwester veränderte sich vor ihren Augen, und Deoris, die sich an das klammerte, was das einzig Sichere in der ständigen Veränderungen unterworfenen Welt des Tempels gewesen war, erschrak. In diesem Augenblick haßte sie Micon beinahe, und es machte sie wütend, daß Rajasta die Sache offensichtlich guthieß. Sie hob die Augen und starrte, wild entschlossen, ja nicht zu schluchzen, durch einen Schleier zorniger Tränen die Sterne an.

Eine neue Stimme begrüßte die Anwesenden. Deoris zuckte zusammen und drehte sich um. Eine merkwürdige, unbekannte Erregung, halb Verlockung und halb Furcht, ließ sie erschauern. *Riveda!* Deoris, die sich schon zuvor in einem Zustand fieberhafter Nervosität befunden hatte, wich zurück, als der dunkle Schatten über sie fiel und das Sternenlicht auslöschte. Der Mann war unheimlich; aber sie war nicht fähig, den Blick von ihm abzuwenden.

Rivedas höflicher, seltsam ritueller Gruß schloß sie alle ein. Er ließ sich auf das Gras niedersinken. »Ach, du betrachtest mit deinen Akoluthen die Sterne, Rajasta? Domaris, was sagen die Sterne über mich?« Obwohl die Stimme des Adepten gedämpft und höflich klang, wirkte sie so, als mache er sich über den Brauch als ein kindisches Ritual lustig.

Domaris runzelte die Stirn. Mit einiger Mühe gelang es ihr, ihre Aufmerksamkeit wieder der unmittelbaren Umgebung zuzuwenden. Sie sprach mit unterkühlter Höflichkeit: »Ich bin keine Wahrsagerin, Riveda. Was sollten die Sterne über dich schon sagen?«

»Über mich ebenso Gutes wie über alle anderen«, ergänzte Riveda mit spöttischem Lachen. »Oder ebenso Schlechtes . . . Komm, Deoris, setz dich zu mir.«

Das kleine Mädchen sah Domaris bittend an, aber niemand sprach, und niemand erhob mit Blicken Einspruch. So stand sie auf, und das kurze, enggegürtete Kleid umgab sie wie ein Schimmer sternenbesetzten Blaus. Sie ging zu Riveda und setzte sich neben ihn ins Gras. Der Adept lächelte.

»Erzähl uns eine Geschichte, kleine Skriptorin«, bat er, nur halb im Ernst. Deoris schüttelte verschämt den Kopf, aber Riveda ließ nicht locker. »Dann sing für uns! Ich habe gehört, du . . . deine Stimme sei so schön.«

Das Kind geriet in noch größere Verlegenheit. Sie entzog Riveda ihre Hand und schüttelte die dunklen Locken über die Augen. Noch immer kam ihr in ihrer Verwirrung niemand zu Hilfe, und jetzt flüsterte auch Micon in der Dunkelheit: »Willst du nicht singen, meine kleine Deoris? Auch Rajasta hat von deiner lieblichen Stimme gesprochen«

Daß Micon einen Wunsch äußerte, kam nur sehr selten vor. Sie konnte ihm seine Bitte nicht abschlagen. Schüchtern sagte sie: »Ich will von den Sieben Wächtern singen — wenn Rajasta den Vers von den fallenden Sternen singt.«

Rajasta lachte laut. »Ich soll singen? Meine Stimme würde die Wächter vor Schreck *noch einmal* vom Himmel fallen lassen, mein Kind!«

»*Ich* werde den Vers singen«, entschied Riveda und forderte das Mädchen erneut zum Singen auf, dieses Mal in einem Ton, der keine weiteren Ausflüchte duldete.

Das Mädchen schlang die Arme um die mageren Knie und wandte das Gesicht zum Himmel. In klarem, ruhigem Sopran begann sie zu singen:

An einem Tag, längst vergessen,
Hielten Sieben Wächter
Wache am Himmel.
Ein schwarzer Tag war's,
Als sieben Sterne
Ihren Platz verließen,
Den Schwarzen Stern des Unheils zu bewachen.

Sieben Sterne
Stahlen sich leise
Als Sieben Wächter
Von ihren Plätzen
Unter der Deckung
Des schützenden Himmels.

Der Schwarze Stern wartet
Stumm im Schatten,
Schleicht durch die Schatten
Und wartet der Nacht,
Über dem Berg
Hängt er, schwebt er,
Dunkel, ein Rabe
In roter Wolke.

Leise wie Schatten
Fallen die Sieben,
Sonnenlicht macht sie
Unsichtbar.
Flammend fallen
Sieben Sterne
Auf den Schwarzen Unheilsstern!

Andere Menschen, die sich auf dem Sternenfeld versammelt hatten, um die Himmelszeichen zu beobachten, wurden von dem Gesang angezogen. Still und voller Bewunderung kamen sie näher. Jetzt fiel, in einem strengen Rhythmus, Rivedas tiefer, klingender Bariton ein und begleitete Deoris' silbrige Stimme mit unheimlichen Harmonien.

Der Berg bebt!
Donner erschüttert
Die Dämmerung!
Als Sieben Wächter
Niederstürzen,
Ein Regen aus
Kometenfeuer,
Auf den Schwarzen Stern!
Der Ozean wogt vor Qual,
Berge bersten und bröckeln!
Ertrunken liegt der Schwarze Stern,
Und das Unheil ist tot!

Mit gedämpfter, glockenreiner Stimme sang Deoris die Klage:

Sieben Sterne fielen,
Fielen vom Himmel,
Ertranken, wo tot
Der Schwarze Stern liegt!

Manoah der Gnädige, Herr des Glanzes,
Hob die Ertrunkenen auf,
Verbannte den Schwarzen
Für endlose Zeiten,
Bis er von neuem
Aufgeht im Licht.
Die Guten Wächter
Erhob er zu Ehren,
Zur Krone des Bergs.
Hoch über dem Sternenberg
Leuchten die Sieben,
Die Sieben Bewacher
Von Erde und Himmel.

Das Lied erstarb in der Nacht; ein leiser Wind flüsterte und verstummte. Die Leute, die sich versammelt hatten, ein paar Akoluthen und zwei oder drei Priester, murmelten ein paar anerkennende Worte und schlenderten, in eine leise Unterhaltung vertieft, wieder von dannen.

Micon rührte sich nicht. Seine Hand lag noch immer in Domaris' sanften Fingern. Rajasta beobachtete die beiden, die er so sehr liebte, und war tief in Gedanken versunken. Es war ihm, als gäbe es nur noch sie auf dieser Welt.

Riveda neigte seinen Kopf Deoris zu. Sternenlicht und Schatten milderten die Strenge seiner harten, atavistisch wirkenden Züge. »Deine Stimme ist schön. Ich wollte, wir hätten solche Sängerinnen im Grauen Tempel! Vielleicht singst du eines Tages wirklich dort . . .«

Deoris sagte ein paar belanglose Höflichkeiten, runzelte dabei jedoch die Stirn. Die Männer der Graumäntel-Sekte standen im Tempel in hohen Ehren, aber ihre Frauen waren so etwas wie ein Geheimnis. Durch seltsame, geheimnisvolle Gelübde gebunden, wurden sie gleichermaßen verachtet und gemieden. Man sprach von ihnen herabsetzend als *saji,* ein Wort, das Deoris, die seine Bedeutung gar nicht kannte, unheimlich und furchterregend vorkam. Viele der Graumäntel-Frauen stammten aus dem Volke; einige waren die Kinder von Sklaven, und darin lag vermutlich der Hauptgrund dafür, daß Ehefrauen und Töchter der Priesterkaste sie mieden. Der Gedanke, Deoris, die Tochter des Erzadministrators Talkannon, könne sich freiwillig den verfemten *saji* anschließen, ärgerte das Kind derartig, daß es sich kaum noch über Rivedas Kompliment für ihren Gesang freuen konnte.

Der Adept lächelte nur. Dann sagte er leise: »Da deine Schwester zu müde ist, um mich zu unterweisen . . . Würdest *du* wohl die Sterne für mich ausdeuten, Deoris?«

Deoris errötete tief. Angestrengt spähte sie in den Himmel und besann sich darauf, was sie gelernt hatte. »Ein mächtiger Mann – oder ein männliches Prinzip – bedroht . . . eine weibliche Funktion durch die Macht der Wächter. Böses aus alter Zeit – entweder ist es bereits oder es wird gerade wiedererweckt –« Deoris merkte, daß die anderen sie ansahen, und verstummte. Voll Scham über ihre Vermessenheit senkte sie den Blick; nervös rang sie die Hände im Schoß. »Aber das muß nicht unbedingt mit dir zu tun haben, Riveda«, flüsterte sie fast unhörbar.

Rajasta lachte nachsichtig. »Das war gar nicht schlecht, mein Kind. Benutze das Wissen, das du hast. Du wirst dazulernen, wenn du älter wirst.«

Riveda reizte die Herablassung in Rajastas Stimme. Denn er selbst hatte gestaunt über das Einfühlungsvermögen, mit dem dies ungelehrte Kind eine Konstellation interpretierte, die sogar erfahrenen und geübten Sehern einige Rätsel aufgegeben hätte. Daß sie die anderen zweifellos die Omina um Caratra hatte erörtern hören, spielte dabei kaum eine Rolle. Scharf sagte Riveda: »Vielleicht kannst du, Rajasta –«

Doch der Adept kam nicht dazu, seinen Satz zu beenden. Die stämmige Gestalt des Akoluthen Arvath warf ihren Schatten über die kleine Gruppe.

»Es wird erzählt«, meinte Arvath im Plauderton, »daß der Prophet des Sternenberges die Wächter im Tempel lehrte, bevor er zwölf Jahre zählte. Also mögt auch ihr der Geringsten unter euch zuhören.« Der junge Akoluth wirkte belustigt. Er verneigte sich förmlich vor Rajasta und Micon. »Söhne der Sonne, wir fühlen uns geehrt durch eure Anwesenheit. Und durch die deine, Riveda.« Er beugte sich vor und faßte eine von Deoris' Ringellokken. »Versuchst du, die Prophetin zu spielen, Kätzchen?« Dann fragte er das andere Mädchen: »Warst du es, die gesungen hat, Domaris?«

»Es war Deoris«, gab Domaris kurz zurück. Ließ Arvath sie denn niemals aus den Augen? Mußte er sie ständig überwachen?

Arvath sah, daß Micon beinahe in Domaris' Armen lag, und sein Gesicht verfinsterte sich. *Domaris gehört mir! Micon ist ein Eindringling und hat nicht das Recht, sich zwischen einen Mann und seine Verlobte zu stellen!*

Die Eifersucht vernebelte Arvath die Sinne. Wütend vor unterdrücktem Verlangen und fest davon überzeugt, daß ihm Unrecht zugefügt wurde, ballte er die Fäuste. *Ich werde diesem unverschämten Fremdling Manieren beibringen!*

Arvath setzte sich zu den anderen und legte Domaris mit einer entschlossenen Bewegung den Arm um die Taille. Dieser Eindringling betrat verbotenes Gebiet, das wenigstens konnte er ihm zeigen! Sehr deutlich, aber in vertraulichem, weichem Tonfall, fragte er sie: »Hast du lange auf mich gewartet?«

Gleichermaßen verblüfft wie entrüstet starrte Domaris ihn an. Sie war zu gut erzogen, um eine Szene zu machen. Ihr erster Impuls war, ihn zornig von sich zu stoßen, doch es gelang ihr, sich zu beherrschen. Sie bewegte sich nicht und schwieg. An Liebkosungen von Arvath war sie gewöhnt, aber die eifersüchtige, besitzergreifende Hartnäckigkeit bestürzte sie.

Erzürnt über ihre Passivität, ergriff Arvath ihre Hände und zog sie von denen Micons fort. Domaris holte scharf Atem und machte sich von beiden Männern frei. Sie stand auf, und Micon gab einen erschrockenen, fragenden Laut von sich. In diesem

Augenblick griff Rajasta ein. Als habe er nichts bemerkt, fragte er den jungen Mann: »Was sagen die Sterne *dir*, junger Arvath?«

Die von Kind auf geübte Gewohnheit, Höhergestellten sofortige Reverenz zu erweisen, ließ Arvath ehrerbietig den Kopf neigen. »Ich bin noch zu keinen Schlußfolgerungen gekommen, Sohn der Sonne. Die Dame des Himmels wird den Zenit nicht vor der sechsten Stunde erreichen, und bis dahin ist eine korrekte Interpretation nicht möglich.«

Rajasta nickte zustimmend. »Vorsicht ist eine Tugend von großem Wert«, sagte er mild, doch in seinem Ton war beißende Ironie, die Arvath die Augen niederschlagen ließ.

Riveda kicherte – er hatte es ja gleich gewußt –, und die Spannung, die sich nun nicht mehr auf einen ganz bestimmten Brennpunkt konzentrierte, ließ nach. Domaris setzte sich wieder ins Gras, diesmal neben Rajasta, und der alte Priester legte ihr väterlich einen Arm um die Schultern. Er wußte, sie war tief verstört, und obwohl er der Ansicht war, sie hätte sich taktvoller gegen beide Männer verhalten können, machte er ihr daraus keinen Vorwurf. *Domaris ist noch jung – viel zu jung,* dachte er. *Sie ist zu unerfahren, um Mittelpunkt einer solchen Auseinandersetzung zu werden!*

Arvath wiederum gewann die Klarheit seines Denkens zurück und beruhigte sich. Schließlich hatte er nichts gesehen, was seine Eifersucht rechtfertigte, und Rajasta würde seiner Akoluthin bestimmt nicht erlauben, die Bräuche der Zwölf zu verletzen . . . So redete Arvath sich selbst gut zu, und bequemerweise vergaß er dabei alle Bräuche bis auf die, deren strenge Einhaltung er selbst wünschte.

Der Hauptgrund aber, daß sich Arvaths Zorn jetzt so rasch legte, war, daß er Micon wirklich mochte – und daß sie außerdem Landsleute waren. Bald waren die beiden in ein unverfängliches, freundliches Gespräch vertieft, wobei Micon allerdings, der mit seinen überaus empfindsamen Sinnen Arvaths Stimmung genau gespürt hatte, anfangs noch mit einiger Zurückhaltung antwortete.

Domaris hörte nicht länger zu. Sie entzog sich den widerstreitenden Gefühlen in ihrem Innern, indem sie sich ernsthaft ihrer Pflicht widmete. Die Augen auf die Sterne gerichtet, den Geist in Meditation versunken, studierte sie die Vorzeichen der Nacht.

Allmählich wurde es auf dem Sternenfeld ruhig. Die kleinen Beobachtergruppen verstummten, eine nach der anderen. Nur hin und wieder waren noch seltsam unirdisch klingende Wortfetzen zu hören; sie stammten von einer Schar besonders wachsamer junger Priester in einer abgelegenen Ecke des Feldes. Eine leichte Brise fuhr durch die Grashalme, ließ Mäntel und lange Haare flattern und legte sich wieder. Eine Wolke verdeckte vorübergehend den Stern in der Nähe Caratras. Irgendwo jammerte ein Kind und wurde wieder beruhigt.

Weit unter ihnen deutete ein trübes rotes Flackern die Stelle an, wo am Deich vor dem Meer Feuer angezündet worden waren, um Schiffe vor den Felsen zu warnen. Deoris war auf dem Gras eingeschlafen, den Kopf auf Rivedas Knien, die Schultern von dem langen grauen Mantel des Adepten bedeckt.

Arvath studierte wie Domaris die Omina der Sterne in meditativer Trance; Micon hing seinen eigenen stummen Gedanken nach. Rajastas Blick wanderte aus Gründen, die er sich selbst nicht erklären konnte, immer wieder zu Riveda hin. Stumm und bewegungslos hob sich das markante Profil Rivedas, sein Kopf und sein gerader Rücken, in tiefer Schwärze vor dem Sternenhimmel ab. Träumend saß der Adept da, Stunde um Stunde, sein Anblick faszinierte Rajasta. Die Sterne hinter dem Adepten schienen abwechselnd zu verblassen und aufzuleuchten – und für einen Augenblick vereinigten sich Vergangenheit, Gegenwart und Zukunft und wurden eins für den Priester des Lichts. Er sah Rivedas Gesicht, hagerer und müder, die Lippen in grimmiger Entschlossenheit zusammengepreßt. Die Sterne waren völlig verschwunden, aber ein rötlich-gelber Schleier, wie aus Tausenden feiner, vom Wind verwehter Spinnwebfäden zusammengesetzt, tanzte und drehte sich um den Adepten.

Plötzlich umgab ein gleißender, schrecklicher Feuerschein Rivedas Kopf. Die *dorje!* Rajasta fuhr zusammen. Ein Beben durchlief ihn und alles um ihn herum, und dann waren die Dinge wieder wie zuvor. *Ich muß geschlafen haben,* sagte er erschüttert zu sich selbst. *Das kann keine echte Vision gewesen sein!* Aber er mochte zwinkern, wie er wollte, der grauenhafte Anblick von Rivedas Kopf veränderte sich nicht, bis Rajasta mit einem leisen Aufstöhnen das Gesicht abwandte.

Ein Windstoß fuhr über das stille Sternenfeld und verwandelte den Schweiß auf Rajastas Stirn in eisige Tropfen. Der Priester des Lichts wurde von wirrem Entsetzen geschüttelt, das gelegentlich von wellenhaften Phasen klarer Einsicht unterbrochen wurde.

Die Augenblicke, die vergingen, bis der Schock sich gelegt hatte, gehörten zu den schlimmsten, die Rajasta bislang durchlebt hatte, und kamen ihm wie ein nicht endendes Gefängnis der Zeit vor.

Vorgebeugt saß der Priester des Lichts da, noch immer von Angst gepackt und daher unfähig, in Rivedas Richtung zu blicken. *Es kann nichts anderes gewesen sein als ein Alptraum,* versicherte er sich beständig ohne viel Überzeugungskraft. *Aber – wenn es das nicht war . . .* Bei dieser Vorstellung erschauerte Rajasta von neuem. Dann rief er sich streng zur Ordnung und zwang seinen scharfen Verstand, das Unvorstellbare zu prüfen.

Ich muß mit Riveda darüber sprechen, entschloß Rajasta sich unwillig. *Ich muß! Wenn es kein Traum war, ist es bestimmt als Warnung gemeint – als Warnung vor einer großen Gefahr, die ihm droht.* Rajasta wußte nicht, was Rivedas Nachforschungen erbracht hatten, doch vielleicht . . . vielleicht war der Adept der Schwarzmantel-Sekte so dicht auf der Spur, daß sie versuchten, ihm ihr höllisches Zeichen aufzudrücken, um sich dadurch vor der Entlarvung zu schützen.

Nur das kann es bedeuten, versicherte Rajasta sich und konnte das Zittern nicht unterdrücken. *Götter und Geister, schützt uns alle!*

Mit müden, von Schlaflosigkeit gezeichneten Augen sah Domaris die Sonne aufgehen, ein goldenes Spielzeug in einem Bad rosafarbener Wolken. Langsam breitete sich die Morgenröte über dem Sternenfeld aus; das blasse Licht enthüllte gnadenlos die Gesichter der dort Schlafenden.

Deoris lag still auf der Erde. Ihr regelmäßiger Atem war fast ein Schnarchen. Rivedas Mantel deckte sie immer noch zu, obwohl dieser schon vor Stunden gegangen war. Arvath lag mit weit abgespreizten Gliedern auf dem Gras, als habe der Schlaf ihn überfallen wie ein Räuber in der Nacht. Domaris fiel auf, wie sehr er einem stämmigen kleinen Jungen glich – das dunkle Haar umsäumte wirr die feuchte Stirn, die glatten Wangen glühten im tiefen, gesunden Schlaf eines noch sehr jungen Mannes. Dann kehrten ihre Augen zu Micon zurück, der ebenfalls schlief, den Kopf auf ihre Knie gelegt, seine Hand in ihrer.

Als Riveda ging, war Rajasta ihm gefolgt, daß Gesicht blaß und erschüttert, und Domaris war an Micons Seite zurückgekehrt, ohne Rücksicht darauf, was Arvath sagen oder denken mochte. Die ganze Nacht hatte Domaris gespürt, wie die dünnen, verstümmelten Hände zuckten, als bliebe auch im Schlaf noch ein Rest von Schmerz in ihnen. Ein- oder zweimal hatte Micons Gesicht in dem grauen, unheimlichen Licht vor Sonnenaufgang so aschfarben und kraftlos ausgesehen, daß Domaris fürchtete, er lebe nicht mehr. Sie hatte sich niedergebeugt und gehorcht, ob sein Atem noch zu hören war, und da vernahm sie dann, als sie den eigenen Atem anhielt, ein schwaches Seufzen und war gleichzeitig erleichtert und verängstigt. Sie wußte, daß die Schmerzen dieses Mannes, den sie zu lieben begann, nur noch stärker werden würden, wenn sie ihn jetzt aufweckte.

Als die Nacht am dunkelsten war, hatte Domaris sich bei dem Wunsch ertappt, Micon möge still in den Frieden davontreiben, den er so ersehnte . . . und dieser Gedanke hatte ihr solchen Schreck eingejagt, daß sie das plötzliche Verlangen, ihn in die Arme zu nehmen und ihm allein durch die Macht der Liebe seine volle Lebenskraft zurückzugeben, kaum widerstehen konnte . . . *Wie kann ich so voller Leben sein und Micon so schwach? Warum, warum nur muß er sterben – und der Teufel, der ihm das angetan hat, lebt ungeschoren weiter.*

Es war, als störten ihre Gedanken seinen Schlaf. Micon regte sich und murmelte etwas in einer Sprache, die Domaris nicht verstand. Dann öffneten sich die blinden Augen. Der Atlanter stieß einen langen Seufzer aus, richtete sich langsam auf, streckte fragend die Hand aus – und zog sie überrascht zurück, als er Domaris' Kleid berührte.

»Ich bin es, Micon – Domaris«, sagte sie schnell und redete ihn zum erstenmal mit seinem Namen an.

»Domaris – jetzt erinnere ich mich. Habe ich geschlafen?«

»Mehrere Stunden. Es wird schon Morgen.«

Er lachte, verlegen und doch mit dem ihm eigentümlichen Humor, der ihn nie im Stich zu lassen schien. »Ich würde einen traurigen Wachtposten abgeben! So hält man keine Nachtwache.«

Domaris' helles, freundliches Lachen nahm ihm sofort das Unbehagen. »Alle schlafen seit Mitternacht. Wir beide sind wahrscheinlich die einzigen, die schon aufgewacht sind. Es ist noch sehr früh . . .«

Micon sprach jetzt leiser, als fürchte er, die von Domaris erwähnten Schläfer zu wecken. »Ist der Himmel rot?«

Sie sah ihn nachdenklich an. »Ja. Leuchtend rot.«

»Das habe ich mir gedacht«, nickte Micon. »Alle Söhne Ahtarraths sind Seeleute; Unwetter und Stürme spüren wir in unserm Blut. Diese Fähigkeit wenigstens habe ich nicht verloren.«

»Stürme?« wiederholte Domaris und blickte zweifelnd zu den hohen, friedlichen Wolken auf.

Micon zuckte die Schultern. »Vielleicht haben wir Glück, und der Sturm erreicht uns nicht. Aber es liegt einer in der Luft. Ich fühle ihn.«

Beide verstummten sie wieder. Domaris überkam die reuige Erinnerung an ihre nächtlichen Gedanken, und Micon rief sich ins Gedächtnis zurück: *Also habe ich die ganze Nacht an ihrer Seite*

geschlafen ... In Ahtarrath wäre das fast so viel wie eine Verlobung. Er lächelte. *Das erklärt dann auch Arvaths schlechte Laune gestern abend ... aber zum Schluß waren wir alle miteinander in Frieden. Domaris verströmt Frieden wie eine Blume ihren Duft.*
Domaris' Aufmerksamkeit hatte sich inzwischen auf Deoris gerichtet, die warm in Rivedas Mantel eingehüllt noch immer neben ihnen schlief. »Meine kleine Schwester hat die ganze Nacht hier auf dem Gras geschlafen«, sagte sie. »Ich muß sie wecken und ins Bett schicken.«

Micon lachte leise. »Ein nicht gerade sehr sinnvolles Unterfangen«, bemerkte er und fügte dann, ernster werdend, mit sanfter Stimme hinzu: »Du hast überhaupt nicht geschlafen.«

Es war keine Frage, und Domaris unternahm auch gar nicht den Versuch, ihm eine Antwort zu geben. Sie senkte den Kopf und vergaß ganz, daß das Morgenlicht einem Blinden nichts verraten konnte. Behutsam löste sie ihre Hände aus den seinen und sagte nur: »Ich muß Deoris wecken.«

In ihrem Traum wanderte Deoris durch eine endlose Reihe von Höhlen. Vor ihr her ging eine Gestalt in einem Kapuzenmantel, die einen seltsam geformten Stab in der Hand hielt. Die Spitze des Stabes versprühte flackernde Lichtblitze, und Deoris folgte diesem Licht. Seltsamerweise fürchtete sie sich nicht, und sie fror auch nicht, obwohl sie, ohne es unmittelbar mit den Sinnen wahrzunehmen, wußte, daß Wände und Böden der Höhlen eiskalt und feucht waren ...

Von irgendwo nahbei rief eine Stimme ihren Namen. Die Stimme war ihr vertraut, auch wenn sie sie nicht sofort erkannte. Langsam entwand sich Deoris dem Traum, eingehüllt in Falten grauen Stoffs. »Nicht«, murmelte sie verschlafen und bedeckte das Gesicht mit den Händen.

Ein zärtliches Lachen auf den Lippen, schüttelte Domaris das Kind an den Schultern. »Wach auf, kleine Schlafmütze!«

Die noch traumdunklen Augen öffneten sich wie erschrockene Veilchen, kleine Finger unterdrückten ein Gähnen. »Oh, Domaris, ich wollte doch wachbleiben!« murmelte Deoris. Schon hellwach, rappelte sie sich auf, und der Mantel glitt von ihr ab. Deoris bückte sich, hob ihn auf und hielt ihn verwundert in Armeslänge von sich weg. »Was ist denn das? Mir gehört er nicht!«

Domaris nahm ihr den Mantel aus den Händen. »Er gehört Riveda. Du bist wie ein Baby auf seinem Schoß eingeschlafen!«

Deoris runzelte die Stirn und machte ein verdrießliches Gesicht.

Domaris neckte sie: »Bestimmt hat er ihn zurückgelassen, damit er dich wiedersehen kann! Deoris! Hast du, jung wie du bist, schon deinen ersten Liebhaber gefunden?«

Deoris stampfte mit dem Fuß auf und schmollte: »Warum bist du so gemein?«

»Ich wollte dir etwas Nettes sagen.« Fröhlich legte Domaris dem Kind den Mantel um die bloßen Schultern, aber ihre Schwester riß ihn wütend wieder herunter.

»Du bist gräßlich!« jammerte sie und rannte den Hügel hinunter, um in ihrem eigenen Bett Schutz zu suchen und sich in den Schlaf zu weinen.

Domaris wollte ihr folgen, blieb dann jedoch stehen. Sie war innerlich noch zu aufgewühlt, um sich heute morgen längere Zeit mit den Launen ihrer Schwester zu befassen. Der rauhe Stoff des grauen Mantels auf ihrem Arm machte sie nervös und gereizt. Sie hatte in leichtem Ton gesprochen, um das kleine Mädchen zu necken, dachte aber jetzt noch einmal über ihre Worte nach. Es war unvorstellbar, daß das Interesse des Adepten an Deoris persönlicher Natur sein konnte – das Kind war noch keine vierzehn Jahre alt! Domaris schüttelte sich vor Abscheu. Solche Gedanken sind deiner unwürdig, dachte sie und wandte sich Micon zu.

Die anderen erwachten, standen auf, scharten sich in kleinen Gruppen zusammen und beobachteten das Ende des Sonnenaufgangs. Arvath kam und legte Domaris den Arm um die Taille. Sie duldete es geistesabwesend, und ihre ruhigen grauen Augen richteten sich leidenschaftslos auf das Gesicht des jungen Priesters. Arvath fühlte sich verletzt, bestürzt. Domaris war so anders geworden, seit – ja, seit Micon in ihrer beider Leben getreten war! Arvath wünschte, es wäre ihm gegeben, Micon zu hassen. Seufzend ließ er Domaris los. Ihm war klar, daß sie das Fehlen seines Armes um ihre Taille ebenso wenig bemerkte wie vorher seine Anwesenheit.

Rajasta kam den Pfad herauf, eine weiße Gestalt, rötlich überhaucht vom morgendlichen Licht. Bei ihnen angekommen, bückte er sich und nahm Micons Mantel aus fleckenlosem Weiß auf. Es war ein kleiner Dienst, aber die, die es sahen, wunderten sich darüber ebenso wie über den liebevollen, vertraulichen Klang von Rajastas sonst so strenger Stimme. »Hast du geschlafen?« fragte er.

Micon lächelte glücklich. »So gut wie selten, mein Bruder.« Rajastas Blick schweifte kurz über Domaris und Arvath hin. »Geht, meine Kinder, und ruht euch aus . . . Micon, komm mit mir.«

Arvath nahm Domaris' Hand und zog das Mädchen auf den Pfad. Fast zu müde, um sich auf den Füßen zu halten, stützte sie sich schwer auf den ihr gebotenen Arm. Dann drehte sie sich um und legte für einen Augenblick den Kopf an seine Brust.

»Du bist sehr müde, meine Schwester«, sagte Arvath beinahe vorwurfsvoll. Jetzt ganz der Beschützer, führte er sie den Hügel hinab. Er zog sie eng an sich, und ihr Kopf ruhte an seiner Schulter.

Rajasta sah ihnen seufzend nach. Dann berührte er vorsichtig Micons Ellenbogen und führte den Initiierten in die entgegengesetzte Richtung, zur Meeresküste. Micon schritt sicher aus, als brauchte er Rajastas Hilfe nicht. Der Gesichtsausdruck des Atlanters war traumverloren.

Einige Minuten wanderten sie schweigend dahin. Dann sprach Rajasta, ohne den langsamen Rhythmus ihrer Schritte zu unterbrechen. »Sie gehört zu den überaus seltenen Frauen, die nicht nur Partnerin, sondern auch Kameradin sind. Du bist gesegnet.«

»Und sie ist – verflucht«, flüsterte Micon fast unhörbar.

Rajasta keuchte auf.

Micon machte eine seltsame kleine Geste, und das leichtverzerrte Lächeln trat wieder auf seine Lippen. »Ich liebe sie, Rajasta, ich liebe sie viel zu sehr, um sie zu verletzen, und ich kann ihr nichts geben! Kein Gelübde, keine Hoffnung auf wirkliches Glück, nur Kummer und Schmerz und vielleicht Schande . . .«

»Sei kein Narr«, war Rajastas kurze Antwort. »Du vergißt deine eigenen Lehren. Liebe – gleichgültig wann und wo man sie findet, und dauere sie auch nur ein paar Augenblicke – kann nichts anderes als Freude bringen. Es sei denn, sie wird zerstört. Das, was sich zwischen euch beiden abspielt, ist größer als ihr. Stehe ihm nicht im Weg – und dir selbst auch nicht!«

Sie hatten auf einem kleinen Felsvorsprung haltgemacht, von dem aus sich ein weiter Blick über die Küste bot. Unter ihnen donnerte das Meer gegen das Land, unaufhörlich, unerbittlich. Micon schien den Priester des Lichts mit seinen blinden Augen zu mustern, und Rajasta hatte das Gefühl, einen Fremden vor sich zu sehen, so seltsam verändert kam ihm der Atlanter vor.

»Ich hoffe, du hast recht«, sagte Micon endlich. Noch immer starrte er in das Gesicht, das er nicht sehen konnte.

II. Domaris

»Wenn eine Schriftrolle schlechte Nachrichten enthält, ist es dann die Schuld der Schriftrolle oder die Schuld des Inhalts, der auf der Rolle steht? Wenn die Schriftrolle gute Nachrichten enthält, worin unterscheidet sie sich dann von der Rolle mit den schlechten Nachrichten?

Wir beginnen das Leben mit einer scheinbar leeren Tafel – und obwohl die Schrift, die nach und nach auf dieser Tafel erscheint, nicht unsere eigene ist, bestimmt unsere Beurteilung der darauf geschriebenen Dinge, was wir sind und was wir werden. Auf ähnliche Weise wird unser Werk durch die Anwendung, die andere Menschen davon machen, beurteilt . . . Das wirft die Frage auf: Wie können wir kontrollieren, was mit unserem Werk geschieht, wenn es aus unseren Händen in die von Menschen übergeht, über die wir keine Kontrolle haben?

In den frühesten Lehren der Priesterkaste heißt es: Wenn wir unsere Arbeit mit dem Wunsch und Begehren verrichten, sie möge dem Wohle der Menschheit und der Welt dienen, geben wir ihr unsern Segen mit, und dieser hemmt den Benutzer, sie zu zerstörerischen Zwecken zu verwenden. Das ist zwar nicht unwahr – aber jemanden hemmen heißt nicht, seine Absicht zu vereiteln.«

Aus der Einführung in den *Kodex des Adepten Riveda*

1. Sakramente

Schwerer Regen prasselte auf die Dächer und Höfe und Gärten des Tempelbezirks nieder, ein Regen, der heftig in den durstigen Boden einsank, mit melodischem Plätschern in Teiche und Springbrunnen spritzte, der Plattenwege und Rasenflächen überflutete und über all den Boden aufweichte. Vielleicht war die Tempelbibliothek deshalb so überfüllt. Jeder Schemel, jeder Tisch war besetzt, auf jeder Bank saß jemand, den Kopf über Schriftrollen gebeugt.

Domaris blieb im Eingang stehen und suchte mit den Augen Micon, der nicht in seiner üblichen Nische saß. Sie sah die weißen Kapuzen der Priester, die schweren grauen Kutten der Magier, die Stirnbänder der Priesterinnen, die bloßen Köpfe der Studenten und Skriptoren . . . Schließlich durchfuhr sie ein freudiger Schreck, denn sie hatte Micon entdeckt. Er saß an einem Tisch in der hintersten Ecke, ganz vertieft in ein Gespräch mit Riveda, der mit seiner rauchfarbenen Robe, der tief ins Gesicht fallenden Kapuze und seinen harten Zügen einen seltsamen Kontrast zu dem blassen, ausgemergelten Initiierten darstellte. Bei allem konnte Domaris sich nicht des Eindrucks erwehren, daß hier zwei Männer beisammensaßen, die einander sehr ähnlich waren.

Sie wollte zu ihnen gehen und machte doch noch einmal halt. Wieder stieg die starke, unbegründete Abneigung gegen Riveda in ihr auf und ließ sie erschauern. *Dieser Mann soll Micon ähnlich sein?*

Riveda beugte sich leicht vor und hörte aufmerksam zu; das blinde, dunkle Gesicht des Atlanters war von einem Lächeln erhellt. Jeder zufällige Beobachter hätte geschworen, daß die beiden nichts als Kameradschaft füreinander empfanden – aber Domaris konnte das Gefühl nicht unterdrücken, daß hier zwei Mächte miteinander wetteiferten, die sich gegenseitig an Kraft in nichts nachstanden, aber in entgegengesetzte Richtungen strebten.

Der Graumantel bemerkte sie als erster und sah mit liebenswürdigem Lächeln auf. »Talkannons Tochter sucht dich, Micon«, sagte Riveda. Ansonsten rührte er sich nicht und schenkte dem Mädchen nicht die geringste Beachtung. Domaris war nur eine Akoluthin, Riveda dagegen ein Adept hohen Ranges.

Micon erhob sich unter Schmerzen und fragte ehrerbietig: »Wie kann ich der Dame Domaris zu Diensten sein?«

Domaris, durch diesen Bruch der Etikette in aller Öffentlichkeit in Verlegenheit geraten, stand mit niedergeschlagenen Augen da. Sie war im Grunde gar nicht schüchtern, aber ihr mißfiel die Aufmerksamkeit, die Micons Benehmen auf sie gelenkt hatte, außerdem spürte sie, daß Riveda sich insgeheim über Micons sichtliche Unkenntnis der Tempelsitten lustig machte. Ihre Stimme war kaum mehr als ein Flüstern. »Ich möchte deine Skriptorin bei dir entschuldigen, Micon. Deoris ist krank und kann heute nicht zu dir kommen.«

»Es tut mir leid, das zu hören.« Micons leicht verzerrtes Lächeln verriet Mitgefühl. »Blume der Sonne, sag ihr, sie soll erst wieder zu mir kommen, wenn sie ganz gesund ist.«

»Ich hoffe, sie ist nicht ernstlich krank«, warf Riveda ein. Seine Bemerkung klang beiläufig, wurde aber von einem durchdringenden Blick begleitet. »Ich habe mir schon oft gedacht, daß diese Nachtwachen in der feuchten Luft niemandem guttun.«

Domaris ärgerte sich. Das ging Riveda schließlich gar nichts an!

Sogar Micon spürte die Kälte in ihrer Stimme, als sie antwortete: »Es ist nichts Schlimmes. Sie wird sich in ein paar Stunden erholt haben.« In Wirklichkeit war es so, daß Deoris nach heftigen Weinkrämpfen von starken Kopfschmerzen heimgesucht worden war. Domaris fühlte sich mitschuldig, hatte sie doch ihre Schwester am Morgen durch ihre Neckereien zur Verzweiflung getrieben. Außerdem ahnte sie, daß Deoris hochgradig eifersüchtig auf Micon war. Sie hatte Domaris immer wieder angefleht, sie nicht zu verlassen und nicht zu Micon zu gehen. Sie, Domaris, sollte lieber irgendeine Sklavin ausschicken, um Micon die Krankheit zu melden. Nur ungern hatte Domaris das untröstliche Mädchen verlassen, es war ihr eigentlich nur gelungen, nachdem sie sich wiederholt klargemacht hatte, daß Deoris ja gar nicht wirklich krank war und sich durch ihr Weinen und Lamentieren ihre Kopfschmerzen selbst zuzuschreiben hatte. Wenn Deoris erst einmal gelernt haben würde, daß ihr ihre Launen und ihre hysterischen Anfälle nicht eintrugen, was sie sich erhoffte, dann würde sie keine mehr bekommen – und dementsprechend auch keine Kopfschmerzen mehr.

Riveda stand auf. »Ich werde vorbeischauen und mich genau nach ihrem Zustand erkundigen«, erklärte er bestimmt. »Viele ernste Gebrechen nehmen mit einer leichten Erkrankung ihren Anfang.« Seine Worte waren alles andere als unhöflich, verrieten vielmehr die untadeligen Manieren eines Heilerpriesters, aber insgeheim amüsierte Riveda sich. Er wußte, daß Domaris ihn nicht leiden konnte. Er hatte im Grunde nichts gegen sie, vielmehr interessierte er sich für Deoris, und Domaris' Versuche, ihn von ihrer Schwester fernzuhalten, waren in seinen Augen lächerliche, sinnlose Manöver.

Es gab auch nichts, was Domaris hätte einwenden können. Riveda war ein Adept hohen Ranges, und wenn es ihm gefiel, Interesse für Deoris zu hegen, durfte eine Akoluthin ihn daran nicht hindern. Sie rief sich ins Gedächtnis zurück, daß Riveda alt genug war, um ihr und Deoris' Großvater zu sein.

Die beiden Männer verabschiedeten sich herzlich voneinander, und als Riveda sich gemessenen Schrittes entfernte, spürte Domaris die leichte, tastende Berührung Micons an ihrem Handgelenk. »Setz dich zu mir, Lichtgekrönte. Der Regen hat mir die Lust zum Studieren genommen, und ich bin einsam.«

»Du hast sehr interessante Gesellschaft gehabt«, bemerkte Domaris mit einer Spur von Schärfe in der Stimme.

Micons leicht verzerrtes Lächeln kam und ging. »Richtig.

Trotzdem möchte ich mich lieber mit dir unterhalten. Aber – vielleicht paßt es dir gerade eben nicht? Oder ist es – unschicklich?«

Domaris lächelte schwach. »Du und Riveda, ihr nehmt im Tempel eine so hohe Stellung ein, daß die Aufseher euch die Unkenntnis unserer Vorschriften nicht zum Vorwurf gemacht haben«, murmelte sie und blickte verlegen zu den ernst dreinblickenden Skriptoren hin, die die Manuskripte hüteten. »Aber ich darf nicht laut sprechen.« Sie konnte nicht umhin, in scharfem Flüsterton hinzuzufügen: »Riveda hätte dich warnen sollen!«

Der so getadelte Micon lachte vor sich hin. »Vielleicht ist auch er daran gewöhnt, in Einsamkeit zu arbeiten.« Er sprach nun ebenso leise wie das Mädchen. »Du kennst doch den Tempel genau – wo können wir ungehindert miteinander reden?«

Micons Größe ließ Domaris beinahe winzig erscheinen, und seine zerklüfteten, verzerrten Züge bildeten einen seltsamen Kontrast zu ihrer glatten Schönheit. Als sie das Gebäude verließen, drehten sich viele Köpfe neugierig nach ihnen um. Micon blieb, obwohl er sie nicht sehen konnte, Domaris' Scheu nicht verborgen, und er sprach auf ihrem Weg kein Wort.

Unauffällig paßte Domaris sich seinen langsamen Schritten an, und Micons Griff um ihren Arm verstärkte sich. Das Mädchen zog einen Vorhang zurück, und sie befanden sich im Vorraum zu einem der Innenhöfe. Auf einer Seite bestand die Wand aus einem einzigen großen Fenster, das leicht mit hölzernen Blenden geschützt war. Durch die Stäbe drang das Klopfen des Regens auf Glas, man atmete den Duft der Blüten und vernahm das melodische Plätschern der Tropfen auf der Oberfläche eines Teiches.

Dieser Winkel des Tempelbezirks war Domaris' Lieblingsort. Kaum jemals verirrte sich ein anderer Mensch hierher, und nicht einmal mit Deoris hatte sie den Platz geteilt. Sie sagte zu Micon: »Ich komme hier oft zum Studieren her. Auf der anderen Seite des Hofs wohnt ein verkrüppelter Priester, der seine Räume selten verläßt, und dieser Raum wird nie benutzt. Ich glaube, ich kann dir versprechen, daß wir hier ganz allein bleiben werden.« Sie setzte sich auf eine Bank am Fenster und ließ neben sich Platz für ihn.

Lange Zeit herrschte Schweigen zwischen ihnen. Draußen rauschte und tropfte der Regen, und sein kühler, feuchter Atem wehte ihnen leicht ins Gesicht. Micons Hände lagen entspannt auf seinen Knien, und die Andeutung eines Lächelns, das seine dunkle Mundpartie niemals ganz verließ, kam und ging wie die Blitze eines Sommergewitters. Er war es zufrieden, einfach in Domaris' Nähe zu sein, aber das Mädchen war unruhig.

»Ich finde einen Ort, an dem wir reden können – und nun sitzen wir hier und sind stumm wie die Fische!«

Micon wandte sich ihr zu. »Es gibt in der Tat etwas zu sagen, Domaris!« Er sprach ihren Namen mit so heftigem Verlangen aus, daß dem Mädchen der Atem stockte. Und er wiederholte ihn; von seinen Lippen war er wie eine Liebkosung. »Domaris!«

»Micon – Prinz –«

Zu ihrer Überraschung wurde er zornig. »Nenn mich nicht so!« befahl er. »Das alles habe ich hinter mir gelassen! Du kennst doch meinen Namen!«

Sie flüsterte wie im Traum: »Micon . . .«

»Domaris, ich – ich werbe in aller Demut um dich.« Er sprach merkwürdig gedämpft, als erlege er sich strenge Zurückhaltung auf. »Ich . . . ich liebe dich von dem Tag an, da du in mein Leben getreten bist. Ich weiß, daß ich dir wenig zu geben habe, und das nur für eine kurze Zeit. Aber – Süßeste der Frauen . . .« Er hielt inne, um Kraft zu sammeln, und fuhr zögernd fort: »Ich wünschte, wir wären uns in einer glücklicheren Stunde begegnet, und unsere Liebe hätte – vielleicht langsam – zur Vollendung reifen können . . .« Wieder machte er eine Pause, und sein dunkles Gesicht verriet ein so unverhohlenes Gefühl, daß Domaris es nicht länger anzusehen vermochte. Sie wandte den Blick ab, dies eine Mal froh, daß er nicht sehen konnte.

»Mir bleibt wenig Zeit«, sagte er. »Ich weiß, daß du nach dem Tempelgesetz noch frei bist. Es ist dein . . . Recht, einen Mann zu erwählen und sein Kind zu gebären, wenn du es wünschst. Deine Verlobung mit Arvath verbietet das nicht. Würdest du . . . willst du mich zu deinem Liebhaber machen?« Micons Stimme zitterte. »Ich glaube, es ist mein Schicksal, daß ich, der ich alles hatte, die Befehlsgewalt über Armeen und den Tribut großer Familien, dir jetzt so wenig bieten kann – kein Gelübde, keine Hoffnung auf Glück, nichts als mein sehr großes Verlangen nach dir.«

»Liebst du mich wirklich?« fragte Domaris langsam.

Er streckte suchend die Hände nach ihr aus, fand die ihren und ergriff sie. »Ich habe nicht einmal die Worte, die ausdrücken können, wie groß meine Liebe ist, Domaris. Nur . . . daß das Leben unerträglich ist, wenn ich nicht in deiner Nähe bin. Mein Herz sehnt sich nach – dem Klang deiner Stimme, deinen Schritten, deiner Berührung . . .«

»Micon!« hauchte sie ganz benommen und noch nicht fähig, es

völlig zu begreifen. »Liebst du mich tatsächlich?« Sie hob den Kopf und sah ihn forschend an.

»Es wäre leichter auszusprechen, wenn ich dein Gesicht sehen könnte«, flüsterte er – und zur Bestürzung des Mädchens sank er vor ihr auf die Knie, ergriff von neuem ihre Hände und drückte sie an sein Gesicht. Er küßte die zarten Finger und stieß hervor: »Ich liebe dich beinahe zu sehr für dies Leben, beinahe zu sehr . . . Du bist groß in deiner Güte, Domaris. Mit keiner anderen Frau könnte ich mein Kind zeugen – aber Domaris, Domaris, ahnst du auch nur, wieviel ich von dir verlangen muß.«

Schnell beugte sich Domaris vor, zog ihn an sich und drückte seinen Kopf an ihre jungen Brüste. »Ich weiß nur, daß ich dich liebe«, versicherte sie ihm. »Dies ist dein Platz.« Und ihr langes rotes Haar hüllte sie beide ein, als ihre Lippen sich trafen und den wahren Namen der Liebe aussprachen.

Der Regen hatte aufgehört, obwohl der Himmel noch grau und verhangen war. Deoris lag auf einem Diwan in dem Zimmer, das sie mit ihrer Schwester teilte, und ließ sich von ihrer Zofe das Haar bürsten. Über ihrem Kopf zwitscherte und zirpte der kleine rote Vogel, Domaris' Geschenk, in fröhlicher Selbstvergessenheit. Deoris hörte ihm zu und summte leise vor sich hin, während die Bürste beruhigend über ihr Haar fuhr und der Wind die Fenstervorhänge flattern und draußen im Hof die Blätter der Bäume rascheln ließ. Gedämpftes Licht lag auf glänzend gewachstem Holz, seidenen Vorhängen und Schmuckgegenständen aus poliertem Silber, aus Türkis und Jade. Wie ein Kätzchen hatte sich Deoris in diesen bescheidenen Luxus eingekuschelt, der Domaris als Akoluthin und Tochter eines Priesters zustand. Leichte Gewissensbisse, die ihr dabei gekommen waren, hatte sie verdrängt. Skriptoren und Neophyten waren auf eine sachliche, strenge Umgebung beschränkt, und in Deoris' Alter hatte selbst Domaris derartigen Komfort noch nicht gekannt. Deoris genoß ihn, und niemand hatte es ihr verboten, dennoch hatte sie Schuldgefühle.

Sie entwand sich den Händen der Sklavin. »Nun ist's genug, du bringst es noch soweit, daß mein Kopf wieder schmerzt«, sagte sie launisch. »Außerdem höre ich meine Schwester kommen.« Sie sprang auf und rannte zur Tür, aber bei Domaris' Anblick erstarb ihr die Begrüßung auf den Lippen.

Die Stimme ihrer Schwester klang vollkommen natürlich. »Haben deine Kopfschmerzen nachgelassen, Deoris? Ich hatte geglaubt, dich noch im Bett zu finden.«

Deoris sah ihre Schwester mit einem schrägen Blick an und dachte: *Ich muß mich täuschen!* Laut sagte sie: »Ich habe fast den ganzen Nachmittag geschlafen. Als ich aufwachte, fühlte ich mich besser.« Sie verstummte, als ihre Schwester ins Zimmer hineinging. Dann fuhr sie fort: »Riveda . . .«

Domaris schnitt ihr mit einer ungeduldigen Geste das Wort ab. »Ja, ja, er sagte mir, er wolle nach dir sehen. Das kannst du mir ein anderes Mal erzählen, oder?«

Deoris zwinkerte. »Warum? Bist du in Eile? Hast du heute nacht Dienst im Tempel?«

Domaris schüttelte den Kopf, dann fuhr sie ihrer Schwester liebkosend über die Locken. »Ich bin sehr froh, daß es dir besser geht«, sagte sie freundlicher. »Ruf mir Elara, Liebling, ja?«

Die kleine Frau kam und nahm Domaris geschickt die Robe ab. Domaris warf sich der Länge nach auf einen Kissenstapel, und Deoris kam und kniete sich ängstlich neben sie.

»Schwester . . . ist etwas nicht in Ordnung?«

»Doch, doch«, gab Domaris geistesabwesend zurück, und gleich darauf erklärte sie mit träumerischer Entschlossenheit: »Nein, nichts ist in Ordnung – oder wird in Ordnung sein.« Sie drehte sich auf die Seite und blickte lächelnd zu Deoris auf. Impulsiv begann sie: »Deoris –« und ebenso plötzlich verstummte sie wieder.

»Was ist denn nur, Domaris?« drängte Deoris. Wieder spürte sie die namenlose Angst, die sie vor wenigen Augenblicken bei der Rückkehr ihrer Schwester ergriffen hatte.

»Deoris – kleine Schwester –, ich gehe zu der Erbarmenden.« Sie faßte Deoris' Rechte und fuhr fort: »Schwester – kommst du mit mir?«

Deoris starrte sie mit offenem Mund an. Dem Schrein der Erbarmenden, der Göttin Caratra näherte man sich nur für bestimmte Rituale oder in akuten geistig-seelischen Krisen.

»Ich verstehe nicht«, sagte Deoris langsam. »Warum . . . warum?« Sie streckte ihre freie Hand aus und umfing Domaris' Hand. »Domaris, was geschieht mit dir?«

Verwirrt und erregt wie sie war, vermochte Domaris kein Wort über die Lippen zu bringen. Sie hatte nie daran gezweifelt, welche Antwort sie Micon geben würde – er hatte ihr verboten, sich sofort zu entscheiden –, aber tief in ihrem Herzen war etwas, das nach Trost verlangte, und mit dieser Sorge konnte sie sich nicht an Deoris wenden. Denn so nahe sie sich auch standen – Deoris war noch ein Kind.

Deoris, die nie eine andere Mutter als Domaris gekannt hatte, empfand die plötzliche Entfremdung zwischen ihnen mit aller Schärfe. Mit klagender, halb erstickter Stimme rief sie: »*Domaris!*«

»Oh, Deoris!« Domaris befreite ihre Hand. »*Bitte*, stell mir keine Fragen!« Doch da sie nicht wollte, daß die Kluft zwischen ihnen noch breiter wurde, setzte sie sofort sanft hinzu: »Willst du nicht einfach mit mir kommen? Bitte!«

»Natürlich will ich«, murmelte Deoris. Sie spürte einen merkwürdigen Kloß in ihrer Kehle.

Domaris lächelte und setzte sich auf. Sie umarmte Deoris, gab ihr schnell einen Kuß und wollte sich wieder zurücklegen. Aber Deoris hielt sie fest, als spüre sie mit ihrem kindlichen Instinkt, daß Micon vor noch nicht langer Zeit hier geruht hatte, und es war, als wolle sie seinen noch verweilenden Geist vertreiben.

Fast die gesamte Länge des Tempelbezirks lag zwischen dem Schrein Caratras, der Erbarmenden Mutter, und dem Haus der Zwölf, und ein langer Weg unter tropfnassen, blühenden Bäumen führte dorthin. Im kühlen Zwielicht hing der schwere Duft von Rosen und Verbenen. Die beiden Schwestern schwiegen, die eine konzentriert auf ihre Mission, die andere dieses eine Mal um Worte verlegen.

Der Schrein leuchtete weiß vom anderen Ufer eines ovalen Teichs herüber. Das Wasser war von kristallener Klarheit und tiefblau unter dem hohen Gewölbe des aufklarenden Himmels. Als sie sich ihm näherten, trat die Sonne, die im Westen sank, für ein paar Augenblicke hinter einem Gebäude hervor und beleuchtete die Alabasterwände des Heiligtums. Stechender Weihrauchgeruch wallte über das Wasser zu ihnen herüber; der Schrein funkelte und lockte.

Domaris merkte, daß Deoris die Füße nachzog und setzte sich unvermittelt in das Gras am Wegrand. Sofort gesellte Deoris sich zu ihr. Hand in Hand ruhten sie eine kleine Weile aus und betrachteten die glatte Oberfläche des heiligen Teiches.

Die Schönheit und das Geheimnis des Lebens, der Neuerschaffung, verkörperte sich hier in der Göttin, die Frühling und Mutter und Frau war, das Symbol der sanften Kraft, die die Erde ist. Um zum Schrein Caratras zu gelangen, mußte man durch das brusthohe Wasser des Teichs waten. Diesem Reinigungsritual unterzog sich jede Frau des Tempelbezirks mindestens einmal im Leben, aber nur diejenigen, die der Priesterkaste entstammten, sowie die Akoluthen wurden darin unterwiesen, wo seine Bedeutung lag: Jede Frau kam auf diesem Weg zur Reife, im Kampf gegen entgegengesetzte Strömungen, die tiefer als Wasser waren und schwerer zu durchwaten. In Stolz oder Verzweiflung, in Freude oder Kummer, in kindischem Widerstreben oder in Hingabe, in Ekstase oder Rebellion – jede Frau gelangte eines Tages dahin.

Domaris sah auf das helle Wasser und erschauerte; die Symbolträchtigkeit ängstigte sie. Als Akoluthin war sie in dies Mysterium eingeführt worden und verstand es, und dennoch zögerte sie jetzt furchtsam. Sie dachte an Micon und an ihre Liebe, aber eine Art prophetischer Ahnung hielt sie davor zurück, ins Wasser zu steigen. Wortlos um Ermutigung bittend, schloß sie Deoris kurz in die Arme.

Deoris verstand sie sehr gut, und trotzdem wandte sie den Blick mißmutig von ihrer Schwester ab. Ihr war, als sei in ihrer Welt das Unterste zuoberst gekehrt worden. Sie wollte gar nicht wissen, was Domaris bevorstand, und hier, vor dem ältesten und heiligsten Schrein der Priesterkaste, fürchtete auch sie sich; es war ihr, als könne dies Wasser sie wie jede andere Frau in den Strom des Lebens spülen . . . Verstimmt sagte sie: »Es ist grausam! Das ganze Leben ist grausam! Ich wünschte, ich wäre nicht als Frau geboren worden.«

Sie schalt sich selbst, daß dies selbstsüchtig und falsch war, zwang sie doch ihre Schwester, ihr Aufmerksamkeit zuzuwenden und Trost zu spenden, wo es doch sie, Domaris, war, deren Prüfung unmittelbar bevorstand, während ihre eigene noch in weiter Zukunft lag. Trotzdem fragte sie: »Warum, Domaris? Warum?«

Domaris wußte darauf keine andere Antwort als die, Deoris noch einmal fest in die Arme zu schließen – und da kehrte ihre ganze Zuversicht zurück. Sie war eine Frau, die von großer Liebe erfüllt war, und in ihrem Herzen herrschte Freude. »Du wirst nicht immer so empfinden, Deoris«, versprach sie, ließ das Kind los und fügte langsam hinzu: »Jetzt werde ich in den Schrein gehen. Willst du den Rest des Weges mit mir kommen, kleine Schwester?«

Im ersten Augenblick fühlte Deoris ein großes Widerstreben. Sie hatte den Schrein jenseits des Teiches schon einmal betreten. Das war anläßlich des geheiligten Rituals gewesen, dem sich jedes Mädchen im Tempel unterziehen mußte, wenn es beim Einsetzen der Pubertät zum erstenmal Dienst im Haus der Großen Mutter tat. Damals hatte sie lediglich die ungeheure Feierlichkeit des Rituals ein wenig nervös gemacht. Doch jetzt, als Domaris sich erhob, packte die Furcht Deoris und umschloß ihre Kehle wie mit eisigen Krallen. Wenn sie jetzt aus eigenem freien Willen mit Domaris ging, so würde sie in eine Falle laufen und sich blindlings der Grausamkeit der Natur ausliefern! Ihre Weigerung klang zitterig vor Angst und Trotz: »Nein, ich will nicht!«

»Nicht einmal, wenn ich dich darum bitte?« Domaris war verletzt. Sie hatte gehofft, Deoris würde verstehen, daß dieser Augenblick einen Wendepunkt in ihrem Leben bedeutete, und ihn mit ihr teilen.

Wieder schüttelte Deoris den Kopf und verbarg ihr Gesicht in den Händen. Der böse Wunsch, die Schwester zu kränken, überkam sie: Domaris hatte sie allein gelassen – jetzt war *sie* an der Reihe!

Domaris wunderte sich über sich selbst, daß sie es über sich brachte, noch einmal zu bitten: »Deoris – kleine Schwester – bitte, ich möchte dich bei mir haben. Willst du nicht doch mitkommen?«

Deoris nahm die Hände vom Gesicht. Als sie endlich Worte fand, waren sie kaum verständlich. Aber sie blieb bei ihrer Meinung.

Domaris ließ die Hand von der Schulter ihrer Schwester sinken. »Es tut mir leid, Deoris. Ich hatte kein Recht, dich darum zu bitten.«

Jetzt hätte Deoris alles darum gegeben, ihre Worte wieder zurücknehmen zu können, doch dazu war es zu spät. Domaris ging ein paar Schritte zur Seite, und Deoris blieb still liegen, drückte ihre fiebernden Wangen ins kalte Gras und weinte lautlos vor sich hin.

Ohne zurückzublicken, öffnete Domaris ihre Oberkleider und ließ sie niederfallen. Sie löste ihr Haar, bis es ihren Körper bedeckte. Mit beiden Händen fuhr sie durch die schweren Locken, und plötzlich durchlief ihren jungen Körper von den Fingerspitzen zu den Zehen ein Beben: *Micon liebt mich!* Zum erstenmal – und in gewisser Weise zum einzigenmal in ihrem Leben – erkannte Domaris, daß sie schön war, und das Wissen um ihre Schönheit ließ sie triumphieren, obgleich die Erkenntnis, daß Micon sie niemals sehen würde, den Triumph mit einem kalten Hauch von Traurigkeit überzog.

Nur einen Augenblick währte der seltsame, überwältigende Moment der Verzauberung. Dann teilte Domaris ihr langes Haar und stieg in den Teich. Nach ein paar Schritten reichte das leuchtende Wasser ihr bis zur Brust. Es war warm und prickelnd, gar nicht wie anderes Wasser, sondern wie schäumendes, zum Leben erwecktes Licht. Es glühte und schimmerte blau und in weichem Violett, es floß in Mustern um die Säule ihres Körpers, und als es sich für Sekunden über ihrem Kopf schloß, überkam Domaris von neuem eine atemberaubende Ekstase. Dann stand sie wieder aufrecht. Das Wasser rieselte ihr in duftenden, perlenden Tropfen von Kopf und Schultern. Sie watete auf den wartenden Schrein zu und fühlte dabei, wie das Wasser Stück um Stück ihr ganzes vergangenes

Leben mit all seinen kleinen Ärgernissen und selbstsüchtigen Gedanken fortwusch. Unendliche Kraft erfüllte und umgab sie, und Domaris erkannte – und das war ihr noch bei keinem früheren Besuch in Caratras Schrein geschehen –, daß sie, weil menschlich, auch göttlich war.

Sie bedauerte fast, das Wasser verlassen zu müssen, und blieb, bevor sie den Tempel betrat, noch eine Weile am Ufer stehen. Ernst und konzentriert kleidete die junge Priesterin sich in die sakramentalen Gewänder, die im Vorraum bereitgehalten wurden. Sorgfältig vermied sie es, an das *nächste* Mal zu denken, da sie hier würde baden müssen . . .

Sie betrat das Heiligtum, verweilte andächtig vor dem Altar und band den bräutlichen Gürtel um. Mit weit ausgestreckten Armen kniete sie nieder, den Kopf in leidenschaftlicher Hingabe zurückgeworfen. Sie wollte beten, aber es dauerte lange, bis sie die richtigen Worte fand.

»Mutter, liebreiche Göttin«, flüsterte sie schließlich, »laß mich . . . laß mich nicht versagen . . .«

Wärme umflutete Domaris, die mitfühlenden Augen des heiligen Bildes über ihr schienen zu lächeln, die Augen der Mutter, an die Domaris sich kaum noch erinnern konnte. Lange Zeit kniete sie dort, still, ernst, lauschend, und seltsame Visionen mit weichen, verwischten Konturen erschienen vor ihrem geistigen Auge. Sie waren unbestimmt und ließen sich nicht festhalten, und doch gaben sie ihr eine innere Ruhe, die sie nie zuvor gekannt hatte und von diesem Tag an nie wieder ganz verlieren sollte.

Die Sonne war untergegangen, und die Sterne hatten ihre Positionen beträchtlich verändert, als Deoris sich endlich aufsetzte und merkte, daß es schon sehr spät war. Hätte Domaris zu ihr zurückkommen wollen, so wäre dies bereits vor Stunden geschehen. Allmählich wich Deoris' Beunruhigung dem Ärger: Wieder hatte Domaris sie vergessen! Unglücklich kehrte das Mädchen ins Haus der Zwölf zurück, nur um dort herauszufinden, daß Elara nicht mehr wußte als sie selbst. Oder wollte die Frau bloß nicht mit ihr über ihre Herrin sprechen? Die Antwort, die Deoris erhalten hatte, war jedenfalls nicht dazu angetan, ihre schlechte Laune zu bessern. Sie reagierte gereizt, und ihre wütenden Fragen führten nach kurzer Zeit dazu, daß die sonst so geduldige Elara in Tränen ausbrach. Als schließlich Elis auftauchte und mit ihrer Frage, wo denn die Cousine stecke, die ganze Sache in aller Unschuld noch schlimmer machte, hatte Deoris die Dienerschaft sowie einige Nachbarn längst in einen ebenso elenden Zustand versetzt wie sich selbst.

»Wie soll ich das wissen!« explodierte sie. »Domaris sagt *mir* überhaupt nichts mehr!«

Elis versuchte, das zornige Mädchen zu beruhigen, aber Deoris wollte nicht einmal zuhören. Schließlich wurde Elis, die selbst nicht ohne Temperament war, deutlich.

»Nun, ich sehe auch nicht ein, *warum* Domaris dir irgend etwas sagen sollte«, begann sie. »Ihre Angelegenheiten gehen dich nichts an. Und was dich betrifft: Du bist wirklich entsetzlich verzogen! Absolut unerträglich bist du! Ich wollte nur, Domaris käme zu Verstand und würde dich in deine Schranken weisen!«

Deoris weinte nicht, sie brach zusammen.

Elis, bereits an der Tür, kehrte schnell um und beugte sich über sie. »Deoris«, sagte sie zerknirscht, »es tut mir leid, wirklich, ganz so habe ich es nicht gemeint . . .« Sie nahm Deoris' Hand – eine liebevolle Geste, die für Elis, welche nicht gern einen Fehler zugab, sehr ungewöhnlich war. »Ich weiß, du fühlst dich einsam. Du hast ja nur Domaris. Aber das ist deine eigene Schuld, wirklich. Du könntest viele Freundinnen haben.« Sanft setzte sie hinzu: »Hierbleiben und Trübsal blasen solltest du bestimmt nicht. Lissa vermißt dich. Komm und spiele mit ihr!«

Deoris, deren Lächeln vorübergehend zurückgekehrt war, geriet wieder ins Zweifeln. »Morgen«, versprach sie. »Jetzt möchte ich lieber allein sein.«

Elis besaß eine Intuition, die manchmal ans Hellseherische grenzte. Eine plötzliche Eingebung ließ sie die Hand ihrer Cousine freigeben. »Ich will dich zu nichts überreden«, sagte sie, und dann setzte sie rasch und ohne besonderen Nachdruck hinzu: »Vergiß nur eines nicht: Wenn Domaris nur sich selbst gehört, und sonst niemandem, so gilt das auch für dich. Auch du bist ein selbständiger Mensch. Gute Nacht, Kätzchen.«

Elis ging. Deoris saß da und starrte die geschlossene Tür an. Elis' letzte Worte, die zunächst so einfach erschienen, hatten sich in eine seltsame, verschüsselte Botschaft verwandelt, und Deoris konnte ihre Bedeutung nicht enträtseln. Endlich kam sie zu dem Schluß, es handle sich vermutlich nur um einen der typischen Sprüche der Cousine ohne jeden Hintersinn, und sie versuchte, die Episode zu vergessen.

Unverheiratete Priester oberhalb eines bestimmten Ranges waren in zwei eleganten Gebäuden untergebracht. Rajasta und Micon lebten mit mehreren anderen von gleich hoher Stellung in dem kleineren und komfortableren der beiden. Auch Riveda hätte dort wohnen können, aber der Adept war, sei es aus Demut, sei es aus einer besonderen Art von Stolz, freiwillig in der Wohnung geblieben, die ihm bei seiner Ankunft im Tempel, seinem damaligen niedrigen Rang entsprechend, zugewiesen worden war.

Rajasta traf ihn beim Schreiben an in einem Raum, der gleichzeitig als Schlaf- und Arbeitszimmer diente und auf einen kleinen ummauerten Hof hinausführte. Der Hauptraum war dürftig möbliert und zeigte keine Spur von Luxus, der Hof einfach mit Ziegelsteinen ausgelegt. Es gab dort weder einen Teich noch Blumen oder Springbrunnen. Von der einen Seite des Zimmers gingen zwei kleinere Kammern für die Diener des Graumantels ab.

Es war ein warmer Tag. Überall standen die Türen weit offen, um die dumpfe Luft besser zirkulieren zu lassen. So konnte Rajasta eine Weile unbemerkt am Eingang stehenbleiben und den in seine Beschäftigung versunkenen Adepten beobachten.

Der Priester des Lichts hatte nie Veranlassung gehabt, Argwohn gegen Riveda zu hegen. Zwar beunruhigte ihn die Vision des mit der *dorje* gekrönten Mannes noch immer, aber die Höflichkeit verbot, die Warnung, die er in der Nacht des Zenit ausgesprochen hatte, zu wiederholen. Es hätte ihm als an Beleidigung grenzendes Mißtrauen ausgelegt werden können.

Andererseits hatte Rajasta als Wächter im Tempel des Lichts eine schwere Verantwortung zu tragen. Sollte Riveda bei der Aufgabe, seinen Orden zu säubern, versagen, so lastete auf Rajasta die gleiche Schuld wie auf ihm. Bei strenger Auslegung des Gesetzes wäre es die Pflicht des Wächters gewesen, Micon zu überreden, ja sogar zu zwingen, Zeugnis über die von den Schwarzmänteln erlittene Folter abzulegen, und eigentlich hätte der Fall vor den Hohen Rat gebracht werden müssen.

Rajasta dachte noch einmal über all das nach und seufzte tief: *So fangen uns selbst die edelsten Motive in einem Netz des Karma,* dachte er besorgt. *Ich kann Micon schonen, doch ich selbst habe dafür zu zahlen — ich erschwere ihm außerdem seine Bürde und binde uns beide noch fester an diesen Mann . . .*

Riveda saß aufrecht an seinem Schreibtisch. Er mochte nicht, wie er sagte, daß irgendein dummes Ding von einem Skriptor ihm nachlaufe. Gerade schrieb er ein paar Zeichen mit jenen schweren, spitz zulaufenden Strichen, die so viel über sein Wesen aussagten, und warf dann den Pinsel abrupt zur Seite.

»Nun, Rajasta?« Der Adept lachte über die Verlegenheit, in die er den Priester des Lichts gesetzt hatte. »Ein Freundschaftbesuch? Oder hast du ein bestimmtes Anliegen?«

»Sagen wir, beides«, erklärte Rajasta nach kurzem Schweigen.

Das Lächeln verblich auf Rivedas Gesicht; er erhob sich und sah Rajasta scharf an.

»Dann laß uns gleich zur Sache kommen – vielleicht habe auch ich dir etwas zu sagen. Die Leute in meinem Orden sind unruhig; sie sind der Meinung, daß die Wächter sich zu sehr in unsere Angelegenheiten einmischen. Natürlich ist es ihre Aufgabe, wachsam zu sein, aber . . .«

Rajasta verschränkte die Hände auf dem Rücken. Ihm fiel auf, daß Riveda ihn nicht eingeladen hatte, Platz zu nehmen, ja, er hatte ihn nicht einmal gebeten einzutreten. Er ärgerte sich über dieses Benehmen und sprach mit etwas mehr Nachdruck, als er ursprünglich vorgehabt hatte. Wenn Riveda auf Höflichkeit verzichtete, wollte er ihm auch nicht allzu freundlich begegnen.

»Im Tempelbezirk herrscht mehr Unruhe als in deinem Orden«, sagte Rajasta in warnendem Ton. »Tag für Tag wächst bei den Priestern der Unmut. Gerüchte breiten sich aus, du seiest ein nachlässiger Führer und habest zugelassen, daß sich entartete und heruntergekommene Rituale in euern Kult eingeschlichen und ihn pervertiert haben. Von den Frauen eures Ordens –«

»Ich habe mich schon gefragt, wann du wohl auf sie zu sprechen kommst«, unterbrach Riveda murmelnd.

Rajastas Gesicht verfinsterte sich. Er fuhr fort: »Es werden von euren Frauen Dienste verlangt, die häufig sogar euren eigenen Gesetzen widersprechen, und es ist bekannt, daß sich die Schwarzmäntel bei euch verstecken –«

Riveda hob die Hand. »Willst du mich etwa der Zauberei verdächtigen?«

Der Wächter schüttelte den Kopf. »Ich habe keine Anklage ausgesprochen. Ich wiederhole nur das allgemeine Gerede.«

»Seit wann hört Rajasta, der Wächter, auf das Geschwätz an den Toren? So wie du mit mir redest, stelle ich mir kein freundliches Gespräch vor – und ebensowenig die Pflichten eines Priesters!« Rajasta schwieg. Donner grollte in Rivedas tiefer Stimme, als er ihn aufforderte: »Nur weiter so! Sicher hast du noch mehr davon auf Lager! Dann heißt es wieder: Die Graumäntel kennen und benutzen die Magie der Natur und sind für alles Unheil verantwortlich. Ihr habt uns beschuldigt, die Ernte verdorben zu haben, und die Heilkundigen, die einzigen, die es wagen, in die von Krankheit verseuchten Städte zu gehen, habt ihr der Brunnenvergiftung bezichtigt!«

Rajasta antwortete gelassen: »Jeder Schwarm beginnt irgendwann mit einer einzelnen Biene.«

Riveda lachte. »Und wo, Wächter, ist der tödliche Stachel?«

»Deine Gleichgültigkeit. Daß du dich um all diese Dinge nicht kümmerst«, gab Rajasta scharf zurück. »Du trägst die Verantwortung für deine Leute. Handle entsprechend – oder übertrage sie einem anderen, der besser über den Orden wacht! Vernachlässige deine Pflicht nicht, oder –« Rajastas Stimme hob sich zu einer eindrucksvollen Mahnung: »– oder die Schuld dieser Verbrecher wird für dich zum Schicksal! Deine Verantwortung für sie ist riesengroß. Nimm sie gewissenhaft und mit Weisheit wahr.«

Riveda setzte zum Sprechen an, schluckte seine Bemerkung jedoch herunter und starrte auf den Ziegelboden. Dennoch schob er herausfordernd das Kinn vor. Schließlich sagte er: »Sehr wohl, Wächter, sei unbesorgt.«

In dem nun folgenden Schweigen war hinten im Flur ein leises, seltsames Pfeifen zu hören. Riveda sah kurz zu der offenen Tür; sein Gesichtsausdruck verriet fast nichts von seiner Verärgerung.

Rajasta versuchte es nun mit einer anderen Taktik. »Was ist mit deiner Suche nach den Schwarzmänteln?«

Riveda zuckte die Schultern. »Im Augenblick können alle Mitglieder meines Ordens Rechenschaft über ihr Tun ablegen – bis auf einen.«

»Tatsächlich? Und dieser eine –?« drängte Rajasta.

Riveda spreizte die Finger. »Ein Rätsel, in mehr als einer Beziehung. Er trägt die Kleidung eines Chela, aber keiner erhebt Anspruch auf ihn als Schüler, noch hat er irgendwen als seinen Meister benannt. Ich hatte ihn nie zuvor gesehen, doch plötzlich war er da, und als er nach den Kennworten gefragt wurde, wußte er sie alle. Ansonsten scheint er etwas geistesgestört zu sein.«

»Ist er vielleicht Micons Bruder?« meinte Rajasta.

Riveda schnaubte verächtlich. »Ein Geisteskranker? Unmöglich! Ich nehme an, daß er ein entlaufener Sklave ist.«

Rajasta nahm sein Privileg als Wächter des Tempels wahr und fragte forschend: »Was hast du mit ihm gemacht?«

»Bisher nichts«, antwortete Riveda langsam. »Da er fähig ist, unsere Tore zu passieren und auch unser Ritual kennt, hat er Heimatrecht in unserem Orden, selbst wenn sein Lehrer unbekannt ist. Vorerst habe ich ihn als Schüler angenommen. Obwohl seine Vergangenheit wie eine leere Tafel ist und er nicht einmal seinen eigenen Namen weiß, hat er Momente geistiger Klarheit. Ich glaube, ich kann durch ihn und für ihn viel bewirken.« Eine Weile schwiegen beide, dann brach es aus Riveda heraus und er sagte zu seiner Verteidigung: »Sag mir, was ich sonst hätte tun sollen? Ganz abgesehen davon, daß mein Gelübde mich verpflichtet, jedem zu helfen, der die Kennworte meines Ordens weiß – konnte ich den Jungen doch nicht wegjagen; man hätte ihn gesteinigt und gequält, ergriffen und in einen Käfig gesteckt, und der Pöbel hätte ihn als Verrückten angegafft – oder er wäre von neuem für Böses mißbraucht worden!«

Rajasta sah ihn unverwandt an. »Ich habe dir keinen Vorwurf gemacht«, bedeutete er Riveda. »Das alles ist deine Angelegenheit. Aber wenn die Schwarzmäntel seinen Geist vergiftet haben –«

»Dann werde ich dafür Sorge tragen, daß sie ihn nicht für ihre Zwecke mißbrauchen«, versprach Riveda grimmig. Sein Gesicht entkrampfte sich ein wenig. »Ich glaube, er ist ganz harmlos, denn für einen Bösewicht hat er nicht genug Verstand.«

»Unwissenheit kann schlimmer sein als böse Vorhaben«, warnte Rajasta ihn, und Riveda seufzte.

»Sieh ihn dir selbst an, wenn du willst.« Er trat in den offenen Eingang und sprach mit leiser Stimme zu jemandem im Hof. Kurz darauf trat geräuschlos ein junger Mann ins Zimmer.

Er war klein und schmächtig und wirkte noch sehr jung. Beim zweiten Hinsehen merkte man, daß sein glattes knabenhaftes Gesicht weder einen Bart noch Augenwimpern hatte. Seine Brauen bildeten eine dünne, helle Linie, dagegen war sein Haar dicht und schwarz und fiel ihm in langen sorgfältig geschnittenen Locken auf die Schultern. Seine hellgrauen Augen richteten sich ziellos, als seien sie blind, auf Rajasta. Die Haut des Jungen zeigte eine tiefe Bräune, und doch gab ihm eine darunterliegende Blässe ein kränkliches Aussehen. Rajasta musterte sein hageres Gesicht genau und stellte fest, daß der Chela sich krampfhaft gerade hielt, die Arme vom Körper abgespreizt, die Hände leicht geballt wie die eines neugeborenen Kindes. Er hatte sich so leicht, so geräuschlos bewegt, daß Rajasta sich halb im Ernst fragte, ob dieser seltsame junge Mann Samtpfoten unter den Füßen habe wie eine Katze.

Er winkte den Chela zu sich und fragte freundlich: »Wie lautet dein Name, mein Sohn?«

Seine trüben Augen bekamen plötzlich einen seltsamen, fiebrigen Glanz. Der Junge sah um sich, trat einen Schritt zurück und öffnete ein- oder zweimal den Mund. Schließlich sagte er mit heiserer Stimme, als sei er das Sprechen nicht gewöhnt: »Mein Name? Ich bin . . . nur ein Verrückter.«

»Wer bist du?« drängte Rajasta. »Woher kommst du?«

Der Chela machte noch einen Schritt rückwärts, und er rollte ängstlich die Augen. »Ich sehe, daß du ein Priester bist«, erklärte er listig. »Bist du nicht klug genug, es zu wissen? Warum soll ich mein armes Gehirn anstrengen, sich zu erinnern, da doch die hohen Götter es wissen und mir befehlen, still zu sein, still zu singen, wenn die Sterne leuchten, wenn sie als Lichtflut mondwärts treiben . . .« Seine Worte gingen in einen undeutlichen Singsang über.

Rajasta starrte ihn wie vom Donner gerührt an.

Riveda winkte dem Chela zu gehen. »Das genügt«, sagte er, und als der Junge wie ein murmelnder Nebelschwaden aus dem Zimmer glitt, setzte der Adept erklärend hinzu: »Fragen regen ihn immer auf – als sei er irgendwann einmal mit Fragen gequält worden und habe sich daraufhin völlig in sich selbst zurückgezogen.«

Rajasta fand seine Stimme wieder und rief aus: »Er ist dumm wie eine Seemöwe!«

Riveda lachte trocken. »Tut mir leid. Es gibt Momente, in denen er verhältnismäßig klar ist und ganz vernünftig sprechen kann. Aber wenn man ihn fragt – zieht er sich sofort in seinen Wahnsinn zurück. Solange man alles, was sich nach einer Frage anhört, vermeidet –«

»Ich wünschte, das hättest du mir vorher gesagt«, fiel Rajasta in echter Verzweiflung ein. »Du hast erzählt, er gebe die richtigen Antworten auf –«

Riveda zuckte die Achseln. »Unsere Losungsworte und Erkennungszeichen haben nicht die Form von Fragen. Ich bin froh, daß er keines meiner Geheimnisse verraten kann! Du hast im Tempel des Lichts doch auch Geheimnisse, Rajasta.«

»Unsere Geheimnisse stehen jedem offen, der ernsthaft danach sucht.«

Rivedas kalter Blick verriet, daß er beleidigt war. »Da unsere Geheimnisse gefährlicher sind, verbergen wir sie sorgfältiger. Eure Geheimnisse im Tempel des Lichts, die hübschen Zeremonien und Riten, sind doch ganz harmlos. Würde jemand sein Wissen mißbrauchen, richtete er damit keinen Schaden an! Wir aber arbeiten mit gefährlichen Kräften – und wenn einer, der ihrer unwürdig ist, von ihnen erfährt, kommt es zu Grausamkeiten von der Art, wie sie der junge Micon von Ahtarrath hat erleiden müssen!« Wild fuhr er auf Rajasta los: »Gerade du solltest wissen, warum wir allen Grund haben, unsere Geheimnisse nur Leuten zu offenbaren, die damit richtig umgehen können.«

Rajastas Lippen zuckten. »Personen wie deinem wahnsinnigen Chela?«

»Er kennt sie bereits. Wir können nur dafür sorgen, daß er sie in seiner Verrücktheit nicht mißbraucht.« Rivedas Ton war hart und entschieden. »Du bist doch kein Kind, das von Idealen faselt. Sieh dir Micon an . . . du hältst ihn in hohen Ehren, ich achte ihn sehr, deine kleine Akoluthin – wie heißt sie gleich? Domaris? – Domaris bewundert ihn. Doch was ist er anderes als ein gebrochenes Rohr?«

»So kann man zur Vollendung gelangen«, sagte Rajasta sehr leise.

»Und um welchen Preis? Ich finde, mein schwachsinniger Junge ist der glücklichere von beiden. Micon ist leider –« Riveda lächelte »– immer noch fähig, zu denken und sich zu erinnern.«

Zorn stieg in Rajasta auf. »Genug! Der Mann ist mein Gast, wetze du deine spöttische Zunge nicht an ihm! Kümmere dich um deinen Orden und unterlasse es, jemanden zu verhöhnen, der weit über dir steht!« Er wandte dem Adepten den Rücken und verließ das Zimmer. Seine festen Schritte hallten auf dem Steinboden wider, bis sie ganz erstarben. Ihm folgte leises Gelächter, aber Rajasta hörte es nicht.

3. Die Vereinigung

Die Wände der heiligen Kammer waren ringsum mit Fenstern versehen und darüber mit herrlichen Steinmetzarbeiten verziert. Im matten Mondschein fielen schattenhafte Muster auf das einfache Gestühl und die schmucklose Einrichtung. Alles schien geisterhaft und unwirklich. Ein hochgelegenes ovales Fenster ließ die silbernen Strahlen des Mondes auf den Altar fallen, eine pulsierende Flamme leuchtete dort.

Micon zur einen Seite, Rajasta zur anderen, so schritt Domaris durch den dunklen Bogengang. Schweigend nahmen die beiden Männer sie bei der Hand und führten sie zu einem von drei Sitzen, die dem Altar gegenüberstanden.

»Knie nieder«, sagte Rajasta leise, und Domaris gehorchte. Ihr Gewand rauschte. Micon löste seine Hand aus der ihren und legte sie auf ihr Haupt.

»Gewähre dieser Frau Weisheit und Mut, o Großer Unbekannter!« betete der Atlanter. Seine wohlklingende Stimme füllte den

Raum, obwohl er verhalten sprach. »Gewähre ihr Frieden und Verständnis, o Unbegreiflicher!« Micon trat einen Schritt zurück, und Rajasta nahm seinen Platz ein.

»Gewähre dieser Frau Reinheit des Wollens und wahre Erkenntnis«, sprach der Priester des Lichts. »Gewähre ihr Wachstum, wie es ihr vonnöten ist, und die Kraft, ihre Pflicht vollkommen zu erfüllen. O Du, der Du bist, laß sie in Dir und durch Dich sein.« Rajasta nahm seine Hand von Domaris' Kopf und zog sich zurück.

Es herrschte vollständiges Schweigen. Domaris fühlte sich seltsam allein, als sie auf der erhöhten Estrade vor dem Altar kniete. Sie hatte kein Rascheln von Gewändern und auch keine Schritte von Sandalen gehört, Micon und Rajasta waren also nicht fortgegangen. Das Hämmern ihres Herzens klang ihr in den Ohren, ein dumpfes Trommeln, das sich zu einem feierlichen Rhythmus verlangsamte und ruhig wurde wie der Lichtschein der Flamme auf dem Altar ... Dann hoben die beiden Männer sie auf, alle drei setzten sich.

Domaris' Hände ruhten locker in denen ihrer Begleiter, ihr ruhiges Gesicht war von einer überirdischen Schönheit. Ihr war, als schwebe sie empor, strecke sich aus, um die fernen Sterne zu berühren – und immer noch erfüllte und umgab sie ein regelmäßiges Pochen, das gleichzeitig Ton und Licht war. Domaris' Sinne verbanden sich harmonisch zu einer fast überirdischen Wahrnehmung, bis sie sich völlig jenseits ihrer sonstigen Erfahrungen befand. Mannigfaltige Empfindungen waren in ihr und gingen aus ihr hervor und langsam, ganz langsam, wie über Jahrhunderte hinweg, wich das pulsierende, leuchtende Gleichgewicht der Sterne der heißen Dunkelheit des klopfenden Herzens der Erde. Auch davon war sie ein Teil, das fühlte sie; sie spürte, daß sie *war*. Mit dieser tiefen Erkenntnis ihres Seins stieg Domaris, wie von dem Wasser des Lebens auf einer Flutwelle getragen, an die Oberfläche ihrer Existenz zurück. Sie befand sich in der heiligen Kammer. Dort war es still und doch nicht still; links und rechts von sich sah sie das Gesicht eines Mannes, verwandelt wie sie selbst. Wie zu einem Wesen vereinigt, atmeten die drei tief, erhoben sich und schritten stumm aus dem Raum. Einen Augenblick lang konnten sie beinahe begreifen, zu welchem Zweck er geheiligt war. Durch dieses Zeremoniell waren Domaris, Micon und Rajasta fortan in enge seelische Verwandtschaft getreten. Kein Außenstehender würde je in ihre neue Gemeinschaft eindringen. Es war ein Erlebnis, das sich nie wiederholen würde, ihnen aber für immer ins Gedächtnis geschrieben war.

4. Sturmwarnung

Eine kühle Brise bewegte die Blätter, und das Licht, das durch die Zweige fiel, tanzte und schimmerte in Gold und Grün. Rajasta näherte sich auf einem von Büschen gesäumten Pfad und dachte bei sich, was der große Baum und die drei darunter doch für ein hübsches Bild abgäben: Deoris mit ihrem lockigen Haar saß auf einem Skriptoren-Schemel und las aus einer Schriftrolle vor. Im Schatten sitzend, wirkte sie sehr dunkel, ganz im Gegensatz zu Micons Gesicht, das von fast durchscheinender Blässe war. Dicht neben dem Atlanter, aber von ihrer kleinen Schwester nicht viel weiter entfernt als von ihm, saß Domaris wie eine stetig brennende Flamme; die beherrschte Heiterkeit ihres Gesichts war wie ein stiller See.

Rajasta war geräuschlos über das Gras geschritten und blieb noch eine Weile unbemerkt neben ihnen stehen. Er hörte Deoris beim Vorlesen zu, aber in Gedanken war er bei Domaris und Micon.

Als Deoris beim Lesen eine Pause machte, hob Micon plötzlich den Kopf und wandte das Gesicht Rajasta zu. In seinem leicht verzerrten Lächeln lag eine herzliche Begrüßung.

Rajasta lachte. »Mein Bruder, du solltest statt meiner hier Wächter sein! Niemand sonst hat mich bemerkt.« Gelächter erhob sich unter dem großen Baum. Der Priester des Lichts trat näher. Er winkte beiden Mädchen, auf ihren Plätzen zu bleiben, und blieb kurz stehen, um Deoris' wirre Locken zärtlich zu berühren. »Ist diese Brise nicht erfrischend?« bemerkte er.

»Sie kündigt einen Sturm an«, stellte Micon fest.

Danach herrschte Schweigen. Rajasta betrachtete gedankenvoll Micons ihm zugewandtes Gesicht. *Ich möchte wohl wissen, auf welche Art von Sturm er anspielt. Ich glaube, es steht uns Schlimmeres bevor als ein Unwetter.*

Auch Domaris war beunruhigt und sah bittend zu ihrem Lehrer auf. Sie war schon immer sensibel gewesen, aber ihre neue Beziehung zu Micon hatte ihre Empfindsamkeit auf geradezu unheimliche Weise verstärkt. Sie konnte sich mit sicherem Instinkt auf seine Gedanken und Gefühle einstellen, und dadurch wuchs ihre Liebe zu ihm so sehr, daß für sie die anderen Menschen neben Micon kaum noch eine Rolle spielten. Sie liebte Deoris wie immer, und auch ihre Hochachtung vor Rajasta war nicht geringer geworden – aber Micons verzweifelte Not kam zu allererst, und so fühlte sie sich als seine Beschützerin und handelte entsprechend.

Sie war fast in Gefahr, ganz darin aufzugehen, denn sie hatte eine Neigung zu beinahe katastrophaler Selbstverleugnung.

Natürlich hatte Rajasta diese Eigenschaft seiner Akoluthin schon längst erkannt. Es wurde ihm nun jedoch aufs neue bewußt, daß er als ihr geistlicher Lehrer die Pflicht hatte, sie vor den möglichen Folgen dieser Charakterschwäche zu warnen. Zugleich hatte er volles Verständnis für die aufopfernde Liebe, die sie Micon entgegenbrachte.

Trotzdem, sagte er streng zu sich selbst, *tut es Domaris nicht gut, daß sie ihre ganze Kraft auf einen einzigen Menschen konzentriert, ganz gleich, wie sehr dieser sie braucht!* Und noch bevor er diesen Gedanken ganz beendet hatte, lächelte der Priester des Lichts demütig. *Mag sein, daß auch ich diese Lektion zu lernen habe.*

Rajasta setzte sich neben Micon ins Gras und legte seine Hand mit aufmunterndem Druck auf dessen kraftlose verrenkte Hand. Sofort bemerkte er das leichte, verräterische Zittern. Traurig schüttelte Rajasta den Kopf. Obwohl der Atlanter den Eindruck machte, als habe er seine Gesundheit zurückgewonnen, war es in Wahrheit ganz anders.

Aber das Zittern ließ nach und hörte schließlich ganz auf. Micon fühlte die Kraft des Wächters durch seine von der Folterung geplagten Nerven fließen, was ihn tröstete und stärkte. Er lächelte dankbar, aber dann wurde sein Gesicht ernst.

»Rajasta – ich muß dich um eines bitten: Unternimm nichts mehr, um für das, was man mir angetan hat, eine Bestrafung ins Werk zu setzen. Dies würde keine oder nur bittere Früchte tragen.«

Rajasta seufzte. »Wie oft haben wir darüber schon gesprochen!« sagte er. »Du mußt eigentlich inzwischen wissen, daß ich nicht einfach alles auf sich beruhen lassen kann. Diese Sache ist zu ernst, um unbestraft zu bleiben.«

»Das wird sie auch nicht, verlasse dich darauf.« Micons blinde Augen strahlten wie von neuer Lebenskraft beseelt. »Sei nur vorsichtig, daß die Bestrafung keine Strafe nach sich zieht!«

»Riveda muß seinen Orden säubern!« Domaris' Stimme war spröde wie Eis. »Rajasta hat recht –«

»Liebe Domaris«, ermahnte Micon sie sanft, »wenn Gerechtigkeit ein Werkzeug der Rache wird, verwandelt sich ihr Stahl in Klingen aus Glas. Natürlich muß Rajasta die, die nach uns kommen, schützen – aber wer Rache nimmt, wird leiden. Das Karma sieht als erstes die Handlung, und danach – wenn überhaupt – die

Absicht!« Nach einer kurzen Pause setzte er mit Nachdruck hinzu: »Auch sollten wir Riveda nicht zu sehr in diese Sache hineinziehen. Er befindet sich bereits am Abgrund einer großen Gefahr!«

Rajasta, der gerade etwas hatte sagen wollen, stockte der Atem. Hatte Micon in der Nacht des Zenit auch eine Vision oder Offenbarung erlebt, wie er selbst?

Niemand bemerkte, daß der Priester des Lichts stutzig geworden war; Deoris verspürte den Drang, Riveda zu verteidigen, doch kaum hatte sie zu sprechen begonnen, als ihr zu Bewußtsein kam, daß niemand eine Beschuldigung gegen den Adepten erhoben hatte. Da verstummte sie wieder.

Domaris' Gesicht veränderte sich; seine Strenge verschwand. »Mir fehlt es an Großmut«, gestand sie. »Ich will still sein, bis ich weiß, daß ich aus Liebe zur Gerechtigkeit spreche und nicht der Rache wegen.«

»Flammengekrönte«, sagte Micon mit leiser, wohlklingender Stimme, »du wärest keine Frau, wenn du anders sprächest.«

Deoris' Augen wurden dunkel wie Gewitterwolken. Micon sprach auf so zärtliche Weise mit ihrer Schwester, und Domaris schien nicht beleidigt, sondern im Gegenteil sehr erfreut zu sein. Sie war offenbar sogar glücklich darüber! Deoris meinte, vor Groll ersticken zu müssen.

Rajastas Blick ruhte auf Domaris und Micon, und beinahe vergaß er seine Befürchtungen. Er lächelte ihnen zu. Wie er sie beide liebte! Auch Deoris sah er freundlich an, denn er mochte sie sehr gern und wartete nur darauf, daß sie zu größerer Reife gelangte. Dann wollte er sie bitten, als seine Akoluthin in die Fußstapfen ihrer Schwester zu treten. Rajasta spürte ungeahnte Möglichkeiten für die in diesem Mädchen erwachende junge Frau. Wenn es sich später ergab, wollte er sie mit Freuden leiten, aber jetzt war Deoris noch zu jung.

Domaris ahnte seine Gedanken. Sie stand auf, ging zu ihrer Schwester und ließ sich anmutig neben ihr ins Gras sinken. »Leg deine Schriftrolle weg, Schwesterchen«, flüsterte sie zärtlich, »hör zu und lerne. Ich tue es auch. Ich habe dich sehr gern; Kätzchen, ich liebe dich wirklich.«

Getröstet schmiegte sich Deoris in die Arme ihrer Schwester. Domaris war selten in aller Öffentlichkeit so zärtlich zu ihr, und die unerwartete Liebkosung machte Deoris glücklich. Schuldbewußt dachte Domaris: *Armes Kind, sie ist so einsam, ich habe sie wirklich vernachlässigt! Aber Micon braucht mich jetzt mehr! Für Deoris ist später noch Zeit, wenn ich sicher bin, daß ...*

»– Hast du immer noch nichts über meinen Halbbruder erfahren?« fragte Micon betrübt Rajasta. »Sein Geschick lastet schwer auf mir. Ich spüre, daß er noch lebt, aber ich *weiß*, daß es nicht gut um ihn steht . . .«

»Ich werde weitere Nachforschungen anstellen«, versprach Rajasta. Er ließ Micons Hände los, damit der Atlanter nicht fühlte, daß seine Worte zur Hälfte Täuschung waren. Rajasta würde Erkundigungen einziehen – er hatte jedoch wenig Hoffnung, etwas Neues über den vermißten Reio-ta zu hören.

»Wenn er dein Halbbruder ist, Micon«, fiel Domaris ein, und ihre angenehme Stimme klang noch weicher als gewöhnlich, »dann muß er den Weg der Liebe zu dir finden.«

»Ich halte diesen Weg für nicht leicht«, widersprach Micon ihr freundlich. »Immer und ausschließlich voller Mitgefühl und Verständnis zu sein ist – eine schwierige Aufgabe.«

Rajasta murmelte: »Du bist ein Sohn des Lichts und hast die Erkenntnis –«

»Wenig!« Die Stimme des Atlanters bekam einen beinahe rebellischen Unterton. »Ich war dazu bestimmt, andere zu heilen, und sollte meinen Mitmenschen dienen. Nun bin ich nichts und habe meine Bestimmung noch immer nicht erfüllt.«

Lange Zeit schwiegen sie, und ihrer aller Gedanken beherrschte Micons Tragödie. Domaris sagte sich, sie wolle ihm soviel an Trost der Seele und des Körpers, an Dienst und Liebe geben, wie sie nur könnte, ganz gleich, um welchen Preis –.

Endlich ergriff Deoris das Wort, ruhig, aber herausfordernd. »Micon, du zeigst uns allen, wie ein Mensch Unglück tragen und dabei – größer als ein Mensch sein kann. Ist das nicht eine Verschwendung guter Kräfte?«

Rajasta runzelte ihrer Kühnheit wegen die Stirn, gleichzeitig aber zollte er ihr im Innern für diese Einstellung Beifall, denn er selbst dachte ganz ähnlich.

Micon faßte sanft ihre Hand. »Meine kleine Deoris«, sagte er ernst, »Menschen steht es nicht zu, über Glück und Unglück, Wert und Verschwendung zu urteilen. Ich habe viele Dinge in Bewegung gesetzt, und alle Menschen ernten, was sie gesät haben. Ob einem Menschen Gutes oder Böses widerfährt, liegt bei den Göttern, die sein Schicksal bestimmen, aber jeder Mann –« sein Gesicht verzog sich zu einem kurzen Lächeln – »und jede Frau ist frei, es sich zum Heil oder zum Unheil gereichen zu lassen.« Nun zeigte er wieder sein einnehmendes strahlendes Lächeln, wandte sein blindes Gesicht von Rajasta zu Domaris, und wieder schien es, als sähen seine blinden Augen. »Du kannst bezeugen, ob aus all dem nicht etwas Gutes erwachsen ist!«

Rajasta neigte den Kopf. »Bei mir hat es viel Gutes bewirkt, Sohn des Lichts.«

»Bei mir ebenfalls«, sagte Micon leise.

Deoris beobachtete sie erstaunt. Sie fühlte ein leichtes Unbehagen und eine vage Eifersucht. Sie entzog ihre Hand Micons leichtem Griff und fragte: »Du brauchst mich heute doch nicht mehr, nicht wahr, Micon?«

Domaris sagte schnell: »Lauf nur, Deoris; ich kann vorlesen, wenn Micon es wünscht.« Eifersüchtig wachte sie über Micon und betrachtete alles, was ihn von ihr entfernte, mit Mißvergnügen.

»Ich muß ein Wort mit dir sprechen, Domaris«, fiel Rajasta bestimmt ein. »Überlasse Micon und seine Skriptorin ihrer Arbeit und komm mit mir.«

Die Frau erhob sich, erschrocken über den indirekten Vorwurf in Rajastas Ton, und schritt schweigend neben ihm den Pfad hinunter. Sie warf noch einen schnellen Blick auf ihren Liebhaber, der immer noch dasaß wie vorher. Erst jetzt senkte er den Kopf, und sein Lächeln galt Deoris, die sich zu seinen Füßen hingekauert hatte. Domaris hörte ihre kleine Schwester hell auflachen.

Rajasta sah auf die schimmernde Krone von Domaris' Haar nieder und seufzte. Es fiel ihm schwer, sie für einen Fehler zu tadeln, der ebenso sein eigener war. Bis er sich seine Worte überlegt hatte, fühlte Domaris die Augen des Priesters, ernst und freundlich, doch feierlicher als üblich auf sich ruhen und hob das Gesicht.

»Rajasta, ich liebe ihn«, erklärte sie schlicht.

Diese Worte und das aufrichtige Gefühl, das sie zum Ausdruck brachten, hätten den Priester beinahe entwaffnet. Er legte die Hände auf ihre Schultern und sah ihr ins Gesicht. Nicht streng, wie er es vorgehabt hatte, sondern mit väterlicher Zuneigung sagte er leise: »Ich weiß, meine Tochter. Ich bin froh darüber. Aber du bist in Gefahr, deine Pflicht zu vergessen.«

»Meine Pflicht?« wiederholte sie verblüfft. Sie hatte noch gar keine Pflichten innerhalb der Priesterkaste, ihr Studium ausgenommen.

Rajasta verstand ihre Verwirrung. Er wußte jedoch auch, daß sie der Selbsterkenntnis auswich. »Du mußt Rücksicht auf Deoris nehmen. Auch sie braucht dich.«

»Aber – Deoris weiß, daß ich sie gern habe!« protestierte Domaris.

»Weiß sie das wirklich, meine Akoluthin?« Absichtlich benutzte er diesen Ausdruck, um sie an ihre Stellung zu erinnern. »Oder muß sie glauben, du habest sie beiseitegeschoben und nur noch für Micon Zeit?«

»Sie kann nicht – sie würde nie – oh, das wollte ich nicht!« Die Ereignisse der letzten Wochen standen ihr vor Augen, und Domaris erkannte, daß der Vorwurf gerechtfertigt war. Sie ließ, wie man es sie gelehrt hatte, die Worte ihres Mentors tief auf Geist und Herz einwirken. Nach einer Weile schlug sie die Augen wieder zu ihm auf, und diesmal sprach tiefe Reue aus ihnen. »Sprich mich wenigstens von absichtlicher Selbstsucht frei«, bat sie. »Deoris ist mir so teuer und steht mir so nahe, sie ist wie ein Teil von mir, und ich hatte vergessen, daß ihre Bedürfnisse nicht immer so sind, wie ich es mir wünsche . . . Ich bin nachlässig gewesen; ich werde versuchen, es wieder gutzumachen –«

»Wenn es nur nicht zu spät ist.« Ein Schatten tiefer Besorgnis verdunkelte die Augen des Priesters. »Deoris liebt dich sicher wie vorher, aber ob sie dir jemals wieder voll vertrauen kann?«

Nun umwölkten sich Domaris' schöne Augen. Sie sprach in großer Erregung. »Wenn Deoris mir nicht mehr vertraut, muß ich die Schuld auf mich nehmen. Geben die Götter, daß es nicht zu spät ist, ich habe meine wichtigsten Pflichten versäumt.« Zugleich wußte sie, daß sie nicht anders hätte handeln können, und bereute es nicht, sich ganz und gar Micons Sorgen gewidmet zu haben.

5. Die heimliche Krone

Die Zeit des Regens stand bevor. An einem der letzten sonnigen Tage, mit denen noch zu rechnen war, gingen Domaris und Elis zusammen mit Deoris und deren Freundin Ista, die auch Skriptorin war, Blumen pflücken. Die Akoluthen wollten das Haus der Zwölf für ein kleines Fest schmücken, das am Abend gefeiert werden sollte.

Auf einem Hügel, von dem aus man die Meeresküste sehen konnte, fanden sie ein Feld voller Blumen. Von weit her kam ein schwacher salziger Geruch nach Binsen und Algen, die die Ebbe zurückgelassen hatte; der süße Duft des sonnengedörrten Grases hing in der Luft, vermischt mit dem schweren, berauschenden, honigsüßen Parfüm der Blüten.

Elis hatte Lissa mitgenommen. Das kleine Mädchen war jetzt über ein Jahr alt. Es tappelte überallhin, zog Blumen heraus, trampelte hinein, warf die Körbe um und zerrte an den Röcken, bis Elis ganz verzweifelt war.

Deoris, die die Kleine sehr lieb hatte, nahm sie auf den Arm. »Ich kümmere mich um sie, Elis, ich habe schon genug Blumen.«

»Ich auch«, sagte Domaris, legte ihre duftende Last nieder und fuhr sich mit der Hand über die feuchte Stirn. Die Sonne blendete auch dann noch, wenn man nicht in ihre Richtung blickte, und Domaris war schwindlig vom Einatmen der salzigen und süßlichen Gerüche. Sie nahm ihre Körbe mit Blumen und setzte sich zu Deoris ins Gras. Deoris hielt Lissa auf dem Schoß, kitzelte sie und summte ihr allerhand spaßhaften Unsinn vor.

»Du bist wie ein kleines Mädchen, das mit einer Puppe spielt, Deoris.«

Deoris' Gesicht verzog sich zu einem kleinen Lächeln. »Aber ich habe nie Puppen gemocht.«

»Das stimmt.« Domaris erinnerte sich noch genau daran, und ihr zärtlicher Blick ruhte eher auf Lissa, als auf Deoris. »Du wolltest lebendige Babys haben, wie das hier.«

Die schlanke schwarzhaarige Ista setzte sich im Schneidersitz ins Gras, zupfte an ihrem kurzen Rock und begann, mit geschickten Händen aus den Blumen in ihrem Korb Girlanden zu winden. Elis sah eine Minute lang zu. Dann warf sie einen Armvoll weißer und roter Blüten in Istas Korb. »Meine Girlanden gehen immer wieder auf«, erklärte Elis. »Winde meine auch, und ich tue dir dafür einen anderen Gefallen.«

Istas fleißige Finger hielten im Flechten nicht inne. »Das will ich gern tun, und Deoris wird mir helfen – nicht wahr, Deoris? Wir Skriptoren arbeiten allerdings nicht für einen Gegengefallen, sondern umsonst.«

Deoris drückte Lissa noch einmal an sich und legte sie Domaris in die Arme. Dann zog sie einen Korb an sich heran und verflocht die Blumen zu zierlichen Girlanden. Elis beugte sich vor und beobachtete die beiden. »Es ist eine Schande«, lachte sie, »daß ich die Tempelgesetze von zwei Skriptoren lernen muß . . .«

Damit warf sich Elis zu Domaris ins Gras. Von einem Busch pflückte sie eine Handvoll reifer goldener Beeren, steckte eine in den Mund und verfütterte die übrigen eine nach der anderen an die hopsende, krähende Lissa, die auf Domaris' Knien saß, ihnen beiden klebrige Küsse aufschmatzte und ihre hellen Gewänder mit Beerensaft befleckte. Domaris zog Lissa mit einer seltsamen Sehnsucht fest an sich. *Mein Kind wird ein Junge sein,* dachte sie stolz, ein kräftiger kleiner Sohn mit dunkelblauen Augen . . .

Elis sah ihre Cousine erstaunt an. »Domaris, bist du krank oder träumst du am hellichten Tag?«

Domaris befreite eine Strähne ihres kupferfarbenen Haars aus Lissas festem Kindergriff. »Ein bißchen benommen von der Sonne«, sagte sie und gab Lissa ihrer Mutter zurück. Sie versuchte mit Mühe, den einen, alles beherrschenden Gedanken zu verbannen, der zur Unwahrheit werden konnte, wenn er, und sei es nur in ihrem eigenen Kopf, in Worte gefaßt wurde. *Vielleicht ist es diesmal doch wahr* . . . Seit Wochen hatte sie insgeheim gehofft, diesmal sei es soweit und sie trage Micons Sohn. Schon einmal hatte sie es voreilig ausgesprochen, und das Ende war bittere Enttäuschung. Diesmal war sie entschlossen zu schweigen, selbst Micon gegenüber, bis sie über jeden möglichen Zweifel erhaben war.

Deoris sah von ihren Blumen hoch, ließ ihre Girlande sinken und beugte sich mit großen, ängstlichen Augen zu Domaris hinüber. Die Veränderung, die mit ihrer Schwester vor sich gegangen war, hatte Deoris beinah den Boden unter den Füßen weggezogen. Sie wußte, daß sie ihre Schwester verloren hatte, und sie gab allen aus ihrer Umgebung die Schuld. Sie war eifersüchtig auf Arvath, auf Elis und auf Micon und auf Rajasta ganz besonders.

Domaris war so benommen von ihrer alles überwältigenden Liebe, daß sie den Kummer des Kindes nicht bemerkte. Es ging ihr auf die Nerven, daß Deoris sich in letzter Zeit auf so kindische Weise an sie hängte. Warum konnte die Kleine nicht vernünftig sein und sie in Ruhe lassen? Ganz ohne Absicht – Domaris war nur leicht gereizt, nervös und angespannt, aber nie vorsätzlich unfreundlich – traf sie ihre Schwester zuweilen mit einem einzigen achtlosen Wort ins Herz. Nicht immer erkannte sie, was sie angerichtet hatte, und wenn, dann oft erst, wenn es zu spät war.

Inzwischen hatte Elis Lissa genommen, und die Kleine zerrte entschlossen am Kleide ihrer Mutter. »Du kleines, gieriges Mädchen, ich weiß, was du willst. Bin ich froh, daß das nur noch ein paar Monate dauert!« Sie öffnete ihr Gewand und gab Lissa, die nach ihrer Brust griff, einen spielerischen Klaps. »Und dann, du Quälgeist, mußt du lernen, wie eine Dame zu essen!«

Deoris wandte in einem Gefühl, das beinahe Abscheu war, die Augen ab. »Wie kannst du das nur ertragen?« fragte sie.

Elis lachte fröhlich und machte sich nicht die Mühe, ihr zu antworten. Denn sie hatte nur im Spaß geklagt, und Deoris' Frage faßte sie gleichfalls als müßigen Scherz auf. Kinder wurden immer zwei volle Jahre lang genährt, und nur eine überarbeitete Sklavin oder eine Prostituierte würde sich einfallen lassen, diese Zeit zu verkürzen.

Elis lehnte sich mit Lissa im Arm zurück und pflückte noch eine Handvoll Beeren. »Du redest genau wie Chedan, Deoris! Manchmal glaube ich, er haßt mein armes Baby! Allerdings —« sie schnitt eine Grimasse und steckte sich eine Beere zwischen die Lippen »— manchmal wenn sie mich *beißt*, dann frage ich mich, ob er nicht recht hat.«

»Du wirst sie doch erst entwöhnen, wenn sie beginnt, ihre Milchzähne zu verlieren«, bemerkte Ista mit gespielter Wichtigkeit.

Domaris runzelte die Stirn. Sie allein wußte, daß Deoris nicht gescherzt hatte. Lissas Augen waren jetzt in schläfriger Zufriedenheit geschlossen, und ihr Gesicht, umrahmt von sonnenhellen Locken, lag wie eine Blütenknospe an der Brust ihrer Mutter. Domaris fühlte eine schmerzliche Sehnsucht. Elis hob die Augen und begegnete Domaris' Blick. Sie verfügte besonders stark über die Intuition der Priesterkaste und spürte, daß Domaris etwas erlebte, das ihrem eigenen Schicksal ähnlich war. Sie streckte ihrer Cousine die freie Hand hin und drückte leicht die ihre. Domaris erwiderte den Händedruck schnell, dankbar für Elis' Verständnis und Mitgefühl.

»Kleiner Plagegeist«, flüsterte Elis und wiegte das schlafende Kind. »Dickes Elfchen . . .«

Die Sonne versteckte sich hinter einer Wolkenbank. Deoris und Ista flochten, inzwischen müde geworden, immer noch Blütenstengel zusammen. Plötzlich erschauerte Domaris. Dann erstarrte sie in einem ungläubigen Lauschen. Da war es wieder — irgendwo tief in ihrem Körper, ein schwaches, unbeschreibliches Flattern. Das Gefühl war ihr völlig fremd, und doch war es unmißverständlich. Es war wie das leise Schlagen gefangener Flügel — es kam und ging so schnell, daß sie gar nicht wußte, ob sie wirklich etwas gespürt hatte. Trotzdem war sie sich sicher.

»Was ist los?« fragte Elis leise, und Domaris merkte, daß sie immer noch Elis' Hand hielt. Aber ihre Finger hatten sich verkrampft und quetschten die Hand ihrer Cousine schmerzhaft. Sie zog ihre Hand schnell und entschuldigend zurück. Doch sie sagte kein Wort und ließ die andere Hand auf ihrem Körper liegen, wo das kleine, flüchtige Flattern sich noch einmal regte und dann still war. Domaris war der Atem stehengeblieben, aber nun wurde sie sehr ruhig. Das wohlgehütete Geheimnis war nun Wahrheit, an mehr wollte sie nicht denken. In ihrem Leib war Micons Sohn —

sie wagte sich nicht vorzustellen, daß es eine Tochter sein könne – zum Leben erwacht.

Deoris sah ihre Schwester groß und ängstlich an. Dieser Blick war zuviel für die angespannte Domaris. Sie begann zu lachen, erst leise, dann unbeherrscht – sie wollte nicht weinen . . . Ihr Lachen wurde beinah hysterisch. Sie sprang auf und lief den Hügel hinunter auf die Küste zu. Die drei anderen blickten ihr verwundert nach.

Deoris wollte zu ihr laufen, aber Elis zog sie in einem intuitiven Impuls zurück. »Ich glaube, sie möchte eine Weile allein sein. Hier, halt Lissa für mich, bis ich mein Kleid zugemacht habe.« Sie setzte das Baby auf Deoris' Schoß. Sorgfältig und ohne Eile verschloß sie ihr Kleid. So hatte Deoris Zeit, sich wieder zu beruhigen.

Am Rand der Salzwiesen warf sich Domaris der Länge nach ins hohe Gras und lag dort halb staunend, halb ängstlich, das Gesicht an der duftenden Erde, die Hände auf ihrem Leib. Sie rührte sich nicht. Die langen Grashalme wiegten sich im Wind, und ebenso wie sie schwankten ihre Gedanken, wirr und ungeordnet. Sie hatte Angst, klar zu denken.

Als die Sonne den Zenit überschritten hatte, richtete sich Domaris, wie von einem Instinkt geleitet, auf und schaute zum Ufer. Micon wanderte langsam am Strand entlang. Sie sprang auf und schnellen ungeduldigen Schrittes, das offene Haar um die Taille flatternd, das Kleid gebauscht im Wind, rannte sie auf ihn zu. Micon hörte die raschen, ungleichmäßigen Schritte und blieb stehen.

»Micon!«

»Domaris – wo bist du?« Sein blindes Gesicht folgte dem Klang ihrer Stimme. Sie eilte zu ihm. Einen Schritt vor ihm hielt sie an, und diesmal tat es ihr nicht leid, daß sie sich ihm nicht in die Arme werfen konnte. Sie berührte vorsichtig seinen Arm und hielt ihm das Gesicht zum Kuß entgegen.

Seine Lippen verweilten einen Augenblick länger als sonst auf ihrem Mund. Dann fragte er leise: »Herz der Flamme, warum bist du so aufgeregt? Bringst du mir Neuigkeiten?«

»Ja, ich bringe Neuigkeiten!« stieß sie triumphierend hervor, doch dann versagte ihr die Stimme. Behutsam ergriff sie Micons Hände, legte sie auf ihren Leib in der stummen Bitte, er möge verstehen, ohne daß sie es ihm sagen mußte . . . Vielleicht las er ihre Gedanken; vielleicht erriet er sie nur aus ihrer Geste. Wie es auch gewesen sein mochte, sein Gesicht hellte sich auf, und er streckte seine Arme aus, um sie an sich zu ziehen.

»Du bringst mir Licht«, flüsterte er und küßte sie noch einmal.

Domaris legte das Gesicht an seine Brust. »Jetzt ist es sicher, Geliebter. Diesmal ist es sicher! Ich ahne es seit Wochen, aber ich wollte nicht darüber sprechen, weil ich fürchtete, daß – aber nun gibt es keinen Zweifel mehr! Er, *unser Sohn*, hat sich heute zum erstenmal bewegt!«

»Domaris – Geliebte –« Mehr brachte er nicht heraus. Domaris fühlte seine Tränen aus den blinden Augen auf ihr Gesicht fallen. Seine Hände, gewöhnlich streng beherrscht, zitterten so heftig, daß er sie kaum zu bewegen vermochte. Überwältigt von ihrer Liebe, schmiegte Domaris sich an ihn.

»Meine Geliebte, meine Gesegnete . . .« Mit einer Verehrung, die das Mädchen schmerzlich berührte und ängstigte, sank Micon im Sand auf die Knie. Er ergriff ihre Hände, drückte sie an seine Wangen, seine Lippen. »Trägerin des Lichts, es ist mein Leben, das du in dir hast, meine Freiheit«, flüsterte er.

»Micon! Ich liebe dich, ich liebe dich«, stammelte Domaris unzusammenhängend, und es gab nichts, was sie sonst hätte sagen können.

Der geweihte Mann erhob sich und gewann die Beherrschung halbwegs zurück. Doch er zitterte immer noch etwas. Sanft trocknete er ihre Tränen. »Domaris«, begann er zärtlich und ernst, »es – es gibt keinen Weg, es dir zu sagen – ich meine, ich will es versuchen, aber . . .« Sein Gesicht wurde noch ernster, und der Ausdruck von Schmerz, Bedauern und Ungewißheit bohrte sich Domaris ins Herz.

»Domaris«, sprach er, in einem tiefen, beherrschten Ton. »Ich will versuchen«, gelobte er feierlich, »bei dir zu bleiben, bis unser Sohn geboren ist.«

Domaris wußte, daß er damit den Anfang vom Ende angekündigt hatte.

6. Bei der Schwesternschaft

Vom Tempel der Caratra aus konnte man auf den Schrein und den heiligen Teich sehen. Diese Kultstätte war eines der schönsten Gebäude im ganzen Tempelbezirk. Sie war aus milchweißem Stein erbaut, durchzogen von golden schimmernden, an Opale erinnernden Adern. Langgestreckte Gärten, geschützt durch Baumreihen, an denen Schlingpflanzen herabhingen, umgaben Teich und Tempel. Kühle Springbrunnen sprudelten in den Innenhöfen, und das ganze Jahr hindurch blühte dort ein Überfluß an Blumen.

Innerhalb dieser weißen, schimmernden Mauern wurden alle Kinder des Tempels geboren, ob die Mutter eine Sklavin oder die Hohepriesterin selbst war. Hierher wurden auch die jungen Mädchen des Tempels geschickt, um den Dienst abzuleisten, den jede Frau der Mutter aller Menschen schuldig war. Sie halfen den Priesterinnen, sie pflegten die jungen Mütter und die Neugeborenen, und wenn ein Mädchen innerhalb der Priesterkaste einen genügend hohen Rang einnahm, durfte es sogar die Geheimnisse der Geburtshilfe erlernen. Nach dem ersten Dienst verbrachten die Mädchen jedes Jahr eine bestimmte Zeit – Sklavinnen und Frauen aus dem Volk einen Tag, Akoluthinnen und Priesterinnen einen Monat – im Tempel der Mutter. Dieser Tribut wurde weder der geringsten Sklavin noch der höchsten Initiierten erlassen.

Vor mehr als einem Jahr war Deoris für alt genug befunden worden, zum erstenmal Dienst im Tempel zu tun. Aber ein heftiger, wenn auch nur kurzer Fieberanfall war dazwischengekommen, und danach war ihr Name irgendwie übergangen worden. Nun hatte man sie von neuem zum Dienst gerufen. Die meisten jungen Mädchen der Priesterkaste betrachteten diese Aufforderung als Zeichen, daß sie nun bald erwachsen waren, und freuten sich auf die Zeit im Tempel Caratras. Deoris jedoch traf ihre Vorbereitungen mit einem Widerstreben, das beinahe Rebellion zu nennen war.

Es war fast zwei Jahre her, daß sie den Schrein zum erstenmal besucht und Unterricht in den Grundbegriffen der Geburtshilfe erhalten hatte. Für sie war es ein bestürzendes Erlebnis gewesen, das ihr Inneres aufgewühlt hatte. Sie hatte die Anstrengung, die Qual und die scheinbare Grausamkeit gesehen – allerdings nach all dem auch die Seligkeit, mit der die Mütter ihre Neugeborenen begrüßten. Dies widersprüchliche Verhalten hatte Deoris verwirrt, und außerdem machten ihr ihre eigenen Gefühle zu schaffen, die bittere Erkenntnis, daß auch sie eines Tages eine Frau sein und dort liegen und unter Schmerzen Leben erzeugen mußte. Ein ewiges *Warum* marterte unaufhörlich ihr Gehirn . . . Und jetzt, wo es ihr fast gelungen war, das alles zu vergessen, wurde sie von neuem auf diese Probleme gestoßen.

»Ich kann nicht, ich will nicht!« schrie sie. »Es ist grausam – schrecklich –«

»Aber Deoris.« Der Atlanter faßte nach den nervös zuckenden Händen, fand und ergriff sie trotz seiner Blindheit. »Weißt du nicht, daß Leben Leiden bedeutet und das Hervorbringen von Leben erst recht?« Er seufzte leise und verhalten. »Ich glaube,

Schmerz ist das Gesetz des Lebens . . . und wenn du Frauen, die leiden, helfen kannst, dann willst du dich doch nicht weigern?«

»Ich weigere mich ja nicht – aber ich wünschte, ich könnte es! Micon, du weißt nicht, wie schrecklich das ist!«

Micon bezwang seinen ersten Impuls, über ihre Naivität zu lachen. Statt dessen versicherte er ihr freundlich: »Doch, ich weiß es. Ich wünschte, ich könnte dir helfen, es zu begreifen, Deoris. Aber es gibt Dinge, die jeder allein lernen muß –«

Deoris, rot vor Verlegenheit, würgte die Frage hervor: »Wie kannst du – das – wissen?« In der Welt des Tempels waren Geburten allein Angelegenheit der Frauen, und Deoris, deren ganze Welt der Tempel war, kam es unmöglich vor, daß ein Mann irgend etwas über die Vorgänge bei einer Geburt wissen könne. War es nicht überall strenger, unabänderlicher Brauch, daß kein Mann sich einem Kindbett nähern durfte? Eine solche Unschicklichkeit war unvorstellbar! Wie sollte Micon, der das Glück gehabt hatte, als Mann geboren zu werden, auch nur eine Ahnung davon haben?

Micon konnte nicht länger an sich halten, und sein Gelächter brachte Deoris noch mehr auf. »Liebe Deoris«, sagte er, »Männer sind nicht so unwissend, wie du denkst!« Als sie in verletztem Schweigen verharrte, versuchte er, seine ungeschickte Bemerkung wiedergutzumachen. »Unsere Sitten in Atlantis sind nicht wie die euren, Kind. Du darfst nicht vergessen« – ein freundlicher nekkender Ton lag in seiner Stimme –, »was für Barbaren wir in den See-Königreichen sind! Und glaub mir, auch hier sind nicht alle Männer unwissend. Und – mein Kind, meinst du, ich wisse nichts von Schmerz?« Er zögerte. Ob dies der richtige Augenblick war, Deoris zu sagen, daß ihre Schwester sein Kind trug? Sein Instinkt sagte ihm, daß diese Nachricht Deoris, die zwischen Gehorsam und Weigerung schwankte, vielleicht helfen könnte, ihre Aufgabe gerne zu tun. Doch stand allein Domaris und nicht ihm das Recht zu, zu reden oder zu schweigen. Von plötzlicher Müdigkeit übermannt, sprach er undeutlich. »Liebes Kind, ich möchte dir etwas sagen: Versuche daran zu denken, daß du, um zu leben, jede Erfahrung brauchen kannst. Manche wird glanzvoll und schön, und manche andere schmerzlich und häßlich sein. Aber es gibt sie alle. Das Leben ist ein Miteinander von ausgewogenen Gegensätzen.«

Deoris nahm Micons Worte mit einem Augenrollen entgegen, sagte jedoch nichts mehr. Domaris hatte sie auch schon im Stich gelassen . . . Sie hatte versucht, wirklich versucht, es Domaris begreiflich zu machen. Und diese hatte sie nur verständnislos angesehen und erklärt: »Jede Frau muß nun mal diesen Dienst leisten.«

»Aber es ist so scheußlich!« hatte Deoris gejammert.

Domaris hatte sie mit strengem Blick aufgefordert, sich nicht wie ein dummes kleines Mädchen aufzuführen. Das sei nun einmal der Weg der Natur, und niemand könne etwas daran ändern. Deoris hatte gebettelt, geweint, gefleht, überzeugt, daß Domaris etwas ändern konnte, wenn sie nur wollte.

Domaris war sehr ärgerlich geworden. »Du benimmst dich kindisch! Ich habe dich verzogen, Deoris, und versucht, dich zu beschützen. Jetzt bereue ich, das getan zu haben. Du bist kein Kind mehr. Du mußt lernen, wie eine Frau Verantwortung auf dich zu nehmen.«

Deoris war jetzt fünfzehn Jahre alt. Die Priesterinnen setzten voraus, daß sie, wie die meisten Mädchen ihres Alters, schon beim ersten oder zweiten Tempelbesuch in den Grundbegriffen unterwiesen worden war. Zu schüchtern, um den Irrtum richtigzustellen, fand Deoris sich vor eine Aufgabe für Fortgeschrittene gestellt, wie sie einem Mädchen ihres Alters und der Tochter eines Priesters zukam: Sie sollte einer der Hebammen-Priesterinnen helfen, einer Frau, die gleichzeitig Heilerin in Rivedas Orden war. Ihr Name war Karahama.

Karahama gehörte nicht zur Priesterkaste. Sie war die Tochter einer Tempeldienerin, die vor der Geburt ihres Kindes behauptet hatte, Talkannon selbst sei der Vater. Talkannon, erst kurze Zeit mit einer hochgeborenen Priesterin verheiratet, die später die Mutter von Deoris und Domaris werden sollte, hatte sich geweigert, das Kind anzuerkennen, was ihm eigentlich gar nicht ähnlich sah. Intimen Umgang mit der Frau gab er zu, aber er machte geltend, es sei durchaus nicht sicher, daß er auch der Vater des ungeborenen Kindes sei. Er rief andere Männer zu Zeugen auf, die aussagten, daß auch sie als Vater in Frage kämen.

Bei so schlagenden Beweisen für einen schlechten Lebenswandel räumten die Ältesten ein, es könne niemand gezwungen werden, das Kind anzuerkennen. Der Frau wurden daraufhin ihre Privilegien als Tempeldienerin aberkannt. Man sorgte bis zur Geburt ihrer Tochter nur notdürftig für sie, und dann wurde sie aus dem Tempel verjagt. Männer und Frauen durften vor der Heirat leben, wie sie wollten, Promiskuität aber wurde nicht geduldet.

Das Mädchen Karahama, kastenlos und namenlos, war von der

Graumäntel-Sekte als eine ihrer *saji* aufgenommen worden – und war später zum Ebenbild Talkannons herangewachsen. Natürlich erfuhr der Erzpriester schließlich von den Hohnreden der Tempelsklaven und dem heimlichen Getuschel seiner Untergebenen. Es war tatsächlich ein saftiger Skandal, daß sich ein kleines Ebenbild des Erzpriesters unter dem schlimmsten Abschaum befand. Talkannon blieb nichts anderes übrig, als sich der öffentlichen Meinung zu beugen. Nachdem er für seinen Irrtum lange Buße getan hatte, adoptierte er Karahama.

Die Graumäntel kannten keine Kastengesetze, und Karahama wurde in Rivedas Sekte Heiler-Priesterin. Durch Talkannon wieder in die Rechte eingesetzt, die ihr mit ihrem Namen und als Angehöriger der Priesterkaste zustanden, hatte sie sich entschlossen, dem Tempel Caratras beizutreten. Jetzt war sie eine Initiierte, und es stand ihr zu, das blaue Gewand zu tragen. Damit hatte sie einen Rang inne, der sich mit jedem anderen im Tempel messen konnte, und niemand durfte die »Namenlose« mehr verächtlich behandeln oder anspeien. Wegen der Demütigungen, die sie in ihrer rechtlosen Kindheit erfahren hatte, war Karahama aber manchmal von unberechenbarer Heftigkeit und oft unausgeglichen.

Mit merkwürdig gemischten Gefühlen nahm Karahama zur Kenntnis, daß ihre neue Assistentin ihre eigene Halbschwester war. Doch bald senkte sich die Waagschale zu Deoris' Gunsten. Karahamas eigene Kinder waren vor ihrer Rehabilitierung geboren worden und deshalb Ausgestoßene, namenlos, wie sie selbst es gewesen war, und nichts konnte für sie getan werden. Vielleicht war das der Grund, warum Karahama versuchte, zu dieser jungen und fast unbekannten Verwandten besonders nett und freundlich zu sein. Aber sie wußte auch, daß sie früher oder später Ärger mit diesem Mädchen bekommen würde, denn manchmal bemerkte sie mürrische Aufsässigkeit in seinen verängstigten Veilchenaugen. Ihre Arbeit verrichtete Deoris oft widerwillig. Karahama bedauerte dies, denn offensichtlich besaß Deoris alle Fähigkeiten und Eigenschaften der geborenen Heilerin: ruhige, geschickte Hände und eine scharfe Beobachtungsgabe, eine entschlossene Sanftheit, ein sicheres Gefühl für die Schmerzen der Frauen. Karahama nahm sich vor, das in Deoris' Innerem verborgene Geheimnis zu enthüllen, so ihren Widerwillen zu brechen und sie später ganz für den Dienst der Mutter zu gewinnen.

Als Arkati ins Haus der Geburt kam, ergriff Karahama die Gelegenheit, Deoris mehr für ihre Arbeit zu begeistern. Arkati war die junge Frau eines Priesters, ein hübsches, kaum der Kindheit entwachsenes Ding, jünger als Deoris sogar. Das hellhäutige blondhaarige Mädchen hatte liebliche Augen, einen ängstlichen Blick und war ein paar Wochen vor der Zeit in den Tempel Caratras gebracht worden, weil es ihr nicht gut ging. Wegen einer Krankheit im Kindesalter hatte sie ein schwaches Herz und sollte vor der Geburt gestärkt werden. Alle, selbst die strenge Karahama, behandelten das Mädchen liebevoll. Aber Arkati fühlte sich schwach, hatte Heimweh und weinte ständig ohne Grund.

Sie und Deoris, so stellte sich schnell heraus, kannten einander seit ihrer Kinderzeit. Arkati klammerte sich an Deoris wie ein verlaufenes Kätzchen.

Karahama ließ Deoris so viel Zeit, wie sie wünschte, bei Arkati verbringen. Mit Freude stellte Karahama bald fest, daß Deoris bei der Pflege des kranken Mädchens gute Arbeit leistete. Sie folgte Karahamas Anweisungen mit Verstand und Urteilskraft, und es sah ganz so aus, als gebe Deoris' rebellischer Geist der mädchenhaften Mutter Kraft . . . Andererseits war das Verhältnis der beiden Mädchen nicht ganz ungetrübt.

Deoris dachte oft mit Entsetzen daran, was Arkati bevorstand. Ob sie sich überhaupt nicht fürchtete? Arkati hingegen wurde es nie müde, von ihrem Kind zu träumen, zu plaudern und Pläne zu schmieden. Sie nahm alle Unbequemlichkeiten, ihre Krankheit und ihre Erschöpfung klaglos und sogar mit Lachen auf sich. Wie war das möglich? Deoris wußte es nicht und hatte Angst zu fragen.

Einmal nahm Arkati Deoris' Hand und drückte sie fest auf ihren schwangeren Leib. Deoris spürte eine merkwürdige Bewegung. Das rief ein seltsames Gefühl in ihr hervor. Unsicher, ob sie Freude oder Verärgerung empfand, riß sie ihre Hand jäh weg.

»Was ist denn?« lachte Arkati. »Magst du mein Baby nicht?«

Deoris fand es unangebracht, von einem noch nicht geborenen Kind zu sprechen, als sei es bereits ein Mensch. »Sei nicht dumm«, sagte sie rauh – aber zum erstenmal in ihrem Leben dachte sie an ihre eigene Mutter, von der man sagte, sie sei sanft, anmutig und liebenswürdig und ganz wie Domaris gewesen. Sie war bei Deoris' Geburt gestorben. Deoris wurde elend vor Schuldgefühlen, denn sie war überzeugt, ihre Mutter getötet zu haben. Ob sich Domaris ihr so entzog, um sie dafür zu strafen?

Sie sprach nie darüber und widmete sich ihren Aufgaben mit einer aus Zorn geborenen Entschlossenheit. Ein paar Tage später stellte Karahama überrascht fest, daß Deoris inzwischen schon so etwas wie Erfahrung zeigte, Geschicklichkeit und intuitives Wissen, wie sie sonst nur durch jahrelange Praxis erworben wurden. Als die

Zeit ihres Dienstes abgelaufen war, bat Karahama sie – mit nicht viel Hoffnung auf Erfolg –, einen weiteren Monat im Tempel zu bleiben und bei ihr zu arbeiten.

Deoris wunderte sich über sich selbst, aber sie stimmte zu. Sie sagte sich, schließlich habe sie Arkati versprochen, solange wie möglich bei ihr zu bleiben. Noch wollte sie sich selbst nicht eingestehen, daß sie allmählich Freude an dieser Arbeit fand.

Arkatis Kind wurde in einer regnerischen Nacht geboren. Irrlichter tanzten an der Küste, und der Wind jammerte eine unheilverkündende Litanei. Obwohl Karahama und Deoris alles taten, was möglich war, hörte irgendwann in diesen dunklen Stunden Arkatis krankes Herz auf zu schlagen, und der Kampf – ein jammervoll kurzer Kampf – endete mit einer Tragödie.

Bei Sonnenaufgang schrie in einem der oberen Räume des Tempels ein neugeborenes Kind. Deoris, erschöpft bis ins Mark, lag bitterlich schluchzend in ihrem Zimmer, den Kopf in die Kissen vergraben, und versuchte, die Erinnerung an alles zu verbannen, was sie gehört und gesehen hatte. Ihr ganzes Leben lang würde es sie in Alpträumen verfolgen!

»Du darfst nicht hier liegen und weinen!« Karahama beugte sich über sie. Dann setzte sie sich zu ihr und ergriff ihre Hände. Ein anderes Mädchen betrat den Schlafraum. Karahama winkte ihr, sie allein zu lassen, und fuhr fort: »Deoris, hör mir zu, Kind. Es gibt nichts, was wir hätten tun können, um –«

In Deoris' Schluchzen mischten sich unzusammenhängende Wörter.

Karahama runzelte die Stirn. »Das ist Unsinn! Das Kind hat sie nicht getötet. Ihr Herz hat aufgehört zu schlagen, du weißt doch, daß sie nicht ganz gesund war. Außerdem –« Karahama beugte sich zu Deoris nieder und sagte mit ihrer freundlichen, resoluten Stimme, die Domaris' Stimme so ähnlich und doch so unähnlich war: »Du bist eine Tochter des Tempels. Und du kennst das wahre Gesicht des Todes. Es ist die Tür zu einem anderen Leben und nichts, wovor man Angst haben muß –«

»Ach, laß mich in Ruhe!« heulte Deoris.

»Kommt nicht in Frage«, erklärte Karahama fest. Selbstmitleid war für sie ein unerlaubtes Gefühl, und ihrer Meinung nach hatte Deoris sich in krankhafte Vorstellungen verrannt. »Arkati hat Mitleid nicht nötig! Also hör auf, um dich selbst zu weinen. Steh auf, bade und zieh dich ordentlich an, und dann gehst du und kümmerst dich um Arkatis kleine Tochter. Du trägst die Verantwortung für sie, bis ihr Vater Anspruch auf sie erhebt. Auch mußt du Schutzzauber über sie sprechen, damit sie sicher vor den Kobolden ist, die mutterlose Kinder holen –«

Obwohl sie innerlich gegen den Auftrag rebellierte, tat Deoris, wie ihr geheißen worden war. Es gab ein Dutzend Dinge zu erledigen: Sie mußte eine Amme besorgen und das Kind mit Schutzrunen zeichnen. Der richtige Name eines Kindes war ein heiliges Geheimnis; er war in den Schriftrollen des Tempels eingetragen und wurde außer bei Ritualen niemals laut ausgesprochen. Deshalb gab Deoris dem Neugeborenen jetzt einen Namen, bei dem es gerufen werden würde, bis es erwachsen war: *Miritas.* Der Säugling zappelte in ihren Armen, und Deoris dachte unglücklich und verächtlich: *Schutzzauber, pah! Welcher Zauber hätte Arkati retten können?*

Karahama sah dem mit stoischer Ruhe zu, aber es bekümmerte sie mehr, als sie sagen konnte. Sie alle hatten gewußt, daß Arkati nicht am Leben bleiben würde. Man hatte sie bei der Heirat gewarnt, sie solle nicht versuchen, ein Kind auszutragen. Die Priesterinnen hatten ihr Runen und Zauber und Geheimmittel gegeben, um dies zu verhindern. Arkati hatte ihren Rat wissentlich in den Wind geschlagen und für ihren Eigensinn mit dem Leben bezahlt. Nun gab es ein weiteres mutterloses Kind, für das gesorgt werden mußte.

Karahama hatte klug gehandelt. Sie verstand Deoris in mancher Hinsicht besser als Domaris. So unähnlich sie sich waren, hatten sowohl Deoris als auch Karahama von Talkannon die sture, hartnäckige Entschlossenheit geerbt. Die Priesterin Caratras wußte, daß Groll Deoris eher anspornen würde als Triumph; da sie Schmerz und Tod haßte, würde sie schwören, dagegen anzukämpfen. Hätte sie ein anderes Mädchen gezwungen, Zeugin einer solchen Tragödie zu werden, wäre es wohl vor Entsetzen geflohen und Karahama hätte für immer eine Jungpriesterin verloren. Deoris jedoch würde gerade deswegen bleiben.

Karahama sagte nichts davon. Sie fand es klüger, die Erkenntnis langsam reifen zu lassen. Als für das Neugeborene alles getan war, beurlaubte sie die Heilerin Deoris für den Rest des Tages von ihren übrigen Pflichten. »Du hast heute nacht nicht geschlafen«, setzte sie trocken hinzu, als Deoris ablehnen wollte. »Deine Hände und Augen würden nichts mehr leisten. Also leg dich hin!«

Deoris versprach es mühsam. Dennoch stieg sie nicht die Treppe zu den Schlafräumen hoch, die den im Tempel dienenden Frauen zur Verfügung standen, sondern schlüpfte durch eine Seitentür hinaus und rannte zum Haus der Zwölf. Sie hatte nur einen Gedanken, mit all ihren Sorgen zu Domaris zu laufen. Ihre Schwester würde sie jetzt bestimmt verstehen, sie *mußte* es!

Ein feuchter Sommerwind kündigte weiteren Regen an. Deoris band sich ihre Schärpe fest um Hals und Schultern und rannte wild über die Rasenflächen. Um eine scharfe Ecke biegend, wäre sie beinahe mit der stattlichen Gestalt Rajastas zusammengestoßen; der Priester kam gerade aus dem Haus. Deoris blieb kurz stehen, um das Gleichgewicht wiederzufinden, stammelte atemlos ein paar Worte der Entschuldigung und wollte weiterlaufen. Aber Rajasta mahnte sie lächelnd: »Achte auf deine Schritte, liebes Kind, du wirst dich verletzen. Domaris erzählte mir, du habest in Caratras Tempel Dienst getan. Ist deine Zeit dort zu Ende?«

»Nein, ich bin nur für heute beurlaubt«, antwortete Deoris höflich, doch vor Ungeduld zappelnd. Rajasta schien es nicht zu merken.

»Dieser Dienst wird dir Weisheit und Verstehen bringen, kleine Tochter«, meinte er. »Er wird aus dem Kind, das du bist, eine Frau machen.« Für einen Augenblick legte er seine Hand segnend auf ihre wirren Locken. »Mögen Frieden und Erleuchtung deinen Schritten folgen, Deoris.«

Im Haus der Zwölf lebten Männer und Frauen in aller Unschuld wie Brüder und Schwestern miteinander, was sich zwanglos dadurch ergab, daß sie alle gemeinsam aufgewachsen waren. Deoris jedoch hatte die Jahre, in denen ein Kind am stärksten geformt wird, unter den strengeren Gesetzen der Skriptorenschule verbracht und war an diese Freiheit nicht gewöhnt. Als sie im Innenhof ein paar Akoluthen entdeckte, die im Teich herumplanschten, wurde sie verlegen und – mit ihren Erfahrungen der letzten Zeit – zornig. Sie wollte nicht nachsehen, ob sich ihre Schwester unter ihnen befand. Aber Domaris hatte ihr oft so streng, wie sie überhaupt konnte, gesagt, solange sie mit den Akoluthen zusammenlebe, müsse sie sich ihren Sitten anpassen und die absurden Regeln vergessen, die den Skriptoren aufgezwungen wurden.

Chedan entdeckte Deoris als erster und rief ihr zu, sie solle sich ausziehen und zu ihnen ins Wasser steigen. Er war ein fröhlicher Junge, der jüngste der Akoluthen, und er hatte Deoris von Anfang an mit besonderer Freundlichkeit und Nachsicht behandelt. Deoris schüttelte den Kopf. Der Junge bespritzte sie, bis ihr Kleid triefte und sie sich seiner Reichweite entzog. Domaris stand unter dem niederfallenden Strahl des Springbrunnens. Sie hatte alles gesehen und rief Deoris zu: »Warte!«, wrang ihr nasses Haar aus und watete zum Rand des Teichs. Sie kam an Chedan vorbei, und seine nackten Schultern und der ihr zugekehrte Rücken reizten sie, ihm einen Streich zu spielen. So schöpfte sie eine Handvoll Wasser und spritzte es ihm in die Augen. Bevor er sich rächen konnte, indem er sie untertauchte, duckte sie sich und lief quietschend fort. Doch dann fiel ihr ein, daß es gerade jetzt nicht klug war, einen Sturz zu riskieren, und sie verlangsamte ihren Schritt.

Domaris war ins seichte Wasser gelangt. Deoris blickte ihrer Schwester wartend entgegen. Plötzlich wurden ihre Augen groß vor Bestürzung. Sie wollte nicht glauben, was sie sah. Abrupt drehte sie sich um und rannte davon. Sie hörte nicht, daß Chedan und Elis kreischend vor Vergnügen Domaris am Rand des Teichs einfingen und sie ins Wasser zurückzerrten. Sie tauchten sie unter und drohten, sie mitten in den Springbrunnen zu werfen. Domaris wehrte sich und wollte sich aus ihren groben Händen befreien, doch das hielten sie für Spiel. Zwei oder drei andere Mädchen wollten an dem Spaß auch teilhaben, und ihr Gelächter übertönte Domaris' Bitten um Gnade noch dann, als sie im Ernst zu weinen anfing. Lustig schwangen die anderen sie über der Wasseroberfläche hin und her.

Plötzlich rief Elis befehlend: »Hört auf! Hört auf damit, Chedan, Riva! Laßt sie los – nehmt eure Hände weg, sofort!«

Der Ton ihrer Stimme erschreckte sie so, daß sie gehorchten. Sogleich ließen sie Domaris los, aber sie waren immer noch wild und ausgelassen und merkten nicht, daß sie schluchzte. »Sie hat doch angefangen!« rechtfertigte sich Chedan, und sie alle sahen ungläubig zu, wie Elis die zitternde junge Frau schützend in die Arme nahm und ihr zum Rand des Teichs half. Bisher war Domaris stets die Anführerin bei ihren rauhen Spielen gewesen.

Immer noch weinend, klammerte Domaris sich hilfesuchend an Elis. Ihre Cousine half ihr aus dem Wasser, nahm einen Mantel und warf ihn ihr zu. »Zieh das an, bevor du dich erkältest«, meinte sie fürsorglich. »Haben sie dir wehgetan? Du hättest es uns sagen sollen, nun hör auf zu zittern, Domaris, es ist alles wieder gut.«

Domaris wickelte sich gehorsam in den weißen Wollmantel und blickte kläglich auf die Wölbung nieder, die durch ihre Verhüllung stark betont wurde. »Ich wollte es nur noch eine kleine Weile für mich behalten . . . jetzt werden es wohl alle wissen.«

Elis schlüpfte mit den nassen Füßen in ihre Sandalen und knotete die Schärpe ihres Gewandes fest. »Hast du es nicht einmal Deoris erzählt?«

Domaris schüttelte stumm den Kopf. Sie gingen auf den Gang zu, wo ihre Wohnungen lagen. Plötzlich stand Deoris' entsetztes und ungläubiges Gesicht Domaris vor Augen. »Ich wollte es ja«, murmelte sie, »aber –«

»Du mußt es ihr sofort erzählen«, riet Elis, »bevor sie es als Klatsch von jemand anderem hört. Und sei lieb zu ihr, Domaris. Arkati ist heute nacht gestorben.«

Sie blieben vor Domaris' Tür stehen, und Domaris flüsterte geistesabwesend: »Oh, wie traurig!« Sie selbst hatte Arkati kaum gekannt, aber sie wußte, daß Deoris sie liebgehabt hatte; und nicht einmal jetzt, in einem solchen Kummer, konnte die arme Deoris unbeschwert zu ihr kommen, sondern mußte einen neuen Schock erleben.

Elis rief ihr beim Weggehen über die Schulter nach: »Sei in Zukunft ein bißchen vorsichtiger! Wir hätten dich schlimm verletzen können – und stell dir einmal vor, Arvath wäre dagewesen!« Dann schlug ihre Tür zu.

Während Elara sie abtrocknete, ankleidete und ihr das feuchte Haar flocht, saß Domaris gedankenverloren da, den Blick ins Leere gerichtet. Es würde sicher Schwierigkeiten mit Arvath geben – niemand wußte es besser als Domaris selbst –, aber damit wollte sie sich jetzt nicht belasten. Bisher hatte sie ihm gegenüber noch keine Verpflichtungen; sie hatte lediglich das Recht in Anspruch genommen, das ihr gesetzlich zustand. Mit Deoris hingegen war es viel schwieriger, Domaris machte sich Vorwürfe, die kleine Schwester vernachlässigt zu haben. Irgendwie mußte sie Deoris dazu bringen, sie zu verstehen.

Dank Elaras Hilfe hatte Domaris es nun warm und gemütlich. Sie kuschelte sich auf einen Diwan und wartete darauf, daß ihre Schwester zurückkam.

Tatsächlich dauerte es nicht lange, bis Deoris auftauchte, auf den Wangen hektische rote Flecken. Domaris lächelte ihr fröhlich zu. »Komm her, Liebling.« Sie streckte ihr die Arme entgegen. »Ich muß dir etwas Wundervolles erzählen.«

Deoris warf sich stumm auf die Knie und umarmte ihre Schwester so heftig, daß Domaris, die das Zittern der mageren Schulterrn spürte, ganz ängstlich wurde. »Aber, Deoris, Deoris«, protestierte sie bestürzt. Obwohl sie es ungern tat, setzte sie hinzu: »Halt mich nicht so fest, Schwesterchen – du wirst mich verletzen –, du kannst uns jetzt beide verletzen.« Sie sagte es lächelnd, aber Deoris fuhr zurück, als habe Domaris sie geschlagen.

»Dann ist es also wahr?«

»Ja, Liebling. Du hast es doch gesehen, als ich aus dem Teich kam. Weil du schon ein großes Mädchen bist, war ich sicher, du würdest es merken, ohne daß man es dir erklären muß –«

Deoris faßte das Handgelenk ihrer Schwester mit einem schmerzhaften Griff, den Domaris ertrug, ohne zu zucken. »Nein, Domaris! Das kann nicht sein! Sag mir, daß du nur Spaß machst!« Deoris hätte dem Zeugnis ihrer eigenen Augen nicht geglaubt, wenn Domaris es nur abgeleugnet hätte.

»Über ein heiliges mir anvertrautes Gut mache ich keine Späße, Deoris«, erwiderte die Frau. Sie war enttäuscht von ihrer Schwester, und ihr tiefer Ernst ließ ihren Vorwurf wie eine dunkle Glocke klingen.

Deoris, noch immer kniend, sah zu Domaris hoch und zitterte heftig. »Heilig?« stieß sie mit erstickter Stimme hervor. »Du, eine Studentin, eine Akoluthin, unter Disziplin – du hast alles *dafür* aufgegeben?«

Domaris löste mit ihrer freien Hand Deoris' Klammergriff von ihrem Handgelenk. Die Finger des Mädchens hatten rötliche Spuren auf der weißen Haut hinterlassen.

Deoris sah verständnislos auf die Flecken, doch dann nahm sie plötzlich das Handgelenk in ihre Hand und küßte es. »Ich wollte dir nicht wehtun, ich – ich wußte nicht, was ich tat«, schluchzte sie voller Reue. »Aber ich kann das nicht ertragen, Domaris!«

Die ältere Schwester berührte sanft ihre Wange. »Ich verstehe dich nicht, Deoris. Was habe ich aufgegeben? Ich bin immer noch Studentin, immer noch Schülerin. Rajasta weiß alles und hat mir seinen Segen gegeben.«

»Aber – aber das schließt dich von der Initiierung aus –«

Domaris sah sie völlig verwirrt an. Sie nahm die widerstrebende Hand der Schwester und zog Deoris auf den Diwan. »Wer hat dir nur solchen Unsinn eingeredet, Deoris? Ich bin immer noch Priesterin, immer noch Akoluthin, auch wenn – nein, gerade weil ich eine Frau bin! Du hast jetzt einen Monat oder länger in Caratras Tempel Dienst getan, und du solltest das doch wirklich wissen! Bestimmt hat man dich gelehrt, daß die Zyklen der Weiblichkeit mit denen des Universums im Einklang stehen, daß –« Domaris brach ab und schüttelte mit leisem Auflachen den Kopf. »Manchmal rede ich genau wie Rajasta! Liebe kleine Deoris, als Frau – und noch mehr als Initiierte – muß ich ganze Erfüllung finden. Man bietet doch den Göttern nicht ein leeres Gefäß an!«

Deoris gab hysterisch zurück: »Oder ein vom Gebrauch beschmutztes?«

»Aber das ist doch absurd!« Domaris' Mund lächelte, doch ihr Blick war ernst. »Ich muß meinen Weg gehen und –« sie legte die schlanken, ringgeschmückten Hände in einer schützenden Geste auf ihren Leib, und wieder sah Deoris dort mit Schaudern die deutliche Rundung »– mein Schicksal akzeptieren.«

Deoris rückte von ihr ab. »So akzeptiert eine Kuh ihr Schicksal!«

Domaris versuchte zu lachen; es wurde ein Schluchzen daraus.

Deoris schmiegte sich von neuem an sie und schlang die Arme um ihre Schwester. »Oh, Domaris, ich bin gräßlich, ich weiß! Immerzu verletze ich dich, obwohl ich es gar nicht will. Ich liebe dich, aber das – das entheiligt dich! Es ist grauenhaft!«

»Grauenhaft? Warum?« Domaris lächelte traurig. »So kommt es mir gar nicht vor. Du brauchst keine Angst um mich zu haben, Liebling, ich habe mich nie stärker oder glücklicher gefühlt. Und was die Entheiligung angeht –« Nun war ihr Lächeln nicht mehr traurig. Sie nahm Deoris' Hand und führte sie noch einmal an ihren Körper. »Du dummes Kind! Als ob *er* mich entheiligen könnte – Micons Sohn!«

»Micon?« Deoris zog ihre Hand zurück und starrte Domaris fassungslos an. Töricht wiederholte sie: *»Micons Sohn?«* »Natürlich, Deoris – wußtest du das nicht? Was hast du denn gedacht?«

Deoris antwortete nicht, sie sah Domaris nur sprachlos an. Domaris fühlte wieder das Schluchzen in sich aufsteigen. Sie fragte: »Was ist denn, Deoris? Magst du mein Baby nicht?«

»Oh!« Gequält von der entsetzlichen Erinnerung an Arkati, schrie Deoris noch einmal auf und entfloh schluchzend. Ihr folgten die besorgten Rufe ihrer Schwester.

7. Was die Sterne offenbarten

Domaris lag auf einem Ruhebett in ihrem Zimmer und sah dem Spiel der Regenwolken über dem Tal zu. Lange, niedrige Wolken, tiefgrau mit weißen Schaumkappen wie Meereswogen, wurden von einem heftigen Wind über den Himmel geblasen. Dann und wann traf ein Sonnenstrahl Micons Gesicht. Der Atlanter hatte sich auf einem Kissenberg neben dem Ruhebett zurückgelehnt: seine verkrüppelten Hände ruhten in seinem Schoß, auf seinem dunklen Gesicht lag Frieden. Behagliches Schweigen herrschte zwischen ihnen. Das ferne Donnergrollen und das Brausen der stürmischen

Brandung machten den schattigen Raum noch kühler und erholsamer.

Beide seufzten, als es an der Tür klopfte. Doch dann fiel der lange Schatten Rajastas über die Schwelle, und Domaris' Verärgerung löste sich in nichts auf. Sie erhob sich, immer noch schlank, immer noch mit den Bewegungen einer sich wiegenden Palme, und durchquerte den Raum. Der Priester entdeckte eine neue Würde in ihrer Haltung.

»Rajasta, hast du die Sterne für mein Kind gelesen?«

Er lächelte freundlich, und sie zog ihn zu einem Sitz am Fenster. »Möchtest du, daß ich in Micons Gegenwart mit dir spreche, meine Tochter?«

»Und ob ich das möchte!«

Bei ihrer nachdrücklichen Beteuerung hob Micon den Kopf und erkundigte sich: »Was bedeutet das, Herz der Flamme? Ich verstehe das nicht – was willst du uns über unser Kind erzählen, mein Bruder?«

»Ich sehe, daß einige unserer Bräuche in Atlantis unbekannt sind.« Rajasta lächelte freundlich und setzte hinzu: »Verzeih mir meine Befriedigung darüber, daß ich zur Abwechslung einmal dich zu *meinem* Schüler machen kann.«

»Du lehrst mich viele Dinge, Rajasta«, meinte Micon ernst.

»Du erweist mir viel Ehre, Sohn der Sonne.« Rajasta schwieg eine Weile. »Also in Kürze: Wie es der Brauch der Priesterkaste verlangt, muß die Stunde der Empfängnis nach deinen und Domaris' Sternen so genau wie möglich bestimmt werden, bevor du deinen Sohn anerkennen darfst – und das muß so bald wie möglich geschehen. Auf diese Weise erfahren wir Tag und Stunde seiner Geburt und können für ihn einen passenden Namen auswählen.«

»Noch bevor er geboren ist?« fragte Micon erstaunt.

»Würdest du zulassen, daß ein Kind *namenlos* geboren wird?« Rajasta war geradezu entsetzt. »Als Domaris' Initiator ist das meine Aufgabe – gerade wie ich, bevor sie geboren wurde, die Sterne für ihre Mutter gelesen habe. Sie war ebenfalls meine Akoluthin, und ich erkannte, daß ihre Tochter, wenn auch von Talkonnon gezeugt, die wahre Tochter meiner Seele sein würde. Ich war es, der ihr den Namen Isarma gab.«

»Isarma?« Micon runzelte verwirrt die Stirn. »Wieso?«

Domaris lachte fröhlich. »Domaris ist nur mein Kindername«, erläuterte sie. »Wenn ich heirate –« ihr Gesichtsausdruck veränderte sich plötzlich, doch mit fester Stimme fuhr sie fort: »–

werde ich meinen wirklichen Tempelnamen Isarma benutzen. In unserer Sprache bedeutet er *Eine Tür zur Helligkeit.*«

»Das bist du für mich tatsächlich geworden, Geliebte«, murmelte Micon. »Und Deoris?«

Deoris heißt – *Kätzchen.* Sie schien nicht größer als ein Kätzchen zu sein, deshalb nannte ich sie so.« Domaris streifte Rajasta mit einem Blick. Über den eigenen Tempelnamen zu sprechen, ging noch an, aber man sprach im allgemeinen nicht über den eines anderen. Der Priester des Lichts nickte jedoch nur, und Domaris fuhr fort: »Ihr wirklicher Name auf den Schriftrollen des Tempels ist Adsartha, *Kind des Kriegersterns.*«

Ein krampfartiger Schauer überlief Micons ganzen Körper: »Im Namen aller Götter, warum ein Name mit so grausamer Bedeutung für deine liebe kleine Schwester?«

Rajastas Gesicht wurde ernst. »Ich weiß es nicht, denn ich habe ihre Sterne nicht selbst gelesen; zur damaligen Zeit war ich in Klausur. Ich hatte immer vor, mit Mahaliel darüber zu sprechen, aber –« Rajasta brach ab. »Eines weiß ich«, stellte er gleich darauf fest, »sie wurde in der Nadir-Nacht empfangen, und ihre Mutter, die wenige Stunden nach Deoris' Geburt starb, teilte mir mit ihrem letzten Atemzug mit, Deoris sei viel Leid vorherbestimmt.« Wieder machte Rajasta eine Pause. Er bedauerte, daß er sich wegen der überstürzten Ereignisse nach Deoris' Geburt nicht die Zeit genommen hatte, Mahaliel, einen Mann von großen Fähigkeiten, nach Deoris' Schicksal zu fragen. Jetzt war der alte Priester schon viele Jahre tot und konnte nicht mehr helfen. Rajasta holte tief Atem und sprach weiter: »Und so behüten wir unsere kleine Deoris zärtlich, damit ihr Kummer durch unsere Liebe gelindert und ihre Schwäche von unserer Kraft gestützt werde – obwohl ich manchmal denke, zuviel Fürsorge macht sie nur schwächer –«

Domaris rief ungeduldig: »Schluß mit all diesen Omina und Vorzeichen! Rajasta, sag mir, werde ich meinem Herrn einen Sohn gebären?«

Rajasta lächelte. Er nahm Domaris ihre Ungeduld nicht übel, denn auch er wollte nur zu gern zum Thema kommen. Er zog aus seinem Gewand eine Schriftrolle. Sie war mit Ziffern bedeckt, die Domaris nicht lesen konnte, obwohl er sie gelehrt hatte, zu zählen und die heiligen Zahlen zu schreiben. Im täglichen Leben rechneten alle bis auf die höchsten Initiierten mit den Fingern; Zahlen waren das bestgehütete Mysterium und wurden niemals leichtfertig für weltliche Zwecke benutzt, denn mit ihrer Hilfe lasen die Priester die Bewegungen der Sterne und bestimmten die Tage und Jahre auf ihren großen Kalendersteinen. Ebenso manipulierten die Adepten durch heilige Zahlen die Naturkräfte, die die Quelle ihrer Kraft waren. Außer den kryptischen Ziffern und ihren Permutationen hatte Rajasta die einfacheren Symbole der Häuser des Himmels gezeichnet – und mit ihnen war Domaris als Akoluthin der Zwölf vertraut. Deshalb bezog sich Rajasta nun nur auf diese Symbole.

»Zu dieser Zeit, im Zeichen der Waage, wurdest du geboren, Domaris. Hier, unter dem Haus des Fuhrmanns, ist Micons Geburtstag. Ich werde jetzt nicht alles vorlesen«, wandte Rajasta sich an den Atlanter, der sich interessiert aufgerichtet hatte, »aber wenn du möchtest, erkläre ich es dir später. Im Augenblick gilt euer beider Interesse sicher vor allem dem Tag, an dem euer Sohn geboren werden wird.«

Domaris stieß bei diesem Wort einen Ruf des Triumphes aus. Micon zog sie leicht an sich.

Umständlich fuhr Rajasta fort und überhörte geflissentlich das Flüstern des glücklichen Paars. »In dieser Stunde, so sagen mir eure Sterne, muß Domaris' Leib den Samen des Lebens unter dem Zeichen des Mondes, der diese Dinge in den Frauen steuert, empfangen haben – und an diesem Tag –« er tippte kurz auf die Karte »– wirst du im Zeichen des Skorpions einen Sohn gebären – vorausgesetzt, daß meine Berechnungen ganz richtig sind.«

Micon runzelte die Stirn. »Doch nicht – in der Nadir-Nacht?«

»Das glaube ich nicht«, beruhigte Rajasta ihn, »aber bestimmt kurz danach. So oder so, vergiß nicht, daß die Nadir-Nacht nicht nur Böses bringt. Wie ich schon sagte, wurde Deoris in der Nadirnacht empfangen, und sie ist ein so kluges und liebes Kind, wie man es sich nur wünschen kann. Von dem Tag der Empfängnis, der genau zwischen deinem und Domaris' Geburtstag liegt, geht eine ausgleichende Wirkung aus, die –«

Eine ganze Weile sprach Rajasta so weiter, bis Micon eine Erleichterung anzumerken war, die Rajasta, um die Wahrheit zu sagen, durchaus nicht teilte. Der Priester des Lichts hatte viele Stunden über dieser Karte gegrübelt, beunruhigt durch das Wissen, daß Micons Sohn tatsächlich in dieser Nacht böser Vorbedeutung geboren werden konnte. So sehr er es versucht hatte, Rajasta war nicht imstande gewesen, diese Möglichkeit völlig auszuschließen, denn die Zeit der Empfängnis ließ sich nicht mit absoluter Genauigkeit festlegen. *Hätte ich Domaris nur besser unterrichtet!* dachte er nicht zum erstenmal. *Dann wäre sie in der Lage gewesen, den genauen Zeitpunkt selbst zu bestimmen!*

»Für euren Sohn«, endete Rajasta mit einer Spur Belustigung

über die Besorgnis dieser zukünftigen Eltern, »habt ihr tatsächlich nichts Schlimmeres zu befürchten, als daß er vielleicht einen besonderen Hang zu Kampf und Streit und eine scharfe Zunge besitzen wird, wie das bei Skorpionen häufig vorkommt.« Er legte die Karte entschlossen beiseite. »Da ist nichts, was eine richtige Erziehung nicht korrigieren könnte. Ich habe aber auch noch andere Neuigkeiten, meine Tochter«, sagte er und lächelte Domaris zu. Sie war, dachte er, schöner denn je. In ihrem Gesicht lag bereits etwas von dem Schimmer und der Heiligkeit der Mutterschaft, eine strahlende Freude, ungetrübt durch die Schatten des Leids – und doch waren auch diese bereits da, vorerst nur als die Spur einer Drohung, aber selbst von dem nicht sehr phantasievollen Rajasta zu erkennen. Der Priester wünschte sich zutiefst, seine Akoluthin beschützen zu können.

»Die Zeit ist gekommen, daß ich dir Arbeit für den Tempel geben darf«, erklärte Rajasta. »Du bist nun eine Frau und nicht länger unvollkommen.« Er bemerkte den flüchtigen Ausdruck der Unruhe auf Micons Gesicht und beeilte sich, ihm zu versichern: »Hab keine Angst, mein Bruder. Ich werde ihr nicht erlauben, sich zu überanstrengen. Bei mir wird sie rücksichtsvoll behandelt.«

»Daran habe ich keinerlei Zweifel«, erwiderte Micon.

Rajasta wandte seine Aufmerksamkeit wieder Domaris zu, deren nachdenkliche Miene große Neugier ahnen ließ. »Domaris – was weißt du über die Wächter?«

Sie zögerte mit der Antwort. Rajasta, Wächter der Äußeren Tore, war der einzige Wächter, dessen Name je in der Öffentlichkeit genannt wurde. Es gab noch andere, aber niemand im Tempel wußte ihre Namen oder war sich sicher, ob es mehr waren als die Sieben, die bei wichtigen Anlässen im Rat saßen . . . Eine plötzliche Ahnung weitete ihre Augen.

Rajasta fuhr fort, ohne auf eine Antwort zu warten. »Meine geliebte Tochter, du selbst bist zur Wächterin des zweiten Kreises gewählt worden, zur Nachfolgerin von Ragamon dem Ältesten. Er wird auf seinem Posten bleiben, um dich zu unterweisen, bis du genügend Weisheit erlangt hast. Du wirst auf sein Amt verpflichtet, sobald dein Kind anerkannt worden ist. Allerdings«, setzte er hinzu und lächelte dabei Micon an, »sollen dir damit keine großen Mühen aufgebürdet werden, bis du die Verantwortung für dein Kind wahrgenommen hast. Wie ich die Frauen kenne« – mit zärtlicher Nachsicht betrachtete er seine junge Akoluthin – »wird die Anerkennung deines Sohns für dich ohnehin größere Bedeutung haben, als die eigentlich wichtigere Zeremonie!«

Domaris stieg das Blut ins Gesicht, und sie senkte die Augen. Wäre ihr diese hohe Ehre zu irgendeiner anderen Zeit widerfahren, hätte der Gedanke sie überwältigt. Jetzt trat er als Nebensache hinter der Feierlichkeit zurück, mit der ihr Kind Zugang zum Leben des Tempels finden würde. »So ist es«, gestand sie.

Rajastas Lächeln war wie ein Segen. »Keine wirkliche Frau würde anders empfinden.«

8. Die Nennung des Namens

Es gehörte zu den Aufgaben des Rates der Fünf, Aufzeichnungen über die Priesterkaste zu führen. In ihrer Eigenschaft als Tempel-Älteste prüften sie bei jeder Geburt innerhalb des Bezirks alle mit ihr zusammenhängenden Dinge nach und hielten sie schriftlich fest. Die langen weitfallenden Roben der Ratsmitglieder waren mit kryptischen Symbolen bestickt und bedruckt. Diese Zeichen waren so alt, daß selbst die höchsten Initiierten nur eine nebelhafte Vorstellung von ihrer Bedeutung hatten.

Seite an Seite standen Domaris und Micon in andächtigem Schweigen vor ihnen. Die Luft war schwer von Weihrauch, der in einem kostbaren alten Filigrankessel niederbrannte. Der letzte Rauchfaden kräuselte sich und löste sich auf. Leise trat ein Akoluth vor und schloß den Metalldeckel des Kessels.

Zum erstenmal war Domaris in Blau gekleidet, der heiligen Farbe der Mutter; ihr herrliches Haar trug sie geflochten und mit einem blauen Stirnband verziert. Das Herz klopfte ihr vor Freude, einer Freude, die rein war von Stolz, als Micon, der das Schließen des Weihrauchkessels gehört hatte, vortrat, um das Wort an den Rat der Fünf zu richten. Der Atlanter war in schlichtes Weiß gekleidet, um sein Haupt hatte man ihm einen feinen goldenen Reif gelegt. Mit sicherem Schritt, wie ein Sehender, ging er auf die Männer zu.

Micons wohlklingende Stimme füllte den Raum, ohne laut zu sein: »Väter, ich bin mit dieser Frau, meiner Geliebten, hergekommen, um anzukündigen und zu bestätigen, daß diese meine Erwählte ein Kind erwartet und daß dies Kind ihres Leibes der von mir gezeugte Sohn ist, mein Erstgeborener, der Erbe meines Namens, meiner Stellung und meines Besitzes. Ich bestätige feierlich die Reinheit dieser Frau, und ich schwöre bei dem Zentralen Feuer, der Zentralen Sonne und den drei Schwingen innerhalb des Kreises, daß dem Gesetz Genüge getan worden ist.«

Der Atlanter trat einen Schritt zurück und wandte sich um. Mit entschlossenen, sparsamen, für den Rat der Fünf vielsagenden Bewegungen kniete er zu Domaris' Füßen nieder. »Diese Mutter und dieses Kind«, sprach Micon, »werden dem Gesetz entsprechend in Dankbarkeit und Verehrung anerkannt. Dies geschieht, damit weder meine Liebe vergeudet werde noch mein Leben ungesegnet oder meine Aufgabe unerfüllt bleibe, damit ich Ehre erweise, wo Ehre erwiesen werden muß.«

Domaris legte die Hand leicht auf Micons Kopf. »Ich bin gekommen«, sagte sie, und ihre Stimme hallte in dem jahrhundertealten Raum wider, »um anzukündigen und zu bestätigen, daß das Kind, das ich erwarte, der Sohn dieses Mannes ist. Das erkläre ich, Domar-Isarma, Tochter Talkannons.« Errötend hielt sie inne. Es war ihr peinlich, daß sie sich während des Rituals versprochen hatte. Aber die Ältesten zuckten nicht mit der Wimper, und sie fuhr fort: »Außerdem erkläre ich, daß dies ein Kind der Jungfräulichkeit und der Liebe ist; in aller Verehrung verkünde ich dies.« Nun kniete sie neben Micon nieder. »Ich handle, wie es nach dem Gesetz mein Recht ist.«

Der Älteste, der in der Mitte der Fünf saß, fragte ernst: »Wie lautet der Name des Kindes?«

Rajasta präsentierte mit feierlicher Geste die Schriftrolle. »Dies soll in das Archiv des Tempels eingetragen werden: Ich, Rajasta, habe für die Tochter Talkannons die Sterne gelesen, und ich nenne ihren Sohn O-si-nar-men.«

»Was heißt das?« flüsterte Micon fast unhörbar Domaris zu, und sie erwiderte leise: »Sohn des Mitleids.«

Die Ältesten streckten die Hände aus und sangen feierlich: »Das knospende Leben ist nach dem Gesetz anerkannt und wird willkommen geheißen. Sohn Micons und Isarmas, O-si-nar-men, sei gesegnet!«

Micon erhob sich langsam und hielt Domaris die Hand hin. Sie ergriff sie und stand auf. Den Kopf geneigt, standen sie nebeneinander, während der mit gedämpften Stimmen gesungene Segen weiterging: »Spender des Lebens – Trägerin des Lebens – seid gesegnet. Jetzt und immerdar, seid gesegnet, und gesegnet sei euer Same. Geht in Frieden.«

Domaris hob die Hand in einer ebenfalls uralten Ehrenbezeugung. Micon hörte das Rascheln ihres Ärmels, erinnerte sich der Anweisungen, die er von Rajasta erhalten hatte, und tat es ihr einen Augenblick später nach. Ruhig und demütig verließen sie zusammen die Ratskammer – doch Rajasta blieb zurück, denn der Rat der Fünf wünschte, ihn über Einzelheiten des für das ungeborene Kind erstellten Horoskops zu befragen.

Im äußeren Vestibül lehnte sich Domaris kurz an Micons Schulter. »Nun ist es geschehen«, flüsterte sie. »Während ich sprach, hat sich unser Kind wieder in mir bewegt. Ich möchte – ich möchte jetzt viel bei dir sein.«

»Geliebte, das sollst du auch«, versprach Micon zärtlich, beugte sich zu ihr herab und küßte sie. Wehmütig setzte er hinzu: »Ich wollte, ich könnte deine zukünftige Herrlichkeit sehen!«

9. Eine Frage des Gefühls

Karahama, Priesterin Caratras, hatte Deoris tatsächlich richtig eingeschätzt. In den Tagen nach Arkatis Tod widmete Deoris ihre ganze Kraft der früher verabscheuten Arbeit. Aus ihrem intuitiven Wissen wurde sicheres Geschick, und als ihre verlängerte Dienstzeit zu Ende war, bereitete sie sich fast mit Widerwillen darauf vor, den Tempel Caratras zu verlassen.

Nach dem Reinigungsritual ging sie zu Karahama, um ihr Lebewohl zu sagen. In den letzten Wochen waren sie sich so nahegekommen, wie es bei der Reserviertheit der Priesterin nur möglich war. Deoris erkannte plötzlich, daß sie Karahama trotz ihrer Eigenheiten liebgewonnen hatte.

Sie wechselten die üblichen höflichen Abschiedsworte, doch dann hielt die Priesterin Deoris zurück. »Du wirst mir fehlen«, sagte sie. »Du bist sehr tüchtig geworden, mein Kind.« Während Deoris sprachlos vor Überraschung dastand – ein Lob von Karahama war etwas Seltenes und schwer zu erringen –, griff die Priesterin nach einer kleinen Silberscheibe an einer feinen Kette. Dies Schmuckstück, das das Siegel Caratras trug, war ein Abzeichen, das jeder Frau für die der Göttin erwiesenen Dienste verliehen wurde. Aber nur selten bekam es ein Mädchen, das noch so jung war wie Deoris. »Trage es in Weisheit«, sagte Karahama und schloß es selbst um Deoris' Handgelenk. Dann blieb sie stehen und betrachtete das Mädchen, als wolle sie ihr noch etwas sagen.

Karahama war eine imposante Frau, hochgewachsen und fraulich, mit grüngelben Katzenaugen und rötlichem Haar. Ebenso wie Talkannon schien sie von einer tierischen Wildheit zu sein, die sie nur mühsam unter Kontrolle hielt. Die ihrem Rang zustehende blaue Robe erhöhte noch ihre natürliche Würde. »Bist du in der Skriptoren-Schule?« fragte sie endlich.

»Ich habe sie vor vielen Monaten verlassen. Ich wurde zur Skriptorin Micons von Ahtarrath bestimmt.«

»Jedes Mädchen kann vorlesen und schreiben! Hast du dir so etwas als Lebensaufgabe erwählt? Oder ist es deine Absicht, der Akoluthin Domaris in den Tempel des Lichts zu folgen?« Karahama sagte dies in so verächtlichem Ton, daß Deoris unsicher wurde.

Bis zu diesem Augenblick hatte sie niemals ernsthaft daran gezweifelt, daß sie sich eines Tages um die Aufnahme in den Tempel des Lichts bemühen und in die Fußstapfen ihrer Schwester treten würde. Jetzt erkannte sie plötzlich, daß sie das von ihrer Veranlagung her gar nicht konnte, und so traf sie die erste echte Entscheidung ihres Lebens. »Nein. Ich wünsche mir keines von beiden.«

»Dann glaube ich«, sagte Karahama ruhig, »daß dein wahrer Platz hier ist, in Caratras Tempel – falls du dich nicht Rivedas Sekte anschließen willst.«

»Den Graumänteln?« Deoris war entsetzt. »Ich – eine *saji?*«

»Caratra schütze dich!« Karahamas Hand schlug schnell ein Runenzeichen. »Alle Götter mögen verhüten, daß ich irgendeinem Mädchen dieses Schicksal bereite! Nein, mein Kind – ich meinte als Heilerin.«

Deoris schwieg und dachte nach. Sie hatte nicht gewußt, daß Frauen in die Heiler-Sekte aufgenommen wurden. Zögernd sagte sie: »Ich könnte – Riveda fragen –«

Karahama lachte vor sich hin. »Riveda ist kein sehr zugänglicher Mann, mein Kind. Dein Verwandter Cadamiri ist Heiler-Priester, und es wäre viel einfacher, wenn du dich an ihn wendest. Riveda kümmert sich niemals um die Novizen.«

Aus irgendeinem Grund ärgerte sich Deoris über Karahamas Lächeln. Sie erklärte: »Riveda selbst hat mich schon einmal gefragt, ob ich in den Grauen Tempel eintreten wolle!«

Das tat die gewünschte Wirkung. Karahamas Gesichtsausdruck veränderte sich völlig. Sie musterte Deoris neugierig. Dann meinte sie: »Na gut. Wenn du möchtest, kannst du Riveda sagen, ich hätte dich für geeignet erklärt. Nicht, daß mein Wort viel Gewicht bei ihm hätte, aber er weiß, daß ich in solchen Dingen ein gesundes Urteilsvermögen habe.«

Das Gespräch wandte sich anderen Themen zu, geriet ins Stocken und war bald beendet. Karamaha sah Deoris nach und wurde nachdenklich. *Ob es richtig ist, dies Kind auf Rivedas Pfad zu schicken?* fragte sie sich. Die Priesterin Caratras kannte Riveda vielleicht besser als seine eigenen Novizen, und sie wußte Bescheid über seine Motive . . . Karahama verbannte einen beunruhigenden Gedanken. Deoris war fast erwachsen, und sie würde sich über Karahamas Einmischung bestimmt nicht freuen, auch wenn es mit der besten Absicht geschah. Riveda war ein Mensch, der heftige Gefühle erwecken konnte.

Im Haus der Zwölf legte Deoris ihr Armband weg. Müßig wanderte sie durch ihre Zimmer. Sie fühlte sich einsam und vernachlässigt. Wie gern hätte sie den Streit mit Domaris ungeschehen gemacht, wäre in ihr altes Leben zurückgeschlüpft, hätte – wenigstens für eine Weile – alles vergessen, was in den letzten Monaten geschehen war!

Die Leere der Räume und Innenhöfe bedrückte sie. Plötzlich blieb sie stehen und starrte auf den Käfig mit ihrem roten Vogel. Das kleine Tier lag still am Boden, das rote Federkleid matt und verdrückt. Erschrocken riß Deoris die Käfigtür auf und nahm den winzigen Leichnam mit einem leisen Schmerzensschrei in die Hand.

Hilflos drehte sie den Vogel auf ihrer Handfläche hin und her. Sie weinte beinahe. Sie hatte ihn geliebt, er war das letzte Geschenk gewesen, das Domaris ihr gemacht hatte, bevor sie sich so veränderte – doch was war geschehen? Es war keine Katze da, die ihn hätte zerreißen können, und das Vögelchen war auch nicht zerrissen worden. Deoris sah in den Käfig und entdeckte, daß das irdene Wasserschüsselchen leer war und nur noch ein oder zwei Samenkörner in dem Schmutz auf dem Boden lagen.

Als Elara plötzlich eintrat, erschreckte sie. Deoris drehte sich um und beschuldigte die kleine Frau wütend: »Du hast meinen Vogel vergessen, und nun ist er tot, tot!«

Elara trat ängstlich einen Schritt zurück. »Welchen Vogel meinst du? Aber – ich wußte doch nicht –«

»Lüg mich nicht an, du elende Schlampe!« schrie Deoris und schlug Elara unbeherrscht ins Gesicht.

»Deoris!« sagte eine erschrockene und zugleich zornige Stimme. Domaris stand in der Tür, blaß vor Ärger. »Deoris, was hat dies – dies Benehmen zu bedeuten?«

Noch nie hatte sie so unfreundlich mit Deoris gesprochen. Das Mädchen hob die Hand zum Mund, plötzlich von Schuldbewußtsein und Furcht erfüllt. Feuerrot im Gesicht und sprachlos stand sie da und Domaris wiederholte: »Was geht hier vor? Sagst du es mir selbst oder muß ich Elara fragen?«

Deoris brach zornig in Tränen aus. »Sie hat meinen Vogel vergessen, und jetzt ist er tot!« würgte sie hervor.

»Das ist weder ein Grund noch eine Entschuldigung.« Domaris war immer noch ärgerlich. »Es tut mir sehr leid, Elara. Meine Schwester wird sich bei dir entschuldigen.«

»Was?« fragte Deoris ungläubig. »Das werde ich nicht tun!«

Domaris zwang sich, ruhig zu bleiben. »Wenn du mein eigenes Kind und nicht meine Schwester wärst, bekämst du Schläge! Noch nie in meinem Leben habe ich mich so geschämt!« Deoris wandte sich zur Flucht, doch bevor sie mehr als ein paar Schritte getan hatte, faßte Domaris sie am Handgelenk und hielt sie fest. »Du bleibst hier!« befahl sie. »Glaubst du, ich lasse dir durchgehen, daß du mir ungehorsam bist?«

Deoris riß sich los, bleich und wütend. Aber sie stammelte die verlangte Entschuldigung.

In Elaras ruhigem Gesicht röteten sich die Fingermale, die ihr Deoris beigebracht hatte. Ihre Stimme zeigte Würde, die unerschütterliche Haltung der demütigen Dienerin. »Es tut mir wirklich leid um deinen Vogel, kleine Herrin, aber die Sorge für ihn war nicht mir anvertraut; ich wußte nichts davon. Habe ich jemals etwas vergessen, das du mir aufgetragen hattest?«

Elara ging, und Domaris sah ihre Schwester beinahe verzweifelt an. »Was ist nur über dich gekommen, Deoris?« fragte sie endlich. »Ich kenne dich nicht mehr wieder.«

Deoris blickte weiter mürrisch zu Boden. Sie stand unbeweglich da, seit sie ihre »Entschuldigung« gemurmelt hatte.

»Mädchen«, sagte Domaris, »auch mir tut es leid um deinen Vogel – aber ich hätte dir ein Dutzend anderer schenken können, und Elara ist immer freundlich zu dir gewesen! Es wäre schlimm genug, stünde sie auf einer Stufe mit dir, aber wie kannst du nur eine Dienerin schlagen?« Sie schüttelte den Kopf. »Was soll ich bloß mit dir anfangen?«

Deoris gab immer noch keine Antwort. Domaris sah in den offenen Käfig. »Ich weiß nicht, wer schuld daran ist.« Ihr Blick wanderte zu Deoris zurück. »Aber wenn es Nachlässigkeit war, darfst du sie niemandem anlasten als dir selbst.«

Deoris murmelte bockig: »Ich bin nicht hier gewesen.«

»Das verringert deinen Fehler nicht.« Keine Spur von Erbarmen lag in Domaris' Stimme. »Warum hast du niemandem die Sorge für den Vogel übertragen? Jetzt kannst du auch niemanden dafür tadeln. Deine eigene Vergeßlichkeit hat dein Vögelchen das Leben gekostet! Hast du denn gar kein Pflichtgefühl?«

»Mußte ich nicht an genug anderes denken?« Tränen strömten über das jammervolle Gesicht des Mädchens. »Wenn dir wirklich etwas an mir läge, hättest du mich daran erinnert!«

»Muß ich dein ganzes Leben lang die Verantwortung für dich übernehmen?« gab Domaris in einem so wütenden Ton zurück, daß Deoris vor Schreck aufhörte zu weinen. Der Anblick ihres entsetzten Gesichts stimmte Domaris milder. Sie nahm Deoris den toten Vogel aus der Hand und legte ihn beiseite. »Ich habe es ernst gemeint; du kannst so viele Vögel haben, wie du nur möchtest«, versprach sie.

»Oh, mir geht es nicht um den Vogel! Mir geht es um dich!« klagte Deoris, warf die Arme um Domaris und weinte heftiger als zuvor. Domaris hielt sie fest. Sie spürte, daß Deoris' Verbitterung, die es unmöglich gemacht hatte, mit ihr vernünftig zu reden, sich allmählich löste. Vielleicht konnten sie jetzt den Abgrund überbrükken, der seit der Nacht auf dem Sternenfeld zwischen ihnen lag . . . Doch sie mahnte die Schwester: »Vorsichtig, Deoris. Drück mich nicht zu fest an dich, du tust uns sonst weh –«

Sofort sanken Deoris' Arme nieder, und sie wandte sich wortlos ab.

Domaris streckte bittend die Hand aus. »Deoris, sei doch nicht so, ich habe es nicht so gemeint – Deoris, kann ich denn gar nichts mehr sagen, ohne dich sofort zu verletzen?«

»Du magst mich nicht mehr!« beschuldigte Deoris sie kläglich. »Du brauchst gar nicht so zu tun!«

»Aber Deoris!« Die grauen Augen wurden feucht. »Wie kannst du nur so eifersüchtig sein? Weißt du denn nicht, daß Micon stirbt? Ja, er stirbt! Und ich muß mich zwischen ihn und den Tod stellen!« Wieder legte sie ihre Hände mit jener eigentümlichen Geste schützend auf ihren Leib. »Bis unser Sohn geboren ist –«

Sogleich nahm Deoris ihre Schwester liebevoll in die Arme, schmiegte sich an sie, tat alles, um ihren schrecklichen Kummer zu lindern. Ihr Selbstmitleid verschwand, und zum erstenmal in ihrem Leben nahm sie teil an einem Leid, das nicht nur sie selbst betraf. Sie versuchte Domaris zu trösten, obwohl ihr klar war, daß es keinen Trost geben konnte, sie sprach Worte der Hoffnung aus und wußte genau, daß sie nie wahr werden würden . . . ja, sie vergaß all ihren Trotz und ihre Widerspenstigkeit angesichts der Tragödie ihrer Schwester.

10. Entschlossene Männer

Riveda teilte Rajasta mit einer Bestimmtheit, die keinen Widerspruch duldete, mit, daß er Ordnung in seinem Haus geschaffen habe. Rajasta beglückwünschte ihn zu der erfolgreich abgeschlossenen Arbeit. Der Adept verbeugte sich und ging fort, ein kleines spöttisches Lächeln in seinen schwerlidrigen Augen.

Die Nachforschungen, ob Mitglieder seines Ordens insgeheim verbotene Zauberpraktiken ausübten, hatten ein halbes Jahr gedauert. Das Ergebnis war ein rundes Dutzend Auspeitschungen für verhältnismäßig geringfügige blasphemische Akte und Übertretungen: Mißbrauch heiliger Gegenstände, Tragen oder Zurschaustellung verfemter Symbole und ähnliche Vergehen. Es hatte auch zwei ernste Fälle gegeben, und es blieb unklar, ob zwischen ihnen ein Zusammenhang bestand oder nicht. Die darin verwickelten Adepten geringeren Grades waren ausgepeitscht und aus der Graumantel-Sekte verstoßen worden. Einer von ihnen hatte ansonsten untadelige Neophyten und *saji* mit bestimmten alchimistischen Tränken dazu gebracht, an sexuellen Orgien von außergewöhnlicher Grausamkeit teilzunehmen, an die sich die Opfer hinterher nicht einmal mehr erinnern konnten. In dem anderen Fall hatte der Schuldige einen verschlossenen Schrank in der Privatbibliothek des Ordens erbrochen und Schriftrollen gestohlen. Das allein wäre schon schlimm genug gewesen, aber es stellte sich heraus, daß der Mann auch noch Kulturen von Krankheitserregern in seinen Räumen gezüchtet hatte. Die Entgiftungsmaßnahmen waren noch im Gange, und bisher stand zu hoffen, daß sie Erfolg haben würden.

All das hatte natürlich die bisher Unentdeckten gewarnt, daß Riveda von ihrer Existenz wußte, und so würden sie es in Zukunft wesentlich schwerer haben.

Riveda selbst hatte, gewissermaßen als Belohnung, bei seinen Nachforschungen ein neues Experimentierfeld mit ungeheuren Möglichkeiten entdeckt, und er beabsichtigte, sie zu erproben. Der Schlüssel dazu war der Fremdling, den er als Chela angenommen hatte. Unter Hypnose hatte er seltsame Kenntnisse und noch seltsamere Kräfte enthüllt. Allerdings war es ohne Hypnose nicht möglich, die Apathie des Unbekannten zu erschüttern. Er existierte (man konnte nicht sagen, er lebte) wie unter einem dunklen Glassturz, über den alle Ereignisse wie Schattenbilder hinzogen und seine Aufmerksamkeit nur für kurze Augenblicke fesselten. Sein Geist war verschlossen, wie gelähmt von entsetzlichen schmachvollen Erlebnissen. Ganz selten begann er plötzlich zu toben und dann sprudelten Worte aus ihm heraus, die eine mehr als merkwürdige Bedeutung hatten und Riveda manchmal Hinweise auf sonderbare Dinge gaben – ein ungeheures, geheimnisvolles Wissen, das Riveda selbst nur für kurze Augenblicke zu erhaschen vermochte, war in dem scheinbar gestörten Geist verborgen.

Ob der Mann Micons Bruder war, wußte Riveda nicht, und es war ihm auch gleichgültig. Er war der ehrlichen Überzeugung, jeder

Versuch, sie miteinander zu konfrontieren, würde beiden nur schaden. So verzichtete er darauf, dem Chela Fragen nach seiner Herkunft oder dem Geheimnis seines Auftauchens im Grauen Tempel zu stellen.

Was Riveda jedoch nicht vergaß, war, Micon genau zu beobachten. Er tat allerdings nichts, was für einen Magier unter den Priestern des Lichts auffällig gewesen wäre; er hielt sich am Rande von Micons Bekanntenkreis auf und studierte sie alle eingehend. Riveda erkannte sehr bald, daß für Domaris die ganze Welt, Micon ausgenommen, aufgehört hatte zu existieren. Ebenso bemerkte er, welche Vorrangstellung der blinde Initiierte inzwischen in Rajastas Gedanken einnahm. Die beiden hatten eine Beziehung, die über die von Priesterkollegen weit hinausging und manchmal fast ein Vater-Sohn-Verhältnis war. Etwas weniger vorsichtig behielt der Adept Deoris im Auge.

Riveda war nicht oft mit Rajasta einer Meinung, doch beide spürten, daß in dem jungen Mädchen große Begabungen schlummerten. Zur Frau herangewachsen, mochte Deoris bei entsprechender Unterweisung außerordentliche Kräfte entfalten. Lange Zeit hatte Riveda über die Frage meditiert, welches Potential er in ihr sah, aber er konnte es nicht genau erkennen – vielleicht deshalb, weil ihre Fähigkeiten vielfältig und unterschiedlich waren.

Deoris schien, nach den Beobachtungen Rivedas, ebenso Micons Schülerin wie seine Skriptorin zu sein. Das erregte den Zorn des Adepten, es war ihm, als ob Micon sich ein Vorrecht anmaße, das allein ihm zustand. Er fand die unpersönliche und zurückhaltende Art, in der der Atlanter die Gedanken des Mädchens lenkte, unsicher, übervorsichtig und ungeschickt. Seiner Meinung nach hielt man Deoris von vielem zurück, was man ihr hätte erlauben, ja wozu man sie sogar hätte zwingen sollen, um ihr Gelegenheit zu geben, sich neuen Dingen gegenüber zu öffnen und sich weiter zu entfalten.

Gleichmütig, doch belustigt beobachtete er ihr wachsendes Interesse für ihn, und noch mehr amüsierte ihn der kindische und stürmische Fortschritt ihrer Beziehung zu Chedan, dem Akoluthen, der der Verlobte von Elis war. Der Tempelklatsch (gegen den Riveda nicht so taub war, wie er vorzugeben versuchte) beschäftigte sich oft mit den Spannungen zwischen Elis und Chedan . . .

Chedans Bemühungen um Deoris mochten anfangs nichts weiter als ein Versuch gewesen sein, Elis zu ärgern. Auf jeden Fall war jetzt etwas Ernsteres daraus geworden. Ob Deoris sich wirklich etwas aus Chedan machte oder nicht – nicht einmal Domaris wußte es genau –, sie nahm jedenfalls seine Aufmerksamkeiten mit einer Art schnippischen Vergnügens entgegen. Micon und Domaris waren froh über diese neue Entwicklung, denn sie glaubten, Deoris werde dadurch einiges Verständnis für ihre Lage gewinnen und sich nicht länger feindselig gegen ihre Liebe stellen.

Eines Vormittags entdeckte Riveda sie in einem der Gärten. Deoris saß auf dem Rasen zu Micons Füßen und ordnete ihre Schreibgeräte. Chedan, ein schlanker, braunäugiger Bursche in der Robe eines Akoluthen, beugte sich lächelnd über sie. Riveda war zu weit entfernt, um ihre Worte verstehen zu können. Aber die beiden Kinder – mehr waren sie, besonders in Rivedas Augen, kaum – waren wegen irgend etwas uneins. Deoris sprang entrüstet auf, Chedan floh in gespieltem Entsetzen, und Deoris lief ihm lachend nach.

Micon hörte Rivedas sich nähernde Schritte, hob den Kopf und streckte ihm zur Begrüßung die Hand entgegen – aber er stand nicht auf, und Riveda war erschüttert von dem Ausdruck qualvollen Schmerzes im Gesicht des blinden Initiierten. Wie immer überspielte er sein Mitlied mit spöttischer Ehrerbietung und maskierte so seine tiefsten Gefühle.

»Heil, Prinz von Ahtarrath! Sind deine Schüler weggelaufen, weil dein Unterricht sie überklug gemacht hat? Oder hältst du eine Birkenrute für deine Neophyten bereit?«

Micon spürte den Sarkasmus und war entrüstet. Er hatte sich ehrlich bemüht, sein anfängliches Mißtrauen gegen Riveda zu überwinden, und es quälte ihn, daß es ihm nicht gelungen war, besser mit ihm auszukommen. Oberflächlich betrachtet, war Riveda ein Mann, den man eigentlich gern haben konnte. Doch Micon dachte, er könne ihn ebenso leicht hassen, vorausgesetzt, daß er sich erlaubte, diesem Gefühl nachzugeben.

Jetzt aber rief er sich streng zur Ordnung und tat Rivedas Spott mit einem Schulterzucken ab. Dann sprach er von dem Fieber, das unter der Bevölkerung der Küstenhügel wütete, und von der Hungersnot, die eintreten würde, wenn die Krankheit zu viele Männer hinderte, die Ernte einzubringen. »Am meisten können deine Heiler dagegen tun«, sagte Micon ebenso aufrichtig wie absichtlich. »Ich habe von der hervorragenden Arbeit gehört, die du bei ihrer Ausbildung geleistet hast, Riveda. Dieselben Heiler waren vor noch nicht zehn Jahren, wenn ich mich richtig erinnere, kaum etwas anderes als korrupte Scharlatane –«

»Das ist ein wenig übertrieben«, lächelte Riveda mit der grimmigen Freude eines Reformators. »Doch es stimmt, als ich herkam, gab es viele Verfallserscheinungen im Grauen Tempel. Ich gehöre nicht zur Priesterkaste – Rajasta wird es dir erzählt haben –, ich bin ein Mann aus dem Norden, aus Zaiadan. Meine Familie war gewöhnliches Fischervolk, lauter Seefahrer. Wir bei uns wissen, daß die richtigen Medikamente wirksamer sind als die eifrigsten Gebete, außer die Krankheit sitzt im Gehirn. Als Junge erlernte ich die Behandlung von Wunden, denn ich hatte ein lahmes Bein, und meine Familie glaubte, ich tauge zu nichts anderem.«

Micon zeigte sich von dieser Mitteilung überrascht, und Riveda lachte. »Ich wurde schließlich geheilt – ich weiß nicht mehr wie –, aber bis dahin hatte ich gelernt, daß der Körper größere Bedeutung hat, als die meisten Priester je zugeben werden – außer im Rausch.« Wieder lachte er, dann fuhr er ernster fort: »Ich habe auch gelernt, wieviel stärker der Geist sein kann, wenn der Körper abgehärtet und der Disziplin des Willens unterstellt ist. Zu jener Zeit empfand ich wenig Liebe für das Dorf meiner Geburt. Deshalb nahm ich meinen Wanderstab und zog in die Fremde, wie man so sagt. Ich erfuhr von den Magiern; hier nennt man sie Graumäntel.« Er zuckte ausdrucksvoll die Schultern, wobei er ganz vergaß, daß Micon ihn nicht sehen konnte. »Schließlich kam ich als Adept hierher und fand im hiesigen Orden der Magier denkfaule Mystiker vor, die sich als Heiler maskierten. Wie ich schon sagte, waren sie nicht ganz und gar Scharlatane, denn auf ihren Regalen standen die meisten Mittel, die wir auch heute noch anwenden. Aber sie waren dekadent und nachlässig geworden, sie zogen Beschwörungen und Zauber ehrlicher Arbeit vor. Also warf ich sie hinaus.«

»Im Zorn?« murmelte Micon mit einer Spur von Mißbilligung.

»In solidem, handfestem Zorn«, erwiderte Riveda mit genüßlichem Grinsen. »Ganz zu schweigen von ein paar gutplazierten Fußtritten. Einige habe ich eigenhändig hinausgeworfen, nur des Vergnügens wegen, später damit prahlen zu können.« Er versank einen Augenblick in seinen Erinnerungen. »Dann versammelte ich ein paar Gleichgesinnte um mich – Priester des Lichts und Graumäntel –, Männer, die wie ich glaubten, daß der Geist zwar bestimmte Heilkräfte hat, daß jedoch auch der Körper Behandlung braucht. Die größte Hilfe erhielt ich von den Priesterinnen Caratras, denn sie gehen mit lebenden Frauen und nicht mit Seelen und Idealen um, und sie können die tiefe Wahrheit, daß Menschen vor allem als leidende Körper anzusehen sind, nicht so leicht vergessen. Sie haben sich jahrhundertelang ohne Unterbrechung der richtigen Methoden bedient, und nun ist es mir gelungen, diese in die Welt der Männer zurückzubringen, wo sie genauso, wenn nicht sogar mehr, gebraucht werden.«

Micon lächelte nachdenklich. Als Arzt mußte er Riveda bewundern, und die intellektuelle Kühnheit in seiner eigenen Natur erkannte gleiche Eigenschaften in dem Adepten. *Welch ein Jammer,* dachte Micon, *daß Riveda seine große Intelligenz und seinen gesunden Menschenverstand nicht auf sein eigenes Leben angewandt hat . . . wie schade, daß ein solcher Mann seine Kräfte für die nichtige Eroberung der Magie verschwendet!*

»Riveda«, sagte er plötzlich, »deine Heiler sind über jeden Tadel erhaben. Aber einige deiner Graumäntel praktizieren immer noch die Selbstfolter. Wie kann ein Mann von deinem Format das dulden?«

Riveda erwiderte: »Du bist aus Ahtarrath, und so kennst du bestimmt den Wert gewisser – Härten?«

Als Antwort schlug Micon ein bestimmtes Zeichen mit der rechten Hand. Riveda überlegte, was es nützen mochte, die Geste einem Blinden zurückzugeben und fuhr mit größerer Offenheit fort: »Dann weißt du, wie wichtig es ist, die Sinne zu schärfen, bestimmte geistige und körperliche Kräfte auf immer höhere Bewußtseinsebenen zu heben – ohne das Muster fertig zu weben oder die Spannung abzubauen. Natürlich gibt es weniger extreme Methoden, aber du mußt zugeben, daß jeder Mensch sein eigener Herr ist, und was niemand anderem schadet – nun, der Weisheit letzter Schluß ist: man kann nicht viel dagegen tun.«

Das Gesicht des Initiierten verriet, daß er anderer Meinung war; seine schmalen Lippen sahen ungewöhnlich streng aus. »Das weiß ich – einige Ergebnisse mögen derartige Prozeduren schon zeitigen«, sagte er. »Aber ich nenne solche Ergebnisse wertlos. Ganz zu schweigen von dem Problem der Frauen und dem Umgang, den ihr mit ihnen habt.« Er zögerte, versuchte, eine möglichst wenig verletzende Formulierung für seine Gedanken zu finden. »Es mag ja sein, daß ihr dabei einen gewissen Fortschritt erzielt, aber letztlich ist das, was ihr macht, eine Vergewaltigung der Natur. Die Folge ist, daß innerhalb eurer Mauern sogar Menschen in den Wahnsinn getrieben werden.

»Wahnsinn kann viele Ursachen haben«, bemerkte Riveda. »Immerhin ersparen wir Graumäntel unseren Frauen die Brutalität, sie zur Befriedigung unseres Stolzes Kinder gebären zu lassen!«

Der Atlanter überging diese Beleidigung. Er fragte ruhig: »Hast du keine Söhne, Riveda?«

Eine merkliche Pause entstand. Riveda senkte den Kopf. Er konnte sich nicht von dem absurden Gedanken freimachen, die blinden Augen dieses Mannes sähen mehr als seine eigenen gesunden.

»Wir glauben«, fuhr Micon beherrscht fort, »daß ein Mann sich seiner Pflicht entzieht, wenn er keine Söhne hinterläßt, die seinen Namen weitertragen. Und was deine Magier betrifft, so mag es sein, daß das Gute, das sie anderen tun, letzten Endes schwerer wiegt als der Schaden, den sie sich selber zufügen. Allein eines Tages mögen sie Dinge in Gang setzen, die sie weder kontrollieren noch wiedergutmachen können.« Ein seltsames Lächeln erschien auf Micons Gesicht. »Nun, es muß nicht so kommen. Auch möchte ich nicht mit dir streiten, Riveda.«

»Ich auch nicht mit dir«, erwiderte der Adept, und in der nachdrücklichen Versicherung lag mehr als bloß Höflichkeit. Er wußte, daß Micon ihm nicht ganz traute, und wollte sich keinen Feind von so hoher Stellung wie der des Atlanters machen. Ein Wort von Micon, und die Wächter konnten in den Grauen Tempel kommen, und niemand wußte besser als Riveda, daß bestimmte Praktiken seines Ordens eine genauere Untersuchung nicht vertrugen. Sie mochten vielleicht keine verbotene Zauberei darstellen – aber die Billigung der strengen Wächter würden sie sicher nicht finden. Nein, mit Micon wollte er sich lieber nicht anlegen.

Deoris und Chedan, die jetzt friedlich Seite an Seite gingen, gesellten sich ihnen wieder zu. Riveda begrüßte Deoris mit solcher Ehrerbietung, daß Chedan beinah der Unterkiefer herunterfiel.

»Micon«, sagte der Adept lakonisch, »ich werde dir Deoris wegnehmen.«

Micons dunkles, blindes Gesicht wurde starr vor Ärger, und als er es Riveda zuwandte, überkam den Atlanter die Vorahnung eines kommenden Unheils. Bestürzt fragte er: »Was meinst du damit, Riveda?«

Riveda lachte lauthals. Er wußte ganz genau, was Micon meinte, doch es machte ihm Spaß, ihn mißzuverstehen. »Was soll ich schon meinen?« fragte er. »Ich muß ein paar Minuten mit der jungen Dame sprechen, denn Karahama von Caratras' Tempel hat sie mir zur Ausbildung als Heilerin empfohlen.« Wieder lachte Riveda. »Da du aber schlecht von mir zu denken scheinst, nun, so will ich gern in deiner Anwesenheit mit ihr sprechen, Micon!«

Eine fast tödliche Mattigkeit überkam Micon und vertrieb seinen Zorn. Seine Schultern sanken herab. »Ich – ich weiß nicht, was ich gemeint habe. Ich –« Er brach ab. Er wußte selbst nicht, weshalb er so gereizt war. »Ich habe schon gehört, daß Deoris die Initiierung anstrebt. Das freut mich sehr . . . Geh nur, Deoris.«

Gedankenverloren ging Riveda mit dem Mädchen den Pfad entlang. Deoris war empfindsam, feinfühlig, ja äußerst sensibel; instinktiv spürte er, daß sie nicht zu den Heilern, sondern viel besser zu den Graumänteln paßte. Viele Frauen des Grauen Tempels waren nur *saji*, verachtet oder ignoriert – aber hin und wieder wurde auch eine Frau auf dem Pfad der Magier anerkannt. Ein paar, nur ganz wenige konnten die gleiche Stellung erringen wie ein Mann, und es würde sicher schwer sein, unter ihnen für Deoris einen Platz zu finden.

»Sag mir, Deoris«, fragte Riveda plötzlich, »hast du lange im Haus der Mutter gedient?«

Sie zuckte die Schultern. »Nur für die Grundausbildung, der sich alle Frauen unterziehen müssen.« Sie sah dem Adepten kurz in die Augen, wandte den Blick jedoch sofort wieder ab und murmelte: »Ich habe einen Monat lang bei Karahama gearbeitet.«

»Sie hat mir von deiner Begabung erzählt.« Riveda hielt inne. »Vielleicht lernst du das alles gar nicht zum erstenmal, sondern erinnerst dich an das, was du in einem früheren Leben gewußt hast.«

Deoris sah ihm von neuem in die Augen, und Verwunderung stand in ihrem Gesicht zu lesen. »Wie meinst du das?«

»Es ist mir nicht erlaubt, darüber mit einer Tochter des Lichts zu sprechen«, lächelte Riveda. »Du wirst es erfahren, wenn du im Tempeldienst aufsteigst.« Da ihre kürzeren Beine mit seinem schnellen Gang nicht Schritt halten konnten, blieb Riveda auf einem kleinen Platz stehen. Von dort hatte man Aussicht auf einen der Bäche, die den Tempelbezirk durchflossen. »Karahama berichtete mir«, fuhr der Adept fort, »daß du zu den Heilern zugelassen werden möchtest. Es gibt jedoch eine Reihe von Gründen, warum ich dich zu diesem Zeitpunkt nicht aufnehmen möchte.« Dabei beobachtete er sie aus dem Augenwinkel und empfand eine vage Freude über ihre Enttäuschung. »Als Heilerin würdest du ein Kind des Tempels bleiben und nicht zur Priesterin erhoben werden . . . Sag mir, bist du bereits auf den Pfad des Lichts verpflichtet worden?«

Deoris' Gefühle waren in der letzten Minute einem so raschen Auf und Ab unterworfen gewesen, daß sie zuerst nur wortlos den Kopf schütteln konnte. Dann gewann sie die Beherrschung zurück und erklärte: »Rajasta hat gesagt, ich sei noch zu jung. Domaris hat ihr Gelübde erst geleistet, als sie siebzehn war.«

»Ich würde dich nicht so lange warten lassen«, sagte Riveda, »dennoch gibt es keinen Grund zur Eile –« Er verstummte wieder und blickte ins Weite. Nach einer Weile wandte er sich erneut Deoris zu. »Ich will dir einen Rat geben: Als erstes bemühst du dich um die Initiierung in den untersten Rang einer Priesterin Caratras. Wenn du älter wirst, kommst du vielleicht zu dem Schluß, daß dein wahrer Platz unter den Magiern ist –« Riveda wies ihre Frage mit einer befehlenden Geste ab. »Ich weiß, du willst keine *saji* sein, und das würde ich dir auch nie zumuten. Doch als initiierte Priesterin Caratras kannst du in ihrem Dienst den höchsten Rang erwerben – oder dem Grauen Tempel beitreten. Die meisten Frauen sind nicht geeignet, den Grad eines Adepten zu erwerben, aber ich glaube, du hast große angeborene Kräfte.« Er lächelte sie an und setzte hinzu: »Ich hoffe nur, du wirst sie auch richtig nutzen.«

Ernst erwiderte sie seinen Blick. »Aber ich weiß nicht wie –«

»Das wirst du noch lernen.« Er legte eine Hand auf ihre Schulter. »Vertraue mir.«

»Das tue ich«, versicherte sie aufrichtig.

In tiefem Ernst warnte Riveda sie: »Dein Micon hat kein Vertrauen zu mir, Deoris. Vielleicht bin ich ein Mann, dem man besser nicht trauen sollte.«

Deoris blickte unglücklich auf die Steinplatten nieder. »Micon – ist so grausam mißhandelt worden –, vielleicht vertraut er deshalb überhaupt niemandem mehr.« So legte sie es sich zurecht, denn den Gedanken, Micon könne recht haben, ertrug sie nicht. Sie wollte unbedingt nur Gutes von Riveda glauben.

Der Adept nahm die Hand von ihrer Schulter. »Ich werde Karahama bitten, dich unter ihre persönliche Obhut zu nehmen.« Dies war das Abschiedswort. Deoris merkte es, dankte ihm schon und ging. Riveda sah ihr nach, die Arme über der Brust gekreuzt. Auf seinen Lippen lag die Spur eines ironischen Lächelns, aber seine Augen blickten nachdenklich. Konnte Deoris das Ideal von Frau sein, das er sich für seine Zwecke vorgestellt hatte? Niemand wußte besser als er, daß Bruchstücke von Erinnerungen aus früheren Leben einem manchmal als Vorahnungen der Zukunft erscheinen ... Wenn er den Charakter dieses Mädchens richtig einschätzte, war sie impulsiv, vielleicht sogar ungestüm. Ob sie überhaupt keine Vorsicht kannte?

Doch Riveda wollte sich nicht zu weit von der Wirklichkeit des Hier und Jetzt entfernen. Er drehte sich auf dem Absatz um und verließ schnellen Schrittes den Platz. Deoris war noch ein sehr junges Mädchen, und er mußte vielleicht Jahre warten, bis er sicher sein konnte, daß er sich in ihr nicht täuschte – aber einen Anfang hatte er immerhin gemacht.

Der Adept Riveda war es nicht gewöhnt, auf etwas, das er haben wollte, zu warten. Aber dies eine Mal mochte das Warten der Mühe wert sein.

11. Von Segnungen und Flüchen

Die Hände demütig gefaltet, das Haar in schlichte Zöpfe geflochten, stand Deoris vor den versammelten Priesterinnen Caratras. Es war das letzte Mal, daß sie ihren Skriptorenkittel trug, und er kam ihr bereits fremd vor.

Sie lauschte den ernsten Ermahnungen Karahamas mit großer Aufmerksamkeit, doch innerlich empfand sie Angst, beinahe Panik. Ihre Gedanken rasten und bildeten einen schmerzlichen Kontrast zu den Worten der Priesterin. Von diesem Tag, von dieser Stunde an war sie nicht mehr die »kleine Deoris«, sondern eine Frau, die den Beruf fürs Leben gewählt hatte. Zwar würde sie noch jahrelang nicht mehr sein, als eine Anwärterin auf das Priesteramt, aber das legte ihr bereits die Verantwortung einer Erwachsenen auf . . .

Nun winkte Karahama sie zu sich. Deoris streckte die Hände aus, wie man es sie geheißen hatte.

»Adsartha, Tochter Talkannons, genannt Deoris, empfange aus meinen Händen diesen Schmuck, den zu tragen du von nun an das Recht hast. Mache weisen Gebrauch davon und entweihe ihn nie«, beschwor Karahama sie. »Tochter bist du der Großen Mutter, Tochter und Schwester und Mutter jeder anderen Frau.«

Sie legte den heiligen Schmuck, den Deoris jetzt bis an ihr Lebensende tragen mußte, in die ausgestreckten Hände. »Mögen diese Hände gesegnet sein für die Arbeit der Mutter, mögen sie geheiligt sein.« Karahama schloß Deoris' kleine Finger um die geweihten Edelsteine, hielt sie einen Augenblick fest und schlug dann ein Schutzzeichen darüber.

Deoris war in keiner Weise abergläubisch, dennoch hoffte sie irgendwie, daß eine große, warme, mystische Kraft sie durchfluten werde – und wenn nicht, daß wenigstens die Wände zu sprechen begännen und sie für unwürdig erklärten. Aber sie spürte nichts als dieselbe nervöse Spannung und ein leichtes Zittern in den Waden. Es rührte daher, daß sie während der langen Zeremonie – die offenbar noch nicht zu Ende war – fast bewegungslos dagestanden hatte.

Karahama hob die Arme in einer weiteren rituellen Geste. »Nun soll die Priesterin Deoris gekleidet werden, wie es ihrem Rang entspricht.«

Mutter Ysouda, die alte Priesterin, die sowohl Domaris als auch Deoris ans Licht der Welt geholfen und nach ihrer Mutter Tod für sie gesorgt hatte, führte Deoris fort. Domaris, die die Stelle ihrer Mutter einnahm, begleitete sie in den Vorraum.

Zuerst wurde ihr der flächserne Kittel ausgezogen und ins Feuer geworfen; Deoris stand zitternd und nackt auf dem Steinboden. Mutter Ysoudas abweisendes Gesicht entmutigte die beiden Schwestern. Schweigend, wie es die Vorschrift verlangte, löste Domaris die Zöpfe ihrer Schwester. Die alte Priesterin schnitt das dichte Haar ab und warf die schweren dunklen Locken in die Flammen. Tränen der Erniedrigung standen in Deoris' Augen, als sie ihr Haar brennen sah. Doch sie gab keinen Laut von sich; es war unmöglich, bei einer solchen Zeremonie zu weinen. Mit leuchtenden Augen sah Domaris zu, wie Mutter Ysouda die komplizierten Reinigungsrituale ausführte und die geschorene und geläuterte Deoris in die Gewänder einer Novizin kleidete. Domaris bedauerte nicht, daß Deoris sich zu einer anderen Laufbahn entschlossen hatte als sie selbst; alle waren Teil der Tempelhierarchie, in die sie hineingeboren worden waren, und sie fand es ganz richtig, daß Deoris sich dem Dienst an der Menschheit widmen statt wie sie die esoterische Weisheit des Lichts suchen wollte. Als Deoris in ihrer einfachen Novizenkleidung vor ihr stand, füllten sich Domaris' Augen mit Freudentränen. Sie empfand den Stolz einer echten Mutter auf ein erwachsen gewordenes Kind.

Deoris trug jetzt ein gerade herabfallendes Kleid aus blauem mit weißen Mustern durchwebtem Stoff. Man band ihr einen einfachen blauen Gürtel um die Taille und befestigte ihn mit einer einzelnen Perle – dem Stein der Großen Tiefe, den man unter Lebensgefahr aus dem Leib der Erde geholt hatte und der deshalb ein Symbol für die Geburt war. Um den Hals legte man Deoris ein Amulett aus geschliffenen Kristallen. Später sollte sie lernen, es als hypnotisches Pendel oder als seelischen Kanal zu benutzen, wenn dies bei ihrer Arbeit erforderlich war.

So gekleidet und geschmückt wurde sie zu den versammelten Priesterinnen zurückgeführt, die nun nicht mehr in einem feierlichen Kreis standen, sondern das Mädchen umringten, es in ihrem Orden willkommen hießen, es küßten und umarmten. Sie gratulierten Deoris und neckten sie sogar ein bißchen wegen ihres abgeschnittenen Haares. Selbst die strenge Mutter Ysouda mit dem knochigen Gesicht wurde etwas freundlicher und sprach mit der glücklichen Domaris von früheren Zeiten, etwas abseits von der Menge blaugekleideter Frauen, die sich um die Novizin drängten.

»Ich kann kaum glauben, daß es fünfzehn Jahre her ist, seit ich sie dir in die Arme legte!« Deoris kam zu ihnen herüber.

»Wie habe ich damals ausgesehen?« erkundigte sie sich neugierig.

Mutter Ysouda richtete sich würdevoll auf. »Ganz wie ein kleiner roter Affe«, gab sie zurück, doch sie lächelte Deoris liebevoll an. »Du hast heute dein kleines Mädchen verloren, Domaris – aber bald werde ich dir ein anderes Kind in die Arme legen, nicht wahr?«

»In wenigen Monaten«, sagte Domaris scheu, und die alte Dame drückte ihr mit herzlicher Zuneigung die Hand.

Da Deoris' Dienstpflichten erst am nächsten Tag begannen, gingen die Schwestern zusammen zurück ins Haus der Zwölf. Mitleidig legte Domaris ihrer Schwester die Hand auf den Kopf. »Dein schönes Haar«, klagte sie.

Deoris schüttelte den Kopf, daß die kurzen Locken hin und her flogen. »Mir gefällt es«, log sie tapfer. »Nun brauche ich nicht mehr meine ganze Zeit darauf zu verwenden, es zu kämmen und zu flechten – Domaris, sag mir, sieht es sehr häßlich aus?«

Domaris sah das Zittern um den Mund ihrer Schwester. Sie lachte und versicherte schnell: »Nein, nein, kleine Deoris, du siehst sehr hübsch aus. Wirklich, ich finde, die Frisur steht dir – nur wirkst du plötzlich sehr jung«, neckte sie. »Vielleicht verlangt Chedan jetzt einen Beweis deiner Fraulichkeit von dir!«

»Beweise, wie er sie bisher von mir bekommen hat, kann er gern mehr kriegen«, meinte Deoris wegwerfend. »Aber meine Freundschaft mit Elis will ich nicht wegen dieses Riesenbabys in Gefahr bringen!«

Domaris lachte. »Möglich, daß du dir Elis' ewige Dankbarkeit erwerben würdest, wenn du ihr Chedan ein für alle Mal wegnähmst!« Ihre Fröhlichkeit verging, als sie plötzlich ein quälender Gedanke heimsuchte: Sie wußte immer noch nicht, wie Arvath sich wirklich dazu stellte, daß sie von der ihr gesetzlich zustehenden Freiheit Gebrauch gemacht hatte. Ihre letzten Begegnungen waren nicht sehr erfreulich gewesen, und Domaris rechnete mit noch mehr Ärger – sie hatte miterlebt, wie sich Chedan im gleichen Fall Elis gegenüber verhalten hatte. Sie hoffte, Arvath werde großzügiger und verständnisvoller sein, doch sie fürchtete zusehends, daß hier ihr Wunsch Vater des Gedankens war.

Domaris runzelte die Stirn und zuckte ungeduldig mit den Achseln. Sie hatte ihre Wahl getroffen, und wenn es Unannehmlichkeiten nach sich zog, nun, so würde sie schon zur gegebenen Zeit damit fertigwerden. Entschlossen wandte sie sich näherliegenden Fragen zu. »Micon wollte gerne nach der Zeremonie mit dir sprechen, Deoris. Ich gehe jetzt und ziehe diesen Teppich aus«, scherzte sie und schüttelte die schwere Robe, die sie für das Ritual hatte anziehen müssen. »Dann komme ich nach.«

Deoris erschrak. Sie wußte nicht warum, aber der Gedanke, ohne Domaris mit Micon zusammenzusein, störte sie. »Ich warte auf dich«, erbot sie sich.

»Nein«, sagte Domaris leichthin. »Ich glaube, er wollte dich allein sprechen.«

Micons atlantische Diener führten Deoris in einen Raum, von dem aus man eine lange Reihe terrassenförmig angelegter Gärten sah, grün und pastellfarben von blühenden Bäumen, erfüllt vom Plätschern fallenden Wassers und dem Gesang der Vögel. Micons Zimmer waren geräumig und kühl, wie es sich für Wohnungen gehörte, die Besuchern von Rang und Würde vorbehalten waren. Rajasta hatte keine Mühe gescheut, für die Bequemlichkeit seines Gastes zu sorgen.

Micon stand vor dem Fenster. Seine straffe, magere Gestalt in dem schimmernden Gewand wirkte im nachmittäglichen Sonnenschein fast durchsichtig. Er wandte mit einem strahlenden Lächeln den Kopf, und Deoris sah gleißende Farben wie eine funkensprühende Aura in plötzlicher Helligkeit um seinen Kopf blitzen. Die Erscheinung war so schnell vorbei, daß Deoris ihren eigenen Augen nicht traute. Der Sekundenbruchteil der Hellsichtigkeit machte sie benommen, und sie blieb auf der Schwelle stehen. Dies bereute sie gleich darauf, denn Micon hatte sie gehört und kam ihr unter Schmerzen entgegen.

»Bist du es, meine kleine Deoris?«

Beim Klang seiner Stimme verschwand ihre Nervosität. Sie lief zu ihm und kniete vor ihm nieder. Er sah sie freundlich an. »Ich darf dich jetzt nicht mehr *kleine Deoris* nennen, hat man mir gesagt«, scherzte er und legte seine dünne, blaugeäderte Hand auf ihren Kopf. Überrascht stellte er fest: »Man hat ja dein hübsches Haar abgeschnitten! Warum?«

»Ich weiß es nicht«, antwortete sie scheu und erhob sich. »Es ist so Brauch.«

Micon lächelte verwirrt. »Wie merkwürdig«, murmelte er. »Ich habe mich immer gefragt – ob du Domaris ähnlich bist. Ist dein Haar feuerfarben wie ihres?«

»Nein, mein Haar ist schwarz wie die Nacht. Domaris ist schön, ich bin nicht einmal hübsch«, antwortete Deoris in aller Aufrichtigkeit.

Micon lachte leise. »Domaris hat das gleiche von dir gesagt, Kind – du seiest reizend und sie sei ganz unscheinbar!« Er zuckte die Schultern. »Ich vermute, Schwestern sind immer so, wenn sie sich gern haben. Aber es fällt mir schwer, mir ein Bild von dir zu machen, und mir ist, als hätte ich meine kleine Skriptorin verloren – und das stimmt ja auch, denn du wirst viel zu beschäftigt sein, um noch zu mir kommen zu können.«

»Oh, Micon, das tut mir wirklich leid!«

»Macht nichts, Kätzchen. Ich freue mich – nicht, weil ich dich verliere, sondern weil du eine Arbeit gefunden hast, die dich zum Licht führen wird.«

Sie berichtigte ihn zögernd. »Ich werde nicht Priesterin des Lichts, sondern Priesterin der Mutter.«

»Du bist dennoch eine Tochter des Lichts, meine Deoris. Es ist Licht in dir, mehr als du weißt, denn es leuchtet deutlich. Ich habe es gesehen, auch wenn meine Augen blind sind. Wieder lächelte er. »Genug davon. Bestimmt hast du für heute genügend Ermahnungen gehört! Ich weiß, daß du keinen Schmuck tragen darfst, solange du Novizin bist, aber ich habe ein Geschenk für dich . . .« Er drehte sich um und nahm von dem Tisch neben sich eine winzige Statuette: eine kleine Katze, aus einem einzigen Stück grüner Jade geschnitzt. Sie hockte auf geschmeidigen Hinterbeinen und blinzelte Deoris mit ihren Topas-Augen lustig zu. Um ihren Hals lag eine Kette aus grünen Steinen, schön geschnitten und poliert. »Die Katze wir dir Glück bringen«, sagte Micon. »Und wenn du eines Tages die Priesterin Adsartha bist und Schmuck und Edelsteine tragen darfst –«, geschickt nahm Micon der Katze die Halskette ab, »dann kann sie dir ihre Kette als Armband leihen, wenn dein Handgelenk dann immer noch so zierlich ist wie jetzt.« Er ergriff ihre schmale Hand und ließ das Schmuckstück auf ihr Handgelenk gleiten. Gleich darauf nahm er es lachend fort. »Ich darf dich nicht in Versuchung bringen, dein Gelübde zu brechen«, meinte er und legte das Armband wieder um den Hals der Katze.

»Micon, es ist wunderschön!« rief Deoris hingerissen.

»Und deshalb darf es nur dir gehören, meine geliebte kleine Schwester«, wiederholte er. Eine Weile sann er den verhallenden

Worten nach, dann schlug er vor: »Laß uns im Garten spazierengehen, bis Domaris kommt.«

Auf dem Rasen war es schattig und kühl, obwohl das Sommergrün schon gelb und verdorrt war. Der große Baum, unter dem sie im Sommer so oft gesessen hatten, war trocken, und Büschel dicker, leuchtender Beeren hingen zwischen den Zweigen. Der feine trokkene Staub drang nicht bis hierher, und der Baum filterte die sengenden Sonnenstrahlen. Sie erreichten ihren gewohnten Platz, und Deoris ließ sich ins dürre Gras sinken. Sie legte den Kopf leicht an Micons Knie und blickte zu ihm hoch. Sein bronzefarbenes Gesicht war noch magerer geworden – und noch verzerrter von Schmerzen.

»Deoris«, sagte er, und sein seltsames Lächeln kam und ging wie ein Blitz bei einem Sommergewitter, »du hast deiner Schwester gefehlt.« Sein Ton war nicht vorwurfsvoll, aber Deoris spürte, wie sich ihre Wangen röteten.

»Domaris braucht mich nicht«, murmelte sie.

Micon berührte liebevoll ihre kurzen Locken. »Du irrst dich, Deoris, sie braucht dich jetzt mehr denn je, sie braucht dein Verständnis und deine Liebe. Ich würde mich in Dinge, die nur euch beide angehen, nicht einmischen« – Deoris verriet ihre Eifersucht, denn sie drückte unvermittelt seine Hand. »Hör' mir zu, Deoris, ich muß dir etwas sagen.« Er bewegte sich unruhig, als hätte er sich lieber aufgerichtet und im Stehen gesprochen. Ein seltsamer Ausdruck huschte jedoch über seine Züge, und er blieb sitzen. »Deoris, ich werde nicht mehr lange leben.«

»Du sollst so etwas nicht sagen!«

»Ich muß es dir aber sagen, kleine Schwester.« Eine Spur von Bedauern ließ die Stimme des Atlanters tiefer klingen. »Ich werde – vielleicht – so lange am Leben bleiben, bis mein Sohn geboren ist. Und ich möchte sicher sein, daß Domaris – danach – nicht ganz allein ist.« Seine verkrüppelten, narbenbedeckten Hände, berührten sanft ihre nassen Augen. Weine nicht – ich habe dich sehr lieb, kleine Deoris, und ich bin überzeugt, daß ich dir Domaris anvertrauen kann . . .«

Deoris brachte kein Wort heraus und saß bewegungslos da. Wie gebannt blickte sie in Micons blinde Augen.

Mit Nachdruck fuhr der Atlanter fort: »Ich hänge nicht so an diesem Leben, daß es mir besonders schwerfiele, Abschied zu nehmen.« Er merkte, daß er sie verängstigte, und der schreckliche Ausdruck des Selbstspotts wich langsam von seinem Gesicht. »Versprich mir, Deoris, daß du für sie dasein wirst –« und er berührte ihre Lippen und ihre Brust mit einer merkwürdigen symbolischen Geste, die sie erst viele Jahre später verstehen sollte.

»Ich verspreche es«, flüsterte sie weinend.

Micon schloß die Augen und lehnte sich an den dicken Stamm des Baumes. Von Domaris zu sprechen, hatte ihn geschwächt und die eiserne Selbstkontrolle, mit der er sich am Leben hielt, gelockert. Ihm war angstvoll zumute. Deoris sah den Schatten auf seinem Gesicht, erschrak und sprang auf.

»Micon!« rief sie und beugte sich voller Furcht über ihn. Er hob den Kopf, die Stirn naß von Schweiß, und würgte ein paar Worte in einer Sprache hervor, die Deoris nicht verstand. »Micon«, sagte sie sanft, »ich kann dich nicht verstehen –«

»Da ist es wieder!« ächzte er. »In der Nacht des Nadir spürte ich, wie es nach mir faßte – etwas Böses, Tödliches –« Er stützte sich auf ihre Schultern, schwer, schlaff, mit Mühe atmend. *Ich will nicht!*« schrie er, als antworte er einem unsichtbaren Wesen – und seine Stimme war hart und rauh, völlig anders als sonst.

Deoris nahm ihn in die Arme, sie wußte nicht, was sie sonst tun sollte. Plötzlich lastete sein ganzes Gewicht auf ihr. Er glitt nieder, beinahe ohnmächtig. Mit letzter Kraft versuchte er, bei Bewußtsein zu bleiben.

»Micon! Was soll ich tun?«

Von neuem versuchte er zu sprechen, und wieder hatte er die Beherrschung ihrer Sprache verloren. Er konnte nur abgerissene Sätze auf atlantisch murmeln. Deoris hatte große Angst und kam sich klein und hilflos vor. Natürlich hatte sie ein bißchen an Heilerausbildung genossen, aber auf so etwas war sie nicht vorbereitet – die Weisheit der Liebe hatte sie nicht in den Armen und ihre angestrengte Umklammerung tat Micons von Schmerzen geschütteltem Körper weh.

Stöhnend entwandt er sich ihr, versuchte es wenigstens. Er schwankte und wäre hingeschlagen, hätte das Mädchen ihn nicht krampfhaft festgehalten. Sie gab sich Mühe, ihn behutsamer zu fassen. Doch die Angst drückte ihr wie mit eisigen Fingern die Kehle zu. Micon sah aus, als sterbe er, und sie wagte nicht, ihn allein zu lassen, um Hilfe herbeizurufen. Das Gefühl ihrer eigenen Unzulänglichkeit machte ihr Entsetzen noch größer.

Plötzlich fiel ein Schatten über sie, und Deoris schrie leise auf. Dann nahmen andere Arme ihr Micons Gewicht von den jungen Schultern.

»Micon«, fragte Riveda mit fester Stimme, »wie kann ich dir helfen?«

Micon seufzte nur und verlor in den starken Armen des Graumantels das Bewußtsein. Rivedas Augen waren auf Deoris gerichtet. Mit einem strengen, scharfen Blick musterte er sie kühl, als wolle er sich vergewissern, daß sie nicht ebenfalls ohnmächtig wurde.

»Gute Götter«, brummte der Adept, »ist er schon lange in diesem Zustand?« Er wartete nicht auf eine Antwort, sondern stand auf und hob mühelos den schwachen Körper des Blinden hoch. »Am besten bringe ich ihn sofort in seine Wohnung. Gnädige Götter, der Mann wiegt ja nicht mehr als du! Deoris, komm mit mir; vielleicht braucht er dich.«

»Ich komme.« Deoris ließ sich nicht anmerken, wie peinlich es ihr war, daß sie Angst bekommen hatte. »Ich zeige dir den Weg.« Damit lief sie vor Riveda den Pfad hinauf.

Hinter ihnen kam Rivedas Chela, der seinen Meister suchte und einen trüben und leeren Ausdruck in den Augen hatte. Sie flackerten kurz auf, als er Micon wahrnahm. Der Chela folgte Riveda geräuschlos. Sein Gesicht war ausdruckslos und sein Blick verschwommen wie eine Schiefertafel, die nur unzulänglich mit einem halbtrockenen Schwamm abgewischt worden ist.

Sie erreichten Micons Gemächer. Einer seiner atlantischen Diener schrie auf, kam gerannt und half Riveda, den bewußtlosen Mann auf sein Bett zu legen. Der Graumantel gab schnell und mit gedämpfter Stimme Anweisungen. Dann begann er mit der Wiederbelebung.

Stumm und ängstlich stand Deoris am Fuß des Bettes. Riveda hatte ihre Anwesenheit vergessen. Die ganze Aufmerksamkeit des Adepten konzentrierte sich auf den Mann, den er behandelte. Leiser als eine Katze schlich sich der Chela wie ein Geist in den Raum und blieb unsicher an der Tür stehen.

Der blinde Mann regte sich auf dem Bett, stöhnte im Delirium und murmelte etwas in atlantischer Sprache. Dann, ganz plötzlich, sagte er mit leiser und überraschend deutlicher Stimme: »Fürchtet euch nicht. Sie können nicht mehr als uns töten, und wenn wir uns ihnen ergeben, wären wir besser tot –« Er stieß einen weiteren qualvollen Seufzer aus. Deoris wurde übel, und sie klammerte sich an das hohe Bettgestell.

Die starren Augen des Chela fanden Micon und wurden deutlich heller. Er gab ein merkwürdiges Geräusch von sich, das halb Keuchen, halb Wimmern war.

»Sei ruhig!« knirschte Riveda wild, »oder geh hinaus!«

Unter den Händen des Graumantels, die ihn sanft berührten, kam wieder Leben in Micon. Erst zuckte er, als kehre sein Bewußtsein zurück – dann wand er sich, tastete um sich, den Kopf krampfhaft zurückgeworfen, den ganzen Körper im Bogen hochgewölbt. Seine verrenkten Hände griffen hilflos ins Leere. Plötzlich schrie Micon schrill in schrecklicher Verzweiflung:

»*Reio-ta! Reio-ta!* Wo bist du? Wo bist du? *Sie haben mich geblendet!*«

Der Chela stand zuckend da, als sei er vom Blitz getroffen und unfähig zu fliehen. »Micon!« kreischte er. Er hob die Hände, ballte sie, machte einen Schritt vorwärts – doch der Impuls erstarb, der Funke verlöschte, und die Hände des Chela fielen kraftlos nach unten.

Riveda hob scharf fragend den Kopf und sah, daß der Chela wieder in Stumpfsinn versunken war. Kopfschüttelnd beugte der Adept sich über seinen Patienten.

Micon bewegte sich von neuem, doch diesmal weniger heftig. Er flüsterte: »Rajasta –«

»Er wird gleich kommen«, sagte Riveda mit ungewohnter Sanftheit. Seine Augen richteten sich auf den atlantischen Diener, der den Chela mit großen, ungläubigen Augen anstarrte. »Such den Wächter, du Trottel! Mir ist es gleich, wo oder wie. *Geh und finde ihn!*« Der Befehl ließ keinen Widerspruch und kein Zögern zu; der Diener machte kehrt und setzte sich in Laufschritt. Er warf nur noch einen flüchtigen Blick zurück auf den Chela.

Deoris, die die ganze Zeit starr und unbeweglich dagestanden hatte, schwankte plötzlich und wäre gefallen, wenn nicht der Chela schnell vorgetreten wäre, den Arm um ihre Taille gelegt und sie festgehalten hätte. Es war die erste vernünftige Handlung, die irgendwer seit seiner Ankunft an ihm gesehen hatte.

Riveda verbarg seine Überraschung hinter der strengen Frage: »Geht es wieder, Deoris? Wenn dich eine Ohnmacht ankommt, setz dich. Ich habe keine Zeit, mich auch noch um dich zu kümmern.«

»Natürlich geht es wieder.« Sie machte sich angewidert von dem graugekleideten Chela los. Wie konnte dieser Geisteskranke es wagen, sie zu berühren!

Micon murmelte: »Meine kleine Deoris –«

»Ich bin ja hier«, beruhigte sie ihn. »Soll ich dir Domaris schicken?«

Er nickte kaum wahrnehmbar. Deoris ging schnell, bevor Riveda sie zurückhalten konnte. Domaris mußte vorbereitet werden, sie durfte Micon nicht ohne jede Warnung in diesem Zustand sehen!

Micon seufzte unruhig. »Bist du es, Riveda! Wer ist sonst noch hier?«

»Niemand, Prinz von Ahtarrath«, log Riveda mitleidig. »Versuche zu schlafen.«

»Sonst niemand?« Die Stimme des Atlanters klang schwach und erstaunt. »Das glaube ich nicht. Ich spürte –«

»Deoris war hier, und dein Diener. Sie sind jetzt fort«, erklärte Riveda bestimmt. »Ich vermute, du hast Wahnvorstellungen gehabt, Micon.«

Micon murmelte etwas Unverständliches. Dann erstarb die müde Stimme wieder. Die Falten um seinen Mund verrieten starke Schmerzen; es war, als würden sie von Sorgen, die er nicht in Worte fassen konnte, geradezu eingeschnitten. Riveda hatte getan, was er konnte, und richtete sich darauf ein, bei dem Atlanter Wache zu halten. Von Zeit zu Zeit streifte er das ausdruckslose Gesicht des Chela mit einem Blick.

Es dauerte nicht lange, und das Rascheln schwerer stoffreicher Gewänder unterbrach die Stille. Rajasta hätte Riveda fast beiseite gestoßen, um sich über Micon zu beugen. Sein Gesicht trug einen Ausdruck, den niemand an ihm je wahrgenommen hatte. Verwundert und fragend sah er den Adepten an.

»Ich wünschte, ich könnte mehr tun«, sagte Riveda in tiefem Ernst. »Aber das kann kein Sterblicher.« Der Graumantel stand auf und setzte leise hinzu: »In seinem augenblicklichen Zustand scheint er kein Vertrauen zu mir zu haben.« Bedauernd sah er auf Micon nieder. »Wie dem auch sei, zu jeder Stunde, bei Nacht und bei Tag, stehe ich dir – und ihm – zu Diensten.«

Rajasta hob verwundert den Kopf, aber schon war er mit Micon allein. Alle anderen Gedanken aus seinem Geist verbannend, kniete der Priester des Lichts neben dem Bett nieder, ergriff behutsam Micons schmale Handgelenke und ließ seine Kraft in den erschöpften, flackernden Geist des halb schlafenden Atlanters einfließen ... Schritte näherten sich und rissen Rajasta aus seiner tiefen Meditation. Er winkte Domaris, zu kommen und seinen Platz einzunehmen.

Doch als Rajasta die eine Hand hob, bewegte Micon sich wieder und brachte mühsam hervor: »War – sonst jemand – hier?«

»Nur Riveda«, antwortete Rajasta verblüfft, »und ein Schwachsinniger, den er seinen Chela nennt. Schlafe, mein Bruder – Domaris ist gekommen.«

Rajastas Antwort rief ein Stirnrunzeln auf Micons Gesicht hervor – als aber Domaris' Name fiel, vergaß er alles andere. »Domaris!« seufzte er. Seine Hand tastete nach der ihren, sein verzerrtes Gesicht wurde glatt und entspannt.

Rajasta hatte Micons Stirnrunzeln bemerkt und seine Bedeutung sofort erkannt. Seine Nasenflügel weiteten sich vor Widerwillen. An Rivedas Beziehung zu diesem Chela stimmte etwas ganz und gar nicht. Rajasta entschloß sich, bei der nächsten Gelegenheit herauszufinden, was es damit auf sich hatte.

Micon war endlich eingeschlafen. Domaris legte sich geräuschlos lauschend neben seinem Bett auf den Fußboden. Rajasta aber bückte sich und zog sie sanft in die Höhe. Er führte sie ein kleines Stück abseits, wo sein Flüstern den schlafenden Mann nicht stören konnte.

»Domaris, du mußt jetzt gehen, Tochter. Er würde mir nie verzeihen, wenn ich zuließe, daß du dich verausgabst.«

»Wirst du nach mir schicken, wenn er erwacht?«

»Nicht einmal das möchte ich versprechen.« Er sah ihr in die Augen und stellte fest, daß sie völlig erschöpft war. »Um seines Sohnes willen, Domaris, geh und ruh' dich aus!«

Auf diese Weise ermahnt, entfernte sich die junge Frau gehorsam. Es wurde spät; der Mond war aufgegangen. Er versilberte die trockenen Blätter und hüllte die Springbrunnen in einen leuchtenden Nebel. Domaris ging vorsichtig und langsam, denn ihr Körper war jetzt schwer, auch hatte sie leichte Schmerzen.

Plötzlich verdunkelte ein Schatten den Pfad. Rivedas hohe breite Gestalt verstellte ihr den Weg. Domaris hielt vor Entsetzen den Atem an. Als der Adept jedoch zur Seite trat, wich die Angst von ihr und sie neigte höflich den Kopf vor ihm. Der Mann reagierte nicht darauf. Seine Augen, kalt wie das frostige Feuer der Nordlichter, musterten sie stumm und forschend. Dann entblößte er pflichtgemäß das Haupt und verbeugte sich vor ihr in einer traditionellen Geste der Ehrerbietung.

Domaris wich das Blut aus den Wangen, ihr Herz schlug laut gegen die Rippen. Noch einmal beugte der Graumantel den Kopf – diesmal mit nicht mehr als der üblichen Höflichkeit – und zog den langen Rock seines Kapuzenmantels an sich, damit sie ungehindert an ihm vorbeikam. Bleich und verstört blieb sie in der Mitte des Wegs stehen. Über Rivedas Gesicht aber huschte ein geisterhaftes Lächeln. Er setzte seinen Weg fort und war bald außer Sicht.

Domaris war sich völlig klar darüber, daß die Ehrerbietung des Adepten nicht ihr persönlich und auch nicht ihrer Initiiertenrobe gegolten hatte, sondern ihrer bevorstehenden Mutterschaft. Doch das rief mehr Fragen auf, als es beantwortete: Was hatte Riveda veranlaßt, ihr einen so feierlichen und heiligen Gruß zu entbieten?

Domaris schoß es durch den Kopf, daß sie weniger erschrocken wäre, wenn der Graumantel sie geschlagen hätte.

Langsam und nachdenklich ging sie weiter. Sie wußte sehr wenig über den Grauen Tempel, aber sie hatte gehört, daß seine Magier die sichtbaren Manifestationen der Lebenskraft hoch verehrten. Vielleicht hatte sie, wie sie da im Mondlicht stand, einer ihrer obszönen Fruchtbarkeitsstatuen geähnelt! Puh, was für ein Gedanke! Sie lachte laut, beinahe hysterisch, auf. Deoris, die über den äußeren Korridor im Haus der Zwölf ging, hörte das krampfhafte, unnatürliche Gelächter und eilte ihrer Schwester voller Angst entgegen.

»Domaris! Was ist, warum lachst du so seltsam?«

Domaris blinzelte, und das Lachen erstickte. »Ich weiß es nicht«, antwortete sie bestürzt.

Deoris sah sie beunruhigt an. »Ist Micon –«

»Es geht ihm wieder besser. Er schläft gerade. Rajasta wollte nicht, daß ich blieb«, erklärte Domaris. Sie war müde und sehr traurig und sie sehnte sich nach teilnahmsvoller Gesellschaft, aber Deoris war bereits weitergegangen. Vorsichtig rief Domaris ihr nach: »Kätzchen –«

Das Mädchen drehte sich um. »Was hast du?« fragte sie mit einer Spur von Ungeduld. »Willst du etwas Besonderes?«

Domaris schüttelte den Kopf. »Nein, nichts, Kätzchen. Gute Nacht.« Sie beugte sich vor und küßte ihre Schwester auf die Wange. Dann sah sie ihr nach, wie sie leichtfüßig den Gang hinunterlief und verschwand. Deoris war in den letzten Wochen sehr schnell gewachsen . . . *Es ist nur natürlich,* dachte Domaris, *daß sie dabei auch mir entwächst.* Trotzdem tat es ihr manchmal weh.

Als Deoris ihre Entscheidung bekanntgegeben hatte, daß sie Caratras Tempel beitreten wollte, war auch ihr – wie es einem Mädchen ihres Alters zustand – eine eigene Wohnung zugewiesen worden. Weil sie aber immer noch unter Domaris' Vormundschaft stand, lag diese Wohnung hier, im Haus der Zwölf, nahe der von Domaris, aber nicht unmittelbar daneben.

Für Domaris war es eine Selbstverständlichkeit, daß beim Umgang der Akoluthen miteinander die in der Außenwelt geltenden Beschränkungen nicht beachtet wurden; hier, im Bereich des Tempels, herrschte Freizügigkeit. Nichts konnte vor den Akoluthen geheimgehalten werden, und jeder wußte, daß Chedan manchmal in Deoris' Räumen schlief. Das konnte ganz harmlos sein; seit ihrem dreizehnten Jahr hatte Domaris viele Nächte in aller Unschuld mit Arvath oder einem anderen Jungen an ihrer Seite verbracht. Es war sogar allgemein üblich, und Domaris verabscheute sich selbst für die unterschwellige Bosheit ihres Verdachts. Schließlich war Deoris jetzt fünfzehn . . . Wenn die beiden tatsächlich ein Liebespaar waren, nun, so war auch das erlaubt. Elis war bei der Geburt ihrer Tochter sogar noch jünger gewesen.

Als bewegten sich ihre Gedanken auf ähnlichen Pfaden, trat Elis im Flur plötzlich zu Domaris. »Ist Deoris böse auf mich?« fragte Elis. »Sie ist eben, ohne ein Wort zu sagen, an mit vorbeigelaufen.«

Domaris vergaß ihre Sorgen und lachte. »Nein – sie nimmt nur das Erwachsenwerden sehr ernst! Ich bin überzeugt, heute abend kommt sie sich älter als Mutter Lydara vor!«

Elis zeigte Verständnis. »Ich hatte es vergessen, heute war ja ihre Zeremonie. Also ist sie jetzt eine Frau und Postulantin von Caratras Tempel, und vielleicht ist Chedan –« Der ernste Gesichtsausdruck ihrer Cousine ernüchterte die vergnügte Elis. »Sieh mich nicht so an, Domaris! Chedan wird ihr nichts tun, und wenn doch – nun, du und ich hätten nicht das Recht, die beiden deswegen zu tadeln.«

Domaris' Gesicht, umrahmt von ihrem kupferfarbenen Haar, wirkte blaß und angestrengt. »Aber Deoris ist noch so jung, Elis!«

Elis lachte. »Du hast sie immer zu sehr wie ein kleines Kind behandelt, Domaris. Sie ist jetzt erwachsen! Und wir haben uns doch auch beide einen Mann ausgesucht. Warum willst du ihr dieses Recht absprechen?«

Domaris blickte Elis an und lächelte erleichtert. »Du verstehst es, nicht wahr«, sagte sie, und daran war kein Zweifel.

Elis, die ihre Gefühle nicht gern zeigte, faßte Domaris fest am Handgelenk. Halb zog, halb schob sie ihre Cousine in ihre Wohnung, führte sie zu einem Diwan und setzte sich neben sie. »Du brauchst mir nichts zu erzählen«, versicherte sie. Ich weiß, was du gerade durchmachst.« Auf ihrem sanften Gesicht spiegelte sich die Erinnerung an Demütigung, Zärtlichkeit und Schmerz. »Ich habe das alles kennengelernt, Domaris. Man braucht Mut, um vollkommen erwachsen zu werden . . .«

Domaris nickte. Elis verstand sie tatsächlich.

In früheren Zeiten war es selten vorgekommen, daß eine Frau heiratete, bevor sie ihre Weiblichkeit bewiesen und einem Mann ihrer Wahl ein Kind geboren hatte. Der Brauch war allmählich in Vergessenheit geraten. Heutzutage nahmen nur noch wenige Frauen dies alte Privileg in Anspruch, denn sie fürchteten die Gerüchte, die Neugier und die Spekulationen, die es unvermeidlich begleiteten.

»Weiß Arvath es schon?« erkundigte Elis sich.

Domaris erschauerte unwillkürlich. »Ich weiß es nicht – er hat nicht davon gesprochen –, nun, eigentlich muß er es wissen«, antwortete sie mit nervösem Lächeln. »Er ist ja nicht dumm.«

Arvath hatte in den letzten Wochen, wann immer er in die Nähe seiner Verlobten kam, ständig eisiges Schweigen bewahrt. Sie traten zusammen auf, wenn der Brauch es verlangte oder ihre Tempelpflichten sie miteinander in Kontakt brachten; ansonsten mied er sie entschlossen. »Ausdrücklich mitgeteilt habe ich es ihm nicht – oh, Elis!«

Mit einer seltenen Geste der Zuneigung legte das dunkelhaarige Mädchen seine weiche Hand auf die von Domaris. »Es – tut mir leid für dich«, sagte sie scheu. »Er kann recht grausam sein, Domaris . . . verzeih mir die Frage. Ist es Arvaths Kind?«

In stummer Entrüstung schüttelte Domaris den Kopf. So etwas war streng verboten. Eine Frau durfte sich einen Liebhaber nehmen, doch es wurde als furchtbare Schande angesehen, wenn sie sich vor der Heirat ihrem eigenen Verlobten hingab. Eine solche Voreiligkeit wäre ein Grund gewesen, beide aus der Schar der Akoluthen auszustoßen.

Trotz ihrer offensichtlichen Erleichterung zeigte Elis' Gesicht immer noch eine gewisse Unruhe. »Ich hätte es auch nicht von dir geglaubt.« Leise setzte sie hinzu: »Ich wußte, daß es nicht wahr ist, aber ich habe in den Innenhöfen Gerüchte gehört – verzeih mir, Domaris, ich weiß, du verabscheust diesen Klatsch, aber – man glaubt, es sei Rajastas Kind!«

Domaris' Mund bewegte sich tonlos, und dann bedeckte sie das Gesicht mit den Händen und warf sich verzweifelt vor und zurück. »Oh, Elis«, weinte sie, »wie können sie so etwas sagen!« *Das* war also der Grund für die kalten Blicke und das Getuschel hinter ihrem Rücken. Natürlich! So etwas wäre eine unaussprechliche Schande gewesen; von allen verbotenen Beziehungen im Tempel war der spirituelle Inzest mit dem eigenen Initiator die verdammungswürdigste. Das Band zwischen Priester und Schüler war so unveränderlich festgelegt wie der Pfad der Sterne. »Wie können sie so etwas denken«, schluchzte Domaris untröstlich. »Der Name meines Sohnes und der Name seines Vaters sind vor dem Rat der Fünf und dem gesamten Tempel offiziell bekanntgegeben worden!«

Elis errötete heftig vor Scham über die peinliche Richtung, die ihr Gespräch genommen hatte. »Ich weiß«, flüsterte sie. »Aber – der Mann, der ein Kind anerkennt, ist nicht immer der wirkliche Vater . . . Chedan hat meine Lissa anerkannt, obwohl wir nicht ein einziges Mal das Bett geteilt hatten. Ich habe sagen hören, es sei nur geschehen, damit Rajasta nicht aus dem Tempel gegeißelt wird, weil er doch Wächter ist und dich verführt habe –«

Domaris' Schluchzen wurde hysterisch.

Elis bekam es mit der Angst zu tun. »Du darfst nicht so weinen, Domaris! Du wirst davon krank und schadest deinem Kind!«

Domaris beherrschte sich nur mühsam und rief verzweifelt und hilflos aus: *»Wie können sie nur so grausam sein?«*

»Ich – ich –« Elis' Hände zappelten nervös wie eingesperrte flatternde Wildvögel. »Ich hätte es dir nicht erzählen sollen, das ist nur schmutziger Klatsch, und –«

»Nein! Wenn noch mehr geredet wird, sag' es mir! Es ist besser, ich höre es von dir, als von jemand anders.« Domaris trocknete sich die Augen. »Ich weiß, daß du zu mir hältst, Elis. Ich möchte lieber alles von dir hören.«

Es dauerte eine Weile, bis Elis nachgab. »Arvath hat behauptet, Micon sei Rajastas Freund und habe deshalb die Verantwortung übernommen; die Täuschung sei so durchsichtig, daß es stinke. Er sagte, Micon sei nur ein Wrack von einem Mann und – und könne dein Kind gar nicht gezeugt haben. »Sie hielt entsetzt inne, denn Domaris' Gesicht war weiß, die Lippen blutleer. Nur auf den Wangen glühten zwei große rote Flecken.

»Das soll er mir selbst sagen«, erklärte Domaris mit leiser, zornerregter Stimme. »Das soll er mir ehrlich ins Gesicht sagen, statt mich hinter meinem Rücken zu verleumden. So ein Lump, der sich solche Schändlichkeit vorstellen kann! Von allen schmutzigen, häßlichen, abscheulichen –« Sie brach zitternd ab.

»Domaris, er hat es sicher nicht so gemeint«, beschwichtigte Elis sie ängstlich.

Domaris senkte den Kopf. Ihr Zorn erstarb, und etwas anderes nahm seinen Platz ein. Sie kannte Arvaths plötzliche, rücksichtslose Anfälle von Eifersucht – und einen gewissen Anlaß dazu hatte sie ihm schließlich gegeben. Domaris verbarg ihr Gesicht in den Händen. Sie fühlte sich beschmutzt, als hätte man sie nackt ausgezogen und mit Kot beworfen. Unter der Last dieser Schmach vermochte sie kaum zu atmen. Was sie mit Micon . . . entdeckt und erlebt hatte, war heilig! Das hier, das war Besudelung, Entweihung . . .

Elis sah sie hilflos und in schmerzlichem Mitgefühl an. »Ich hatte unrecht, es dir zu sagen, ich hätte es nicht tun sollen!«

»Nein, du hast recht getan«, erwiderte Domaris fest. Langsam fand sie die Beherrschung wieder. »Siehst du? Ich rege mich darüber schon gar nicht mehr auf.« Natürlich würde sie es Rajasta beichten. Er konnte ihr helfen, mit diesem erniedrigenden Gedanken zu leben

– aber kein Wort, kein Atemzug davon sollte je an Micons Ohren gelangen. Mit wieder trockenen Augen sagte sie leise zu Elis: »Warne Arvath, er soll seine Zunge hüten; für Verleumdung gibt es schwere Strafen.«

»Daran habe ich ihn bereits erinnert«, murmelte Elis. Dann biß sie sich auf die Lippen und wandte das Gesicht ab. »Wenn er zu grausam ist – oder wenn er eine Szene macht, die dich in Verlegenheit bringt –, brauchst du ihm nur eine einzige Frage zu stellen.« Sie holte Atem, als fürchte sie sich vor dem, was sie sagen wollte. »Frage Arvath, warum er mir keine andere Wahl gelassen hat, als Chedan um Gnade anzuflehen, damit ich nicht allein vor den Rat der Fünf treten mußte und meine Lissa nicht als eine der *Namenlosen* geboren wurde.«

In entsetztem Schweigen nahm Domaris die Hand ihrer Cousine und drückte sie. Also *Arvath* war Lissas Vater! Das erklärte vieles; seine wahnsinnige Eifersucht wurzelte tief in seinen eigenen Schuldgefühlen. Nur weil jeder genau wußte, daß Chedan Elis' Kind nicht gezeugt hatte, war es ihm möglich gewesen, das Kind anzuerkennen, ohne seine Ehre zu beflecken – und auch so war es bestimmt keine leichte Entscheidung für ihn gewesen. Und Arvath hatte es geschehen lassen!

»Elis, davon hatte ich keine Ahnung!«

Elis lächelte leise. »Ich hatte dafür gesorgt, daß du es nicht wissen konntest«, erklärte sie kühl.

»Du hättest es mir erzählen sollen«, meinte Domaris geistesabwesend. »Vielleicht hätte ich –«

Elis stand auf und ging unruhig im Zimmer auf und ab. »Nein, du hättest nichts tun können. Es bestand keine Notwendigkeit, dich hineinzuziehen. Fast tut es mir leid, daß ich es dir jetzt gesagt habe! Schließlich mußt du den – den Unwürdigen eines Tages heiraten.« Zorn und ein leises Bedauern standen in Elis' Augen zu lesen, und Domaris verstummte. Elis hatte ihr Vertrauen erwiesen, sie hatte ihr eine mächtige Waffe gegeben, die ihr Kind irgendwann einmal gegen Arvaths Eifersucht schützen mochte, aber das gab Domaris noch lange nicht das Recht, Elis mit Fragen zu bedrängen.

Trotzdem konnte Domaris nicht umhin zu wünschen, sie hätte es eher erfahren. Früher war ihr Einfluß auf Arvath groß genug gewesen. Sie hätte ihn leicht überreden können, die Verantwortung auf sich zu nehmen. Elis hatte sich demütigen müssen, um ihrem Kind soziale Anerkennung zu verschaffen – und Chedan war ziemlich unangenehm geworden.

Domaris kannte sich gut genug, um zu wissen, daß sie diese

mächtige Waffe nur im äußersten Notfall gegen Arvaths selbstsüchtige Bosheit einsetzen würde. Doch die neue Erkenntnis, daß er im Grunde feige war, half ihr, wieder die richtige Perspektive zu gewinnen.

Sie sprachen von anderen Dingen, bis Elis leise in die Hände klatschte und Simila ihr Lissa brachte. Das Kind war jetzt mehr als zwei Jahre alt und konnte sprechen; tatsächlich plapperte es ununterbrochen, und schließlich schüttelte Elis es scherzend. »Still, du Plappermäulchen«, mahnte sie und beklagte sich mit saurer Miene bei Domaris: »Manchmal ist sie eine echte Plage!«

Domaris ließ sich nicht täuschen, denn sie sah, mit welcher Zärtlichkeit Elis das kleine Mädchen behandelte. Ein flüchtiger Gedanke beunruhigte sie: Liebte Elis Arvath immer noch? Nach allem, was geschehen war, kam es ihr äußerst unwahrscheinlich vor – und trotzdem ließ sich nicht leugnen, daß ein unzerreißbares Band zwischen ihnen bestand . . . und immer bestehen würde.

Lächelnd streckte Domaris die Arme nach Lissa aus. »Sie wird dir jeden Tag ähnlicher, Elis.« Sie nahm das kleine Mädchen und drückte das zappelnde, glucksende Kind an die Brust.

»Ich hoffe, sie wird einmal eine bessere Frau als ich«, sagte Elis halb zu sich selbst.

»Sie könnte nicht verständnisvoller werden«, stellte Domaris fest und ließ sich das schwere Kind von ihrer Cousine wieder abnehmen. Sie lehnte sich zurück und legte eine Hand auf ihren Leib – eine nun schon zur Gewohnheit gewordene Geste.

»Ah, Domaris!« Mit übertriebener Zärtlichkeit nahm Elis ihr Kind in die Arme. »*Jetzt* weißt du es!«

Domaris neigte den Kopf und dachte lange über alles nach, was sie soeben erfahren hatte.

Die ganze Nacht über saß Rajasta neben Micon. Der Atlanter schlief unruhig. Er zuckte und delirierte in seiner Muttersprache, als würden die Schmerzen, von denen der Schlaf ihn erlöste, nur durch andere, schlimmere ersetzt, die sich nicht behandeln ließen, Qualen, die sich mit jedem Herzschlag tiefer in Micons geplagten Geist hineinfraßen . . . Die erste Morgendämmerung zeigte sich am Himmel, als Micon sich bewegte und mit leiser, heiserer Stimme sagte: »Rajasta –«

Der Priester des Lichts beugte sich über ihn. »Ich bin hier, mein Bruder.«

Micon kämpfte darum, sich aufzurichten, brachte aber die Kraft dazu nicht auf. »Wie spät ist es?«

»Es wird bald Morgen. Bleibe still liegen, mein Bruder, und ruhe dich aus!«

»Ich muß jetzt reden –« Micons Stimme, so schwach und rauh sie auch war, verriet eine Entschlossenheit, die Rajasta gut kannte. Deshalb erhob er keinen Einspruch mehr. Micon fuhr fort: »Wenn du mich liebst, Rajasta, hindere mich nicht daran. Bring Deoris zu mir.«

»Deoris?« Einen Augenblick lang fragte Rajasta sich, ob sein Freund den Verstand verloren habe. »Zu dieser Stunde? Warum?«

»Weil ich es will!« Micons Stimme war unerbittlich. Rajasta sah seinen entschlossenen Mund und verspürte nicht den geringsten Wunsch, mit ihm zu streiten. Er ging, nachdem er Micon geraten hatte, sich wieder hinzulegen und seine Kräfte zu schonen.

Nach kurzer Zeit erschien Deoris, die sich in aller Hast angezogen hatte, bestürzt und ungläubig bei Micon. Schon seine ersten Worte lösten ihre schlaftrunkene Verwirrung. Er winkte sie zu sich und erklärte ohne lange Vorrede: »Ich brauche deine Hilfe, kleine Schwester. Willst du etwas für mich tun?«

Ohne Zögern erwiderte Deoris: »Was immer du wünschst.«

Micon war es gelungen, sich auf einem Ellenbogen ein wenig aufzurichten, und nun wandte er ihr sein Gesicht zu. Wieder erweckte sein Ausdruck den Eindruck als könne er sehen. Sachlich fragte er: »Bist du Jungfrau?«

Rajasta fuhr zusammen. »Micon –« begann er.

»Hier geht es um mehr, als du ahnst!« sagte Micon mit ungewöhnlicher Heftigkeit. »Verzeih mir, wenn ich dich schockiere, *aber ich muß es wissen;* ich habe meine Gründe, das versichere ich dir!«

Bei dem unerwarteten Ausbruch des Atlanters zog Rajasta sich zurück. Deoris hätte nicht überraschter sein können, wenn alle im Raum sich in Marmorstatuen verwandelt oder ihre Köpfe abgenommen und damit Ball gespielt hätten.

»Ja, Herr, das bin ich«, antwortete sie in einer Mischung aus Scheu und Neugier.

»Den Göttern sei gedankt.« Micon zog sich auf seinem Bett weiter in die Höhe. »Rajasta, geh an meine Reisetruhe. Darin findest du einen Beutel aus roter Seide und eine silberne Schale. Fülle die Schale mit klarem Wasser eines Brunnens. Lasse keinen Tropfen auf die Erde fallen und achte darauf, daß du zurück bist, bevor dich ein Sonnenstrahl trifft.«

Rajasta war zuerst wie versteinert. Die Bitte paßte ihm gar nicht, denn er erriet Micons Absicht. Aber er trat an die Truhe, fand die Schale und ging, die Lippen mißbilligend zusammengepreßt. »*Für niemand anders*«, sprach er zu sich selbst, »*würde ich dies tun!*«

Sie erwarteten Rajastas Rückkehr in fast völligem Schweigen. Zwar drängte Deoris den Atlanter anfangs, ihr zu verraten, was er vorhabe, aber Micon antwortete nur, sie werde es bald erfahren, und wenn sie ihm nicht vertraue, brauche sie nicht zu tun, was er von ihr verlange.

Endlich erschien Rajasta wieder, und Micon wies ihn mit leiser Stimme an: »Stell die Schale hierher, auf diesen kleinen Tisch – gut. Jetzt nimm aus der Truhe diese Schnalle aus geflochtenem Leder und gib sie Deoris – Deoris, nimm sie ihm aus der Hand, aber berühre seine Finger nicht!« Als Micon den Beutel aus roter Seide in seinen Händen hielt, fuhr er fort: »Nun knie vor meinem Bett nieder, Deoris. Rajasta, du gehst zur Seite und hältst dich von uns fern – *laß nicht einmal deinen Schatten Deoris berühren!*«

Micons verrenkte Finger waren unsicher, aber er löste einen Knoten und öffnete den rotseidenen Beutel. Eine kurze Pause trat ein. Dann hielt Micon seine Hände so, daß Rajasta nichts sehen konnte und befahl leise: »Deoris – sieh dir an, was ich in meinen Händen halte.«

Rajasta, dessen steife Haltung große Mißbilligung verriet, sah nichts als ein kurzes, wenngleich fast blendendes Aufblitzen von etwas Glänzendem und Vielfarbigem. Deoris hatte aufgehört zu zappeln. Sie saß ganz still, und ihre Hände umschlossen die handgeflochtene Lederschnalle – es war ein unbeholfen angefertigtes Ding, offensichtlich das Werk eines Amateurs. Sanft sagte Micon: »Schau in das Wasser, Deoris . . .«

Im Raum war es sehr still. Deoris' hellblaues Kleid flatterte in der Morgenbrise. Rajasta kämpfte immer noch gegen einen ungewohnten Zorn an; er betrachtete solche Zauberkunststücke mit Abneigung und Mißtrauen. Spiele dieser Art durfte man kaum durchgehen lassen, wenn die Graumäntel sie veranstalteten, aber hier nahm ein Priester des Lichts derartige Hexereien vor! Er wußte, daß er nicht das Recht hatte, es zu verhindern, aber so sehr er Micon liebte, wäre der Atlanter ein gesunder Mann gewesen, hätte Rajasta ihn geschlagen und Deoris hinausgeführt. Der strenge Kodex der Wächter erlaubte ein solches Eingreifen jedoch nicht. So zog Rajasta nur die Schultern hoch und setzte eine strenge Miene auf – die natürlich keinerlei Wirkung auf den blinden Atlanter hatte.

»Deoris«, fragte Micon, »was siehst du?«

Die Stimme des Mädchens klang kindlich und leise. »Ich sehe

einen Jungen, dunkel und flink . . . dunkelhäutig, dunkelhaarig, in einer roten Tunika . . . barfuß . . . seine Augen sind grau – nein, sie sind gelb. Er macht etwas mit seinen Händen . . . ja, er flicht die Schnalle, die ich halte.«

»Gut«, stellte Micon ruhig fest, »du hast das Gesicht. Ich erkenne deine Vision wieder. Leg jetzt die Schnalle weg und sieh noch einmal in das Wasser . . . *wo ist er jetzt, Deoris?*«

Ein langes Schweigen entstand. Rajasta knirschte mit den Zähnen, zählte die vergehenden Sekunden und brauchte seine ganze Willenskraft, um stumm zu bleiben.

Deoris blickte verwundert und ein bißchen ängstlich in die Schale mit dem silbrigen Wasser. Sie hatte etwas Unheimliches erwartet, doch statt dessen sprach Micon mit ganz normaler Stimme zu ihr, und sie sah Bilder. Sie waren wie Tagträume; ob es die richtigen waren? In ihrer Unsicherheit zögerte sie, und Micon befahl mit einer Spur von Ungeduld: »Berichte mir, was du siehst!«

Deoris sprach stockend. »Ich sehe einen kleinen Raum mit Steinwänden . . . eine Zelle – nein, nur ein kleiner grauer Raum mit einem Steinfußboden und Steinen bis zur halben Decke. Er – er liegt auf einer Matte und schläft . . .«

»Wo ist er? *Ist er in Ketten?*«

Deoris zuckte erschrocken zusammen. Das Bild löste sich auf, zerrann vor ihren Augen. Nur Wasser, dessen Oberfläche sich kräuselte, füllte die Schale. Micon atmete schwer und bezwang seine Ungeduld. »Bitte, sieh hinein und sag mir, wo er jetzt ist«, bat er freundlich.

»Er ist nicht in Ketten. Er schläft. Er – er dreht sich um. Sein Gesicht – ah!« Deoris' stieß in einen erstickten Schrei aus. »Rivedas Chela! Der Wahnsinnige – der Apostat – oh, schick ihn weg, schick ihn –« Sie stockte und saß bewegungslos da, ihr Gesicht war eine starre Maske. Entsetzen und Furcht erfüllten sie. Micon sank kraftlos auf das Bett zurück und kämpfte darum, sich wieder aufzurichten.

Rajasta konnte das alles nicht länger mitansehen. Sein unterdrückter Zorn machte sich plötzlich mit Gewalt Luft. Er trat vor, riß Deoris die Schale aus der Hand, schüttete das Wasser aus dem Fenster und schleuderte die Schale in eine Ecke, wo sie mit hartem Klang niederfiel. Deoris glitt auf den Boden nieder. Ihr lautloses Schluchzen erschütterte ihren ganzen Körper in Krämpfen. Rajasta beugte sich über sie und befahl: »Hör auf damit!«

»Vorsichtig, Rajasta«, murmelte Micon. »Sie braucht –«

»Ich weiß, was sie braucht!« Rajasta richtete sich auf und warf einen wütenden Blick auf Micon, er sah, daß Deoris schnellstens geholfen werden mußte. Er versuchte, sie auf die Füße zu stellen; sie hing ihm bewußtlos im Arm. Rajasta winkte in wildem Grimm seinem Sklaven und befahl: »Ruf den Priester Cadamiri – sofort!«

Es dauerte nur eine oder zwei Minuten, bis der weißgekleidete Priester des Lichts mit diszipliniertem Schritt aus einem in der Nähe liegenden Gemach hereinkam. Cadamiri hatte sich auf die Zeremonie der Morgendämmerung vorbereitet. Der hochgewachsene, hagere Priester war noch jung, aber sein asketisches Gesicht war ernst und von Furchen durchzogen. Seine strengen Augen nahmen sofort die Szene in sich auf: das ohnmächtige Kind, die am Boden liegende Silberschale, Rajastas grimmiges Gesicht.

»Bring Deoris in ihre Wohnung und kümmere dich um sie«, sagte Rajasta so leise, daß nicht einmal Micons scharfe Ohren etwas verstanden.

Cadamiri zog fragend die Augenbrauen hoch und nahm Rajasta das Mädchen aus den Armen. »Ist es erlaubt, mich zu erkundigen?«

Rajasta streifte Micon mit einem Blick, dann erklärte er langsam: »In großer Not wurde sie über die Geschlossenen Orte hinausgeschickt. Du weißt, wie du sie ins Bewußtsein zurückrufen kannst.«

Cadamiri hob den zusammensinkenden, halb leblosen Körper des Mädchens auf und wandte sich zum Gehen, doch Rajasta hielt ihn zurück. »Sprich nicht darüber! Ich hatte es gestattet. Vor allem – sag der Priesterin Domaris kein Wort! Belüge sie nicht, sorge nur dafür, daß sie die Wahrheit nicht erfährt. Wenn sie dich drängt, verweise sie an mich.«

Cadamiri nickte und verließ das Zimmer; er hielt Deoris wie ein kleines Kind in den Armen. Rajasta hörte ihn noch brummen: »Welche Not kann so groß sein, daß man so etwas erlaubt?«

»Ich wollte, ich wüßte es«, sagte Rajasta zu sich selbst. Er wandte sich wieder dem erschöpften Atlanter zu und blieb einen Augenblick nachdenklich stehen. Micons Wunsch, etwas über das Schicksal seines Bruders Reio-ta zu erfahren, war verständlich, aber wie konnte er Deoris einer solchen Gefahr aussetzen!

»Ich weiß, was du denkst«, erklang Micons matte Stimme. »Du fragst dich, warum ich, wenn mir diese Methode zu Gebote stand, sie nicht früher benutzt habe – oder wenigstens unter besseren Vorzeichen.«

»Dies eine Mal –« sagte Rajasta barsch und mit verhaltenem Zorn »– liest du meine Gedanken falsch. In Wirklichkeit frage ich mich, wie du nur in solchen Dingen herumpfuschen kannst –!«

Micon lehnte sich seufzend gegen seine Kissen. »Es war nicht aus

Leichtfertigkeit, Rajasta. Ich mußte wissen, wie es um meinen Bruder steht. Und deine Methoden hatten versagt. Hab' keine Angst um Deoris. – Er winkte schwach ab, als Rajasta sprechen wollte – »Ich weiß, daß Gefahr besteht. Aber die Gefahr, in der sie sich vorher befand, war nicht geringer, und ihr alle, du, Domaris, mein ungeborenes Kind und alle anderen, die mit mir in Verbindung stehen, sind auch bedroht. Vertraue mir, Rajasta. Ich weiß genau, was ich getan habe – ich weiß es besser als du, sonst würdest du anders empfinden.«

»Ich soll dir vertrauen?« fragte Rajasta. »Ich tue es ja; andernfalls hätte ich dies gar nicht erlaubt. Doch bin ich nicht zu diesem Zweck dein Schüler geworden! Ich halte das dir gegenüber abgelegte Gelübde, aber dafür muß du auch einen Pakt mit mir schließen. Als Wächter kann ich mehr von dieser – dieser *Zauberei* nicht zulassen! Du hast recht, wir alle sind allein dadurch, daß wir dich unter uns haben, in Gefahr – aber jetzt hast du diese Gefahr auf einen gefährlichen Höhepunkt getrieben! Du hast erfahren, was du wissen wolltest. Deshalb will ich dir verzeihen. Hätte ich jedoch früher erkannt, was du genau vorhattest –«

Plötzlich und unerwartet lachte Micon. »Rajasta, Rajasta, du sagst mir in einem Atemzug, daß du mir vertraust und daß du mir nicht vertraust! Und von Riveda sagst du gar nichts!«

12. Unterpfand des Lichts

Es gab ein Zeremoniell, zu dem nur wenige hohe Initiierte der Priesterschaft des Lichts zugelassen waren. Heute schimmerten ihre weißen Mäntel geisterhaft in der von Schatten verdunkelten Kammer. Die sieben Wächter des Tempels hatten sich versammelt, aber die heiligen Zeichen auf ihrer Brust waren mit silbrigen Schleiern bedeckt, und alle bis auf Rajasta hatten die Köpfe so dicht verhüllt, daß man unmöglich unterscheiden konnte, ob es sich um Männer oder um Frauen handelte. Nur Rajasta trug als Wächter des Äußeren Tors sein Abzeichen deutlich sichtbar auf der Brust, und auch auf seiner Stirn glänzte das Symbol.

Rajasta legte seine Hand auf Micons Arm und sagte leise: »Sie kommt.«

Micons hageres Gesicht leuchtete auf, und Rajasta empfand – nicht zum erstenmal – eine fast schmerzliche Hoffnung bei Micons eifriger Frage: »Wie sieht sie aus?«

»Wunderschön«, antwortete Rajasta, und sein Blick verweilte auf seiner Akoluthin. »In makelloses Weiß gekleidet und mit ihrem flammenden Haar gekrönt wie mit Licht.«

Tatsächlich hatte Domaris nie schöner ausgesehen. Das schimmernde Gewand verlieh ihr eine Anmut und eine Würde, die neu an ihr waren und doch völlig zu ihr gehörten, und ihre deutlich sichtbare Schwangerschaft entstellte sie keineswegs. Ihre Erscheinung verbreitete einen solchen Glanz, daß Rajasta murmelte: »Ja, Micon, in der Tat lichtgekrönt.«

Der Atlanter seufzte. »Wenn ich sie nur ein einziges Mal sehen könnte«, Rajasta berührte teilnahmsvoll seinen Arm. Es blieb ihnen keine Zeit, weiterzusprechen, denn Domaris war vorgetreten und kniete vor dem erhöhten Sitz der Wächter.

Am Fuß des Altars stand Ragamon, der älteste, ein grauer Greis, aber immer noch aufrecht und von gelassener Würde. Er streckte die Hände aus und segnete die kniende Frau. »Isarma, Priesterin des Lichts, Akoluthin des Heiligen Tempels – Isarma, Tochter Talkannons, dem Licht und dem Leben, das Licht ist, durch dein Gelübde angehörend, schwörst du bei dem Vater des Lichts und der Mutter des Lebens, die Mächte von Leben und Licht stets zu unterstützen?« Die dünne, beinahe zittrige Stimme des alten Wächters hatte immer noch so viel Kraft, daß sie an den Wänden des in den Fels gehauenen Raumes widerhallte, und seine alten Augen, die das zu ihm erhobene Gesicht der weißgekleideten Frau betrachteten, blickten klar und scharf. »Schwörst du, Isarma, daß du nichts scheuen wirst, um das Licht, den Tempel des Lichts und das Leben des Tempels zu bewachen?«

»Das schwöre ich«, sagte sie und streckte ihre Hände dem Altar entgegen. In diesem Augenblick durchdrang ein einziger Sonnenstrahl die Finsternis und entzündete ein pulsierendes goldenes Licht auf dem Altar. Sogar Rajasta war von diesem Teil des Rituals immer wieder beeindruckt – obwohl er wußte, daß ein einfacher Hebel, von Cadamiri bedient, Wasser durch die Röhre laufen ließ, das das Gleichgewicht dieser Röhre veränderte und ein System von Rollen in Bewegung setzte, wodurch eine winzige Öffnung genau über dem Altar entstand. Es war eine Täuschung, aber eine sinnvolle: Diejenigen, die den Eid aufrichtig ablegten, fühlten sich durch den Sonnenstrahl erhoben. Doch wenn dort jemand kniete und einen falschen Eid schwor, wurde er von Entsetzen gepackt. Dieser Trick hatte die Wächter schon mehr als einmal vor einem unerwünschten Eindringling geschützt. . .

Domaris legte mit glühendem und ehrfürchtigem Gesicht die Hände aufs Herz. »Beim Licht, beim Leben schwöre ich es«, sagte sie noch einmal.

»Sei wachsam und gerecht«, beschwor der Alte sie. »Schwöre es jetzt nicht nur bei dir alleine, nicht nur bei dem Licht in dir und über dir, sondern auch bei dem Leben, das du trägst. Erkläre das Kind in deinem Leib zum Unterpfand dafür, daß du dein Amt nicht leichtfertig versiehst.«

Domaris erhob sich. Ihr Gesicht war blaß und ernst, aber ihre Stimme zögerte nicht. »Ich erkläre das Kind meines Leibes zum Unterpfand meiner Treue.« Ihre beiden Hände legte sie um ihren Leib, dann streckte sie die Arme wieder dem Altar entgegen, als bringe sie dem dort spielenden Licht ein Opfer dar.

Micon zuckte nervös zusammen. »Das gefällt mir nicht«, raunte er.

»Dies Gelübde ist Brauch«, versicherte Rajasta ihm leise.

»Ich weiß, aber –« Micon krümmte sich wie im Schmerz und verstummte.

Der alte Wächter ergriff von neuem das Wort. »Dann, meine Tochter, sei dies dein.« Auf sein Zeichen hin wurde der jungen Frau ein goldener Mantel um die Schultern gelegt, ein goldener Stab und ein Dolch mit goldenem Griff wurden ihr in die gefalteten Hände gesteckt. »Benutze diese Dinge mit Gerechtigkeit. Mein Mantel, mein Stab, mein Dolch gehen auf dich über. Bestrafe, verschone, schlage oder belohne, vor allem aber: wache! Denn die Dunkelheit versucht ständig, das Licht zu verschlingen.« Ragamon trat vor und berührte ihre Hände. »Meine Bürde auf dich.« Er berührte ihre vorgebeugten Schultern, und sie richtete sich auf. »Auf dich das Siegel des Schweigens.« Er zog die Kapuze des Mantels über ihren Kopf. »Nun bist du Wächter.« Mit einer letzten segnenden Geste entfernte er sich von der Estrade und ließ Domaris auf dem Platz mitten vor dem Altar allein. »Lebe wohl.«

13. Der Chela

Der Garten war trocken, Blätter raschelten unter den Füßen und tanzten ziellos im Abendwind. Micon schritt langsam über den Steinweg. Nahe beim Springbrunnen blieb er stehen, da sprang plötzlich ein lauernder Schatten geräuschlos auf ihn zu.

»Micon!« Es war ein herzzerreißendes Flüstern. Der Schatten stürzte vorwärts, und Micon hörte jemanden schwer atmen.

»Reio-ta, bist du das?«

Die Gestalt senkte den Kopf und sank demütig auf die Knie. »Micon . . . mein Fürst!«

»Mein Bruder«, erwiderte Micon und wartete.

Das glatte Gesicht des Chela wirkte im Mondlicht recht alt; niemand hätte geglaubt, daß er jünger war als Micon. Möglicherweise hätte Micon, wäre er nicht blind gewesen, Reio-ta gar nicht wiedererkannt.

»Man hat mich betrogen!« stieß der Chela hervor. »Man hat mir geschworen, du würdest unverletzt freigelassen! Micon –« ihm brach die Stimme vor Qual. »Verdamme mich nicht! Ich habe mich ihnen nicht aus Feigheit unterworfen!«

Micon sprach mit der Müdigkeit toter Zeitalter. »Es ist nicht an mir, dich zu verdammen. Andere werden es tun, und zwar gnadenlos.«

»Ich – ich konnte nicht ertragen, daß – es war nicht für mich selbst! Ich wollte, daß sie aufhörten, dich zu foltern, ich wollte dich retten –«

Zum erstenmal schwang in Micons beherrschter Stimme Zorn mit. »Habe ich um Leben aus deiner Hand *gebeten?* Hätte ich je meine Freiheit um einen solchen Preis erkauft? Damit einer, der weiß, was du weißt, sein Wissen zu spiritueller Hurerei verwenden kann? *Und du wagst zu sagen, es sei um meinetwillen geschehen?*« Seine Stimme bebte. »Vielleicht hätte ich es verziehen, wenn du unter der Folter zusammengebrochen wärst!«

Der Chela wich zurück. »Mein Fürst, mein Bruder, verzeih mir!« flehte er.

Micons Mund war in dem blassen Licht nur noch eine strenge Linie. »Meine Gnade kann dir das Schicksal, das auf dich wartet, nicht erleichtern. Ebensowenig könnten meine Flüche es erschweren. Aber ich hege keinen Groll gegen dich, Reio-ta. Du hast Furchtbares auf dich herabbeschworen. Mögest du nicht mehr ernten, als du gesät hast . . .«

»Ich« – Der Chela, der immer noch vor Micon am Boden lag, rückte ein Stückchen näher. »Ich könnte darum kämpfen, unsere Macht würdig zu bewahren . . .«

Micon stand hoch aufgerichtet und unbeweglich da. »Diese Aufgabe wird nicht dir zufallen, jetzt nicht mehr.« Er hielt inne, und in der Stille plätscherte und sprudelte der Springbrunnen hinter ihnen. »Bruder, hab keine Angst: *Du wirst unser Haus nicht zweimal verraten!*«

Die Gestalt zu Micons Füßen stöhnte, wandte das Gesicht ab und verbarg es in den Händen.

Unerbittlich fuhr Micon fort: »Soviel kann ich verhindern! Nein – sag kein Wort mehr darüber! Du weißt, daß du unsere Kräfte nicht zu benutzen vermagst, solange ich lebe – und ich kämpfe gegen den Tod, bis ich sicher bin, daß du unser Geschlecht nicht mehr erniedrigen kannst! Wenn du mich nicht hier und jetzt tötest, wird mein Sohn die Macht erben, die ich in Händen halte!«

Reio-ta duckte sich noch tiefer, bis sein faltiges Gesicht auf Micons Sandalen ruhte. »Mein Fürst – ich wußte es nicht –«

Micon lächelte schwach. »Du wußtest es nicht?« wiederholte er. »Ich verzeihe es dir – auch, daß ich nicht mehr sehen kann. Aber deinen Abfall von den heiligen Vorschriften kann ich nicht entschuldigen, denn damit hast du eine Entwicklung in Gang gesetzt, deren Folgen du tragen mußt; du wirst für immer unvollkommen bleiben. Ab jetzt wirst du dich nicht mehr weiterentwickeln. Mein Bruder«, seine Stimme wurde weicher. »Ich liebe dich immer noch, aber hier trennen sich unsere Wege. Nun geh – bevor du mir das bißchen Kraft raubst, das noch in mir ist. Geh, oder beende auf der Stelle mein Leben, nimm dir die Macht und versuche, sie zu behalten. *Doch dazu wirst du nicht imstande sein!* Du bist nicht fähig, die Gewalt des Sturms, die tiefen Kräfte von Erde und Himmel zu meistern – und wirst es auch niemals vermögen! Geh!«

Reio-ta stöhnte verzweifelt auf und umklammerte Micons Knie. »Ich kann es nicht ertragen, daß –«

»Geh!« sagte Micon noch einmal, streng und fest. »Geh, solange ich dein Schicksal vielleicht aufhalten kann, wie ich mein eigenes aufhalte. Mach wieder gut, soviel du kannst.«

»Ich kann die Schwere meiner Schuld nicht tragen . . .« Die Stimme des Chela klang gebrochen und wirkte trauriger, als wenn er geweint hätte. »Sag nur ein freundliches Wort zu mir – damit ich weiß, du erinnerst dich, daß wir einmal Brüder waren . . .«

»Du bist mein Bruder«, versicherte Micon ihm sanft. »Ich habe gesagt, daß ich dich immer noch liebe. Ich verleugne dich nicht. Aber wir müssen uns trennen.« Er beugte sich nieder und legte die verkrüppelte Hand auf den Kopf des Chela.

Laut aufschreiend, krümmte Reio-ta sich. »Micon! Dein Schmerz, er brennt!«

Langsam und mit Mühe richtete Micon sich auf und zog sich zurück. »Geh schnell«, befahl er. Wie gegen seinen Willen setzte er mit schmerzverzerrter Stimme hinzu: *»Mehr kann ich selbst nicht ertragen!«*

Der Chela sprang auf. Einen Moment betrachtete er den anderen mit einem hungrigen Blick, als wolle er Micons Züge für alle Zeit seinem Gedächtnis einprägen. Dann drehte er sich um und lief stolpernd davon.

Der blinde Initiierte blieb viele Minuten lang unbeweglich stehen. Wind hatte sich erhoben, und trockene Blätter raschelten auf dem Weg und rings um ihn; er merkte es nicht. Schwach, als kämpfe er sich mühsam durch Treibsand, wandte er sich schließlich um und ging auf den Springbrunnen zu, auf dessen feuchtem Steinrand er niedersank. Er kämpfte gegen die brennenden Schmerzen in seinem Körper. Schließlich aber waren seine Kräfte am Ende. Zusammengekrümmt lag er auf den Steinen unter den vom Wind umherwirbelnden Blättern, Sieger über sich selbst, aber so erschöpft, daß er sich nicht mehr bewegen konnte.

Rajasta hatte eine innere Unruhe in den Garten getrieben. Das Gesicht des Wächters war schrecklich anzusehen. Er suchte Micon. Schließlich entdeckte er ihn, hob ihn auf seine starken Arme und trug ihn fort.

Am nächsten Tag wurde das gesamte Tempelpersonal für die Suche nach dem verschwundenen Chela aufgeboten. Riveda, der Begünstigung verdächtigt, wurde viele Stunden lang in Gewahrsam genommen, während man im ganzen Tempelbezirk und sogar unten in der Stadt nach dem unbekannten Chela forschte, der einmal Reiota von Ahtarrath gewesen war.

Doch er blieb verschwunden; die Nacht des Nadir war ihnen allen um einen Tag nähergerückt.

14. Die Berührung des Verhüllten Gottes

Etwa drei Monate nach Deoris' Eintritt in den Tempel Caratras begegnete Riveda ihr eines Abends in den Gärten. Die letzten Strahlen der untergehenden Sonne verwandelten die junge Priesterin in eine geheimnisvolle Feengestalt, und Riveda musterte ihren schlanken, blaugekleideten Körper und das ernste, jugendlich zarte Gesicht mit neuem Interesse. Er brachte seine Bitte sorgfältig vor. »Wer sollte dir verbieten, heute abend mit mir den Grauen Tempel zu besuchen, wenn ich dich dazu einlüde?«

Deoris schlug das Herz höher. Den Grauen Tempel zu besuchen – in der Gesellschaft seines höchsten Adepten! Riveda erwies ihr wirklich eine große Ehre! Dennoch fragte sie mißtrauisch: »Warum?«

Der Mann lachte. »Warum nicht? Heute abend findet eine Zeremonie statt. Sie ist sehr schön – es wird auch gesungen. Viele unserer Feiern sind geheim, aber zu dieser darf ich dich einladen.«

»Ich werde kommen«, erklärte Deoris. Sie sprach sehr ruhig,

doch innerlich war sie in heller Aufregung. Karahamas zurückhaltende Mitteilungen hatten ihre Neugier geweckt, nicht nur, was die Graumäntel, sondern auch was Riveda selbst betraf.

Schweigend gingen sie nebeneinander unter den aufgehenden Sternen dahin. Rivedas Hand ruhte leicht auf ihrer Schulter, und Deoris war von seiner Berührung so verschüchtert, daß sie kein Wort sprach, bis sie sich dem hochaufragenden fensterlosen Tempel näherten. Riveda hielt ihr die schwere Bronzetür auf, Deoris trat ein, wich aber sogleich entsetzt vor einer schattenhaften Gestalt zurück, die an ihnen vorbeischlüpfte. Es war der Chela!

Rivedas Hand schloß sich so fest um ihren Arm, daß Deoris beinahe aufgeschrien hätte. »Sag Micon nichts davon, Kind«, befahl er streng. »Rajasta ist mitgeteilt worden, daß er lebt. Aber Micon würde es töten, wenn er ihm noch einmal begegnete.«

Deoris nickte mit dem Kopf und versprach, das Geheimnis zu bewahren. Seit der Nacht, als sie in Micons Wohnung bewußtlos geworden war und Cadamiri sie fortgetragen hatte, kannte sie Micon fast ebensogut, wie Domaris ihn kannte. Sie konnte die verborgenen Gefühle und Gedanken im Geist des Atlanters begreifen, nur da nicht, wo es um sie selbst ging. Diese Erweiterung ihres Wahrnehmungsvermögens war so gut wie unbemerkt geblieben; nicht einmal Domaris wußte davon. Deoris lernte ihre Aufgaben im Tempel viel schneller meistern, als man hätte erwarten können. Domaris konzentrierte sich nun völlig auf Micon und das Kind, das sie erwartete. Deoris wußte, daß das Warten beiden schwer wurde; es würde noch über einen Monat dauern, bis Micons Sohn zur Welt kam. Die Zeit bis dahin war für sie eine Freude und zugleich eine unerträgliche Qual.

Die Bronzetüren fielen mit lautem Dröhnen zu. Sie standen in einem langen, schmalen und ziemlich finsteren Korridor, der an Reihen geschlossener Steintüren entlanglief. Die geisterhafte Gestalt des Chela war nirgends mehr zu erblicken.

Ihre Schritte verklangen lautlos. Die Luft war wie tot. Deoris, die stumm neben Riveda ging, spürte, welche elektrische Spannung dieser Mann ausstrahlte, eine verhaltene Kraft, die in ihren Nerven vibrierte . . . Am Ende des Korridors befand sich eine eisenbeschlagene Rundbogentür. Riveda gab Klopfzeichen in einem merkwürdigen Rhythmus, und von irgendwoher antwortete eine hohe, schrille, körperlose Stimme in unverständlichen Silben. Riveda antwortete in ebenso seltsamen Worten. Eine unsichtbare Glocke läutete, daß es laut durch die Luft tönte, und die Tür schwang nach innen.

Sie traten in eine seltsame graue Welt.

Es mangelte zwar nicht an Licht, aber es gab weder Wärme noch Farbe. Die Beleuchtung war nur ein bloßer Schimmer, eher fehlende Dunkelheit als wirkliches Licht. Der Raum war ungeheuer groß und verlor sich weit oben in einem trüben Grau, das wie schwerer Nebel oder in der Luft stehender Rauch aussah. Der Boden unter ihren Füßen war aus grauem Stein, kalt und mit Kristall und Glimmer gesprenkelt. Die Wände hatten das durchscheinende Glitzern von Mondlicht im Winter. Die wie Nebelschwaden in dem bleichen Glanz herumhuschenden Gestalten waren ebenfalls grau, finstere Schatten in den grauen Kapuzenmänteln der Zauberer; auch Frauen waren unter ihnen, und sie bewegten sich unruhig, gleich in Ketten gelegten Flammen, eingehüllt in safranfarbene Schleier von trüber Farbe und beinahe lichtlos. Deoris warf verstohlene Blicke auf die Frauen, doch da drehte Riveda sie behutsam um, und sie erblickte – einen Mann.

Es mochte ein Mann oder eine hölzerne Statue sein, ein Leichnam oder ein Automat. Er *war* da. Das war alles. Er existierte wie mit seltsamer Endgültgkeit. Er saß auf einem erhöhten Podest an einem Ende der riesigen Halle, auf einem großen thronähnlichen Sessel, und ein Vogel, aus grauem Stein gehauen, schien über seinem Kopf zu schweben. Seine Hände lagen gekreuzt über der Brust. Deoris fragte sich, ob Er wirklich dort war oder ob sie Ihn nur träumte. Unwillkürlich zitierte sie flüsternd: »Wo der Mann mit den gekreuzten Händen sitzt . . .«

Riveda beugte sich zu ihr und raunte: »Bleib hier und sprich mit niemandem.« Damit ging er. Deoris sah ihm sehnsüchtig nach und dachte, seine aufrechte Gestalt habe trotz des verhüllenden grauen Kapuzenmantels eine Art von Schärfe, als sei nur er allein klar umrissen, während alle anderen schattenhaft waren, wie Träume innerhalb eines Traums . . . Dann entdeckte sie ein Gesicht, das sie kannte.

Halb hinter einer der Kristallsäulen verborgen, stand aufrecht ein junges Mädchen und beobachtete Deoris scheu, ein Kind, hochgewachsen, aber schmächtig, mit einem unter dem safranfarbenen Schleier sichtbaren noch unentwickelten Körper und einem kleinen feingeschnittenen Gesicht, das von dem unbestimmten Licht beschienen wurde. Hell wie Rauhreif fiel ihr das Haar um die Schultern, und der verhaltene Schimmer des Lichts glitzerte in ihren aufmerksamen, aber beinahe farblosen Augen. Die durchsichtige Gaze um ihren Körper flatterte leicht wie in einem kaum spürbaren Wind. Sie schien gewichtlos zu sein, ein Nebelhauch, eine Ahnung von Schneeflocken in der eisigen Luft.

Deoris hatte sie schon außerhalb dieses unheimlichen Ortes gesehen, und wußte, daß es sie wirklich gab. Dies silberblonde Mädchen schlüpfte manchmal wie ein Geist in Karahamas Räume hinein oder aus ihnen heraus. Karahama sprach nie von dem Kind. Deoris hatte aber von anderen erfahren, daß dies Mädchen zu den *Namenlosen* gehörte und von der damals noch ausgestoßenen Karahama geboren worden war . . . Ihre Mutter, so hieß es, nannte sie Demira, und trotzdem hatte sie keinen wirklichen Namen. Nach dem Gesetz existierte sie überhaupt nicht.

Kein Mann hätte Demira als seine Tochter anerkennen können, auch wenn er es gewollt hätte, kein Mann konnte Anspruch auf sie erheben oder sie adoptieren. Auch Karahamas rechtliche Stellung war ja fragwürdig – aber Karahama hatte als Tochter einer freien Tempelfrau doch einen bestimmten, wenn auch illegitimen, Status. Demira war nach den strengen Gesetzen der Priesterkaste nicht einmal illegitim. Sie war nichts. Kein Gesetz schützte sie, keine Tempelschrift führte sie auf, sie war nicht einmal eine Sklavin. Es durfte sie einfach nicht geben. Nur hier unter den gesetzlosen *saji* hatte sie Obdach und Unterhalt finden können.

Der strenge Kodex des Tempels verbot es der Priestertochter und Priesterin Deoris, das namenlose Mädchen zu erkennen, aber obwohl sie niemals ein einziges Wort miteinander gewechselt hatten, wußte Deoris, daß Demira mit ihr nahe verwandt war, und die seltsame phantastische Schönheit des Kindes erregten ihr Mitleid und Interesse. Jetzt hob sie den Blick und lächelte dem namenlosen Mädchen schüchtern zu, und vorsichtig erwiderte Demira ihr Lächeln.

Riveda tauchte wieder auf, den Blick gedankenverloren ins Leere gerichtet. Demira zog sich hinter die Säule zurück und war nicht mehr zu sehen.

Der Tempel war jetzt gedrängt voll von Männern in grauen Roben und den *saji* in ihren safranfarbenen Schleiern. Einige Frauen trugen merkwürdige Saiteninstrumente, Rasseln und Gongs. Es waren auch viele Chelas in grauen Röcken da, mit nackten Oberkörpern, auf denen sie merkwürdige Amulette trugen. Keiner von ihnen war sehr alt, die meisten waren ungefähr in Deoris' Alter. Manche waren Knaben von fünf oder sechs. Deoris sah sich in der Halle um und zählte nur fünf Personen, die die volle Robe eines Adepten trugen. Verblüfft stellte sie fest, daß sich darunter eine Frau befand. Sie war außer Deoris die einzige Frau hier, die keinen *saji*-Schleier trug.

Langsam stellten sich die Magier und Adepten im Kreis auf, und jeder nahm dabei einen genau bestimmten Platz ein. Die *saji* mit ihren Musikinstrumenten und die kleineren Chelas hatten sich an die durchscheinenden Wände zurückgezogen. Aus ihren Reihen kamen leise Töne von Pfeifen und Flöten, dann das Echo eines Gongs, der mit einer stahlbekleideten Fingerspitze berührt worden war.

Vor jedem Magier stand entweder ein Chela oder eine der *saji.* Manchmal drängten sich drei oder vier vor einem der Adepten oder einem der ältesten Magier. Die Chelas waren in der Überzahl; in diesem inneren Ring waren nur vier oder fünf Frauen. Zu ihnen gehörte Demira. Sie hatte ihren Schleier zurückgeschlagen, so daß ihr silberhelles blondes Haar wie Mondschein auf dem Meer glitzerte.

Riveda winkte Reio-ta, seinen Platz in dem Ring einzunehmen. Dann fragte er: »Deoris, hast du den Mut, heute abend im Ring der Chelas vor mir zu stehen?«

»Aber –« stotterte Deoris erstaunt, »aber ich weiß doch gar nichts davon, wie kann ich –«

Um Rivedas strengen Mund zuckte ein Lächeln. »Du brauchst nichts zu wissen. Je weniger du weißt, desto besser ist es sogar. Versuche, an nichts zu denken – und laß alles auf dich zukommen.« Er gab Reio-ta ein Zeichen, Deoris zu führen, und mit einem letzten flehenden Blick zurück folgte Deoris dem Chela.

Flöten und Gongs brachen plötzlich in laute Dissonanzen aus, ganz als würden sie gestimmt. Adepten und Magier wandten sich um, lauschten, prüften etwas Unsichtbares und Unfaßbares. Deoris dröhnte der Kopf. Sie wurde zwischen Reio-ta und Demira in den Kreis gezogen. Angst schnürte ihr die Kehle zu. Demiras kleine, stahlharte Finger packten ihre Hand wie die Werkzeuge eines Folterknechts. Sie wollte vor Entsetzen schreien . . .

Riveda schlug ihr mit der flachen Hand auf die verkrampfte Faust, der Griff lockerte sich, und Deoris war frei. Der Adept sah sie mit kurzem Kopfschütteln an und wies sie wortlos aus dem Ring. Dabei hatte es nicht den Anschein, als bedeute ihm ihr Versagen irgend etwas. Völlig geistesabwesend winkte er einem *saji*-Mädchen mit einem Gesicht wie eine Seemöwe, ihren Platz einzunehmen.

Auch zwei oder drei der Chelas waren aus dem Kreis geschickt worden, andere wurden neu aufgestellt oder ausgewechselt. Noch zweimal erklangen weiche, aber dissonante Akkorde, und jedes Mal änderten sich Stellungen und Muster. Beim dritten Mal hob Riveda verärgert die Hand, trat von seinem Platz vor und sah sich finster im

Ring der Chelas um. Sein Blick fiel auf Demira. Mit einem unterdrückten Schrei packte er das Mädchen grob bei der Schulter und stieß es heftig fort. Sie taumelte und wäre gefallen, wenn die Adeptin nicht die Reihe verlassen und sie aufgefangen hätte. Eine Minute lang hielt die Frau Demira in ihren Armen. Dann legte sie ihre runzeligen Hände um die schmale Taille des Kindes, führte es in den Kreis zurück und warf Riveda einen herausfordernden Blick zu.

Rivedas Gesicht verdunkelte sich. Die Adeptin zuckte die Schultern. Behutsam schob sie Demira an eine andere und dann wieder an eine andere Stelle, bis Riveda plötzlich nickte, die Augen von Demira abwandte und ihre Anwesenheit offenbar sofort wieder vergaß.

Noch einmal erklang das dissonante Wimmern von Flöten, Saiteninstrumenten und Gongs. Jetzt gab es keine Unterbrechungen mehr. Deoris sah mit einiger Bestürzung zu. Die Chelas antworteten auf die Musik mit einem kurzen Gesang. Für Deoris' Ohren war das alles so fremdartig, daß es ohne jede Bedeutung für sie blieb. Sie war an die erhabene Einfachheit der Riten im Tempel des Lichts gewöhnt, und diese lange Litanei aus Klängen und Gesten, aus Musik, Gesang und Responsorien war ihr unverständlich.

Das ist albern, dachte Deoris, *es ergibt überhaupt keinen Sinn.* Oder etwa doch? Das Gesicht der Adeptin war mager, voll tiefer Furchen und verbraucht, obwohl sie eigentlich noch nicht alt wirkte. Rivedas Erscheinung vermittelte in dem ungünstigen Licht fast den Eindruck von Grausamkeit. Demiras phantastische silberhelle Schönheit schien unwirklich, eine Illusion, doch die kindlichen Züge waren entstellt von einem harten, boshaften Ausdruck. Plötzlich verstand Deoris, warum manche glaubten, in den Zeremonien des Grauen Tempels manifestiere sich das Böse . . .

Der Gesang wurde lauter, schneller, ging in ein eintöniges Hämmern über. Dieselbe wimmernde, klagende Dissonanz kehrte immer wieder, hinter ihrem Rücken quäkte eine Pfeife wie ersticktes Schluchzen, eine Trommel rasselte unheimlich.

Der Mann mit den gekreuzten Händen beobachtete sie.

Weder damals noch später erfuhr Deoris, ob dieser Mann eine Statue, ein Leichnam oder ein Lebender war, ein Dämon, ein Gott oder ein Götzenbild. Auch sollte sie sich niemals klar darüber werden, wieviel von dem, was sie sah, nur Einbildung gewesen war . . .

Die Augen des Mannes waren grau. Grau wie das Meer, grau wie das frostige Licht. Von seinem Blick bezwungen, versank Deoris in tiefe Abgründe, ging unter und ertrank.

Der Vogel über dem Sessel schlug seine grauen Steinschwingen und flog mit hartem Kreischen zu einem Ort, wo es nichts gab als grauen Sand. Und dann lief Deoris dem Vogel nach, zwischen Felsnadeln und ihren Schatten hindurch, unter einem Himmel, der von den rauhen Schreien der Möwen zerrissen wurde.

Weit entfernt donnerte die Brandung. Deoris war in der Nähe des Meeres, an einem Ort zwischen Morgengrauen und Sonnenaufgang, einem Ort kalter Gräue ohne Farbe in Sand und See und Wolken. Kleine Muscheln zerbrachen knirschend unter ihren Sandalen. Sie nahm den fauligen Geruch von Salzwasser, Tang, Schilfrohr und Binsen wahr. Links von sich sah sie eine Gruppe von kleinen, kegelförmigen Häusern mit grau-weißen Spitzdächern, und es packte sie Entsetzen.

Das Idiotendorf! Diese Erkenntnis überkam sie wie ein grauenhafter Schock, so daß sie den kurz aufflackernden Gedanken, sie habe dies Dorf doch noch nie gesehen, sofort wieder vergaß.

Tödliche Stille herrschte zwischen den Schreien der Möwen. Zwei oder drei Kinder, deren große Köpfe mit weißen Haaren, roten Augen und sabbernden Mündern auf Rümpfen mit unförmig angeschwollenen Bäuchen saßen, kauerten lustlos zwischen den Häusern und quäkten und murmelten miteinander. Deoris' ausgedörrte Lippen vermochten den Schrei, der ihr die Brust zu sprengen drohte, nicht auszustoßen. Sie wandte sich zur Flucht, aber sie vertrat sich den Fuß und fiel. Als sie sich wieder aufraffen wollte, erblickte sie zwei Männer und eine Frau, die aus dem Türschlitz des nächstgelegenen Steinhauses kamen. Wie die Kinder hatten sie rote Augen und dicke Lippen und waren nackt. Der eine Mann zitterte vor Altersschwäche, der andere ertastete sich seinen Weg; seine Augen waren Klumpen aus Schmutz und Blut. Die Frau bewegte sich mit unbeholfenem Wackeln. Eine weit fortgeschrittene Schwangerschaft verlieh ihr eine tierische, urtümliche Häßlichkeit.

In wildem, furchtbarem Entsetzen, aber unfähig, sich zu bewegen, hockte Deoris auf dem Sand. Die Idioten erhoben ihre quäkenden Stimmen und schnitten ihr Gesichter, ihre Hände scharrten in dem farblosen Sand. Deoris stand auf und sah sich in wahnsinniger Angst nach einem Fluchtweg um. Auf einer Seite wies eine hohe Mauer aus Felsnadeln sie zurück, auf der anderen erstreckten sich Treibsand-Marschen mit Rohr und Binsen bis zum Horizont.

Vor ihr scharten sich die gaffenden, babbelnden Idioten zusammen. Sie war eingekreist.

Wie bin ich bloß hierher gekommen? Ich hatte doch kein Boot?

Sie drehte sich um und sah nur die leere, wogende See. In weiter Ferne ragten Berge aus dem Wasser, und lange rote Streifen, die die Sonne auf die Wolken malte, sahen aus wie blutige Finger, die den Himmel aufkratzten.

Wenn nur die Sonne aufginge ... wenn doch die Sonne käme ...

Nur dieser eine Wunsch beherrschte ihre Gedanken. Weitere Dorfbewohner mit aufgedunsenen Schädeln quollen aus den Häusern. Deoris geriet in Panik und begann zu laufen.

Vor ihr durchbrach ein goldener Strahl die Gräue und die blutigen Streifen fahlen Lichts und flammte hell auf. *Sonnenschein!* Sie lief noch schneller, ihre Schritte waren wie das hämmernde Echo ihres Herzens, das unsichere Trab-trab-trab der Verfolger hinter sich wie eine unbarmherzig anbrandende Flut.

Ein Stein flog an ihrem Kopf vorbei. Deoris wirbelte herum wie ein in die Ecke getriebenes Tier und geriet mit den Füßen in die Brandung. Ein schreckliches Wesen ragte vor ihr auf, scheußliche rote Augen glühten; sie sah verzerrte Lippen vor schwarzen abgebrochenen Zähnen, hörte tierisches Knurren. Wild schlug sie die nach ihr greifenden Hände zurück, trat mit den Füßen, wand sich und kämpfte sich frei – das unartikulierte Geheul der Kreatur hinter sich, stolperte sie, rannte weiter, stolperte wieder – und fiel.

Das schwache Licht auf dem Meer wich plötzlich strahlendem Sonnenschein.

Deoris streckte die Hände nach der Sonne aus, und ihr Schluchzen und Weinen klang genauso wie das der Idioten hinter ihr. Ein Stein traf ihre Schulter, ein anderer riß ihr die Kopfhaut auf. Sie quälte sich, um wieder auf die Füße zu kommen, sie krallte sich in den nassen Sand, sie schlug nach tastenden, krabbelnden Händen. Irgendwer stieß einen hohen, wilden, qualvollen Schrei aus. Irgend etwas traf sie hart ins Gesicht. Es war, als ginge ihr Gehirn in Flammen auf. Sie sank tiefer ... und tiefer ... und tiefer ... Die Sonne brannte heiß auf ihr Gesicht, und sie starb.

Jemand weinte.

Licht blendete ihre Augen. Ein scharf-süßer, betäubender Geruch stach ihr in die Nase.

Elis' Gesicht schwamm aus der Dunkelheit heran. Deoris

hustete schwach und schob die Hand weg, die ihr den starken Duftstoff an die Nase hielt.

»Nicht – ich kann nicht mehr atmen, Elis!« keuchte sie.

Die Hände auf ihren Schultern lockerten ihren Griff ein wenig und legten sie behutsam auf einen Kissenstapel zurück. Sie lag auf einem Ruhebett in Elis' Wohnung im Haus der Zwölf, und Elis beugte sich über sie. Hinter ihr stand Elara und wischte sich die Augen. Ihr Gesicht sah verweint und besorgt aus.

»Ich muß jetzt zu meiner Herrin Domaris gehen«, sagte Elara zitterig.

»Ja, geh nur«, antwortete Elis, ohne aufzusehen.

Deoris wollte sich hochsetzen, aber Schmerz explodierte in ihrem Kopf, und sie fiel zurück. »Was ist geschehen?« murmelte sie matt. »Wie bin ich hergekommen? Elis, *was ist geschehen?*«

Zu Deoris' Schrecken begann Elis, statt ihr zu antworten, zu weinen und trocknete sich die Augen mit ihrem Schleier.

»Elis«, Deoris' Stimme schwankte wie die eines kleinen Mädchens. »*Bitte*, sage es mir. Ich war – in dem Idiotendorf, und sie warfen mit Steinen –« Deoris berührte ihre Wange, ihre Kopfhaut. Sie meinte, ein Stechen zu spüren, aber da war keine Verletzung, keine Schwellung. »Mein Kopf –«

»Du phantasierst wieder!« Elis faßte Deoris bei den Schultern und schüttelte sie heftig. Das Entsetzen kehrte kurz zurück, dann löste die verschwommene Erinnerung sich in nichts auf, denn Elis fuhr sie an: »Weißt du nicht einmal mehr, was du getan hast?«

»Oh, Elis, hör auf! Bitte nicht, es tut meinem Kopf so weh«, stöhnte Deoris. »Kannst du mir nicht erzählen, was passiert ist? Wie bin ich hergekommen?«

»Erinnerst du dich wirklich nicht?« rief Elis ungläubig aus. Wieder wollte Deoris sich aufsetzen, und diesmal legte Elis ihrer Cousine einen Arm um die Schultern und half ihr. Die Hand immer noch am Kopf, blickte Deoris zum Fenster hin. Es war später Nachmittag, die Sonne begann zu sinken, die Schatten wurden länger. *Aber es war doch kurz vor Mondaufgang gewesen, als sie mit Riveda –*

»Ich kann mich an gar nichts erinnern«, erklärte Deoris verzweifelt. »Wo ist Domaris?«

Elis preßte die Lippen zusammen. »Im Haus der Geburt.«

»Jetzt schon?«

»Man fürchtete –« Zorn erstickte Elis' Stimme. Sie schluckte und sagte: »Deoris, ich schwöre, wenn Domaris deswegen ihr Kind verliert, werde ich . . .«

»Elis, laß mich herein«, rief jemand draußen vor der Tür. Ehe Elis antworten konnte, trat Micon über die Schwelle. Er stützte sich schwer auf Rivedas Arm. Unsicher näherte der Atlanter sich dem Bett. »Deoris«, begann er, »kannst du mir sagen . . .«

Hysterisches Gelächter mischte sich in Deoris' Schluchzen. »Gar nichts kann ich dir sagen!« kreischte sie. »*Weiß denn niemand, was mit mir geschehn ist?*«

Micon seufzte tief, und man sah deutlich, wie ihn die Kräfte verließen. »Das habe ich befürchtet«, stellte er mit großer Bitterkeit fest. »Sie weiß nichts, sie erinnert sich an gar nichts. Kind – mein liebes Kind! Du darfst es nie wieder zulassen, daß man dich auf solche Weise mißbraucht!«

Riveda wirkte angespannt und müde; seine graue Robe war verknittert und mit dunklen Flecken beschmutzt. »Micon von Ahtarrath, ich schwöre –«

Abrupt riß sich Micon von Rivedas stützendem Arm los. »Ich bin noch nicht bereit, mir deinen Schwur anzuhören!«

Da gelang es Deoris irgendwie, sich auf die Füße zu stellen. Doch sie schwankte und schluchzte vor Schmerz, Angst und Verzweiflung. Micon tastete mit seinem unfehlbaren Sinn, der ihm das Augenlicht ersetzte, nach ihr. Aber Riveda riß das Mädchen beschützend an sich. Allmählich hörte ihr Zittern auf. Bewegungslos stand sie an ihn geschmiegt, die Wange an den rauhen Stoff seiner Kutte gelegt.

»Du darfst es ihr nicht zur Last legen!« sagte Riveda barsch. »Domaris ist in Sicherheit –«

»Ich wollte ihr gar keinen Vorwurf machen«, fiel Micon versöhnlich ein, »ich wollte nur –«

»Ich weiß genau, daß du mich haßt, Prinz von Ahtarrath«, unterbrach Riveda ihn, »obwohl ich –«

»Ich hasse niemanden!« stellte Micon scharf fest. »Willst du mir unterstellen –«

»Ein für alle Mal, Micon«, polterte Riveda, »ich *unterstelle* nichts!« Mit einer Sanftheit, die in seltsamem Widerspruch zu seinen aufgebrachten Worten stand, half der Adept Deoris, sich wieder auf das Ruhebett zu legen. »Hasse mich, wenn du willst, Atlanter«, sagte der Graumantel. »Du und deine priesterliche Buhle und dieser ungeborene –«

»*Nimm dich in acht!*« Micons Stimme klang drohend.

Riveda lachte verächtlich – doch dann erstarb ihm die nächste Bemerkung in der Kehle, denn als Micon die Fäuste ballte, grollte draußen der Donner eines plötzlichen, unerklärbaren Gewitters aus klarem, wolkenlosem Himmel. Elis kauerte verschreckt in einer Ecke, Deoris bebte am ganzen Körper. Micon und Riveda standen sich Auge in Auge gegenüber, beide Adepten sehr unterschiedlicher Disziplinen; die Spannung zwischen ihnen lag im Raum wie ein lauerndes wildes Tier, unsichtbar, aber spürbar.

Doch sie dauerte nur einen Augenblick. Riveda schluckte und sagte: »Meine Worte waren zu heftig. Ich habe im Zorn gesprochen. Aber womit habe ich deine Beleidigungen verdient, Micon von Ahtarrath? Mein Bekenntnis ist nicht das deine – das kann niemandem verborgen geblieben sein. Trotzdem kennst du es genauso gut, wie ich das deine! Bei dem Verhüllten Gott, würde ich je einer Schwangeren etwas zuleide tun?«

»Soll ich also davon ausgehen, daß eine Priesterin Caratras aus eigenem Willen ihre geliebte Schwester, die schwanger ist, so heftig schlägt?« fragte Micon aufbrausend.

Deoris schrie auf und preßte erschrocken ihre Hände auf den Mund. Sie lief zu Elis und klammerte sich schluchzend an sie. Sie konnte nicht fassen, daß sie so etwas getan haben sollte. Es mußte ein Alptraum sein!

»Ich habe das Mädchen lediglich eingeladen, sich eine Zeremonie im Grauen Tempel anzusehen«, sagte Riveda kühl. »Von mir aus glaube ruhig, daß ich die Dunklen Mächte aus Schlechtigkeit und mit Vorbedacht heraufbeschworen habe. Aber ich gebe dir mein Wort, das Ehrenwort eine Adepten, daß ich nichts im Sinn hatte als eine freundliche Geste! Es ist mein Vorrecht, jeden geweihten Priester und jede Priesterin mit einer Einladung zu beehren.

Bis auf das unterdrückte Schluchzen von Deoris, die sich immer noch an Elis klammerte, war es ganz still im Raum. Das späte Nachmittagslicht war verschwunden, als sei es schon Nacht, und es zogen immer mehr dicke Wolken am Himmel auf. Die beiden Frauen wagten nicht, zu den miteinander ringenden Adepten hinzusehen.

Doch endlich ließ die schreckliche Spannung etwas nach. Selbst die Steine in den Wänden schienen erleichtert aufzuseufzen, als Micon sich von Riveda abwandte. Dieser blinzelte mehrmals und wischte sich den kalten Schweiß von der Stirn.

»Während der Zeremonie«, nahm der Graumantel den Bericht mit ruhiger Stimme wieder auf, »bekam Deoris einen Schwindelanfall und fiel zu Boden. Eines der Mädchen brachte sie an die frische Luft. Danach schien ihr Zustand nicht mehr besorgniserregend zu sein. Sie sprach ganz normal mit mir. Ich begleitete sie bis an die Tore des Hauses der Zwölf. Das ist alles, was ich darüber weiß.«

Riveda spreizte die Hände, richtete den Blick auf Deoris und fragte sie gütig: »Erinnerst du dich wirklich an gar nichts mehr?«

Deoris erschauderte, als packe der Schrecken, über das, was sie eben erfahren hatte, ihr Herz von neuem mit eisigen Klauen. »Ich beobachtete den – den Mann mit den gekreuzten Händen«, hauchte sie. »Der – der Vogel über seinem Thron flog davon! Und dann war ich in dem Idiotendorf –«

»Deoris!« schrie Micon heiser auf. Der Atlanter holte tief Atem; es klang fast wie ein Schluchzen. »Was meinst du mit – mit dem ›Idiotendorf‹?«

»Ich weiß es nicht.« Deoris' Augen wurden groß, und mit wachsender Angst flüsterte sie: »Ich weiß es nicht, ich habe nie – nie davon gehört!«

»Götter! Götter!« Micons hageres Gesicht sah plötzlich wie das eines sehr alten Mannes aus. Er taumelte. Verschwunden war die innere Kraft, die die Mächte von Ahtarrath herbeigerufen hatte. Unsicher ertastete er sich den Weg zu einem in der Nähe stehenden Sessel. »Das hatte ich befürchtet! Und jetzt ist es eingetreten!« Er senkte den Kopf und bedeckte das Gesicht mit seinen ausgemergelten Händen.

Bei Micons Schwächeanfall hatte Deoris ihre Cousine losgelassen und war zu ihm geeilt. Halb vor ihm in die Knie gesunken, flehte sie: »Micon, bitte, sag es mir! *Was habe ich getan?*«

»Bete, daß du dich niemals erinnern mögest!« kam Micons Stimme wie erstickt hinter seinen Händen hervor. »Durch die Gnade der Götter ist Domaris unverletzt geblieben!«

»Aber –« Deoris brachte es nicht über sich, den Namen auszusprechen, der Micon so aus der Fassung gebracht hatte. Sie umschrieb ihn: »Aber dieser Ort – was hat es damit auf sich und wie konnte ich –?« Sie vermochte nicht weiterzusprechen.

Micon gewann die Beherrschung zurück, legte die Hand auf Deoris' Kopf und zog das schluchzende Mädchen an sich. »Eine uralte Sünde«, murmelte er mit der brüchigen Stimme eines alten Mannes, »eine beinahe schon vergessene Schmach, die auf dem Haus von Ahtarrath ruht . . . genug! Dieser Angriff war nicht auf dich gezielt, Deoris, sondern auf – auf einen noch ungeborenen Atlanter. Quäle dich nicht länger, Kind.«

Riveda stand stumm und unbeweglich da wie ein Stein, die Arme fest über der Brust gekreuzt, die Lippen zusammengepreßt und die leuchtend blauen Augen halb geschlossen. Elis, allein mit ihren Gedanken, saß zitternd auf dem Ruhebett und starrte zu Boden.

»Geh zu Domaris, mein Liebling«, sagte Micon weich, Deoris

trocknete daraufhin ihre Tränen, küßte dem Atlanter ehrerbietig die Hand und ging. Elis stand auf und folgte ihr auf Zehenspitzen aus dem Raum. Hinter ihnen herrschte Stille.

Riveda brach schließlich das Schweigen. »Ich werde keine Ruhe mehr finden, bis ich weiß, wer das getan hat«, sagte er mit rauher Stimme.

Micon richtete sich mühsam auf. »Ich habe die Wahrheit gesagt. Der Angriff war gegen meinen Sohn gerichtet. Ich selbst bin keinen mehr wert.«

Rivedas dumpfes grollendes Lachen war voll zynischer Belustigung. »Ich wünschte, das hätte ich vor ein paar Minuten gewußt, als der Himmel selbst zu deiner Verteidigung eingriff!« Der Graumantel schwieg eine Weile. Dann fragte er leise: »Traust du mir immer noch nicht?«

Micon antwortete scharf: »Du trägst einen Teil der Schuld, weil du die ahnungslose Deoris in Gefahr gebracht hast. Allerdings –«

Rivedas Zorn kochte über. »*Ich* trage Schuld? Was ist mit dir? Hättest du es fertiggebracht, deinen verdammten Stolz lange genug zu vergessen, um gegen diese Teufel Zeugnis abzulegen, wären sie längst zu Tode gepeitscht worden, und dies hätte nie zu geschehen brauchen! Prinz von Ahtarrath, ich beabsichtige, in meinem Orden Ordnung zu schaffen! Und das jetzt nicht mehr deinetwegen und nicht einmal, um meinen eigenen Ruf zu wahren, der ist ohnehin nie besonders gut gewesen! Die Gesundheit meines Ordens erfordert –« Plötzlich merkte er, daß er brüllte, und senkte die Stimme. »Wer Zauberei zuläßt, ist schlimmer als der, der Zauberei verübt. Menschen mögen aus Unwissenheit oder Torheit sündigen – aber was soll man von einem weisen Mann halten, einem Geweihten des Lichts, der sich aus Nächstenliebe weigert, die Unschuldigen zu schützen, damit den Schuldigen ja kein Leid geschieht? Wenn das der Weg des Lichts ist, sage ich: laßt Dunkelheit niederfallen!« Riveda sah auf den zusammengesunkenen Micon nieder, und sein Zorn ließ nach. Er legte die Hand auf die knochige Schulter des Atlanters und sagte ernst: »Prinz von Atharrath, ich schwöre, den Täter zu finden, und sollte es mich mein eigenes Leben kosten!«

Der schrille Ton, in dem er sprach, verriet den Grad von Micons Erschöpfung. »Suche nicht zu eifrig, Riveda! Du steckst bereits selbst zu tief darin.« Warnend setzte er hinzu: Und nimm dich in acht, damit es dich nicht mehr kostet als dein Leben!«

Riveda brach in ein häßliches Lachen aus. »Behalte deine Weissagungen und Unheilsrufe für dich, Micon! Ich liebe das Leben ebenso wie jeder andere – aber es ist meine Aufgabe, den Schuldigen zu finden und Maßnahmen zu treffen, die einen weiteren Vorfall dieser Art verhindern. Außerdem muß Deoris beschützt werden – und das ist *mein* Recht, wie es das deine ist, Domaris vor Unheil zu bewahren.«

Micon fragte schnell und leise: »Was willst du damit sagen?«

Riveda zuckte die Schultern. »Nichts. Möglicherweise ist deine Prophezeiung ansteckend und ich sehe mein eigenes Karma in dem deinen widergespiegelt.« Mit großen und düster blickenden blauen Augen starrte er Micon an. »Ich weiß nicht recht, warum ich das sage. Nur bitte mich ja nicht darum, den Verantwortlichen die Strafe zu erlassen!«

Micon seufzte. Seine knochigen Hände zuckten. »Nein, das werde ich nicht tun«, murmelte er. »Auch das ist Karma!«

15. Die Sünde, die Leben zeugt

Nur in außergewöhnlichen Notfällen oder bei Lebensgefahr wurde es Männern erlaubt, den Tempel Caratras zu betreten. Doch die jetzige Situation war so ungewöhnlich, daß Mutter Ysouda nach einigem Zögern Micon auf den Dachgarten führte, wohin man Domaris der Kühle wegen gebracht hatte, als feststand, daß ihr Kind nicht vorzeitig geboren werden würde.

»Du darfst nicht zu lange bleiben«, mahnte die alte Priesterin und ließ sie allein.

Micon wartete, bis ihre Schritte auf der Treppe verklangen. Mit scherzender Strenge, seine eigene Furcht überspielend, meinte er: »So hast du uns also alle für nichts in Angst versetzt, meine Liebe!«

Domaris lächelte schwach. »Tadele deinen Sohn, Micon, nicht seine Mutter! Er hält sich schon für den Herrn seiner Umgebung.«

»Ist er das vielleicht nicht?« Micon setzte sich neben sie. »Hat Deoris dich besucht?«

Domaris blickte zur Seite. »Ja . . .«

Sanft legte Micon seine Hand auf ihre und bat liebevoll: »Herz der Flamme, trage ihr nichts nach. Unser Kind ist gerettet – und Deoris ist ebenso unschuldig wie du, Geliebte.«

»Ich weiß – aber dein Sohn ist mir sehr kostbar«, hauchte Domaris. Dann stieß sie erbittert hervor: »Dieser – verdammte – Riveda!«

»Domaris!« Mahnend legte Micon ihr die Hand auf die Lippen. Sie küßte seine Handfläche. Er lächelte und fuhr freundlich fort: »Riveda wußte nichts davon. Sein einziger Fehler war, daß er zu

arglos war und das Böse nicht spürte.« Sanft berührte er ihre Augen mit seinen mageren Fingern. »Du darfst nicht weinen, Geliebte –« Zögernd schwebte seine Hand über ihrem Körper. »Darf ich – ?«

»Natürlich.« Glücklich über seinen Wunsch, nahm Domaris seine Hand und führte sie vorsichtig über ihren schwangeren Leib. Plötzlich vereinigten sich alle Sinne Micons; Vergangenheit und Gegenwart wurden zu einem einzigen Augenblick so intensiver Erfahrung, daß ihm fast war, als könne er sehen, als vermittelte ihm jeder Sinn die Bedeutung des Lebens. Er war nie so bewußt lebendig gewesen wie jetzt, als er den scharf-süßen Geruch der Medikamente, den flüchtigen Duft von Domaris' Haar und die Sauberkeit der Leintücher wahrnahm. Die Luft war erfüllt von dem kühlen und salzigen Atem des Meeres. Er hörte das ferne Donnern der Brandung, das Plätschern der Springbrunnen und die gedämpften Stimmen von Frauen in entfernten Räumen. Unter seiner Hand fühlte er die feinen Seiden- und Leinengewebe, die pulsierende Wärme des Körpers seiner Frau. Und dann spürte er unter seinen außergewöhnlich empfindsamen Fingern einen kurzen Stoß, eine plötzliche leichte Ausbuchtung, zart wie von einem Schmetterling.

Mit einer raschen Bewegung setzte Domaris sich hoch, breitete die Arme aus und zog Micon in eine behutsame Umarmung, in der sie ihn kaum berührte. Sie hatte gelernt, daß eine unvorsichtige Liebkosung dem Mann, den sie liebte, qualvolle Schmerzen bereiten konnte – es war ihr, jung und leidenschaftlich verliebt wie sie war, schwer genug gefallen, dies zu begreifen! Aber dies eine Mal vergaß Micon alle Vorsicht. Seine Arme schlossen sich fest um sie. Einmal, nur einmal hätte er sich gewünscht, diese Frau, die er mit jeder Faser seines Seins liebte, mit eigenen Augen zu sehen.

Der Augenblick des Bedauerns, daß dies unmöglich war, ging vorüber, und er mahnte sanft: »Lieg still, Geliebte. Ich habe versprochen, dich nicht aufzuregen.« Er ließ sie los, sie legte sich zurück und betrachtete ihn mit einem Lächeln, von dem sie selbst nicht wußte, wie traurig es war. »Bis heute«, sagte Micon beunruhigt, »haben wir es nicht gewagt, von gewissen Dingen zu sprechen . . . Zum Beispiel von deiner Verpflichtung Arvath gegenüber. Was verlangt das Gesetz eigentlich genau von dir?«

»Vor der Heirat«, murmelte Domaris, »sind wir frei. So lautet das Gesetz. Nach der Heirat – so fordert es, müssen wir treu bleiben. Und sollte ich Arvath keinen Sohn schenken können oder wollen –«

»Du darfst dich nicht weigern«, sagte Micon mit großer Zärtlichkeit.

»Das werde ich auch nicht«, versicherte Domaris ihm. »Aber sollte es mir nicht gelingen, wäre ich entehrt . . .«

»Es ist mein Karma«, stellte Micon kummervoll fest, »daß ich meinen Sohn niemals sehen kann, daß ich nicht am Leben bleiben darf, um ihn zu leiten. Ich habe gegen das gleiche Gesetz gesündigt, Domaris.«

»Gesündigt? Wieso?« Domaris' Stimme verriet ihren Schreck. *»Du?«*

Micon senkte beschämt den Kopf. »Ich strebte nur nach geistigen Zielen, und deshalb wurde ich – Initiierter. Ich war zu stolz, daran zu denken, daß ich – auch Mann war und deshalb gesetzliche Verpflichtungen hatte.« Seine blinden Augen waren in weite Fernen gerichtet. »In meinem Hochmut entschied ich mich für ein asketisches Leben und verleugnete meinen Körper, und das hielt ich in meiner Verblendung für Tugend –«

»Sie ist notwendig, um solche Vollendung zu erreichen«, flüsterte Domaris.

»Du hast noch nicht alles gehört, Geliebte . . .« Micon atmete tief ein. »Bevor ich in die Priesterschaft eintrat, verlangte Mikantor von mir, ich solle mir eine Frau nehmen und meinem Haus und meinem Namen einen Sohn großziehen.« Der ernste Mund zitterte ein wenig, und Micons eiserne Selbstbeherrschung geriet ins Wanken. »Wie mein Vater es befohlen hatte, ließ ich mich – verheiraten. Meine Frau war ein junges Mädchen, rein und lieblich, eine echte Prinzessin. Aber ich – war für ihre Schönheit so blind, wie ich jetzt –« Micon versagte die Stimme, und er bedeckte sein Gesicht mit den Händen. Endlich sprach er mühsam weiter. »Und so ist es mein Schicksal, daß ich dein Gesicht niemals sehen darf – dich, die ich mehr liebe als Leben und Tod! Ich war blind für sie, ich sagte ihr kalt und – und grausam, ich hätte das Gelübde als Priester geleistet, und so verließ sie unser Hochzeitsbett als Jungfrau, so wie sie zu mir gekommen war. Auf diese Weise demütigte ich sie und sündigte gegen meinen Vater und gegen mich selbst und gegen unser ganzes Haus. Domaris – jetzt, wo du das weißt –, kannst du mich da immer noch lieben?«

Domaris war totenblaß geworden; was Micon ihr gestanden hatte, wurde als schweres Verbrechen angesehen. Doch sie flüsterte nur: »Du hast dafür dreifach gebüßt, Micon. Und – und es hat dich zu mir geführt. Und ich liebe dich!«

»Das macht mich glücklich, so sehr ich das Vorangegangene bereue.« Micon drückte die Lippen auf Domaris' Hand. »Denn, Domaris, du mußt wissen, hätte ich einen Sohn gehabt, hätte ich in

Frieden sterben können und mein Bruder wäre kein Apostat geworden.« Sein dunkles Gesicht zeigte Erschöpfung und Verzweiflung. »Deshalb trage ich die Schuld an seiner Sünde, und es wird noch mehr Böses folgen – denn Böses sät Böses und bringt hundertfache Ernte, und diese sät von neuem Böses aus . . .« Er hielt kurz inne. »Deoris wird übrigens auch Schutz brauchen. Riveda ist von den Schwarzmänteln vergiftet.«

Als Domaris entsetzt aufkeuchte, setzte er schnell hinzu: »Nicht so wie du denkst. Er ist kein Schwarzmantel; er verabscheut die Zauberer. Andererseits aber ist er intelligent und strebt nach Wissen, und es ist ihm ziemlich gleichgültig, wo und wie er es erwirbt . . . Unterschätze nie die Macht der intellektuellen Neugier, Domaris! Sie führt zu größerem Unheil als viele andere menschliche Motive. Wenn Riveda wirklich schlecht oder absichtlich grausam wäre, dann wäre er weniger gefährlich. Doch ihn beherrscht nur eines: der Drang eines mächtigen Geistes, der niemals echt herausgefordert worden ist. Persönlichen Ehrgeiz kennt er nicht. Er sucht Erkenntnis um ihrer selbst willen. Es geht ihm nicht um Nutzen oder um die Vollendung seiner selbst. Besäße er mehr Egoismus, wäre mir seinetwegen wohler zumute. Und Deoris liebt ihn, Domaris.«

»*Deoris* liebt diesen widerwärtigen Alten –?«

Micon seufzte. »So alt ist Riveda nicht. Auch liebt Deoris ihn nicht so, wie du und ich uns lieben. Wenn es nur das wäre, würde ich mir keine Sorgen machen. Aber Liebe läßt sich nicht erzwingen oder verbieten. Zwar ist Riveda nicht der Mann, den ich für sie ausgesucht hätte, aber ich bin ja nicht ihr Vormund.« Er spürte Domaris' Verwirrung und sagte leise: »Noch etwas anderes beunruhigt mich: Deoris ist kaum alt genug, um *diese* Art von Liebe zu empfinden oder zu wissen, daß es sie gibt. Außerdem – ich weiß kaum, wie ich es dir sagen soll . . . Sie ist kein Mädchen, das schnell zu Leidenschaft erwacht. So etwas muß langsam reifen. Sollte sie aber zu früh erweckt werden, hätte ich große Angst um sie. Und – wie ich sagte – sie liebt Riveda. Sie bewundert ihn und ich vermute, daß es ihr nicht einmal bewußt ist. Um Riveda Gerechtigkeit widerfahren zu lassen: Ich glaube nicht, daß er es darauf angelegt hat. Versteh mich recht, er könnte sie mißbrauchen, wie es bei der schlimmsten Prostitution nicht vorkommt, und ihr ihre Jungfräulichkeit lassen – und er könnte ihr ihre Unschuld erhalten und trotzdem mit ihr ein Dutzend Kinder zeugen.«

Domaris, von Micons heftiger Erregung verstört und beinah

ein bißchen benommen, biß sich auf die Lippe. »Das verstehe ich einfach nicht!«

Zögernd begann Micon: »Hast du nicht von den *saji* gehört?«

»O nein!« schrie sie auf. »Das würde Riveda nicht wagen!«

»Das will ich hoffen. Vielleicht ist Deoris jedoch in der Liebe nicht klug.« Er zwang sich zu einem müden Lächeln. »Du bist ja auch nicht klug gewesen! Allein –« Wieder seufzte er. »Nun, Deoris muß ihrem Karma folgen wie wir dem unseren.« Domaris stöhnte entsetzt, und Micon sagte bedauernd: »Jetzt habe ich dich überanstrengt!«

»Nein – aber dein Sohn ist jetzt schon so schwer, er tut mir weh.«

»Das tut mir leid – wenn ich ihn nur für dich tragen könnte!«

Domaris lachte leise, und federleicht legte sie ihre Hände in seine. »Du bist Prinz von Ahtarrath«, sagte sie fröhlich, »und ich bin deine gehorsame Magd und Sklavin. Trotzdem kannst du dies eine Privileg nicht haben! Ich kenne meine Rechte, mein Prinz!«

Noch einmal verschwand der strenge Ernst von seinem Gesicht und machte einem vergnügten Lachen Platz. Er beugte sich vor und küßte sie. »Das wäre in der Tat eine Magie ganz außergewöhnlicher Art«, räumte er ein. »Wir von Ahtarrath haben eine gewisse Macht über die Natur, das ist wahr. Aber alle meine Kräfte zusammen könnten so ein Wunder nicht bewirken!«

Domaris legte sich beruhigt und erleichtert zurück; der Augenblick der Gefahr war vorüber. Micon hatte sich offenbar erholt und würde nicht wieder zusammenbrechen.

Aber die Nacht des Nadir war jetzt nicht mehr fern.

16. Die Nacht des Nadir

Die letzten Monate ist es Micon wirklich nicht gutgegangen, dachte Rajasta, ebenso traurig wie erstaunt darüber, daß sich der Gesundheitszustand des Atlanters immer noch nicht wesentlich gebessert hatte.

Der Initiierte stand vor dem Fenster, und das einströmende Abendlicht durchschien beinah seinen ausgemergelten schwachen Körper. Mit einer Nervosität, die in seinen Bewegungen immer stärker sichtbar wurde, befühlte Micon die kleine Statuette von Narinabi, der Sternenmacherin.

»Woher hast du sie, Rajasta?«

»Erkennst du sie wieder?«

Der Blinde senkte den Kopf und wandte sich halb von Rajasta ab. »Das kann ich jetzt nicht mehr sicher behaupten. Aber ich – erkenne die Technik. Sie ist in Ahtarrath hergestellt worden, und ich glaube, sie kann nur meinem Bruder oder mir gehören.« Er zögerte. »Solche Arbeiten wie diese sind – außerordentlich teuer. Sie ist aus einem sehr seltenen Stein gefertigt.« Er lächelte sein leicht verzerrtes Lächeln. »Trotzdem bin ich vermutlich nicht der einzige Prinz von Ahtarrath, der auf Reisen gegangen ist oder dem etwas gestohlen wurde. Wo hast du sie gefunden?«

Rajasta antwortete nicht. Er hatte die Statuette in diesem Gebäude, in den Unterkünften der Diener gefunden – und obwohl er sich sagte, das sei nicht unbedingt ein Indiz gegen einen der Hausbewohner, machten die Schlußfolgerungen ihn ganz krank. Denn alle von ihnen konnten jetzt als Verdächtige in Frage kommen. Riveda mochte tatsächlich so unschuldig sein, wie er behauptete; die Schuld konnte ganz woanders liegen, vielleicht sogar unter den Wächtern – bei Cadamiri oder Ragamon dem Ältesten oder Talkannon selbst! Das einmal erwachte Mißtrauen hatte Rajastas Welt bis in die Grundfesten erschüttert.

Micon stellte die exquisit geschnitzte, durchscheinende Figurine behutsam auf ein Tischchen am Fenster. Nur ungern lösten sich seine Finger von ihr; sein Gesicht war traurig. »Mein armer Bruder«, flüsterte er fast unhörbar – und Rajasta war sich nicht ganz sicher, ob Micon damit ihn oder Reio-ta meinte.

In dem Gefühl, etwas sagen zu müssen, flüchtete sich der Priester des Lichts in munteres Geplauder. »Nun ist der Abend der Nadir-Nacht da, Micon, und du brauchst keine Angst zu haben. Dein Sohn wird bestimmt nicht heute nacht geboren werden. Ich komme gerade von Domaris; sie und ihre Pflegerinnen haben es mir versichert. Und sie wird fest schlafen«, fuhr Rajasta fort, »ohne aufzuwachen und ohne sich vor irgendwelchen Omina und Vorzeichen zu fürchten. Ich habe Cadamiri gebeten, ihr ein Schlafmittel zu geben . . .«

Rajasta stolperte ein bißchen über den Namen Cadamiri, denn seine Angst, Domaris könne ihr Kind doch in dieser Nacht zur Welt bringen, stand im Konflikt mit seinem Wunsch, Micon zu beruhigen. Der Atlanter spürte es, ohne den genauen Grund für Rajastas Nervosität zu kennen, und zuckte zusammen.

»Die Nadir-Nacht?« fragte Micon leise. »Heute? Ich hatte vergessen, die Tage zu zählen.«

Ein kurzer Windstoß drang ins Zimmer und brachte ein schwaches Echo mit, einen Gesang in klagendem Moll, mit unheimlich auf- und abschwellenden und in die Länge gezogenen Tönen. Rajasta hob die Augenbrauen und neigte lauschend den Kopf. Micon dagegen drehte sich um und ging wieder zum Fenster, nicht schnell, aber entschlossen. Sein Gesicht verriet tiefe Beunruhigung. Der Priester des Lichts trat neben ihn.

»Micon, was ist?« fragte er besorgt.

»Ich kenne diesen Gesang!« keuchte der Atlanter. »Und ich weiß, was er bedeutet –« Er hob die ausgemergelten Hände und tastete nach Rajastas Schultern. »Bleib bei mir, Rajasta! Ich –« seine Stimme schwankte. *»Ich habe Angst!«*

Der ältere Mann starrte ihn mit unverhohlenem Entsetzen an, froh darüber, daß Micon ihn nicht sehen konnte. Rajasta hatte mit Micon Zeiten und Dinge erlebt, die sie bis an die Grenzen menschlicher Existenz geführt hatten, aber nie hatte der Initiierte eine solche Furcht gezeigt!

»Ich werde dich nicht verlassen, mein Bruder«, versprach er – und wieder ertönte der Gesang, abgerissene Melodiefetzen, unheimlich mit dem Wind dahinschwebend, während die Sonne versank. Der Priester spürte, wie Micons Muskeln sich anspannten. Seine verkrüppelten Hände schlossen sich um Rajastas Schultern, sein edles Gesicht wurde aschfahl und zitterte, und dies Zittern kroch langsam über den ganzen Körper des Mannes hin, bis jeder Nerv vor Spannung zu vibrieren schien . . . Und dann ließ der Atlanter, obwohl seine Haltung und seine Züge große Angst verrieten, den Priester los, wandte sich erneut dem Fenster zu, richtete die blinden Augen auf die zunehmende Dunkelheit und lauschte angestrengt.

»Mein Bruder lebt«, sagte Micon endlich, und seine Worte waren wie Trommelschläge, die ein nahendes Verhängnis ankündigen. »Ich wollte, er wäre tot! Niemand aus dem Haus von Ahtarrath singt diese Beschwörung, außer er wäre . . .« Wieder erstarb seine Stimme und machte ihrem lauschenden Schweigen Platz.

Plötzlich drehte Micon sich um, legte die Stirn auf Rajastas Schultern und klammerte sich an ihn. Er wurde von so heftigen Emotionen geschüttelt, daß sie auf Rajasta übersprangen und beide Männer vor unerklärlicher, blinder Furcht bebten. Namenlose Schrecken durchgeisterten ihre Gedanken.

Der Wind dagegen hatte sich beruhigt. Der Gesang war jetzt deutlicher zu hören; die Kadenzen stiegen und fielen mit einer alptraumhaften, fordernden, monotonen, schmerzenden Beharrlichkeit und hielten beinahe genau den Rhythmus des in ihren Ohren pochenden Blutes ein.

»Sie wollen *meine Macht!*« ächzte Micon. »Das ist schwarzer

Verrat! Rajasta!« Er hob den Kopf, und die Verzweiflung in dem blinden Gesicht verstärkte das Grauen des Augenblicks noch. »*Wie werde ich nur diese Nacht überleben!* Und ich muß sie überleben, ich muß! Wenn sie siegen, wenn das, was sie heraufbeschwören, wirklich erscheint, dann steht nichts als mein armes Leben zwischen ihm und der ganzen Menschheit!« Er rang nach Luft. »Wenn eine solche Verbindung zustande kommt – dann kann auch ich nicht mehr sicher sein, dem Bösen standzuhalten!« Er schwankte und hielt sich an Rajasta fest. Wie eine zentnerschwere Last legten sich seine Worte auf dessen Gemüt.»Nur dreimal in unserer ganzen Geschichte hat Ahtarrath sich dieser Macht stellen müssen! Und dreimal ist sie mit knapper Not gebändigt worden.«

Nun legte auch Rajasta seine Hände auf Micons Schultern, und so standen sie sich gegenüber. »Micon!« fragte Rajasta eindringlich, *»was sollen wir tun?«*

Der Atlanter lockerte seinen Griff ein wenig und ließ seine Hände niedersinken. »Würdest du mir wirklich helfen, Rajasta?« fragte er mit gebrochener, fast kindlich-hilfloser Stimme. »Es bedeutet –«

»Du brauchst mir nicht zu erklären, was es bedeutet«, Rajastas Stimme drohte ebenfalls umzuschlagen. *»Ich bin entschlossen, dir zu helfen.«*

Micon holte bebend Atem. Ein Hauch von Farbe kehrte in sein Gesicht zurück. »Gut«, murmelte er, und dann wurde seine Stimme stärker. »Aber wir haben nicht viel Zeit.«

Micon kramte in der Truhe, die seine privaten Schätze enthielt. Er entnahm ihr einen Mantel aus einem schmiegsamen metallischen Gewebe und legte ihn sich um die Schultern. Als nächstes holte er ein Schwert hervor, das in einen hauchdünnen Stoff eingewickelt war, und legte es neben sich. In seiner Muttersprache vor sich hinmurmelnd, suchte er längere Zeit in der Truhe, bis er schließlich einen kleinen Bronze-Gong fand. Er reichte ihn Rajasta mit der Mahnung, er dürfte damit weder den Fußboden noch die Wände berühren.

Der grauenhafte Gesang stieg und fiel die ganze Zeit auf und ab mit unheimlichen, klagenden Obertönen und schluchzenden, wilden Kadenzen; eine Moll-Tonleiter erklang immer wieder und quälte ihr Gehirn mit ihren markerschütternden Wiederholungen. Rajasta hielt den Gong in den Händen, verschloß Ohren und Geist vor diesen schaurigen Klängen und richtete sein volle Aufmerksamkeit auf Micon, der sich von neuem über seine kostbare Habe beugte.

Das ärgerliche Murmeln des Atlanters endete mit einem Seufzer der Erleichterung, und er entnahm der Truhe einen letzten Gegenstand – ein kleines Kohlenbecken aus Bronze. Es war mit sorgfältig gearbeiteten Figuren geschmückt, die sich auf eine Art wanden und verschlangen, daß das Auge die Illusion einer Bewegung hatte. Rajasta erkannte rasch, daß es Feuer-Elementargeister waren.

Mit den sparsamen Bewegungen, die so charakteristisch für ihn waren, richtete Micon sich auf, das verhüllte Schwert in einer Hand. »Rajasta«, bat er, »gib mir den Gong.« Das geschah, und der Atlanter fuhr fort: »Stelle das Kohlenbecken in die Mitte des Raums und entzünde darin ein Feuer – aus Kiefern- und Zypressenholz.« Er gab seine Anweisungen knapp und kurz, als sage er einen auswendig gelernten Text her.

Rajasta faßte den Entschluß, seine nun doch aufgetretenen Bedenken zu vergessen und machte sich an die Arbeit. Micon trat wieder ans Fenster. Er legte das Schwert auf den kleinen Tisch neben die Figurine Nar-inabis und wickelte es aus dem Tuch. Zum Vorschein kamen die verzierte Klinge und der mit Juwelen besetzte Griff einer Zeremonialwaffe. Er faßte sie und blieb lauschend vorgebeugt am Fenster stehen. Rajasta sah deutlich, daß der Initiierte Kraft sammelte. Von Mitleid überwältigt, ging er zu ihm und legte ihm die Hand auf den Arm.

Micon fuhr ungeduldig herum. »Ist das Feuer fertig?«

So abgewiesen, kehrte der Priester an das Kohlenbecken zurück. Er schürte die Späne aus duftendem Holz und verstreute Weihrauchkörner über der dünnen Glut. Wolken von dickem weißem Rauch wallten auf; die glosenden Hölzer wirkten im Rauch wie winzige trübe Lichter im dichten Nebel.

Weit weg ertönte immer noch der Gesang in aufsteigenden und absteigenden Melodien und nahm an Kraft und Lautstärke zu. Eine dünne Feuersäule stieg durch den Rauch nach oben und wurde dann wieder zu einer niedrigen Flamme.

»Das Feuer ist fertig«, meldete Rajasta. Das Singen schwoll inzwischen zu einer Flut von Klängen an. Sonst herrschte vollkommene Stille und es schien, als schlügen die Pulse der Lebenden nur noch gedämpft und langsam.

Fast majestätisch anzusehen, ganz anders als der Micon, den Rajasta sonst kannte, begab sich der Atlanter langsam in die Mitte des Raumes, stellte die Zeremonialklinge mit der äußersten Spitze auf den metallenen Rand des Kohlenbeckens und umschritt es im Halbkreis, so daß er das Gesicht von neuem dem Fenster zuwandte. Mit der Schwertspitze immer noch das Becken berührend, hob

Micon den Gong und hielt ihn einen Augenblick lang auf Armeslänge von sich ab. Die Weihrauchdämpfe legten sich um den Gong wie Metallspäne, die von einem Magneten angezogen werden.

»Rajasta!« befahl Micon. »Stell dich neben mich und lege mir deinen Arm um die Schultern.« Der Priester des Lichts gehorchte, und Micon zuckte zusammen. »Sachte, mein Bruder! So ist es gut. Und jetzt –« er holte tief Atem – »warten wir.«

Der hohe, klagende Gesang sank mit rasender Schnelligkeit in tiefere Lagen, bis er in kaum noch hörbaren Schwingungen vibrierte. Dann vernahmen sie nichts mehr.

Sie warteten. Die Lautlosigkeit weitete sich aus, grenzenlos. Sie umwogte die beiden, und es war, als befänden sie sich in der Unendlichkeit eines sternenleeren Universums. Die drückende Stille erstickte jeden Laut, sie lastete auf ihnen wie aus schwerem Stoff gefertigte unheimliche Totengewänder.

Rajasta spürte Micons Körper, straff und hochaufgerichtet unter dem metallischen Mantel. Er schien das einzige wirkliche Wesen in all dieser leeren, toten Stille zu sein. Mit rasselndem Flüstern fuhr ein Windstoß ins Fenster, und die Lichter wurden trübe. Die Luft um sie bebte. Rajastas Haut überlief ein Schauer. Er fühlte, wie sich in der Dunkelheit eine neblige Kälte über ihn legte und nahm die Dinge um sich herum nur noch verzerrt wahr.

Da klang auf einmal die fragende Stimme des Initiierten durch die lastende Stille. »Ich habe euch nicht gerufen! Bei dem Gong –« er schlug mit dem Schwertknauf gegen den Gong; der metallene Klang zerriß die Ruhe der Natur. »Bei dem Schwert –« Micon hob das Schwert und richtete die Spitze gegen das Fenster. »Und bei dem Wort auf dem Schwert – bei Eisen und Bronze und Feuer –« Er stieß das Schwert in das Feuer. Es knisterte, Funken stoben auf.

Die Worte, die Micon seinem Mund entströmen ließ, waren fast sichtbar in ihren Vibrationen, die als Echo hin und her geworfen wurden, von Oktave zu Oktave; in erregenden Schwingungen stiegen sie weiter und weiter auf in die unvorstellbare Unendlichkeit von Zeit und Raum, sie eilten durch immer neue Universen, hinein in eine immerwährende Bewegung, die weder Ort noch Dauer hatte und doch Anfang und Ende und alles dazwischen in sich einschloß.

Micon und Rajasta waren von einem lebhaften Schimmern, Funkeln und Wirbeln umgeben, das immer schneller wurde, als drehten die gemauerten Wände sich um sie und schlössen sie ein. Noch einmal stieß Micon die Spitze der Klinge in das Kohlenbecken. Das Feuer flammte auf und züngelte an der Klinge hoch, und in der Ferne erhob sich ein dumpfes Gebrüll. Immer noch umtanzten sie die schwindelerregenden, ständig wechselnden Lichter und Farben. Sie kamen näher, aber nicht mehr so schnell, und die Mauern schienen nicht mehr drohend über ihnen zusammenzubrechen.

Die Flammen warfen einen Lichtschein in Rot und einem trüben Orange auf das dunkle Gesicht des blinden Initiierten. Langsam, sehr langsam legte sich Nebel um die Schwertklinge, blieb dort einen Augenblick lang wie ein weißblauer Ring hängen und fiel dann hinunter in das stoßweise aufflackernde Feuer, das nun mit Zischen und Flüstern verlöschte. Der Boden unter ihnen wurde wie von einem Erdbeben geschüttelt, und dann war alles ruhig.

Micon stützte sich zitternd auf Rajasta. Die Macht und Majestät, die er noch eben ausstrahlte, hatten ihn verlassen. Das Schwert stand immer noch aufrecht in dem ausgebrannten Holz des Kohlenbeckens. Rajasta setzte gerade zum Sprechen an, als von irgendwo weit weg ein letztes, ohrenzerreißendes Krachen kam.

»Fürchte dich nicht«, sagte Micon mit rassselndem Atem. »Die Macht kehrt durch jene zurück, die sie unbefugt haben benutzen wollen. Unsere Arbeit ist – beendet. Und ich –« Die Kräfte verließen ihn und er hing mit dem ganzen Gewicht eines Toten in den Armen des Priesters.

Rajasta hob den Atlanter hoch, trug ihn zu Bett und ließ ihn behutsam niedergleiten. Er löste den Lederriemen um das Handgelenk des Initiierten, an dem er den Gong befestigt hatte. Rajasta legte das Instrument beiseite. Er feuchtete ein Tuch an und wusch dem bewußtlosen Mann den Schweiß vom Gesicht. Micon machte eine zuckende Bewegung und stöhnte.

Rajasta runzelte die Stirn und preßte besorgt die Lippen zusammen. Das Gesicht des Atlanters zeigte eine totenähnliche Blässe, eine wächserne Farbe, die nichts Gutes bedeuten konnte.

Genau das ist es, dachte Rajasta, *was mir an der Magie mißfällt! Sie schwächt die Starken, und die Schwachen wirft sie um! Es hätte gerade noch gefehlt, daß Micon die eine Gefahr vertrieben hat, nur um dieser anderen zu erliegen!*

Wieder stöhnte der Atlanter laut. Rajasta faßte einen plötzlichen Entschluß. Er stand auf, schritt zur Tür und rief einen Sklaven herbei. »Schicke nach dem Heiler Riveda«, sagte der Priester des Lichts.

Man hatte Domaris mit einem Schlafmittel betäubt, und doch konnte sie keine Ruhe finden. Formlose Schatten und Schrecken machten die Nadir-Nacht für sie zu einem verworrenen Alptraum. Es war fast eine Erleichterung, als heftige körperliche Schmerzen das vage Entsetzen vertrieben und sie ganz wachrüttelten. Sie spürte, daß die Geburt ihres Kindes unmittelbar bevorstand.

Einem fatalistischen Impuls folgend, ließ sie weder Micon noch Rajasta benachrichtigen. Deoris war nirgendwo zu finden, und so wußte nur Elara, daß sich Domaris, allein und zu Fuß, wie es der Brauch verlangte, auf den Weg ins Haus der Geburt gemacht hatte.

Und dann kam das lange Warten, anfangs eher ermüdend als schmerzhaft. Domaris ertrug die lästigen Vorbereitungen mit Fassung, denn sie verfügte über zuviel Disziplin, um ihre Kraft im Aufbegehren zu vergeuden. So beantwortete sie Fragen nach allen möglichen intimen Einzelheiten und ließ sich wie ein Tier behandeln und untersuchen *(wie eine werfende Katze,* sagte sie zu sich selbst und versuchte, sich darüber zu amüsieren statt zu ärgern). All das lenkte ihre Gedanken von ihrem körperlichen Unbehagen ab.

Angst hatte sie eigentlich nicht. Wie alle Tempelfrauen, hatte auch sie viele Male in Caratras Tempel Dienst getan, und der Vorgang der Geburt barg für sie keinerlei Geheimnisse. Aber sie hatte ihr Leben lang eine strahlende Gesundheit besessen, und heute war es so gut wie das erste Mal, daß sie selbst Schmerzen litt.

Mit dem kleinen Mädchen, das während der ersten Wartezeit bei ihr Wache halten mußte, hatte sie mehr Mitleid als mit sich selbst. Es war nur zu offensichtlich, daß das Kind zum erstenmal bei einer Entbindung zusehen durfte, und es benahm sich verängstigt und unsicher. Das trug nicht gerade zu Domaris' Gelassenheit bei. Sie haßte Stümperei auf jedem Gebiet, und wenn sie eine tiefeingewurzelte Sorge hatte, dann die, in einem Augenblick, wo sie sich nicht selbst helfen konnte, ungeschickten Händen ausgeliefert zu sein . . . Unvernünftigerweise wuchs ihre Gereiztheit, statt nachzulassen, als die kleine Cetris ihr – um ihr Mut einzuflößen! – erzählte, die Priesterin Karahama persönlich wolle ihr Geburtshilfe leisten.

Karahama! dachte Domaris. *Diese Tochter der Winde!*

Ihr schien unendlich viel Zeit vergangen zu sein, dabei war kaum der Mittag vorüber, als Cetris nach der Priesterin schickte. Zu Domaris' größter Verwunderung kam Deoris mit Karahama ins Zimmer. Es war das erste Mal seit der Zeremonie, daß Domaris ihre Schwester als Priesterin Caratras gekleidet sah. Im ersten Augenblick erkannte sie das kleine weiße Gesicht unter dem blauen Schleier kaum. Doch noch nie hatte sie sich über einen Anblick so gefreut.

Sie wandte sich ihrer kleinen Schwester zu und streckte die Arme nach ihr aus. Deoris stand erschrocken auf der Schwelle und traf keine Anstalten, sich ihr zu nähern.

Domaris krampfte die Hände zusammen, daß die Knöchel weiß

wurden. »Deoris!« flehte sie. Da kam Deoris mit steifen, zögernden Schritten ins Zimmer und blieb wie betäubt bei Domaris stehen, während Karahama die kleine Cetris in eine Ecke zog und ihr mit leiser Stimme Fragen stellte.

Deoris wurde übel, als sie sah, wie die ihr bekannten Qualen Domaris überfielen. Domaris! Ihre Schwester war ihr immer ein bißchen übermenschlich vorgekommen. Die Wirklichkeit erschütterte die heimliche Vorstellung, die sie von Domaris hegte; irgendwie hatte sie geglaubt, bei ihr müsse alles anders sein und gewöhnliche Dinge könnten sie nicht berühren. All das – der Schmerz und die Gefahr und das Blut – würden Domaris sicher erspart bleiben. Nun aber sah sie, daß sie sich getäuscht hatte.

Karahama entließ Cetris, denn den kleinen Mädchen von zwölf und dreizehn wurden nur einfache Aufgaben wie Wache halten, Gänge tun und Botschaften ausrichten übertragen, sie kam zu Domaris und sah sie mit aufmunterndem Lächeln an. »Du kannst dich jetzt ausruhen«, sagte sie freundlich, und Domaris sank dankbar zurück auf das Bett. Deoris half ihr mit flinken, kräfigen Händen. Sie spürte, daß Domaris zitterte und daß es sie große Mühe kostete, nicht um sich zu schlagen oder zu schreien.

Domaris zwang sich, Deoris zuzulächeln. »Mach nicht so ein Gesicht, du dummes Ding!« flüsterte sie. Sie war beunruhigt wegen Deoris – was war nur los mit ihr? Sie hatte Deoris oft bei ihrer Tätigkeit gesehen, denn sie legte Wert darauf, sich über die Fortschritte ihrer Schwester zu informieren. Deshalb wußte sie, daß man Deoris bereits gestattete, ohne Aufsicht zu arbeiten. Sie durfte sogar allein in die Stadt gehen, wenn die Frau eines Kaufmanns oder Arbeiters um die Hilfe einer Priesterin bat. So weit hatte es bisher nicht einmal Elis gebracht.

Karahama bemerkte Domaris' Lächeln und ihre strenge Selbstbeherrschung. Sie nickte befriedigt. *Gut! Domaris ist wirklich tapfer!* Sie empfand Sympathie für ihre Halbschwester, die mehr Glück im Leben hatte als sie. Nun beugte sie sich über sie und meinte verständnisvoll: »Ich glaube, jetzt wird dir das Warten leichter fallen. Deoris, die Vorschriften sind noch nicht verletzt worden – nur ein wenig gebeugt.« Karahama lachte ein bißchen über ihren kleinen Scherz und verabschiedete Deoris mit den Worten: »Du kannst jetzt gehen.«

Domaris hörte es und bat in plötzlicher Verzweiflung: »O bitte, laß sie bei mir bleiben!«

Deoris schloß sich ihrer Bitte an: »Ich bin auch bestimmt folgsam!«

Karahama lächelte nur nachsichtig und erinnerte sie an das Gesetz: Sie beide wußten doch bestimmt, daß es in Caratras Haus verboten war, der eigenen Schwester Geburtshilfe zu leisten. »Außerdem«, erklärte Karahama mit einer ehrfürchtigen Kopfbewegung, »darf Domaris als eine Initiierte des Lichts nur von Frauen gleichen Ranges betreut werden.«

»Wie interessant«, bemerkte Domaris trocken, »daß meine eigene Schwester nicht gleichen Ranges ist wie ich . . .«

Karahamas Lippen wurden streng. »Das Gesetz bezieht sich nicht auf die Gleichrangigkeit der Geburt. Sicher, ihr seid beide Töchter des Erzpriesters – aber du bist Akoluthin des Wächters Rajasta und initiierte Priesterin. Du mußt von einer Frau entbunden werden, die mit dir als Priesterin auf einer Stufe steht.«

»Hat nicht der Heiler-Priester Riveda ebenso wie du bestätigt, daß Deoris eine gute Geburtshelferin ist?« wandte Domaris ein, obwohl sie in ihrem Innern wußte, daß es keinen Zweck hatte.

Karahama wiederholte mit aller Höflichkeit, Gesetz sei Gesetz, und wenn einmal eine Ausnahme gemacht werde, würde Ausnahme auf Ausnahme folgen, bis das Gesetz gegenstandslos geworden sei. Deoris, die sich fürchtete, ungehorsam zu sein, beugte sich unglücklich über ihre Schwester und küßte sie. Domaris kniff ärgerlich die Lippen zusammen. Diese Bastard-Halbschwester nahm sich heraus, sie über das Gesetz zu belehren und von Gleichrangigkeit zu sprechen – ob nun der Geburt oder der Stellung in der Hierarchie nach! Eine plötzliche Wehe nahm ihr den Protest von den Lippen. Sie ertrug den Schmerz einen Augenblick, dann schrie sie auf, klammerte sich an Deoris' Hände, wand sich vor Qual. Deoris hätte sich nicht losmachen können, auch wenn sie es versucht hätte, und Karahama, die trotz ihrer eisigen Zurückhaltung nicht ohne Mitgefühl zusah, griff nicht ein.

Endlich war der Schmerz vorüber. Domaris hob den Kopf. Schweiß glitzerte ihr auf Stirn und Oberlippe. Ihre Stimme klang messerscharf. »Als Initiierte des Lichts«, schleuderte sie Karahama ihre eigenen Worte zurück, »habe ich das Recht, dieses Gesetz aufzuheben! Deoris bleibt! Weil *ich es will!*« Sie schloß mit der jeden Widerspruch ausschließenden Formel: »Es sei, wie ich gesagt habe.«

Es war das erste Mal, daß Domaris von ihrem neuen Rang Gebrauch machte und einen Befehl erteilte. Ein kurzes Triumphgefühl durchlief sie, ging aber unter in dem zurückkehrenden Schmerz. Ein ironischer Gedanke schoß ihr durch den Kopf: Sie besaß Macht über den Schmerz anderer, aber sie konnte sich nicht selbst davor retten. Von Menschen gemachte Gesetze durfte sie aufheben, fast völlig nach eigenem Ermessen, aber ein Naturgesetz vermochte sie nicht zu ihrem eigenen Vorteil außer Kraft zu setzen.

Deoris' kleine Hände trugen rote Male, als Domaris sie endlich losließ. Die ältere Schwester hob sie reuevoll an ihre Lippen und küßte sie. »Verlange ich zuviel von dir, Kätzchen?«

Deoris schüttelte benommen den Kopf. Sie konnte Domaris keine Bitte abschlagen – aber in ihrem Herzen wünschte sie, die Schwester hätte ihr das nicht zugemutet und hätte nicht die Macht, die Tempelvorschriften außer Kraft zu setzen. Sie fühlte sich verloren, zu jung, noch nicht in der Lage, eine solche Verantwortung zu übernehmen.

Karahama ging, empört über die beharrliche Zurückweisung ihrer Person wie ihrer Autorität. Domaris' Freude darüber war nur von kurzer Dauer, denn wenige Minuten später kehrte Karahama mit zwei Novizen-Schülerinnen zurück.

Domaris richtete sich auf, das Gesicht grau vor Wut. »Das ist unerträglich!« protestierte sie, und ihr Zorn vertrieb für einen Augenblick den Schmerz. Tempelfrauen blieb es gewöhnlich erspart, Anschauungsobjekt für den Unterricht zu sein. Und Domaris hatte als Priesterin des Lichts das Recht, ihre Pflegerinnen selbst zu wählen. Ganz bestimmt würde sie sich eine solche Erniedrigung nicht gefallen lassen!

Karahama schenkte ihr nicht die geringste Aufmerksamkeit, sondern fuhr ruhig in ihren Erklärungen fort. Sie wies ihre Schülerinnen darauf hin, daß Frauen in den Wehen auf seltsame Gedanken kommen können . . . Domaris ergab sich grollend. Sie war immer noch wütend, aber immer öfter traten Intervalle auf, in denen sie sich nicht auszudrücken vermochte – und es schien ihr wenig wirksam, ihrem Zorn in abgerissenen Satzfetzen Luft zu machen. Am demütigendsten war, daß sie bei jeder Wehe den Faden ihrer Schimpfrede verlor.

Karahama kostete ihre Rache jedoch nicht aus. Es dauerte nicht lange, und sie schloß ihren Vortrag und schickte ihre Schülerinnen hinaus.

Da nahm Domaris ihre ganze Kraft zusammen und befahl: »Du kannst auch gehen! Du hast selbst gesagt, ich müsse von Gleichrangigen betreut werden – also – verlasse mich!«

Das war eine beißende Vergeltung für die ihr angetane Demütigung. Zu einer wirklich Gleichrangigen und ohne Zeugen gesprochen, wäre es grausam und beleidigend genug gewesen. Unter den besonderen Umständen aber und Karahama gegenüber war es schlimmer als ein Tritt ins Gesicht.

Karahama richtete sich auf und wollte protestieren. Doch dann zwang sie ein Lächeln auf ihre Lippen und zuckte die Schulter. Deoris war eine gute Hebamme, und für Domaris bestand nicht die geringste Gefahr. Hätte Karahama sich mit ihr herumgestritten, hätte das ihrer Würde nur noch mehr Abbruch getan. »Es sei, wie du gesagt hast«, erklärte sie deshalb knapp und ging.

Domaris war sich klar darüber, daß sie den Buchstaben, aber nicht den Geist des Gesetzes verletzt hatte. Dennoch hätte sie beinahe Karahama zurückgerufen – wollte aber dann doch nicht auf Deoris verzichten. Domaris war nicht vollkommen; sie war in diesem Augenblick sehr menschlich und sehr wütend. Außerdem wurde sie von immer neuen Wehen gepackt, die ihren Körper in ein Dutzend verschiedene Richtungen zu zerreißen schienen. Sie vergaß Karahamas Existenz. »Micon!« jammerte sie, sich windend. »Micon!«

Deoris beugte sich rasch über sie, sprach tröstend auf sie ein, nahm sie in den Arm und brachte ihre nervösen Zuckungen mit einer geschickten Handbewegung zum Stillstand. »Micon wird kommen, wenn du es verlangst, Domaris«, sagte sie, als ihre Schwester sich ein bißchen gefaßt hatte. »Möchtest du das?«

Domaris hielt sich krampfhaft am Bettzeug fest. Jetzt endlich verstand sie – es war nicht Gesetz, sondern nur ein Brauch –, warum eine Frau ihr Kind allein und ohne Wissen des Vaters gebären mußte. »Nein«, flüsterte sie. »Nein, ich will mich beherrschen.« Micon sollte, ja durfte den Preis, den sie die Geburt seines Sohnes kostete, nicht erfahren! Wenn er in besserem Gesundheitszustand wäre . . . *oh, Mutter Caratra! Ergeht es allen Frauen so?*

Obwohl sie versuchte, sich auf die ausführlichen Anweisungen zu konzentrieren, die Deoris ihr gab, verlor sie sich immer wieder in qualvolle Erinnerungen. *Micon,* dachte sie, *Micon! Er hat mehr als das erlitten! Und er hat nicht geschrien! Endlich fange ich an, ihn zu verstehen!* Dann lachte sie, beinahe hysterisch, weil ihr einfiel, daß sie einmal zu den Göttern gebetet hatte, sie wolle einen Teil seiner Qualen tragen. *Es soll keiner behaupten, die Götter antworteten nicht auf unsere Gebete! Und doch würde ich gern Schlimmeres als das für ihn aushalten!* Hier verloren ihre Gedanken wieder den Zusammenhang. *So muß das Streckbett der Folterer sein, ein Körper, der auf einem Rad des Schmerzens zerbrochen wird . . . und so teile ich, was er erduldet hat, um ihn für immer von allem Schmerz zu befreien! Gebe ich Leben oder Tod? Beides, beides!*

Schreckliches Gelächter schüttelte sie, bis ihr jede kleinste Bewegung zur unerträglichen Qual wurde. Sie hörte Deoris' Zureden, spürte Hände, die sie zu beruhigen versuchten. Aber ob Deoris schmeichelte oder drohte, nichts konnte Domaris davon abhalten, sich in Hysterie hineinzusteigern. Sie fuhr fort zu lachen, bis das Lachen in krampfhaftes Schluchzen umschlug und sie nichts mehr wahrnahm als den Schmerz und sein plötzliches Aufhören. Weinend lag sie da, vollkommen erschöpft und wußte nicht, was vor sich ging, sie wollte es auch nicht wissen.

»Domaris.« Endlich durchdrang die angespannte Stimme ihrer Schwester das verebbende Schluchzen. »Domaris, Liebling, bitte, versuche, mit dem Weinen aufzuhören, *bitte*. Es ist vorbei. Möchtest du dein Kind denn nicht sehen?«

Kraftlos und ausgelaugt von den Anstrengungen der Geburt und ihren Sorgen traute Domaris ihren Ohren nicht. Langsam öffnete sie die Augen und sah Deoris, die lächelnd auf sie herabblickte, sich dann abwandte und ihr das Kind entgegenhielt. Es war ein Junge, klein und vollkommen geformt, das runde Köpfchen von einem rötlichen Flaum bedeckt, das Gesicht verzogen. Er brüllte herzhaft gegen die Notwendigkeit an, getrennt von seiner Mutter leben und atmen zu müssen.

Domaris fielen die Augen wieder zu. Deoris seufzte und machte sich daran, das Neugeborene in Leinentücher zu wickeln. *Warum ist es einem so unbedeutenden Stück Fleisch erlaubt, so schreckliche Schmerzen zu erzeugen?* fragte sie sich nicht zum erstenmal – aber von ihren hehren Gefühlen für ihre Schwester war etwas unwiederbringlich verlorengegangen. Domaris erfuhr nie, wie nahe Deoris daran war, sie dafür zu hassen, daß sie ihr dies Erlebnis aufgezwungen hatte . . .

Domaris öffnete die Augen wieder, sie war nun ganz ruhig geworden, auch wenn sie noch etwas gehetzt dreinblickte. Sie bewegte fragend die Hand. »Mein Kind«, flüsterte sie ängstlich.

Deoris, die fürchtete, ihre Schwester könne von neuem mit ihrem schrecklichen Schluchzen beginnen, hielt das inzwischen gewickelte und angekleidete Neugeborene so, daß Domaris es sehen konnte. »Hörst du ihn nicht?« fragte sie fröhlich. »Er schreit laut genug für Zwillinge!«

Domaris versuchte, sich hochzusetzen, fiel jedoch erschöpft zurück. «Oh, Deoris, gib ihn mir!« flehte sie sehnsüchtig.

Deoris lächelte über dieses unfehlbare Wunder und legte den kleinen Jungen seiner Mutter in den Arm. Strahlend vor Seligkeit drückte Domaris das zappelnde Bündel an sich. Dann stiegen Zweifel in ihr auf, und sie zerrte an seiner Umhüllung. Deoris beugte sich nieder und hinderte sie daran. Auch darüber mußte sie lächeln – es war ein weiterer Beweis, daß Domaris sich in nichts von anderen Frauen unterschied. »Er ist vollkommen«, versicherte sie. »Muß ich jeden Finger und jeden Zeh für dich nachzählen?«

Mit ihrer freien Hand berührte Domaris das Gesicht ihrer Schwester. »Kleine Deoris«, sagte sie weich – und hielt inne. Sie hätte das ohne Deoris an ihrer Seite nicht durchmachen wollen, aber sie wollte Deoris nicht durch allzu große Worte in Verlegenheit bringen. Deshalb sagte sie nur: »Ich danke dir, Deoris!« Müde legte sie ihren Kopf neben das Neugeborene. »Armer Kleiner! Ob er wohl ebenso müde ist wie ich?« Ihre Augen öffneten sich wieder. »Deoris! Sag Micon nichts davon! Ich muß ihm unsern Sohn selbst in die Arme legen. Das ist meine Pflicht –« ihre Lippen zuckten, aber sie fuhr mit fester Stimme fort: »und mein unbedingtes Vorrecht.«

»Von mir wird er es nicht hören«, versprach Deoris und nahm das Kindchen seiner widerstrebenden Mutter ab.

Domaris war es, als ob sie träumte, obwohl sie spürte, wie jemand ihr heißes Gesicht und ihren angestrengten Körper mit kühlem Wasser wusch. Gehorsam aß und trank sie, was man ihr an die Lippen hielt, und merkte, daß Deoris – oder sonst jemand – ihr verwirrtes Haar glättete, ihr frische Wäsche anzog, die nach Gewürzen roch, und sie zwischen glatte, duftende Leintücher bettete. Dämmerung und Stille herrschten in dem kühlen Raum. Sie hörte leise Schritte und gedämpfte Stimmen. Sie schlief, erwachte kurz und schlief wieder ein.

Einmal spürte sie, daß das Kind ihr wieder in die Arme gelegt wurde. Sie drückte es an sich, und war restlos glücklich. »Mein kleiner Sohn«, flüsterte sie zärtlich und zufrieden. Vor sich hinlächelnd, gab Domaris ihm den Namen, den er tragen würde, bis er ein Mann war. »Mein kleiner Micail!«

Die Tür schwang lautlos auf. Die hohe, strenge Gestalt Mutter Ysoudas erschien auf der Schwelle. Sie winkte Deoris, die ihr durch Zeichen zu verstehen gab, sie sollte nicht laut sprechen. Auf Zehenspitzen schlichen beide auf den Korridor hinaus.

»Schläft sie wieder?« fragte Mutter Ysouda leise. »Der Priester Rajasta wartet auf dich im Hof der Männer, Deoris. Geh sofort und zieh dich um; ich werde für Domaris sorgen.« Sie wollte das Zimmer betreten, doch blieb sie noch einmal stehen und sah ihre Pflegetochter forschend an. »Was ist geschehen, Mädchen? Wie ist

Domaris dazu gekommen, Karahama so schrecklich zu erzürnen? Hat es böse Worte zwischen ihnen gegeben?«

Schüchtern und nur auf Mutter Ysoudas Drängen hin berichtete Deoris, was sich abgespielt hatte.

Mutter Ysouda schüttelte den grauen Kopf. »Das sieht Domaris eigentlich gar nicht ähnlich!« Ihr runzliges Gesicht verfinsterte sich.

»Was wird Karahama jetzt tun?« fragte Deoris ängstlich.

Mutter Ysouda kam zu Bewußtsein, daß sie mit einer jungen Priesterin untersten Grades viel zu offen gesprochen hatte. »Du wirst sicher nicht dafür bestraft werden, daß du dem Befehl einer initiierten Priesterin gehorcht hast«, erklärte sie würdevoll. »Aber es steht dir nicht zu, an Karahama Kritik zu üben. Sie ist Priesterin der Mutter, und als solche darf sie keinen Groll gegen euch hegen. Wenn Domaris in ihrer Not gedankenlos gesprochen hat, weiß Karahama bestimmt, daß es der aus Schmerz geborne Zorn eines Augenblicks war und wird sich nicht beleidigt fühlen. Und jetzt geh, Deoris. Der Wächter wartet auf dich.«

Die Worte waren ein Vorwurf und Verabschiedung zugleich. Deoris dachte tief beunruhigt darüber nach. Sie zog sich um, weil die Gewänder, die sie innerhalb des Schreins der Mutter trug, nicht von den Augen eines männlichen Wesens profaniert werden durften. Sie konnte sich manches zusammenreimen, was Mutter Ysouda nicht hatte sagen wollen: Karahama gehörte nicht wirklich der Priesterkaste an, und so ließen sich ihre Reaktionen nicht genau vorhersagen.

Im Hof der Männer schritt Rajasta ungeduldig auf und ab. Als er Deoris erblickte, eilte er ihr entgegen.

»Steht mit Domaris alles gut?« erkundigte er sich. »Es heißt, sie habe einen Sohn.«

»Es geht ihr gut«, antwortete Deoris, erstaunt, daß der sonst immer ruhige Rajasta so aufgeregt war. »Ihr Sohn ist ein schönes, gesundes Kind.«

Rajasta lächelte vor Erleichterung und vor Freude über Deoris. Sie war kein verwöhntes, eigensinniges Kind mehr, sondern eine Frau, die in ihrem Aufgabenbereich wirklich etwas leistete. Er hatte sich immer als den Mentor von Deoris ebenso wie von Domaris betrachtet. Eigentlich war er ein bißchen enttäuscht gewesen, daß Deoris den Pfad der Priesterschaft des Lichts verlassen hatte, so daß er sie nie als Akoluthin oder Initiierte sehen würde, aber er billigte ihre Wahl. Seit sie in den Dienst Caratras eingetreten war, hatte er sich oft nach ihr erkundigt, und es erfüllte ihn mit tiefer Genugtuung, daß die Priesterinnen sie lobten.

Mit echter väterlicher Zuneigung sagte er: »Du wächst schnell in Weisheit, kleine Tochter. Man sagte mir, daß du Domaris von ihrem Kind entbunden hast. Ich hatte geglaubt, das widerspräche irgendeinem Gesetz . . .«

Deoris bedeckte die Augen mit einer Hand. »Domaris' Rang stellt sie über dies Gesetz.«

Rajastas Blick wurde finster. »Das ist wahr, aber – hat sie darum gebeten, das Gesetz außer Kraft zu setzen, oder hat sie es befohlen?«

»Sie hat es befohlen.«

Rajasta war beunruhigt. Sicher, eine Priesterin des Lichts hatte das Recht, sich ihre Pflegerinnen zu wählen. Doch dieses Recht war nur eingeräumt worden, um unter ungewöhnlichen Bedingungen Härten zu mildern. Domaris hätte dies Recht nicht willkürlich und einer Laune wegen in Anspruch nehmen dürfen.

Deoris las seine Gedanken und verteidigte ihre Schwester. »Die *anderen* haben das Gesetz gebrochen! Eine Priestertochter braucht es sich nicht gefallen zu lassen, daß Schülerinnen oder Novizinnen zusehen, und Ka-« Sie brach ab und errötete. In der Hitze des Augenblicks hatte sie vergessen, daß sie zu einem Mann sprach. Außerdem war es unvorstellbar, Rajasta Widerworte zu geben. Trotzdem setzte sie dickköpfig hinzu. »Wenn irgendwer Unrecht getan hat, war es Karahama.«

Rajasta brachte sie mit einer Geste zum Schweigen. »Ich bin Wächter des Tors«, erinnerte er sie, »nicht der Innenhöfe!« Freundlicher sagte er: »Immerhin hat man dir keine verantwortungsvolle Aufgabe übertragen und du bist noch jung. Befehl oder nicht – niemand hätte es gewagt, die Tochter des Erzpriesters in unfähigen Händen zu lassen.«

Schüchtern murmelte Deoris: »Riveda hat mir gesagt –« Zu spät fiel ihr ein, daß Rajasta den Adepten nicht besonders mochte.

Der Priester meinte nur: »Riveda ist weise. Was hat er dir gesagt?«

»Daß ich – in einem früheren Leben –« Sie errötete und fuhr hastig fort: »Ich hätte alle Heilkünste gekannt, sagt er, und mein Wissen mißbraucht. In diesem Leben sollte ich – das wiedergutmachen . . .«

Rajasta wurde das Herz schwer. Er rief sich das Schicksal, das für dies Kind in den Sternen geschrieben stand, ins Gedächtnis zurück. »Es mag so sein, Deoris«, erwiderte er ruhig. »Hüte dich jedoch davor, zu stolz zu werden. Die Gefährdungen aus früheren Leben neigen dazu, von neuem aufzutauchen. Aber jetzt erzähle mir lieber, ob Domaris es schwer gehabt hat.

»Ziemlich«, antwortete Deoris zögernd. »Sie ist kräftig, und es hätte eigentlich alles leichter gehen müssen. Aber sie hatte viele Schmerzen, die ich nicht lindern konnte. Ich fürchte –« Sie schlug kurz die Augen nieder, dann sah sie Rajasta tapfer an. »Ich bin in diesem Leben keine Hohepriesterin, aber ich fürchte sehr, daß ein zweites Kind ihr Leben in Gefahr bringen würde.«

Rajastas Gesichtsausdruck wurde nachdenklich. Domaris hatte sich in der Tat sehr ungeschickt benommen, und jetzt zeitigte es die ersten Folgen. Ein solches Urteil, von einer Geburtshelferin mit Deoris' Fähigkeiten ausgesprochen, war eine ernste Warnung – nur entsprach Deoris' Rang in der Tempelhierarchie nicht ihren Kenntnissen, und ihr stand es noch nicht zu, eine Empfehlung auszusprechen. Eine Priesterin von hohem Rang hätte Domaris, wie es sich gehörte, entbinden sollen, auch wenn sie weniger geschickt als Deoris gewesen wäre. Ihr Wort, ordnungsgemäß geschworen und attestiert, hätte bedeutet, daß Domaris nie mehr erlaubt worden wäre, ihr Leben aufs Spiel zu setzen. Denn im Tempel des Lichts galt die lebende Mutter eines lebenden Kindes mehr als die Hoffnung auf ein zweites Kind mit Überlebensrisiko für die Mutter. Jetzt mußte Domaris die Folgen einer Entwicklung tragen, die sie selbst in Gang gesetzt hatte.

»Es ist nicht deine Sache, eine Empfehlung zu geben«, bemerkte Rajasta so sanft wie möglich. »Aber davon brauchen wir im Augenblick nicht zu sprechen. Micon –«

»Oh, das hätte ich beinahe vergessen!« rief Deoris aus. »Wir sollen ihm nichts sagen, Domaris möchte –« Rajastas tieftrauriges Gesicht brachte sie zum Schweigen.

»Du mußt dir etwas einfallen lassen, das ich ihm erzählen kann, kleine Tochter. Er ist schwer krank, und er darf sich keine Sorgen um Domaris machen.«

Deoris brachte kein Wort heraus. Sie hatte die Augen weit aufgerissen.

Gebrochen bestätigte Rajasta: »Ja, es geht mit ihm zu Ende. Wenigstens glaube ich, daß er dem Tod nahe ist.«

17. Schicksal und Verhängnis

Micail war drei Tage alt, als Domaris aufstand und sich mit einer Sorgfalt anzog, die ganz unüblich an ihr war. Sie benutzte das Parfum, das Micon liebte, den Duft aus seiner Heimat, der sein erstes Geschenk an sie gewesen war. Ihr Gesicht war ruhig, aber nicht heiter. Sie selbst verbot es sich, zu weinen, während Elara sie für das, was ihr bevorstand, schönmachte, aber die treue Dienerin brach in Tränen aus. Sie legte das zappelnde, nach frischer Wäsche duftende Bündel in die Arme seiner Mutter.

»Weine nicht«, bat Domaris, und die Dienerin lief schnell davon. Domaris drückte ihren Sohn an sich und dachte traurig: *Mein Kind, ich habe dich geboren – um deinem Vater den Tod zu geben.*

Sie neigte sich über sein zartes Gesicht. Ihre Liebe für dies Kind war von Anfang an mit Kummer gepaart, mit einer tiefen Bitterkeit, die ihr Glück zerriß. Sie hatte drei Tage lang gewartet, und immer noch war sie sich nicht sicher, ob sie ihre letzte Pflicht an dem Mann, den sie liebte, erfüllen konnte, ohne daß Körper oder Geist ihr den Dienst versagten. Sie verweilte noch einen Moment, sah prüfend auf die Gesichtszüge Micails, so unausgeprägt sie auch sein mochten, und suchte nach Ähnlichkeiten mit seinem Vater. Sie unterdrückte ein Schluchzen und küßte den rötlichen Flaum auf seiner feinen Stirn.

Endlich hob sie stolz den Kopf, ging zur Tür und verließ ihre Wohnung, Micail in den Armen. Ihr Schritt war sicher, ihr Gang verriet nichts von ihrer Angst.

Ein Gefühl schwerer Schuld lastete auf ihr. Aus Selbstsucht hatte sie sich diese drei Tage gegönnt, und deshalb hatte ein von Schmerzen geplagter Mann am Leben bleiben müssen. Selbst jetzt ging sie nur unwillig dorthin, weil sie ihr Wort gegeben hatte, aber zugleich quälte sie sich mit Selbstverachtung. Micail wimmerte plötzlich protestierend, und da merkte sie erst, daß sie ihn viel zu fest an die Brust drückte.

Langsam schritt sie weiter und nahm nur undeutlich die leuchtende Farbenpracht der Gärten wahr. Wohl zog sie gewissenhaft die Decke schützend über den Kopf ihres Kindes, aber sie dachte nur an Micons dunkles, ausgemergeltes Gesicht, fühlte nur die Bitterkeit ihres Schmerzes.

Der Weg zu Micon war nicht weit, aber Domaris kam es vor, als ginge sie bis ans Ende der Welt. Mit jedem Schritt ließ sie mehr von ihrer Jugend zurück. Aber mit der Zeit klärte sich die Verwirrung ihrer Gedanken und Gefühle und als sie Micons Wohnung betrat, hatte sie sich wieder gefaßt. Ihr wurde leicht schwindelig, denn ihr war klar: *Jetzt gibt es kein Zurück mehr.* In Wahrheit hatte es niemals ein Zurück für sie gegeben.

Ihre Augen gingen suchend durch den Raum, Kummer und Verzweiflung lagen auf ihrem Gesicht. Der jammervolle Anblick der Schwester würgte Deoris in der Kehle. Rajastas Augen waren voller Mitleid, und sogar Rivedas verkniffener Mund verlor etwas von seiner Strenge. Domaris sah es, und aus Zorn bekam sie neue Kraft, denn sie deutete seine Anteilnahme völlig falsch.

Stolz richtete sie sich auf, das Kind in den Armen. Ihr Blick ruhte auf Micons erschöpftem Gesicht; alles andere versuchte sie zu vergessen. Nun war der Augenblick ihres schweren Opfers gekommen; jetzt mußte sie mehr geben als sich selbst, durch ihr eigenes Handeln alle Hoffnungen für ihre Zukunft fahren lassen. Schweigend trat sie zu ihm. Die Veränderung, die innerhalb weniger Tage mit ihm vorgegangen war, traf sie wie ein Schlag.

Bis zu diesem Augenblick hatte Domaris sich an die schwache Hoffnung geklammert, Micon werde ihr erhalten bleiben, wenn auch nur noch für kurze Zeit . . . Jezt sah sie, daß sie sich getäuscht hatte.

Lange blickte sie auf ihn nieder, und jeder Zug von Micons leidvollem, edlen Gesicht brannte sich mit bitterer Qual für immer in ihr Gedächtnis ein.

Micon öffnete die blinden Augen. Es war, als ob er sähe, denn – obwohl Domaris nicht gesprochen hatte und ihr Eintritt mit Schweigen begrüßt worden war –, sprach er sie an. »Bringerin des Lichts«, flüsterte er, und es lag mehr in seiner Stimme, als Worte ausdrücken können. »Gib mir – unseren Sohn!«

Domaris kniete nieder, und Rajasta half Micon vorsichtig dabei, sich aufzusetzen. Domaris legte das Kind in seine hageren Arme und murmelte Worte, die eigentlich wenig aussagten, aber für den Sterbenden eine tiefe Bedeutung hatten: »Unser Sohn, Geliebter – unser vollkommener kleiner Sohn.«

Micons Finger glitten leicht und zärtlich über das kleine Gesicht. Sein eigenes Antlitz, einer zerbrechlichen wächsernen Totenmaske gleich, neigte sich über das Kind. Tränen sammelten sich und tropften aus seinen blinden Augen. Er seufzte sehnsüchtig. »Wenn ich meinen Sohn – nur einmal sehen könnte!«

Ein harter Laut wie ein Schluchzen brach die Stille, und Domaris hob verwundert die Augen. Rajasta war stumm wie eine Statue, und aus Deoris' Kehle hätte ein solcher Ton nie kommen können . . .

»Meine Geliebte –« Micons Stimme wurde etwas kräftiger. »Eine Aufgabe bleibt noch zu erfüllen. Rajasta«, wandte er sich an den Priester, »dir fällt es zu, meinen Sohn zu leiten und zu bewachen.« So sprach er und reichte Rajasta das Kind. Sofort barg Domaris Micons Kopf an ihrer Brust. Schwach lächelnd entzog er sich ihr. »Nein«, sagte er mit großer Zärtlichkeit. »Ich bin müde,

Geliebte. Laß mich nun zum Ende kommen. Hindere mich nicht, dein größtes Geschenk anzunehmen.«

Er erhob sich langsam von seinem Lager und Riveda legte schnell seinen starken Arm um ihn. Mit einem kleinen, wissenden Lächeln nahm Micon die Hilfe des Graumantels an. Deoris nahm die eisige Hand ihrer Schwester in ihre kleine warme, aber Domaris spürte es nicht.

Micon beugte sich über das Kind, das friedlich in Rajastas Armen lag, und berührte die geschlossenen Augen leicht mit seinen schmerzenden Händen.

»Sieh, was ich dich sehen lasse, Sohn Ahtarraths!«

Die verrenkten Finger berührten die winzigen Ohrmuscheln, und die tragende Stimme des Initiierten klang durch den Raum: »Höre, was ich dich hören lasse!«

Er zog die Hände leicht über die flaumigen Schläfen, »Nimm hin die Macht, die mein ist und die ich dir vermache, Kind von Ahtarraths Erbe!«

Er berührte den rosigen, suchenden Mund, der an seinem Finger saugte und ihn wieder ausspie. »Sprich mit der Kraft des Sturms und der Winde, mit der Kraft von Sonne und Regen, Wasser und Luft, Erde und Feuer! Sprich stets mit Gerechtigkeit und mit Liebe.«

Nun ruhte die Hand des Atlanters auf dem Herzen des Säuglings. »Schlage nur zum Ruf der Pflicht, der Kraft der Liebe! Bei der Macht, die ich trage –« Micons Stimme wurde plötzlich schwach. »Bei der – der Macht, die ich trage, gebe ich dir Zeichen und Siegel dieser – dieser Macht . . .«

Micons Gesicht hatte eine geisterhafte Blässe angenommen. Wort für Wort und Geste für Geste hatte er alle Energie verloren, die ihn noch vom Tod trennte. Mit furchtbarer Anstrengung zog er auf der Stirn des Neugeborenen ein Zeichen. Dann stützte er sich schwer auf Riveda.

Domaris eilte in ihrer brennenden Liebe an seine Seite. Er achtete nicht auf sie, sondern keuchte: »Ich wußte, dies würde – ich wußte – Riveda, du mußt die Bindung – beenden! Ich bin –« Micon holte tief und mühsam Atem. »Versuche nicht, mich zu hintergehen!« Ein ferner Donnerschlag unterstrich seine Worte.

Riveda ließ in grimmigem Schweigen Domaris an seine Stelle treten, damit er seine Aufgabe erfüllen konnte. Der Graumantel wußte genau, warum er und nicht Rajasta oder sonst jemand dafür ausgewählt worden war. Was oberflächlich betrachtet wie ein Vertrauensbeweis des Atlanters aussah, war genau das Gegenteil: Indem er Rivedas Karma an das des Kindes band, und sei es nur durch eine kurze Zeremonie, wollte Micon sicherstellen, daß Riveda es nicht wagte, das Kind – und mit ihm die Macht, die das Neugeborene repräsentierte – anzugreifen . . .

Rivedas eisblaue Augen brannten unter den Lidern. In beinahe barschem Ton und mit brüsken Bewegungen setzte er das unterbrochene Ritual fort: »Auf dich, Sohn Ahtarraths, Königlicher Jäger, Erbe der Worte des Donners, geht die Macht über. Gesiegelt durch das Licht –« Mit starken, geschickten Händen löste der Adept das Kind aus seiner Decke und hielt es mit einer eigentümlichen zeremoniellen Bewegung in das helle Sonnenlicht. Die Strahlen schienen die flaumige Haut zu küssen, und Micail reckte sich mit einem kleinen, zufriedenen Gurgeln.

Das Gesicht des Magiers blieb ernst und feierlich wie zuvor, aber als er Rajasta das Kind zurückgab und seine Arme für die Anrufung hob, lächelten seine Augen. »Vom Vater zum Sohn, von Zeitalter zu Zeitalter«, intonierte Riveda, »wird die Macht weitergereicht, die dem echten Blut bekannt ist. So war es, und so ist es, und so soll es immerdar sein. Heil Ahtarrath – und von Ahtarrath werde Abschied genommen!«

Micail sah mit gelassener, schläfriger Würde auf den Kreis von Gesichtern, die ihn umringten. Die Zeremonie war beendet. Rajasta legte das Kind Deoris in die Arme, zog Micon aus Domaris' Umarmung und legte ihn vorsichtig nieder. Immer noch tasteten die Hände des Atlanters schwach nach Domaris, und sie kam und umfing ihn von neuem. Der Kummer in ihren Augen war erbarmungswürdig.

Deoris hatte das Kind fest an ihre Brust gedrückt und schluchzte lautlos, das Gesicht halb in Rajastas Mantel vergraben. Der Priester des Lichts hatte einen Arm um sie gelegt, doch sein Blick ruhte auf Micon. Riveda betrachtete die Szene mit über der Brust gekreuzten Armen, und sein breiter Schatten verwehrte dem Sonnenschein den Eintritt ins Zimmer.

Der Prinz war so still, daß auch die Beobachter den Atem anhielten . . . Endlich regte er sich schwach. »Meine in Licht gekleidete Geliebte«, flüsterte er, »verzeih mir.« Er hielt inne. Schweißtropfen glitzerten auf seiner Stirn. »*Domaris.*« Er sprach den Namen aus wie ein Gebet.

Domaris war, als könne sie nie wieder sprechen, als sei die Quelle der Sprache für immer versiegt und die Welt werde bis ans Ende aller Ewigkeit stumm bleiben. Endlich öffnete sie die blassen Lippen, und ihre Stimme klang klar und beinah triumphierend durch das Schweigen. »Es ist gut, mein Geliebter. Geh in Frieden.«

Micons bleiches Gesicht war unbeweglich, aber seine Lippen verzogen sich zu der Andeutung seines alten strahlenden Lächelns. »Liebe meines Lebens«, hauchte er, und dann noch leiser: »Herz – der Flamme –« ein Atemzug und ein Seufzer verklangen.

Domaris beugte sich vor, doch dann ließ sie die leeren Arme mit einer kleinen, verzweifelten Geste fallen.

Riveda trat an das Bett, blickte in Micons heiteres Gesicht und schloß ihm die toten Augen. »Es ist vorbei«, sagte der Adept voll echten Bedauerns. »Welcher Mut, welche Kraft – und welche Vergeudung!«

Domaris erhob sich und richtete ihre tränenlosen Augen auf Riveda. »Das ist Ansichtssache, Riveda«, erklärte sie. »Es ist unser Triumph! Deoris – gib mir meinen Sohn.« Sie nahm Micail in die Arme, und das Leid auf ihrem Gesicht verklärte sich zu einem unirdischen Leuchten. »Sieh unser Kind – und unsere Zukunft! Kannst du mir etwas Gleichwertiges zeigen?«

»Es ist in der Tat dein Triumph, Domaris«, gab Riveda zu und verbeugte sich tief.

Deoris kam und wollte das Kind wieder nehmen, aber Domaris hielt es fest. Mit zitternden Händen streichelte sie ihren kleinen Sohn. Nach einem letzten tiefbewegten Blick auf das dunkle, stille Antlitz, das Micons Gesicht gewesen war, wandte sie sich ab, und die Männer hörten ihr geflüstertes, hilfloses Gebet: »Hilf mir – o Du, der Du bist!«

Dann ließ sie sich von Deoris ohne Zögern hinausführen.

Die Nacht war kalt. Der Vollmond ging früh auf und überflutete den Himmel mit einem Glanz, der die Sterne fast auslöschte. Gleich über dem Horizont glühten blaßrote Feuer am Meeresdeich, und im Norden zeigten sich Geisterlichter, blau und tanzend.

Riveda, zum ersten und zum letztenmal in seinem Leben in das fleckenlose Weiß der Priesterkaste gekleidet, ging gemessenen Schrittes vor Micons Wohnung auf und ab. Er hatte nicht die leiseste Ahnung, warum er – und nicht Rajasta oder ein anderer der Wächter – für diese Wache ausgewählt worden war; er war sich nicht mehr sicher, warum Micon sich zum Schluß gerade seiner Hilfe bedient hatte. War Vertrauen oder Mißtrauen der hauptsächliche Beweggrund gewesen?

Ihm war klar, daß der Atlanter ihn, zumindest in gewisser Weise, gefürchtet hatte. Aber warum? Er war doch kein Schwarzmantel! Trotz verschiedener Erklärungsmöglichkeiten vermochte Riveda dieses Rätsel nicht zu lösen und er liebte es ganz und gar nicht, vor einem unlösbaren Problem zu stehen. Trotzdem hatte er heute abend ohne Protest oder inneres Widerstreben die graue Robe abgelegt, die er so viele Jahre getragen hatte, und sich in die rituellen Gewänder des Lichts gekleidet. Er fühlte sich seltsam verwandelt, als habe er mit dem Gewand auch etwas von dem Charakter dieser so gewissenhaften Priester angelegt.

Zu all dem war er von tiefem Leid und dem Gefühl einer Niederlage erfüllt. In Micons letzten Stunden hatte die Schwäche des Atlanters Riveda auf eine Weise beeindruckt, wie seine Stärke es nie hätte tun können. Seine nur widerwillige und mürrische Achtung vor Micon war aufrichtiger Zuneigung gewichen.

Es geschah selten, daß Riveda sich von einem Ereignis aus der Fassung bringen ließ. Er glaubte nicht an Vorherbestimmung – aber er wußte, daß feine Fäden durch die Zeit und das Leben der Menschen liefen und daß man sich in ihnen verfangen konnte. Das war *Karma,* und dieses, so dachte Riveda grimmig, war wie die Lawinen seiner heimatlichen Berge im Norden. Nur ein einziger Stein brauchte sich unter einem unvorsichtigen Tritt zu lösen, und alle Kräfte der Welt und der Natur konnten die Bewegung, die er in Gang setzte, nicht um einen Zoll aufhalten. Riveda erschauerte. Irgendwie war er überzeugt, daß Micons Tod auf sie alle das Verhängnis herabbeschworen hatte. Dieser Gedanke war ihm jedoch nicht schrecklich. Riveda zog es nämlich vor, zu glauben, er könne sein Geschick selber meistern und sich allein mit seinem Willen und seiner Kraft einen Weg durch die Fallgruben des Karma suchen.

Mit gesenktem Kopf wanderte er weiter auf und ab. Der Orden der Magier, bekannt als die Graumäntel, war alt, und anderswo stand er in höheren Ehren. In Atlantis gab es viele Adepten und Initiierte dieses Ordens, in dem Riveda einen hohen Rang einnahm. Und er wußte etwas, wovon sonst niemand eine Ahnung hatte, und hielt dies Wissen für seinen legitimen Besitz.

Bei einem seiner Wahnsinnsausbrüche waren seinem Schüler Reio-ta unbewußt ein Wort und eine Geste entschlüpft. Riveda hatte sich beides gemerkt, obwohl sie im Augenblick keine besondere Bedeutung zu haben schienen. Später hatte er gesehen, wie Rajasta und Cadamiri, als sie sich unbeobachtet glaubten, die gleiche Geste austauschten. Und Micon hatte in dem Delirium der Schmerzen, das der Ruhe seiner letzten Stunden vorausging, atlantische Worte gemurmelt – eins davon war mit dem Wort Reio-tas identisch. Rivedas Gehirn hatte alle diese Dinge zur späteren Verwendung gespeichert. Ihm ging es darum, Wissen zu erwerben. Je verborgener etwas seinen Augen war, desto eifriger strebte er danach, es in Erfahrung zu bringen.

Am nächsten Tag sollte Micons Leichnam verbrannt und die Asche in seine Heimat geschickt werden, und er, Riveda, sollte sie dort hinbringen. Wer hatte schon ein größeres Recht darauf als der Priester, der Micons Sohn der Macht von Ahtarrath geweiht hatte?

Bei Tagesanbruch zog Riveda, wie es der Brauch erforderte, die Vorhänge zurück und ließ Sonnenschein in den Raum, wo Micon lag. Das Morgenrot war wie ein Meer aus Rubinen, Rosen und blaugrauem Feuer; das Licht lag in tausend tanzenden Flammen auf dem dunklen toten Gesicht des Initiierten. Riveda runzelte die Stirn. Er war überzeugt, daß mit Micons Tod nichts zu Ende war.

Dies hat im Feuer begonnen, dachte Riveda, *und im Feuer wird es enden . . . aber wird es nur das Feuer sein, das Micons Leichnam verbrennt? Oder steigen in Zukunft höhere Flammen auf . . .?* Er schüttelte den Kopf. *Was träume ich da für einen Unsinn zusammen? Heute wird das Feuer verzehren, was die Schwarzmäntel von Micon, Prinz von Ahtarrath, übriggelassen haben . . . und dennoch hat er auf seine eigene Weise alle Elemente besiegt.*

Mit dem Sonnenaufgang kamen weißgekleidete Priester, hoben Micon behutsam auf und trugen ihn den gewundenen Pfad hinunter dem Morgen entgegen. Vor der Bahre schritt Rajasta, das Gesicht starr vor Trauer; Riveda folgte ihr mit gesenktem Kopf. Hinter ihnen kam eine lange Prozession von Priestern in weißen Roben und Priesterinnen mit silbernen Stirnbändern und blauen Mänteln, um dem Fremden, dem Initiierten, der in ihrer Mitte gestorben war, Ehre zu erweisen . . . Hinter ihnen schlich ein grauer Schatten, gebückt wie ein alter Mann, geschüttelt von ersticktem Schluchzen. Er hatte die graue Kapuze über den Kopf gezogen und verbarg die Hände in seiner geflickten, abgewetzten Kutte. Niemand sah, wie Reio-ta Lantor von Ahtarrath seinem Fürsten und Bruder zu den Flammen folgte.

Auch eine Frau, groß und schlank, die auf dem Gipfel der großen Pyramide stand, wurde von keinem gesehen. Ihr Gesicht war überhaucht vom Morgenrot, das die Farbe ihres Haars hatte. In ihren Armen hielt sie ein Kind. Als die Prozession vor dem strahlenden Licht im Osten zu schwarzen Schatten verblaßte, hob Domaris ihren Sohn der aufgehenden Sonne entgegen. Mit fester Stimme intonierte sie die Morgenhymne:

In Schönheit stiegst du auf am Horizont des Ostens,
O östlicher Stern, ergieße dein Licht in den neuen Tag;
Geh auf, schöner Tagesstern!
Freude und Lebensspender, erwache,
Herr und Lebensspender,
Tagesstern, schenk uns dein Licht,
Geh auf, schöner Tagesstern!

Tief unter ihr stieg das Feuer, in dem Micons Leichnam verbrannt wurde, in die Höhe, und die Welt versank in Flammen und Sonnenlicht.

III. Deoris

1. Das Versprechen

»Ich bin so froh, daß du gekommen bist, Rajasta«, begrüßte Deoris den alten Priester aufgeregt. »Domaris ist so – so seltsam!«

Rajasta sah sie fragend an.

Ungestüm fuhr Deoris fort: »Ich verstehe das nicht – sie ist geduldig und sanft, sie tut alles, was sie tun soll, sie weint auch nicht mehr immerzu, aber –« es klang wie ein Jammerschrei – »sie ist nie wirklich *da!*«

Rajasta nickte bedächtig und berührte tröstend die Schulter des Kindes. »Das hatte ich schon befürchtet. Ich werde mit ihr sprechen. Ist sie gerade allein?«

»Ja. Domaris wollte sie nicht ansehen, als sie kamen, wollte nicht antworten, als sie sprachen, saß nur da und starrte an die Wand –« Deoris begann zu weinen, und ihre wirren Locken bebten.

Rajasta versuchte, sie zu beruhigen, und nach einer Weile brachte er aus ihr heraus, daß mit »sie« Elis und Mutter Ysouda gemeint waren. Seine weisen, alten Augen blickten auf Deoris' blasses Gesicht nieder, und dessen trauriger Ausdruck rührte ihn tief. Er streichelte ihr Haar und ermahnte sie freundlich: »Du mußt jetzt stärker sein als sie, auch wenn es dir schwerfällt. Du mußt gut zu ihr sein. Sie braucht all deine Liebe und all deine Kraft«. Deoris schluchzte noch immer. Er führte sie zu einem in der Nähe stehenden Ruhebett und half ihr hinauf. »Ich gehe zu ihr«, sagte er dann.

Im inneren Gemach saß Domaris, vollkommen bewegungslos, den Blick in unvorstellbare Fernen gerichtet, die Hände traurig herabhängend. Ihr Gesicht war wie das einer Statue, still und entrückt.

»Domaris«, sprach Rajasta sie leise an, »meine Tochter!«

Es war, als kehrte die Frau aus einem geheimen Land der geistigen Entrückung zurück. Ihre Augen nahmen ihre Umgebung wieder wahr. »Rajasta –« Die Stimme war kaum mehr als ein Hauch.

»Domaris«, wiederholte Rajasta mit vorwurfsvollem Unterton, »meine Akoluthin, du vernachlässigst deine Pflichten. Das ist deiner nicht würdig.«

»Ich habe getan, was ich tun mußte«, antwortete Domaris tonlos, und es klang, als wolle sie nicht einmal den Versuch unternehmen, seine Anschuldigung zurückzuweisen.

»Du meinst, du machst gerade die notwendigsten Gesten«, berichtigte Rajasta sie. »Glaubst du, ich weiß nicht, daß du deine Willenskraft dazu benutzt, zu sterben? Du kannst es, wenn du nur feige genug dazu bist. Du kennst genug Geheimnisse. Aber dein Sohn und *Micons* Sohn –« Ihre Lider zuckten. Rajasta bemerkte diese flüchtige Reaktion und wiederholte: »Micons Sohn braucht dich!«

Der Schmerz ließ ihr apathisches Gesicht plötzlich lebendig werden. »Nein«, behauptete sie, »sogar dabei habe ich versagt! Mein Kind ist einer Amme übergeben worden!«

»Es wäre nicht nötig gewesen, wenn du dich nicht von deinem Kummer hättest beherrschen lassen«, hielt Rajasta ihr vor. »Blindes, törichtes Mädchen! Micon liebte und ehrte dich und vertraute dir mehr als allen anderen – und du läßt ihn so im Stich! Du schändest sein Andenken, wenn du sein Vertrauen enttäuschst! Du übst Verrat an dir selbst! Und mir, der ich dich so schlecht unterrichtet habe, machst du Schande!«

Domaris sprang auf und hob protestierend die Hände. Aber auf Rajastas gebieterische Geste hin schluckte sie die Antwort hinunter, die ihr auf der Zunge lag, und hörte ihm mit gesenktem Kopf zu.

»Glaubst du, du seiest in deinem Leid allein, Domaris? Weißt du nicht, daß Micon mir mehr als ein Freund, mehr als ein Bruder war? Ich bin einsam, da ich ihn nicht länger an meiner Seite habe. Aber ich höre nicht auf zu leben, weil jemand, den ich liebte, fortgegangen ist, wohin ich ihm nicht zu folgen vermag!« Freundlicher setzte er hinzu: »Auch Deoris trauert um Micon und sie hat nicht einmal die Erinnerung an seine Liebe zum Trost.«

Die Frau ließ den Kopf hängen und begann heftig zu weinen. Rajastas strenge Züge entspannten sich. Sanft nahm er Domaris in die Arme und drückte sie an sich, bis das verzweifelte Schluchzen aufhörte. Sie war erschöpft, aber nicht mehr ohne Mut.

»Ich danke dir, Rajasta«, flüsterte sie mit einem Lächeln, das den Mann beinahe selbst zum Weinen gebracht hätte. »Ich will – ich will brav sein.«

Unruhig ging Domaris in ihrer Wohnung auf und ab. Die trüben Stunden und Tage, die inzwischen vergangen waren, hatten das Unvermeidliche nur nähergebracht, und jetzt war der Augenblick der Entscheidung gekommen. Entscheidung! Nein, die Entscheidung war längst gefallen. Nur die Zeit des Handelns war gekommen, der Augenblick, wo sie ihr Wort einlösen mußte. Daß sie Arvath ihr Versprechen gegeben hatte, als sie noch keine Ahnung hatte, worauf sie sich damit einließ, war jetzt zweitrangig.

Mit bitterem Lächeln erinnerte sie sich an die Worte, die vor vielen Jahren gesprochen worden waren. *Ja, meine Herren vom Rat, ich weiß, daß es meine Pflicht ist, zu heiraten, und werde sie erfüllen. Es kann ebenso gut Arvath wie irgendein anderer sein – ich mag ihn recht gern.* Das war lange her. Sie hatte es gesagt, bevor sie wußte, daß die Liebe zwischen Mann und Frau mehr ist als Romantik und schöne Worte, bevor sie selbst Geburt und Tod und Verlust erfahren hatte. *Ich war dreizehn Jahre alt,* dachte sie.

Ihr Gesicht, das schmaler war als noch vor einem Monat, verlor jeglichen Ausdruck, denn sie erkannte den Schritt an der Tür. Sie drehte sich um und begrüßte Arvath, und Arvath fiel nichts anderes ein als stehenzubleiben und ihren Namen zu stammeln. Seit Micons Tod hatte er sie nicht mehr gesehen. Jetzt war er entsetzt über die Veränderung, die mit ihr vorgegangen war. Domaris war schön – schöner als je zuvor –, aber ihr Gesicht war blaß und ihr Blick schweifte in unbestimmte Fernen. Es war, als hätten ihre Augen Dinge geschaut, die anderen stets verborgen bleiben. Aus einem fröhlichen, lachenden Mädchen hatte sie sich in eine Frau verwandelt – eine Frau aus Marmor? Oder aus Eis? Oder brannte hinter den stillen Augen doch noch eine unterdrückte Flamme?

Schließlich flüchtete er sich in die banale Bemerkung: »Ich hoffe, es geht dir gut.«

»O ja, man hat gut für mich gesorgt«, antwortete Domaris und sah ihn erbittert an. Sie wußte, was er wollte. Mit einer Gleichgültigkeit, die neu an ihr war, dachte sie: Warum kommt er nicht zur Sache, warum hält er sich mit Höflichkeit auf?

Arvath spürte, daß ihre Stimmung nicht die beste war. Er wurde unsicher, sprach noch gezwungener. »Ich bin gekommen, darum zu bitten – zu verlangen –, daß du dein Versprechen . . .«

»Wie es dein Recht ist«, bestätigte Domaris förmlich. Sie erstickte fast an dem Versuch, ihre Atmung zu kontrollieren.

Impulsiv umarmte Arvath sie und drückte sie an sich. »Oh, Geliebte! Darf ich heute abend vor dem Rat der Fünf um dich werben?«

»Wenn du möchtest«, meinte sie fast gleichgültig. Seit sie Micon verloren hatte, war ihr der eine Tag wie der andere. Doch für einen Moment brach die alte Domaris aus ihr hervor: »Oh, Arvath, verzeihe mir, daß ich – daß ich dir nicht mehr geben kann!« bat sie und umarmte ihn kurz.

»Daß du dich selbst gibst, ist genug«, sagte er zärtlich.

Sie sah ihn kummervoll an, denn sie war jetzt eine Frau und wußte genau, daß dies nicht mehr stimmte. Aber sie sagte nichts.

Seine Arme umschlossen sie in fordernder Umarmung. »Ich werde dich glücklich machen«, gelobte er. »Das schwöre ich!

Sie ließ sich passiv von ihm liebkosen, und Arvath merkte nur zu gut, daß sie von der Leidenschaft, die in ihm tobte, unberührt blieb. Es klang wie eine Herausforderung, als er wiederholte: »Ich schwöre, daß ich dir helfen werde, alles zu vergessen!«

Domaris hob die Hände und befreite sich von ihm, nicht mit Abscheu, sondern mit einer Gleichgültigkeit, die ihren zukünftigen Mann mit bösen Vorahnungen erfüllte . . . Aber Arvath verdrängte die Zweifel schnell. Ich werde sie zur Liebe erwecken, dachte er zuversichtlich. Niemals kam er darauf, daß sie das Wesen der Liebe viel besser verstand als er.

Immerhin war ihm nicht verborgen geblieben, daß ihr Gesicht einen Augenblick lang seinen strengen Ausdruck verlor, und er war klug genug, seinen Vorteil nicht sofort auszunutzen. »Mach dich schön für mich – meine Frau!« flüsterte er in ihr Haar. Er streifte ihre Schläfe mit einem schnellen Kuß und ließ sie allein.

Domaris stand eine Minute, die ihr wie eine Ewigkeit erschien, vor der geschlossenen Tür, und das tiefe Mitleid in ihren Augen wich allmählich einer schrecklichen Angst. *»Er – begehrt mich«*, hauchte sie und begann am ganzen Körper zu zittern. »Wie kann ich – nein, ich kann nicht, ich kann nicht! Oh, Micon, *Micon!*«

2. Das Fieber

In jenem Sommer wütete eine Seuche in der Stadt. Der Tempelbezirk, in dem die Heiler strenge hygienische Maßnahmen ergriffen, blieb verschont. Aber die Krankheit verwüstete die Stadt, denn viele Einwohner waren zu faul oder zu dumm, den Vorschriften der Priester zu folgen.

Riveda und seine Heiler fegten wie eine attackierende Armee durch die Stadt, das Fieber nicht achtend und ohne Rücksicht auf Personen. Sie verbrannten faulende Abfallhaufen und räucherten die verseuchten, schmutzigen Wohnungen aus. Auch die stinkenden Sklavenhütten grausamer oder kurzsichtiger Herren, die es zuließen, daß Menschen in schlimmerem Dreck als Tiere lebten, fielen dem Feuer zum Opfer. Sie drangen in jedes Heim ein, sie reinigten die Häuser, pflegten und isolierten die Kranken, begruben die Toten und äscherten sie ein. Sie wagten sich sogar in Häuser, wo die Opfer bereits in Verwesung übergegangen waren, und übergaben alle Leichen sofort den Flammen. Manchmal, wenn z.B. die Kastenordnung eine Beerdigung verlangte, ging dies nicht ohne Gewaltanwendung. Brunnen, bei denen Verdacht auf Vergiftung bestand, wurden untersucht und oft versiegelt, obwohl die betroffenen Menschen es oft mit Bestechung, Drohungen oder direktem Widerstand zu verhindern suchten. Die Heiler machten sich vor allem verhaßt bei den Reichen und Mächtigen, durch deren Nachlässigkeit oder Schlechtigkeit die Seuche sich überhaupt erst hatte ausbreiten können.

Riveda selbst arbeitete bis zur völligen Erschöpfung. Er pflegte Kranke, denen sich sonst niemand nähern wollte, verwies feiste Würdenträger, die den Sinn seiner aufopferungsvollen Arbeit nicht einsehen wollten, in ihre Schranken, und manchmal schlief er sogar vor Erschöpfung in Häusern ein, die bereits vom Tod gezeichnet waren. Es war ein Wunder, daß er überhaupt am Leben blieb.

Deoris, die unter der Patenschaft ihres Verwandten Cadamiri während der Epidemie bei den Heilern ihr Noviziat ableistete, begegnete Riveda eines Abends beim Verlassen eines Hauses, in dem sie zusammen mit einer anderen Priesterin zwei kranke Familien versorgt hatte. Die Frau des Hauses war außer Gefahr, aber vier Kinder waren gestorben, drei weitere schwer krank, und bei einem vierten zeigten sich erste Symptome.

Riveda erblickte Deoris und kam über die Straße, um sie zu begrüßen. Sein Gesicht war faltig und müde; trotzdem wirkte er beinahe glücklich. Deoris fragte ihn, warum.

»Weil ich glaube, daß das Schlimmste vorüber ist. Im Nördlichen Viertel hat es heute keine neuen Fälle mehr gegeben, und sogar hier . . . Wenn es noch drei weitere Tage nicht regnet, haben wir gewonnen.« Der Adept blickte auf Deoris herab. Durch die Anstrengungen wirkte ihr Gesicht um Jahre älter und ihre Schönheit war von Müdigkeit getrübt. Ihr Anblick erbarmte Riveda, und er sagte mit gütigem Lächeln: »Ich glaube, du mußt in den Tempel zurückgeschickt werden, mein Kind. Sonst bringst du dich noch um.«

Deoris schüttelte den Kopf und kämpfte gegen die Versuchung an. Es wäre der Himmel, hier endlich herauszukommen! Aber ihre Antwort klang trotzig: »Ich bleibe, solange ich gebraucht werde.«

Riveda ergriff ihre Hände. »Ich würde dich selbst in den Tempel bringen, Kind, aber man läßt mich nicht durchs Tor, weil ich mich so oft dort aufhalte, wo die Ansteckungsgefahr am größten ist. Ich kann erst zurückkehren, wenn die Epidemie vorbei ist, aber du –«

Plötzlich zog er sie an sich und umarmte sie rauh. »Deoris, du mußt gehen! Ich will nicht, daß du krank wirst, ich will nicht riskieren, dich auch noch zu verlieren!«

Erschrocken und verwirrt lag Deoris in seinen Armen. Ihr Körper hatte sich zunächst unwillkürlich versteift, doch dann schmiegte sie sich an Riveda und spürte die kratzenden Stoppeln seiner Wange an ihrem Gesicht.

Ohne sie loszulassen, richtete er sich auf und sah sie an. Sein sonst so streng wirkender Mund war sanft. »Ich dürfte dich gar nicht berühren«, stellte er mit einer leichten Grimasse fest. »Sogar das ist gefährlich. Du wirst jetzt baden und deine Kleidung wechseln müssen . . . Deoris, warum zitterst du! Du kannst in dieser sengenden Hitze doch nicht frieren!«

Sie befreite sich aus seinem Griff. »Du tust mir weh«, sagte sie und taumelte plötzlich.

»Deoris!« rief Riveda aufgeregt.

Das Mädchen bebte in der schrecklichen Kälte, die auf einmal über sie hinkroch. »Mir – mir geht es gut«, widersprach sie schwach – und dann flüsterte sie: »Ich – ich möchte nach Hause.« Sie brach zusammen und hing als schwaches, zitterndes Bündel in Rivedas Armen.

Deoris litt nicht an der gefürchteten Seuche. Riveda diagnostizierte Sumpffieber, verschlimmert durch Erschöpfung. Nach ein paar Tagen, als man sicher war, daß keine Ansteckungsgefahr bestand, wurde Deoris auf einer Bahre in den Tempel getragen. Dort verbrachte sie einige Wochen, die ihr wie Jahre vorkamen, in fiebriger Benommenheit. Auch als ihre Temperatur schließlich sank, erholte sie sich nur ganz allmählich, und es dauerte sehr lange, bis sie wieder ihre alte Lebensfreude zurückgewann.

Die Tage vergingen mit Schlafen und Träumen in hellwachem Zustand. Sie beobachtete das Spiel von Licht und Schatten an den Wänden, lauschte auf das Plätschern der Springbrunnen und das melodische Trillern von vier blauen Vögelchen, die in einem Käfig im Sonnenschein zirpten und zwitscherten – Domaris hatte sie ihr geschickt. Domaris sandte fast jeden Tag Botschaften und Geschenke, aber sie selbst kam ihr nicht nahe, obwohl Deoris tagelang in ihrem Delirium nach ihr rief und weinte. Elara, die Deoris Tag und Nacht pflegte, sagte nur, Arvath habe es verboten. Als Deoris wieder bei klarem Bewußtsein war, erfuhr sie von Elis, daß Domaris schwanger war und es ihr gar nicht gut ging. Schon eine Ansteckung mit diesem verhältnismäßig harmlosen Fieber hätte ihr gefährlich werden können. Deoris drehte das Gesicht zur Wand und sprach den ganzen Tag über kein Wort. Danach fragte sie nie mehr nach ihrer Schwester.

Arvath selbst kam oft bei ihr vorbei; er brachte ihr Geschenke und liebevolle Botschaften von Domaris. Chedan stattete ihr fast jeden Tag einen kurzen Besuch ab, benahm sich dabei aber schüchtern und blieb recht wortkrag. Einmal kam Rajasta mit köstlichem Obst, das ihr den verlorenen Appetit wiedergeben sollte. Er war des Lobes voll über ihre Arbeit während der Epidemie.

Als ihr Gedächtnis wieder normal funktionierte und sich die Erinnerung an Rivedas merkwürdiges Benehmen aus ihren bizarren Fieberträumen löste, erkundigte sie sich nach dem Adepten der Graumäntel. Man sagte ihr, Riveda sei auf eine weite Reise gegangen. Deoris glaubte jedoch, man belüge sie und er sei in Wirklichkeit an der Seuche gestorben. Sie empfand keinen Kummer; die lange Krankheit und die noch längere Genesungszeit hatten sie so sehr beansprucht, daß sie irgendwelcher Gefühle gar nicht fähig war, und so lebte sie einen Tag nach dem anderen, ohne sich besonders für Vergangenheit, Gegenwart oder Zukunft zu interessieren.

Es dauerte viele Wochen, bis sie das Bett verlassen durfte, und Monate, bis sie in den Gärten spazierengehen konnte. Als sie sich schließlich weitgehend erholt hatte, kehrte sie zu ihrer Arbeit in den Tempel Caratras zurück. Aber sie merkte bald, daß ihr alle nur leichte und sinnlose Aufgaben übertrugen, um ihre gerade erst wiederkehrenden Kräfte nicht zu überfordern. Viel Zeit widmete sie dem Studium; sie hörte die Vorlesungen für die Heiler-Lehrlinge an, obwohl sie an ihrer praktischen Arbeit nicht teilnehmen konnte. Oft stahl sie sich in eine Ecke der Bibliothek und lauschte von fern den Diskussionen der Priester des Lichts. Als Priesterin Adsartha stand ihr jetzt auch ein eigener Skriptor zu. Es wurde im Tempel als zweckmäßig angesehen, zuzuhören statt zu lesen, da man der Meinung war, das Gehör könne sich besser konzentrieren als das Gesicht.

Am Vorabend ihres sechzehnten Geburtstages schickte eine Priesterin Deoris auf einen Hügel am Rand des Sternenfeldes Heilkräuter sammeln. Der lange Weg hatte sie angestrengt, und sie setzte sich für einen Augenblick hin, um auszuruhen, bevor sie mit dem Sammeln begann. Plötzlich entdeckte sie den Adepten Riveda, der über den sonnenbeschienenen Pfad auf sie zukam. Zuerst starrte sie ihn nur ungläubig an. Sie war von seinem Tod so fest überzeugt gewesen, daß sie glaubte, sie sehe nicht ihn, sondern seinen

Geist . . . Dann aber merkte sie, daß es doch keine Halluzination war. Sie schrie auf und rannte ihm entgegen.

Riveda sah sie und breitete die Arme aus. »Deoris!« Er legte ihr die Hände auf die Schultern. »Ich habe mir solche Sorgen um dich gemacht! Man sagte mir, du seiest gefährlich krank gewesen. Hast du dich wieder ganz erholt?« Ihr Aussehen schien ihn zufriedenzustellen.

»Ich – ich dachte, du seiest tot –«

Sein Lächeln war freundlicher als gewöhnlich. »Nein, wie du siehst, bin ich sehr lebendig. Ich war fort, auf einer Reise nach Atlantis. Vielleicht werde ich dir eines Tages davon erzählen . . . Ich habe dich vor meiner Abreise besucht, aber du warst zu krank, um mich zu erkennen. Was machst du hier?«

»Ich sammle *Shaing*-Blüten.«

Riveda schnaubte. »Oh, da wird deine Begabung ja höchst sinnvoll eingesetzt! Doch jetzt, wo ich wieder da bin, kann ich vielleicht eine passendere Arbeit für dich finden. Im Augenblick bin ich leider beschäftigt und muß dich zu deinen Blüten zurückkehren lassen.« Wieder lächelte er. »Eine so wichtige Aufgabe darf nicht von einem einfachen Adepten unterbrochen werden!«

Deoris lachte fröhlich. Impulsiv bückte Riveda sich, küßte sie sanft und ging weiter. Er wußte sich diesen Kuß selbst nicht zu erklären – impulsive Handlungen waren sonst nicht seine Art. Während er zum Tempel eilte, dachte Riveda voller Sorge an die Müdigkeit in den Augen des Mädchens. Deoris war in den Monaten ihrer Krankheit noch gewachsen. Sehr groß würde sie allerdings nie werden. Sie war zart und schmächtig und von ätherischer Schönheit, auch war sie kein Kind mehr, aber auch noch keine Frau. Riveda fragte sich – und er ärgerte sich über die Richtung, die seine Gedanken nahmen –, wie weit der junge Chedan bei ihr gekommen sein mochte. *Nein,* entschied er, *die große Liebe scheint es nicht zu sein.* Deoris sah nicht so aus wie ein Mädchen, das erwachende Leidenschaft in Verwirrung gestürzt hat. Auch wäre sie sich dann ihres Geschlechts mehr bewußt gewesen. Doch hatte sie seinen Kuß so unschuldig hingenommen wie ein Kind . . .

Riveda ahnte nicht, daß Deoris' Blicke ihm folgten, bis er ganz außer Sicht geriet, und daß ihr Gesicht gerötet und wieder voller Leben war.

3. Wille und Karma

Die Vollmondnacht legte sich wie weiche, tiefblaue Schwingen über die Türme und Dächer des Tempels, und die alte Stadt am Fuß des Tempelbergs war ganz in Dunkelheit gehüllt. Verschwommene, trübe Lichter erhellten den Himmel kaum, und weit weg, über der noch tieferen Finsternis am Seehafen lag ein flackerndes, phosporeszierendes Schummerlicht. Der schwache Schein umgab die beiden verhüllten Gestalten, die auf der Dachplattform der großen Pyramide standen, mit einem gespenstischen Dunst.

Deoris erschauerte ein bißchen in der kühlen Brise und hielt mit beiden Händen ihre Kapuze fest. Der Wind zerrte daran, und schließlich warf sie sie zurück und ließ die kurzen, schweren Locken ihres Haars flattern. Das Mädchen fürchtete sich ein wenig und kam sich klein und hilflos vor.

Riveda grübelte vor sich hin. Sein Gesicht wirkte streng in dem bleichen Licht und zeigte eine entrückte, beinahe übermenschliche Ruhe. Seit sie auf das Dach hinausgetreten waren, hatte er kein einziges Wort gesprochen, und Deoris' schüchterne Versuche, ein Gespräch mit ihm anzuknüpfen, waren von dem Ausdruck seiner Augen im Keim erstickt worden. Nun machte Riveda eine abrupte Bewegung, und Deoris fuhr erschrocken zusammen.

Er stützte sich mit einer Hand auf das Dachgeländer und sagte in forschem Ton: »Sag mir, was dich beunruhigt, Deoris.«

»Ich weiß es nicht«, murmelte sie. »Es geschieht soviel Neues auf einmal –« Ihre Stimme wurde hart und angespannt. »Meine Schwester Domaris bekommt ihr zweites Kind!«

Riveda musterte sie mit zusammengekniffenen Augen. »Das ist mir bekannt. Hattest du etwas anderes erwartet?

»Oh, ich weiß nicht . . .« Das Mädchen zuckte die Schultern. »Mit Micon war das irgendwie anders. Er war –«

»Er war ein Sohn der Sonne«, fiel Riveda ein, und es lag kein Spott in seiner Stimme.

Deoris sah fast verzweifelt zu ihm hoch. »Ja. Aber Arvath ist anders – und es ging alles so schnell, wie bei Tieren. Riveda, warum?«

»Wer kann das sagen?« gab Riveda zurück und senkte vertraulich die Stimme. Traurig meinte er: »Es ist ein Jammer. Domaris hätte es weit bringen können . . .«

In Deoris' Blick lag eine stumme Frage.

Der Adept lächelte kurz und sah über ihren Kopf hinweg. »Der Geist einer Frau ist etwas Seltsames, Deoris. Du bist wohlbehütet aufgewachsen und verstehst noch nicht, wie stark der Verstand einer Frau ihrem Körper unterworfen ist. Ich sage nicht, das sei verkehrt, ich sage nur, es ist schade.« Er hielt inne, und seine Stimme wurde grimmig. »Also hat Domaris nun doch diesen Weg gewählt. Ich hatte damit gerechnet, und doch –« Er blickte auf Deoris nieder. »Du hast mich gefragt, *warum*. Es hat denselben Grund, aus dem so viele Mädchen, die in den Grauen Tempel eintreten, *saji* sind und sich mit Magie befassen, ohne ihre tiefere Bedeutung zu erkennen. Eigentlich hätten wir Magier es lieber, wenn unsere Frauen frei wären, wenn wir sie zu *sākti sidhāna* machen könnten. Weißt du, was das ist?«

Deoris schüttelte verneinend den Kopf.

»Eine Frau, die ihre Kräfte benutzen kann, um die Kraft eines Mannes zu leiten und zu vervollständigen. Domaris hatte dies Talent, sie hätte die Fähigkeiten dazu gehabt –« Riveda machte eine bedeutungsvolle Pause »– früher einmal.«

»Jetzt nicht mehr?«

Riveda antwortete ihr nicht direkt, sondern fuhr versonnen fort: »Frauen haben nur selten das Bedürfnis danach oder den Mut dazu. Für die meisten ist Lernen ein Spiel, Weisheit ein Spielzeug, Wissen nur eine Gefühlswahrnehmung.«

Schüchtern fragte Deoris: »Gibt es denn einen anderen Weg für eine Frau?«

»Für eine Frau deiner Kaste?« Der Adept zuckte die Schultern. »Das gibt es schon. Ich habe allerdings kein Recht, dir einen Rat zu erteilen – und doch, Deoris . . .«

Riveda zögerte einen Augenblick. Da plötzlich gellte durch die Stille der Nacht der Schreckensschrei einer Frau. Schnell wie eine jagende Katze fuhr der Adept herum. Deoris wich zurück, die Hände an die Kehle gelegt. Auf den obersten Stufen der langen Treppe erkannte sie zwei weißgekleidete Gestalten und ein graues, geisterhaftes Wesen, das plötzlich vor ihnen aufgetaucht zu sein schien.

Riveda stieß ein paar Worte in einer fremden Sprache hervor. Dann sagte er höflich zu dem weißgekleideten Paar: »Fürchtet euch nicht, der arme Junge ist harmlos. Er hat bloß seinen Verstand nicht beisammen.«

Domaris klammerte sich an Rajastas Arm und stammelte in abgerissenen Worten: »Er erhob sich – aus der Dunkelheit – wie ein Geist –«

Rivedas kräfiges, herzhaftes Lachen klang durch die Nacht. »Ich gebe dir mein Wort, er ist lebendig und harmlos.« Wenigstens letzteres wurde sofort unter Beweis gestellt, denn der graugekleidete

Chela war davongeschlurft und im Finstern nicht mehr zu sehen. Mit einer übertriebenen Ehrerbietung, die an Hohn grenzte, sprach Riveda weiter: »Wächter, ich grüße dich; dies ist ein Vergnügen, auf das ich schon lange nicht mehr gehofft hatte!«

Rajasta antwortete scharf: »Du bist zu höflich, Riveda. Wir haben doch hoffentlich nicht deine Meditation gestört?«

»Nein, denn ich war nicht allein«, erklärte Riveda ungerührt und winkte Deoris, näherzutreten. »Du hast deiner Schwester etwas vorenthalten«, wandte er sich vorwurfsvoll an Domaris. »Sie hatte diese Aussicht noch nie gesehen – und das ist etwas, das man sich in einer solchen Nacht nicht entgehen lassen darf.«

Deoris maß die beiden mit mürrischen Blicken wie Eindringlinge. Domaris löste sich von Rajasta und ging zu ihr. »Wenn ich daran gedacht hätte, wäre ich längst schon einmal mit dir hier hinaufgestiegen.« Sie sah Deoris forschend an. In der Sekunde, bevor der Chela aufgesprungen war, um sie zu erschrecken, hatte sie Riveda und Deoris sehr nahe beieinanderstehen sehen, fast als umarmten sie sich. Bei diesem Anblick war es ihr kalt den Rücken heruntergelaufen. Jetzt nahm sie Deoris bei der Hand und zog sie ans Geländer. »Die Aussicht von hier oben ist wirklich schön, du kannst in hellen Nächten den Pfad des Mondes auf dem Meer sehen . . . Sie senkte die Stimme beinahe zu einem Flüstern. »Deoris, ich mische mich nur ungern ein, aber über was habt ihr geredet?«

Die hohe Gestalt Rivedas ragte neben ihnen auf. »Ich habe mit Deoris über die Mysterien diskutiert, denn ich wollte wissen, ob sie sich entschieden hat, den Weg zu beschreiten, auf dem ihr ihre Schwester mit so großen Ehren vorangegangen ist.« Die Worte des Adepten waren höflich, sogar ehrerbietig, aber es lag etwas in seinem Ton, das Rajasta die Stirn runzeln ließ.

Nur mühsam seinen Zorn beherrschend, ballte der Priester des Lichts die Fäuste und stellte kurz fest: »Deoris hat den ersten Grad einer Priesterin Caratras.«

»Das weiß ich doch«, lächelte Riveda. »Hast du vergessen, daß ich ihr geraten hatte, sich im Tempel der Mutter um Aufnahme zu bewerben?«

Rajasta zwang sich, ruhig zu sprechen. »Damit hast du große Weisheit bewiesen, Riveda. Mögest du immer so klugen Rat erteilen.« Er warf einen Seitenblick auf den Chela, der sich in einiger Entfernung herumdrückte, »Hast du inzwischen einen Schlüssel zu den Geheimnissen in seiner Seele gefunden?«

Riveda schüttelte den Kopf. »Nein, selbst in Atlantis habe ich nichts gefunden, was ihn aufwecken könnte. Trotzdem –« er überlegte kurz »– ich glaube, er weiß sehr viel über Magie. Letzte Nacht war er im Ring der Chelas.«

Rajasta empörte sich: »Mit leerem Geist? Ohne klares Bewußtsein?« Er zeigte sich sehr beunruhigt. »Erlaube mir dies eine Mal, dir einen Rat zu geben, Riveda, nicht als Wächter, sondern wie ein Verwandter oder Freund. *Sei vorsichtig* – um deiner selbst willen. Er ist – leer und deshalb ein geeignetes Medium für Gefahr schlimmster Art.«

Riveda verbeugte sich – doch Deoris sah, daß sich die Muskeln seines Unterkiefers spannten. Der Graumantel sprach, als beiße er die Worte in kleinen Stücken ab und speie sie Rajasta hin. »Als Adept, Vetter – besitze ich – die richtigen und auch genügend Fähigkeiten – um dieses Medium zu bewachen. Sei so freundlich – und erlaube mir – mich selbst um meine Angelegenheiten zu kümmern – mein Freund!«

Rajasta seufzte und meinte geduldig: »Es könnte geschehen, daß du seinen Geist zerstörst.«

Riveda zuckte die Schultern. »Davon ist ohnehin nicht mehr viel übrig. Und trotzdem besteht immer noch eine geringe Möglichkeit, seinen Verstand wieder aufzuwecken.« Nach einer Pause fragte er langsam und bedeutungsschwer: »Wäre es vielleicht besser, wenn ich ihn in das Idiotendorf verbannte?«

Lange Zeit herrschte ein furchtbares Schweigen. Domaris spürte, wie Deoris erstarrte, jeder ihrer Muskel wurde steif, ihre Schultern verkrampften sich vor Entsetzen. Um sie zu trösten, ergriff Domaris die Hand ihrer Schwester. Deoris aber riß sie weg.

Riveda blieb völlig ruhig. »Dein Verdacht ist grundlos, Rajasta. Ich versuche nur, den armen Kerl wieder zu sich zu bringen. Ich bin kein schwarzer Zauberer. Deine Andeutung ist beleidigend, Wächter.«

»Du weißt, daß es nicht meine Absicht war, dich zu kränken.« Rajastas Stimme klang müde und alt. »Aber es gibt Leute in deinem Orden, die ungehindert Zauberei betreiben.« Er wandte sich ab.

Der Graumantel stand ganz still, und die Linie seines erhobenen Kinns verriet Selbstzweifel, die bei ihm sonst nicht üblich waren. Schließlich gab er nach und trat neben Rajasta an das Geländer: »Sei mir nicht böse«, bat er beinahe zerknirscht. »Ich wollte dich nicht herausfordern.«

Der Priester des Lichts hatte keinen Blick für ihn. »Da wir nicht miteinander sprechen können, ohne uns gegenseitig zu beleidigen, wollen wir lieber schweigen«, stellte er kalt fest. Betroffen über die

Zurückweisung, erstarrte Riveda und sah stumm einige Minuten lang über den Hafen hin.

Der Vollmond wurde am Himmel sichtbar, legte sich wie eine goldene Kugel über die Wellen und tanzte in einem feenhaften Lichterspiel auf der Brandung. Entzückt holte Deoris tief Atem. Hingerissen und fasziniert betrachtete sie die leuchtenden Wellen, die mondbeschienenen Dächer . . . Sie spürte Rivedas Hand auf ihrem Arm und rückte ein Stück näher an ihn heran. Das große, gelblich-orangefarbene Gestirn stieg langsam höher und höher, schwebte über dem wogenden Meer und beleuchtete schließlich ihre Gesichter. Deoris sah in der Dunkelheit aus wie ein Nebelschwaden, Domaris wirkte im Mondlicht blaß unter der Kapuze ihres losen, rauhreiffarbenen Gewandes. Rajasta erschien wie eine glänzende Lichtgestalt und Riveda wie ein dunkler Pfeiler. Hinter ihnen drückte sich ein dunkles Wesen gegen den Treppensims, ungesehen und unbeachtet.

Deoris erkannte nun Einzelheiten in der vom Mond beschienenen Szene: die Umrisse von Schiffen mit aufgezogenem Segel, die schlanken Masten einsam vor der schimmernden See aufragend; im Vordergrund dunkle Dächer der Stadt, in der Lichter flackerten und durch die Straßen glitten. Einem plötzlichen Impuls gehorchend, hob sie die Hand und zog die Silhouette von Stadt und Hafen nach. Dann schrie sie leise und überrascht auf.

»Riveda, sieh doch – wenn man von hier aus die Umrisse der Stadt nachzieht, macht man das Heilige Zeichen!«

»Ich glaube, man hat sie absichtlich so gebaut«, erwiderte Riveda ruhig. »Der Zufall ist oft ein Künstler – aber das wäre seiner zuviel.«

Eine tiefe Stimme rief: »Domaris?«

Die junge Priesterin nahm die Hand vom Arm ihrer Schwester. »Ich bin hier, Arvath«, rief sie zurück.

Die nur vage zu erkennende weißgekleidete Gestalt ihres Mannes löste sich aus den Schatten und er kam auf sie zu. Lächelnd blickte Arvath von einem zum anderen. »Ich grüße euch, Rajasta – Riveda. Und dich, kleine Deoris – nein, so darf ich dich nicht mehr nennen, nicht wahr, Kätzchen? Ich grüße die Priesterin Adsartha vom Caratratempel!« Er machte eine tiefe, komisch wirkende Verbeugung vor ihr.

Deoris konnte ein Kichern nicht unterdrücken, aber sie warf den Kopf in den Nacken und drehte ihm den Rücken zu.

Arvath grinste und legte den Arm um seine Frau. »Ich dachte mir, daß ich dich hier finden würde«, meinte er besorgt und vorwurfsvoll. »Du siehst müde aus. Wenn du deine Pflichten erfüllt hast, solltest du dich ausruhen und nicht diese langen, anstrengenden Treppen hochklettern.«

»Ich bin nicht müde«, antwortete Domaris langsam, »nur etwas angestrengt.«

»Ich weiß, aber –« Er umarmte sie fester.

Rivedas Stimme mit ihrem seltsamen harten Unterton klang durch das Mondlicht. »Welche Frau nimmt schon einen vernüftigen Rat an.«

Domaris hob stolz den Kopf. »Ich bin in erster Linie ein vernunftbegabtes Wesen, und dann eine Frau.«

Rivedas Blick ruhte mit der merkwürdigen und feierlichen Verehrung auf ihr, die sie einmal so erschreckt hatte. Bedächtig antwortete er: »Das glaube ich nicht, Priesterin Isarma. Du bist vor allem Frau. Ist das nicht für jedermann sichtbar?«

Mit finsterem Gesicht ging Arvath auf Riveda zu, doch Domaris faßte seinen Arm. »Bitte«, flüsterte sie, »erzürne ihn nicht. Er hat es sicher nicht beleidigend gemeint. Er gehört nicht unserer Kaste an; wir brauchen, was er sagt, nicht ernstzunehmen.

Arvath gab nach. »Was ich an dir liebe, ist deine Weiblichkeit, Schatz. Der Rest deiner Person gehört dir, da mische ich mich nicht ein.«

»Ich weiß, ich weiß«, beschwichtigte sie ihn mit leiser Stimme.

Rajasta ergänzte mit allumfassender Güte: »Mach dir keine Sorgen um sie, Arvath. Ich weiß, daß sie ebenso Frau wie Priesterin ist.«

Riveda sah mit feinem Spott zu Deoris hin. »Ich glaube, wir beide sind hier überflüssig«, brummte er und zog das Mädchen am Geländer entlang zur Südseite des Daches, wo sie schweigend stehenblieben und auf das Feuer niederblickten, das am Meeresdeich tanzte und flackerte.

Arvath wandte sich entschuldigend an Rajasta. »Ich bin allzu sehr Mann, wenn es um Domaris geht«, dabei lächelte er belustigt.

Rajasta gab das Lächeln freundschaftlich zurück. »Das kann ich gut verstehen, mein Sohn.« Er sah Domaris scharf an. Im silbernen Mondschein glänzte ihr wundervolles, feuerfarbenes Haar, und die Müdigkeit in ihrem jungen Gesicht war kaum noch zu sehen. Aber Rajasta ließ sich nicht darüber hinwegtäuschen, daß sie ruhebedürftig war. *Warum nur*, fragte er sich, *hat sie so eifrig geleugnet, vor allem eine Frau zu sein?* Rajasta wandte sich ab und sah auf das Meer hinaus. Die Erinnerung schmerzte ihn. *Als sie Micons Sohn trug, war Domaris ganz Frau, mit tiefer Freude und mit einem*

Stolz, der schon fast überheblich war. Warum ist sie gerade so rebellisch geworden, als habe Riveda sie beleidigt – dabei hat er ihr das größte Kompliment gemacht, das er kennt?

Plötzlich lächelte Domaris. Sie schlang einen Arm um ihren Mann, den anderen um Rajasta und zog beide an sich. Sie stützte sich auf Arvath, gerade soviel, daß es den Eindruck von Unterordnung und Zuneigung erweckte. Sie war nicht dumm und wußte, welches Gefühl der Bitterkeit Arvath so entschlossen unterdrückte. Kein Mann würde ihr je mehr bedeuten – die Erinnerung an Micon ausgenommen, die sie mit fester Entschlossenheit aus ihrem Leben fernhielt. Keine Frau kann ja gegen den Mann, dessen Kind sie trägt, völlig gleichgültig sein.

Mit einem heimlichen, überlegenen Lächeln, das den Wächter sehr beruhigte, berührte Domaris die Wange ihres Gatten mit den Lippen. »Schon bald, Rajasta, werde ich dich darum bitten, mich von den Tempelpflichten zu befreien, weil ich dann an anderes zu denken habe.« Sie lächelte immer noch. »Arvath, komm, laß uns nach Hause gehen. Ich bin müde und möchte mich ausruhen.«

Mit besitzergreifender Zärtlichkeit begleitete Arvath seine Frau die lange Treppe hinunter. Rajasta folgte dem jungen Paar. Er war zufrieden: Domaris war bei Arvath wirklich gut aufgehoben.

Als die anderen in der Dunkelheit verschwanden, seufzte Riveda hörbar enttäuscht. »So hat Domaris also ihre Wahl getroffen. Und du, Deoris?«

»Nein!« Abscheu lag in ihrem schrillen Aufschrei.

»Frauen sind seltsame Wesen«, fuhr Riveda nachdenklich fort. »Sie verfügen über eine größere Sensibilität als wir Männer; ihr Körper reagiert unwillkürlich auf den zarten Einfluß von Mond und Gezeiten. Ungeheure Kraft und Aufnahmefähigkeit ist ihnen angeboren. Ein Mann muß sie sich in jahrelangem Streben und mit seinem Herzblut erwerben. Aber wo der Mann Höhen erklimmt, neigt die Frau dazu, sich selbst in Ketten zu legen. Heirat, die Sklaverei der Lust, die Brutalität des Gebärens, die Dienstbarkeit, Ehefrau und Mutter zu sein – und all das ohne Widerspruch! Mehr noch, sie will es so und weint, wenn es ihr verweigert wird!«

Wie ein fernes Echo hallten die vor langer Zeit von Domaris gesprochenen Worte im Geist des Mädchens höhnend wider: *Wer hat dir nur solche Flausen in den Kopf gesetzt?* Aber Deoris war nur zu gern bereit, Riveda zuzuhören, denn er redete ihrer Rebellion das Wort. So protestierte sie nur ganz schwach: Es müssen doch Kinder geboren werden, oder?«

Riveda zuckte die Schultern. »Es gibt immer mehr als genug Frauen, die für nichts anderes geeignet sind. Ich jedoch träumte einst von einer Frau mit der Kraft und der Härte eines Mannes – und mit der Sensibilität einer Frau, von einer Frau, die sich nicht selbst in Ketten legt. Früher hielt ich Domaris für eine solche. Glaube mir, sie sind selten – und kostbar! Nun hat sie sich halt anders entschieden.« Riveda wandte sich Deoris zu, und seine Augen, im Mondschein beinahe ohne Farbe, sahen dem Mädchen eindringlich ins Gesicht. In seinem vollen klingenden Bariton sagte er: »Aber ich glaube, ich habe eine andere gefunden. Deoris, bist du . . .?«

»Was?« hauchte sie.

»Bist du diese Frau?«

Deoris holte tief Atem. In ihrem Inneren kämpften Furcht und Faszination miteinander.

Rivedas Hände griffen rauh nach ihren Schultern, und er wiederholte, sanft drängend: »Bist du es, Deoris?«

Etwas bewegte sich in der Dunkelheit – und Rivedas Chela tauchte plötzlich aus dem Schatten auf. Deoris überlief es mit Abscheu und Entsetzen. Sie hatte Angst vor Riveda, Angst vor sich selbst und einen übelkeiterregenden Widerwillen gegen den Chela. Sie riß sich los und rannte blindlings davon, nur um allein zu sein – auf ihrer Flucht aber hörte sie im Geist immer wieder die Worte des Adepten . . .

Bist du diese Frau?

Mehr als entsetzt, doch immer noch fasziniert, fragte Deoris sich flüsternd: «*Ob ich es wirklich bin?*«

4. Die Höhen und die Tiefen

Durch die geöffneten Fensterläden leuchteten unaufhörlich die Blitze eines Sommergewitters. Deoris lag auf ihrem Bett und konnte nicht schlafen. Die Gedanken zuckten in ihrem Kopf so ruhelos wie die Blitze. Sie fürchtete sich vor Riveda – und doch hatte sie sich schon seit langem eingestanden, daß er in ihr ein seltsames, intensives Gefühl erweckte, das auch körperlich war. Er war in ihrem Bewußtsein festgewurzelt, er war Teil ihrer Welt. So naiv sie war, erkannte Deoris doch vage, daß sie mit Riveda einen Punkt erreicht hatte, an dem es keine Umkehr mehr gab: Ihre Beziehung hatte sich jäh und unwiderruflich verändert.

Deoris glaubte, es nicht ertragen zu können, sich enger an Riveda zu binden. Aber ebenso unerträglich war ihr der Gedanke, ihn aus ihrem Leben streichen zu müssen – das wäre nämlich die einzige Möglichkeit gewesen, ihm nicht noch näherzukommen. Verglichen mit dem raschen, scharfen Verstand Rivedas wirkte sogar Rajasta unsicher und wichtigtuerisch . . . Hatte sie je ernsthaft daran gedacht, in Domaris' Fußstapfen zu treten?

Ein Geräusch unterbrach ihre Gedanken, und sie erkannte Chedans Schritt auf dem Steinboden. »Schläfst du?« flüsterte er.

»Oh, Chedan – du?«

»Ich war im Hof, und ich konnte nicht schlafen.« Er ließ sich auf die Bettkante nieder. »Ich habe dich den ganzen Tag nicht gesehen. Und dabei ist heute dein Geburtstag – wie alt wirst du?«

»Sechzehn. Das weißt du doch.« Deoris setzte sich hoch und schlang die Arme um ihre Knie.

»Ich würde dir ein Geschenk machen, wenn ich wüßte, daß du es annähmst«, murmelte Chedan. Was er meinte, war unmißverständlich, und Domaris fühlte, wie ihre Wangen in der Dunkelheit heiß wurden. Chedan zog sie auf: »Oder willst du aus höherem Ehrgeiz Jungfrau bleiben? Ich habe gesehen, wie Cadamiri dich letztes Jahr bewußtlos von der Séance in Micons Wohnung wegtrug! Ah, was war Cadamiri wütend! Den ganzen Tag war er übelgelaunt, und jeder, der ihn ansprach, bekam eine bissige Antwort. *Er* würde dir raten, Deoris –«

»Sein Rat interessiert mich keineswegs!« fauchte Deoris, empfindlich getroffen von seiner Neckerei.

Wieder kämpften zwei sich widersprechende Impulse in ihr: Sie wollte ihn auslachen, und sie wollte ihn ohrfeigen. Sie hatte sich den freien Sitten und den ungezwungenen Unterhaltungen im Haus der Zwölf nie anpassen können. Die Skriptoren-Schule, in der strengere Vorschriften herrschten, hatte Deoris geprägt, schließlich hatte sie die Jahre, in denen ein Kind am leichtesten zu formen ist, dort verbracht. Ihre eigenen Gedanken waren jedoch, verworren, wie sie waren, eine schlechte Gesellschaft, und so wollte sie heute nacht nicht gern allein sein.

Chedan beugte sich zu ihr nieder und ließ seine Arme um das Mädchen gleiten. Deoris wehrte sich nicht dagegen, aber sie entzog ihm ihren Mund.

»Laß das«, sagte sie verdrießlich. »Ich kann nicht atmen.«

»Brauchst du auch nicht.« Er sprach in zärtlicherem Ton als sonst, und so protestierte Deoris nicht sonderlich. Ihr gefiel die Wärme seiner Arme um ihren Körper, die Art, wie er sie hielt, behutsam, als sei sie zerbrechlich . . . aber heute nacht waren seine

Küsse heftiger als sonst, so daß es sie ein bißchen ängstigte. Vorsichtig rückte sie von ihm ab und murmelte, er solle sie zufriedenlassen.

Wieder herrschte im Raum Stille. Nur das Zucken der Blitze belebte die Nacht, und ihre eigenen Gedanken irrten in das Grenzland der Träume.

Auf einmal lag Chedan, ehe sie sich's versah, neben ihr und zwang seine Arme langsam unter ihren Kopf – dann drückte die ganze Kraft seines harten, jungen Körpers sie nieder. Er redete unzusammenhängende Sätze und gab ihr leidenschaftliche Küsse, die ihr unheimlich waren. Einen Augenblick lang hielten die Überraschung und eine Art träumerischer Mattigkeit sie bewegungslos fest . . . Doch dann schrie jeder Nerv ihres Körpers vor Widerwillen auf.

Deoris schlug um sich, riß sich von ihm los, sprang auf die Füße; ihre Augen brannten vor Schreck und Scham. »Wie kannst du es wagen!« »Wie kannst du es wagen!« stieß sie hervor.

Chedan blieb vor Verblüffung der Mund offenstehen. Langsam erhob er sich. »Deoris, Süße, habe ich dich erschreckt?« flüsterte er voller Reue und breitete die Arme aus.

Sie sprang förmlich rückwärts. »Faß mich nicht an!«

Chedan kniete immer noch auf der Bettkante. Jetzt stand er bestürzt auf. »Deoris, ich verstehe dich nicht – was habe ich denn getan? Es tut mir leid – bitte, sieh mich nicht so an«, flehte er. Er war verwirrt und beschämt und wütend auf sich selbst, weil er so dumm voreilig gewesen war. Sanft berührte er ihre Schulter. »Deoris, du weinst doch nicht etwa? Bitte, nicht weinen – es tut mir leid, meine Liebe. Komm wieder ins Bett, ich verspreche dir, ich werde dich nicht mehr anfassen. Sieh her, ich schwöre es.« Konfus setzte er hinzu: »Ich konnte doch nicht wissen, daß du so unwillig –«

Deoris schluchzte jetzt laut. »Geh weg!« rief sie, »geh weg!«

»Deoris!« Chedans noch nicht ganz gefestigte Stimme schlug ins Falsett um. »Hör auf, so zu weinen – man kann dich überall hören, du dummes Mädchen! Ich werde dich niemals mehr berühren, solange du es nicht selbst willst! Was hast du denn geglaubt, das ich vorhätte? Ich habe noch nie in meinem Leben ein Mädchen vergewaltigt, und ganz bestimmt würde ich nicht mit dir anfangen! Nun hör auf, Deoris, hör schon auf!« Er legte ihr die Hand auf die Schulter und schüttelte sie leicht. »Wenn dich jemand hört, wird er –«

Ihre Stimme war schrill, beinahe hysterisch. »Geh weg! Du sollst weggehen, weggehen!«

Chedan ließ seine Hand sinken. Seine Wangen waren hochrot vor verletztem Stolz. »Gut, ich gehe«, sagte er kurz, und die Tür schlug hinter ihm zu

Deoris zitterte in einem nervösen Kälteschauer, kroch wieder ins Bett und zog sich die Decke über den Kopf. Sie schämte sich und war unglücklich, und ihre Einsamkeit stand wie körperlich greifbar im Raum. Selbst Chedans Anwesenheit wäre jetzt ein Trost gewesen . . .

Sie stand wieder auf und wanderte unruhig im Zimmer umher. Was war geschehen? Eben noch war sie es zufrieden gewesen, in seinen Armen zu liegen und zu spüren, wie sich die Leere in ihrem Herzen durch seine Nähe füllte – und gleich darauf hatte wütende Abscheu ihren ganzen Körper geschüttelt. Dabei hatten sie und Chedan sich seit Jahren langsam und unausweichlich einem solchen Augenblick genähert. Wahrscheinlich glaubten alle im Tempel, sie seien bereits ein Paar! Warum hatte sie sich, als es soweit war, bloß so heftig geweigert?

Einem plötzlichen Impuls nachgebend, zog Deoris einen leichten Umhang über ihr Nachthemd und ging hinaus auf den Rasen. Der Tau war kalt an ihren bloßen Füßen, aber die feuchte Nachtluft kühlte angenehm ihr heißes Gesicht. Sie trat ins Mondlicht, und der Mann, der langsam den Pfad heraufkam, hielt voller Befriedigung scharf den Atem an.

»Deoris«, sagte Riveda.

Sie drehte sich erschrocken um, und einen Augenblick lang glaubte der Adept, sie werde fliehen. Dann erkannte sie seine Stimme, und ein langer Seufzer stahl sich über ihre Lippen.

»Riveda! Ich habe mich so erschreckt . . . bist du es wirklich?«

»Kein anderer«, lachte er und kam näher. Sein großer, schlanker Körper hob sich schwarz vor dem Licht der Sterne ab, seine Robe schimmerte wie Rauhreif; er schien die Dunkelheit um sich zu sammeln und wieder abzustoßen. Er nahm ihre Hand, die sie ihm vertrauensvoll entgegenstreckte.

»Du hast ja bloße Füße! Was bringt dich zu mir, so halb angezogen? Nicht, daß es mir mißfallen würde«, setzte er hinzu.

Sie senkte die Augen. Ihre Denkfähigkeit kehrte zurück, und sie schämte sich. »Zu – dir?« fragte sie aufsässig.

»Du kommst immer zu mir«, sagte Riveda – und es klang nicht wie eine kühne Behauptung, sondern wie eine unbedeutende Feststellung, so, als habe er gesagt: *Die Sonne geht im Osten auf.* »Du mußt inzwischen erkannt haben, daß ich am Ende aller deiner Wege stehe. »Ja«, überlegte er laut, »jetzt bin ich dessen sicher. Und ich glaube, ich kann eine Frage beantworten, die du mir vor langer Zeit gestellt hast – willst du mit mir kommen?«

Deoris hörte sich selbst sagen: »Natürlich«, und es wurde ihr bewußt, daß sie auch so meinte und daß sie jedes Wort glaubte, das er gesprochen hatte. »Wohin gehen wir denn?«

Riveda betrachtete sie lange stumm. Dann antwortete er: »In die Krypta, wo der Gott schläft.«

Deoris fuhr sich mit den Händen an die Kehle. Das war ein unaussprechliches Sakrileg für eine Tochter des Lichttempels.

»Muß ich wirklich mitgehen?« sagte sie leise, und ihre Stimme war heiser.

Rivedas Hände sanken nieder und ließen sie frei. »Alle Götter der Vergangenheit, der Gegenwart und der Zukunft sollen mich davor bewahren, daß ich dich jemals zu etwas zwinge, Deoris.«

Hätte er ihr befohlen, hätte er sie gebeten, hätte er versucht, sie zu überreden, dann wäre sie geflohen, aber nach dieser Rede erklärte sie feierlich: »Ich komme mit.«

»Dann komm«, sagte Riveda, und sie lenkten ihre Schritte zur Pyramide. »Heute abend habe ich dich auf die Zinnen des Tempels geführt. Jetzt werde ich dir die unterirdischen Gewölbe zeigen. Auch sie sind ein heiliges Mysterium.« Er legte die Hand auf ihren Arm; seine Berührung war kalt und unpersönlich. «Paß auf, wohin du trittst, der Hügel ist im Dunkeln gefährlich«, warnte er.

Gehorsam ging Deoris neben ihm her. Er blieb einen Augenblick stehen, wandte sich ihr zu und bewegte den Arm. Doch sie wich ihm ängstlich aus.

»Soso«, murmelte Riveda fast unhörbar. »Meine Frage ist beantwortet, bevor ich sie gestellt habe.«

»Was meinst du damit?«

»Weißt du es wirklich nicht?« Riveda lachte kurz, aber nicht aus Belustigung. »Nun, auch das wirst du vielleicht lernen – aber nach deinem eigenen Willen, immer nur nach deinem eigenen Willen. Vergiß das nicht. Die Höhen – und die Tiefen. Du wirst schon sehen.«

Er führte sie zu dem dunklen Gebäude. Stufen – unzählige, nicht enden wollende Stufen – wanden sich abwärts, immer tiefer ins Halbdunkel. Die indirekte Beleuchtung war so schwach, daß sie keine Schatten warf. Die kalten Steinstufen waren ebenso grau wie das Licht. Das Tapsen ihrer bloßen Füße folgte Deoris in unheimlichen Echos, die unaufhörlich von Wand zu Wand geworfen wurden. Ihr Atem ging rasselnd und schien ihr keuchend auf den Fersen zu folgen. Sie zwang sich weiterzugehen und ließ eine Hand an der Wand entlanggleiten . . . Sie hatte das Gefühl zu fliegen, obwohl ihre Füße sich weigerten, ihren Rhythmus zu verändern und die Echos ihrer Schritte gleichmäßig waren wie Herzschläge.

Wieder eine Kehre; weitere Stufen. Die Gräue schloß sich um sie, und Deoris erschauerte in einer Kälte, die nicht allein von den feuchten Steinwänden herrührte. Sie watete neben dem graugekleideten Riveda durch grauen Nebel, und die Angst des Eingeschlossenseins drückte ihr fast die Kehle zu. Sie wußte, daß sie im Begriff war, ein Sakrileg zu begehen, und deshalb stach ihr schlechtes Gewissen ihr in die Seele.

Hinunter, immer weiter hinunter führten die Stufen durch Ewigkeiten schmerzender Anstrengung.

Immer wieder wollte sie davonlaufen, aber die Kälte hielt sie fest wie Treibsand. Plötzlich war die Treppe zu Ende. Eine letzte Kehre führte in ein großes Gewölbe, von flackerndem grauen Licht schwach beleuchtet. Scheu trat Deoris in ein tiefes Kellergemach ein und blieb wie erstarrt stehen.

Sie konnte nicht wissen, daß das Abbild des Schlafenden Gottes sich jedem Sucher auf andere Weise offenbarte. Sie wußte nur dies: Vor langer, langer Zeit, weiter zurück, als das kurze Gedächtnis der Menschheit reichte, hatte das Licht über die Finsternis triumphiert und regierte jetzt unumschränkt in der Sonne. Aber in den unendlichen Zyklen der Zeit – das gaben sogar die Priester des Lichts zu – mußte die Herrschaft der Sonne irgendwann einmal enden. Das Licht würde zurückfluten zu Dyaus, dem Verhüllten Gott, dem Schläfer . . . und er würde seine Ketten zerbrechen und in einer langen, chaotischen Nacht das Szepter schwingen.

Mit müden, angestrengten Augen sah Deoris unter dem aus Stein gehauenen Vogel den Mann mit den gekreuzten Händen . . .

Sie wollte laut schreien, aber die Schreie erstarben ihr in der Kehle. Langsam schritt sie vor, Rivedas Worte lebendig im Gedächtnis, und kniete anbetend vor dem verschwimmenden Bildnis nieder.

Endlich erhob sie sich, frierend und verkrampft. Riveda stand in ihrer Nähe. Er hatte die Kapuze von seinem markanten Kopf genommen, und sein silbriges Haar glänzte in dem fahlen Licht wie ein Strahlenkranz. Sein Gesicht war von einem seltsamen Lächeln erhellt.

»Du hast Mut«, stellte er ruhig fest. »Du wirst noch weitere Proben zu bestehen haben, aber für jetzt ist es genug.« Ohne sich zu verneigen, stand er neben ihr vor dem großen Bildnis und sah zu ihm hoch. Seine Augen sahen es ganz anders: gesichtslos, überwältigend und streng, ohne jedoch schrecklich zu sein, erschien es als eine in Grenzen gehaltene, aber nicht völlig gezähmte Macht. Er hätte gern gewußt, welche Erscheinung Deoris von dem Avatar hatte, und er berührte leicht ihr Handgelenk. In einer kurzen Vision schien der Gott zu zerfließen, sich zu verändern und für einen Augenblick nahm er die Gestalt eines sitzenden Mannes mit über der Brust gekreuzten Händen an. Riveda entließ die Vision mit einem Kopfschütteln, faßte Deoris' Handgelenk fester und führte sie durch einen Bogengang in eine Reihe von merkwürdig eingerichteten Räume, zu denen man durch die größere Krypta gelangte.

Dies unterirdische Labyrinth war ein Mysterium, zu dem die meisten Tempelleute keinen Zugang hatten. Auch die wagemutigsten Mitglieder der Graumantel-Sekte kamen nur selten her, obwohl ihr Orden mit seinem Ritual dem Verhüllten Gott huldigte und ihn bewachte. Nicht einmal Riveda kannte diese Höhlen in ihrer ganzen Ausdehnung; er hatte seine Forschungen nie sehr weit in das heimliche Labyrinth ausgedehnt, das früher einmal eine große, täglich besuchte Kultstätte gewesen sein mußte. Es breitete sich unter dem gesamten Tempel des Lichts aus, und gerüchteweise hieß es, die Schwarzmäntel benutzten die verbotenen Höhlen für ihre geheimen Teufeleien. Obwohl Riveda sich oft wünschte, sie zu entdecken, gefangenzunehmen und für ihre Verbrechen zu verurteilen, war er nie mehr als ein kleines Stück in den Irrgarten vorgedrungen.

Jetzt führte er Deoris in einen nahegelegenen Raum. Er war sparsam im Stil einer lange zurückliegenden Epoche möbliert und von einer jener immerbrennenden Lampen erhellt, deren Geheimnis die Priester des Lichts nie ergründet hatten. Die flackernde, tanzende Beleuchtung erhellte kryptische Symbole an den Wänden. Riveda war dankbar dafür, daß das Mädchen sie nicht kannte. Er selbst hatte ihre Bedeutung erst vor kurzem mit großer Mühe und nach langem Studium enträtselt, und selbst Rivedas eisige Gemütsruhe war von ihrem obszönen Inhalt erschüttert worden.

»Setz dich hier neben mich«, forderte er sie auf, und sie gehorchte ihm wie ein Kind. Hinter ihnen geisterte der Chela wie ein Nebelschwaden durch die Tür und blieb mit einem sinnentleerten, ausdruckslosen Blick stehen. Riveda beugte sich vor, den Kopf in die Hände gestützt. Deoris sah zu ihm auf, neugierig und vertrauensvoll.

»Deoris«, sagte er schließlich, »Es gibt vieles, was ein Mann niemals ausloten kann. Frauen wie du haben eine bestimmte Wahrnehmungsfähigkeit. Ein Mann kann sie, wenn überhaupt, nur unter der sicheren Führung einer solchen Frau erwerben.« Er hielt inne; mit einem kalten Blick sah er ihr nachdenklich in die Augen. »Eine solche Frau muß nicht nur Mut haben, sondern auch Kraft, Wissen und Einsicht. Du bist sehr jung, Deoris, du hast noch viel zu lernen – aber mehr denn je glaube ich, daß du eine solche Frau werden kannst.« Riveda ließ seinen Worten ein längeres Schweigen folgen, das ihnen besonderen Nachdruck verlieh. Dann fuhr er fort, und seine Stimme klang tiefer als vorher: »Ich bin nicht mehr jung, Deoris, und vielleicht habe ich nicht das Recht, dich um etwas Besonderes zu bitten; du bist jedoch die erste Frau, bei der ich das Gefühl habe, ich könnte ihr trauen – und ihr folgen.« Bei diesen Worten war sein Blick von ihr abgeirrt. Dann sah er sie wieder eindringlich an. »Wärest du einverstanden, dich von mir lehren und zum Bewußtsein dieser Kraft in dir leiten zu lassen, um mich eines Tages auf dem Weg zu führen, den kein Mann ohne Hilfe einer Frau zu beschreiten vermag?«

Deoris drückte die Hände gegen ihre Brust. Sie war überzeugt, der Adept könne das Klopfen ihres Herzens hören. Ihr war schwindlig und übel, sie fühlte sich vor lauter Panik schwerelos – und es war ihr bewußter denn je, daß jede andere Lebensmöglichkeit für sie sinnlos war. Es überkam sie ein wilder Impuls zu schreien, in rasendes, hysterisches Gelächter auszubrechen. Trotzdem gelang es ihr, ihrem Verstand zu gehorchen, und beherrscht flüsterte sie: »Ich will – wenn du glaubst, ich sei stark genug –« doch dann ergriff die Bewunderung für diesen Mann sie so sehr, daß sie nicht mehr fähig war, weiterzusprechen. Sie hatte nur noch einen einzigen Wunsch, in dem sich alle ihre früheren Sehnsüchte vereinigten: diesem Mann nahezustehen, näher als ein Akoluth oder Chela, näher als irgendeine Frau. Und doch zitterte sie bei dem Gedanken, daß sie sich auf etwas Ungeheures einließ; sie hatte oft davon gehört, daß die Graumäntel ihren Frauen Fesseln anlegten. Sie würde Riveda in Zukunft sehr nahe sein. Wie war er wohl unter seiner zynischen, spöttischen Maske? Heute nacht war sie schon ein wenig zur Seite gerutscht –

Rivedas Mund bewegte sich, als kämpfe er gegen heftige Gefühle an. Seine Stimme klang gedämpft, beinahe sanft, er lächelte schwach: »Deoris, ich kann dich nicht meine Akoluthin nennen, denn dieser Beziehung sind feste Grenzen gesetzt, und was ich möchte, geht über sie hinaus. Verstehst du mich?«

»Ich glaube schon –«

»Für eine gewisse Zeit verlange ich von dir Gehorsam und Unterwerfung. Es muß ein absolutes Wissen des einen um den anderen geben und« – er ließ ihre Hand los, sah sie an und machte eine kleine Pause, die seinen Worten wieder ungeheuren Nachdruck verlieh »– und vollständige Intimität –«

»Ich – weiß.« Deoris gab sich Mühe, mit fester Stimme zu sprechen. »Auch das möchte ich.«

Riveda nickte kurz, als nehme er keine besondere Notiz von ihren Worten. Trotzdem spürte Deoris, daß er seiner selbst nicht so sicher war, wie es schien. Riveda fühlte sich tatsächlich so unwohl, daß es schon an Furcht grenzte. Er hatte Angst, durch irgendeine Unvorsichtigkeit in Wort oder Geste den Zauber der Faszination zu brechen, den er, beinahe ohne Absicht, auf dies Mädchen ausübte. Verstand sie wirklich – war sie überhaupt in der Lage zu verstehen, was er von ihr verlangte? Er ahnte es nicht.

Da fiel Deoris mit einer Bewegung, die den Adepten erschreckte, vor ihm auf die Knie und verbeugte sich in so totaler Unterwerfung vor ihm, daß sich Rivedas Kehle zusammenschnürte und ihn eine lange vergessene Empfindung übermannte.

Er zog Deoris behutsam in die Höhe und nahm sie in seine Arme. Seine Stimme war heiser. »Ich habe dir einmal gesagt, daß ich kein Mann bin, dem man vertrauen sollte. Aber, Deoris, die Götter sollen an mir tun, was ich an dir tun werde!«

Diese Worte waren ein Schwur, der tiefer und folgenschwerer war als der ihre.

Der letzte Überrest ihrer Furcht verschwand unter seiner Umarmung. Sie fühlte, wie er sie in die Höhe hob und schrie auf vor Erstaunen über die Kraft in seinen Händen. Sie merkte kaum, wie sie schwebte. Dann lag sie auf dem Rücken, er beugte sich über sie, und sein Kopf war ein dunkler Umriß vor dem seltsam gedämpften Licht; sie erinnerte sich, mehr als daß sie es sah, an die harte Linie seines Unterkiefers, an seinen strengen Mund. Seine Augen waren so eisig wie die Nordlichter und ebenso weit entfernt . . .

Noch nie hatte sie jemand auf diese Weise berührt, sie hatte bisher nichts als Sanftheit und Zärtlichkeit gekannt, nun aber schluchzte sie in starrem Entsetzen. *Domaris – Chedan – der Mann mit den gekreuzten Händen – Micons Totenmaske* – diese Bilder wirbelten in einer kurzen Sekunde des Schreckens durch ihren Geist. Dann drückte sich Rivedas rauhes Gesicht an das ihre, und seine starken und empfindsamen Hände lösten die Spangen ihres Nachtgewands. Sie nahm nicht mehr wahr als das gedämpfte, tanzende Licht, den Schatten eines Bildnisses – und Riveda.

Der Chela kauerte bis zum Morgengrauen murmelnd auf dem Steinfußboden.

Nahe beim Haus der Zwölf lag unter einem Weinspalier ein tiefer klarer Teich, der als Spiegel der Gedanken bekannt war. Der Sage nach gab es hier einst ein Orakel, und auch jetzt noch glaubten manche, in Augenblicken selischer Not werde die Antwort, die man am sehnlichsten suche, von dem reinen Wasser widergespiegelt — wenn der Fragende Augen hatte, zu sehen.

Deoris lag erschöpft im Schatten großer Weinblätter und blickte in bitterer Verzweiflung in das Wasser. Sie hatte Angst bekommen, denn schließlich hatte sie ein schweres Sakrileg begangen und ihre Kaste und die Götter verraten. Sie fühlte sich ausgelaugt und einsam, und die stechenden Schmerzen in ihrem Körper waren wie das Echo einer lange zurückliegenden, schon halb vergessenen Verletzung. Stärker als das Stechen in ihrem Leib aber war ein vages Gefühl von Scham, das nicht frei von Staunen war.

Sie hatte sich Riveda in traumhafter Verzückung hingegeben, nicht wie ein Mädchen ihrem Liebsten, sondern in ähnlicher Unterwerfung wie ein Gottesopfer auf einem Altar. Er hatte sie genommen — so dachte sie unwillkürlich — wie ein Mysterienpriester, der einen Akoluthen in ein heiliges Geheimnis einführt, nicht aus Leidenschaft, sondern einem mystischen Initiationsritus zuliebe, und ihr ganzes Sein war darin aufgegangen.

Über ihre eigenen Gefühle konnte Deoris sich nur wundern. Der eigentliche körperliche Akt war ihr nicht so wichtig, aber von Domaris hatte Deoris gelernt, daß es eine Schande sei, sich einem Mann ohne Liebe hinzugeben. Ob sie Riveda wirklich liebte? Und liebte er sie? Deoris wußte es nicht — und sie sollte auch nie viel mehr darüber erfahren.

Immer noch war ihr nicht klar, ob diese grausame mystische Initiierung leidenschaftlich oder nur brutal gewesen war.

In einem Augenblick war es Riveda gelungen, alle Gedanken in ihr auszulöschen. Das war vor allem die Ursache für Deoris' Scham. Sie hatte sich auf ihre Fähigkeit verlassen, ihre Gefühle von seiner Herrschaft über ihren Körper unbeeinflußt zu lassen. *Demnach muß ich mich in Disziplin üben,* mahnte sie sich streng, *um mich ihm vollständig zu unterwerfen. Die Inbesitznahme meines Körpers war nur ein Mittel zu dem Zweck — meinen Willen dem seinen unterzuordnen.*

Von ganzem Herzen wünschte sie sich, den ihr von Riveda beschriebenen Pfad der psychischen Vervollkommnung beschreiten zu können. Sie wußte jetzt, daß sie das immer gewollt hatte; sie hatte Micon gegrollt, als er versuchte, sie von diesem Weg fernzuhalten. Und Rajasta – nun, der hatte Domaris unterwiesen, und was dabei herausgekommen war, stand ihr schließlich als abschrekkendes Beispiel vor Augen!

Sie hörte nicht, daß sich Schritte näherten, denn Riveda konnte sich lautlos bewegen, wie eine Katze. Erst als er sich über sie beugte, bemerkte sie ihn. Er hob sie mit seinen muskulösen Armen hoch und nahm sie in die Arme.

»Nun, Deoris? Befragst du das Orakel nach deinem oder nach meinem Schicksal?«

Regungslos und stumm ließ sie seine Umarmung geschehen. Einen Augenblick später ließ er sie verwirrt los.

»Was ist, Deoris? Bist du böse auf mich?«

Das Widerstreben ihres Körpers machte sich ein letztes Mal Luft in dem Ausruf: »Ich kann es nicht leiden, wenn man mich so unsanft anfaßt!«

Der Adept neigte reumütig das Haupt. »Verzeih mir. Ich werde es mir merken.«

»Oh, Riveda!« Sie warf die Arme um ihn, begrub ihren Kopf in dem rauhen Stoff seiner Kutte und klammerte sich verzweifelt an ihm fest. »Riveda, ich habe Angst!«

Er drückte sie fest, beinahe leidenschaftlich an sich. Dann löste er mit einer gewissen Strenge ihren Klammergriff. »Sei nicht töricht, Deoris«, ermahnte er sie. »Du bist kein Kind mehr, und ich möchte dich auch nicht wie ein Kind behandeln. Denke immer daran, ich mag es nicht, wenn Frauen schwach sind. Überlaß das den niedlichen Ehefrauen in den Innenhöfen des Tempels des Lichts!«

Betroffen hob Deoris das Kinn, doch dann sagte sie munter: »Also haben wir heute beide etwas dazugelernt!«

Riveda starrte sie zuerst verwundert an, dann lachte er laut. »Richtig! So gefällst du mir schon besser. Nun denn, ich bin gekommen, dich abzuholen, um mit dir in den Grauen Tempel zu gehen.« Als sie ein wenig ängstlich zurückwich, lächelte er und berührte ihre Wange. »Du brauchst dich nicht zu fürchten – der böse Zauberer, der dich das letzte Mal mit Illusionen gequält hat, ist exorzisiert worden; wenn du dich nicht fürchtest, frage nur, was mit ihm passiert ist. Verlaß dich darauf, niemand wird es wagen, den Geist meiner erwählten Novizin anzutasten!«

Durch diese Worte beruhigt, folgte sie ihm. Er paßte sich ihrem Gang an und verkürzte seine langen Schritte, dann fuhr er fort: »Du hast einer unserer Zeremonien als Außenseiter beigewohnt. Jetzt sollst du alles übrige sehen. Unser Tempel ist hauptsächlich ein Ort für Experimente. Jeder arbeitet dort für sich, um seine Kräfte weiterzuentwickeln.«

Das verstand Deoris, denn in der Priesterkaste wurde großer Wert auf Vervollkommnung der eigenen Persönlichkeit gelegt. Aber nach welchen besonderen Zielen mochten die Magier streben?

Riveda beantwortete ihre unausgesprochene Frage. »Zuerst suchen wir, absolute Selbstbeherrschung zu erlangen; Körper und Geist müssen gestählt und durch eine bestimmte Disziplin unter Kontrolle gebracht werden. Dann arbeitet jeder für sich daran, mit den Kräften seines Körpers und Geistes die Kontrolle über Klänge, über Farbe oder Licht oder auch Lebewesen zu gewinnen, ganz nach eigenem Ermessen. Wir nennen uns Magier, aber es gibt gar keine Magie; es gibt nur Schwingungen. Wenn ein Mann fähig ist, seinen Körper auf irgendeine Schwingung einzustimmen, wenn er etwa die Schallschwingungen auf eine Weise beherrscht, daß er Felsen spalten kann, oder es ihm gelingt, eine Farbe in eine andere umzudenken, dann ist das keine Magie. Wer sich selbst beherrscht, beherrscht das Universum.«

Sie erreichten den großen Bogen, der die Bronzetore des Grauen Tempels überspannte, und er winkte ihr, ihm voranzugehen. Eine körperlose Stimme rief sie in fremden Silben an, und Riveda antwortete ihr. Sie traten durch das Tor, und er sagte leise: »Ich werde dich die Worte der Einlassung lehren, Deoris, damit du hier auch ohne mich Zutritt hast.«

Der große trübe Raum kam ihr viel größer vor, als das erste Mal, denn diesmal war er fast leer. Instinktiv wanderten Deoris' Augen zu der Stelle, wo sie den Mann mit den gekreuzten Händen gesehen hatte – aber die Nische in der Wand war hinter grauen Schleiern verborgen. Sie erinnerte sich an einen anderen Schrein, tief in den Eingeweiden der Erde, und konnte es nicht unterdrükken, zu erschauern.

Riveda sagte ihr ins Ohr: »Weißt du, warum der Tempel grau ist und wir diese Farbe tragen?«

Deoris schüttelte stumm den Kopf.

»Weil Farbe an sich Schwingung ist und jede Farbe ihre eigene Schwingung hat. Grau macht es möglich, eine Schwingung störungsfrei zu übertragen. Außerdem absorbiert Schwarz das Licht, und Weiß reflektiert und verstärkt es. Grau aber tut weder das eine noch das andere, es gestattet uns, das Licht zu sehen, wie es in Wahrheit ist.« Er versank wieder in Schweigen, und Deoris fragte sich, ob seine Worte ebenso symbolische wie physikalische Bedeutung hatten.

In einer Ecke der riesigen Halle standen fünf junge Chelas in steifer, unnatürlicher Haltung im Kreis und gaben einer nach dem anderen Töne von sich, von denen Deoris beinahe Kopfschmerzen bekam. Riveda hörte kurz zu, dann sagte er: »Warte hier, ich muß mit ihnen reden.«

Riveda ging zu den Chelas hinüber und sprach mit ihnen, energisch, doch mit einer so leisen Stimme, daß Deoris kein einziges Wort verstehen konnte. Sie sah sich im Tempel um. Grauenhafte Geschichten hatte sie über diesen Ort gehört – von Selbstfolterung, von den *saji*-Frauen, und von unzüchtigen Ritualen. Sie konnte aber nichts von alledem erkennen. In einiger Entfernung von der Gruppe der Chelas saßen drei junge Mädchen und sahen ihnen zu. Alle waren jünger als Deoris. Sie hatten kurzgeschnittenes Haar; ihre noch unentwickelten Körper waren in silbergegürtete safrangelbe Schleier gehüllt. Sie saßen im Schneidersitz und wirkten seltsam anmutig und entspannt.

Deoris wußte, daß die *saji* sich hauptsächlich aus Ausgestoßenen zusammensetzten, aus namenlosen Kindern, geboren, ohne daß ihr Vater sie anerkannt hatte. Auf der Stadtmauer ausgesetzt, starben sie oder wurden von Mädchenhändlern gefunden. Wie alle Angehörigen der Priesterkaste glaubte Deoris, die *saji* seien Huren oder Schlimmeres – sie würden in Ritualen benutzt, deren Abscheulichkeit von unaussprechlichem Ausmaß war. Aber diese Mädchen dort sahen gar nicht lasterhaft oder verkommen aus. Zwei waren sogar besonders hübsch; die dritte hatte eine Hasenscharte, die ihr junges Gesicht entstellte. Ihr Körper war jedoch zierlich und graziös wie der einer Tänzerin. Sie unterhielten sich mit leisen, zirpenden Stimmen und benutzten dabei die Hände in zarten, ausdrucksvollen Gesten, die lange Übung verrieten.

Als Deoris den Blick von den *saji*-Mädchen abwandte, entdeckte sie auch die Adeptin, die sie schon bei ihrem ersten Besuch gesehen hatte. Von Karahama hatte sie den Namen dieser Frau erfahren. Sie hieß *Maleina.* In der Graumantel-Sekte nahm sie den zweiten Rang nach Riveda ein. Es hieß, Riveda und Maleina seien erbitterte Feinde; warum, wußte Deoris nicht.

Heute trug Maleina die Kapuze zurückgeschlagen; ihr bloßes Haar war flammendrot. Ihr Gesicht war scharf und feinknochig und von einer merkwürdigen, asketischen Schönheit. Sie saß bewegungslos auf dem Steinboden. Nicht einmal ihre Wimpern zuckten. In den gewölbten Handflächen hielt sie etwas Glänzendes, das flackerte und abwechselnd hell und dunkel wurde, regelmäßig wie das Schlagen eines Herzens. Es schien das einzig Lebendige an ihr zu sein.

In ihrer Nähe stand ein Mann, der nur mit einem Lendentuch bekleidet war, auf dem Kopf. Deoris mußte sich das Kichern verkneifen – aber das hagere Gesicht des Mannes war völlig ernst.

Keine fünf Fuß von Deoris entfernt lag ein etwa sieben Jahre alter Junge auf dem Rücken, sah zu der gewölbten Decke hoch und atmete tief, langsam und regelmäßig. Er schien nichts anderes zu tun, als Luft zu holen, und er war so entspannt, daß Deoris bei seinem Anblick fast schläfrig wurde, obwohl seine Augen weit offen waren und sehr wach zu sein schienen. Er bewegte keinen einzigen Muskel . . . Einige Minuten später fiel Deoris auf, daß sich sein Kopf mehrere Zoll über dem Fußboden befand. Fasziniert beobachtete sie ihn weiter, bis er schließlich bolzengerade aufrecht saß, und doch hatte sie in der ganzen Zeit nicht die kleinste Bewegung an ihm wahrgenommen. Plötzlich schüttelte der kleine Junge sich wie ein Hündchen, sprang auf die Füße und grinste Deoris breit an. Es war das Grinsen eines richtigen Lausebengels und bildete einen auffallenden Kontrast zu der perfekten Kontrolle über seinen Körper, die er soeben bewiesen hatte. Erst jetzt erkannte Deoris ihn: Er hatte dasselbe hellblonde Haar und ein feingeschnittenes Gesicht, genau wie Demira. Er war Karahamas jüngeres Kind.

Unbefangen schlenderte der Kleine zu der Gruppe von Chelas hinüber, die Riveda unterrichtete. Der Adept hatte die graue Kapuze über den Kopf gezogen und hielt gerade einen großen Bronze-Gong in die Höhe. Einer nach dem anderen intonierten die fünf Chelas eine merkwürdige Silbe; sie ließen die Gongs schwach vibrieren; einer brachte seinen zu einem höchst eigentümlichen Klingen . . . Riveda nickte. Er reichte seinen Gong einem der Jungen, stellte sich vor ihm auf und sprach eine einzige kehlige Silbe.

Der Gong begann zu schwingen, dann dröhnte er metallisch, als sei er wiederholt mit einer Stahlstange angeschlagen worden. Noch einmal stieß Riveda den Baßton aus, und wieder sang der Gong sein Klagelied. Die Chelas starrten den Adepten an. Riveda lachte und warf die Kapuze zurück. Ehe er ging, legte er dem Sohn Karahamas die Hand auf den Kopf und stellte ihm mit leiser Stimme eine Frage, die Deoris nicht verstand.

Der Adept kehrte zu Deoris zurück. »Nun, hast du genug gesehen?« fragte er und zog sie mit sich in den grauen Korridor. Viele, viele Türen gingen von diesem Flur ab, und hinter einigen flackerte ein geisterhaftes Licht. »Betritt nie einen Raum, wo ein

Licht leuchtet«, murmelte Riveda. »Es bedeutet, daß jemand drinnen ist, der nicht gestört zu werden wünscht oder den zu stören gefährlich wäre. Ich werde dich den Laut zur Erzeugung des Lichts lehren; und manchmal wirst du ohne Unterbrechung üben wollen.«

Vor einer Tür ohne Licht blieb Riveda stehen und öffnete sie, indem er einen merkwürdigen Laut von sich gab. Er brachte ihn Deoris bei, ließ sie ihn mehrmals wiederholen, bis sie es fertigbrachte, ihre Stimme in einem Doppelton erklingen zu lassen. Deoris hatte zwar Gesangsunterricht gehabt, aber jetzt ging ihr auf, wieviel sie über Klänge noch zu lernen hatte. Sie war an die einfachen Töne gewöhnt, die in der Bibliothek und an anderen Orten des Tempelbezirks Licht erzeugten, aber das –!

Riveda lachte über ihre Verwirrung. »In so dekadenten Zeiten wie der unsrigen benutzt man solche Töne im Tempel des Lichts nicht mehr«, erklärte er, »nur wenige beherrschen sie noch. Früher war es Brauch, daß ein Adept seinen Chela herbrachte und ihn in eine der Zellen einschloß. Dort mußte er verhungern oder ersticken, wenn er das Wort, das ihn befreite, nicht auszusprechen vermochte. So vergewisserte man sich, daß keine ungeeignete Person am Leben blieb und ihre Minderwertigkeit oder Dummheit weitergeben konnte. Heute jedoch –« Er zuckte die Schultern und lächelte. »Dich hätte ich natürlich niemals hergebracht, wenn ich nicht überzeugt gewesen wäre, daß du es lernen wirst.«

Schließlich gelang es Deoris, in etwa den Ton herauszubringen, der die massive Steintür öffnete. Aber als sie aufschwang, blieb Deoris erschrocken auf der Schwelle stehen. »Dieser – dieser Raum«, flüsterte sie, »ist ja grauenhaft . . .«

Riveda lächelte flüchtig. »Alles Unbekannte macht denen Angst, die es nicht verstehen. Dieser Raum ist für die Initiierung von *saji* benutzt worden, während sich ihre Kräfte entwickelten. Du empfängst nur die Emotionen, die sie hier verspürt haben. Du brauchst keine Angst zu haben, sie werden sich bald verflüchtigen . . .«

Deoris hob die Hände an den Hals und berührte ihr Kristall-Amulett. Es fühlte sich tröstlich vertraut an.

Riveda sah es, aber er verstand die Geste falsch. Er zog Deoris an sich, und sein Gesicht wurde plötzlich weich. »Hab keine Angst«, wiederholte er sanft, »auch wenn ich deine Anwesenheit manchmal zu vergessen scheine. Meine Meditationen können mich tief in mein Inneres führen, wo mich niemand erreichen kann. Außerdem – bin ich lange allein gewesen, und ich bin es nicht gewöhnt, daß jemand wie du bei mir ist. Die Frauen, die ich gekannt habe – und es waren viele, Deoris – waren *saji* oder – einfach Frauen. Du dagegen, du bist . . .« Er verstummte und betrachtete sie lange, als wolle er sich jeden Zug ihres Gesichts einprägen.

Deoris war anfangs sehr erstaunt, denn sie hatte es noch nie erlebt, daß Riveda um Worte verlegen war. Plötzlich fühlte sie, wie ihr Wille weich und in seinen Händen biegsam wurde . . . Eine Flut von Empfindungen überwältigte sie, und sie begann leise zu weinen.

Mit einer Zartheit, die sie ihm nie zugetraut hätte, zog Riveda sie an sich, und diesmal lächelte er nicht.

»Du bist so schön«, sagte er und die Schlichtheit seiner Worte gab ihnen eine unvorstellbare Tiefe und Zärtlichkeit. »Du bist wie aus Seide und Feuer gemacht . . .«

In den vielen trüben Monaten, die nun folgten, hütete Deoris diese Worte wie einen geheimen Schatz in ihrem Herzen. Bei Riveda war liebevolle Zuneigung seltener als ein Diamant, und nachdem er zärtlich zu ihr gewesen war, kamen Tage, in denen er kalt, abweisend und ihr innerlich fern war. Sie mußte die beglückenden Augenblicke sammeln wie Perlen an der Kette ihrer kindlichen, unerklärlichen Liebe. Sie waren ihr einziger Trost in diesem neuen Leben, in dem ihr suchender Intellekt große Befriedigung fand, ihr sehnsüchtiges Herz aber einsam blieb.

Riveda hatte alle notwendigen Schritte unternommen, um Deoris' Stellung zu ihm gesetzlich zu regeln. Durch Geburt der Priesterkaste angehörend, konnte sie nicht offiziell in die Graumantel-Sekte aufgenommen werden; auch war sie Priesterin im Tempel Caratras und hatte dort Verpflichtungen. Das letztere Hindernis räumte Riveda durch ein paar Worte mit den hohen Initiierten der Göttin Caratra leicht aus dem Weg. Deoris, so teilte er ihnen mit, sei bereits weiter fortgeschritten, als es ihrer Dienstzeit im Tempel der Geburt entspreche. Deshalb schlage er vor, daß sie eine Weile ausschließlich unter den Heilern arbeite, bis ihre Fähigkeiten in allen ärztlichen Künsten den gleichen Grad erreicht hätten wie ihr Wissen und Können in Geburtshilfe. Die Priesterinnen gingen gern darauf ein. Sie waren stolz auf Deoris, und es freute sie, daß sie die Aufmerksamkeit eines so ausgezeichneten Heilers wie Riveda auf sich gezogen hatte.

Also trat Deoris in den Orden der Heiler ein, was auch Priestern des Lichts möglich war, und wurde Rivedas Novizin.

Bald danach wurde Domaris krank. Trotz aller Vorsichtsmaßnahmen setzten die Wehen zu früh ein, und fast drei Monate vor der Zeit gebar sie unter großen Schmerzen ein Mädchen, das niemals den ersten Atemzug tat. Domaris selbst wäre beinahe gestorben, und diesmal sprach Mutter Ysouda, die sie entbunden hatte, eine unangreifbare Empfehlung aus: Domaris durfte nie wieder ein Kind bekommen.

Domaris dankte der alten Frau, nahm gehorsam ihre Ratschläge entgegen, ließ sich die Schutzrunen und Amulette geben und bewahrte rätselhaftes Schweigen. Im stillen trauerte sie viele Stunden lang um ihre tote Tochter, und ihr Leid war um so bitterer, als sie das Kind im Grunde gar nicht gewollt hatte . . . So war sie insgeheim davon überzeugt, selbst das Leben des Kindes vernichtet zu haben, weil sie Arvath nicht liebte. Natürlich war das ein absurder Gedanke, aber es gelang ihr nicht, sich von ihm zu befreien.

Es dauerte erschreckend lange, bis sie ihre Kraft zurückgewann. Deoris war beurlaubt worden, um sie zu pflegen, aber ihre frühere innige Verbundenheit war unwiederbringlich dahin. Domaris lag still und traurig da, während ihr leise Tränen über das weiße Gesicht rannen, oder sie hielt Micail mit wehmütiger Zärtlichkeit in den Armen. Deoris sorgte zwar mit all ihrem Können für ihre Schwester, machte jedoch einen geistesabwesenden und verträumten Eindruck. Das verwirrte und reizte Domaris, die von Anfang an heftig dagegen protestiert hatte, daß man Deoris erlaubte, bei Riveda zu arbeiten. Ihr einziger Erfolg war aber gewesen, daß sich die Schwester ihr nur noch mehr entfremdet hatte.

Ein einziges Mal versuchte Domaris, ihre alte Vertrautheit wiederherzustellen. Micail war in ihren Armen eingeschlafen, und Deoris wollte ihn ihr abnehmen, weil das schwere Kind sich wälzte und im Schlaf strampelte und Domaris so etwas noch nicht wieder vertragen konnte. Domaris lächelte zu ihrer jüngeren Schwester hinauf und meinte: »Ach, Deoris, du bist so lieb zu Micail! Ich kann es gar nicht erwarten, dich mit einem eigenen Kind in den Armen zu sehen!«

Deoris fuhr zusammen und hätte Micail beinahe fallengelassen, bevor sie erkannte, daß Domaris ohne belehrende Absicht nur spontan gesagt hatte, was ihr gerade in den Sinn gekommen war. Dennoch konnte sie ihre eigene überfließende Bitterkeit nicht zurückhalten. »Lieber würde ich sterben!« schleuderte sie Domaris unverblümt entgegen.

Domaris sah sie vorwurfsvoll an; ihre Lippen zitterten. »Oh, meine Schwester, du darfst etwas so Böses nicht sagen –«

Deoris' Antwort klang wie ein Fluch: »An dem Tag, wo ich mich schwanger weiß, Domaris, werde ich mich ins Meer stürzen!«

Domaris schrie schmerzerfüllt auf, als hätte ihre Schwester sie geschlagen. Obwohl Deoris sich sofort neben ihr auf die Knie warf und um Verzeihung für ihre unüberlegten Worte flehte, blieb Domaris stumm. Auch sprach sie später zu Deoris nur noch mit kühler, reservierter Höflichkeit. Es sollte viele Jahre dauern, bis endlich die Wunde heilte, die ihr Deoris' unüberlegter Ausbruch geschlagen hatte.

6. Die Kinder des Verhüllten Gottes

Im Grauen Tempel machten sich die Magier langsam auf den Nachhauseweg. Deoris hatte furchterregende Rituale beobachtet und stand nun allein, mit Schwindelgefühlen und einer seltsamen Leere im Kopf. Da fühlte sie eine leichte Berührung am Arm und blickte in Demiras Elfengesicht.

»Hat Riveda dir nichts gesagt? Du sollst mir mir kommen. Das Ritual verbietet den Adepten und Magiern, eine Nacht und einen Tag danach eine Frau zu berühren oder nur mit ihr zu sprechen, und du darfst den Tempelbezirk nicht vor dem morgigen Sonnenuntergang verlassen.« Vertrauensvoll schob Demira ihre Hand unter Deoris' Arm, und Deoris, zu überrascht um zu widersprechen, ging mit ihr. Riveda hatte es ihr schon gesagt. Manchmal litt ein Chela, der im Ring gewesen war, unter merkwürdigen Sinnestäuschungen, und deshalb mußten sie an einem Ort bleiben, wo man jemanden zu Hilfe holen konnte. Aber sie hatte angenommen, sie werde in Rivedas Nähe untergebracht. Demira hatte sie bestimmt nicht erwartet.

»Riveda hat mir aufgetragen, mich um dich zu kümmern«, erklärte Demira keck, und Deoris fiel etwas verspätet ein, daß die Graumäntel keine Kastengesetze beachteten. Ergeben ging sie mit Demira, die sofort lossprudelte: »Ich habe soviel über dich nachgedacht, Deoris! Die Priesterin Domaris ist deine Schwester, nicht wahr? Sie ist so schön! Du bist aber auch hübsch«, setzte sie nachträglich hinzu.

Deoris errötete und dachte im Stillen, Demira sei das reizendste Geschöpfchen, das sie je gesehen habe. Alles an ihr hatte den gleichen silbrighellen Ton: das lange, glatte Haar, die Wimpern, die geraden Brauen. Die Tupfer von Sommersprossen auf ihrem blassen Gesicht hatten einen leichten Goldschimmer. Sogar Demiras Augen wirkten silbern – obwohl sie bei einer anderen Beleuchtung eher grau oder blau waren. Ihre Stimme war sehr weich, hell und lieblich. Sie bewegte sich mit der Grazie einer in die Luft geblasenen Feder – leicht und unvorhersehbar.

Aufgeregt drückte sie Deoris' Finger. »Du hattest Angst, nicht wahr? Ich habe es dir angesehen, und du hast mir so leid getan . . .«

Deoris antwortete nicht, doch das schien Demira überhaupt nicht zu stören. Deoris dachte: *kein Wunder, sie muß daran gewöhnt sein, daß sie keiner beachtet! Magier und Adepten sind nicht gerade die gesprächigsten Leute der Welt!*

Der kalte Mondschein spielte über sie hin, und andere Frauen, einzeln und in kleinen Gruppen, schritten mit ihnen den Pfad entlang. Aber niemand sprach sie an. Manchmal näherten sich welche, als wollten sie Demira begrüßen, aber irgend etwas – vielleicht nur die kindliche Art, in der die beiden Hand in Hand gingen – verscheuchte sie wieder. Vielleicht erkannten sie Deoris auch als Rivedas Novizin, und das schüchterte sie ein. Deoris hatte so etwas schon bei anderen Gelegenheiten erlebt.

Sie kamen auf einen kleinen Innenhof, wo ein Springbrunnen kühles silbriges Wasser in ein großes Becken sprudelte. Ringsherum zeichneten die schützenden Bäume ihre schwarzen Silhouetten auf den sternenbestäubten Himmel. Die Luft war schwer und erfüllt von den Düften vieler Blumen.

Dutzende von kleinen Räumen gingen auf diesen Hof hinaus. Sie waren kaum größer als Zellen, und Demira führte Deoris in eine von ihnen. Deoris sah sich ängstlich um. Sie war an so kleine, dunkle Zimmer nicht gewöhnt, und ihr war, als rückten die Wände zusammen und erstickten sie. Eine alte Frau, die auf einem Strohsack in der Ecke hockte, stand keuchend auf und humpelte auf sie zu.

»Du mußt deine Sandalen ausziehen«, sagte Demira in vorwurfsvollem Flüsterton, und Deoris gehorchte überrascht. Mit entrüstetem Schnauben nahm ihr die Alte die Sandalen ab und stellte sie draußen vor die Tür.

Wieder sah Deoris sich in der kleinen Kammer um. Sie war spärlich möbliert mit einem niedrigen, ziemlich schmalen Bett unter einem Gazehimmel, einem metallenen, antik wirkenden Kohlenbekken, einer alten geschnitzten Truhe und einem Diwan mit ein paar bestickten Kissen. Das war alles.

Demira bemerkte Deoris' Blicke und erklärte stolz: »Oh, manche haben nichts als einen Strohsack. Sie leben in Steinzellen und unterwerfen sich Härten wie die jungen Priester. Aber der Graue Tempel zwingt niemanden zu solchen Dingen, und mir liegt nichts an – nun, das wirst du schon noch erfahren. Komm mit, wir müssen vor dem Schlafen baden, denn du bist im Ring gewesen! Es gibt da einige Vorschriften – ich werde dir zeigen, was du zu tun hast.« Demira drehte sich plötzlich zu der alten Frau um. »Steh nicht da und starre uns an! Ich kann das nicht leiden!«

Die Alte gackerte wie eine Henne. »Und wer ist die da, mein Fräulein? Eine von Maleinas kleinen Hübschen, die sich einsam fühlt, wenn die Frau zu den Riten geht, und –« Sie brach ab und duckte sich überraschend behende, als eine von Demiras Sandalen auf ihren Kopf zuflog.

Wütend stampfte Demira mit ihrem bloßen Fuß auf. »Halt den Mund, du häßliche Hexe!«

Die alte Frau gackerte nur noch lauter. »Sie ist zu alt, als daß die Priester sie –«

»Ich habe gesagt, du sollst den Mund halten!« Demira stürzte sich auf die alte Frau und ohrfeigte sie. »Ich werde Maleina berichten, was du über sie gesagt hast, und sie wird dich kreuzigen lassen!«

»Was ich über Maleina sagen *könnte*«, mümmelte die alte Hexe alles andere als eingeschüchtert, »würde das kleine Fräulein für ihr ganzes Leben rot werde lassen – falls sie das Talent dazu hier noch nicht verloren hat!« Sie packte Demiras Schultern mit ihren dürren Händen und hielt das Mädchen so lange fest, bis Demiras Augen nicht mehr vor Zorn loderten. Kichernd entschlüpfte das Mädchen der Alten.

»Hol uns etwas zu essen, und dann verschwinde«, warf Demira achtlos hin. Die Alte schlurfte davon. Demira sank lässig auf den Diwan nieder und lächelte Deoris zu. »Hör nicht auf sie, sie ist alt und nicht ganz bei Trost, aber puh! sie sollte vorsichtiger sein! Was würde Maleina tun, wenn sie davon hörte!« Wieder erklang ihr helles Lachen. »Ich würde es nicht wagen, Maleina zu verspotten, nicht einmal in den tiefsten Kammern des Labyrinths! Sie könnte mich mit einem Bann treffen, daß ich drei Tage lang blind wäre, wie sie es mit dem Priester Nadastor gemacht hat, als er seine geilen Hände nach ihr ausstreckte –« Sie sprang auf und lief zu Deoris, die wie erstarrt dastand. »Du siehst selbst aus, als hätte man dich mit Bann belegt!« lachte sie. Gleich darauf wurde sie wieder ernst und meinte freundlich: »Ich weiß, du hast Angst, wir haben anfangs alle Angst hier. Du hättest mich sehen sollen, wie ich um mich stierte und gleich einer beinlosen Katze jaulte, als man mich vor fünf Jahren herbrachte! Niemand wird dir etwas tun, Deoris, selbst wenn du seltsame Dinge über uns gehört hast. Hab keine Angst. Und nun komm mit zum Teich.«

Rings um das große Steinbecken saßen Frauen, unterhielten sich und plantschten im Wasser. Ein paar hielten sich abseits, in ihre eigenen Gedanken versunken, die meisten jedoch zwitscherten so unbekümmert und gesellig wie eine Schar Wintersperlinge. Deoris betrachtete sie mit ängstlicher Neugier, und all die Horrorgeschichten über die *saji* fielen ihr wieder ein.

Sie bildeten eine ungleichartige Gruppe: Einige gehörten der braunhäutigen Pygmäenrasse der Sklaven an, eine kleinere Zahl war hell, rundlich und gelbhaarig wie das Volk in der Stadt, und ganz wenige sahen wie Deoris aus – hochgewachsen und hellhäutig mit den seidigen schwarzen oder rötlichen Locken der Priesterkaste. Doch auch hier fiel Demira noch als ungewöhnlich auf.

Alle waren hier unschicklich leicht bekleidet, aber nicht das war für Deoris etwas Neues, sondern das sorglose Durcheinander der Kasten. Einige hatten sich merkwürdige Gürtel oder Brustschilde um die jungen Körper gewunden, geschmückt mit Symbolen, die der immer noch recht unschuldigen Deoris irgendwie obszön vorkamen. Zwei oder drei waren mit noch merkwürdigeren Zeichen tätowiert, und die Bruchstücke der Unterhaltung, die sie auffing, waren unglaublich freizügig und schamlos. Ein Mädchen, eine dunkle Schönheit mit einem Zug um die Augen, der Deoris an die Händler aus Kei-Lin erinnerte, richtete den Blick auf den Neuankömmling. Deoris legte gerade scheu die safrangelben Schleier ab, die Riveda sie zu tragen gebeten hatte. Das Mädchen stellte Demira eine unanständige Frage, bei der Deoris am liebsten im Erdboden versunken wäre. Plötzlich wurde ihr klar, was die alte Sklavin mit ihren höhnischen Reden gemeint hatte.

Demira gab amüsiert eine verneinende Antwort, Deoris war den Tränen nahe. Sie begriff nicht, daß sie nur aufgezogen wurde, genau wie alle anderen Neuankömmlinge hier. *Warum hat Riveda mich nur mit diesen Huren zusammengesperrt! Wer sind sie, daß sie mich so verspotten?* Sie verzog hochmütig die Lippen, und immer noch war ihr zum Weinen zumute.

Demira beachtete das Gespött nicht. Sie beugte sich über den Rand des Beckens, schöpfte Wasser mit den hohlen Händen und brachte murmelnd in aller Eile ein stilisiertes und konventionelles Reinigungsritual hinter sich. Sie berührte Lippen und Brüste so flüchtig, daß die Gesten ihre ursprüngliche Form und Bedeutung völlig verloren und zur bloßen Routine wurden. Doch als sie fertig war, führte sie Deoris an das Wasser und erklärte ihr mit leiser Stimme die Symbolik der Gesten.

Deoris unterbrach sie überrascht. Das alles hatte Ähnlichkeit mit der Reinigungszeremonie, der sich eine Priesterin Caratras unterziehen mußte, nur benutzten die Graumäntel eine abstraktere Version. Aber die Verwandtschaft genügte, um Deoris neuen Mut zu geben. Der Symbolgehalt der Zeremonien im Grauen Tempel war stark sexuell, und jetzt verstand Deoris ihn noch besser. Sie beging das kurze Ritual sehr gründlich, und sogleich verschwand ihr Gefühl, beschmutzt worden zu sein.

Demira sah ihr voller Respekt zu. Der tiefe Sinn, den Deoris den Handlungen gab, die sie selbst nun der Form halber ausführte, weil sie es mußte, stimmte sie für eine Weile nachdenklich.

»Laß uns sofort gehen«, schlug Demira vor, sobald Deoris fertig war. »Du bist im Ring gewesen, und das nimmt einen schrecklich mit; ich kenne das.« Mit Augen, die eigentlich zu weise für ihr noch unschuldig scheinendes Gesicht waren, musterte sie Deoris. »Das erste Mal, als ich im Ring gewesen war, habe ich Tage gebraucht, um mich zu erholen. Heute abend hat man mich hinausgeschickt, weil Riveda dabei war.«

Deoris hätte gern mehr erfahren. Die alte Sklavin erschien wieder. Sie wickelte Demira in ein lakenartiges Gewand und Deoris in ein zweites. Hatte Riveda bei ihrem ersten, so katastrophal verlaufenden Besuch im Grauen Tempel Demira nicht höchstpersönlich aus dem Ring geworfen? *Was hat Riveda nur mit diesem namenlosen Balg zu tun?* Deoris wurde beinahe übel vor Eifersucht.

Sie kehrten in das kahle kleine Zimmer zurück, und Demira lächelte verschmitzt. »Oho, jetzt weiß ich, warum Riveda mich gebeten hat, für dich zu sorgen! Kleine unschuldige Priesterin des Lichts, du bist nicht die erste, die Riveda gehabt hat, und wirst auch nicht die letzte sein«, murmelte sie in einem spöttischen Singsang. Deoris riß sich zornig von ihr los, aber das Kind umfing sie schmeichelnd und drückte sie mit erstaunlicher Kraft an sich – der spindeldürre kleine Körper schien aus Stahlfedern gemacht zu sein. »Deoris, Deoris«, summte sie, »sei nicht eifersüchtig auf mich! Von allen Frauen bin ich die einzige, die Riveda nicht haben darf! Dummchen! Hat Karahama dir nicht erzählt, daß ich Rivedas Tochter bin?«

Deoris, unfähig zu sprechen, betrachtete Demira mit anderen Augen – und jetzt erkannte sie die Ähnlichkeit: das gleiche helle Haar und die seltsamen Augen, diese nicht greifbare, nicht zu identifizierende Fremdheit.

»Deshalb werde ich bei den Ritualen immer so aufgestellt, daß ich ihm niemals nahekomme«, erläuterte Demira. »Er ist ein Nordmann aus Zaiadan, und du weißt doch, wie sie über Inzest denken – oder?«

Deoris nickte langsam, jetzt endlich begriff sie. Es war allgemein bekannt, daß Rivedas Landsleute nicht nur ihre Schwestern, sondern auch ihre Halbschwestern mieden, und Deoris hatte gehört, daß sie sich sogar weigerten, ihre Cousinen zu heiraten – obwohl sie letzteres kaum glauben konnte.

»Und mit all den Symbolen dort – oh!« plauderte Demira vertraulich. »Für Riveda ist es nicht leicht, so gewissenhaft zu sein!«

Die alte Frau kleidete sie an und brachte ihnen Essen – Obst und Brot, aber weder Milch noch Käse oder Butter. Demira erzählte weiter: »Ja, ich bin die Tochter des großen Adepten und Meister-Magiers Riveda! Zumindest inoffiziell gefällt es ihm, Anspruch auf mich zu erheben, denn Karahama gibt so gut wie nie zu, daß sie den Namen meines Vaters kennt ... schließlich ist auch sie *saji* gewesen, und ich bin ein Kind des Rituals.« Demiras Augen wurden traurig. »Und nun ist sie Priesterin Caratras. Ich wünschte – ich wünschte –« Sie schluckte den Rest hinunter und fuhr schnell fort: »Ich glaube, sie betrachtet mich als Schandfleck, weil ich namenlos geboren worden bin, und deshalb liebt sie mich nicht. Sie hätte mich auf der Stadtmauer ausgesetzt, wo ich gestorben oder von einer der alten Frauen, die mit kleinen Mädchen handeln, mitgenommen worden wäre. Aber Riveda nahm mich ihr am Tag meiner Geburt fort und gab mich Maleina, und als ich zehn war, machte man mich zur *saji.*«

»*Zehn!*« wiederholte Deoris. Trotz aller Bemühung neutral zu bleiben, war sie schockiert.

Demira kicherte; ihre Stimmung schlug immer schnell um. »Oh, man erzählt schreckliche Geschichten über uns, nicht wahr? Aber wir *saji* wissen alles, was im Tempel vor sich geht! Wir wissen mehr als manch einer von euren Wächtern! Wir wußten Bescheid über den Prinzen von Atlantis, aber wir sprachen nicht darüber. Wir reden stets nur über einen Bruchteil von dem, was wir wissen. Das versteht sich von selbst. Wir sind die *Namenlosen*, und wer hört uns schon zu außer unseresgleichen? Und gegenseitig können wir uns kaum noch in Erstaunen versetzen. Ich weiß auch«, sagte sie leichthin, aber mit einem mutwilligen Seitenblick, »wer die Illusion auf dich geworfen hat, als du das erste Mal im Grauen Tempel warst.« Sie biß in eine Frucht und kaute, und beobachtete Deoris dabei aus dem Augenwinkel.

Deoris starrte sie fassungslos an. Sie fürchtete sich zu fragen, und doch wollte sie es unbedingt wissen.

»Es war Craith – ein Schwarzmantel. Die Schwarzmäntel wollten, daß Domaris sterbe. Natürlich nicht wegen Talkannon –«

»Talkannon?« hauchte Deoris entsetzt.

Demira zuckte die Schultern und wandte nervös den Blick ab. »Worte, Worte, das alles sind nur Worte. Aber ich bin froh, daß du Domaris nicht getötet hast . . .«

Deoris war jetzt völlig verstört. »Woher weißt du das alles?« Ihre Stimme klang in ihren eigenen Ohren wie ein unverständliches Rasseln.

Anfangs mochte Demira eine kleine Bosheit im Sinn gehabt haben, doch die war jetzt verschwunden. Sie faßte vertraulich nach Deoris' Hand. «Oh, Deoris, als ich noch ein kleines Mädchen war, habe ich mich immer in Talkannons Garten geschlichen, um aus dem Gebüsch heraus Blicke auf dich und Domaris zu erhaschen! Domaris ist so schön wie eine Göttin, und sie liebte dich so. Wie oft ich mir gewünscht habe, ich wäre du! Ich glaube, wenn Domaris einmal freundlich zu mir gesprochen – oder mich überhaupt angeredet hätte, wäre ich vor Freude gestorben!« Ihre Stimme klang sehnsüchtig, und Deoris, stärker bewegt als ihr bewußt war, zog den blonden Kopf an ihre Schulter.

Demira schüttelte ihr langes, feines Haar und vertrieb so ihre ernsten Gedanken. Das Schimmern kehrte in ihre Augen zurück, als sie fortfuhr: »Deshalb tat es mir um Craith überhaupt nicht leid! Du weißt nicht, wie Riveda vor diesem Ereignis war, Deoris, er war immer ruhig und nachdenklich wie ein Gelehrter und kam nur alle paar Monate einmal zu uns, aber diese Sache hat ihn in einen Teufel verwandelt! Er fand heraus, was Craith getan hatte, und klagte ihn an, deinen Geist manipuliert und ein Verbrechen gegen eine Schwangere begangen zu haben.« Mit einem schnellen Blick auf Deoris setzte sie erläuternd hinzu: »Unter den Graumänteln ist das nämlich das schwerste Verbrechen, das es gibt.«

»Im Tempel des Lichts auch, Demira.«

»Dann haben sie dort ja wenigstens ein bißchen Verstand!« rief Demira aus. »Nun, Riveda sagte: ›Diese Wächter lassen ihre Opfer zu schnell vom Haken!‹ Und dann ließ er Craith geißeln, er ließ ihn beinahe zu Tode peitschen, bevor er ihn den Wächtern auslieferte. Als sie Gericht über ihn hielten, zog ich einen grauen Kittel über mein *saji*-Kleid und ging mit Maleina« – Wieder blitzten ihre Augen wachsam zu Deoris hinüber. »Maleina ist eine Initiierte von sehr hohem Rang, ich weiß zwar nicht, von welchem, jedenfalls kann niemand ihr irgend etwas verweigern. Ich glaube, sie könnte in die Kapelle Caratras gehen und unflätige Bilder an die Wand malen, wenn sie wollte, und niemand würde wagen, etwas dagegen zu unternehmen! Karahama hat es übrigens niemand anderem als Maleina zu verdanken, daß sie nicht mehr im Grauen Tempel bleiben mußte, sondern in den Tempel der Mutter aufgenommen wurde . . .« Demira erschauerte. »Aber ich hatte ja von Craith gesprochen. Man hielt Gericht über ihn und verurteilte ihn zum Tod. Rajasta war fürchterlich! Er hielt den Gnadendolch fest in der Hand und gab ihn Craith nicht. Und so verbrannten sie ihn bei lebendigem Leib, um Domaris zu rächen und Micon!«

Zitternd bedeckte Deoris das Gesicht mit den Händen. *In was für eine schreckliche Welt bin ich bloß durch mein eigenes Tun geraten?*

Trotz aller Fremdheit wurde die Welt des Grauen Tempels Deoris bald vertraut. Nur gelegentlich tat sie noch im Haus der Geburt Dienst und verbrachte die meiste Zeit bei den Heilern; immer mehr fühlte sie sich als echte Graumantel-Priesterin.

Andererseits war es nicht so, daß die Graumäntel sie sofort akzeptierten, und es gab manchen schmerzlichen Konflikt. Riveda war zwar der höchste Adept, das Titular-Haupt des Ordens, aber seine Protektion schadete Deoris mehr als sie ihr nützte . . . Bei all seiner oberflächlichen Herzlichkeit war Riveda in seiner eigenen Sekte kein populärer Mann; er war zurückhaltend und verschlossen, viele mochten ihn nicht und alle fürchteten ihn, besonders die Frauen. Er legte zuviel Wert auf Disziplin, seine zynischen Bemerkungen trafen immer ins Schwarze und seine Überheblichkeit sonderte ihn von allen ab, mit Ausnahme der größten Fanatiker.

Vielleicht war Demira im ganzen Orden der Heiler und Magier die einzige, die ihn wirklich liebte. Natürlich gab es einige, die ihn verehrten und respektierten, aber zugleich fürchteten und aus dem Weg gingen, wann immer sie konnten. Dem kleinen Mädchen erwies Riveda zuweilen eine zerstreute Freundlichkeit, die nichts von väterlicher Liebe an sich hatte, aber doch das einzige an Wärme und Zuwendung war, das dieses mutter- und vaterlose Kind in seinem ganzen Leben erfuhr. Demira reagierte darauf mit einem seltsamen verehrenden Haß, dem einzigen Gefühl, das sie zu empfinden in der Lage war.

Auch die Weise, mit der sie Deoris entschlossen gegen die *saji* beschützte, war von solcher Haßliebe bestimmt. Mit Deoris selbst stritt sie ständig und erbittert, erlaubte aber keinem anderen ein herabsetzendes Wort über sie. Da sich alle vor Demiras unberechenbarem Temperament und ihren wilden Wutanfällen fürchteten – sie war in diesem Zustand durchaus fähig, ein Mädchen zu würgen oder ihr die Augen auszukratzen –, wurde Deoris schließlich mit Vorbehalt toleriert. Demira gewann sie in kurzer Zeit lieb, obwohl sie wußte, daß das Mädchen zu echten Gefühlen gar nicht fähig war und man besser einer angreifenden Kobra vertraute, als diesem flatterhaften Mädchen.

Riveda leistete ihrer Freundschaft weder Vorschub, noch entmutigte er sie. Er behielt Deoris in seiner Nähe, wenn er konnte, aber er hatte viele und unterschiedliche Pflichten, und zu manchen Zeiten verboten ihm die Vorschriften seines Ordens ein Zusammensein mit ihr. So verbrachte Deoris mehr und mehr Zeit in der eigentümlichen Halbwelt der *saji*-Frauen.

Sie entdeckte bald, daß die *saji* nicht ohne Grund verfemt waren. Und doch fand sie, als sie sie besser kennenlernte, diese Frauen und Mädchen eher mitleiderregend als verächtlich. Ein paar gewannen sogar ihre tiefe Achtung und Bewunderung, denn sie besaßen seltsame Kräfte und sie hatten sie mit viel Mühe erworben.

Einmal hatte Riveda ganz nebenbei zu Deoris gesagt, sie könne viel von den *saji* lernen, obwohl sie selbst das *saji*-Training nicht erhalten werde.

Nach dem Grund gefragt, hatte er geantwortet: »Zunächst einmal bist du zu alt. Eine *saji* wird vor der Reife ausgewählt. Und außerdem wirst du zu einem ganz anderen Zweck ausgebildet. Und bei dir würde ich das damit verbundene Risiko auf keinen Fall eingehen, selbst wenn ich dein einziger Initiator wäre. Eine von vieren –« Er zuckte die Schultern und brach das Gespräch ab. Schaudernd erinnerte Deoris sich an die Geschichte, die sie über Wahnsinn bei den *saji* gehört hatte.

Die *saji*, das wußte sie jetzt, waren keine gewöhnlichen Huren. Bei bestimmten Ritualen gaben sie den Priestern zwar ihre Körper hin, das aber nur nach bestimmten Gesetzen, die weit strenger – wenn auch ganz anders waren – als die Vorschriften mancher in hohem Ansehen stehender Kulte.

Deoris begriff diese Vorschriften nie ganz, denn über dies eine Thema schwieg Demira sich aus, und Deoris forschte nicht nach Einzelheiten. Sie wollte es lieber nicht allzu genau wissen.

Soviel immerhin hatte Demira ihr erzählt: In bestimmten Phasen der Initiierung mußte ein Magier, der Kontrolle über die komplizierteren und unwillkürlichen Reaktionen seines Nervensystems erlangen wollte, gewisse Riten mit einer Frau vollführen, die sich der Vorgänge in seinen psychischen Nervenzentren hellseherisch bewußt und imstande war, den subtilen Fluß psychischer Energien zu empfangen und zurückzuleiten.

Das verstand Deoris, denn sie selbst erhielt ebenso wie diese Magier Unterricht in der Bewußtmachung feinster psychischer Vorgänge. Riveda war Adept; seine vollständige Meisterschaft wirkte wie ein Katalysator auf Deoris und rief in ihrem Geist und Körper übersinnliche Fähigkeiten wach. Sie und Riveda waren körperlich intim, aber auf eine seltsame und fast unpersönliche Weise. Mittels eines kontrollierten und ritualisierten Geschlechtsverkehrs erweckte er latente Kräfte in ihrem Körper, die wiederum auf ihren Geist einwirkten.

Deoris hatte, als ihre Ausbildung begann, die volle Reife bereits erlangt. Außerdem war sie durch Rivedas Fürsorge geschützt. Er bestand auf Disziplin und Mäßigung und achtete darauf, daß sie all ihre Erfahrungen und Wahrnehmungen richtig verstand und auswertete. Auch spielte ihre frühere Ausbildung zur Priesterin Caratras keine geringe Rolle für die Fortschritte auf ihrem neuen Weg, denn dort hatte man sie darauf vorbereitet, sich solche Kenntnisse in einem ausgeglichenen und stabilen Seelenzustand anzueignen. Wieviel weniger und gleichzeitig mehr das war als das, was die *sajis* lernten, erfuhr sie von Demira.

Saji wurden in der Tat sehr jung ausgewählt – manchmal schon in ihrem sechsten Jahr – und in einer einzigen Richtung und für nur ein Ziel herangebildet: die frühzeitige Entwicklung psychischer Kräfte.

Es ging dabei nicht ausschließlich um Sexualität, das kam erst als letztes, wenn sie sich der Reife näherten. Trotzdem war die gesamte Lehrzeit bei den Graumänteln von einem starken phallischen Symbolismus geprägt. Zuerst kam die Stimulierung ihrer jungen Seelen, die Erregung von Gehirn und Geist. Sie wurden dabei zahlreichen spirituellen Erlebnissen ausgesetzt, die selbst an einen erwachsenen Adepten große Anforderungen gestellt hätten. Auch in der Musik, vor allem ihren Gesetzen von Schwingungen und Polarität, wurden sie unterrichtet. All das säte zahlreiche Konflikte in den fruchtbaren Boden ihres ungeschulten Geistes – man hielt sie nämlich absichtlich in einem Zustand, der sich wenig von Unwissenheit unterschied –, und zugleich wurden in der immer noch kindlichen Psyche und Physis geschickt verschiedene Emotionen und später sinnliche Leidenschaften aufgebaut. Körper, Seele, Emotion und Geist – alles wurde in einem dauernden Erregungszustand gehalten, den viele nicht ertragen konnten. Es bestand ein äußerst labiles Gleichgewicht im Seelenleben dieser Mädchen, sie waren ein reiches Potential unterdrückter nervöser Energien.

Wenn sie die Pubertät erreichten, wurden sie *saji*. Buchstäblich über Nacht setzte der Reifeprozeß gewaltige unterdrückte Kräfte frei. Mit furchterregender Plötzlichkeit erwachten diese in allen Reflexzentren. Eine Art zweites Gehirn, hellseherisch, instinktiv, ausschließlich psychisch, entstand in den komplizierten äußerst empfindsamen Nervensträngen besonders der Kehle, der Magengrube und des Unterleibs.

Auch die Adepten besaßen solche Kräfte — aber sie hatten sich durch den langen Kampf um Selbstbeherrschung, durch Disziplin, Härte und völlige intellektuelle Durchdringung lange auf den Schock vorbereitet. Bei den *saji*-Mädchen wurde der Durchbruch plötzlich mit Gewalt und durch Einwirkung von außen erzielt. Deshalb war das Zusammenspiel der verschiedenen Reize erzwungen und unnatürlich. Ein Mädchen von vieren verfiel bei Erreichung der Pubertät in Tobsucht und starb unter Nervenkrämpfen. Das unfaßbare Erlebnis wurde von denen, die es überstanden hatten, die Schwarze Schwelle genannt. Wenige betraten sie mit völlig intaktem Verstand und bei allen blieben irgendwelche psychischen Schäden zurück.

Demira unterschied sich ein wenig von den anderen. Sie war nicht von einem Priester, sondern von der Adeptin Maleina ausgebildet worden. Deoris sollte im Lauf der Zeit einiges über die besonderen Probleme einer Frau, die den Pfad der Magier beschreitet, erfahren, und die meisten Geschichten, die sie über Maleina gehört hatte, als unwahr erkennen — unwahr deswegen, weil die Phantasie mit einer so unfaßlichen Wahrheit niemals Schritt halten kann.

Die anderen von Maleina ausgebildeten Mädchen waren bei Erreichung der Pubertät in Raserei verfallen, die bald in sabbernden, stierenden Stumpfsinn überging. Demira jedoch hatte zu jedermanns Überraschung die Schwarze Schwelle nicht nur geistig gesund, sondern auch verhältnismäßig stabil hinter sich gebracht. Sie hatte unter den üblichen Qualen gelitten und einige Tage im Delirium gelegen — aber als sie erwachte, hatte sie, soweit man dies feststellen konnte, ihr altes Selbst wiedergefunden.

So ganz unbeschadet war sie allerdings nicht davongekommen. Die Tage der fürchterlichen Qual hatten sie gezeichnet und es ihr für immer unmöglich gemacht, eine normale Weiblichkeit zu entwickeln. Auch der enge Kontakt mit Maleina hatte in Demira den Fluß der Lebensströme teilweise umgekehrt. Deoris begriff dies erst, als sie sich selbst die verschlungenen psycho-chemischen Nervenströme bewußt machte. Jeden Monat, wenn der Mond abnahm und verschwand, nahm Deoris eine seltsame Veränderung an Demira wahr, sie wurde still, verlor ihre flatterhafte Verspieltheit, saß stundenlang da und grübelte, die Katzenaugen verschleiert, und bekam ohne Grund Wutanfälle. Manchmal verkroch sie sich nur wie ein krankes Tier und rollte sich in unbeschreiblicher, schrecklicher Verzweiflung zusammen. Niemand wagte zu solchen Zeiten, sich Demira zu nähern. Nur Maleina konnte das Kind soweit beruhigen, daß es nach außen hin vernünftig schien. Bei diesen Gelegenheiten trug Maleinas Gesicht einen so furchterregenden Ausdruck, daß Männer und Frauen vor ihr auseinanderstoben. Es war, als werde sie von Emotionen zerrissen, die ein Mensch von geringerer Bewußtheit niemals würde ausloten können.

Deoris lernte es dank ihrer Einfühlsamkeit und des im Tempel Caratras erworbenen Wissens um die Kompliziertheit des weiblichen Körpers bald, diese schrecklichen Ausbrüche vorauszusehen, mit ihnen fertigzuwerden und sie das eine oder andere Mal zu verhindern. Nach und nach übernahm sie die Verantwortung für das kleine Mädchen, denn Demira war noch keine zwölf Jahre alt, als Deoris in den Tempel kam. Sie war einerseits ein frühreifes, jammervoll weises Kind, aber oft war sie nichts anderes als ein bedauernswertes, leidendes, kleines Mädchen. Deoris hatte eine Zuneigung zu Demira gefaßt, die dazu angetan war, schlimmes Unheil heraufzubeschwören.

7. Das Erbarmen Caratras

Eine junge *saji*, die Deoris nur flüchtig kannte, hatte viele Wochen lang nicht an den Ritualen teilgenommen, und schließlich war es offensichtlich, daß sie schwanger war. So etwas geschah äußerst selten, und es war allgemeine Überzeugung, daß beim Überschreiten der Schwarzen Schwelle die *saji* so versehrt wurden, daß die Mutter sich aus ihrem Geist zurückziehe. Deoris, die die ganz und gar rituelle Natur der Sexualität bei den Zeremonien im Grauen Tempel kennengelernt hatte, war etwas skeptisch gegenüber dieser Erklärung geworden.

Tatsache war jedoch, daß im ganzen Tempelbezirk nur die *saji*-Frauen nicht in Caratras Tempel Dienst taten. Auch durften sie ihre Kinder nicht im Tempel der Geburt zur Welt bringen, ein Recht, das sonst sogar Sklavinnen und Prostituierten zustand.

Von den Riten Caratras ausgeschlossen, waren die *saji* der Gnade der Frauen ihrer Umgebung oder ihrer Sklavinnen ausgeliefert oder in einem besonderen Notfall einem Heiler-Priester, falls er sich ihrer erbarmte. Aber selbst für eine *saji* war ein Mann an einem Kindbett noch eine schreckliche Schande; so zogen sie sogar die ungeschickte Hilfe einer Sklavin vor.

Das *saji*-Mädchen erlebte eine schwere Geburt; Deoris hörte ihre Schreie fast die ganze Nacht. Sie war im Ring gewesen, war erschöpft und wollte schlafen, aber das qualvolle Stöhnen, unterbrochen von heiseren Schreien, zerrte an ihren Nerven. Die anderen Mädchen unterhielten sich, halb fasziniert und halb entsetzt, in verängstigtem Flüstern. Deoris lauschte und dachte voller Schuldbewußtsein an ihr Können, das Karahama gelobt hatte, und an die laienhafte Behandlung, die das *saji*-Mädchen erfahren mußte.

Sie versuchte, in das Zimmer des Mädchens einzudringen, was ihr erst nach einiger Mühe gelang. Sie wußte, daß sie sich dadurch verunreinigte – aber schließlich war Karahama selbst auch einmal *saji* gewesen.

Teils durch gutes Zureden, teils durch Schimpfen wurde Deoris die anderen, die die Sache verpfuscht hatten, endlich los. Nach einer Stunde schwerer Arbeit entband sie die kleine *saji* und hatte sogar einiges von dem Schaden wiedergutgemacht, den die unwissenden Sklavinnen angerichtet hatten. Sie ließ das Mädchen schwören, niemandem zu sagen, wer ihr geholfen habe. Doch irgendwie sickerte das Geheimnis doch durch, entweder durch das dumme Geschwätz der beleidigten Sklavinnen oder durch die unsichtbaren Nachrichtenkanäle, die durch jede größere und engverbundene Gemeinschaft laufen und nicht aufspürbar sind.

Als Deoris das nächste Mal zum Tempel Caratras kam, wurde ihr der Zutritt verweigert. Schlimmer noch, man nahm sie fest und befragte sie endlos über das, was sie getan hatte. Einen Tag und eine Nacht mußte Deoris in einer Einzelzelle zubringen, wo sie sich beinahe in Hysterie hineinsteigerte. Danach teilte man ihr streng mit, daß ihr Fall vor die Wächter gebracht werden müsse.

Als Rajasta davon erfuhr, waren seine erste Reaktion Abscheu und Entsetzen, aber er handelte nicht danach und wies mehrere Vorschläge zur Bestrafung zurück. Deoris erfuhr nie, welchem Schicksal sie um Haaresbreite entkommen war. Es erschien logisch, Riveda zu informieren, denn er war nicht nur Adept der Graumantel-Sekte, sondern auch Deoris' persönlicher Initiator, und man konnte sich darauf verlassen, daß er geeignete Schritte unternehmen würde. Auch diesen Gedanken verwarf Rajasta allerdings sofort.

Domaris gehörte ebenfalls zu den Wächtern, und so hätte Rajasta den Fall auch ihr vortragen können. Er wußte jedoch, daß Domaris und Deoris nicht mehr gut miteinander standen und daß mehr Schaden als Nutzen daraus entstehen mochte. Schließlich nahm er die Sache in die eigene Hand. Er rief Deoris zu sich, und eine Weile sprach er freundlich mit ihr von anderen Dingen. Dann fragte er sie, warum sie sich eine so schwerwiegende Verletzung der Gesetze von Caratras Tempel habe zuschulden kommen lassen . . .

Deoris antwortete stammelnd: »Weil – weil ich es nicht ertragen konnte, wie sie litt – wir haben gelernt, daß zu einer solchen Zeit alle Frauen eins sind. Es hätte Domaris sein können! Ich meine –«

Rajasta sah sie mitleidig an. »Mein Kind, das kann ich verstehen. Aber – was glaubst du wohl, warum die Priesterinnen von Caratras Tempel so sorgfältig behütet werden? Sie arbeiten bei den Frauen des Tempels und der ganzen Stadt. Eine Frau im Kindbett ist verwundbar, empfindsam gegen die geringste psychische Störung. Welche körperliche Gefahr für sie auch bestehen mag, dies ist schlimmer; ihr Geist und ihre Seele sind offen für großes Unheil. Vor gar nicht langer Zeit hat Domaris ihr Kind unter furchtbaren Schmerzen verloren. Möchtest du andere solchem Elend aussetzen?«

Deoris starrte stumm auf den Steinfußboden.

»Du selbst hast einen Schutz, wenn du unter die *saji* gehst, Deoris.« Rajasta spürte ihre Stimmung. »Aber du hast dich um eine *saji*-Frau in ihrem verletzbarsten Augenblick gekümmert – und wäre das nicht entdeckt worden, *hätte in Zukunft jede schwangere Frau unter deinen Händen ihr Kind verloren!*«

Deoris entrang sich ein entsetztes, doch ungläubiges Keuchen.

»Mein armes Mädchen«, sagte Rajasta sanft und schüttelte langsam den Kopf. »Diese Dinge sind nicht allgemein bekannt, aber die Gesetze des Tempels sind nicht bloß abergläubische Verhaltensmaßregeln. Deoris! Das ist der Grund, warum Adepten und Wächter jungen Novizen und Akoluthen nicht gestatten, aus ihrer Unwissenheit heraus alles selbst zu entscheiden. Denn sie können es nicht verhindern, daß sie eine gefährliche Ansteckung weitergeben – und damit meine ich keine Infektion mit einer körperlichen Krankheit, sondern etwas viel Schlimmeres: eine Vergiftung der Lebensströme!«

Deoris drückte die Hände auf ihre zitternden Lippen und schwieg.

Rajasta, der in Erinnerung an Deoris' Kinderzeit diese Unterredung nicht gerade gern auf sich genommen hatte, war wider Willen von ihrer Demut gerührt. Er fuhr fort: »Vielleicht sollte man denen einen Vorwurf machen, die dich nicht gewarnt haben. Und da deinem Vergehen keine böse Absicht zugrunde lag, werde ich die Empfehlung aussprechen, daß du nicht aus Caratras Tempel ausgestoßen, sondern nur für zwei Jahre verbannt wirst.« Er hielt inne. »Du gehst großen Gefahren entgegen, mein Kind. Ich denke immer noch, daß du für den Orden der Magier etwas zu sensibel bist –«

Leidenschaftlich unterbrach Deoris ihn: »Also soll ich meine Hilfe jeder Frau verweigern, die sie braucht? Der Kaste wegen einer Schwester mein erworbenes Wissen vorenthalten? Sieht so das Erbarmen Caratras aus? Muß ich untätig zusehen, wie sich eine Frau zu Tode schreit?«

Seufzend ergriff Rajasta ihre kleinen, zitternden Hände und hielt sie fest. Die Erinnerung an Micon, die ihn plötzlich überkam, milderte seine Antwort. »Meine Kleine, es gibt Menschen, die den Pfad des Lichts verlassen, um denen zu helfen, die in Finsternis wandeln. Wenn ein solcher Pfad des Erbarmens dein Karma ist, mögest du stark genug für ihn sein – denn du wirst Kraft brauchen, um dich über die einfachen Gesetze hinwegzusetzen, die für gewöhnliche Männer und Frauen gemacht sind. Deoris, Deoris! Meine Aufgabe ist es nicht, andere zu verdammen, und auch nicht, seligzusprechen. Ich wache lediglich darüber, daß die Mächte des Bösen die Söhne und Töchter des Lichts nicht berühren. Tu, was du mußt, kleine Tochter. Mach deine Sensibilität zu deinem Diener, nicht zu deinem Herrn. Lerne, dich selbst zu schützen, damit du anderen keinen Schaden zufügst.« Er legte die Hand auf ihre Locken. »Mögest du, wenn du irrst, immer auf der Seite des Erbarmens sein! In der Zeit deiner Buße, mein Kind, kannst du deine Schwäche in deine Stärke verwandeln.«

Eine Weile saßen sie schweigend beieinander, und Rajasta betrachtete Deoris voller Mitgefühl. Er wußte jetzt, daß sie kein Kind mehr war. Traurigkeit und Bedauern mischten sich in ihm mit einem merkwürdigen Stolz. Wieder dachte er an den Namen, den sie erhalten hatte: Adsartha, Kind des Kriegersterns.

»Nun geh«, sagte er sanft, als sie schließlich den Kopf hob. »Komm nicht wieder in meine Nähe, bis deine Buße vorbei ist.« Deoris sah nicht, daß Rajasta hinter ihr ein segnendes Symbol in die Luft zeichnete. Er hatte das Gefühl, sie werde diesen Segen dringend brauchen.

Langsam ging Deoris den Pfad entlang, der zum Grauen Tempel hinunterführte. Ihr war elend zumute, und trotzdem spürte sie eine seltsame innere Freude. Da rief plötzlich eine tiefe Altstimme aus dem Nichts ihren Namen. Das Mädchen hob den Blick, sah jedoch niemanden. Plötzlich waberte und schimmerte die Luft, und Maleina stand vor ihr. Vielleicht war sie nur aus dem Gebüsch hervorgetreten, das den Pfad säumte – aber Deoris glaubte jetzt und ihr ganzes späteres Leben, daß sie einfach aus der Luft erschienen war.

Ihre tiefe, vibrierende Stimme sagte: »Im Namen ni-Terats, die du Caratra nennst, komme ich, mit dir zu sprechen.

Schüchtern senkte Deoris den Kopf. Sie fürchtete sich vor dieser Frau mehr als vor Rajasta, Riveda oder irgendeinem Priester oder einer Priesterin im ganzen Tempelbezirk. Fast unhörbar flüsterte sie: »Was ist dein Wille, o Priesterin?«

»Mein liebes Kind, hab keine Angst«, erwiderte Maleina schnell. »Hat man dir den Tempel Caratras verboten?«

Zögernd hob Deoris den Blick. »Ich bin für zwei Jahre verbannt worden.«

Maleina holte tief Atem, und in ihre Augen trat ein Glitzern wie von Edelsteinen. »Das werde ich nicht vergessen.«

Deoris blinzelte verständnislos.

»Ich bin in Atlantis geboren«, erklärte Maleina, »wo die Magier in höheren Ehren stehen als hier. Mir gefallen diese neuen Gesetze nicht, die die Magie so gut wie verboten haben.« Die Frau in dem grauen Mantel schwieg eine Weile, dann fragte sie: »Deoris – was bist du für Riveda?«

Deoris schnürte sich unter Maleinas durchdringendem Blick die Kehle zusammen. Sie war nicht fähig zu antworten.

»Hör zu, Püppchen«, fuhr Maleina fort, »der Graue Tempel ist kein Ort für dich. In Atlantis würde eine wie du geehrt werden; hier wird man dich demütigen und erniedrigen – nicht nur dies eine Mal, sondern immer und immer wieder. Geh zurück, mein Kind! Geh zurück in die Welt deiner Väter, solange noch Zeit ist. Nimm deine Buße auf dich und kehre in den Tempel Caratras zurück, solange es noch nicht zu spät ist!«

Endlich fand Deoris ihre Stimme und auch ihren Stolz wieder. »Mit welchem Recht befiehlst du mir das?«

»Ich befehle dir nichts«, meinte Maleina traurig. »Ich spreche zu dir wie zu einer Freundin, zu jemandem, der mir einen großen Dienst erwiesen hat. Semalis, das Mädchen, dem du geholfen hast, ohne an die Folgen zu denken, war eine meiner Schülerinnen, und ich liebe sie sehr. Und ich weiß auch, was du für Demira getan hast.« Sie lachte; es war ein leiser, abrupter, seltsam kummervoller Laut. »Deoris, ich habe dich nicht an die Wächter verraten, aber ich hätte es getan, wäre ich sicher gewesen, daß das etwas Vernunft in deinen kleinen Dickkopf bringen würde. Deoris – *sieh mich an!*«

Unfähig zu sprechen, gehorchte Deoris.

Einen Augenblick später wurde Maleinas durchdringender Blick sanfter und sie sagte freundlich: »Ich will dich lieber nicht hypnotisieren . . . ich möchte nur, daß du siehst, was aus mir geworden ist, mein Kind.«

Deoris betrachtete Maleina genau. Die Atlanterin war groß und sehr schlank, und ihr langes glattes Haar, das unbedeckt war, flammte um ein dunkelbronzenes Gesicht. Ihre langen schmalen Hände waren auf der Brust gekreuzt wie die einer schönen Statue – aber das zartknochige Gesicht war müde und ausgehöhlt, der Körper unter der grauen Kutte flachbrüstig, mager und merkwürdig formlos, und die leicht herabhängenden Schultern verrieten, daß sie früh gealtert war. Dazu entdeckte Deoris weiße Strähnen in ihrem leuchtenden Haar.

»Auch ich habe mein Leben in Caratras Tempel begonnen«, sagte Maleina ernst, »und jetzt, wo es zu spät ist, wünschte ich, ich hätte niemals einen Blick hinausgeworfen. Geh zurück, Deoris, solange noch Zeit ist. Ich bin eine alte Frau und weiß, wovor ich dich warne. Möchtest du deine Weiblichkeit verdorren sehen, noch bevor sie voll in dir erwacht ist? Deoris, du hast gesehen, was ich bin, und weißt auch, was ich aus Demira gemacht habe. Geh zurück, Kind.«

Deoris senkte den Kopf. Sie kämpfte gegen die Tränen an und schluckte.

Maleinas lange, schmale Hände berührten leicht ihre Stirn. »Du kannst nicht mehr zurück«, murmelte sie traurig. Es ist bereits zu spät, nicht wahr? Armes Kind!«

Als Deoris wieder klar sehen konnte, war die Zauberin verschwunden.

8. Die Kristallkugel

Mittlerweile verließ Deoris die Mauern des Grauen Tempels manchmal tagelang nicht mehr. Man führte dort, in der Welt der Graumäntel-Frauen, ein untätiges und hedonistisches Leben, und Deoris ließ sich wie in einen Traum hineingleiten. Sie verbrachte viel Zeit mit Demira. Diese schlief viel, badete im Teich, plauderte müßig und endlos – manchmal redete sie kindischen Unsinn, manchmal machte sie aber auch merkwürdig ernste und reife Bemerkungen. Demira besaß eine rasche, wenn auch sehr vernachlässigte Intelligenz, und Deoris machte es viel Freude, an sie weiterzugeben, was sie selbst als Kind gelernt hatte. Sie tollten mit den Chelas umher, die noch zu klein für das Leben in den Männerhöfen waren, und lauschten immer wieder aufmerksam den Reden der älteren Priesterinnen und erfahrener *saji*. Ihre Gespräche brachten die unschuldige Deoris, die unter den Priestern des Lichts aufgewachsen war, oft aus der Fassung. Für Demira war es ein boshaftes Vergnügen, Deoris die dunklen Anspielungen in den Reden zu erklären, und diese war anfangs schockiert, dann fasziniert.

Alles in allem verstand sie sich mit Rivedas Tochter gut. Sie waren beide jung, viel zu reif für ihre Jahre und beide durch recht unnatürliche Mittel in eine rebellische Geisteshaltung gezwungen worden; Deoris war sich darüber allerdings keineswegs im klaren.

Deoris und Domaris waren sich inzwischen beinahe fremd geworden. Sie trafen sich nur selten und wahrten dann eher Zurückhaltung. Merkwürdigerweise hatte Deoris' intime Beziehung zu Riveda sich nicht weiterentwickelt. Er benahm sich ihr gegenüber fast so unpersönlich, wie Micon meist gewesen war, nur lange nicht so freundlich.

Das Leben im Grauen Tempel spielte sich hauptsächlich nachts ab. Deoris verbrachte diese Nächte mit einem seltsamen Unterricht, der ihr anfangs unverständlich blieb – Worte und Gesänge, deren genaue Intonierung sie beherrschen mußte, Gesten, die mit beinahe mechanischer, mathematischer Präzision auszuführen waren. Gelegentlich teilte Riveda ihr in einer Art, die entfernt nach Humor klang, eine kleine Aufgabe als Skriptorin zu, und oft nahm er sie mit hinaus vor die Mauern des Tempels. Denn obwohl er Gelehrter und Adept war, hatte die Rolle des Heilers bei ihm immer noch Vorrang. Unter seiner Anleitung entwickelte Deoris ein Können, das dem ihres Lehrers fast gleichkam. Auch wurde sie Expertin in der Hypnose: Manchmal, wenn ein gebrochenes Glied geschient oder eine tiefe Wunde geöffnet oder gesäubert werden mußte, verließ Riveda sich darauf, daß sie den Patienten in tiefer Trance hielt, damit er selbst langsam und gründlich arbeiten konnte.

Er erlaubte ihr nicht oft, den Ring der Chelas zu betreten. Einen Grund dafür nannte er nicht, aber Deoris konnte es sich erklären: Riveda wollte keinem Mann unter den Graumänteln die geringste Möglichkeit geben, sich ihr zu nähern. Sie wunderte sich darüber. Riveda war nämlich alles andere als ein guter Liebhaber, und doch wachte er über Deoris mit einer besitzergreifenden Eifersucht, in der gerade soviel Drohung lag, daß sie nie in Versuchung geriet, seinen Zorn herauszufordern. Es gelang Deoris nie, Rivedas Verhalten wirklich zu begreifen. Sie hatte nicht die geringste Ahnung von den Ursachen seiner wechselnden Stimmungen, die sich änderten wie der Himmel in der Regenzeit. Manchmal war er sanft und liebevoll. An diesen Tagen war Deoris von großer Freude erfüllt; ihre mit Furcht gemischte Bewunderung für Riveda war zu unschuldig, um sich ganz in Leidenschaft umzuwandeln. Aber manchmal, wenn er sich natürlich gab und seinen bäuerlichen Vorfahren ähnlich wurde, war sie nahe daran, ihn wirklich zu lieben. Nur konnte sie sich nie auf seine Stimmungen verlassen. Über Nacht veränderte sich mitunter seine Persönlichkeit so völlig, daß es an Zauberei grenzte. Dann behandelte er sie geistesabwesend, sarkastisch, so eisig wie irgendeinen beliebigen Chela. In solchen Momenten berührte er sie fast nie, aber wenn er es tat, war er von ungeheurer Brutalität. Deoris lernte es, ihm in solchen Zeiten aus dem Weg zu gehen.

Dennoch war Deoris im großen und ganzen glücklich. Das müßige Leben gab ihrem scharfen und gut ausgebildeten Verstand die Möglichkeit, sich auf alle die seltsamen Dinge zu konzentrieren, die sie von ihm lernte. Langsam und unmerklich verging die Zeit, und bald waren zwei Jahre vorüber.

Zuweilen wunderte sich Deoris darüber, daß sie von Riveda nicht schwanger wurde. Sie fragte ihn mehr als einmal danach. Seine Antwort war entweder ein spöttisches Lachen oder ein Ausbruch von Verärgerung, gelegentlich auch eine stumme Liebkosung und ein zerstreutes Lächeln.

Deoris stand kurz vor ihrem neunzehnten Geburtstag, als Riveda begann, höhere Ansprüche in der Beherrschung von rituellen Gesten, Lauten und Intonierungen an sie zu stellen. Sein Ehrgeiz grenzte an Fanatismus. Er selbst hatte ihre Stimme umgeschult, bis sie eine unglaubliche Reichweite und Beweglichkeit bekam. Allmählich begriff Deoris etwas von der Bedeutung und der Macht des Tons: Es gab Worte, die ein schlafendes Bewußtsein erregen konnten; und manche Gesten weckten verborgene Sinne und Erinnerungen.

Eines Abends nahe der Wintersonnenwende brachte er sie in den Grauen Tempel. Die menschenleere Halle lag verlassen in einem kalten Licht, die Gräue dämmerte wie Rauhreif auf den Steinen von Wänden und Fußboden. Die Luft war still und frisch, alles wirkte wie abgekapselt von der Wirklichkeit. Der Chela folgte ihnen in seinem grauen Gewand wie ein Geist ohne Stimme mit seinem gelben Gesicht, das im frostigen Licht wie die Maske eines Leichnams wirkte, auf den Fersen. Deoris, die in ihren dünnen safranfarbenen Schleiern zitterte, duckte sich hinter einen Pfeiler und lauschte ängstlich Rivedas knappen, scharfen Befehlen. Seine

Stimme war vom Tenor zu einem hallenden Bariton abgesunken, und Deoris wußte, daß dies das erste Zeichen eines bald aufbrausenden Sturms war.

Nun wandte er sich Deoris zu und legte ihr eine runde, silbrige Kugel, in der sich langsam Lichter bewegten, in die beiden Hände. Er schloß die Finger ihrer Linken darum und winkte sie an einen Platz innerhalb des Mosaik-Symbols auf dem Fußenboden. Er selbst hielt einen versilberten Metallstab in der Hand. Diesen reichte er dem Chela, und als Reio-ta ihn berührte, gab er einen eigentümlichen, unartikulierten Laut von sich. Seine Hand, die nach dem Stab hatte greifen wollen, zuckte krampfhaft und weigerte sich, ihn zu nehmen, als sei sie unabhängig vom Willen ihres Eigentümers. Mit ärgerlichem Schulterzucken behielt Riveda den Stab und wies dem Chela seinen Platz zu.

Sie waren im Dreieck aufgestellt, Deoris mit der leuchtenden Kugel in der erhobenen Hand, der Chela in einer Stellung, als halte er zu seiner Verteidigung ein Schwert hoch; auch Rivedas Haltung hatte etwas Defensives. Er war sich seiner eigenen Motive nicht ganz sicher. Er wollte einen Versuch wagen, einmal um seine Neugier zu befriedigen, vor allem aber, um ihre Kräfte zu erproben: seine eigenen, die des Mädchens, das er ausgebildet hatte, und die des Fremden, dessen Geist für Riveda immer noch verschlossen war wie ein Buch mit sieben Siegeln.

Der Adept rückte ein kleines bißchen zur Seite, dadurch entstand ein bestimmtes Muster zwischen ihnen. Sofort spürte er, daß elektrische Spannung entstand. Deoris bewegte die Kugel um eine Winzigkeit, der Chela veränderte die Haltung einer Hand.

Nun war das Dreieck perfekt!

Deoris begann mit einer Art Sprechgesang, der sich melodisch in rhythmischen Kadenzen emporschwang. Beim ersten Ton erwachte der Chela zum Leben. Seinen Augen war anzusehen, daß er den Gesang wiedererkannte, aber er bewegte sich nicht um den Bruchteil eines Zolls.

Der Gesang ging in eine unheimliche Molltonart über und verstummte. Deoris neigte den Kopf. Langsam, mit einer Anmut und Sparsamkeit der Bewegung, die von hartem Training zeugten, sank sie auf die Knie, die Kristallkugel mit beiden Händen in die Höhe haltend. Riveda hob den Stab . . . und der Chela beugte sich vor. Seine Hände vollführten automatische Gesten, ganz langsam, wie etwas, das er in seiner Kindheit gelernt hatte, woran er sich aber nur schwach erinnern konnte.

Das Muster aus Figuren und Tönen veränderte sich fast unmerklich. Bernsteinfarbene Lichter und Schatten zuckten in der Kristallkugel.

Riveda begann, lange Phrasen zu intonieren, die in sonoren, pulsierenden Rhythmen stiegen und fielen. Deoris fügte ihre Stimme in einem eigentümlichen Kontrapunkt hinzu. Der Chela, die Augen zum erstenmal wach und lebendig, die Bewegungen ruckhaft wie die einer Marionette, blieb noch immer stumm. Riveda konzentrierte sich ganz auf seine Rolle bei dem Ritual und streifte den Chela nur mit einem kurzen Blick aus dem Augenwinkel.

Würden seine Erinnerungen zurückkehren? Würde der Stimulus des vertrauten Rituals – und der Adept hatte keinen Zweifel daran, daß er es kannte – ausreichen, um das zu wecken, was in dem Gedächtnis des Chela schlummerte? Riveda setzte darauf, daß Reio-ta das Geheimnis tatsächlich besaß.

Die elektrische Spannung wuchs, pulsierte in dem Widerhall der Klänge in dem hohen Gewölbe des Raumes. Die Kugel glühte, wurde an der Oberfläche fast transparent und enthüllte das Spiel gewundener und gezackter Farbstreifen. Sie wurde dunkel und glühte von neuem auf . . .

Plötzlich öffnete der Chela die Lippen. Er benetzte sie krampfhaft. Seine Augen wirkten in seinem wächsernen Gesicht wie gehetzte Gefangene. Dann begann er mit einer heiseren japsenden Stimme zu singen, als zittere sein Gehirn vor Anstrengung und bewege sich im Kopf hin und her wie in einem Käfig aus Knochen.

Nein, dachte Deoris mit dem Rest von Bewußtsein, der noch nicht in der Zeremonie untergegangen war, *dies Ritual ist ihm nicht neu.*

Riveda hatte gesetzt und gewonnen. Zwei Teile dieses Zeremoniells waren allgemein bekannt; aber Reio-ta kannte den dritten und geheimen Teil, der es in die Anrufung einer gewaltigen Macht verwandelte. Gezwungen von Rivedas beherrschendem Willen und dem Stimulus des vertrauten Gesangs auf seinen bewölkten Geist, begann er, diese Macht vor den Augen der beiden anderen ins Leben zu rufen.

Deoris überkam ein leises Triumpfgefühl. Sie hatten die Mauer um ein uraltes Geheimnis durchbrochen, sie wurden Zeugen von etwas, das außer den höchsten Initiierten einer gewissen, fast legendären Geheimsekte noch nie jemand gesehen und gehört hatte – und das nur unter den feierlichsten Eiden des Stillschweigens bis zum Tod!

Sie spürte, wie die magische Spannung wuchs, wie ihr Körper prickelte und ihr Geist sich öffnete, die Macht zu empfangen. Der

Gesang und die Bewegungen des Chela wurden sicherer, da die Erinnerung in seinen Geist und seinen Körper zurückflutete. Der Chela beherrschte jetzt die Szene: Seine Stimme war klar und deutlich, seine Gesten gewandt. Hinter der Maske seines Gesichts lebten und brannten die Augen. Durch die Beschwörung der Macht wurden Deoris und Riveda fortgerissen wie zwei Strohhalme in einem wilden, reißenden Strom.

Blitze zuckten in der Kugel, flammten aus dem Stab, den Riveda hielt. Eine vibrierende, fast sichtbare Energie verband die im Dreieck aufgestellten Körper, stoßweise an- und abschwellend. Blitze flammten über ihnen, Donner zerriß die Luft mit schrecklichem Krachen.

Rivedas Körper bog sich zurück, starr wie eine Säule, Deoris wurde plötzlich von Entsetzen gepackt. Der Chela wurde offensichtlich *gezwungen,* diese geheime und heilige Handlung vorzunehmen! Aber zu welchem Zweck? Das war ein Sakrileg, war schwarze Blasphemie! Irgendwie mußte dem Einhalt geboten werden, irgendwie mußte sie dem ein Ende machen, aber sie war nicht einmal mehr fähig, selbst aufzuhören. Ihre Stimme gehorchte ihr nicht, ihr Körper war wie erstarrt, die gnadenlose Macht riß sie alle mit sich fort.

Der Gesang wurde immer unerträglicher, dann mündete er langsam in ein einziges langes Wort, ein Wort, das drei vereinigte Stimmen von einer harmlosen Silbengruppierung in den dynamischen Rhythmus einer raumverzerrenden Kraft umformen mußten. Deoris fühlte es auf ihrer Zunge, fühlte es an ihrer Kehle reißen, die Knochen ihres Schädels erschütternd, als wolle es sie in Atome zersprengen . . .

Da sprang auf einmal mit Blitzgeschwindigkeit rotglühendes Feuer auf. Weiße Flammenpeitschen schlugen zu, während das unheilbringende Wort weiterdonnerte, immer weiter und weiter . . . Deoris schrie in blinder Qual, krümmte sich und drohte zu fallen. Riveda eilte zu ihr und wollte sie stützen. Aber der Stab klebte an seinen Fingern und wand sich, als besitze er eigenes Leben und sei mit seinem Fleisch verwachsen. Das Muster war zerstört, doch das Feuer spielte weiter über sie hin, bleich, sengend, unkontrollierbar. Ein mächtiger Zauber war losgelassen worden, der sich nun mit aller Kraft gegen die Blasphemisten wendete.

Der Chela sank haltlos um, als zwinge ihn ein gewaltiger Druck nach unten. Sein bleiches Gesicht zuckte, seine Knie gaben unter ihm nach – aber dann sprang er vor und packte Deoris. Mit einem gellenden Schrei hieb Riveda abwehrend mit dem Stab nach ihm.

Reio-ta schlug dem Adepten mit der plötzlichen Kraft eines Wahnsinnigen heftig ins Gesicht, dabei entging er dem flackernden Nimbus des Stabs nur knapp. Riveda fiel halb bewußtlos zurück. Reio-ta aber bewegte sich durch Lichter und Flammen, als seien sie nichts als Spiegelungen. Er entwand Deoris' verkrampften Händen die Kugel, dann drehte er sich um, gab dem taumelnden Riveda schnell noch einen Stoß und riß ihm den Stab weg. Mit einem einzigen langen, klagenden Aufschrei schmetterte er Stab und Kugel zusammen – und warf sie wütend in zwei entgegengesetzte Ecken des Raumes.

Die Kugel zerbarst. Harmlose kleine Kristallscherben fielen klirrend auf die Steinfliesen. Der Stab gab ein letztes Zischen von sich und wurde dunkel. Die Blitze erstarben.

Reio-ta richtete sich auf und sah Riveda an. Seine Stimme war leise, wütend – und von klarem Verstand beherrscht. »*Du scheußlicher, verdammter schwarzer Zauberer!*«

Die Luft war wieder leer, kalt und grau. Nur ein paar schwache Ozonspuren waren geblieben. Stille war eingekehrt. Man hörte nur das Wimmern von Deoris, die qualvoll unter furchtbaren Schmerzen litt, und das schwere Atmen des Chela. Riveda hatte das Mädchen auf seinen Schoß gebettet, obwohl seine eigenen zitternden, verbrannten Hände kraftlos waren und ihn heftig schmerzten. Das Gesicht des Adepten war knochenweiß, und seine Augen flammten, als seien Blitze in sie eingedrungen.

»Eines Tages bringe ich dich dafür um, Reio-ta.«

Der Chela, das dunkle Gesicht gelb vor Schmerz und Zorn, starrte düster auf den Adepten und das bewußtlose Mädchen nieder. Er sprach so leise, daß er kaum zu verstehen war. »Du hast mich bereits getötet, Riveda – und dich selbst auch.«

Gleich darauf schien Riveda Reoi-tas Existenz wieder vergessen zu haben. Deoris stöhnte leise und tastete mit gekrümmten Fingern nach ihrer Brust. Vorsichtig ließ er sie auf den kalten Steinboden nieder, löste die versengten Schleier und arbeitete mühsam mit den Fingerspitzen seiner verletzten Hände. Seine Heileraugen hatten schon so manches gesehen, jetzt aber zogen sie sich vor Schreck zusammen. Das Stöhnen erstarb. Deoris seufzte, ein Zucken ging durch ihren Körper, dann lag sie da, vollkommen kraftlos. Einen Herzschlag lang war Riveda überzeugt, sie sei tot.

Reio-ta stand jetzt ganz still, geschüttelt von leichtem Schauern. Er hielt den Kopf gesenkt, sein Geist schwankte offenbar zwischen der eben erst wiedergewonnenen Vernunft und einem drohenden Sturz zurück in die Leere.

Riveda warf den Kopf nach hinten und starrte durchdringend in die dunklen Augen, die ihn anblickten, als wollten sie ihn verfluchen. Dann machte der Adept eine kurze, befehlende Geste. Reio-ta bückte sich, hob Deoris hoch und legte sie in Rivedas ausgestreckte Arme. Sie lag wie ein totes Gewicht an seiner Schulter. Der Adept biß die Zähne zusammen und trug sie vorsichtig aus dem Tempel.

Ihm folgte Reio-ta, der einzige Mann, der ihn je verflucht hatte und trotzdem am Leben geblieben war. Er brabbelte demütig vor sich hin, wie Schwachsinnige es tun . . . Aber tief in seinen Augen glühte ein heimlicher Funke, der vorher nicht dagewesen war.

9. Die Realität des Zwiespalts

Während der ersten beiden Jahre ihrer Ehe hatte Arvath sich in dem Glauben gewiegt, er könne Domaris eines Tages dazu bringen, Micon zu vergessen. Er war freundlich und geduldig, hatte Verständnis für ihren schweren Kummer, erkannte ihre Tapferkeit an und nach dem Verlust ihres Kindes bemühte er sich fürsorglich um sie.

Domaris hatte keine Übung darin, sich zu verstellen, und im zweiten Jahr kam es trotz beiderseitiger Anstrengungen zu Spannungen zwischen ihnen. Arvath war daran nicht ganz unschuldig, aber welcher Mann kann es einer Frau schon verzeihen, wenn sie von seiner Leidenschaft gänzlich unberührt bleibt.

In allen äußeren Dingen war Domaris ihm eine gute Frau. Sie war schön, bescheiden, zurückhaltend und ordnete sich ihm unter; sie benahm sich wie die Tochter eines hochgestellten Priesters und übte selbst gewissenhaft ihr Priesteramt aus. Den Haushalt führte sie tadellos, wenn auch ohne innere Anteilnahme, und wenn sie merkte, daß Arvath Groll gegen ihren kleinen Sohn empfand, sorgte sie dafür, daß ihm Micail nicht vor die Augen kam. Wenn sie allein waren, war sie anschmiegsam, zutraulich, sogar zärtlich. Leidenschaft empfand sie keine und wollte sie auch nicht vortäuschen.

Oft entdeckte Arvath ein seltsames Mitleid für ihn in ihren grauen Augen, das aber ertrug er nicht. Es stachelte ihn vielmehr zu eifersüchtigen, zornigen Szenen mit endlosen Vorwürfen an. Manchmal dacht er, wenn sie ihm nur einmal heftig antworten – wenn sie nur einmal protestieren würde, wäre es ihnen möglich, einen neuen Anfang zu machen. Doch ihre Antworten waren immer gleich. Sie schwieg oder sie murmelte leise und beschämt: »Es tut mir leid, Arvath. Ich habe dir ja vorher gesagt, daß es so kommen muß.«

Dann fluchte Arvath, sah sie an, als hasse er sie, stürmte hinaus und wanderte Stunde um Stunde allein, Selbstgespräche führend, im Tempelbezirk umher. Hätte sie ihm je etwas verweigert, hätte sie ihm Vorwürfe gemacht, dann hätte er ihr mit der Zeit vergeben können. Aber ihre Gleichgültigkeit war schlimmer. Es war, als zöge sie sich an einen geheimen Ort zurück, wohin er ihr nicht folgen konnte. Sie war einfach nicht mehr anwesend, obwohl sie sich im selben Raum aufhielten.

»Mir wäre lieber, du würdest mich im Hof vor aller Augen mit einem Sklaven zum Hahnrei machen!« brüllte er sie einmal in Wut und Verzweiflung an. »Dann könnte ich wenigstens den Mann töten und mir so Befriedigung verschaffen!«

»Wäre das eine Befriedigung für dich?« fragte sie sanft, als erwarte sie nur seinen Befehl, um zu tun, was er eben beschrieben hatte. Arvath fühlte heißen, bitteren Haß in sich aufsteigen, stampfte mit unsicheren Schritten aus dem Zimmer, denn er wußte, daß er sie auf der Stelle getötet hätte, wäre er geblieben.

Manchmal fragte er sich, ob sie ihn nicht gerade dazu provozierte.

Er fand heraus, daß er ihre Gleichgültigkeit mit Grausamkeit durchbrechen konnte, und er begann sogar, ein gewisses Vergnügen daran zu finden, sie zu verletzen. Böse Worte und Haß wären ihm lieber gewesen als ihre müde Toleranz, die das einzige war, was er für all seine Liebe erhielt. Schließlich behandelte er sie in der Tat schändlich, und Domaris, die es nicht länger ertrug, drohte ihm, sie wolle sich beim Rat der Fünf beschweren.

»*Du* willst dich beschweren!« höhnte Arvath. »Dann werde *ich* mich beschweren, und der Rat der Fünf wird uns hinauswerfen, damit wir die Sache unter uns ausmachen!«

Domaris fragte bitter: »Habe ich dir je etwas verweigert?«

»Du hast nie etwas anderes getan, du –« Er benutzte ein Wort, das niemand je aufzuschreiben wagte, und Domaris wäre vor Scham am liebsten versunken, daß sie es von einem Mitglied der Priesterkaste hörte. Arvath sah, wie sie erblaßte, und fuhr in wütender Lust mit seinen Beschimpfungen fort. »Natürlich dürfte ich nicht so reden, du bist schließlich eine Initiierte«, spottete er. »Du kennst die Tempelgeheimnisse – und eins von ihnen bewahrt dich davor, mein Kind zu empfangen!« Er verbeugte sich höhnisch. »Und dabei beteuerst du natürlich fortwährend deine Unschuld, wie es einer Frau so hohen Ranges zukommt . . .«

Diese Ungerechtigkeit – Domaris hatte Mutter Ysoudas Warnung in ihrem Herzen verborgen und den Rat im gleichen Augenblick vergessen, indem er erteilt worden war – traf Domaris so tief, daß sie zum erstenmal die Stimme erhob. »Du lügst!« rief sie. »Du lügst, und du weißt, daß du lügst! Ich weiß nicht, warum die Götter uns Kinder versagt haben, aber mein Kind trägt meinen Namen – und den Namen seines Vaters!«

Arvath näherte sich ihr drohend. »Ich verstehe nicht, was das damit zu tun hat! Abgesehen davon, daß du von diesem atlantischen Schweineprinzen mehr gehalten hast als von mir! Glaubst du, ich wisse nicht, daß das Kind, das wir beinahe gehabt hätten, durch deine eigene Schuld gestorben ist? Und all das wegen dieses – dieses –« Er schluckte, unfähig, weiterzusprechen, packte ihre mageren Schultern und stellte sie grob vor sich auf die Füße. »Verdammt nochmal, sag mir die Wahrheit! Gib zu, daß es stimmt, was ich sage, oder ich bringe dich um!«

Domaris leistete keinen Widerstand. »Dann bringe mich um«, antwortete sie müde. »Töte mich sofort und mach ein Ende.«

Arvath mißverstand ihr Zittern als Furcht. Ehrlich erschrocken ließ er sie behutsam niedersinken und löste seinen harten Griff. »Nein, ich habe es nicht so gemeint«, sagte er zerknirscht. Dann verzog er das Gesicht, und er warf sich vor ihr auf die Knie, schlang die Arme um ihre Taille und vergrub den Kopf an ihrer Brust. »Domaris, verzeih mir, verzeih mir, ich wollte dich nicht grob anfassen! Domaris, Domaris, Domaris . . .« Immer wieder rief er schluchzend ihren Namen und brach dann in verzweifeltes Weinen aus.

Seine Frau beugte sich über ihn, zog ihn an sich, die Augen voller herzzerreißendem Mitleid, und auch sie weinte. Mit ihrem Körper, ihrem Herzen, ihrem ganzen Sein wünschte sie sich, ihn lieben zu können, aber sie war realistisch genug zu wissen, daß dies nie möglich sein würde.

Später kämpfte sie mit sich, ob sie ihm doch von Mutter Ysoudas Warnung berichten solle. Aber selbst wenn er ihr glaubte – es konnte ebenso gut sein, daß dann ihr schrecklicher Streit von vorne begann –, ertrug sie den Gedanken nicht, daß er dann Mitleid mit ihr haben könne. Und so sagte sie nichts.

Im Verlangen nach väterlichem Rat und Trost ging sie zu Rajasta – aber als sie zu sprechen begann, wurden ihre Vorwürfe gegen Arvath zur Selbstanklage. Nicht Arvath war grausam, sondern sie verletzte ihre beschworene Pflicht. Rajasta forschte in ihrem Gesicht und konnte keinen Trost für sie finden. Er war überzeugt, daß Domaris sich allzu deutlich hatte anmerken lassen, daß sie nichts für Arvath empfand und den Mann damit buchstäblich ins Gesicht geschlagen hatte. War es verwunderlich, daß Arvath einen solchen Angriff auf seine Männlichkeit übelnahm? Offensichtlich genoß Domaris ihr Märtyrertum nicht, aber ebenso sicher war, daß sie daraus eine perverse Befriedigung zog. Schamröte stand ihr im Gesicht, doch in ihren Augen glühte ein heimliches Licht, und Rajasta erkannte darin nur zu leicht, daß sie sich selbst zur Märtyrerin ernannt hatte.

»Domaris«, sagte er traurig, »du wirst noch anfangen, dich selbst zu hassen, meine Tochter.« Sie wollte antworten, doch er hob Schweigen gebietend die Hand. »Ich weiß, äußerlich erfüllst du alle deine Pflichten. Aber bist du wirklich *seine Frau*, Domaris?«

»Wie meinst du das«, flüsterte Domaris. Aber ihr Gesicht verriet, daß sie ihn sehr wohl verstand.

»Nicht ich bin es, der das von dir verlangt«, fuhr Rajasta erbarmungslos fort. »Du selbst mußt es von dir fordern, damit du mit dir leben kannst. Mit einem reinen Gewissen, meine Tochter, wärest du gar nicht erst zu mir gekommen. Ich weiß, was du Arvath gegeben hast und um welchen Preis. *Aber was hast du davon gehabt?*« Er sah, daß sie getroffen war und seinem Blick auswich. »Mein Kind, grolle nicht, daß ich dir einen Rat gebe, den du schon selbst als richtig erkannt hast.« Er nahm ihre fest zu einer Faust geballte, beinahe blutleere weiße Hand und streichelte sie sanft, bis die Finger sich ein bißchen entspannten. »Du bist wie dein Hand, Domaris. Du hälst die Vergangenheit zu fest, und so rührst du immer wieder an deine Wunde. Laß los, Domaris!«

»Ich – ich kann nicht«, wisperte sie.

»Durch Willenskraft sterben kannst du auch nicht mehr, mein Kind. Dafür ist es zu spät.«

»Wirklich?« fragte sie mit seltsamem Lächeln, aber Rajasta bemerkte es nicht.

Rajasta tat Domaris von Herzen leid. Ihr müdes, bitteres Lächeln verfolgte ihn Tag um Tag, bis er schließlich die Dinge eher von ihrem Standpunkt aus sah und erkannte, daß er vorschnell geurteilt hatte. In seinem tiefsten Inneren wußte er, daß Domaris Witwe war. Sie war im wahrsten Sinn des Wortes Micons Frau gewesen, und für Arvath würde sie nie mehr sein als eine Mätresse. Rajasta wußte, daß sie als Jungfrau zu Micon gekommen war. Ihre Ehre mit Arvath war nichts als eine Posse, ein Hohn, eine mühsam erfüllte Pflicht, eine Erniedrigung – und das für nichts.

Eines Morgens saß Rajasta, unfähig, sich zu konzentrieren, in der Bibliothek, und plötzlich kam ihm der Gedanke: *Es ist alles nur meine Schuld. Deoris warnte mich, Domaris dürfe kein Kind mehr bekommen, und ich habe ihr nichts davon gesagt! Ich hätte ihre gezwungene Heirat verhindern können. Statt dessen habe ich meinen Segen dazu gegeben, daß Domaris' Leben vergiftet wurde, das Leben des Mädchens, das mir Kind in meinem kinderlosen Alter war, der Tochter meiner Seele. Ich habe meine Tochter zur Hure gemacht! Und mein eigenes Licht verlöscht in ihrer Schande ...*

Rajasta warf die Schriftrolle beiseite, die er vergeblich versucht hatte zu studieren, stand auf und machte sich auf die Suche nach Domaris. Er hatte vor, ihr zu versprechen, daß er Himmel und Erde in Bewegung setzen werde, damit ihre Ehe aufgelöst werden könnte.

Aber er kam nicht dazu, denn bevor er ein einziges Wort sprechen konnte, teilte sie ihm mit einem seltsamen, heimlichen und nicht unglücklichen Lächeln mit, daß sie wieder ein Kind Arvaths trage.

10. Im Labyrinth

Nichts war Riveda so verhaßt, wie zu versagen. Diesmal hatte er versagt – und ein gewöhnlicher Chela, noch dazu sein eigener, hatte die ungeheure Frechheit gehabt, ihn zu beschützen! Daß Reio-tas Eingreifen ihnen allen das Leben gerettet hatte, milderte Rivedas unversöhnlichen Haß keineswegs und so trug er sich weiter mit Rachegedanken gegen ihn.

Sie waren alle drei verletzt worden. Reio-ta war mit Brandblasen auf Schultern und Armen noch am besten davongekommen; sie waren einfach zu behandeln und leicht zu vertuschen. Rivedas Hände hatten tiefe Brandwunden bis zu den Knochen – *fürs Leben verstümmelt,* dachte er grimmig. Deoris aber war von den *dorje*-Blitzen als erste getroffen worden. Ihre Schultern, Arme und Seiten waren verbrannt, und auf ihre Brüste hatte die Peitsche des Feuers eine tiefe Wunde geschlagen und ein unmißverständliches Zeichen zurückgelassen – ein grausames blasphemisches Sigill, eingebrannt für immer.

Riveda tat mit seinen fast unbrauchbaren Händen, was er konnte. Er liebte das Mädchen so sehr, wie es überhaupt von seiner Natur her möglich war, und die Notwendigkeit der Geheimhaltung machte ihn rasend, da er selbst im Augenblick unfähig war, sie richtig zu behandeln. Es fehlte ihm an den notwendigen Heilmitteln, und seinen wunden Händen mangelte es an Geschicklichkeit. Dennoch wagte er nicht, fremde Hilfe zu suchen. Die Priester des Lichts würden nämlich beim Anblick der Farbe und der furchtbaren Form von Deoris' Wunden sofort die Ursache herausfinden, und dann würde die Strafe nicht auf sich warten lassen. Nicht einmal seinen eigenen Graumänteln konnte er in diesem Fall trauen. Seine einzige Chance lag bei den Schwarzmänteln, und wenn Deoris am Leben bleiben sollte, mußte er um ihre Hilfe ersuchen. Ohne Behandlung würde sie die nächste Nacht vielleicht nicht überleben.

Mit Reio-tas Unterstützung hatte er Deoris in eine verborgene Kammer unter dem Grauen Tempel getragen, und er brachte es nicht über sich, sie dort lange alleinzulassen. Sie wimmerte unaufhörlich. Er hatte ihr ein schmerzstillendes Mittel gemischt, so stark, wie nur eben möglich, und sie gezwungen, es zu schlucken. Darauf war sie in unruhigen Schlaf versunken, und obwohl ihr schreckliches Wimmern nicht aufhörte, betäubte der Trank ihre Sinne gerade soweit, daß der schlimmste Schmerz gemildert wurde.

Schuldbewußt fiel Riveda wieder ein, was er über Micon gedacht hatte: *Warum haben die Schwarzmäntel ihre höllischen Spiele nicht mit Personen ohne Bedeutung getrieben oder, wenn es schon soweit gekommen war, nicht wenigstens dafür gesorgt, daß ihre Opfer nicht entkommen konnten, um davon zu erzählen?*

Er hätte Reio-ta ohne Gewissensbisse sterben lassen. Als Prinz von Ahtarrath war er juristisch schon seit Jahren tot, und was bedeutete ein wahnsinniger Chela mehr oder weniger? Deoris war jedoch die Tochter eines mächtigen Priesters. Ihr Tod würde eine gründliche und erbarmungslose Untersuchung nach sich ziehen. Talkannon ließ nicht mit sich spaßen, und Rajasta würde fast sicher zuerst Riveda verdächtigen.

Der Adept schämte sich seiner Schwäche ein wenig. Immer noch wollte er nicht einmal sich selbst eingestehen, daß er Deoris liebte, daß sie ihm unentbehrlich geworden war. Der Gedanke, sie könne sterben, bereitete ihm solche Qualen, daß er die Schmerzen in seinen verbrannten Händen vergaß.

Nach einem langen, konfusen Alptraum, in dem sie durch Flammen und Blitze und Schatten aus halbvergessenen gräßlichen Erzählungen wanderte, öffnete Deoris die Augen und wunderte sich . . .

Sie lag auf einem breiten Steinbett in einem Haufen flaumiger Kissen. Darüber war eine der immerbrennenden Lampen angebracht, deren flackernde, schwankende Flamme die geschnitzten Figuren des Bettgeländers in groteske Horrorgestalten verwandelte. Die Luft war klamm und ziemlich kalt, und sie roch dumpf wie kalter Stein. Erst fragte Deoris sich, ob sie gestorben sei und in einem Gewölbe liege, und dann merkte sie, daß sie in feuchte, kühle Verbände eingewickelt war. In ihrem Körper war zwar ein fast unerträglicher Schmerz, aber alles war ganz weit weg, als gehörten die vielen Verbände zu jemand anderem.

Sie drehte mit Mühe den Kopf ein bißchen und sah Riveda, der ihr so vertraut war, daß sie ihn auch von hinten sofort erkannte. Vor ihm stand ein Mann, der Deoris einen kleinen Schauer des Entsetzens den Rücken hinunterjagte, denn es war Nadastor, ein Adept der Graumäntel. Mittleren Alters, hager und asketisch, war Nadastor von dunkler Schönheit und doch – unheimlich. Auch trug er nicht die graue Kutte eines Magiers, sondern einen langen schwarzen Rock, der mit seltsamen Emblemen bestickt war. Auf seinem Kopf saß eine hohe Mitra, und in den Händen hielt er einen dünnen Glasstab.

Nadastor sprach mit einer leisen, ausgebildeten Stimme, die Deoris etwas an die Micons erinnerte: »Du sagst, sie ist nicht *saji . . .?*«

»Weit davon entfernt«, antwortete Riveda trocken. »Sie ist Talkannons Tochter und Priesterin.«

Nadastor nickte langsam. »Ich verstehe. Das ist etwas anderes. Wenn es nur um ein persönliches Gefühl ginge, würde ich immer noch sagen, du solltest sie sterben lassen. Aber –«

»Ich habe sie *sākti sidhāna* gemacht.«

»Bei den Beschränkungen, die du dir ständig selbst auferlegst«, brummte Nadastor, »hast du viel gewagt. Ich bewundere dich geradezu. Ich wußte immer, daß du große Kraft besitzt, das war von Anfang an klar. Wenn es nicht die feigen Verbote des Rituals gäbe . . .«

»Ich habe die Verbote ein für allemal satt!« erklärte Riveda wild. »Ich werde so arbeiten, wie ich, und ich allein, es für richtig halte. Ich habe mich nicht geschont, um diese Macht zu erlangen, und niemand soll mir jetzt das Recht beschneiden, sie zu benutzen!« Er hob die linke Hand, rot und roh und schrecklich verunstaltet, und machte langsam eine Geste, die Deoris unwillkürlich aufkeuchen ließ. Dies Zeichen, mit der linken Hand geschlagen, war eine Blasphemie, die sogar im Grauen Tempel mit dem Tod bestraft wurde. Es schien einen Augenblick zwischen den Adepten in der Luft hängenzubleiben.

Nadastor lächelte. »So sei es. Zuerst müssen wir deine Hände retten. Das Mädchen –«

»Nichts geschieht ohne das Mädchen!« unterbrach Rajasta ihn heftig.

Nadastors Lächeln wurde spöttisch. »Für jede Stärke eine Schwäche«, meinte er, »sonst wärst du nicht hier. Nun gut, ich werde sie behandeln.«

Deoris wurde plötzlich ganz übel. Genauso hatte sich Riveda früher über die Liebe von Micon und Domaris lustig gemacht.

»Wenn du sie unterrichtet hast, wie du sagst, ist sie zu wertvoll, als daß man ihre Weiblichkeit durch – das, was sie berührt hat, versengen und verdorren lassen dürfte.« Nadastor trat an das Bett; Deoris schloß die Augen und lag wie tot, während der Schwarzmantel die ungeschickt angelegten Verbände loswickelte und die Wunden mit einer so kalten unpersönlichen Berührung versorgte, als mache er sich an einer steinernen Statue zu schaffen. Riveda stand die ganze Zeit dicht neben ihm, und als Nadastor fertig war, kniete Riveda nieder und streckte eine dick bandagierte Hand nach Deoris aus.

»Riveda!« hauchte sie schwach.

Seine Stimme klang kaum kräftiger. »Es war kein Mißerfolg. Wir werden es zum Erfolg bringen, du und ich – wir haben eine große Macht beschworen. Jetzt gehört sie uns, und wir können sie verwenden!«

Deoris sehnte sich nach nichts als einem zärtlichen Wort. Bei diesem Gerede über die Macht fühlte sie sich elend und wurde ängstlich; sie hatte gesehen, was es bedeutet, diese Macht heraufzubeschwören, und wünschte sich nichts anderes, als sie schnellstens zu vergessen. »Eine – eine böse Macht«, brachte sie mit trockenem Mund heraus.

Mit seiner üblichen Unerbittlichkeit erwiderte er: »Dauernd dieser Quatsch von Gut und Böse! Muß immer alles angenehm und schön sein? Willst du weglaufen, wenn du zum erstenmal etwas erblickst, das nicht in deine hübschen Träume paßt?«

Wieder hatte er es geschafft, sie ins Unrecht zu setzen. Sie flüsterte: »Nein. Verzeih mir –«

Rivedas Stimme wurde wieder sanft. »Entschuldige, ich darf dir keinen Vorwurf machen, wenn du dich fürchtest, meine geliebte Deoris! Dein Mut hat nie versagt, wenn es darauf ankam. Du bist so schwer verwundet, und ich mache durch mein Reden alles noch schlimmer . . . Versuche zu schlafen, Deoris. Werde wieder gesund.«

Sie faßte nach ihm, krank nach seiner Berührung, nach einem Wort der Liebe oder des Trostes – aber plötzlich brach Riveda mit erschreckender Heftigkeit in einen Strom von Blasphemien aus. Er fluchte und brüllte in wahnsinniger Wut, rief Unheil in einer scheußlichen Litanei herab, in der sich mehrere Sprachen zu einem gräßlich anzuhörenden Mischmasch vereinigten. Deoris, über alle Maßen entsetzt und verängstigt, begann zu weinen. Riveda hörte erst auf, als die Stimme ihm versagte. Er warf sich mit dem Gesicht nach unten neben sie auf das Bett. Seine Schultern zuckten. Er war zu erschöpft, um sich zu bewegen oder noch ein einziges Wort zu sprechen.

Nach langer Zeit wandte Deoris sich ihm unter Schmerzen zu und schob ihre Hand unter seine Wange, die dicht neben ihrer lag. Das brachte ihn halbwegs wieder zu sich. Er wälzte sich müde herum und sah Deoris mit großen, mitleiderregenden Augen an, die rot waren, weil ihm bei der Anstrengung viele Äderchen geplatzt waren.

»Deoris, Deoris, was habe ich bloß getan? Wie kannst du mich noch so liebevoll anfassen? Fliehe, solange du noch kannst, verlasse mich, wenn du willst – ich habe kein Recht, noch irgend etwas von dir zu verlangen!«

Deoris verstärkte den Druck ihrer Hand. Sie konnte sich nicht aufsetzen, aber ihre Stimme zitterte vor Hingabe. »Ich habe dir das Recht dazu gegeben! *Und wo du hingehst, will auch ich hingehen!* Es spielt keine Rolle, ob ich Angst habe. Riveda, weißt du denn immer noch nicht, daß ich dich liebe?«

Rivedas blutunterlaufene Augen blinzelten. Zum erstenmal seit vielen Monaten zog er sie an sich und küßte sie leidenschaftlich, und er tat ihr mit seiner heftigen Umarmung weh. Dann besann er sich und rückte von ihr ab – aber sie legte ihre schwachen Finger um seinen rechten Arm oberhalb des Verbandes.

»Ich liebe dich«, flüsterte sie noch einmal. »Meine Liebe ist groß genug, daß ich Göttern und Dämonen trotzen werde!«

Rivedas Augen, trübe vor Schmerz und Kummer, schlossen sich. Als er sie wieder öffnete, war sein Gesicht ruhig, von neuem eine unerschütterliche Maske. »Vielleicht werde ich dich bitten, genau das zu tun«, sagte er mit leiser, angespannter Stimme. »Aber ich werde auf dem ganzen Weg nur einen Schritt hinter dir sein.«

Nadastor, unsichtbar im Schatten unter der Bogentür des Raums, schüttelte den Kopf und lachte lautlos vor sich hin.

Lange Zeit wechselten bei Deoris kurze klare Momente mit Tagen höllischer Schmerzen und deliriumsartiger, von Betäubungsmitteln hervorgerufener Alpträume. Riveda wich nicht von ihrer Seite. Zu welcher Stunde sie auch erwachen mochte, er war da, hager und gleichmütig, tief in Meditation versunken oder in einer alten Schriftrolle lesend.

Nadastor kam und ging, und Deoris lauschte auf alles, was sie miteinander sprachen– aber die bewußten Intervalle waren anfangs so kurz und schmerzerfüllt, daß sie nicht erkannte, wo die Wirklichkeit endete und die Träume begannen. Sie erinnerte sich, einmal aufgewacht zu sein und gesehen zu haben, wie Riveda eine Schlange streichelte, die sich wie ein Kätzchen um seinen Nacken wand – aber als sie Tage später darüber sprach, sah er sie verständnislos an und bestritt entschieden, auch nur das Geringste mit dieser Sache zu tun zu haben.

Nadastor behandelte den Adepten mit Höflichkeit und Respekt wie einen Mann gleichen Ranges, dessen Erziehung jedoch bedauerliche Mängel aufweist und vervollkommnet werden muß. Sobald Deoris außer Gefahr war und länger als ein paar Minuten wachbleiben konnte, ohne Medikamente zu brauchen, las Riveda ihr vor – Dinge, die ihr das Blut in den Adern gerinnen ließen. Hin und wieder demonstrierte er seine neuerworbenen Fähigkeiten, die es ihm erlaubten, die Natur zu manipulieren, und allmählich verlor Deoris ihre Angst. Niemals wieder würde es Riveda passieren, daß ein Ritual aus Mangel an Wissen außer Kontrolle geriet!

Nur eines gefiel Deoris nicht: Riveda war ehrgeizig geworden. Früher war er wissenshungrig gewesen, jetzt strebte er nach Macht. Deoris sprach jedoch ihre Bedenken niemals aus, sie lag nur still da und hörte ihm zu. Sie war zu sehr von Liebe erfüllt, um ihm zu widersprechen, und außerdem war sie überzeugt, daß er in gar keinem Fall auf sie hören würde.

Nie zuvor war Riveda so freundlich zu ihr gewesen. Es war, als habe er sein ganzes Leben lang versucht, sich zwischen zwei wild miteinander kämpfenden Kräften einen geraden Weg zu bahnen, was ihn streng und steif und realitätsfern gemacht hatte. Jetzt hatte er sich endgültig der Zauberei verschrieben, und dies böse Tun absorbierte all seine angeborene Grausamkeit. Deshalb konnte er freundlich und zärtlich sein und die Einfachheit und Güte, die in ihm wohnten, auch zeigen. Deoris spürte, daß ihre alte kindliche Bewunderung langsam in etwas Tieferes, anderes überging . . . und einmal, als er sie mit dieser neuen Zärtlichkeit küßte, klammerte sie sich an ihn in dem plötzlich erwachenden Instinkt, der existiert, seit es Frauen gibt.

Er lachte ein bißchen, und sein Gesicht entspannte sich, bis es einen geradezu fröhlichen Ausdruck trug. »Meine kostbare kleine Deoris –« Dann murmelte er zweifelnd: »Du hast wohl immer noch viele Schmerzen –«

»Nicht allzusehr, und ich – ich möchte dir nahe sein –, ich möchte in deinen Armen einschlafen und wieder aufwachen – was ich noch nie getan habe.«

Zu bewegt, um zu sprechen, zog Riveda sie dicht an sich. »Du sollst heute nacht in meinen Armen liegen«, flüsterte er. »Auch ich möchte – dir nahe sein . . .«

Er hielt sie locker, besorgt, er tue ihr mit einer unvorsichtigen Bewegung weh, und sie fühlte seine körperliche Anwesenheit – ihr so vertraut, ihrem Körper so wohl bekannt, und doch anders, ganz und gar fremd. Nach all diesen Jahren war er ein Fremder für sie geblieben, vor Riveda als Liebhaber zeigte sie eine Scheu, die sie ihm gegenüber als Initiator nicht gekannt hatte.

Riveda liebte sie zärtlich, mit einer empfindsamen Aufrichtigkeit, die sie nicht für möglich gehalten hatte. Zunächst noch etwas ängstlich, damit er ihr keine Schmerzen bereitete. Doch als er ihrer sicher war, gab er sich ihr in einem Strom von Zärtlichkeit ganz hin. Es war die merkwürdige, seltene Wärme eines Mannes, dessen Jugend längst vorbei ist, nicht leidenschaftlich, aber sehr sanft und voller Liebe. In ihrem ganzen Zusammenleben hatte sie ihn so noch nie erlebt. Stunden danach lag sie noch in seine Arme geschmiegt, glücklicher, als sie je gewesen war und jemals wieder sein würde, während seine gedämpfte, heisere, zögernde Stimme ihr all die Dinge sagte, die jede Frau sich von ihrem Liebsten erträumt, und seine zitternden, vernarbten Hände sacht ihr seidenes Haar streichelten.

11. Der Dunkle Schrein

Einen Monat lang blieb Deoris in dem unterirdischen Labyrinth; Riveda und Nadastor sorgten für sie. Sie sah keinen anderen Menschen, ausgenommen eine alte Taubstumme, die ihr das Essen brachte. Nadastor behandelte sie mit förmlicher Ehrerbietung; dies erstaunte das Mädchen und erschreckte sie besonders, nachdem sie das Bruchstück der Unterhaltung zwischen den beiden Männern mitangehört hatte . . .

Sie und Riveda waren nach und nach in eine liebevolle Gemeinschaft hineingewachsen, die alles übertraf, was Deoris bisher kennengelernt hatte. Nie mehr hatte er düstere Stimmungen. An diesem Tag hatte er eine Weile neben ihr gesessen, einige der alten Inschriften in beinahe lustvoller Stimmung übersetzt und versucht, sie mit all den kleinen Scherzen, die man bei einem kranken Kind anwendet, zum Essen zu überreden. Schließlich legte er sie nieder, zog eine gewebte Wolldecke über ihre Schultern und verließ sie, denn sie ermüdete immer noch schnell. Deoris schlief, bis seine Stimme sie weckte. Er sprach ziemlich laut, als habe er sie in seinem Ärger vergessen.

«– *mein ganzes Leben lang* habe ich das mit Abscheu von mir gewiesen!«

»Sogar im Tempel des Lichts«, erwiderte Nadastor, »heiraten manchmal Bruder und Schwester. Ihre Linie wird rein gehalten; sie wollen kein fremdes Blut, das Züge zurückbringen könnte, die sie aus der Priesterkaste hinausgezüchtet haben. Kinder des Inzests sind oft von Natur hellsichtig –«

»Falls sie nicht wahnsinnig sind«, bemerkte Riveda zynisch.

Die Stimmen sanken zu einem Murmeln ab, und Deoris schloß die Augen wieder; dann wurde Riveda von neuem lauter.

»*Welche* von Talkannons –«

»Du wirst das Mädchen aufwecken«, warnte ihn Nadastor. Minutenlang sprachen sie so leise, daß Deoris nichts verstand. Das nächste, was sie auffing, war Nadastors trockene Feststellung: »Menschen züchten Tiere auf ein bestimmtes Ergebnis hin. Sollen sie den Samen ihrer eigenen Körper verstreuen . . .« Die Stimme wurde undeutlich, dann war zu hören: »Ich habe dich lange Zeit beobachtet, Riveda. Ich wußte, daß du die Beschränkungen, die dir das Ritual auferlegt, eines Tages satt haben würdest!«

»Dann weißt du mehr als ich«, gab Riveda zurück. »Nun, ich kenne in dieser Richtung keine Reue und – ganz gleich, was du denken magst – auch keine Skrupel. Hör zu, ob ich dich verstanden habe. Das Kind eines Mannes, der über das Alter der Leidenaschaft hinaus ist, und eines Mädchens, das gerade alt genug ist, um zu empfangen, kann – fast außerhalb der Gesetze der Natur stehen . . . «

»Und wird kaum an sie gebunden sein«, ergänzte Nadastor. Er stand auf und verließ den Raum, und Riveda kam, um nach Deoris zu sehen. Sie schloß die Augen. Er glaubte, sie schlafe noch, und wandte sich nach einem Augenblick ab.

Die Wunden auf Rücken und Schultern waren bald verheilt, aber die schreckliche Verbrennung auf ihren Brüsten hatte sich tief eingefressen. Als Deoris wieder aufstehen konnte, war sie immer noch dick verbunden, und ertrug es nicht, wenn man die Stelle berührte – doch sie wurde unruhig. Noch nie hatte sie sich so lange Zeit im Tempel des Lichts nicht sehen lassen, und Domaris machte sich bestimmt Sorgen um sie – zumindest würde sie sich nach ihr erkundigen.

Riveda beschwichtigte ihre Ängste ein bißchen.

»Ich habe vorgesorgt«, sagte er. »Ich habe Cadamiri erzählt, du seiest vom Meeresdeich gefallen und hättest dich an einem der Signalfeuer verbrannt; das ist gleichzeitig eine Erklärung für meine eigenen Verletzungen.« Er streckte die Hände aus, die jetzt frei von Verbänden, aber schrecklich vernarbt und zu steif waren, um jemals ihre alte Geschicklichkeit zurückzugewinnen.

»Niemand stellt meine Fähigkeit als Heiler in Frage, Deoris. Deshalb erhob auch niemand Einspruch, als ich sagte, du müssest in Ruhe gelassen werden. Und deine Schwester –« Er kniff die Augen leicht zusammen. »Sie überfiel mich heute in der Bibliothek. Ja, sie macht sich Sorgen um dich, und ehrlich gesagt, Deoris, mir fiel kein Grund ein, warum sie dich nicht sehen dürfte – deshalb wird es besser sein, wenn du morgen diesen Ort verläßt. Du mußt mit ihr sprechen und sie beruhigen, denn sonst –« Er legte eine schwere Hand auf ihren Arm. »Sonst könnten die Wächter uns auf die Spur kommen. Erzähle Domaris, was du willst, mir ist es gleich, nur – was du auch tust, Deoris, falls du nicht willst, daß ich sterbe wie ein Hund, laß nicht einmal Domaris die Narben auf deiner Brust sehen, bis sie vollständig verheilt sind. Und, Deoris, wenn deine Schwester darauf besteht, mußt du vielleicht in den Tempel des Lichts zurückkehren. Mir wird es sehr schwer, dich wegzuschicken, und ich würde es auch nicht tun, aber das Ritual verbietet es den Töchtern der Lichtgeborenen, unter Graumänteln zu leben. Das ist ein altes Gesetz und wird selten rigoros befolgt; immer wieder ist es ignoriert worden. Aber Domaris erinnerte mich daran, und ich wage es nicht, dich in Gefahr zu bringen, indem ich sie erzürne.«

Deoris nickte stumm. Sie hatte gewußt, daß dies Zwischenspiel nicht ewig dauern konnte. Trotz aller Schmerzen, aller Schrecken und ihrer neuen und mysteriösen Furcht vor Riveda war dies eine Art Idyll gewesen, im Nichts schwebend und eingehüllt in die unerwartete Gewißheit über Rivedas Nähe und Liebe. All das gehörte nun schon der Vergangenheit an.

»Du wirst unter dem Schutz deiner Schwester am sichersten

sein. Sie liebt dich, und sie wird dir wohl keine Fragen stellen.« Riveda nahm ihre Hand und saß lange Zeit, ohne sich zu bewegen oder zu sprechen. Endlich sagte er: »Ich habe dir einmal gesagt, Deoris, daß ich kein Mann bin, dem man trauen sollte. Ich glaube, daß ich dir das inzwischen bewiesen habe.« Der bittere, mutlose Ton war wieder in seiner Stimme. Dann fragte er vorsichtig: »Bist du immer noch meine Priesterin? Ich habe das Recht verwirkt, dir zu befehlen, Deoris. Ich biete dir an, dich freizugeben, wenn du es wünschst.«

Wie sie es vor Jahren getan hatte, ließ Deoris seine Hand los, fiel vor ihm auf die Knie und drückte ihr Gesicht in seine Kutte. Sie flüsterte: »Ich habe dir gesagt, daß ich für dich allem trotzen werde. Warum glaubst du mir nie?«

Riveda zog sie behutsam hoch. »Etwas bleibt noch zu tun«, stellte er mit leiser Stimme fest. »Du hast so viel erlitten, und ich – ich würde dir das nicht zumuten, aber – wenn wir es nicht heute nacht tun, muß der volle Zyklus eines Jahres vergehen, bevor wir es von neuem versuchen können. Heute ist die Nacht des Nadir, die einzige Nacht, in der ich dies vollenden kann.«

Deoris zögerte keinen Augenblick, auch wenn ihre Stimme etwas bebte. »Ich stehe dir zur Verfügung«, hauchte sie die rituelle Antwort der Graumäntel.

Ein paar Stunden später kam die alte Taubstumme. Sie kleidete Deoris aus, badete sie, vollzog das Reinigungsritual an ihr und legte ihr merkwürdige Kleider an, die Riveda geschickt hatte. Zuerst eine lange, weite Robe aus durchsichtigem Leinen, darüber einen Rock aus steifer, bestickter Seide, mit Symbolen geschmückt, über deren Bedeutung Deoris sich nicht ganz klar war. Ihr dichtes langgewachsenes Haar wurde mit einem silbernen Stirnband geschmückt, ihre Füße mit dunkler Farbe bemalt. Als die Taubstumme mit dieser letzten Arbeit fertig war, kehrte Riveda zurück. Deoris vergaß ihren eigenen ungewöhnlichen Aufzug vor Erstaunen über die Veränderung, die mit ihm vorgegangen war.

Sie hatte ihn nie anders gekleidet gesehen als in die faltenreiche graue Robe oder den einfacheren grauen Kittel, den er bei magischen Arbeiten trug. Heute abend flammte er in grellen Farben, die ihm ein barbarisches, finsteres, furchterregendes Aussehen gaben. Sein silberblondes Haar leuchtete unter einem mit Hörnern gezierten Diadem hervor, das sein Gesicht teilweise verbarg. Er trug einen Rock, scharlachrot wie ihr eigener, vor dessen schwarzen Symbolen Deoris verlegen die Augen abwandte: Die Embleme waren legitime magische Symbole, aber zusammen mit den Ornamenten ihrer Kleidung ergaben sie obszöne Muster. Unter dem scharlachroten Überrock trug Riveda eine engsitzende Tunika, die blau eingefärbt war – das war für Deoris die größte Ungeheuerlichkeit, denn Blau war die der Caratra geheiligte Farbe und nur Frauen vorbehalten. Sie war nicht imstande, den Blick auf seinen Körper zu richten, und ihr Gesicht glühte blutrot . . . Über dem Ganzem trug er den losen Magiermantel, den er schließen und so zum Schwarzmantel machen konnte. Als die Röte aus Deoris' Gesicht zurückwich, lächelte Riveda streng.

»Du *denkst* nicht, Deoris! Du reagierst nur auf die abergläubischen Vorstellungen deiner Kindheit. Komm – was habe ich dich über Schwingungen und Farben gelehrt?«

Die Ermahnung machte sie noch verlegener. »Rot vitalisiert und stimuliert«, rezitierte sie murmelnd, »wohingegen Blau Ruhe und Frieden erzeugt und alle erregten und fieberhaften Zustände mildert. Schwarz absorbiert und verstärkt Schwingungen.«

»So ist's schon besser.« Riveda nickte beifällig. Dann prüfte er kritisch ihr Kostüm und war damit zufrieden. »Nur eins fehlt noch. Willst du das hier für mich tragen, Deoris?«

Er hielt ihr einen Gürtel hin. Dieser bestand aus hölzernen Gliedern, verbunden durch rote Kordeln, die in seltsamen Mustern verknüpft waren. Runen waren in das Holz eingeschnitzt, und irgendein Instinkt ließ Deoris' Hand zögern, den seltsamen Gegenstand zu berühren.

Riveda fragte strenger als vorher: »Fürchtest du dich, das zu tragen, Deoris? Müssen wir Zeit mit langen Erklärungen vergeuden?«

Sie schüttelte eingeschüchtert den Kopf und begann, den Gürtel zu befestigen – aber Riveda bückte sich und hinderte sie daran. Mit seinen starken, vernarbten Händen wand er ihn ihr sorfältig um die Taille, band die Schnur mit einem festen Knoten zusammen und beendete das Werk mit einer ihr unverständlichen Geste.

»Trage das, bis ich dir Erlaubnis gebe, es abzunehmen«, befahl er ihr. »Nun komm.«

Fast hätte sie wieder aufbegehrt, als sie sah, wohin er sie brachte – in die unheimliche Krypta des Avatar, wo der Mann mit den gekreuzten Händen lag, ständig gefesselt. Einmal drinnen, sah sie wie erstarrt Riveda zu. Er entzündete das rituelle Feuer auf dem Altar, der eine Million Jahre dunkel gewesen war . . .

Mit seiner tiefsten Stimme, flammend in der symbolgeschmückten Robe, begann er die Beschwörung zu intonieren. Deoris erkannte sie wieder und zitterte vor Entsetzen bei dem Gedanken, was sie herbeirief. War Riveda wahnsinnig? Oder besaß er einen unglaublichen, alles übertreffenden Mut? Dies war schwärzeste Blasphemie – *oder vielleicht doch nicht?* Welchen Zweck hatte sie wohl?

Ihr blieb keine andere Wahl, als sich am Ritual zu beteiligen. Stimme antwortete Stimme in dunklem Flehen, Strophe und Gegenstrophe, rufend . . . betörend.

Plötzlich trat Riveda vor den hohen Steinaltar, auf dem ein Kind lag, und schaudernd erkannte Deoris, was Riveda in der Hand hielt. Sie preßte die Hände auf den Mund, um nicht laut zu schreien. Das Kind war Larmin, Karahamas Sohn, Demitras kleiner Bruder – Rivedas eigener Sohn . . .

Die Augen des Kindes zeigten, daß es betäubt worden war. Die Sache geschah mit solcher Schnelligkeit, daß es nur ein einziges ängstliches Wimmern von sich gab und dann wieder in Drogenschlaf versank. Riveda wandte der schrecklichen Zeremonie den Rücken. Für Deoris war sie zu einem Teufelsritus geworden, durchgeführt von einem Wahnsinnigen.

Nadastor glitt aus den Schatten heran, löste die Fesseln des Jungen, hob die kleine, bewußtlose Gestalt vom Altar und trug sie aus der Krypta, Deoris und Riveda waren allein in dem Dunklen Schrein – dem Schrein, in dem Micon gefoltert worden war – allein mit dem Verhüllten Gott.

Deoris schwindelte bei dem, was sie sah und hörte. Aber sie begann, wenn auch nicht das ganze, so doch die Richtung des blasphemischen Rituals zu begreifen: Riveda hatte nichts Geringeres vor, als die in Ketten gelegte, furchtbare Macht des Dunklen Gottes loszulassen, die Wiederkehr des Schwarzen Sterns zu erzwingen. Und es ging um noch mehr, das sie nicht verstand. Oder wagte sie nicht, es zu verstehen?

Sie sank auf die Knie. Todesangst drückte ihr die Kehle zu, und obwohl ihr Verstand *Nein! Nein-nein-nein-nein!* kreischte, konnte sie im Griff dieses hypnotischen Traums weder sich bewegen noch schreien. Mit einem einzigen Wort, einer einzigen Geste des Protests hätte sie das Muster des Rituals so zerstören können, daß Riveda versagt hätte – aber sie brachte keinen Laut heraus, konnte die Hand nicht heben und nicht einmal ihren Kopf um eine Winzigkeit von einer Seite zur anderen drehen . . . und da sie in dieser Krise nicht den Mut aufbrachte, sich Riveda zu widersetzen, suchte ihr Verstand einen Fluchtweg aus ihrer persönlichen Schuld und glitt ab in Zusammenhanglosigkeit.

Sie war nicht fähig – sie *wagte* nicht zu verstehen, was sie hörte und sah; ihr Gehirn weigerte sich, es zu erfassen. Ihr Blick wurde leer, blind – und obwohl Riveda die letzten Spuren der Vernunft aus ihren aufgerissenen Augen schwinden sah, widmete er ihr nur einen Bruchteil seiner Aufmerksamkeit. Alles andere an ihm war konzentriert auf das, was er tat.

Das Feuer auf dem Altar loderte auf.

Das in Ketten geschlagene, gesichtslose Bild regte sich . . .

Deoris sah das Lächeln des Mannes mit den gekreuzten Händen aus den verzerrten Schatten lauern. Dann sah sie für einen Augenblick dasselbe wie Riveda, eine aufrechtstehende, gesichtslose Figur in Ketten – aber auch das verschwamm sofort wieder. Wo ein großes, furchterregendes Steinbild still in Mumienbinden gelegen hatte, kämpfte jetzt ein Gott gegen seine Fesseln.

Dann sah Deoris nur noch kreisende Lichter, in die sie kopfüber hineinfiel. Sie merkte kaum, daß Riveda sie packte; sie war unfähig, ein Glied zu rühren, war höchstens halb bei Bewußtsein, ihr wahres Ich war untergegangen im Starren des Mannes mit den gekreuzten Händen, ihre Augen waren geblendet von dem Feuerwerk, das über ihnen flammte. Riveda hob sie hoch und legte sie auf den Altar, der befleckt von dem Blut des Kindes war, und Deoris spürte mit einem flüchtigen Schauder den kalten, feuchten Stein, auf den sie niedergezwungen wurde.

Er ist nicht tot! dachte sie, ohne damit irgend etwas auszurichten, *er darf nicht tot sein, Riveda hat ihn nicht getötet, es ist alles gut, wenn Larmin nicht tot ist . . .*

Wie von einer tiefen, dunklen Woge nach oben getragen, tauchte Deoris plötzlich ins Bewußtsein empor. Sie verspürte Kälte, und ihre halb geheilten Brandwunden schmerzten. Das Feuer auf dem Altar war verlöscht; der Mann mit den gekreuzten Händen war nichts weiter als verschleierte Dunkelheit.

Riveda, nun wieder ruhig, hob sie vorsichtig vom Altar. Mit seiner normalen, ernsten Gelassenheit half er ihr, ihre Kleider in Ordnung zu bringen. Sie fühlte sich verletzt, schwach und krank, stolperte auf den eisigen Steinen und stützte sich schwer auf Riveda – und sie erriet richtig, daß er an eine andere Nacht in dieser Krypta dachte, die Jahre zurücklag.

Irgendwo im Labyrinth schluchzte ein Kind vor Schmerz und Angst. Seine Gefühle schienen so sehr ihre eigenen zu sein, daß sie ihr Gesicht befühlte, um sich zu vergewissern, daß nicht sie weinte.

An der Tür des Raums, in dem sie während ihrer langen Krankheit gelegen hatte, blieb Riveda stehen, winkte der alten Taubstummen und gab ihr in Zeichensprache Befehle.

Er drehte sich zu Deoris um und sagte mit einer kalten Förmlichkeit, die ihr ins Herz schnitt: »Morgen wirst du nach oben geführt werden. Fürchte dich nicht, Demira zu vertrauen, aber sei vorsichtig. Denke daran, was ich dir gesagt habe, besonders in bezug auf deine Schwester Domaris!« Dies eine Mal um Worte verlegen, hielt er inne. Plötzlich und unerwartet sank der Adept vor dem erschrokkenen Mädchen auf die Knie. Er ergriff ihre eisige Hand, führte sie an seine Lippen und dann an sein Herz.

»Deoris«, stammelte er, »o meine Deoris –«

Schnell ließ er ihre Hand wieder los, erhob sich und war verschwunden, bevor das Mädchen ein einziges Wort herausbringen konnte.

IV. Riveda

». . . Allgemein wird angenommen, daß das Gute dazu neigt, zu wachsen und sich zu erhalten, während das Böse dazu neigt zu wachsen, bis es sich selbst zerstört. Aber vielleicht sind unsere Definitionen nicht fehlerfrei – denn wäre es schlecht für das Gute, zu wachsen, bis es das Böse aus der Existenz gedrängt hat?

. . . Jeder wird mit einem Vorrat an Wissen geboren, von dem er nicht weiß, daß er ihn besitzt . . . Der menschliche Körper aus Fleisch und Blut, der sich von Pflanzen und ihren Früchten und tierischem Fleisch ernähren muß, ist keine geeignete Behausung für den ewigen Geist, der uns bewegt. Deshalb müssen wir sterben. Aber irgendwo in der Zukunft liegt die Zusicherung eines Körpers neuer Art, der die Steine überdauert, der nicht stirbt . . . Die Dinge, die wir lernen, schlagen Funken, und die Funken entzünden Feuer, und der Schein des Feuers enthüllt seltsame Dinge, die sich in der Dunkelheit bewegen . . . Die Dunkelheit kann dich Dinge lehren, die das Licht nie gesehen hat und niemals zu sehen fähig sein wird . . .

Nicht willens, eine bloß mineralische Existenz fortzuführen, waren die Pflanzen die ersten Rebellen. Aber die Freuden einer Pflanze sind auf die Anzahl von Wegen beschränkt, auf denen sie die das Reich der Minerale regierenden Gesetze umgehen kann . . . Es gibt giftige Minerale, die Pflanzen und Tiere und Menschen töten können. Es gibt giftige Pflanzen, die Tiere und Menschen töten können. Es gibt giftige Tiere (meistens Reptilien), die Menschen töten können – aber der Mensch ist nicht fähig, die Vergiftungskette fortzusetzen, denn auch wenn er andere Wesen zu vergiften vermag, hat er doch nie ein Mittel entwickelt, um die Götter zu vergiften . . .«

Aus dem *Kodex des Adepten Riveda*

1. Eine Traumwelt

»Aber warum, Domaris, warum?« fragte Deoris. »Warum haßt du ihn so?«

Die Schwestern saßen auf einer Steinbank am Teich. Domaris lehnte sich zurück, zupfte ein niedergefallenes Blatt aus den Falten ihres Kleides und warf es in das Wasser zu ihren Füßen. Winzige Kräuselungen fächerten sich aus und glitzerten im Sonnenschein.

»Ich glaube nicht, daß ich Riveda hasse«, sann Domaris und verlagerte langsam ihren schwergewordenen Körper, als erleide sie Schmerzen. »Aber ich mißtraue ihm. Es ist – etwas an ihm, das mich erschauern läßt.« Sie sah Deoris an, und bei dem Ausdruck auf dem blassen Gesicht ihrer Schwester setzte sie mit einer abbittenden Geste hinzu: »Lege meinen Worten nicht zuviel Gewicht bei. Du kennst Riveda besser als ich. Und vielleicht ist ja alles nur Einbildung von mir! Schwangere Frauen haben manchmal törichte Einfälle . . .«

Am hinteren Ende des ummauerten Hofs steckte Micail den zerzausten Kopf hinter einem Busch hervor und zog ihn ebenso schnell wieder zurück. Er und Lissa spielten Verstecken.

Das kleine Mädchen lief über das Gras. »Ich sehe dich, Micail!« rief sie schrill und hockte sich neben Domaris' Rock. »Kuckuck!«

Domaris lachte, täschelte Lissa die Schulter und betrachtete Deoris voller Zufriedenheit. Die letzten sechs Monate hatten viele Veränderungen in ihrer jüngeren Schwester hervorgerufen; Deoris war nicht mehr das zerbrechliche, großäugige Gespenst, in Verbände gewickelt und schwach vor Schmerzen, das Domaris aus dem Grauen Tempel abgeholt hatte. Deoris' Gesicht bekam langsam wieder Farbe, obwohl sie noch blasser war, als es Domaris gefiel, und sie hatte etwas von der erschreckenden Magerkeit verloren . . . Von neuem kehrten Domaris' Gedanken zu dem Verdacht zurück, den sie schon lange hegte, und sie runzelte die Stirn. *Ich kann eine bestimmte Veränderung an ihr erkennen . . .* Domaris erzwang nie ein Geständnis, nur quälte sie unablässig die Frage, was Deoris eigentlich im Grauen Tempel angetan worden war. Die Geschichte, sie sei vom Meeresdeich in ein Wachfeuer gefallen . . . klang irgendwie nicht einleuchtend.

»Du hast keine törichten Einfälle, Domaris«, erklärte Deoris. »Aber warum mißtraust du Riveda?«

»Weil – weil er mir unehrlich vorkommt. Er versteckt seine Gedanken vor mir, und ich glaube, daß er mich mehr als einmal belogen hat.« Domaris' Stimme wurde eisig. »Und vor allem wegen der Dinge, die er dir antut! Dieser Mann benutzt dich, Deoris . . . Ist er dein Liebhaber?« fragte sie plötzlich, die Augen scharf auf das junge Gesicht gerichtet.

»*Nein!*« Deoris leugnete zornig, beinahe instinktiv.

Lissa, die unbemerkt noch immer an Domaris' Knie lehnte, sah ein bißchen erschrocken von einer der Schwestern zur anderen.

Dann lächelte sie leicht und lief los, Micail zu jagen. Erwachsene führten oft solche Gespräche. Sie hatten nichts zu bedeuten, soweit Lissa es beurteilen konnte, und deshalb achtete sie selten darauf – und man hatte ihr beigebracht, daß sie sie nicht unterbrechen durfte.

Domaris rückte ein bißchen näher an Deoris und fragte freundlicher: »Dann – wer?«

»Ich – ich weiß nicht, was du meinst«, behauptete Deoris, dabei hatte sie die Augen einer verängstigten, in der Falle sitzenden Kreatur.

»Deoris«, bat ihre Schwester, »sei aufrichtig zu mir, Kätzchen. Meinst du, es ließe sich für immer verbergen? Ich habe Caratra länger gedient als du – wenn auch nicht so gut.«

»Ich bin *nicht* schwanger! Das ist nicht möglich – ich *will nicht!*« Deoris bezwang ihre Panik und flüchtete sich in Abwehr. »Ich habe keinen Liebhaber!«

Noch einmal musterten sie Domaris graue Augen. »Du magst eine Zauberin sein«, stellte sie ruhig fest, »aber all deine Magie könnte ein solches Wunder nicht bewirken.« Sie legte den Arm um Deoris, die ihn schmollend wegstieß.

»Laß das! Ich bin nicht schwanger!«

Die Antwort kam so schnell, so wütend, daß Domaris der Mund offen stehenblieb. Wie brachte Deoris es nur fertig, so überzeugend zu lügen? *Ob dieser verdammte Graumantel sie seine Kunst der Täuschung gelehrt hat?* Der Gedanke beunruhigte sie. »Deoris«, sagte sie halb fragend, »ist es Riveda?«

Mürrisch und eingeschnappt rückte Deoris von ihr ab. »Und wenn es so wäre – was nicht der Fall ist! Es wäre mein Recht! Du hast dir auch dein Recht genommen!«

Domaris seufzte. Langsam ging ihr Deoris auf die Nerven. »Ja«, antwortete sie müde, »es steht mir nicht zu, dich zu tadeln. Trotzdem –« Sie sah über den Garten zu den sich balgenden Kindern hin, die Brauen in einem zuckenden Lächeln zusammengezogen. »Kann ich mir wünschen, daß es ein anderer Mann wäre.«

»Du haßt ihn doch!« rief Deoris. »Du bist – bist – ich hasse dich!« Sie sprang auf und rannte aus dem Garten, ohne sich noch einmal umzusehen. Domaris wollte schon aufstehen und ihr folgen, doch seufzend ließ sie sich zurücksinken.

Was hätte es für einen Sinn? Sie fühlte sich matt und erschöpft und hatte gar keine Lust, auf die Launen ihrer Schwester einzugehen. Zur Zeit kam sie mit ihrem eigenen Leben kaum zurecht – wie sollte sie das ihrer Schwester in die Hand nehmen?

Als Domaris Micons Kind erwartete, hatte sie eine seltsame Ehrfurcht vor ihrem Körper empfunden. Nicht einmal das Wissen, daß Micons Schicksal ihnen wie ein Schatten folgte, hatte ihre Freude beeinträchtigt. Diese Schwangerschaft war anders, sie war ihre Pflicht, sie löste damit ein verpfändetes Wort ein. Und so freute sie sich nicht, sondern fügte sich. Sie hatte Schmerzen, sie hatte Angst, und Mutter Ysoudas Worte hallten in ihren Gedanken wider. Für Arvaths ungeborenen Sohn empfand sie eine schuldbewußte, reumütige Liebe – als habe sie ihm dadurch, daß sie ihn empfangen hatte, ein Unrecht angetan.

Warum ist Deoris so seltsam? Vielleicht ist es nicht Rivedas Kind, und sie hat Angst vor ihm . . .? Domaris schüttelte den Kopf. Dies Rätsel konnte sie nicht lösen.

Bestimmte kleine, aber unmißverständliche Zeichen hatten ihr den Zustand ihrer Schwester verraten, und es verletzte sie, daß Deoris diese Tatsache leugnete. Die Lüge selbst war ihr nicht wichtig, aber der Grund für die Lüge quälte sie.

Was habe ich nur getan, daß meine eigene Schwester mir ihr Vertrauen verweigert?

Mit einem kleinen Seufzer stand sie auf und ging schwerfällig auf den Torbogen zu, der ins Gebäude führte. Sie machte sich bittere Vorwürfe, daß sie Deoris vernachlässigt hatte. Erst war sie ganz von ihrer Trauer um Micon erfüllt gewesen – dann waren ihre Heirat gekommen und die lange Krankheit, die dem Verlust ihres zweiten Kindes folgte – und auch ihre Tempelpflichten nahmen ihr viel Zeit weg. Trotzdem hätte sie Deoris irgendwie bei ihren Problemen helfen müssen.

Rajasta hat mich vor Jahren gewarnt, dachte Domaris traurig. *Hat er das alles vorhergesehen? Hätte ich doch nur auf ihn gehört! Wenn Deoris kein Vertrauen mehr zu mir hat* – Domaris versuchte, sich selbst Mut zu machen. *Deoris ist ein seltsames Mädchen, sie ist immer rebellisch gewesen. Und sie war so krank, vielleicht hat sie nicht wirklich gelogen, vielleicht weiß sie es selbst nicht, hat über die körperlichen Folgen gar nicht nachgedacht. Das sähe Deoris ähnlich!*

Einen Augenblick lang sah Domaris den Garten durch plötzliche Tränen in Regenbogenfarben.

In den letzten Monaten hatte Deoris nur für den Augenblick gelebt und weder an die Zukunft gedacht noch sich Erinnerungen hingegeben. Sie trieb auf der Oberfläche der Ereignisse dahin, nur wenn sie schlief, plagten sie Träume von jener Nacht in der Krypta. Es waren so viele schreckliche Alpträume, daß es ihr beinahe gelang, sich einzureden, die blutige, blasphemische Beschwörung, alles, was sich dort ereignet hatte, sei nur ein weiterer, noch gräßlicherer Traum gewesen.

Eine große Hilfe dabei war die Leichtigkeit, mit der sie die meisten der abgerissenen Fäden ihres Lebens wieder hatte anknüpfen können. Rivedas Geschichte war ohne Widerspruch von allen geglaubt worden.

Auf Domaris' Drängen war Deoris zu ihr in die Wohnung gezogen, die aber nicht mehr die gleiche war wie früher. Das Haus der Zwölf beherbergte nun eine neue Gruppe von Akoluthen; Domaris und Arvath bewohnten mit Elis und Chedan und einem dritten jungen Paar hübsche Wohnungen in einem anderen Gebäude. Hier war Deoris herzlich aufgenommen und in das Familienleben einbezogen worden. Bisher hatte Domaris ihr niemals Fragen über die letzten Jahre gestellt . . .

Ich hätte es mir denken müssen! dachte Deoris abergläubisch und erschauerte. Am Abend zuvor sehr spät hatte sich Demira heimlich in den Hof und in ihr Zimmer geschlichen und verzweifelt geflüstert: »Deoris – oh, Deoris, ich dürfte nicht hier sein, ich weiß, aber schick mich nicht weg, ich habe so schreckliche, schreckliche Angst . . .«

Deoris hatte das Kind mit zu sich ins Bett genommen und in den Armen gehalten, bis das verängstigste Weinen nachließ. Dann hatte sie ungläubig gefragt: »Was ist denn los, Demira, was ist geschehen? Ich werde dich nicht wegschicken, Schätzchen, ganz gleich, was es ist, du kannst es mir ruhig erzählen . . .« Sie sah das dünne, zusammengekrümmte Mädchen neben sich besorgt an. »Es ist unwahrscheinlich, daß Domaris zu dieser nächtlichen Stunde in meine Räume kommt, aber wenn doch, werde ich ihr erzählen – mir wird schon etwas einfallen.«

»Domaris –« sagte Demira langsam und lächelte – ihr weises, unglückliches Lächeln, das Deoris immer traurig machte; es war ein zu erwachsenes Lächeln für dies kindliche Gesicht. »Ach, Domaris weiß nicht, daß ich existiere, Deoris. Auch wenn sie mich sähe, würde das nicht anders.« Demira setzte sich hoch. Ihre silbriggrauen Augen richteten sich nur kurz auf Deoris. Dann glitten sie leer und blind ab und sie verdrehte sie so, daß fast nur noch das Weiße rings um die Pupille sichtbar war. *»Eine von uns dreien wird sehr bald sterben«*, sagte sie plötzlich mit tonloser Stimme, die ebenso ins Leere gerichtet war wie ihre Augen. »Eine von uns dreien wird sterben, und ihr Kind mit ihr. Die zweite wird in die Nähe des

Todes geraten, aber er wird nur ihr Kind nehmen. Und die dritte wird darum beten, daß der Tod sie und ihr Kind hole, und beide werden am Leben bleiben, um sogar die Luft, die sie atmen, zu verfluchen –«

Deoris faßte die schmalen Schultern und schüttelte Demira heftig. »Wach auf!« befahl sie mit hoher, angsterfüllter Stimme. »*Weißt du überhaupt, was du da sagst?*«

Demira lächelte mit verzerrtem Gesicht. »Domaris und du und ich – Domaris, Deoris, Demira; wenn man die drei Namen schnell hintereinander sagt, sind sie schwer auseinanderzuhalten, nicht wahr? Aber wir sind durch mehr als das aneinander gebunden, unser Schicksal verbindet uns, wir erwarten alle drei ein Kind –«

»Ich? Nein!« schrie Deoris. *Nein, nein, nicht von Riveda, nicht solche Grausamkeit, solcher Verrat . . .*

Sie senkte den Kopf, nicht fähig, Demiras weisen jungen Augen zu begegnen. Seit der Nacht der fehlgeschlagenen Beschwörung, als der Feuergeist auf sie und Riveda und den Chela losgelassen worden war, hatte sie sich noch nicht einmal der rituellen Reinigungen wegen zurückziehen müssen . . . Sie hatte darüber nachgegrübelt, hatte sich an Schreckensgeschichten über unfruchtbar gewordene Frauen erinnert, die sie von den *saji* gehört hatte, an Maleinas vor langer Zeit erfolgte Warnung. Sie war zu der Überzeugung gelangt, ebenso wie ihre Brüste für immer Narben trugen, sei auch die Zitadelle ihrer Weiblichkeit versengt worden und sie nur noch dem äußeren Anschein nach eine Frau. Die einfachere Erklärung – sie könne schwanger sein – war ihr überhaupt nicht in den Sinn gekommen. Wenn sie fähig war zu empfangen, hätte sie doch Riveda schon längst ein Kind gebären müssen!

Aber stimmte das? Riveda kannte sich aus in den Mysterien, er war fähig, eine Empfängnis zu verhüten, wenn es ihm paßte. Wie ein Blitz durchfuhr sie ein Gedanke, den sie auf der Stelle zurückwies: *O nein, nicht in jener Nacht in der Krypta – die wahnsinnige Beschwörung – den Gürtel, der eben jetzt unter meinem Nachtgewand verborgen ist . . .*

Mit verzweifelter Anstrengung versuchte sie die Erinnerung zu vertreiben. *Es ist nie geschehen, es war nur ein Traum . . . bis auf den Gürtel. Und der ist echt. Es muß irgendeine Erklärung geben . . .*

Jetzt erst wurde ihr bewußt, was Demira sonst noch gesagt hatte, und sie stürzte sich beinahe mit Erleichterung darauf. »*Du!*«

Demira sah sie kläglich an. »Du glaubst mir doch?« fragte sie. »Wirst du mich verhöhnen?«

»O nein, Demira, natürlich nicht«, versicherte ihr Deoris, und das elfenhafte Gesicht schmiegte sich vertrauensvoll an ihre Schulter. Demira hatte sich in diesen drei Jahren nicht sehr verändert; sie war immer noch das seltsame, leidende, wilde kleine Mädchen, das in Deoris anfangs Mißtrauen und Angst, später aber Mitleid und Liebe erweckt hatte. Demira war jetzt fünfzehn, sah aber fast genauso aus wie mit zwölf: größer als Deoris, aber schmächtig, zart, mit der eigentümlichen, täuschenden Mischung aus Unreife und Weisheit . . .

Demira setzte sich hoch und begann, an den Fingern nachzurechnen. »Es war wie ein schrecklicher Traum . . . Es ist passiert – oh, vielleicht einen Mondwechsel, nachdem du uns verlassen hattest –«

»Vor fünf Monaten«, half Deoris ihr.

»Eins der kleinen Kinder sagte mir, ich solle in eine der Tonkammern kommen. Ich dachte mir nichts dabei, ich arbeitete gerade mit einem von Nadastors Chelas. Aber die Kammer war leer. Ich wartete – und dann – kam ein Priester herein, aber er war – er war maskiert, *und in Schwarz,* mit Hörnern über dem Gesicht! Er sprach kein Wort, er packte mich nur, und – *oh, Deoris!*« Das Kind brach in heftiges Schluchzen aus.

»Demira, nein!«

Demira kämpfte gegen die Tränen an und murmelte: »Du glaubst mir doch – lach mich bitte nicht aus!«

Deoris wiegte sie wie ein kleines Kind. »Nein, nein, Schätzchen, nein«, beruhigte sie sie. Sie wußte ganz genau, was Demira meinte. Außerhalb des Grauen Tempels wurden Demira und ihresgleichen als Huren und Schlimmeres verachtet. Deoris, die im Grauen Tempel gelebt hatte, wußte jedoch, daß sie hohe Ehre und Achtung genossen, denn sie waren geheiligt, unverzichtbar und standen unter Schutz der höchsten Adepten. Es war unvorstellbar, phantastisch, daß eine *saji* von einem Unbekannten vergewaltigt wurde . . . Beinahe ungläubig fragte Deoris: »Hast du keine Ahnung, wer er war?«

»Nein – oh, ich hätte es Riveda sagen sollen, ich hätte es ihm sagen sollen, aber ich brachte es einfach nicht fertig. Nachdem der – der Schwarzmantel gegangen war, lag ich nur da und weinte und weinte, ich konnte gar nicht wieder aufhören. Riveda hörte mich, er kam und fand mich. Er war . . . dies eine Mal war er freundlich, er hob mich auf und hielt mich fest, und er – schalt mich, bis ich aufhörte zu weinen. Er – er redete zu mir, ich solle ihm erzählen, was geschehen sei, aber ich – ich hatte Angst, er werde mir nicht glauben . . .«

Deoris ließ Demira los und saß unbeweglich wie eine Statue da. Bruchstücke eines nur halb verstandenen Gesprächs fielen ihr wieder ein; ihre Intuition verwandelte sie jetzt in Wissen, und beinahe automatisch flüsterte sie die Anrufung: »*Mutter Caratra! Beschütze sie!*« Es war das erste Mal seit Jahren.

Es konnte nicht sein, es war einfach nicht möglich, nicht denkbar . . . Deoris fürchtete, ihr Gesichtsausdruck werde dem Kind alles verraten.

Endlich erkundigte Deoris sich: »Hast du es Maleina erzählt, Kind? Du weißt doch, daß sie dich schützen würde. Ich glaube, sie würde jeden mit eigenen Händen töten, der dir ein Leid antut oder dir Schmerz bereitet –«

Demira schüttelte stumm den Kopf. Erst eine ganze Weile später flüsterte sie: »Ich fürchte mich vor Maleina. Ich bin zu dir gekommen wegen – wegen Domaris. Sie hat Einfluß auf Rajasta . . . Als die Schwarzmäntel das letzte Mal in unsern Tempel kamen, gab es viel Leid und Tod, und ich glaube, jetzt sind sie zurückgekehrt – die Wächter müssen es erfahren. Und Domaris ist – ist so freundlich und schön – vielleicht hat sie sogar mit mir Mitleid –«

»Ich werde es Domaris sagen, sobald ich kann«, versprach Deoris mit verkrampften Lippen; ihr war nicht wohl dabei zumute. »Demira, du darst nicht zuviel erwarten –« »Oh, du bist gut, Deoris! Deoris, wie ich dich liebe!« Demira umarmte die Freundin, die Augen glitzernd vor Tränen. »Und – Deoris, wenn Riveda es unbedingt wissen muß – willst du es ihm sagen? Er wird dir alles erlauben, aber – niemand sonst wagt sich ihm zu nähern, seit du uns verlassen hast, niemand wagt, mit ihm zu reden, falls er nicht angesprochen wird, und sogar dann –« Demira brach ab. »Er war freundlich, als er mich fand, aber ich hatte solche Angst –«

Deoris streichelte die Schulter des kleinen Mädchens. Ihr Gesicht war ernst. Der letzte Zweifel war verschwunden. *Riveda hat sie weinen gehört? In einer versiegelten Tonkammer? Das will ich glauben, wenn die Sonne um Mitternacht scheint!*

»Ja«, erklärte Deoris grimmig, »ich werde mit Riveda reden.«

»Sie hatte nicht die leiseste Ahnung, daß ich es war, Deoris. Auch du solltest es nicht erfahren, aber da du nun einmal dahintergekommen bist, gebe ich es zu.« Rivedas Stimme war tief und rauh wie winterliche Brandung; mit dem gleichen eisigen Baß fuhr er fort: »Solltest du es ihr verraten wollen, Deoris – soviel du mir auch bedeutest, ich würde dich, glaube ich, umbringen!«

»Paß auf, daß du nicht der bist, der umgebracht wird«, gab

Deoris kalt zurück. »Stell dir einmal vor, Maleina zieht die gleichen Schlüsse wie ich?«

»Maleina —« Riveda spie den Namen der Adeptin förmlich aus. »Sie hat getan, was sie konnte, um das Kind zu ruinieren! Trotzdem bin ich kein Ungeheuer, Deoris. Was Demira nicht weiß, wird sie nicht quälen. Es ist — ein unglücklicher Umstand, daß sie weiß, daß ich ihr Vater bin. Ich war ein Tor, daß ich es im Grauen Tempel bekanntwerden ließ! Für Demira ist es besser, wenn sie nicht noch mehr erfährt.«

Krank vor Empörung rief Deoris aus: »Du gibst die Tatsache mir gegenüber unverfroren genug zu!«

»Soll ich lieber lügen?« fragte Riveda in merklicher Erregung. »Demira ist für diesen Zweck gezeugt und aufgezogen worden, andernfalls hätte ich keinen Finger gerührt, um sie davor zu retten, sich auf der Stadtmauer zu Tode zu plärren. Abgesehen davon hat sie kaum einen Wert. Sie hat es allein durch ihre Geburt fertiggebracht, daß Karahama mich haßt —« Riveda hielt inne, und zum erstenmal nahm Deoris eine schwache Stelle in Rivedas eisiger Rüstung wahr. Schnell fuhr er fort: »Das Balg ist gerade richtig, um dem Wissensfortschritt zu dienen.«

»Etwas anderes interessiert dich ja auch nicht!« Deoris brüllte jetzt. »Aber Karahamas Blut ist auch mein Blut!«

»Meinst du, das überrascht mich?« antwortete Riveda brutal. »Warum habe ich wohl gerade dich erwählt?«

Deoris vermochte nicht zu antworten. Sie brauchte ihre ganze Selbstbeherrschung, um nicht zusammenzubrechen.

Rivedas Mund verzog sich zu einem zynischen Lächeln. »Du kleiner Dummkopf, ich glaube, du bist eifersüchtig!«

Deoris schüttelte schweigend den Kopf und drehte sich auf dem Absatz um. Ihre Lippen zitterten.

Riveda packte mit starker Hand ihren Ellenbogen und hielt sie zurück. »Sagst du es Demira?« fragte er drohend.

»Zu welchem Zweck? Um sie ebenso unglücklich zu machen wie mich?« gab Deoris kalt zurück. »Nein, ich werde dein Geheimnis wahren. Und jetzt nimm deine Hände weg von mir!«

Er riß die Augen auf und ließ die Hand sinken. »Deoris«, begann er schmeichelnd, »du hast mich immer verstanden, bevor —«

Tränen sammelten sich in ihren Augen. »Dich verstanden? Nein, niemals. Du bist früher auch anders gewesen. Das hier ist — Zauberei, Verzerrung — Schwarze Magie!«

Riveda schluckte die erste Antwort, die ihm in den Sinn kam, hinunter und murmelte nur ziemlich kleinlaut: »Nenne mich ruhig einen Schwarzen Magier, damit die Sache ein für alle Mal klar ist.« Dann zog er sie mit der Zärtlichkeit, die bei ihm so selten war, obwohl sie sich zunächst weigerte, an sich. »Deoris«, flehte er, »du bist immer meine Kraft gewesen. Verlasse mich nicht! Hat Domaris dich so schnell gegen mich eingenommen?«

Deoris kämpfte mit den Tränen.

»Deoris, es ist nun einmal geschehen, und ich stehe dafür ein. Es ist zu spät zur Umkehr, und Reue würde nichts ungeschehen machen. Vielleicht war es – unklug; es mag grausam gewesen sein. *Aber es ist geschehen.* Deoris, du bist der einzige Mensch, dem ich zu vertrauen wage: Nimm Demira in deine Obhut, laß sie dein Kind sein. Ihre Mutter hat sich längst von ihr abgewandt, und ich – ich habe kein Recht mehr an ihr, wenn ich es überhaupt je gehabt habe.« Er verzog schmerzlich das Gesicht. Leicht berührte er die furchtbaren Narben, die von ihrer Kleidung verborgen wurden. Dann glitten seine Hände zu ihrer Taille und tasteten merkwürdig unsicher nach den symbolgeschmückten hölzernen Gliedern des Gürtels. Er sah sie an, und sie entdeckte in seinem Gesicht eine schmerzliche Frage und eine Angst, die sie nicht zu deuten wußte. Er stieß hervor: »Du weißt es noch nicht – die Götter retten euch, die Götter schützen euch alle! Ich habe ihren Schutz verwirkt; ich bin – grausam zu dir gewesen – Deoris, hilf mir! Hilf mir, hilf mir doch!«

Seine eisige Zurückhaltung schmolz in einem einzigen Augenblick – und mit ihr verflog Deoris' Zorn. Sie schlang die Arme um ihn und versicherte ihm stammelnd: »Das werde ich immer tun, Riveda, immer!«

2. Entdeckung

Irgendwo in der Nacht zerriß das schrille Schreien eines Kindes die Stille. Deoris hob den Kopf vom Kissen und drückte die Hände auf die schmerzenden Augen. Durch die Fensterläden kam kein Mondschein herein, und im Zimmer war es stockdunkel. Sie war noch an die Stille der *Saji*-Höfe gewöhnt – hatte sie geträumt? Doch dann erinnerte sie sich. Sie befand sich nicht im Grauen Tempel, auch nicht in Rivedas spartanischer Behausung, sondern in Domaris' Wohnung. Es mußte Micail sein, der da weinte . . .

Deoris glitt aus dem Bett. Barfuß ging sie über den schmalen Flur in das Zimmer ihrer Schwester. Beim Geräusch der sich öffnenden Tür hob Domaris den Kopf. Sie war halb angezogen; ihr offenes

Haar hatte sich wie ein kupferfarbener Nebel um den kleinen Jungen gelegt, der sich, immer noch schluchzend, an sie klammerte.

»Deoris, hat er dich aufgeweckt? Das tut mir aber leid.« Sie streichelte Micails wirre Locken und wiegte das Kind sanft an ihrer Schulter. »Nun ist es gut, nicht mehr weinen«, summte sie.

Micails Schluchzen ging in einen Schluckauf über. Sein Kopf sank schläfrig auf Domaris' Schulter. Dann sah er kurz auf. »De'ris«, murmelte er.

Schnell trat Deoris zu ihm. »Domaris, laß mich Micail nehmen, er ist jetzt zu schwer für dich«, sagte sie mit liebevollem Vorwurf in der Stimme. Domaris wollte erst nicht, doch dann gab sie das schwere Kind ihrer Schwester. Deoris blickte auf die schon wieder zufallenden dunkelblauen Augen und die Sommersprossen über der Stupsnase.

»Er wird später einmal ganz wie –« begann sie. Domaris hob die Hände, als wolle sie einen Schlag abwehren, und Deoris verschluckte Micons Namen. »Wo soll ich ihn hinlegen?«

»In mein Bett; ich lasse ihn bei mir schlafen, vielleicht beruhigt er sich dann. Es tut mir leid, daß er dich aufgeweckt hat, Deoris. Du siehst so – müde aus.« Domaris fand, daß ihre Schwester blaß aussah und ein verkniffenes Gesicht hatte. Sie sah darin einen Ausdruck großer Erschöpfung. »Du siehst gar nicht gut aus, Deoris.«

»Gut genug«, warf Deoris gleichgültig hin. »Du machst dir zuviel Sorgen. Dabei bist du selbst nicht im besten Zustand.« Deoris sah plötzlich mit den Augen einer ausgebildeten Heiler-Priesterin, was ihr bisher ihre Beschäftigung mit eigenen Problemen verborgen hatte, und sie bekam es mit der Angst: Wie dünn war Domaris trotz ihrer Schwangerschaft, wie scharf wirkten die feinen Knochen ihres Gesichts unter der weißen Haut, wie dick und blau waren die Adern auf ihrer Stirn und an den mageren weißen Händen . . .

Domaris schüttelte den Kopf, aber das Gewicht ihres ungeborenen Kindes lastete schwer auf ihr, und ihr mattes Gesicht strafte sie Lügen. Sie wußte es und lächelte. Mit resigniertem Schulterzucken strich sie mit den Händen an ihrem Körper entlang. »Abneigung und Schwangerschaft sind zwei Dinge, die nie weniger werden«, zitierte sie leichthin. »Siehst du – Micail ist schon wieder eingeschlafen.«

Deoris ließ sich nicht ablenken. »Wo ist Arvath?« fragte sie entschlossen.

Domaris seufzte. »Er ist nicht hier, er –« Das Blut stieg ihr ins Gesicht und überflutete den Ausschnitt ihres leichten Gewandes.

»Deoris, ich – ich habe meinen Teil des Abkommens jetzt erfüllt! Ich habe mich weder beklagt noch meine Pflicht versäumt! Ich habe auch nicht benutzt, was mir Elis –« Sie biß sich auf die Lippen und fuhr fort: »Dies wird der Sohn werden, den er begehrt. Und das sollte ihn zufriedenstellen!«

Deoris wußte zwar nichts von Mutter Ysoudas Warnung, aber sie erinnerte sich an die, die sie selbst ausgesprochen hatte, und ihre Intuition sagte ihr den Rest. »Ist er grausam zu dir, Domaris?«

»Die Schuld liegt bei mir, ich glaube, ich habe die Güte in diesem Mann getötet – genug! Ich sollte mich nicht beklagen. Aber – seine Liebe ist wie eine Strafe für mich. Ich ertrage sie nicht mehr!« Die Farbe war aus ihrem Gesicht gewichen und hatte Totenblässe hinterlassen.

Deoris wandte sich taktvoll ab, bückte sich und legte wärmend eine Decke um Micail. »Warum läßt du des Nachts nicht Elara bei Micail bleiben?« fragte sie. »Du bekommst ja überhaupt keinen Schlaf!«

Domaris lächelte. »Ich würde noch weniger schlafen, wenn er nicht bei mir wäre.« Zärtlich betrachtete sie ihren Sohn. »Weißt du noch, wie ich nicht verstehen konnte, warum Elis ihre Lissa ständig bei sich hatte? Außerdem – Elara bedient mich nur noch am Tag. Bei ihrer Heirat wollte ich sie ganz freigeben, aber sie sagt, sie will mich keiner fremden Frau überlassen, solange ich in diesem Zustand bin.« Ihr Lachen war nur noch ein Abglanz von früher. »Ihr Kind wird kurz nach meinem geboren werden. Sogar darin folgt sie mir!«

Deoris stellte verdrießlich fest: »Ich glaube, es gibt keine Frau mehr in diesem Tempel, die kein Kind erwartet!« Dabei zuckte sie zusammen, als ob man sie ertappt hätte.

Domaris schien es nicht zu merken. »Das Kinderkriegen ist eine Krankheit, die man sich leicht einfängt«, erwiderte sie mit einem weiteren Sprichwort. »Geh noch nicht, Deoris – bleib und unterhalte dich ein bißchen mit mir. Du hast mir so gefehlt.«

»Wenn du unbedingt willst«, erwiderte Deoris ungnädig. Gleich darauf aber tat es ihr leid. Sie ging zu Domaris, und beide setzten sich auf den niedrigen Diwan.

Die Ältere lächelte. »Ich will dich immer bei mir haben, kleine Schwester.«

»Ich bin nicht mehr klein.« Gereizt warf Deoris den Kopf in den Nacken. »Warum mußt du mich wie ein Baby behandeln?«

Domaris unterdrückte ein Lachen und hob die schmale, ringgeschmückte Hand ihrer Schwester hoch. »Vielleicht – weil du mein Baby warst, bevor Micail geboren wurde.« Ihr Blick fiel auf den

Gürtel aus hölzernen Gliedern, den Deoris locker über ihrem Nachtgewand trug. »Deoris, was ist das?« fragte sie leise. »Ich glaube nicht, daß ich das je an dir gesehen habe.«

»Nur ein Gürtel.«

»Wie dumm von mir«, meinte Domaris trocken. Ihre schlanken Finger berührten die scharlachrote Kordel, die die Glieder verband und sich auf merkwürdige Weise durch die geschnitzten Symbole wand. Schwerfällig beugte sie sich vor, um sie sich genauer anzusehen – und mit scharfem Atemholen zählte sie die Glieder. Die Schnur war dreifach gewickelt. Die Embleme ergaben sich aus dem Zusammenspiel der Zahlen drei und sieben. Der Gürtel war schön und doch irgendwie . . .

»*Deoris!*«, schrie sie plötzlich auf. »Hat Riveda dir *dieses Ding* gegeben?«

Verletzt durch ihren Ton, reagierte Deoris mit Trotz. »Warum nicht?«

»Du sagst, warum nicht?« Domaris' Stimme war scharf geworden, ihre Hand schloß sich fest um Deoris' dünnes Handgelenk. »Und warum bindet er dich mit einem – einem so schrecklichen Gegenstand, Deoris, antworte mir!«

»Er hat das Recht –«

»Dies Recht zu so etwas hat kein Liebhaber, Deoris.«

»Er ist *nicht* –«

Domaris schüttelte den Kopf. »Du sagst die Unwahrheit, Deoris«, erklärte sie müde. »Wäre dein Liebhaber irgendein anderer Mann, würde er Riveda töten, bevor er es zuließe, daß dir dieses – dieses *Ding* umgelegt wird!« Sie gab einen seltsamen Laut von sich, der fast ein Schluchzen war. »Bitte – lüg mich nicht mehr an, Deoris. Glaubst du, du kannst es für immer verbergen? Wie lange muß ich noch so tun, als sähe ich nicht, daß du ein Kind unter diesem – diesem –« Die Stimme versagte ihr. Wie erbarmungswürdig naiv Deoris war! Sie dachte wohl, wenn sie eine Tatsache leugnete, schaffe sie sie damit aus der Welt!

Deoris riß sich los. Mit weißem, verkniffenem Gesicht starrte sie auf den Fußboden. Schuldbewußtsein, Verlegenheit und Angst mischten sich in ihrem Blick. Domaris nahm die jüngere Schwester in die Arme.

»Deoris, Deoris, mach nicht so ein Gesicht! Ich tadle doch nicht dich dafür!«

Deoris hielt sich steif in den liebevollen Armen ihrer Schwester. »Domaris, glaub mir, ich habe nicht –«

Domaris hob das Kinn ihrer Schwester, bis sie ihr in die dunklen veilchenblauen Augen sehen konnte. »Riveda ist der Vater«, sagte sie ruhig, und diesmal widersprach Deoris ihr nicht. »Das gefällt mir überhaupt nicht. Irgend etwas stimmt da nicht, Deoris, sonst würdest du dich anders benehmen. Du bist kein Kind mehr, du bist nicht unwissend, du hast die gleiche Ausbildung wie ich gehabt, und über diese Dinge weißt du mehr als ich . . . du *weißt* genau – hör mir zu, Deoris! Du weißt, daß du nicht zu empfangen brauchtest, wenn ihr es nicht wolltet«, schloß sie unerbittlich, obwohl Deoris schluchzte und sich abwand, um sich Domaris' forschendem Blick zu entziehen. »Deoris – nein, sieh mich an! – hat er dich zur Liebe gezwungen?«

»Nein!« Diesmal klang ihr Leugnen wahr. »Ich habe mich Riveda aus freiem Willen hingegeben, und er ist nicht durch Gesetz zum Zölibat verpflichtet!«

»Das stimmt. Aber warum nimmt er dich dann nicht zur Frau oder erkennt zumindest dein Kind an?« fragte Domaris mit strengem Gesicht. »Diese Heimlichtuerei ist vollkommen unnötig, Deoris. Du trägst das Kind eines Mannes, der einer der größten Adepten ist, ganz gleich, was ich persönlich von ihm halte. Du solltest in Ehren vor aller Augen erscheinen, statt dich, umgürtet mit einer dreifachen Schnur, zu verstecken und sogar mich anzulügen. Versklavt bist du! Weiß er überhaupt, daß du schwanger bist?«

»Ich – ich glaube –«

»Du *glaubst*!« Domaris' Stimme war spröde wie Eis. »Verlaß dich darauf, kleine Schwester, wenn er es *nicht* weiß, wird er es sehr bald erfahren! Kind, Kind – der Mann hat dir schlimmes Unrecht getan!«

»Du – du hast kein Recht, dich einzumischen!« Mit einem plötzlichen Ausbruch von Willenskraft riß sich Deoris von ihrer Schwester los und funkelte sie böse an, traf aber keine Anstalten zu gehen.

»Aber ich habe das Recht, dich zu beschützen, kleine Schwester!«

»Wenn es mein Wille ist, Rivedas Kind zu gebären –«

»Dann muß Riveda seine Pflicht tun«, fiel Domaris scharf ein. Wieder wanderten ihre Hände zu dem Gürtel um die Taille ihrer Schwester. »Und dies schmutzige Ding –« noch während sie die Knoten der Kordel löste, zuckten ihre Finger vor den scheußlichen Emblemen zurück »– werde ich verbrennen! Meine Schwester ist keines Mannes Sklavin!«

Deoris sprang auf. Ihre Hände umklammerten den Gürtel.

»Jetzt gehst du zu weit!« tobte sie, packte Domaris am Handgelenk und stieß ihre Schwester von sich. »Du wirst den Gürtel nicht anfassen!«

»Deoris, ich *bestehe* darauf –«

»Nein, sage ich!« So zart sie wirkte, war Deoris doch ein kräftiges Mädchen, und sie war so wütend, daß sie nicht mehr bedachte, was sie tat. Sie schleuderte Domaris mit einem so furchtbaren Stoß von sich, daß diese vor Schmerz aufschrie. »Laß mich in Ruhe!««

Domaris ließ die Hände sinken – und dann gaben ihre Knie nach.

Deoris fing ihre Schwester gerade noch rechtzeitig auf, um sie vor einem schweren Sturz zu bewahren. »Domaris«, flehte sie reumütig, »Domaris, verzeih mir – habe ich dir wehgetan?«

Domaris bändigte den Zorn, der in ihr aufstieg, befreite sich von dem stützenden Arm ihrer Schwester und ließ sich langsam auf den Diwan nieder.

Deoris begann zu schluchzen. »Ich wollte dir nicht wehtun, du weißt doch, ich würde nie –«

»Wie soll ich da sicher sein?« schleuderte ihr Domaris fast verzweifelt entgegen. »Ich habe nie vergessen, was du –« Schwer atmend hielt sie inne. Sie hatte Micon schwören müssen, niemals davon zu sprechen, und er hatte ihr wiederholt eingeschärft, Deoris habe nicht die leiseste Ahnung von dem, was sie beinahe getan hätte. Domaris sah die Verzweiflung in Deoris' Augen und sagte freundlicher: »Ich weiß, daß du mir nie willentlich ein Leid zufügen würdest. Aber wenn du mein Kind verletzt, könnte ich dir nicht noch einmal verzeihen! Und nun – *gibst du mir endlich dies verdammte Ding!*« Entschlossen näherte sie sich Deoris. Voll Abscheu, als berührte sie etwas Unreines, knotete sie die Schnur auf.

Das leichte Nachthemd öffnete sich, als sie den Gürtel gelöst hatte. Domaris wollte es am Ausschnitt zusammenziehen – aber unwillkürlich wich sie vor den nackten Brüsten zurück.

»Deoris!« schrie sie entsetzt. »Was hast du da? *Laß es mich sehen!* befahl sie, aber Deoris versuchte, die verräterischen Narben zu bedecken. Domaris zog das Gewand auseinander und berührte vorsichtig das Sigill, das rot und zerklüftet über Deoris' Brüste lief und sich rechts und links wie ein zackiger Blitz auf der zarten Haut abzeichnete. »Oh, Deoris!« keuchte sie. »Oh, kleine Schwester!«

»Laß mich in Ruhe, Domaris!« Das Mädchen zerrte fieberhaft an seinem losen Nachtgewand. »Ich habe überhaupt nichts –« Aber ihre angstvollen Versuche, die Narben zu verbergen, bestätigten nur Domaris' schlimmste Befürchtungen.

»Nichts, sagst du?« rief Domaris zornentbrannt. »Vermutlich willst du mir jetzt noch weismachen, das seien gewöhnliche Brandwunden? Auch das ist Rivedas Werk, vermute ich!« Sie ließ Deoris' Arm los und starrte das Mädchen düster an. »Rivedas Werk. Immer Riveda«, flüsterte sie und blickte auf das am Boden kauernde Mädchen nieder . . . Dann hob sie langsam und entschlossen die Arme zu einer Anrufung der Götter. Klar und deutlich tönte ihre Stimme durch den stillen Raum: *»Er sei verflucht!«*

Deoris wich zurück und preßte die Hände auf den Mund.

»Er sei verflucht!« wiederholte Domaris. »Verflucht in dem Blitz, der sein Werk enthüllt, verflucht in dem Donner, der es niederschmettern wird! Er sei verflucht in dem Wasser der Flut, die sein Leben auswaschen soll! Er sei verflucht bei Sonne und Mond und Erde, wachend und schlafend, lebend und sterbend, in diesem Leben und danach! Er sei verflucht über das Leben, über den Tod und über die Erlösung hinaus – auf ewig verflucht!«

Deoris wurde von einem würgenden Schluchzen geschüttelt, sie taumelte rückwärts von ihrer Schwester fort, als sei sie das Ziel von Domaris' Flüchen. »Nein!« wimmerte sie, »nein –«

Domaris achtete nicht auf sie, sondern fuhr fort: »Verflucht sei er siebenfach, hundertfach, bis seine Sünde ausgelöscht, sein Karma von ihm genommen ist! Er sei verflucht, er und sein Samen, seine Söhne und die Söhne seiner Söhne und deren Söhne bis in alle Ewigkeit! Er sei verflucht in seiner letzten Stunde – und ich gebe mein Leben zum Pfand, damit ich die Erfüllung sehe!«

Mit einem lauten Aufschrei fiel Deoris zu Boden und blieb wie tot liegen. Micail jedoch bewegte sich unter seiner Decke nur leicht im Schlaf.

Als Deoris aus ihrer kurzen Ohnmacht erwachte, kniete Domaris neben ihr und untersuchte die *dorje*-Narben auf ihrer Brust. Deoris schloß die Augen. Ihr Geist war immmer noch leer und schwebte zwischen Erleichterung, Schrecken und dem Nichts.

»Noch ein Experiment, das er nicht unter Kontrolle halten konnte?« erkundigte sich Domaris nicht unfreundlich.

Deoris blickte zu ihrer älteren Schwester auf und murmelte: »Es war nicht seine Schuld – er selbst wurde viel schlimmer verletzt . . .« Ihre Worte enthielten eine Anklage, doch das war Deoris nicht bewußt.

Doch Domaris' Entsetzen war offensichtlich. »Der Mann hat dich verhext! Willst du ihn immer noch verteidigen –« Sie brach ab und bat dann beinahe verzweifelt: »Hör zu, du mußt – es muß dem ein Ende gemacht werden, damit nicht noch mehr Menschen leiden müssen. Wenn du das nicht fertigbringst, wirst du nie wie eine Erwachsene handeln, und immer müssen andere eingreifen, um dich zu schützen! Götter, Domaris, bist du wahnsinnig, daß du – das – erlaubt hast?«

»Welches Recht hast du –« Deoris verstummte, als ihre Schwester sich von ihr abwandte.

»Es ist meine beschworene Pflicht«, erinnerte Domaris sie mit sehr leiser Stimme. »Selbst wenn du nicht meine Schwester wärest – wußtest du nicht, daß ich hier Wächter bin?«

Deoris starrte Domaris sprachlos an. Ihr war, als sehe sie eine Fremde, die nur noch wenig Ähnlichkeit mit ihrer Schwester hatte. Flammender Zorn lag in Domaris' erzwungener Ruhe, in ihrer spröden Stimme und in dem Blitzen in ihren Augen – gerade wegen ihrer Beherrschtheit war dieser Zorn umso fürchterlicher.

»Was – was hast du vor?« flüsterte Deoris tonlos.

Mit zitternden Händen schloß Domaris das Nachtgewand ihrer kleinen Schwester. Sie hoffte, sie werden das, was sie wußte, nicht gegen Deoris benutzen müssen, die sie immer noch mehr liebte als irgend jemanden oder irgend etwas, ihre eigenen Kinder, Micail und das Ungeborene, ausgenommen . . . Aber Domaris fühlte sich schwach. Die dreifache Schnur und die furchtbare Macht, die sie verkörperte – und die Form der Narben auf Deoris' Körper –, unbeholfen bückte sie sich und nahm den Gürtel von der Stelle am Boden auf, wo er beinahe vergessen lag.

»Ich werde tun, was ich muß«, erklärte Domaris. »Ich nehme dir ungern etwas weg, das für dich großen Wert zu haben scheint, aber –« Ihr Gesicht war blaß. Die Knöchel an ihrer Hand traten weiß hervor, so verkrampft war sie, als sie die Holzglieder des Gürtels berührte. Sie verabscheute die eingeschnitzten Symbole und das gotteslästerliche Ziel, das Riveda ihrer Überzeugung nach mit ihnen verfolgt hatte. »Entweder du schwörst, daß du es nie wieder tragen wirst, oder ich verbrenne das verdammte Ding!«

»Nein!« Deoris sprang auf, ein fieberartiges Glühen in den Augen. »Das lasse ich nicht zu! Domaris, gib mir meinen Gürtel wieder!«

»Lieber sähe ich dich tot als für einen solch grausamen Zweck zum Werkzeug gemacht!« Domaris' Gesicht hätte aus Granit sein können, und ihre Stimme klang hart und unerbittlich. Die Haut ihres Gesichts spannte sich über ihre Wangenknochen, und sie war bleich bis in die Lippen.

Deoris streckte flehend die Hände aus – dann verzagte sie vor der unmißverständlichen Verachtung in Domaris' Augen.

»Du hast die gleichen Unterweisungen erhalten wie ich«, stellte die ältere Schwester fest. »Wie konntest du das nur zulassen, Deoris? Du, die Micon geliebt hat – du, die er fast wie seine Schülerin behandelte! Du, die du die Möglichkeit hattest –« Mit einer verzweifelten Geste brach sie ab und ging schwerfällig auf das Kohlenbecken in der Ecke des Raumes zu. Deoris, die zu spät erkannte, was sie vorhatte, sprang ihr nach – aber Domaris hatte den Gürtel bereits tief in die glühenden Kohlen gestoßen. Das zundertrockene Holz ging in flackernde, prasselnde Flammen auf; die Schnur wand sich wie eine brennende Schlange. In Sekunden wurden Holz und Kordel zu Asche.

Domaris wandte sich von dem Feuer ab. Ihre Schwester blickte hilflos in die Flammen und weinte, als sehe sie Riveda selbst dort brennen. Als sie den Kummer ihrer Schwester sah, schmolz der größte Teil des harten, eisigen Zorns in Domaris' Herzen. »Deoris«, bat sie, »Deoris, sage es mir – bist du in dem Dunklen Schrein gewesen? Bei dem Schlafenden Gott?«

»Ja«, wisperte Deoris.

Mehr brauchte Domaris nicht zu wissen; das Muster des Gürtels hatte ihr alles andere verraten. *Gut für Deoris, daß ich rechtzeitig gehandelt habe! Feuer reinigt –*

»Domaris!« Es war ein zu Herzen gehendes, klägliches Flehen.

»Oh, meine kleine Schwester, mein Kätzchen . . .« Jetzt war Domaris ganz beschützende Liebe. Sie schloß das zitternde Mädchen von neuem in die Arme und redete ihr beschwichtigend zu.

Deoris verbarg das Gesicht an der Schulter ihrer Schwester. Seit der Gürtel verbrannt war, kam sie langsam zur Einsicht; es war, als habe sich ein Nebel von ihrem Verstand gehoben. Ihre Gedanken drehten sich unentwegt um das Geschehen in der Krypta – und nun wurde ihr bewußt, daß nichts davon ein Traum gewesen war.

»Ich habe Angst, Domaris! Ich habe solche Angst – und ich wollte, ich wäre tot! Wird man – wird man mich auch verbrennen?«

Domaris biß die Zähne zusammen, sie war beinahe krank vor Furcht. Für Riveda gab es keine Hoffnung auf Gnade, und Deoris, auch wenn sie unschuldig war – daran allerdings hatte Domaris ernste Zweifel – trug den Samen der Blasphemie, im Sakrileg gezeugt und unter diesem scheußlichen dreifachen Symbol gewachsen – *Ein Kind, das ich selbst verflucht habe!* Als ihr das klar wurde, kam ihr eine Idee, wie sie das Schlimmste abwenden könnte. Sie dachte nicht an den Preis, den sie dafür bezahlen mußte, sondern an nichts anderes als das Kind, das ihre Schwester immer noch war, zu trösten und zu schützen – genauso wie jenes andere Kind, dessen schwarzer Anfang vielleicht nicht in völliger Finsternis zu enden brauchte . . .

»Deoris«, sagte sie ruhig und nahm die Hand ihrer Schwester, »stelle mir keine Fragen. Ich kann dich schützen, und ich will es tun – aber bitte mich nicht, dir zu erklären, wie!«

Deoris schluckte schwer, mühsam gelang es ihr, sich zu einem gemurmelten Versprechen zu zwingen.

Mit einem letzten Zögern warf Domaris einen Blick auf Micail. Er lag noch im tiefen Kinderschlaf. Domaris verscheuchte ihre Zweifel und wandte ihre Aufmerksamkeit wieder Deoris zu.

Ein leiser, halb gesungener Ton dämpfte die Helligkeit im Raum zu einer goldenen Dämmerung. In ihrem sanften Schein standen sich die Schwestern gegenüber, Deoris schlank und jung mit den fürchterlichen Narben auf ihren Brüsten, ihre Schwangerschaft nur durch eine feine Wölbung ihres leichten Gewandes angedeutet – und Domaris, mit ihrem hochschwangeren Leib, die wie immer die ihr eigene Ruhe ausstrahlte. Sie faltete die Hände und hob sie langsam in die Höhe. Dann nahm sie sie auseinander und senkte sie auf merkwürdig zeremonielle Art. Etwas an ihrer Geste weckte in Deoris eine vage Erinnerung, instinktiv fühlte sie, was die Schwester vorhatte, und so stellte sie keine einzige Frage nach dem Sinn ihrer Handlung.

»Bleibe fern von uns, alles, was unheilig ist«, sprach Domaris in ihrem klaren Sopran. »Bleibe fern von uns, alles, was im Bösen lebt. Bleibe fern von uns, wo wir stehen, denn hier wirft die Ewigkeit ihren Schatten. Teilt euch, ihr Nebel und Dämpfe, ihr Sterne der Dunkelheit, verschwindet; haltet euch fern von den Spuren Ihrer Schritte und dem Schatten Ihres Schleiers. Hier haben wir Zuflucht gefunden, unter dem Vorhang der Nacht und innerhalb des Kreises der Ihr gehörenden weißen Sterne.«

Sie ließ die Arme sinken. Beide traten vor den Schrein, der im Tempelbezirk in jedem Schlafzimmer zu finden war. Mühsam kniete Domaris nieder. Deoris, die ihre Absicht erriet, kniete sich schnell neben sie, nahm ihr die Wachskerze aus der Hand und entzündete das wohlriechende Öl der Andacht. Sie war entschlossen, ihr Versprechen zu halten und wirklich keine Fragen zu stellen, auch begriff sie allmählich, was Domaris tat. Vor Jahren wäre sie vor diesem Ritus geflohen. Heute aber empfand Deoris bei all ihrer grauenhaften Angst und mit dem Kind in ihrem Leib Dankbarkeit, daß Domaris an ihrer Seite war und nicht irgendeine Frau oder Priesterin, vor der sie sich fürchten mußte. Sie hielt die Kerze in den Weihrauch, der die Tore zum Ritual öffnete, und nahm so aufrichtig Anteil daran. Der kurze, zarte Druck, mit dem sich Domaris' lange, schmale Finger um ihre Hand schlossen, zeigte, daß die ältere Schwester sich dieser Einstellung und ihrer Bedeutung bewußt war ... Es war nur eine flüchtige Berührung, dann gab Domaris ihr ein Zeichen, sich zu erheben.

Sobald sie standen, berührte Domaris Stirn, Lippen und Brust ihrer Schwester mit der Hand, und – geleitet von Domaris – wiederholte Deoris das Zeichen. Für einen Augenblick schloß Domaris ihre Schwester in die Arme.

»Deoris, sprich mir nach«, befahl sie sanft. Deoris spürte trotz aller Ehrfurcht den heimlichen Drang, sich loszureißen, laut zu lachen und zu schreien, diese heilige Stimmung zu stören. Aber sie schloß nur kurz die Augen.

Domaris' leise Stimme intonierte die Worte; Deoris' Stimme kam als dünnes Echo, ohne die Sicherheit ihrer Schwester ...

»Wir beiden, Frauen und Schwestern, geloben uns dir,
Mutter des Lebens –
Frau – und mehr als Frau ...
Schwester – und mehr als Schwester ...
Hier, wo wir stehen in Dunkelheit ...
Rufen wir dich an, o Mutter ...
Bei deinem eigenen Leid, o Frau ...
Bei dem Leben, das wir tragen ...
Gemeinsam vor dir, o Mutter, o ewige Frau ...

Nun war das goldene Licht im Zimmer dunkel geworden, hatte sich von selbst gelöscht. Sogar der Mondschein verschwand. Der teils entsetzten, teils faszinierten Deoris kam es vor, als stünden sie im Mittelpunkt eines großen und leeren Raums auf dem Nichts. Das ganze Universum war versunken bis auf eine einzige, flackernde Flamme, die wie ein winziges, pulsierendes Auge glühte ... War es dieses Feuer hier im Kohlenbecken? Die Widerspiegelung eines größeren Lichts, das sie spüren, aber nicht sehen konnte? Domaris' Arme, die sie immer noch fest umschlossen, waren das einzige Wirkliche, und die Worte, die Domaris leise intonierte, waren wie gesponnene Fasern aus seidenen Tönen, Mantras, die ein silbernes Netz der Magie innerhalb der mystischen Dunkelheit webten . . .

Die Flamme, was sie auch sein mochte, wurde in hypnotischem Rhythmus heller und dunkler, heller und dunkler.

Möge die Frucht unserer Leiber gebunden sein
An dich, o Mutter, o ewige Frau,
Die du das innerste Leben jeder deiner Töchter
Zwischen den Händen auf ihrem Herzen hältst . . .

Es folgten Sätze, bei denen Deoris, verängstigt und aufgeregt, ihren Ohren nicht trauen wollte. Dies war das heiligste aller Rituale: Sie gelobten sich der Mutter-Göttin von Inkarnation zu Inkarnation, von Zeitalter zu Zeitalter bis in alle Ewigkeit. Eingeschlossen darin war das kleinere Gelübde, das sie und ihre Kinder unlöslich aneinander band – ein karmischer Knoten, von Leben zu Leben, für immer.

Von ihrem Gefühl hingerissen, ging Deoris mit dem Ritual viel weiter, als ihr bewußt wurde, viel weiter, als sie beabsichtigt hatte – und endlich zeichnete eine unsichtbare Hand sie beide mit einem uralten Siegel. Als Initiierte des ältesten und heiligsten aller Rituale im Tempel und auf der ganzen Welt standen sie nun unter dem Schutz und Siegel der Mutter – nicht Caratras, sondern der Größeren Mutter, der Dunklen Mutter hinter allen Menschen und allen Riten und allem, was erschaffen war. Das schwache Flackern schwoll an und wurde zu großen Flammenschwingen, die sich ausbreiteten und sie mit ihrem Leuchten umfingen.

Die beiden Frauen sanken auf die Knie, warfen sich dann Seite an Seite nieder. Deoris fühlte an ihrem Körper, wie sich das Kind ihrer Schwester bewegte, sie fühlte das erste schwache Regen ihres eigenen ungeborenen Kindes. In einer magischen Zukunftsvision vermittelte sich ihr der Eindruck einer Verkettung, die über dies Leben und diese Zeit hinausging, mehr einbezog als nur diese beiden Ungeborenen.

So seid denn mein von Ewigkeit zu Ewigkeit, solange die Zeit besteht . . . solange Leben Leben erzeugt. Schwestern und mehr als Schwestern . . . Frauen und mehr als Frauen . . . erfahrt dies gemeinsam durch das Zeichen, das ich euch gebe . . .«

Inzwischen war das Feuer niedergebrannt, und im Zimmer war es sehr dunkel und still. Deoris gewann die Kraft zurück, den Kopf zu heben. Sie sah zu Domaris hinüber – und stellte fest, daß von ihr noch immer ein seltsames Leuchten ausging. Aufs neue von tiefer Ehrfurcht ergriffen, richtete sie den Blick auf ihren eigenen Körper – und auch da sah sie ein sanftes Glühen, das Zeichen der Göttin . . .

Sie kniete sich hin und blieb so, stumm, betend und staunend. Das sichtbare Leuchten verschwand bald; Deoris war sich nicht mehr sicher, ob sie es überhaupt gesehen hatte. Vielleicht hatte sie mit ihrem durch die Hingabe an das Ritual überhöhten Bewußtsein nur einen Blick auf eine Realität jenseits des Jetzt und ihrer gegenwärtigen Existenz erhascht . . .

Die Nacht ging ihrem Ende entgegen, als Domaris langsam aus ihrer ekstatischen Trance zurückkam. Mit leisem Stöhnen richtete sie sich vorsichtig auf. Bald würden die Wehen einsetzen, und sie wußte auch, daß sie durch ihre kultische Handlung eher eintreten würden als gewöhnlich. Nicht einmal Deoris kannte die Wirkungen zeremonieller Magie auf die komplizierten Nervenströme des weiblichen Körpers besser als sie. Die Erinnerung an die überwältigende Erfahrung dieser Nacht half ihr, die warnenden Schmerzen zu ignorieren. Deoris stützte sie beim Aufstehen, und Domaris legte die Stirn für einen Augenblick auf die Schulter ihrer Schwester. Sie fühlte sich schwach, und sie schämte sich nicht, dies auch zu zeigen.

»Möge mein Sohn niemandem anders je so wehtun wie mir«, flüsterte sie.

»Er wird nie wieder Gelegenheit dazu bekommen«, sagte Deoris – aber ihre Munterkeit war nur gespielt. Sie war sich klar darüber, daß sie zu den Schmerzen ihrer Schwester beigetragen hatte und daß reuige Worte jetzt nichts mehr nützten. Ihre überhohe Empfindsamkeit Domaris gegenüber war nicht nur seelischer, sondern auch körperlicher Natur und sie half ihrer Schwester mit Verständnis und Zärtlichkeit.

Domaris sah sie müde an, aber ohne jeden Vorwurf. Sie faßte das Handgelenk ihrer Schwester. »Weine nicht, Kätzchen . . .«

Wieder auf dem Diwan sitzend, sah sie mehrere Minuten in die tote Asche des Kohlenbeckens. Dann sagte sie leise: »Deoris, später wirst du erfahren, was ich getan habe – und warum. Hast du noch Angst?«

»Nur – ein bißchen – um dich.« Wieder sagte sie nicht die volle Wahrheit, denn aus Domaris' Bemerkung schloß sie, daß sie sich auf mehr gefaßt machen mußte. Domaris war durch ihren eigenen strengen Kodex zum Handeln gezwungen, und daran würde nichts, was Deoris sagte oder tat, etwas ändern. In ruhigem, tödlichem Ernst erklärte Domaris:

»Ich muß dich jetzt alleinlassen, Deoris. Bleib hier, bis ich wiederkomme – versprich mir das! Willst du das für mich tun, meine kleine Schwester?« Sie zog Deoris liebevoll an sich und küßte sie. »Jetzt bist du mehr als meine Schwester! Friede sei mit dir.« Damit verließ sie trotz ihrer Schwerfälligkeit rasch das Zimmer.

Deoris kniete unbeweglich am Boden, den Blick auf die geschlossene Tür gerichtet. Sie wußte besser um die tiefe Bedeutung des Ritus, der an ihr vollzogen worden war, Bescheid, als Domaris ahnte. Sie hatte schon davon gehört, hatte eine bestimmte Vorstellung von seiner Macht gehabt – aber sie hatte sich nie träumen lassen, daß sie selbst eines Tages daran teilhaben würde! *Ob es diese Macht ist,* dachte sie, *die Maleina überall Zutritt verschafft? Wie ist es Karahama, einer saji, einer der Namenlosen, gelungen, in den Tempel Caratras aufgenommen zu werden? Vielleicht durch eine Macht, die die Verdammten erlöst?*

Da sie die Antwort nun kannte, fürchtete Deoris sich nicht mehr. Das Leuchten war nun ganz verschwunden, doch der Trost blieb; kniend, den Kopf in beide Arme gelegt, versank sie in Schlaf.

Draußen spürte Domaris erneut, daß die Geburt ihres Kindes unmittelbar bevorstand, und lehnte sich gegen die Wand. Der Krampf ging schnell vorbei. Sie richtete sich auf und eilte den Korridor hinunter. Niemand sah sie. Doch wieder mußte sie anhalten. Sie krümmte sich unter dem erbarmungslosen Schmerz, der in ihren Lenden wühlte. Unter leisem Stöhnen wartete sie darauf, daß er vorüberging. Es kostete sie einige Zeit, bis sie den selten benutzten Gang erreichte, der zu einer Geheimtür führte . . .

Dort machte sie halt und zwang sich, regelmäßig zu atmen. Sie war im Begriff, unrechtmäßig in ein uraltes Heiligtum einzudringen, und lief Gefahr, bis über den Tod hinaus dafür erniedrigt zu werden. Alle Lehren der erblichen Priesterschaft, deren Nachkomme und Mitglied sie war, gellten ihr in den Ohren und forderten sie zur Umkehr auf.

Über den Schlafenden Gott gab es eine gräßliche Legende. Vor langer Zeit – so hieß es – war der Dunkle gefangengenommen und in Ketten gelegt worden. Doch eines Tages würde er wieder erwachen und Zeit und Raum gleichermaßen mit nicht endender Dunkelheit und Zerstörung verwüsten, bis er allem, was war oder je sein könnte, ein Ende bereitet hatte . . .

Domaris wußte es besser, aber sah die Dinge anders. Für sie war dort unten eine gefährliche Macht gebannt gewesen, und sie vermutete, daß man diese Macht beschworen und losgelassen hatte. Deshalb hatte sie Angst wie nie zuvor in ihrem Leben, um sich selbst und das Kind, das sie trug, um Deoris und das in jenem dunklen Schrein empfangene Kind, um ihr Volk und alles, was es symbolisierte . . .

Sie biß die Zähne zusammen. Kalter Schweiß rann ihr über den Körper. »*Ich muß es tun!*« flüsterte sie. Um sich keine Gelegenheit zu weiterem Zögern zu geben, öffnete sie schnell die Tür, schlüpfte hindurch und schloß sie hinter sich.

Sie stand am Kopf einer ungeheuerlichen Treppe, die abwärts . . . und abwärts . . . und abwärts führte, graue Stufen zwischen grauen Wänden in einen grauen Nebel hinab, der undurchdringbar zu sein schien. Domaris setzte den Fuß auf die erste Stufe, hielt sich am Geländer fest und begann die Reise . . . nach unten.

Langsam und frierend schleppte sie sich vorwärts. Ihr Gewicht zerrte an ihr. Von Zeit zu Zeit wurde sie von Schmerzen gequält. Jedes Mal, wenn sie ihre Sandalen aufsetzte, ging ein Ruck durch ihren schwangeren Körper. Dann stöhnte sie laut auf – aber stieg weiter hinab, eine Stufe, und dann noch eine, immer weiter in endloser, nervenzerreißender Wiederholung. Sie versuchte, die Stufen zu zählen, um die halb vergessenen schrecklichen Geschichten, die sie über diesen Ort gehört hatte, von ihrem Geist fernzuhalten, um sich gar nicht erst zu fragen, ob sie es wirklich besser wußte als die Märchen von früher. Bei hunderteinundachtzig gab sie den Versuch auf.

Jetzt hielt sie sich nicht mehr am Geländer fest, sondern tastete sich schwankend an der Wand entlang. Wieder überfielen die Schmerzen sie, krümmten und drehten sie, zwangen sie auf die Knie. Die Gräue war mit Rot durchschossen, als sie sich aufrichtete. Fast vergaß sie, welcher grimmige Vorsatz sie in dies uralte Mausoleum geführt hatte . . .

Sie packte mit beiden Händen das Geländer und kämpfte um ihr Gleichgewicht. Ihr Gesicht verzerrte sich. Sie schluchzte laut und verwünschte ihren Verstand, der sie immer weiter nach unten trieb.

»Oh, Götter! Nein, nein, nehmt mich an ihrer Stelle!« flüsterte sie und hielt sich für einen Augenblick verzweifelt fest. Doch dann glätteten sich ihre Züge, sie hatte sich wieder gefangen. Sie mußte unbedingt ausführen, was sie sich vorgenommen hatte, und so schritt sie entschlossen weiter in die bleiche Gräue hinein.

3. Dunkler Morgen

Deoris schlug mit dem Kopf auf den Boden, erwachte und sprang erschreckt auf. Ängstlich starrte sie in die Dunkelheit. Micail lag zusammengerollt da und schlief, und in dem schattigen Raum, in den jetzt langsam das blasse Rosa der Morgendämmerung eindrang, war kein Laut zu hören außer dem leisen Atmen des kleinen Jungen. Aber Deoris vermeinte, wie ein fernes Echo einen Aufschrei zu hören, dem Totenstille folgte, die Stille des Grabgewölbes, der Krypta –

Domaris! Wo war Domaris? Sie war nicht zurückgekehrt. In einem fürchterlichen Schock durchfuhr Deoris die Erkenntnis, *wo* Domaris war! Sie warf einen unsicheren Blick auf Micail, sagte sich aber dann, daß Domaris' Sklavin es bestimmt hörte, wenn er aufwachte und weinte. Sie hatte keine Zeit zu verlieren. Ohne ein Kleidungsstück über ihr Nachtgewand zu ziehen, rannte sie aus dem Zimmer und hinaus in die einsam daliegenden Gärten.

Blindlings, besinnungslos lief sie, als könne die schnelle Bewegung ihre Furcht vertreiben. Ihr Herz raste, und stechende Schmerzen durchdrangen ihren ganzen Körper. Aber sie hielt nicht an, bis sie im Schatten der großen Pyramide stand. Die Hände fest auf ihre Seiten pressend, blieb sie verwirrt stehen, aber der kalte Wind der Morgendämmerung brachte sie schließlich zur Vernunft.

Ein Priester unteren Grades, in seiner schimmernden Robe nur als undeutliche Gestalt zu erkennen, schritt langsam auf sie zu. »Frau«, sagte er streng, »es ist verboten, hier zu stehen. Geh in Frieden deines Weges.«

Furchtlos hob Deoris das Gesicht. »Ich bin Talkannons Tochter«, erklärte sie mit klarer, klangvoller Stimme. »Ist der Wächter Rajasta drinnen?«

Ton und Gesichtsausdruck des Priesters änderten sich, als er sie erkannte. »Er ist da, junge Schwester«, antwortete er höflich, »aber es ist verboten, die Vigilie zu unterbrechen –«. Er verstummte verblüfft. Während er sprach, war die Sonne um den Rand der Pyramide herumgewandert, ließ ihre Strahlen auf sie fallen und enthüllte Deoris' offenes Haar und ihre unordentliche und unzureichende Bekleidung.

»Es geht um Leben und Tod«, flehte Deoris verzweifelt. »*Ich muß ihn sprechen!*«

»Mein Kind – ich habe keine Vollmacht –«

»Oh, du Dummkopf!« tobte Deoris und mit einer katzenhaften Bewegung tauchte sie unter seinem Arm weg und floh die Steinstufen hinauf. Einen Augenblick kämpfte sie mit dem fremden Mechanismus der großen Metalltür. Dann riß sie den schützenden Vorhang am Eingang beiseite und trat in helles Licht. Als er das leise Tapsen bloßer Füße hörte – die Tür bewegte sich trotz ihres Gewichts geräuschlos –, wandte sich Rajasta vom Altar ab. Ohne auf seine warnende Geste zu achten, warf sich Deoris vor ihm auf die Knie.

»Rajasta, Rajasta –«

Mit großem Widerwillen bückte sich der Priester des Lichts und zog sie in die Höhe. Sein Blick ruhte streng auf der wilden Unordnung von Kleidung und Haar. »Deoris, du kennst das Gesetz, was tust du hier – in dieser Aufmachung? Du bist nur halb angezogen, bist du denn völlig wahnsinnig geworden?«

Diese Frage war wirklich nicht unberechtigt, denn Deoris' Gesicht glühte wie im Fieber, und mit der letzten Spur von Selbstbeherrschung verlor sie auch die Fähigkeit, zusammenhängend zu sprechen. »Domaris! Domaris! Sie muß in die Krypta gegangen sein – in den Dunklen Schrein –«

»Du bist nicht ganz bei Trost!« Rajasta schob sie unsanft ein Stück vom Altar weg. »*Du weißt*, daß du hier nicht so stehen darfst!«

»Ich weiß es, ja, ich weiß, aber hör mir bitte zu! Ich fühle es, ich weiß, daß sie dort ist! Sie hat den Gürtel verbrannt, und ich mußte ihr sagen, daß . . .« Deoris kämpfte mit sich, denn plötzlich war ihr klar geworden, daß sie aus freiem Willen den Riveda geleisteten Schwur brach! Und trotzdem – an Domaris war sie durch einen noch stärkeren Eid gebunden.

Rajasta packte sie an den Schultern. »Was soll dieser Unsinn?« Das Mädchen zitterte so heftig, daß es sich kaum auf den Beinen halten konnte. Rajasta sah es, legte behutsam den Arm um sie und half ihr zu einem Sitz. »Jetzt erzähle mir, wenn es eben geht, vernünftig, was geschehen ist.« In seine Stimme mischten sich Mitleid und Verachtung. »Falls überhaupt etwas geschehen ist! Ich vermute, Domaris hat entdeckt, daß du Rivedas *saji* warst –«

»Das war ich nicht! Niemals!« flammte Deoris auf. Dann meinte sie müde: »Das alles spielt jetzt keine Rolle, du verstehst es doch nicht, und du würdest mir auch nicht glauben! Wichtig ist nur: Domaris ist in den Dunklen Schrein gegangen –«

Rajasta war deutlich anzumerken, daß er allmählich begriff, was sie ihm zu sagen versuchte. »Was – aber warum?«

»Sie sah – einen Gürtel, den ich trug, Riveda hatte ihn mir gegeben – und die Narben der *dorje* –«

Noch bevor sie das Wort ganz ausgesprochen hatte, preßte Rajasta ihr seine Hand auf die Lippen. »Sag das nicht hier!« befahl er mit weißem Gesicht. Deoris sank weinend zusammen, den Kopf in den Armen. Rajasta faßte sie am Kinn und zwang sie, ihn anzusehen. »Hör mir zu, Mädchen! Um Domaris' willen – um deiner selbst willen – ja, sogar um Rivedas willen! Ein *Gürtel?* Und die – das Wort, das du gesagt hast – was ist damit? *Was hat das alles zu bedeuten?*«

Rajasta faßte ihr Handgelenk und hielt es eisern umklammert. »Hebe dir deine widerwärtigen Graumantel-Zeichen für den Grauen Tempel auf! Aber – *das* hier ist nicht einmal dort erlaubt! Du mußt ihn mir geben –«

»Domaris hat ihn verbrannt.«

»Danke den Göttern dafür«, stellte Rajasta tonlos fest. »Riveda ist wohl unter die Schwarzmäntel gegangen?« Das war eine Feststellung, keine Frage. »Wer sonst noch?«

»Reio-ta – ich meine, der Chela –« Deoris weinte und stammelte; dann versagte ihr die Sprache vollends. Die konzentrierte Willenskraft Rajastas zwang sie jedoch zu reden. Der Priester des Lichts war sich durchaus bewußt, daß dieser Gebrauch seiner Kraft nur eine sehr zweifelhafte Rechtfertigung besaß, und er bedauerte, daß er sich ihrer bedienen mußte. Aber er wußte, daß sich alle magischen Künste Rivedas gegen ihn richten würden, und wenn er andere schützen wollte, wie es sein Gelübde als Wächter verlangte, durfte er dies Mädchen nicht schonen. Deoris war kurz davor, unter dem hypnotischen Druck, den Rajasta gegen die ihr von Riveda auferlegte Schweigepflicht ausübte, das Bewußtsein zu verlieren. Langsam, manchmal nur silbenweise, aber höchstens Satz um zögernden Satz, berichtete sie Rajasta Dinge, die ausreichten, Riveda zehnfach zu verdammen.

Der Priester des Lichts war erbarmungslos; er mußte es sein. Es war, als bestehe er nur noch aus einem Paar kalter Augen und einer drohenden Stimme, die sie aufforderte: »Weiter. Was – und wie – und wer –«

»Ich wurde über die Geschlossenen Orte hinausgeschickt – als Kanal der Macht – und als ich nicht länger dienen konnte, nahm Larmin – Rivedas Sohn – meinen Platz ein –«

»Halt!« Rajasta sprang auf und riß das Mädchen auf die Füße. »Bei der zentralen Sonne! Du lügst, oder du hast den Verstand verloren! Ein Junge kann nicht an den Geschlossenen Orten dienen, nur ein jungfräuliches Mädchen oder eine Frau, die rituell vorbereitet worden ist, oder aber – ein Junge kann es nicht, es sei denn, er –« Rajasta war kreidebleich, und jetzt stammelte auch er beinahe unzusammenhängend. »Deoris, *was hat er mit Larmin gemacht?«*

Deoris zitterte unter Rajastas schreckerregenden Blick. Sie duckte sich vor dem heftigen, kaum noch beherrschbaren Zorn und dem Ekel im Gesicht des Wächters. Er schüttelte sie rauh.

»Antworte mir, Mädchen! *Hat er das Kind kastriert?«*

Sie brauchte ihm nicht zu antworten. Wie aus Angst, sich an ihr zu beschmutzen, riß Rajasta seine Hände von ihr zurück, und als sie zusammenbrach, tat er nichts, um sie vor dem schweren Fall zu bewahren. Was er erfahren hatte, machte ihn körperlich krank.

Weinend, ja wimmernd kroch Deoris ein Stück auf ihn zu. Er spie aus und schob sie mit einem Fuß von sich weg. »Götter, Deoris – ausgerechnet du! Sieh mich an, wenn du es wagst – du, die Micon Schwester genannt hat!«

Das Mädchen wand sich in ihrem seelischen Schmerz zu seinen Füßen, aber es lag kein Erbarmen in der Stimme des Wächters: »Auf die Knie! Auf die Knie vor dem Schrein, den du geschändet – dem Licht, das du verdunkelt – den Vätern, die du entehrt – den Göttern, die du vergessen hast!«

Deoris, die in Todesangst heftig zitterte, sah das Mitleid, das die schreckliche Wut auf Rajastas Gesicht auslöschte, nicht. Er war nicht blind dafür, daß Deoris freiwillig alle Hoffnung auf Gnade für sich selbst aufs Spiel gesetzt hatte, um Domaris zu retten – doch ihr Verbrechen konnte nur durch eine schwere Buße wiedergutgemacht werden. Mit einem letzten traurigen Blick auf den gesenkten Kopf wandte er sich ab und verließ den Tempel. Er war nicht nur zornig, sondern entsetzt, nicht nur entsetzt, sondern regelrecht krank. Dank seiner Reife und Erfahrung sah er Dinge voraus, die nicht einmal Domaris erkannt hatte . . .

Er eilte die Stufen der Pyramide hinunter. Der wachhabende Priester sprang vor, um ihm zu Diensten zu sein – und blieb mit offenem Mund stehen: »Wächter!«

Rajasta befahl kurz: »Gehe mit zehn anderen und nimm den Adepten Riveda in meinem Namen in Gewahrsam. Legt ihn in Ketten, wenn es notwendig ist.«

»Den Heiler-Priester, Herr? Riveda?« Dem Wachposten quollen vor Verwunderung die Augen aus dem Kopf. »Den Adepten der Magier – *in Ketten?«*

»Den verdammten schmutzigen Zauberer Riveda – Adepten und *früheren* Heiler!« Mit Mühe senkte Rajasta seine heisere Stimme auf normale Lautstärke. »Dann sucht ihr einen Jungen, etwa elf Jahre alt, Larmin genannt – Karahamas Sohn.«

Steif erwiderte der Priester: »Herr, verzeiht, die Priesterin Karahama hat kein Kind.«

Rajasta verlor die Geduld, weil der Priester dermaßen auf der Tempel-Etikette beharrte, die den Namenlosen jede Existenz absprach. Ärgerlich sagte er: »Du wirst einen Jungen im Grauen Tempel suchen, der Larmin gerufen wird – hör mit diesem Unsinn auf und tu nicht so, als wüßtest du nicht, wer er ist! Der Junge soll weder verletzt noch eingeschüchtert, er soll nur an einem sicheren Ort untergebracht werden, von wo er jederzeit vorgeführt werden kann – und wo es unmöglich ist, ihn zu ermorden, um Beweise zu vernichten! Dann gehst du zu –« er überlegte. »Schwöre, daß du die Namen, die ich aussprechen werde, niemanden enthüllst!«

Der Priester machte das heilige Zeichen. »Ich schwöre es, Herr!«

»Du gehst zu Ragamon dem Ältesten und Cadamiri und bittest sie, die Wächter hier zur Mittagsstunde zu versammeln. Dann suchst du den Erzpriester Talkannon auf und teilst ihm heimlich mit, daß wir endlich Beweise gefunden haben. Sonst nichts – er wird es schon verstehen.«

Der Priester eilte davon und ließ – zum erstenmal in gut drei Jahrhunderten – den Tempel des Lichts ohne Wachtposten zurück. Rajasta fiel in Laufschritt, sein Gesicht war grimmig.

Ebenso wie Domaris zögerte er am Eingang zu der verborgenen Treppe. War es klug, fragte er sich, allein hinunterzugehen? Sollte er vielleicht Unterstützung herbeirufen?

Ein kalter Luftzug stieg aus dem langen dunklen Schacht neben ihm; aus unauslotbaren Tiefen kam ein Laut, fast ein Schrei. Unglaublich weit unten, gedämpft und verzerrt von dem Widerhall, mochte es das Kreischen einer Fledermaus oder das Echo seines eigenen seufzenden Atmens sein – aber Rajasta zögerte nun nicht mehr.

Er eilte die lange Treppe hinunter, zwei und drei Stufen auf einmal nehmend, dabei hielt er sich an der glatten Wand oder am Geländer fest, das heftig vibrierte. Seine Sandalen klapperten mit verzweifelter Hast, erweckten gehetzte, hallende Echos – ihm war klar, daß er jeden, der sich unten befinden mochte, warnte, aber die Zeit für Vorsicht und Geräuschlosigkeit war vorbei.

Seine Kehle war trocken, sein Atem keuchte, denn er war kein junger Mann mehr, und wie ein Alptraum jagte ihn die Angst, zu spät zu kommen, diese lichtlose Treppe weiter und weiter hinab in diesen grauen, uralten Schacht hinein, durch widerhallende Ewigkeiten, die mit Spinnwebfingern nach ihm griffen. Seine Fersen wirbelten Staub auf, der viele Jahre lang nicht berührt worden war. Das makellose Weiß seiner Robe wurde grau . . . Hinunter und hinunter ging es, bis es zum Hohn wurde, die Entfernung zu messen.

Er stolperte und wäre beinahe gefallen, als die Stufen plötzlich aufhörten. Benommen hielt er Umschau und versuchte, sich zu orientieren. Wieder überkam ihn der Gedanke, daß alles, was er tat, hoffnungslos war. Er kannte diesen Ort nur von Karten und den Erzählungen und Aufzeichnungen anderer . . . Endlich entdeckte er den Eingang zu dem großen Gewölbe, aber er war sich erst sicher, als er den monströsen Sarkophag, den von Äonen geschwärzten Altar und die in Binden aus Stein gewickelte schattenhafte Gestalt erkannte. Doch er sah kein menschliches Wesen innerhalb des Schreins, und einen Augenblick lang wurde Rajasta von namenloser Furcht ergriffen, nicht um Domaris, sondern um sich selbst.

Durch die Finsternis drang jedoch ein Stöhnen an sein Ohr, schwach, richtungslos, hallend. Rajasta fuhr herum, halb wahnsinnig vor Angst, was sich ihm wohl zeigen würde. Wieder hörte er das Stöhnen, und diesmal erkannte Rajasta die undeutlichen Umrisse einer Frau, die sich in Schmerzen auf dem Boden vor dem Sarkophag wand, eingehüllt in den feurigen Mantel ihres langen Haars . . .

»Domaris!« Der Name kam wie ein Schluchzen von seinen Lippen. »Domaris! Kind meiner Seele!« Mit einem einzigen Schritt war er neben dem von Krämpfen geschüttelten Körper. Alles drehte sich um ihn, und er schloß kurz die Augen. Er hatte Domaris immer sehr gern gehabt, aber wie sehr er sie liebte, das fühlte er erst jetzt, wo sie in seinen Armen lag wie eine Sterbende.

Er hob den Blick. *Nein, sie hat nicht versagt!* dachte er mit grimmiger Freude. *Die Ketten der Macht waren gelöst, aber sie hat sie wieder geschlossen und die Macht gebannt, wenn auch nur mit knapper Not. Das Sakrileg ist ungeschehen gemacht – aber um welchen Preis für Domaris? Ich wage nicht, sie zu verlassen, nicht einmal, um Hilfe zu holen. Auf jeden Fall ist es besser, sie stirbt, als daß sie ihr Kind hier zur Welt bringt!*

Er dachte einen Augenblick nach, dann bückte er sich und hob sie auf. Es war keine leichte Last – Rajasta in seinem gerechten Zorn spürte ihr Gewicht jedoch kaum. Er sprach beruhigend auf sie ein, und obwohl sie ihn nicht verstehen konnte, drang der Ton seiner Stimme bis in ihr verdunkeltes Bewußtsein vor. Sie wehrte sich nicht, als er sie zum Fuß der langen Treppe trug. Rajasta atmete mühsam, und mit einem Gesichtsausdruck, den niemand je an ihm gesehen hatte, wandte er sich dem unglaublich fernen Ausgang zu. Seine Lippen bewegten sich, er holte noch einmal tief Atem – und begann zu klettern.

4. Die Gesetze des Tempels

Elara ging im Hof umher und sang fröhlich bei ihrer Arbeit. Plötzlich aber ließ sie die halbgefüllte Blumenvase fallen und eilte Rajasta entgegen, denn sie hatte ihn mit seiner leblosen Bürde durch den Garten kommen sehen. Mit ängstlich aufgerissenen Augen hielt sie ihm die Tür auf. Dann lief sie an ihm vorbei, um Kissen von einem Diwan zu nehmen und Rajasta dabei zu helfen, Domaris niederzulegen.

Vor Erschöpfung grau im Gesicht, richtete der Wächter sich auf. Er rang nach Atem. Elara wollte ihn zu einem Sessel führen; er schüttelte sie jedoch gereizt ab. »Sieh nach deiner Herrin –«

»Sie lebt«, antwortete die Dienerin schnell. Ohne Rajastas Befehl abzuwarten, fühlte sie Domaris den Puls. Befriedigt sprang sie auf und lief zu einem Schrank. Gleich darauf kehrte sie zurück und hielt ihrer Herrin einen starken Duftstoff an die Nase. Nach einer Zeit, die unendlich lang schien, stöhnte Domaris, und ihre Augenlider zitterten.

»Domaris -« sprach Rajasta sie leise an. Ihre Augen sahen aus, als starre sie ins Nichts, die erweiterten Pupillen sahen weder den Priester noch die ängstliche Dienerin. Noch einmal stöhnte Domaris und griff mit gekrümmten Fingern krampfhaft ins Leere. Elara fing ihre Hände behutsam ein und beugte sich über sie. Jetzt erst bemerkte sie, daß Domaris' Kleid zerrissen war und ihre Arme und Wangen Verletzungen trugen. An der Schläfe hatte sie ein großes gelbliches Mal.

Plötzlich begann Domaris zu schreien. »Nein, nein! Nein – nicht für mich selbst, aber könnt ihr – nein, nein, sie werden mich zerreißen – laßt mich los! Nehmt die Hände von mir – Arvath! Rajasta! Vater, Vater –« Ihre Hilferufe gingen in keuchendes Schluchzen über.

Elara stützte Domaris' Kopf und flüsterte: »Meine liebe Herrin, du bist hier bei mir gut aufgehoben, niemand wird dich berühren – sei ganz ruhig«

»Sie liegt im Delir, Elara«, bemerkte Rajasta müde.

Elara feuchtete ein Tuch an und wischte fürsorglich das verklebte Blut vom Haaransatz ihrer Herrin. Mehrere Sklavinnen drängten sich in der Tür, die Augen weit aufgerissen vor Angst – nur die Anwesenheit des Priesters hielt sie davon ab, Fragen zu stellen. Elara schickte sie mit einer Geste und ein paar leise gemurmelten Worten hinaus. Dann wandte sie sich dem Priester zu.

»Herr«, fragte sie entsetzt, »was im Namen aller Götter ist mit ihr geschehen?« Ohne auf eine Antwort zu warten – vielleicht rechnete sie gar nicht mit einer solchen –, beugte sie sich wieder über Domaris und hob den Stoff ihres zerfetzten Kleides. Rajasta sah, wie sie erschauerte. Sie richtete sich auf, deckte Domaris schicklich zu und erklärte mit gedämpfter Stimme: »Herr, du mußt uns verlassen. Sie muß sofort ins Haus der Geburt getragen werden. Es ist keine Zeit zu verlieren – und du weißt ja, daß Gefahr besteht.«

Rajasta schüttelte traurig den Kopf. »Du bist eine gute Frau, Elara, und ich weiß, daß du Domaris liebst. Höre, was ich dir zu sagen habe. Domaris darf nicht – kann nicht ins Haus der Geburt gebracht werden. Ebensowenig –«

»Mein Herr, sie kann ohne weiteres auf einer Tragbahre hingebracht werden, so eilig ist es auch wieder nicht –«

Rajasta bedeutete ihr gereizt, zu schweigen. »Auch darf sie nicht von einer geweihten Priesterin entbunden werden. Sie ist rituell unrein –«

Elara geriet außer sich. »Eine Priesterin? Unmöglich!«

Rajasta seufzte betrübt. »Tochter, bitte, hör mich bis zu Ende an. Ein grausames Sakrileg ist begangen worden, und die Zukunft wird vielleicht noch schrecklicheres Unheil bringen. Und, Elara – du erwartest doch ebenfalls ein Kind, nicht wahr?«

Schüchtern neigte Elara den Kopf. »So ist es, Herr.«

»Dann, meine Tochter, muß ich verlangen, daß auch du sie verläßt, denn sonst ist das Leben deines Kindes in Gefahr.«

Der Priester blickte in das besorgte runde Gesicht der kleinen Frau nieder und sagte nichts weiter als: »Sie ist in der Krypta des Schlafenden Gottes gefunden worden.«

Elara riß vor Angst und Entsetzen weit den Mund auf. Sie wich einen Schritt vor Domaris zurück, die immer noch wie leblos dalag. Doch gleich darauf faßte Elara sich, sah dem Wächter gerade ins Gesicht und erklärte: »Herr, ich kann sie nicht einfach Unwissenden überlassen. Wenn ihr keine Tempelfrau nahekommen darf – ich bin gemeinsam mit meiner Herrin aufgezogen worden, und sie hat mich mein ganzes Leben lang nicht wie eine Dienerin, sondern wie eine Freundin behandelt. Wie groß die Gefahr auch sei, ich will sie auf mich nehmen.«

Rajastas Gesicht hellte sich für einen Augenblick auf vor Erleichterung, aber diese verflog sofort. »Du hast ein großmütiges Herz, Elara, aber ich kann es dir nicht erlauben«, sagte er streng. »Wenn es nur um die Gefahr für dich selbst ginge, gut – aber du hast nicht das Recht, das Leben deines Kindes zu gefährden. Es ist bereits Schaden genug angerichtet worden, und jeder einzelne muß tragen, was auf ihn herabbeschworen worden ist. Bürde deiner Herrin nicht noch mehr auf! Laß sie nicht auch noch am Tod deines Kindes schuldig werden!«

Elara ließ den Kopf hängen. Das begriff sie nicht. Sie flehte: »Herr, im Tempel Caratras wird es doch Priesterinnen geben, die bereit sind, ein Risiko einzugehen, und das Recht wie die Macht haben, Sicherheitsvorkehrungen zu treffen! Die Heilerin Karahama – sie ist doch geschickt in den magischen Künsten –«

»Du kannst sie fragen, wenn du willst«, räumte Rajasta ein, ohne sich jedoch große Hoffnungen zu machen.

Mühsam richtete er sich auf. »Auch ich darf nicht hier bleiben, Elara. Das Gesetz muß beachtet werden.«

»Ihre Schwester – die Priesterin Deoris –«

Rajasta explodierte in blinder Wut. »Halte deinen dummen Mund, Elara! Und hör mir zu – *Deoris ist die letzte*, die ihr in die Nähe kommen darf!«

»Du grausamer, herzloser, böser alter Mann!« flammte Elara auf und begann zu schluchzen – doch dann duckte sie sich ängstlich.

Rajasta hatte ihren Ausbruch kaum gehört. In freundlicherem Ton sagte er: »Still, Tochter, du weißt nicht, was du sprichst. Sei glücklich, daß du so wenig über Tempelangelegenheiten weißt, aber versuche nicht, dich in sie einzumischen! Und nun – gehorche unverzüglich meinen Befehlen, Elara, damit nicht noch Schlimmeres geschieht.«

In seine Wohnung zurückgekehrt, reinigte Rajasta sich nach dem vorgeschriebenen Zeremoniell und legte die Kleidung, die er in dem Dunklen Schrein getragen hatte, zum Verbrennen beiseite. Er war erschöpft von diesem schrecklichen Abstieg in die Tiefe und der noch furchtbareren Rückkehr, aber er hatte vor langer Zeit gelernt, seinen Körper zu beherrschen. Er legte den vollen Ornat eines Wächters an und begab sich in die Pyramide, wo Ragamon und Cadamiri ihn erwarteten. Ein Dutzend weißgekleideter Priester stand unbeweglich hinter den Wächtern.

Deoris lag noch immer vor dem Altar, wie von ihrem Elend

gelähmt. Rajasta ging zu ihr, hob sie auf und sah ihr lange in das verzweifelte Gesicht.

»Was ist mit Domaris –?« fragte sie mit zitternder Stimme.

»Sie lebt – doch vielleich nicht mehr lange.« Stirnrunzelnd schüttelte er Deoris. »Zum Weinen ist es jetzt zu spät!« Er winkte zwei Priester herbei. »Ihr bringt Deoris in das Haus Talkannons und schickt auch ihre Frauen dorthin. Sie sollen sie ankleiden und sich um sie kümmern. Dann macht ihr euch mit ihr auf die Suche nach Karahamas anderem Balg – einem Mädchen des Grauen Tempels, Demira genannt. Tut ihr nichts zuleide, sorgt nur dafür, daß sie eingesperrt wird und nicht entkommen kann.« Dann wandte er sich wieder Deoris zu, die völlig apathisch wirkte, und befahl ihr: »Meine Tochter, du wirst mit niemandem außer mit diesen Priestern sprechen.«

Sie nickte halb benommen und ging zwischen ihren Wachen davon.

»Hat man Riveda verhaftet?« erkundigte sich Rajasta bei den anderen.

Einer der Männer antwortete: »Wir fanden ihn schlafend. Obwohl er erwachte und tobte und sich wie ein Wahnsinniger wehrte, konnten wir ihn schließlich bändigen. Er ist in Ketten gelegt worden, wie du befohlen hast.«

Rajasta nickte verdrossen. »Laßt seine Wohnung und den Grauen Tempel nach magischem Zubehör durchsuchen.«

In diesem Augenblick betrat der Erzpriester Talkannon die Kammer und schaute mit einem schnellen, suchenden Blick, der alles und jeden wahrnahm, in die Runde.

Rajasta ging ihm entgegen und machte mit fest zusammengepreßten Lippen die formellen Gesten der Begrüßung. »Endlich haben wir konkrete Beweise in der Hand«, sagte er, »und können den Schuldigen festnehmen – denn jetzt wissen wir, wer es ist!«

Talkannon wurde ein wenig blaß. »Was wißt ihr?«

Rajasta deutete seine Nervosität falsch. »Wir kennen den Schuldigen, Talkannon. Ich fürchte, das Böse hat sogar dein Haus berührt. Domaris lebt – wie lange noch, kann niemand sagen. Deoris hat sich vom Bösen abgewandt und wird uns helfen, diese – diese Dämonen in Menschengestalt zu fangen!«

»Deoris?« Ungläubig und entsetzt starrte Talkannon den Priester des Lichts an. »Was?« Geistesabwesend wischte er sich über die Stirn. Dann aber gewann er mit großer Anstrengung seine Gelassenheit zurück. Als er sprach, klang seine Stimme wieder fest . . . »Meine Töchter sind schon lange alt genug, um mit ihren Angelegenheiten selbst fertigzuwerden«, brummte er. »Ich weiß von all dem nichts, Rajasta. Desungeachtet stehe ich dir in dieser Sache natürlich mit allen meinen Untergebenen zur Verfügung, Wächter.«

»Das ist ein Wort!« Rajasta begann Talkannon zu erklären, worum er ihn bitten wollte.

Hinter dem Rücken des Erzpriesters tauschten Ragamon und Cadamiri besorgte Blicke.

»Liebe Mutter Ysouda –«

Die alte Priesterin blickte mit freundlichem Lächeln auf Elara nieder. Das Entsetzen in dem kleinen dunklen Gesicht rührte sie. »Fürchte dich nicht, meine Tochter, die Mutter wird dich schützen und dir nahe sein. Ist deine Zeit gekommen, Elara?«

»Nein, nein, es geht nicht um mich«, erwiderte Elara hastig, »sondern um meine Herrin, die Priesterin Domaris –«

Die alte Dame erschrak. »Mögen die Götter sich ihrer erbarmen!« flüsterte sie. »Was ist mit ihr, Elara?«

»Ich darf es dir hier nicht erzählen, Mutter«, hauchte Elara. »Bring mich bitte zu Karahama –«

»Zu der Hohenpriesterin?« Elara sah so verzweifelt aus, daß Mutter Ysouda keine Zeit mehr mit Fragen vergeudete, sondern die kleine Frau zu einer Bank im Schatten zog. »Ruhe dich hier aus, Tochter, sonst könntest du oder dein Kind Schaden nehmen; die Sonne brennt heute so heiß. Ich gehe selbst zu Karahama, dann wird sie schneller kommen, als wenn ich eine Dienerin oder Novizin schicke . . .«

Sie wartete Elaras Danksagungen nicht ab, sondern eilte auf das Gebäude zu. Elara setzte sich auf die Bank, war jedoch zu ungeduldig und zu ängstlich, um sich auszuruhen, wie es Mutter Ysouda ihr geraten hatte. Sie stand wieder auf, lief auf und ab und rang verzweifelt die Hände.

Ihr war klar, daß sich Domaris in ernster Gefahr befand. Elara hatte nur kurze Zeit Dienst im Tempel Caratras getan und nicht mehr als die Grundausbildung bekommen – aber eines wußte sie ganz genau: Domaris hatte viele Stunden lang Wehen gehabt, und wenn alles in Ordnung wäre, hätte sie ihr Kind längst geboren, ohne Hilfe zu brauchen.

Elara war eine freie Bürgerin der Stadt, und ihre Mutter war Domaris' Amme gewesen, was eher ein Privileg als eine Pflicht bedeutete. Für Domaris, die sie liebte und bewunderte, hätte sie ohne zu überlegen ihr Leben riskiert – aber Rajastas Worte hallten wie betäubender Donner in ihrem Kopf wider.

Sie ist vom Bösen angesteckt – du bist großmütig, doch das kann ich nicht erlauben! Du hast nicht das Recht, das Leben deines Kindes zu gefährden – bürde Domaris kein weiteres Verbrechen auf! Laß sie nicht auch noch schuldig am Tod deines ungeborenen Kindes werden!

Plötzlich hörte Elara Schritte hinter sich und drehte sich um. Dort stand eine sehr junge Priesterin. Sie streifte Elaras einfaches Kleid mit einem verächtlichen Blick und sagte: »Mutter Karahama empfängt dich.«

In zitternder Hast folgte Elara der ihr gemessenen Schrittes vorangehenden Frau zu Karahama und kniete vor ihr nieder.

Nicht unfreundlich bedeutete Karahama ihr, sich zu erheben. »Du kommst wegen – Talkannons Töchtern?«

»Ja, Priesterin«, sagte Elara in bittendem Ton, »ein Sakrileg ist begangen worden und Domaris darf nicht in das Haus der Geburt gebracht werden – und Deoris ist nicht erlaubt, sie zu entbinden! Rajasta sagt, sie sei – rituell unrein. Sie ist in der Krypta, im Dunklen Schrein gefunden worden –« Sie brach in Schluchzen aus und hörte weder Mutter Ysoudas entsetzten Aufschrei noch das erregte Keuchen der jungen Novizin. »O Karahama, du bist die oberste Priesterin! Wenn du die Erlaubnis gibst – ich bitte dich, ich bitte dich –«

»Wenn ich die Erlaubnis gebe«, wiederholte Karahama langsam.

Vor vier Jahren hatte Domaris Karahama mit ein paar Worten vor ihren Schülerinnen gedemütigt. Sie hatte die ehemals namenlose Frau mit ihrer Verachtung ins Herz getroffen und außerdem in herabsetzender Weise die Hilfe einer einfachen Helferin der ihren vorgezogen.

Karahama lächelte in einer Weise, die Elara das Blut in den Adern erstarren ließ. »Es tut mir leid«, erklärte Karahama mit ihrer melodischen Stimme, »aber ich bin Hohepriesterin Caratras. Ich muß die Frauen, die unter meiner Obhut stehen, vor Unheil bewahren. Deshalb kann ich keiner Priesterin erlauben, sich ihrer anzunehmen; auch darf ich selbst mich einer Frau, die so vom Bösen verseucht ist, nicht nähern. Überbringe meiner Schwester meine Grüße, Elara, und sage ihr –« Karahamas Lippen verzogen sich zu einem ironischen Lächeln. »Sage ihr, ich wagte es nicht, ihr zu helfen, da die Wächterin Domaris nur von ihresgleichen entbunden werden darf.«

»Oh, Herrin!« rief Elara entsetzt. »Sei nicht grausam –«

»Schweig!« befahl Karahama streng. »Du vergißt dich, aber

ich verzeihe dir. Geh jetzt, Elara. Und merke dir – bleib nicht in der Nähe deiner Herrin, damit dein Kind keinen Schaden nimmt!«

»Karahama –« begann Mutter Ysouda mit zitternder Stimme. Ihr Gesicht war so weiß wie ihr Haar. Sie bewegte die Lippen, aber eine ganze Weile entrang sich ihrer Kehle kein Laut. Dann flehte sie: »Laß mich zu ihr gehen, Karahama! Ich bin alt, mir kann nichts mehr passieren. Wenn Gefahr besteht, laß sie mich treffen, ich will sie gern, wirklich gern auf mich nehmen. Domaris, mein kleines Mädchen, ist wie mein eigenes Kind, Karahama, laß mich zu meinem Töchterchen gehen –«

»Gute Mutter, du darfst nicht gehen«, erwiderte die Hohepriesterin scharf. »Unsere Göttin darf nicht beleidigt werden! Sollen etwa ihre Priesterinnen sich der Unreinen annehmen? Das würde unsern Tempel schänden. Bitte, Elara, verlasse uns! Wenn deine Herrin Hilfe braucht, gehe zu den Heilern – aber bitte keine Frau darum! Und – merke dir, Elara – halte dich von ihr fern! Wenn deinem Kind etwas geschieht, werde ich wissen, daß du ungehorsam gewesen bist, und dann trifft dich die Strafe für das Verbrechen der Abtreibung!« Karahama wies sie mit einer verachtungsvollen Geste hinaus, und Elara zog sich laut schluchzend zurück. Mutter Ysouda öffnete den Mund zu einem zornigen Protest – und schluckte ihn hilflos hinunter. Karahama hatte sich nämlich genau an den Buchstaben des Gesetzes von Caratras Tempel gehalten.

Das Gesicht Karahamas verzog sich erneut zu einem feinen Lächeln.

5. Das Ende einer Namenlosen

Gegen Sonnenuntergang suchte Rajasta schwer beunruhigt Cadamiris Wohnung auf.

»Mein Bruder, du bist ein Heiler-Priester – der einzige hier, der kein Graumantel ist.« Er setzte nicht hinzu: *der einzige, dem ich zu vertrauen wage,* denn das verstand sich zwischen den beiden von selbst. »Fürchtest du dich, vom Bösen angesteckt zu werden?«

Cadamiri begriff auch das ohne Erklärung. »Bei Domaris? Nein, davor fürchte ich mich nicht.« Er sah in Rajastas erschöpftes Gesicht und erkundigte sich: »Konnte denn keine Priesterin gefunden werden, die das Risiko auf sich nimmt?«

»Nein.« Mehr sagte Rajasta nicht.

Cadamiri kniff die Augen zusammen, und sein ohnehin schon finsteres Gesicht war noch grimmiger als sonst. »Sollte Domaris sterben, weil sie keine ärztliche Betreuung erhalten hat, würde die Schande unseres Tempels noch das Karma überleben, das aus einem Bruch des Gesetzes entstehen mag!«

Rajasta betrachtete seinen Wächter-Kollegen eine Weile schweigend, bevor er ihm mitteilte: »Domaris' Dienerin hat zwei von Rivedas Heilern geholt, aber –« Rajasta sprach die Bitte nicht aus.

Cadamiri nickte. Er suchte bereits nach dem kleinen Kasten, der das Zubehör für seine Tätigkeit enthielt. »Ich werde zu ihr gehen«, erklärte er bescheiden. Dann setzte er langsam und vorsichtig hinzu: »Erwarte nicht zuviel von mir, Rajasta! Wie du weißt, werden Männer in diesen Künsten nicht unterrichtet. Ich habe wirklich nur einen leisen Schimmer von den Geheimnissen, die die Priesterinnen für solche Notfälle hüten, aber ich will tun, was ich kann.« Er machte ein sorgenvolles Gesicht, denn er hegte für seine junge Verwandte eine Art leidenschaftsloser Zuneigung, wie sie ein durch Gelübde gebundener Asket manchmal für eine Frau von reiner Schönheit empfinden kann.

Schnell durchschritten sie die Flure des Gebäudes. Für den Fall, daß es Schwierigkeiten gab, nahmen sie drei kräftige Priester niederen Ranges mit sich. Schweigend eilten sie den Pfad entlang, der zu Domaris' Haus führte, und trennten sich an der Tür.

Rajasta hatte sich bereits bei einer anderen Verabredung verspätet, und trotzdem stand er immer noch da, als Cadamiri schon längst im Innern des Hauses verschwunden war . . .

Domaris lag wie leblos in ihrem Zimmer, zu schwach, um sich zu wehren. Kleider und Bettzeug waren mit Blut befleckt. Zu beiden Seiten des Bettes stand je ein Graumantel. Sonst befand sich niemand im Raum, nicht einmal, um den Anstand zu wahren, eine Sklavin. Später erfuhr Cadamiri, daß Elis fast den ganzen Tag lang mit hartnäckiger Entschlossenheit bei ihrer Cousine geblieben war. Sie hatte die ihr mitgeteilten Drohungen Karahamas mißachtet und ihr Bestes getan, so wenig das auch war. Aber durch ihr autoritäres Auftreten war es den Graumänteln schließlich gelungen, ihr klarzumachen, daß es besser für Domaris wäre, wenn Elis sie ihnen ganz überließ.

Als der Wächter eintrat, drehte sich einer der Graumäntel um. »Cadamiri, ich fürchte, du kommst zu spät«, sagte er.

Cadamiri erstarrte das Blut in den Adern. Diese Männer waren keine Heiler und waren es auch noch nie gewesen, sondern Magier – Nadastor und sein Schüler Har-Maen. Er biß die Zähne zusammen, um sich keine Worte des Zorns entschlüpfen zu lassen, und trat an das Bett. Nach einer kurzen Untersuchung richtete er sich empört auf. »Ihr Schlächter!« donnerte er. »Wenn diese Frau stirbt, lasse ich euch wegen Mordes strangulieren – und wenn sie am Leben bleibt, wegen Folterung!«

Nadastor verbeugte sich höflich. »Sie wird nicht sterben – noch nicht«, murmelte er. »Und was deine Drohungen betrifft –«

Cadamiri riß die Tür auf und rief die Priester, die ihn begleitet hatten. »Nehmt diese – diese elenden *Zauberer* fest!« befahl er mit einer Stimme, die kaum noch als die seine zu erkennen war. Die beiden Magier ließen es sich ohne Widerspruch gefallen, aus dem Zimmer geführt zu werden. Cadamiri rief ihnen nach: »Glaubt nicht, ihr werdet der Gerechtigkeit entgehen! Ich lasse euch die Hände abhauen und euch wie Hunde nackt aus dem Tempel peitschen! Möget ihr vom Aussatz zerfressen werden!«

Plötzlich schwankte Har-Maen und brach zusammen. Dann taumelte auch Nadastor und fiel in die Arme des ihn abführenden Priesters. Die weißgekleideten Priester sprangen vor ihnen zur Seite und machten hastig das heilige Zeichen, während Cadamiri sich fragte, ob er wahnsinnig geworden sei.

Die beiden graugekleideten Gestalten nämlich, die sich verschreckt und mit hilfesuchenden Blicken vom Fußboden erhoben und in merkwürdigen Roben steckten, waren keineswegs Har-Maen und Nadastor, sondern zwei junge Heiler, die Cadamiri selbst ausgebildet hatte. Sie sahen sich in wilder Panik nach allen Seiten um und hatten offensichtlich keine Ahnung von dem, was geschehen war.

Was für eine schreckliche Täuschung! Cadamiri ballte die Fäuste, um nicht in einer Flut von Angst zu ertrinken. *Große Götter, helft uns allen!* Hilflos betrachtete er die zitternden, verwirrten Heiler-Novizen und verlor nur durch eine Riesenanstrengung nicht die Selbstbeherrschung. Endlich stieß er heiser hervor: »Ich habe jetzt keine Zeit, mich mit – damit zu befassen. Nehmt sie mit und bewacht sie sorgfältig, bis ich –« Die Stimme versagte ihm. »Geht! Geht!« sagte er mit letzter Kraft. »Schafft sie mir aus den Augen!«

Cadamiri warf heftig die Tür zu und beugte sich wieder über Domaris. Er war untröstlich. Seine Schwester im Wächteramt war in der Tat von diesen – Teufeln der Illusionskunst grausam mißhandelt worden. Bewußt schob er Zorn und Traurigkeit beiseite und konzentrierte sich ganz auf die arg gequälte Frau, die vor ihm lag. Es war zweifellos zu spät, das Kind zu retten – und Domaris selbst befand sich in der letzten Phase der Erschöpfung. Die Wehen waren so schwach, als habe ihr Körper nicht einmal mehr die Kraft, den Tod abzuwehren.

Ihre Augenlider flatterten. »Cadamiri –?«

»Still, meine Schwester«, sagte er mit rauher, freundlicher Stimme. »Versuche nicht, zu sprechen.«

»Ich muß – Deoris – die Krypta –« krampfhaft wand sie sich hin und her. Aber sie war so mitgenommen, daß ihre Lider sich über den Augen, aus denen Tränen hervorquollen, schlossen. Erschöpft schlief sie ein. Cadamiri empfand tiefes Mitleid mit ihr. Nicht einmal Rajasta wußte, was Cadamiri bewegte.

Von frühester Kindheit an war es für jede Tempelfrau der furchtbarste Alptraum von äußerster Demütigung, daß ein Mann sie in den Wehen sehen könnte. Nachdem Elis, eingeschüchtert von den Graumänteln, gegangen war, hatte sich Domaris' Geist voller Scham in einen tiefen Abgrund zurückgezogen, wo niemand sie erreichen oder ihr folgen konnte. Cadamiris Freundlicheit war wenig besser als die wüste Brutalität der Zauberer.

Als feststand, daß er nichts mehr für sie tun konnte, ging Cadamiri an die Innentür und winkte Arvath schweigend, hereinzukommen. »Sprich du mit ihr«, schlug er leise vor. Es war ein letzter verzweifelter Versuch, denn wenn ihr Mann sie nicht erreichen konnte, würde es wahrscheinlich niemandem gelingen.

Arvaths Gesicht war bleich und verkniffen. Er hatte fast den ganzen Tag gewartet, gemartert von seinen Ängsten, und niemanden gesehen außer Mutter Ysouda, die eine Zeitlang weinend bei ihm gesessen hatte. Erst von ihr hatte er gehört, welcher Gefahr Domaris sich für ihn aus freien Stücken ausgesetzt hatte. Er fühlte sich deswegen schuldig und war verwirrt, aber das vergaß er alles, als er sich über seine Frau beugte.

»Domaris – Geliebte –«

Die vertraute, liebevolle Stimme brachte Domaris für einen Augenblick zurück – aber sie erkannte ihn nicht. Todespein und Scham hatten ihren Verstand überwältigt. Ihre Augen öffneten sich; die Pupillen waren so stark erweitert, daß sie schwarz und blind wirkten, aber um ihre blutig gebissenen Lippen spielte das liebliche Lächeln von früher.

»*Micon!*« hauchte sie. »Micon –« Ihre Lider sanken herab, und immer noch lächelnd schlief sie ein.

Arvath sprang mit einem Fluch auf. In diesem Augenblick starb der letzte Rest seiner Liebe, und an ihre Stelle trat etwas Grausames und Schreckliches.

Cadamiri, der etwas davon spürte, zog mahnend an Arvaths Ärmel. »Frieden, mein Bruder«, beschwor er ihn. »Domaris deliriert – sie ist gar nicht bei Sinnen –«

»Du merkst auch alles, wie?« fauchte Arvath. »Verdammt sollst du sein, *laß mich los!«* Wild schüttelte er Cadamiris Hand ab und verließ mit einem fürchterlichen Fluch den Raum.

Rajasta stand immer noch im Hof und konnte sich nicht entschließen fortzugehen. Da taumelte Arvath aus dem Haus, und er erschrak.

»Arvath! Ist Domaris –«

»Domaris soll auf ewig verdammt sein!« zischte der junge Priester durch die Zähne, »und du auch!« Er versuchte, Rajasta wie Cadamiri zur Seite zu stoßen, doch der alte Mann war stark und blieb entschlossen stehen.

»Du bist überreizt oder betrunken, mein Sohn!« sagte Rajasta bekümmert. »Sprich nicht so verbittert! Domaris hat etwas Tapferes getan und es mit dem Leben ihres Kindes bezahlt – und vielleicht wird ihr das eigene Leben auch noch abverlangt werden, ehe das tote Kind geboren ist!«

»Wie froh sie war«, bemerkte Arvath ganz leise, »mein Kind los zu sein!«

»Arvath!« Rajastas Gesicht wurde vor Entsetzen weiß. »Arvath! Sie ist deine Frau!«

Mit wütendem Lachen riß sich Arvath los. »Meine Frau? Niemals! Sie ist nur die Hure dieses atlantischen Bastards, der mir mein Leben lang als Muster an Tugend vorgehalten worden ist! Verdammt seien sie beide, und du mit! Ich schwöre – ach, du bist ja bloß ein dummer alter Mann –« Arvath ließ seine drohende Faust sinken. Ihm wurde übel, und er erbrach sich heftig auf dem Pflaster.

Rajasta lief zu ihm. »Mein Sohn –«

Arvath rang vergebens um Selbstbeherrschung. Er stieß den Wächter weg. »Immer verzeihend!« brüllte er. »Immer voller Mitgefühl!« Er stolperte auf die Füße und hob die Faust gegen Rajasta. »Ich spucke auf dich – auf Domaris – und auf den Tempel!« schrie er, und seine Stimme überschlug sich. Er gab Rajasta einen wilden Stoß und verschwand in der beginnenden Dunkelheit.

Cadamiri drehte sich um und erblickte eine hochgewachsene, fleischlose Gestalt in einem grauen Gewand, das wie ein Leichentuch wirkte. Sie stand in geringer Entfernung von ihm. Die Tür zitterte noch im Rahmen von Arvaths wütendem Abgang; nichts hatte sich bewegt.

Zum zweitenmal an diesem Tag verlor Cadamiri seine übliche Gemütsruhe. »Was – wie bist du hereingekommen?« fragte er.

Die graue Gestalt hob eine schmale Hand, schob den Schleier beiseite und enthüllte das hohlwangige Gesicht mit den flammenden Augen der Adeptin Maleina. Mit ihrer tiefen, vibrierenden Stimme sagte sie: »Ich bin gekommen, dir zu helfen.«

»Ihr Graumantel-Schlächter habt schon genug angerichtet!« rief Cadamiri. »Nun laßt diese arme Frau wenigstens in Frieden sterben!«

Maleinas tiefliegende Augen sahen ihn traurig an. »Es steht mir nicht zu, dir deine Worte übelzunehmen, Cadamiri. Aber du bist Wächter. Urteile nach dem, was du über Gut und Böse weißt. Ich bin keine Zauberin, sondern Magierin und Adeptin!« Sie hielt ihm ihre leere, hagere Hand mit der Handfläche nach oben hin. Cadamiri erstarben die Worte in der Kehle. In ihrer Handfläche leuchtete das unverkennbare Zeichen; ehrfürchtig verbeugte er sich vor ihr.

Nachlässig winkte Maleina ihm, sich zu erheben. »Ich habe nicht vergessen, daß Deoris bestraft wurde, weil sie einer Frau half, der sich keine Priesterin zu nähern wagte! Ich bin – jetzt kaum noch eine Frau zu nennen, aber ich habe Caratra gedient, und mein Wissen ist nicht gering. Außerdem hasse ich Riveda. Ihn und noch mehr das, was er getan hat. Nun tritt zur Seite.«

Domaris lag da, als habe das Leben sie bereits verlassen – aber als Maleinas knochige Hände über ihren Körper glitten, entschlüpfte ihren Lippen ein tonloser Aufschrei. Die Adeptin achtete nicht mehr auf Cadamiri, sie sprach vor sich hin: »Ich tue es ungern, aber es muß geschehen.« Sie hob beide Hände in die Höhe. Ihre tiefe, klingende Stimme tönte durch den Raum.

»Isarma!«

Nicht umsonst waren die wirklichen Namen heilig und geheim; die Laute und Schwingungen ihres Tempelnamens drangen in Domaris' Sinne, und sie hörte, wenn auch widerstrebend.

»Wer –« flüsterte sie.

»Ich bin eine Frau und deine Schwester«, sagte Maleina mit sanfter Autorität und beruhigte sie, indem sie eine Hand auf das Empfindungszentrum der Stirn-Chakra legte. Gleich darauf teilte sie Cadamiri mit:

»Ihre Seele ist wieder in ihr. Glaube mir, ich tue nichts anderes als das, was notwendig ist, aber sie wird sich gegen mich wehren – du mußt mir helfen, auch wenn es dir grausam vorkommt.«

Domaris, die keine Kontrolle mehr über sich hatte, bäumte sich in nacktem animalischem Selbsterhaltungstrieb schreiend auf, sobald Maleina sie berührte. Die Adeptin winkte, und Cadamiri hielt die um sich schlagende Frau mit seinem ganzen Gewicht fest. Dann kam ein konvulsivischer Aufschrei aus Domaris' Kehle; Cadamiri fühlte, daß sie unter seinen Händen alle Kräfte verließen und sie in eine gnädige Ohnmacht sank.

Maleina, der Entsetzen im Gesicht geschrieben stand, nahm ein Laken und wickelte es um das schrecklich verstümmelte leblose Etwas, das sie in den Armen hielt. Cadamiri schüttelte sich, und Maleina wandte sich ihm mit düsterem Blick zu.

»Glaube mir, ich habe es nicht getötet. Ich befreite sie nur von schrecklicher –«

»Du hast sie vor dem sicheren Tod bewahrt«, erwiderte Cadamiri schwach. »Ich weiß; selbst hätte ich es nicht – gewagt.«

»Ich habe es für einen weniger würdigen Zweck gelernt«, bemerkte Maleina. Mit nassen Augen sah die alte Frau auf die bewußtlose Domaris nieder.

Sie bückte sich, legte die Glieder der jungen Frau behutsam zurecht und zog eine frische Decke über sie.

»Sie wird am Leben bleiben«, sagte Maleina. Sie verhüllte das tote, entstellte Kind. »Sag niemandem auch nur mit einem Wort, wer es getan hat.«

Cadamiri erschauerte. »Ich verspreche es.«

Ohne einen Schritt zu tun, verschwand sie; nur ein Sonnenstrahl zitterte da, wo die Adeptin noch vor einem Augenblick gestanden hatte. Cadamiri hielt sich am Fußende des Bettes fest. Er fürchtete, trotz all seiner Selbstdisziplin in Ohnmacht zu fallen. Schließlich erlangte er die Fassung zurück und machte sich auf, Rajasta die Nachricht zu bringen, daß Domaris überlebt hatte, Arvaths Kind aber gestorben war.

Man hatte Demira erlaubt, Deoris' Zeugenaussage zuzuhören, die ihr teils unter Hypnose, teils mit der Drohung, ihr Schweigen werde auf Jahrhunderte karmische Wirkungen hervorrufen, abgerungen worden war. Riveda hatte alle Fragen beantwortet, wahrheitsgemäß, aber voller Verachtung. Die anderen hatten Zuflucht zu sinnlosen Lügen genommen.

Demira bewahrte so lange eine erstaunliche Ruhe, bis sie erfuhr, wer ihr Kind gezeugt hatte. »Nein! Nein, nein, nein . . .« schrie sie dazwischen.

»Ruhe!« befahl Ragamon mit einem durchbohrenden Blick auf das tobende Kind. Feierlich erklärte er: »Dieser Aussage ist kein Gewicht beizulegen. Ich finde weder Aufzeichungen über die Eltern dieses Kindes, noch gibt es einen anderen Grund als Gerüchte zu der

Annahme, daß sie irgendeines Mannes Tochter ist. Wir brauchen keine Anklage auf Inzest –«

Maleina nahm Demira in die Arme, drückte den blonden Kopf an ihre Schulter und hielt das Mädchen mit schmerzlicher, beschützender Liebe fest. Der Ausdruck auf dem Gesicht der Frau hätte der eines trauernden Engels – oder eines Rachedämons sein können.

Sie richtete den Blick auf Riveda, und die Augen in ihrem dunklen, hageren Gesicht loderten. Ihre Stimme klang, als dringe sie aus einem Grabgewölbe. »Riveda! Wären die Götter gerecht gewesen, ständest du an der Stelle dieses Kindes . . .«

Demira riß sich wie wahnsinnig von Maleina los und rannte schreiend aus der Halle des Gerichts.

Den ganzen Tag suchte man nach ihr. Karahama fand sie gegen Abend im innersten Heiligtum des Tempels der Mutter. Demira hatte sich an einem der Querbalken erhängt. Ein blauer Brautgürtel schlang sich um ihren Hals, ihr erst wenig durch die Schwangerschaft veränderter Körper baumelte gräßlich hin und her, ein Vorwurf für die Göttin, die sie verstoßen, für die Mutter, die sie verleugnet, und den Tempel, der ihr von Anfang an das Recht auf Leben verweigert hatte . . .

6. Der Becher des Todes

Nichts hörte sie in der Stille . . . als das Pochen ihres Herzens . . . und das Tropfen von Wasser, das langsam aus dem Fels auf den feuchten Steinboden fiel. Deoris schlich sich durch die Finsternis und rief flüsternd: »*Riveda!*« Das Gewölbe warf den Namen in seltsam hallenden Echos zurück: »*Riveda veda veda eda da*«

Deoris erschauerte; ihre Blicke irrten angstvoll in der Schwärze umher. Wohin haben sie ihn nur gebracht?

Allmählich gewöhnten ihre Augen sich aber an die Dunkelheit, und da entdeckte sie in einem trüben, schmalen Lichtstreifen beinahe zu ihren Füßen einen am Boden liegenden Mann.

Riveda! Deoris fiel auf die Knie.

Er lag furchterregend still und atmete, als sei er betäubt. Die schweren Ketten um seinen Körper zwangen ihn nieder und hielten ihn in einer unnatürlichen, verkrampften Stellung . . . Plötzlich erwachte der Gefangene. Seine Hände tasteten in der Dunkelheit.

»Deoris«, sagte er erstaunt. Die Ketten rasselten. Deoris ergriff seine suchenden Hände und drückte die Lippen auf seine von dem kalten Metall aufgeschundenen Handgelenke. Riveda bewegte sich mühsam, um ihr Gesicht zu berühren. »Hat man – hat man dich nicht gefangengenommen?«

»Nein«, hauchte sie.

Riveda versuchte, sich hochzusetzen, aber er gab seufzend auf. »Ich schaffe es nicht«, gestand er müde. »Diese Ketten sind schwer – und kalt!«

Entsetzt stellte Deoris fest, daß er von bronzenen Ketten buchstäblich niedergedrückt wurde. Sie waren um seinen Körper gewikkelt, und seine Hände und Füße waren so nah am Boden festgemacht, daß er nicht einmal sitzen konnte. War seine gigantische Kraft so leicht besiegt worden? *Wie sehr sie ihn fürchten mußten!*

Sein Lächeln machte sein Gesicht zu einer verzerrten, hohläugigen Grimasse in der Dunkelheit. »Man hat sogar meine Hände gebunden, damit ich keinen Zauber weben kann, um mich zu befreien! Diese schwachsinnigen, abergläubischen Feiglinge« murmelte er. »Keine Ahnung haben sie von Magie – sie fürchten sich vor etwas, das kein Sterblicher fertigbringt!« Er lachte vor sich hin. »Möglicherweise könnte ich die Fesseln um meine Handgelenke wegzaubern – aber um den Preis, daß das ganze Verlies über mir zusammenbräche!«

Das Gewicht der Ketten und die Unbeholfenheit ihres schwangeren Körpers machten es Deoris schwer, ihn in die Arme zu nehmen und seinen Kopf in ihren Schoß zu betten.

»Wie lange bin ich schon hier, Deoris?«

»Sieben Tage«, antwortete sie.

Ihr leises Weinen reizte ihn. »Oh, hör auf damit!« befahl er. »Ich werde wohl sterben müssen, aber das macht mir nichts aus – nur kann ich nicht haben, daß du meinetwegen heulst!« Seine Hand, die auf ihrer ruhte, strafte den Zorn in seiner Stimme Lügen.

Nach einer Weile sagte er sinnend: »Irgendwie habe ich immer geglaubt, meine Heimat sei – da draußen im Dunkeln.« Seine Worte wurden von dem unregelmäßigen Tropfen des Wassers begleitet. »Vor vielen Jahren – als ich noch jung war, erblickte ich ein Feuer und etwas, das wie der Tod aussah – und dahinter, irgendwo an den dunklen Orten, etwas . . . oder jemanden, der mich kannte. Ob ich endlich den Weg zurück in diese Wunderwelt der Nacht finden soll?« Viele Minuten lang lag er stumm lächelnd in ihren Armen. »Seltsam«, meinte er schließlich, »daß nach allem, was ich getan habe, die einzige barmherzige meiner Taten mir Todesurteil werden muß: Ich habe dafür gesorgt, daß Larmin mit seinem vergifteten Blut nicht zum vollständigen Mann heranwachsen kann.«

Plötzlich wurde Deoris zornig. »Wer bist du, daß du darüber zu richten wagtest?« fuhr sie ihn an.

»Ich wagte es – weil ich die Macht hatte, es zu tun.«

»Gibt es kein Recht, das höher steht als die Macht?« fragte Deoris bitter.

»Nein, Deoris. Es gibt keins«, erwiderte Riveda mit eigentümlichem Lächeln.

Deoris dachte an das Recht ihres ungeborenen Kindes und flammte auf: »Du bist der Vater Larmins und hast selbst für den Fortbestand dieser Vergiftung gesorgt! Und was ist mit Demira? Was ist mit dem Kind, das du aus eigenem freien Willen mit mir gezeugt hast? Würdest du diesem Kind die gleiche Gnade erweisen?«

»Ich habe – manches nicht gewußt, als ich Larmin zeugte.« In der Dunkelheit konnte Deoris das grimmige Lächeln nicht sehen, das Rivedas Worte begleitete. »Deinem Kind werde ich, wie ich fürchte, nur die Gnade erweisen, es vaterlos zurückzulassen!« Plötzlich begann er zu toben, schrie Gotteslästerungen, zerrte wie ein wildes Tier an seinen Fesseln, stieß Deoris von sich. Er brüllte, bis ihm die Stimme versagte und er mit heiserem Keuchen zurückfiel. Seine Ketten klirrten.

Deoris zog den erschöpften Mann in ihre Arme; er rührte sich nicht. Stille senkte sich auf sie herab, der Lichtbalken fiel auf Rivedas grobe Gesichtszüge. Er lag in einem tiefen Erschöpfungsschlaf, der dem Tod die Hand zu reichen schien. Die Zeit verging. Deoris kniete in der Dunkelheit und fühlte den Schlag seines Pulses, zugleich hörte sie den unheimlichen Klang des immer weitertropfenden Wassers.

Schließlich bewegte Riveda sich, als habe er Schmerzen. Der feine Lichtstrahl enthüllte ihren liebenden Augen sein hartes Gesicht, das keine Spur von Reue zeigte. »Deoris«, flüsterte er, und die gefesselte Hand suchte an ihrer Taille . . . dann seufzte er. »Natürlich. Sie haben ihn verbrannt –« Seine Stimme war immer noch ein rauhes Krächzen. »Verzeih mir. Es wäre am besten, wenn du unser Kind nie kennenlernen würdest!« Er gab einen erstickten Laut von sich, der fast ein Schluchzen war und legte sein Gesicht in ihre Hand. In einer unerwarteten Geste der Verehrung drückte er seine Lippen auf ihre Handfläche. Sein Arm fiel nieder und wieder rasselten die Ketten.

Zum erstenmal in seinem langen Leben empfand dieser oft so unpersönliche und gefühlskalte Mensch Verzweiflung. Er fürchtete den Tod nicht um seinetwillen; er hatte die Schicksalswürfel geworfen, und sie hatten gegen ihn entschieden. Aber er dachte an Deoris. *Welches Schicksal habe ich ihr nur bereitet? Sie muß weiterleben – und nach mir wird mein Kind leben – ein solches Kind!* Mit einem Mal wurde sich Riveda der Folgen seiner Handlungen bewußt, erkannte seine Verantwortlichkeit und ihm war, als tränke er einen bitteren von ihm selbst vergifteten Trank. Er hielt Deoris fest und war so zärtlich, wie es ihm eben nur möglich war, als wolle er ihr den Schutz geben, den er ihr zu lange vorenthalten hatte . . . Seine Gedanken tosten dahin wie ein schwarzer Strom.

Für Deoris aber war die Gräue Licht geworden. In Verzweiflung und Schmerz hatte sie endlich den Mann gefunden, den sie hinter der furchterregenden Maske, die er der Welt zeigte, immer gesehen, gekannt und geliebt hatte. In dieser Stunde war sie kein verängstigtes Kind mehr, sondern eine Frau, stärker als Leben und Tod in der sanften Gewalt ihrer Liebe zu diesem Mann, den zu hassen sie nicht fertigbrachte. Ihre Kraft würde nicht von Dauer sein – doch als sie jetzt neben ihm kniete, vergaß sie alles bis auf ihre Liebe zu Riveda. Sie umfing seinen mit den schweren Ketten gefesselten Körper, und für sie beide stand die Zeit still.

Als die Priester kamen, um sie abzuführen, hielt sie ihn immer noch in derselben Umarmung.

Die große Halle war gedrängt voll mit den Roben der Priester: weißen, blauen, flachsfarbenen und grauen. Männer und Frauen des Tempelbezirks standen in buntem Durcheinander vor der erhöhten Estrade des Gerichts. Unter leisem Gemurmel öffnete sich für Domaris und ihre Begleiter eine Gasse. Das kupferrote Haar war der einzige farbige Fleck an ihr; ihr Gesicht war weißer als das helle Schimmern ihres Mantels. Zwei weißgekleidete Priester folgten ihr stumm und ernst und gaben acht, daß sie nicht fiel – aber sie ging sicher, wenn auch langsam, und ihr gelassener Blick verriet nichts von ihren Gedanken.

So erreichten sie die Plattform. Hier blieben die Priester stehen, Domaris jedoch stieg die Stufen hinauf, unaufhaltsam wie das Schicksal. Sie hatte keinen Blick für die hagere, gefesselte vogelscheuchenartige Gestalt am Fuß der Estrade oder für das Mädchen, das am Boden lag, das Gesicht in Rivedas Schoß verborgen, und dessen langes Haar wie ein dunkler Mantel um sie beide fiel. Domaris zwang sich, in majestätischer Haltung hinaufzusteigen und ihren Platz zwischen Rajasta und Ragamon einzunehmen. Die Gesichter Cadamiris und der anderen Wächter konnte man unter den goldenen Kapuzen nur schwer erkennen.

Rajasta trat vor und blickte über die versammelten Priester und Priesterinnen hin; seine Augen schienen jeden einzelnen im Raum forschend zu betrachten. Schließlich seufzte er und sprach mit zeremonieller Förmlichkeit: »Ihr habt die Anklagen gehört. Glaubt ihr ihnen? Sind sie bewiesen worden?«

Wie tiefer, drohender, hallender Donner erschallte die Antwort: »*Wir glauben sie! Sie sind bewiesen!*««

»Seid ihr von der Schuld dieses Mannes überzeugt?«

»*Wir sind überzeugt!*«

»Und was ist euer Wille?« fragte Rajasta. »Gewährt ihr ihm Verzeihung?«

Wieder stieg aus der Menschenmenge ein Brausen auf wie schäumende Meeresbrandung. »*Wir verzeihen nicht!*«

Rivedas Gesicht blieb starr; Deoris zuckte zusammen.

»Was ist euer Wille?« fuhr Rajasta fort. »Verurteilt ihr ihn?«

»*Wir verurteilen ihn!*«

»Was ist euer Wille?« wiederholte Rajasta – und seine Stimme versagte beinahe. Er wußte, wie die Antwort lauten würde.

Cadamiris Stimme, fest und kräftig, kam von links: »Tod ihm, der seine Macht mißbraucht hat!«

»*Tod!*« Das Wort prallte an die Wände und wurde hin und her geworfen, bis es in schwachen, flüsternden Echos erstarb.

Rajasta drehte sich zum Richtersitz um. »Seid ihr einverstanden?«

»Wir sind einverstanden!« Cadamiris Stimme übertönte alle anderen, Ragamons war heiser und zitterte, die anderen schlossen sich ihren Worten murmelnd an. Domaris sprach so leise, daß Rajasta sich vorbeugen mußte, um sie zu verstehen: »Wir – sind einverstanden.«

»Wenn es euer Wille ist, bin auch ich einverstanden.« Rajasta wandte sich wieder dem in Ketten liegenden Riveda zu. »Du hast dein Urteil vernommen. Hast du dazu noch etwas zu sagen?«

Die blauen, eisigen Augen maßen Rajasta, als wäge der Adept mehrere Antworten gegeneinander ab, von denen jede einzelne den Boden unter Rajastas Füßen erschüttern könnte – aber das kantige Kinn, jetzt vom Anflug eines rötlich-blonden Barts bedeckt, hob sich nur ein wenig und in dem Gesicht lag ein Ausdruck, der weder ein Lächeln noch eine Grimasse war. »Nichts, gar nichts«, erklärte er leise und merkwürdig sanft.

Rajasta vollführte die rituelle Geste. »Der Spruch ist gefällt. Feuer reinigt – und ins Feuer senden wir dich!« Nach einer Pause setzte er feierlich hinzu: »Mögest du geläutert werden!«

»Was ist mit der *saji?*« brüllte jemand aus dem Hintergrund.

»Jagt sie aus dem Tempel!« erklang es schrill von einem anderen.

»Verbrennt sie! Steinigt sie! Verbrennt sie gleich mit ihm! Zauberin! Hure!« Ein zischender Sturm brach los, es dauerte Minuten, bis Rajasta mit erhobener Hand Schweigen gebot. Rivedas Hand hatte sich fester um Deoris' Schulter geschlossen, und er biß sich tief in die Unterlippe. Deoris regte sich nicht. Es war, als läge sie bereits tot auf seinen Knien.

»Sie wird bestraft werden«, verkündete Rajasta, »aber sie ist eine Frau – und erwartet ein Kind!«

»Soll der Samen des Zauberes leben?« fragte eine anonyme Stimme. Wieder erhob sich lautes Geschrei und übertönte Rajastas Mahnungen.

Domaris stand auf. Sie schwankte ein bißchen. Dann trat sie einen Schritt vor. Der Aufruhr legte sich allmählich. Unbeweglich wartete die Wächterin, ihr Haar leuchtete wie Feuer. Ihre Stimme war ruhig und klar. »Das darf keinesfalls geschehen. Ich gebe mein Leben zum Pfand für sie.«

»Mit welchem Recht?« verlangte Rajasta zu wissen.

»Sie ist der Mutter angelobt worden«, erklärte Domaris. Mit einem scheuen Blick in den grauen Augen fuhr sie fort: »Sie ist initiiert und der Vergeltung durch Menschenhand entrückt. Frage die Priesterinnen – sie ist nach dem Gesetz sakrosankt. Mein sei ihre Schuld; ich habe versagt, als Wächterin und als Schwester. Ich habe weitere Schuld auf mich geladen. Mit der alten Macht der Wächter, die mir übertragen worden ist, habe ich den Mann, der verurteilt vor dir steht, verflucht.« Domaris' Blick ruhte beinahe freundlich auf Rivedas herausforderndem Gesicht. »Ich habe ihn für dieses und die folgenden Leben, für alle Kreise des Karma verflucht ... mittels Ritual und Macht verfluchte ich ihn. Bestrafe mich für meine Schuld.« Sie ließ die Hände sinken und sah Rajasta wartend an.

Rajasta erwiderte den Blick fassungslos. Vor seinen Augen hatte die Zukunft sich plötzlich verfinstert. *Wird Domaris denn nie lernen, vorsichtig zu sein? So läßt sie mir keine Wahl ...* Mit Betroffenheit stellte er fest: »Die Wächterin hat die Verantwortung übernommen! Ich überlasse Deoris ihrer Schwester, damit sie ihr Kind austrage. Über ihr Schicksal soll später bestimmt werden – aber ich enthebe sie aller Ehren. Sie wird niemals Priesterin oder Skriptorin sein.« Er machte eine Pause und sprach von neuem die Menge an. »Die Wächterin sagt aus, sie habe den Angeklagten mittels des alten Rituals und der alten Macht verflucht. Ist das Mißbrauch?«

In der Halle summte es von undeutlichen Antworten. Die Einmütigkeit war dahin, es erhoben sich einige wenige Stimmen, und diese nur zweifelnd, fast verhallend in dem weiten Raum. Rivedas Schuld war in einer öffentlichen Verhandlung bewiesen worden, und es war eine greifbare Schuld. Bei Domaris handelte es sich um ein Geheimnis, das nur wenigen bekannt war, und die Masse der Priesterschaft war, auf diese Weise mit ihm konfrontiert, eher bestürzt als empört – denn die Anwesenden hatten kaum eine Vorstellung davon, was es bedeutete.

Ein Mann, kühner als die übrigen, rief durch die verlegenen Blicke und das nervöse Scharren und Flüstern: »Soll Rajasta sich doch mit seiner Akoluthin befassen!« Eine große Zahl der Anwesenden nahm den Ruf auf: »Es ist Rajastas Verantwortung! Soll Rajasta sich seiner Akoluthin annehmen!«

»Akoluthin ist sie nicht länger!« Rajastas Worte waren wie ein Peitschenhieb, und Domaris zuckte vor Schmerz zusammen. »Doch ich übernehme die Verantwortung. So sei es!«

»So sei es!« donnerte der Chor der dichtgedrängten Priester.

Rajasta verbeugte sich zeremoniell. »Der Spruch ist gültig«, verkündete er und setzte sich, die Augen auf Domaris gerichtet, die immer noch stand, und das nicht allzu sicher. Von Zorn und Kummer erfüllt, überlegte Rajasta, ob sie die leiseste Vorstellung davon hatte, welche Folgen ihr Geständnis nach sich ziehen konnte. Ihn entsetzte die Kette von Ereignissen, die sie – als Initiierte und Adeptin – in Gang gebracht hatte. Sie hatte die auf sie übertragene Macht für einen schlechten Zweck benutzt. Er wußte, sie würde dafür bezahlen müssen – und das ließ seinen eigenen Mut schwinden. Sie hatte ein endloses Karma erzeugt, dessen Folgen sie, und wer weiß wie viele andere noch, tragen mußten . . . Er selbst trug auch Schuld daran, daß Domaris es hatte geschehen lassen, und stritt die Verantwortung nicht einmal vor sich selbst ab.

Und Deoris . . .

Domaris hatte von dem Mysterium Caratras gesprochen, in das kein Mann einzudringen vermag; mit diesem einen Satz hatte sie sich von Rajasta getrennt. Ihr Schicksal lag nun in den Händen der Göttin; Rajasta konnte nicht eingreifen, auch nicht, um Gnade zu erweisen. Deoris war dem Gericht des Tempels ebenfalls entzogen. Es war nur noch eine einzige Entscheidung zu treffen, nämlich ob der Tempel den Schwestern weiterhin Obdach gewähren sollte oder nicht . . .

Langsam stieg Domaris die Stufen hinunter, und man sah ihr an, daß sie ihre körperliche Schwäche mit Willenskraft zu überwinden trachtete. Sie trat zu Deoris, beugte sich nieder und versuchte, sie wegzuziehen. Das jüngere Mädchen widersetzte sich heftig. Domaris winkte in ihrer Verzweiflung schließlich einem der sie begleitenden Priester, Deoris hinauszutragen. Doch als der Priester sie anfaßte, klammerte Deoris sich schreiend an Riveda.

»Nein! Niemals, niemals! Laßt mich auch sterben! Ich will nicht gehen!«

Der Adept hob noch einmal den Kopf und sah Deoris ins Gesicht. »Geh, mein Kind«, sagte er leise. »Dies ist der letzte Befehl, den ich dir je erteilen werde.« Mit seinen gefesselten Händen berührte er ihre dunklen Locken. »Du hast geschworen, mir bis ans Ende zu gehorchen«, murmelte er. »Jetzt ist das Ende da. Geh nun, Deoris.«

Das Mädchen brach in schrecklichem Schluchzen zusammen – ließ es aber zu, daß man sie wegführte. Riveda sah ihr mit einem Ausdruck nach, der tiefe Zuneigung verriet, und zum ersten und zum letzten Mal flüsterte er: »Oh, meine Geliebte!«

Nach langem Schweigen richtete er den Blick, nun wieder hart und beherrscht, auf die weißgekleidete Frau, die vor ihm stand.

»Dein Triumph, Domaris« sagte er bitter.

Impulsiv rief sie aus: »*Unsere* Niederlage!«

Rivedas eisige blaue Augen glitzerten merkwürdig, und er lachte laut heraus. »Du bist – eine würdige Gegnerin«, stellte er fest.

Domaris lächelte flüchtig; nie zuvor hatte Riveda anerkannt, daß sie auf einer Stufe mit ihm stand.

Rajasta hatte sich erhoben, um den Priestern die letzte Frage zu stellen: »Wer spricht für Gnade?«

Schweigen.

Riveda wandte den Kopf und betrachtete seine Ankläger – es war kein Appell an ihre Milde.

Domaris sagte ruhig: »Ich spreche für Gnade, meine Herren. *Er hätte sie sterben lassen können!* Er hat Deoris gerettet, er hat sein eigenes Leben aufs Spiel gesetzt – um sie zu retten! Er hat sie mit den Narben, die ihn für immer anklagen mußten, leben lassen. Das ist zwar nur wie eine Feder gegen das Gewicht seiner Sünde – aber auf den Waagschalen der Götter mag eine Feder eine menschliche Seele aufwiegen. Ich spreche für Gnade!«

»Das ist dein Vorrecht«, räumte Rajasta heiser ein.

Domaris zog das Abzeichen ihres Amtes, den Dolch aus gehämmertem Gold, aus ihrer Robe. »Zu deiner Verwendung.« Damit reichte sie ihn feierlich Riveda. »Auch ich bin der Gnade bedürftig«, setzte sie hinzu und ging. Ihre Robe aus Weiß und Gold verschwand langsam in den Reihen der Priester.

Riveda betrachtete lange Zeit die Waffe. Ein seltsames Geschick wollte es, daß Domaris' einziges Geschenk an ihn der Tod war, und es war das kostbarste aller Geschenke. Ihm schoß durch den Kopf, ob Micon nicht doch recht gehabt hatte: Setzten Domaris und Deoris vielleicht tatsächlich Entwicklungen in Gang, die sie in einem späteren Leben alle wieder zusammenführen würden . . . ?

Er lächelte – ein müdes, gelehrtenhaftes Lächeln. Hoffentlich geschah das nicht!

Nun stand Riveda auf und übergab Rajasta das Symbol der Gnade – Jahrhunderte waren vergangen, seit der Gnadendolch zum letztenmal entsprechend seiner ursprünglichen Bestimmung verwendet worden war – und nahm dafür den juwelenbesetzten Becher an. Wie vorhin die Klinge, hielt der Adept ihn eine lange Minute in den Händen. Mit einem fast sinnlichen Vergnügen dachte er an die Dunkelheit nach dem Tod, die er eigentlich immer geliebt und gesucht hatte. Sein ganzes Leben hatte ihn auf diesen Augenblick hingeführt. Für einen Moment kam ihm zu Bewußtsein, daß er sich genau das immer gewünscht hatte und daß sein Weg in den Tod viel einfacher hätte sein können.

Wieder lächelte er. »Die Wunderwelt der Nacht!« sagte er laut und leerte den Todesbecher in einem einzigen Zug. Dann hob er ihn mit letzter Kraft – und schleuderte ihn zielsicher auf die Estrade. Der Becher traf Rajasta an der Schläfe, und der alte Mann fiel ohne einen Aufschrei in dem gleichen Augenblick, als Riveda unter lautem Rasseln der metallenen Ketten leblos auf den Steinboden niedersank.

7. Das Vermächtnis

Zu Deoris großer Verwirrung lief das Leben in seiner Alltäglichkeit weiter wie zuvor. Sie lebte gewissermaßen unter einem Glassturz; ihr Geist war zurückgewandert in die Zeit, als sie und Domaris Kinder waren. Entschlossen klammerte sie sich an ihre Tagträume und Phantasien, und webte sie fort; wenn ein Gedanke aus der Gegenwart hindurchschlüpfte, verbannte sie ihn aus ihrer Idealwelt.

Obwohl ihr Körper jetzt schwer war von jenem merkwürdigen anderen Leben, das sie in sich trug, weigerte sie sich, an ihr ungeborenes Kind zu denken. Die Erinnerung an jene Nacht in der Krypta ließ sie nicht wieder aufsteigen – außer in manchen Alpträumen, aus denen sie schreiend erwachte. *Welch ein Ungeheuer vermochte in ihrem Leib darauf warten, geboren zu werden . . .*

Auf einer tieferen Bewußtseinsebene, wo ihre Gedanken verschwommen blieben, herrschten Faszination, Angst und Fassungslosigkeit. Ihr Körper – die unbesiegbare Zitadelle ihres Seins – gehörte ihr nicht mehr, sie war erobert, geschändet worden. *Welcher in Riveda hausende Dämon der Finsternis hatte sie zur Mutter gemacht – und zur Mutter welcher Höllenbrut?*

Sie hatte begonnen, ihren Körper als etwas Häßliches, das versteckt werden mußte, zu hassen und zu verachten. Neuerdings schnürte sie ihn fest mit einem breiten Gürtel zusammen und zwang die rebellischen Umrisse, sich ihrer früheren Schlankheit anzunähern. Sie gab sich Mühe, ihre Kleidung so zu wählen, daß es nicht zu offensichtlich war und Domaris es nicht merkte.

Domaris war nicht blind gegen Deoris' Gefühle – sie konnte sie sogar nachvollziehen: Ihre Angst, ihr Widerstreben, an die Vergangenheit wie an die Zukunft zu denken, ihre Träume und auch ihr Schweigen . . . Sie hoffte, Deoris werde von selbst einen Weg hinaus finden. Schließlich aber sah sie sich gezwungen, das Thema zur Sprache zu bringen. Denn die neueste Entwicklung war kein Tagtraum, sondern schmerzliche Wirklichkeit.

»Deoris, dein Kind wird noch als Krüppel auf die Welt kommen, wenn du ihm so das Leben abschnürst«, sagte sie. Sie sprach freundlich, mitleidig, wie zu einem Kind. »Du weißt doch selbst, daß . . .«

Deoris entzog sich ihr aufsässig. »Ich will aber nicht, daß jede Schlampe im Tempel mit dem Finger auf mich zeigt und nachrechnet, wann ich gebären werde!«

Domaris bedeckte für einen Augenblick das Gesicht mit den Händen, krank vor Mitleid. Die Leute hatten Deoris tatsächlich in den Tagen nach Rivedas Tod verspottet und gequält. *Aber so eine Vergewaltigung der Natur und dann noch durch Deoris, die Priesterin Caratras gewesen war . . .*

»Hör zu, Deoris«, sagte sie, strenger als sie je seit den schrecklichen Ereignissen gesprochen hatte, »wenn du so empfindlich bist, dann bleib hier in unsern Innenhöfen, wo dich niemand sehen kann. Auf keinen Fall darfst du dir und deinem Kind auf solche Weise Schaden zufügen!« Sie griff nach dem festen Gürtel und löste die Verschlüsse. Auf der geröteten Haut hoben sich weiße Querstreifen ab, die Bandage hatte tief ins Fleisch eingeschnitten. »Mein Kind, mein armes kleines Mädchen! Was hat dich nur dazu getrieben? Wie konntest du das tun?«

Deoris wandte sich verbittert ab, und Domaris seufzte. *Das Mädchen durfte sich nicht länger auf so dumme Weise weigern, den Tatsachen ins Gesicht zu sehen!*

»Es muß sich jemand um dich kümmern«, sagte Domaris. »Wenn nicht ich, dann eine andere.«

»Nein!« antwortete Deoris schnell und ängstlich. »Nein, Domaris, du – du darfst mich nicht alleinlassen –«

»Das könnte ich auch nicht, selbst wenn ich es wollte«, beruhigte Domaris sie. Dann scherzte sie in einem ihrer seltenen Versuche, fröhlich zu sein: »Jetzt werden dir deine Kleider nicht mehr passen! Liebst du sie so sehr, daß du unbedingt schlank bleiben wolltest?«

Deoris reagierte mit einem apathischen Lächeln.

Domaris machte sich daran, die Garderobe ihrer Schwester durchzusehen. Nach einer Weile richtete sie sich erstaunt auf. »Du hast ja gar keine weiten Kleider! Du hättest dich doch darum kümmern müssen.«

Deoris versank in feindseliges Schweigen, und Domaris sah, daß das Versäumnis absichtlich geschehen war. Ohne ein weiteres Wort, aber mit einem Gefühl, als sei sie an einem dunklen Ort von einem wilden Tier angegriffen worden, ging Domaris an eine Kommode und suchte unter ihren eigenen Besitztümern, bis sie ein paar Bahnen spinnwebfeinen Stoffes in einer hellen Farbe fand, aus dem die losen, weitfallenden Gewänder der Schwangeren drapiert wurden. *Ich habe sie vor Micails Geburt getragen,* dachte sie, in ihre Erinnerungen versunken.

»Nun komm«, lachte sie und schob die Erinnerungen an die Zeit, als sie diesen Stoff getragen hatte, beiseite. »Weingstens auf eins verstehe ich mich besser als du!« Als kleide sie eine Puppe an, schob sie Deoris in die Mitte des Raumes und begann mit vorgetäuschter Heiterkeit, ihre Schwester in einer Pantomime vorzuführen, wie die Bahnen geschlungen werden mußten.

Auf Deoris' Reaktion aber war sie nicht vorbereitet. Sofort nahm Deoris ihr den Stoff aus der Hand, riß ihn quer durch und schleuderte die Fetzen auf den Boden. Dann warf sie sich selbst auf die kalten Steine und brach in wildes Weinen aus.

»Ich will nicht, ich will nicht, ich will nicht!« schluchzte sie immer und immer wieder. »Laß mich in Ruhe! Ich will nicht, ich will das nicht! Geh weg, *geh endlich weg!* Laß mich allein!«

Es war später Abend. Auf den Zimmerwänden wanderten Schatten. Das gedämpfte Licht vertiefte die Feuerfarbe von Domaris' Haar und ließ die weiße Strähne sichtbar werden, die sich neuerdings dort abzeichnete. Ihr Gesicht war dünn und erschöpft, ihr Körper abgemagert und von einer merkwürdigen Kraftlosigkeit, die sie vorher nie gekannt hatte. Deoris sah bleich und elend aus. Sie saßen zusammen und warteten in angstvollem Schweigen.

Domaris trug die blaue Robe und das goldene Stirnband einer Initiierten Caratras und hatte Deoris aufgefordert, sich ebenso zu kleiden. Es war ihre einzige Hoffnung.

»Domaris«, fragte Deoris schwach, »was wird jetzt geschehen?«

»Ich weiß es nicht, Liebes.« Mit ihren blaugeäderten Händen umfing sie die Hand ihrer jüngeren Schwester. »Aber sie können dir nichts tun, Deoris. Du bist – *wir sind,* was wir sind! Das können sie nicht ändern oder abstreiten.«

Aber Domaris seufzte, denn sie war nicht so sicher, wie sie gern scheinen wollte. Sie hatte diesen Kurs eingeschlagen, um Deoris zu schützen, und zweifellos hatte sie Erfolg gehabt – sonst hätte Deoris das Schicksal Rivedas geteilt! Andererseits traf das Sakrileg, das sie begangen hatten, die Religion an einer zentralen Stelle, denn Deoris' Kind war während eines grauenhaften Rituals empfangen worden. Konnte ein so gezeugtes Kind jemals in die Priesterkaste aufgenommen werden?

Obwohl sie auch jetzt ihren Schritt nicht bereute, wußte Domaris, daß sie voreilig gewesen war, und die möglichen Folgen bedrückten sie. Ihr eigenes Kind war tot, und bei all ihrem Kummer war sie sich darüber im klaren, daß sie mit so etwas hatte rechnen müssen. Sie nahm ihre eigene Schuld auf sich – aber sie war fest entschlossen, dafür zu sorgen, daß Deoris' Kind nichts geschah. Sie hatte die Verantwortung für Deoris und das Ungeborene übernommen und würde dieser nicht um Haaresbreite ausweichen.

Und doch – *welcher in Riveda wohnende Dämon der Finsternis hatte Deoris zur Mutter gemacht? Welche Höllenbrut wartete darauf, geboren zu werden?* Es war gar nicht abzusehen, was für eine Kreatur der Adept gezeugt hatte.

Ihre Richter betraten das Zimmer, und die Schwestern standen Hand in Hand auf. Der Rat der Fünf in vollem Ornat, Karahama und einige sie begleitende Priesterinnen, Rajasta und Cadamiri brachten mit ihren goldenen Mänteln und den heiligen Abzeichen ein Leuchten in den trüben Raum. Hinter Karahama stand bewegungslos eine grau verhüllte, hagere Gestalt, die beinahe wie ein Leichnam aussah. Sie hatte die langen, schmalen Hände über der mageren Brust gefaltet – aber unter dem grauen Schleier strahlte es blau, und um das feuerfarbene Haar wand sich ein Reif aus Saphiren, die die atlantischen Riten Caratras repräsentierten. Sogar der

Rat der Fünf zollte der alten Priesterin und Adeptin große Ehrerbietung.

In Rajastas Augen lag ein Ausdruck des Kummers, und Domaris vermeinte, einen Schimmer von Mitgefühl in dem starren Gesicht der Adeptin zu entdecken. Alle anderen Gesichter waren streng und gefühllos; das Karahamas verriet Triumph. Domaris bereute es seit langem, vor vielen Jahren für einen Augenblick ihrer Antipathie gegen Karahama nachgegeben zu haben; sie hatte sich damit eine mächtige Feindin geschaffen. *Das hätte Micon Karma genannt . . . Micon!* Sie versuchte, sich auf seinen Namen und sein Bild wie auf einen Talisman zu konzentrieren, doch es gelang ihr nicht. Hätte er mißbilligt, was sie getan hatte? Er hatte nichts unternommen, um Reio-ta zu schützen, nicht einmal unter der Folter!

Cadamiris Blick war erbarmungslos, und Domaris wich vor ihm zurück. Von ihm durften sie keine Gnade erwarten, nur Gerechtigkeit. In seinen Augen glänzte das Licht des rücksichtslosen Fanatikers – ähnlich der Glut, die Domaris in Riveda gespürt und gefürchtet hatte.

Kurz umriß Ragamon, der Älteste, die Situation . . . Adsartha, vormalige Priesterin Caratras im untersten Grad, *saji* des verurteilten und verfluchten Riveda, trug ein Kind, das sie in einem unaussprechlichen Sakrileg empfangen hatte. Dies wissend, hatte die Wächterin Isarma es auf sich genommen, die abtrünnige Priesterin Adsartha und sich selbst mit dem alten und heiligen Mysterium der Dunklen Mutter zu binden, was sie beide außer Reichweite menschlicher Gerechtigkeit stellte . . .

»Ist das wahr?« fragte er.

»Im wesentlichen«, antwortete Domaris müde. »In Kleinigkeiten verhält es sich anders – aber du würdest sie nicht als bedeutsam anerkennen.«

Rajasta fing ihren Blick ein. »Du kannst den Fall auf deine Weise darstellen, Tochter, wenn du es wünschst.«

»Ich danke dir.« Domaris spielte beim Sprechen nervös mit ihren Fingern. »Deoris war keine *saji*. Das wird, wie ich glaube, Karahama bezeugen. Ist es nicht wahr, daß meine Schwester *und mehr als meine Schwester* –«. Absichtlich benutzte sie den Ausdruck des Rituals, denn sie knüpfte an ihn eine vage Hoffnung, »ist es nicht wahr, daß ein Mädchen nicht mehr *saji* gemacht werden kann, wenn ihr Körper bereits zur Reife gelangt ist?«

Karahamas Gesicht war weiß geworden. Hinter ihren Augen loderte die Wut darüber, daß sie, Karahama, durch ihre feierlichen Gelübde gezwungen war, Domaris zu unterstützen. »Es ist wahr«, bestätigte sie gepreßt. »Deoris war keine *saji*, sondern *sākti sidhāna* und deshalb auch den Priestern des Lichts heilig.«

Domaris fuhr ruhig fort: »Ich habe sie nicht nur, weil ich sie vor Strafe bewahren oder vor Gewalttätigkeit schützen wollte, an Caratra gebunden, sondern auch, um sie wieder zum Licht zu führen.« Sie bemerkte Rajastas skeptischen Blick und setzte impulsiv hinzu: »Deoris gehört ebenso wie ich zu den Lichtgeborenen, und ich war der Meinung, auch ihr Kind verdiene Schutz.«

»Du sprichst die Wahrheit«, murmelte Ragamon der Älteste. »Aber kann ein Kind, das in einer so gräßlichen Blasphemie gezeugt worden ist, von der Dunklen Mutter angenommen werden?«

Domaris hob stolz den Kopf. »Im Kult der Caratra werden keine solchen Unterschiede gemacht. Ihre Priesterinnen können königlichem Blut – oder der Sklavenrasse – oder sogar den *Namenlosen* entstammen.« Ihre Augen wanderten zu Karahama. »Ist es nicht so, meine Schwester?«

»Ja, meine Schwester – es ist so«, würgte Karahama hervor, »selbst wenn Deoris tatsächlich *saji* gewesen wäre, würde das keine Rolle spielen.« Unter Maleinas Augen wagte Karahama es nicht, zu schweigen, denn Maleina hatte sich vor Jahren auch Karahamas erbarmt; es war kein Zufall, daß Demira von Maleina unterrichtet worden war. Die drei Töchter Talkannons sahen einander an, aber Deoris senkte schnell den Blick. Domaris und Karahama standen fast eine Minute lang unbeweglich, graue Augen und gelblichgrüne maßen sich. Es lag keine Zuneigung in diesen Blicken – aber das Schicksal hatte sie mit einem Band gebunden, das fast ebenso stark war, wie das zwischen Domaris und Deoris.

Cadamiri brach polternd das angespannte Schweigen: »Genug davon! Isarma ist nicht schuldlos, das ist jetzt jedoch nicht wichtig. Über Deoris' Schicksal müssen wir noch entscheiden – das Kind des Dunklen Schreins aber darf nicht geboren werden!«

»Was willst du damit sagen?« fragte Maleina streng.

»Riveda hat dies Kind in Blasphemie und Sakrileg gezeugt. Das Kind kann nicht anerkannt und nicht in die Priesterkaste aufgenommen werden. Es darf nie geboren werden!« Cadamiris Stimme war laut und so unbeugsam wie seine Haltung.

Deoris faßte krampfhaft nach der Hand ihrer Schwester, und Domaris begann unsicher: »Du willst damit doch nicht sagen –«

»Laß uns realistisch sein, meine Schwester«, erwiderte Cadamiri. »Du weißt genau, was ich damit sagen will. Karahama –«

Mutter Ysouda rief entsetzt dazwischen: »Das ist gegen unser strengstes Gesetz!«

Aber ihr folgte Karahamas Stimme in honigsüßem und melodischem, beinahe liebkosendem Ton: »Cadamiri hat recht, meine Schwestern. Das Abtreibungsverbot gilt nur für die Lichtgeborenen, die dem Gesetz entsprechend anerkannt und aufgenommen worden sind. Kein Buchstabe des Gesetzes verbietet, eine Ausgeburt schwarzer Magie zu vernichten. Auch für Deoris wäre es besser, von dieser Last befreit zu werden . . .« Sie sprach mit großer Liebenswürdigkeit, doch unter ihren geraden, dicken Brauen warf sie Deoris einen solchen Blick nackten Hasses zu, daß das Mädchen zusammenzuckte. Karahama war ihre Freundin, ihre Mentorin gewesen, und nun dies! In den letzten Wochen hatte Deoris sich an verächtliche Blicke und abgewandte Gesichter gewöhnt, sogar daran, daß die Leute abergläubisch vor ihr zurückwichen und hinter ihrem Rücken flüsterten . . . sogar Elis benahm sich ihr gegenüber linkisch und fand Vorwände, Lissa von ihr wegzurufen . . . Doch der wilde Haß in Karahamas Augen war etwas anderes und traf Deoris besonders hart.

Auf gewisse Weise hat Karahama recht, dachte Domaris verzweifelt. *Wie könnte eine Priesterin – oder ein Priester – auch den Gedanken an ein Kind ertragen, das auf so unaussprechliche Weise ins Leben gerufen worden ist?*

»Es wäre besser für alle«, wiederholte Karahama, »und besonders für Deoris, wenn dies Kind niemals den ersten Atemzug täte.«

Maleina trat vor und winkte Karahama, zu schweigen. »Adsartha«, sagte sie, und der Klang ihres Priesternamens rüttelte die verängstigte, vollkommen mutlose Deoris auf. »Hast du dein Kind tatsächlich im Dunklen Schrein empfangen?«

Domaris öffnete den Mund, doch Maleina schnitt ihr das Wort ab. »Ich bitte dich, Isarma, erlaube ihr, für sich selbst zu sprechen. War es in der Nacht des Nadir?«

»Ja«, flüsterte Deoris schüchtern.

»Aufzeichnungen im Tempel Caratras, die Mutter Ysouda wird bestätigen können«, erklärte Maleina kühl, »zeigen, daß Deoris jeden Monat bei Neumond – beachtet dies, mit absoluter Regelmäßigkeit – von ihren Pflichten beurlaubt wurde, weil sie zu dieser Zeit rituell unrein war. Ich selbst habe das auch im Grauen Tempel festgestellt.« Maleina preßte die Lippen zusammen wie im Schmerz, denn sie dachte daran, in wessen Gesellschaft Deoris die meiste Zeit im Grauen Tempel verbracht hatte. »Die Nacht des Nadir fällt auf den Neumond . . .« Sie hielt inne, aber Domaris und die Männer sahen nur verwirrt drein, obwohl unter Karahamas schweren Lidern etwas wie Begreifen aufschimmerte. »Versteht ihr?« fuhr Maleina ungeduldig fort. »Riveda war Graumantel, lange bevor er Zauberer wurde. Die Gewohnheiten der Magier sind streng und unverbrüchlich. Er hätte einer Frau in den Tagen ihrer Unreinheit nicht einmal erlaubt, ihm vor die Augen zu kommen! Und erst recht war sie für ein solches Ritual unbrauchbar – es hätte alle seine Vorbereitungen ungültig gemacht! Muß ich euch die grundlegenden Tatsachen der Natur auseinandersetzen, meine Brüder? Riveda mag böse gewesen sein – aber glaubt mir, ein Dummkopf war er nicht!«

»Nun, Deoris?« Rajasta sprach unpersönlich, aber auf seinem Gesicht zeigten sich erste Spuren der Hoffnung.

»In der Nadir-Nacht –?« drängte Maleina.

Deoris wurde blaß und verkrampfte sich; sie wollte nicht darüber nachdenken, warum. »Nein«, hauchte sie zitternd, »nein, ich war nicht –«

»Riveda war wahnsinnig!« schnaubte Cadamiri. »Also hat er sein eigenes Ritual zunichte gemacht, aber das will nichts heißen, denn dann war es eben eine weitere Blasphemie! Ich kann deiner Logik nicht folgen.«

Maleina sah ihn an. Sie hielt sich gerade aufrecht. »Ich meine folgendes«, sagte sie mit einem dünnen, ironischen Lächeln. »Deoris war bereits schwanger – und Rivedas Ritus war deswegen nichts als eine Posse, der er selbst die Bedeutung genommen hatte!« Die Adeptin genoß den Gedanken sichtlich. »Was ist ihm da für ein Streich gespielt worden!«

Deoris brach ohnmächtig zusammen.

8. Das Urteil der Götter

Nach langer Beratung war das Urteil über Domaris gesprochen worden: Lebenslängliche Verbannung aus dem Tempel des Lichts. Sie sollte in allen Ehren fortgehen, als Priesterin und Initiierte; niemand konnte ihr den Verdienst, den sie sich erworben hatte, absprechen. Aber sie mußte allein gehen. Nicht einmal Micail durfte sie begleiten, denn er war von seinem Vater der Vormundschaft Rajastas anvertraut worden. Zu ihrem Exil bestimmte man den Neuen Tempel in Atlantis nahe Ahtarrath.

Über Deoris hatte man keinen Spruch gefällt; ihre Strafe sollte erst nach der Geburt ihres Kindes festgesetzt werden. Weil Domaris sich ihrer jüngeren Schwester eidlich verpflichtet hatte, erhielt sie das Recht, bis dahin bei ihr zu bleiben. Weitere Zugeständnisse wurden nicht gemacht.

Ein paar Tage darauf saß Rajasta nachmittags allein in der Bibliothek, vor sich eine Geburtskarte ausgebreitet – aber seine Gedanken weilten bei dem bitteren Streit, der ausgebrochen war, nachdem man Deoris bewußtlos weggetragen hatte.

»Sie verstecken sich *nicht* hinter Mysterien, Cadamiri«, hatte Maleina nachdrücklich festgestellt. »Ich, die ich eine Initiierte Ni-Terats bin – die ihr hier Caratra nennt –, habe das Zeichen gesehen, und es ist unmöglich, es zu fälschen.«

Cadamiris Zorn kannte keine Grenzen mehr. »Also sollen sie ohne Strafe davonkommen? Die eine hat sich der Zauberei schuldig gemacht – auch wenn ihr Kind nicht im Dunklen Schrein gezeugt worden ist, so hat sie doch an dem Ritual teilgenommen, das diese Folge hätte haben können. Und die andere hat die heiligen Riten schändlich mißbraucht.«

»Es war kein Mißbrauch«, widersprach Maleina, das Gesicht grau vor Erschöpfung. »Jede Frau darf den Schutz der Dunklen Mutter anrufen, und wenn sie auf ihr Gebet eine Antwort bekommt, kann ihr diesen niemand mehr wegnehmen. Und sage nicht, die Schwestern gingen straflos aus, Priester! Sie haben sich dem Gericht der Götter unterworfen, und es steht uns nicht an, dem, was sie auf sich herabbeschworen haben, noch etwas hinzuzufügen. Weißt du nicht –« ihre alte Stimme bebte vor nicht mehr zu verbergender Furcht »– daß sie sich und die Ungeborenen bis ans Ende der Zeit verbunden haben? Durch alle ihre Leben – *alle* ihre Leben, nicht nur dies Leben allein, sondern von Leben zu Leben! Niemals wird eine von ihnen Heim, Liebe, Kind haben, ohne daß der Schmerz der anderen, die dessen beraubt ist, ihr die Seele zerreißt! Niemals wird eine Liebe finden, ohne der anderen das Herz zu durchbohren! Niemals werden sie frei sein, bis sie alles abgebüßt haben. Wir könnten sie bestrafen, ja – in diesem Leben. Sie aber haben freiwillig das Gericht der Dunklen Mutter angerufen, und ihr Karma wird sich fortsetzen, bis der Fluch, den Domaris über Riveda ausgesprochen hat, seine Wirksamkeit verliert und Riveda frei ist.«

Darauf fand nicht einmal Cadamiri eine Antwort. Als alle anderen die Halle bereits verlassen hatten, saß er immer noch mit gefalteten Händen da, und niemand wußte, ob er betete, ob er vor Zorn außer sich war oder ob der Schreck ihn gelähmt hatte.

Rajasta hatte die Sterne für Deoris' ungeborenes Kind gelesen, rief Domaris zu sich und breitete die Rolle vor ihr aus. »Maleina hatte recht«, sagte er. »Deoris hat sich geirrt. Ihr Kind kann unmöglich in der Nadir-Nacht empfangen worden sein.«

»Deoris würde unter diesem Eid niemals die Unwahrheit sagen, Rajasta.«

Rajasta sah das Mädchen, das er so gut kannte, forschend an. »Vertraust du ihr immer noch?« Eine Antwort war nicht notwendig. »Hätte Riveda das nur gewußt, dann wären viele verschont geblieben. Ich kann mir nichts Sinnloseres vorstellen, als eine Frau, die bereits schwanger ist, für ein solches Ritual zu benutzen.« Er sprach mit einer kalten Ironie, die ganz neu an ihm war.

An Domaris war sie verschwendet. Sie fuhr sich mit den Händen an die Kehle. »Dann – ist ihr Kind – nicht – nicht das Monstrum, das sie fürchtet?« flüsterte sie schwach.

»Nein.« Rajastas Gesicht wurde weicher. »Hätte Riveda es nur gewußt!« wiederholte er. »Er starb in dem Glauben, er habe das Kind bei seiner schändlichen Zauberei gezeugt –«

»Das war ja auch seine Absicht.« Domaris' Augen waren kalt und erbarmungslos. »Die Menschen leiden für ihre Absichten, nicht für ihre Taten.«

»Und für seine Absichten wird er bezahlen«, gab Rajasta zurück. »Deine Flüche können seiner Bürde nichts hinzufügen.«

»Ebensowenig kann meine Verzeihung sie ihm erleichtern«, erklärte Domaris unbeugsam – aber die Tränen rannen ihr langsam über die Wangen. »Trotzdem – wenn dies Wissen ihm den Tod erleichtert hätte –«

Freundlich drückte Rajasta ihr die Schriftrolle in die Hand. »Deoris lebt«, erinnert er sie. »Wo Riveda jetzt auch sein mag, Domaris, für ihn, der die Kräfte des Lebens mit allem, was gut an ihm war, so anbetete, daß er sich einmal in Ehrfurcht vor dir verneigte, muß es die grausamste aller Höllen sein, daß Deoris sein Kind haßt. Sie, die Priesterin Caratras gewesen ist, quält sich, indem sie ihren Körper bandagiert, bis zu fürchten ist, daß ihr Kind als Krüppel oder Schlimmeres geboren werden wird!«

Domaris konnte ihn nur sprachlos anstarren. Woher wußte Rajasta das nur?

»Hast du geglaubt, ich wisse das nicht?« fragte Rajasta gütig. »Geh nun und nimm ihr diese Rolle mit, Domaris – jetzt hat sie keinen Grund mehr, ihr Kind zu hassen.«

Mit rauschender weißer Robe näherte sich Rajasta dem harten Strohsack, auf dem in einem kleinen, kalten Raum, so kahl wie eine Zelle, ein Mann lag. »Friede, jüngerer Bruder«, sagte er – und wehrte schnell ab: »Nein, versuche nicht, dich aufzurichten!«

»Er ist heute schon kräftiger«, bemerkte Cadamiri von seinem Platz an dem schmalen Fenster. »Und er will dir, wie es scheint, unbedingt etwas sagen.«

Rajasta nickte, und Cadamiri zog sich aus der Zelle zurück. Der Priester des Lichts ließ sich auf dem freigewordenen Sitz nieder und betrachtete den Mann, der einmal Rivedas Chela gewesen war. Die lange Krankheit hatte den Atlanter furchtbar abmagern lassen – aber Cadamiris Versicherung, daß Reio-ta von Ahtarrath geistig ebenso gesund war wie der Wächter selbst, bestätigte sich Rajasta sofort.

Jetzt, wo Wahnsinn und Leere aus seinem Gesicht verschwunden waren, sah er ernst und entschlossen aus, und an seinen bernsteinfarbenen Augen konnte man erkennen, daß er durchaus intelligent war. Das Haar war ihm während seiner Krankheit abrasiert worden und als weicher, dunkler Flaum nachgewachsen. Mann hatte ihn die Kleidung eines Priesters zweiten Grades angelegt. Rajasta wußte, daß Reio-ta vierundzwanzig war, doch er wirkte viele Jahre jünger.

Der Priester des Lichts brachte es nicht fertig, anders als gütig mit ihm zu sprechen. »Mein jüngerer Bruder, niemand darf zur Rechenschaft gezogen werden für etwas, das er getan hat, während er seiner Seele beraubt war.«

»Du bist sehr freundlich«, antwortete Reio-ta zögernd. Seine Stimme hatte dadurch, daß er jahrelang kaum gesprochen hatte, ihren Klang verloren, und er sollte ein leichtes Stottern nie mehr ganz verlieren. »Aber ich habe – schon vorher – Unrecht getan.« Noch zitteriger setzte er hinzu: »Ich hatte – meine Seele – verloren, als ob sie – ein Spielzeug wäre –«

Rajasta bemerkte das Flackern in seinen Augen und fiel mit milder Strenge ein: »Still, mein Sohn, du willst doch nicht wieder krank werden. Cadamiri berichtete mir, daß du mir unbedingt etwas sagen willst. Du mußt mir aber versprechen, daß du dich dabei nicht zu sehr aufregst –«

Gehorsam ließ sich Reio-ta auf den Strohsack zurücksinken. »Cadamiri hat mich über vieles informiert – tadle ihn nicht dafür, Wächter. Ich hätte den Verstand von neuem verloren, wäre mir vorenthalten worden, was sich ereignet hat! Ich weiß, daß Ri-Riveda tot ist und daß Nadastor und andere ergriffen und erschlagen wurden, aber – aber du kennst noch nicht alle Schwarzmäntel, Herr. Ri-Ri-Riveda hat niemals zu ihnen gehört, zu den Schwarzmänteln. Er suchte ihre Hilfe nur, um das Leben des Mädchens zu retten – er gehörte nicht zu ihnen –, obwohl er kühner war als sie! Er war zu stolz, er arbeitete bis zum Schluß allein! Aber ich habe den – den – den Anführer der Schwarzmäntel gesehen, als – als Micon gefoltert wurde. Er –« Reio-ta schluckte schwer, und sein Mund bewegte sich krampfhaft. »Micon riß einem die Ma-Maske ab, und dafür b-b-blendeten sie ihn –«

»Mein Sohn, ich –«

Reio-ta stemmte sich in die Höhe, seine Hände zitterten. Seine Augen waren naß, und sein Mund zuckte. »Nein! Nein! Wächter, laß mich sprechen oder sterben! Ich hörte sie darüber reden, dieser Mann schütze die Schwarzmäntel und wende Ver-Verdacht von ihnen ab. Ich habe sein Gesicht deutlich gesehen!«

»Kannst du dich auf dein Gedächtnis wirklich verlassen, mein Sohn?« fragte Rajasta heiser. »Erinnerst du dich tatsächlich an dies Gesicht?«

»Ja.« Reio-ta fiel auf sein Kissen zurück. Seine Augen waren zugefallen, sein Gesicht wirkte müde und resigniert. Er war überzeugt, Rajasta glaube ihm kein einziges Wort. »Ja, ich weiß, wer es ist. Talkannon.«

Rajasta sah, daß er die Wahrheit sprach. Bitter wiederholte er: »Talkannon!«

9. Schwarze Schatten

Domaris legte ihrer Schwester die Schriftrolle in den Schoß. »Kannst du Geburtskarten lesen, Deoris?« erkundigte sie sich freundlich. »Ich würde sie dir ja vorlesen, aber ich habe es nicht gelernt –«

Lustlos antwortete Deoris: »Karahama hat es mich vor Jahren gelehrt. Warum?«

»Rajasta hat mir dies für dich mitgegeben. Nein –« wehrte sie den Protest ihrer Schwester ab. »Du hast dich bisher geweigert, den Tatsachen ins Gesicht zu sehen. Jetzt müssen wir irgendein Arrangement treffen. Dein Kind muß anerkannt werden. Es mag sein, daß deine eigene Position dir nichts bedeutet, aber stelle dir einmal dein Kind als eine der *Namenlosen* vor!«

»Was spielt das schon für eine Rolle?« fragte Deoris gleichgültig.

»Für dich im Augenblick vielleicht keine«, gab Domaris zurück, »aber für dein Kind – *das leben muß* – entscheidet es darüber, ob es wie ein Mensch oder wie ein Ausgestoßener behandelt wird.« Ihr Blick ruhte streng auf dem rebellischen jungen Gesicht. »Rajasta sagte mir, daß es eine Tochter wird. Möchtest du, daß es ihr wie Demira geht?«

»Nein!« schrie Deoris auf und gab sich plötzlich geschlagen. »Aber wer würde sie schon anerkennen?«

»Es hat sich jemand dafür erboten.«

Deoris war jung, und gegen ihren Willen sprang ein Funke von Neugier in ihr auf. »Wer?«

»Rivedas Chela.« Domaris machte keinen Versuch, es ihr schonend beizubringen. Deoris war zu lange der Wirklichkeit ausgewichen. Nun sollte sie sich an diesem Problem ruhig die Zähne ausbeißen!

»Puh!« Deoris sprang trotzig auf. »Nein! Niemals! Er ist doch verrückt!«

»Er ist nicht mehr wahnsinnig«, stellte Domaris ruhig fest, »und er bietet dir dies als Wiedergutmachung an –«

»Wiedergutmachung!« wütete Deoris. »Welches Recht hat er –« Sie brach ab, als sie Domaris' festem Blick begegnete. »Glaubst du wirklich, ich würde es zulassen, daß –«

»Ich rate es dir.«

»Oh, Domaris! Ich hasse ihn. Bitte, zwinge mich nicht –« Deoris weinte jetzt jämmerlich, aber die ältere Schwester blieb unerbittlich.

»Du brauchst nichts weiter zu tun, als bei der Anerkennung anwesend zu sein, Deoris«, sagte sie kurz. »Mehr verlangt er nicht –« Sie sah ihrer Schwester gerade in die Augen. »Mehr wird er nicht *erlauben!*«

Deoris ging schwankend zu ihrem Sitz zurück, sie war bleich und fühlte sich elend. »Du bist hart, Domaris ... Aber es geschehe, wie du wünschst.« Sie seufzte. »Hoffentlich sterbe ich!«

»So einfach ist Sterben nicht, Deoris.«

»Oh, Domaris, *warum?*« bettelte Deoris. »Warum zwingst du mich dazu?«

»Muß ich dir das wirklich sagen?« Domaris wurde etwas milder, kniete sich hin und nahm ihre Schwester in die Arme. »Du weißt doch, daß ich dich liebe, Deoris! Vertraust du mir denn nicht?«

»Ja – doch, natürlich – aber –«

»Dann tu es – weil du mir vertraust, Liebling.«

Deoris klammerte sich an die ältere Schwester. »Ich kann nicht gegen dich kämpfen«, murmelte sie erschöpft. »Ich will tun, was du sagst, weil du es bist, nur dir zuliebe.«

»Kind, Kind – du und Micail seid alles, was ich liebe. Und ich werde auch dein Kindchen lieben, Deoris!«

»Ich kann das nicht!« Es war ein Aufschrei voller Qual und Scham.

Domaris schnürte es vor Kummer die Kehle zu, und sie spürte, wie sich Tränen in ihren Augen sammelten. Aber sie streichelte nur den traurig herabhängenden Kopf und versprach: »Du wirst sie bestimmt liebhaben, sobald du sie in den Armen hältst.«

Deoris flüsterte etwas Unverständliches und wand sich nervös aus der Umarmung ihrer Schwester. Domaris ließ sie los, bückte sich und hob die Schriftrolle auf. Sie stöhnte ein wenig bei dieser Bewegung, denn sie war immer noch nicht wieder frei von Schmerzen.

»Lies das, Deoris.«

Gehorsam, aber ohne jedes Interesse warf das Mädchen einen Blick auf die Symbole – beugte sich über die Karte und begann schließlich mit höchster Konzentration zu lesen. Ihre Lippen bewegten sich, ihre kleinen Finger faßten das Pergament so fest, daß Domaris einen Augenblick lang fürchtete, sie werde es zerreißen. Dann ließ Deoris den Kopf auf die Karte fallen und brach in leidenschaftliches Schluchzen aus.

Mit einer so heftigen Reaktion hatte Domaris nicht gerechnet. Nicht einmal sie konnte ganz nachempfinden, welche furchtbaren Ängste Deoris ausgestanden hatte und wie sehr es sie erschüttern mußte, plötzlich von ihnen befreit zu sein. Domaris ahnte ja auch nichts von jener einzigen Nacht, die Deoris wie einen Schatz in ihrem Gedächtnis bewahrte, als Riveda nicht ihr Adept und Lehrer, sondern ihr Liebhaber gewesen war! Sacht nahm Domaris die kleine Schwester in die Arme, sprach kein Wort, atmete kaum, während Deoris weinte, bis ihre Tränen versiegt waren.

Wie erleichtert Domaris war! Für Kummer hatte sie Verständnis, aber Deoris' dumpfes Brüten, die mit Wutanfällen abwechselnde Apathie, das hatte sie mehr geängstigt, als ihr bisher klar gewesen war. Jetzt lehnte Deoris erschöpft an ihrer Schulter, die Augen geschlossen und einen Arm um ihren Hals gelegt. Es war, als sei die Zeit zurückgedreht worden und sie seien wieder das, was sie vor Micons Ankunft gewesen waren . . .

Blitzartig erkannte Domaris, wie sehr ihre Schwester Riveda geliebt hatte, und in verwandelter Form kehrten ihr eigener Verlust, ihr eigenes Leid zurück. *Micon, Riveda – darauf kam es nicht an. Die Liebe und der Verlust waren sich gleich.* Domaris war froh und erleichtert darüber, daß Deoris endlich um Riveda weinen konnte.

Als Deoris vor der Halle, in der der Rat der Fünf auf sie wartete, mit Reio-ta zusammentraf, hatte sie sich wieder gefaßt und verhielt sich ihm gegenüber höflich und reserviert. Sie hatte ihn immer noch als den wahnsinnigen Chela im Gedächtnis, der auf Katzenfüßen hinter dem dunklen Adepten hergeisterte – dieser gutaussehende, selbstbewußte junge Priester beeindruckte sie. Einen Augenblick lang überlegte sie, wer es sein könne. Dann erklärte sie förmlich, und die Stimme drohte ihr zu versagen: »Prinz Reio-ta von Ahtarrath, ich bin dir dankbar für diese Freundlichkeit –«

Reio-ta lächelte schwach, ohne sie anzusehen. »Du b-brauchst mir nicht zu danken, Deoris, ich stehe d-dir in allen Dingen zur Verfügung.«

Deoris hielt den Blick starr auf den blauen Saum ihres weitgeschnittenen schlichten Gewandes gerichtet, doch sie ergriff die ihr gebotene Hand, wenn auch mit ängstlichem Zögern. Ihr Gesicht brannte; sie schämte sich ihres unförmigen schwangeren Körpers. Die Traurigkeit und das Mitleid in Reio-tas Augen bemerkte sie nicht.

Die Zeremonie war nur kurz, aber Deoris erschien sie endlos. Nur Reio-tas starke Hand, die die ihre mit festem Griff hielt, gab ihr den Mut, die vorgeschriebenen Antworten zu flüstern. Sie zitterte so heftig, daß Reio-ta, als sie zum Segen niederknieten, den Arm um sie legen und sie fest halten mußte.

Endlich stellte Ragamon die Frage: »Wie lautet der Name des Kindes?«

Deoris schluchzte laut und sah Reio-ta hilfeflehend an. Es war das erste Mal, daß ihre Blicke sich begegneten.

Er lächelte ihr zu, und dann kündete er mit ruhiger Stimme vor dem Rat der Fünf an: »Die Sterne sind gelesen worden. Diese meine Tochter nenne ich – Eilantha.«

Eilantha! Deoris war in der Priesterschaft hoch genug aufgestiegen, um diesen Namen deuten zu können. *Eilantha* – die Wirkung einer Ursache, die Ringe, die ein ins Wasser geworfener Stein erzeugt, die Macht des Karma.

»Eilantha, dein Leben ist anerkannt und wird willkommen geheißen«, gab der Priester zur Antwort – und von diesem Augenblick an war Deoris' Kind auch Reio-tas Kind, als habe er es gezeugt. Die hallenden Worte des Segens klangen feierlich durch den Raum. Dann half Reio-ta der jungen Frau beim Aufstehen, und obwohl sie sich ihm entziehen wollte, führte er sie höflich zum Ausgang der Halle. Dort blieb er stehen und hielt ihre Hand fest.

»Deoris«, sagte er ernst, »ich m-möchte dir keine Sorgen aufbürden. Ich weiß, es geht dir nicht gut. Aber – ein paar Dinge müssen zw-zwischen uns besprochen werden. Unser Kind –«

Wieder schluchzte Deoris laut auf. Mit aller Kraft entriß sie ihm ihre Hand und rannte Hals über Kopf davon. Reio-ta, verwirrt und gekränkt, rief ihr laut hinterher. Dann eilte er ihr nach, besorgt, sie könne fallen und sich verletzen.

Doch als er an die Ecke des Tempelgebäudes kam, war sie nicht mehr zu sehen.

In einem abgelegenen Winkel der Tempelgärten kam Deoris endlich zur Ruhe, und plötzlich merkte sie, daß sie viel weiter gelaufen war, als sie beabsichtigt hatte . . . Noch nie war sie hier gewesen und war im Zweifel, welcher der sich verzweigenden Pfade zum Haus Mutter Ysoudas zurückführte. Zögernd drehte sie sich um und versuchte festzustellen, wo sie sich befand und wohin sie sich wenden müsse. Da richtete sich im Gebüsch eine geduckte Gestalt auf, und sie stand plötzlich Auge in Auge mit Karahama. Instinktiv wich Deoris in Angst und Groll ein Stück zurück.

In Karahamas Augen loderte ein trübes Feuer. *»Du!«* Die Priesterin spuckte Deoris verächtlich an. *»Tochter des Lichts!«* Karahamas Gewand war von oben bis unten aufgerissen, wirr und ungekämmt hing ihr Haar ihr ins Gesicht, das nicht mehr ruhig und gelassen, sondern verzerrt und aufgedunsen war. Ihre Augen sahen rot und entzündet aus, und sie fletschte die Zähne wie ein Tier.

Deoris war über diesen Anblick entsetzt und drückte sich gegen die Mauer – aber Karahama rückte immer dichter an sie heran, bis sie das Mädchen berührte. Plötzlich wurde es Deoris klar: Karahama war geisteskrank!

»Kindermörderin! Zauberin! Hure!« schrie Karahama in wahnsinniger Wut. »Talkannons stolzeste Tochter! Für mich wäre es besser gewesen, man hätte mich zum Sterben auf die Stadtmauer gelegt, als daß ich diesen Tag erleben muß! Und du, deretwegen ich habe leiden müssen, Tochter der hochgeborenen Dame, unter deren Würde es war, meine arme Mutter zur Kenntnis zu nehmen – wo ist Talkannon jetzt, Tochter des Lichts? Er wird wünschen, sich wie Demira erhängt zu haben, wenn die Priester mit ihm fertig sind! Oder hat die stolze Domaris dir auch *das* vorenthalten? Zerreiße deine Kleider, Talkannons Tochter!« Karahamas wie Klauen gekrümmte Hände schossen vor und rissen Deoris' Gewand vom Ausschnitt bis zum Saum auf.

Vor Angst aufschreiend, zog Deoris das zerfetzte Kleid um sich und versuchte, sich loszuwinden. Es gelang ihr nicht, denn Karahama stellte sich vor sie und drückte sie mit dem Rücken gegen die bröckelnde Mauer.

»Zerreiße deine Kleider, Tochter des Lichts! Raufe dir das Haar! Tochter des Erzpriesters Talkannon, der heute stirbt! Und Domaris hat versucht, dir das zu verschweigen! Domaris, die sie wie eine Hure hinausgeworfen haben, die von Arvath als unfruchtbar verstoßen worden ist!« Sie spie aus und drängte Deoris von neuem heftig gegen die Mauer. »Und du – *meine Schwester, meine kleine Schwester* –« Sie sprach in einem unheimlichen Singsang und imitierte Domaris' Tonfall, was wie ein geisterhaftes Echo klang. »Dein eigener Leib ist schwer mit einer Schwester der Kinder, an denen du dich vergangen hast!« Karahama, die bisher durch die Wimpern geschielt hatte, riß plötzlich die gelblichgrünen Augen auf. Sie waren blutunterlaufen wie die eines Tieres, ihre Pupillen waren stark erweitert. Sie schrie:

»Sklavinnen und Hurentöchter sollen dich entbinden! Ungeheuer sollst du gebären!«

Deoris' Knie gaben nach. Sie brach auf dem sandigen Pfad zusammen und drückte sich gegen die Steine der Mauer. »Karahama, Karahama, verfluche mich nicht!« flehte sie. »Die Götter wissen – *die Götter wissen, daß ich nichts Böses im Sinn hatte!«*

»So, sie hat nichts Böses im Sinn gehabt«, höhnte Karahama in ihrem unheimlichen Singsang.

»Karahama, die Götter wissen, daß ich dich geliebt habe, ich habe auch deine Tochter geliebt, verfluche mich nicht!«

Auf einmal kniete sich Karahama neben sie. Deoris schauderte vor ihr zurück – aber Karahama half ihr behutsam und mitleidig wieder auf die Füße. Das rasende Feuer in ihren Augen war erloschen, und sie wirkte trotz ihrer zerrauften Haare vernünftig, wenn auch bekümmert.

»So ging es mir auch einmal. Deoris – ich war nicht unschuldig, doch tief verletzt. Du bist ebensowenig unschuldig! Aber ich verfluche dich nicht mehr.« Deoris atmete erleichtert auf. Karahamas qualvolles Gesicht verschwamm hinter ihrem Tränenschleier in rötlichem Licht. Die bröckeligen Steine der Gartenmauer drückten gegen ihre Schultern, und taten ihr weh aber ohne fremde Hilfe hätte sie nicht stehen können. Plötzlich hörte sie das Rauschen von Wellen und da wußte sie, daß sie in Ufernähe war.

»Dir kann man keinen Vorwurf machen«, sagte Karahama mit einer so sanften Stimme, daß sie kaum das Geräusch des Meeres übertönte. »Auch ihm nicht – oder mir, Deoris! Alle diese Dinge sind finster wie Schatten. Ich bitte dich, gehe in Frieden, kleine Schwester . . . deine Stunde ist nahe, und es mag sein, daß du eines Tages selbst andere verfluchen wirst . . .«

Deoris bedeckte das Gesicht mit den Händen, dann wurde die Welt um sie dunkel und ein Abgrund öffnete sich hinter ihr. Sie hörte sich selbst schreien, und dann stürzte sie – Ewigkeiten lang, während das Licht der Sonne langsam verlöschte.

10. Visionen

Als Deoris nicht nach Hause kam, wurde Domaris allmählich ängstlich, und schließlich machte sie sich auf die Suche nach ihrer Schwester – ohne Erfolg. Die Schatten wurden lang, und immer noch suchte sie. Aus ihrer Unruhe wurden böse Vorahnungen und schließlich Entsetzen. Die Worte, die Deoris ihr vor Jahren im Zorn entgegengeschleudert hatte, hallten in ihrem Kopf wider: *An dem Tag, an dem ich erfahre, daß ich schwanger bin, werde ich mich ins Meer stürzen ...*

Endlich ging sie, beinahe krank vor Angst, zu dem einzigen Menschen im ganzen Tempelbezirk, auf dessen Beistand Domaris jetzt zählen konnte, und bat ihn um Hilfe. Reio-ta war weit davon entfernt, über ihre unbestimmten Ängste zu lachen; ihn quälten die gleichen Vorstellungen wie sie. Zusammen mit seinen Dienern suchten sie die ganze Nacht, am Strand, an dem trübrote Feuer brannten, auf den Wegen und in den Dickichten der Gärten. Gegen Morgen fanden sie sie. Ein Stück der Mauer oberhalb des Strandes hatte nachgegeben, und die beiden Frauen lagen halb im Wasser. Karahamas Kopf war von fallenden Steinen zerschmettert worden, und Deoris' blutender, halbnackter Körper war so gekrümmt, daß sie ein paar qualvolle Minuten lang glaubten, auch sie sei tot.

Sie trugen sie in eine Fischerhütte nahe der Flutmarke, und dort, bei qualmendem Kerzenlicht, ohne andere Hilfe als die ungeschickten Hände von Domaris' Sklavin, wurde Eilantha geboren, deren Name am selben Tag in die Schriftrollen des Tempels eingetragen worden war. Ein winziges, zart geformtes Mädchen wurde zwei Monate zu früh in eine ungastliche Welt hinausgestoßen und war so schwach, daß Domaris kaum zu hoffen wagte, es werde überleben. Sie wickelte es in ihren Schleier und legte es in dem verzweifelten Bemühen, es duch Wärme zu beleben, unter ihrem Kleid an die eigene Brust. Weinend saß sie da, in wiedererwecktem Kummer um ihr eigenes verlorenes Kind, während die Sklavin Deoris versorgte und Reio-ta half, ihren gebrochenen Arm zu richten ...

Nach einiger Zeit regte der Säugling sich und begann schwach zu wimmern, und sein dünnes Stimmchen drang bis zu Deoris vor. Domaris trat schnell zu ihr und beugte sich über sie.

»Versuche nicht, den Arm zu bewegen, Deoris; er ist oben an der Schulter gebrochen.«

Deoris' Antwort war weniger als ein Flüstern. »Was ist geschehen? Wo –« Dann flutete die Erinnerung zurück. »Oh! Karahama hat –«

»Sie ist tot, Deoris«, sagte Domaris leise. Ihr schoß die Frage durch den Kopf: Hatte Deoris sich selbst über die Mauer gestürzt und Karahama, die sie daran hindern wollte, mit sich gerissen – oder waren beide einfach gefallen – oder hatte Karahama ihre Schwester über die Mauer gestoßen? Niemand, nicht einmal Deoris, sollte es je erfahren.

»Wie hast du mich gefunden?« fragte Deoris teilnahmslos.

»Reio-ta hat mir geholfen.«

Deoris' Augen fielen müde zu. »Warum konnte er sich nicht . . . dies eine letzte Mal . . . um seine eigenen Angelegenheiten kümmern?« Sie wandte das Gesicht ab. Das Kind an Domaris' Brust begann von neuem zu wimmern, und Deoris hob noch einmal die Lider. »Was ist – ich habe doch nicht –«

Vorsichtig hielt Domaris das Neugeborene ihrer Schwester hin. Aber Deoris warf nur einen teilnahmslosen Blick auf das kleine Wesen und schloß die Augen wieder. Sie empfand nichts außer einer vagen Erleichterung. Das Kind war kein Ungeheuer – und in dem runzligen, affenähnlichen Gesicht fand sie nicht die geringste Ähnlichkeit mit Riveda.

»Nimm es weg«, sagte sie matt und schlief ein.

Domaris blickte auf die junge Mutter nieder, und die Verzweiflung in ihrem Gesicht wich einer wehen Zärtlichkeit.

»Deine Mutter ist müde und krank, Töchterchen«, murmelte sie und nahm das Kindchen wieder an ihre Brust. »Ich glaube, sie wird dich schon noch lieben – wenn sie dich kennengelernt hat.«

Domaris konnte vor Überanstrengung kaum noch sprechen; sie war mit ihrer Kraft nahezu am Ende. Sie hatte sich nie ganz von der brutalen Behandlung durch die Schwarzmäntel erholt; außerdem wagte sie es nicht, dies Geheimnis lange für sich zu behalten. Soweit sie beurteilen konnte, war Deoris körperlich nicht in Gefahr. Das Kind war leicht und so schnell geboren worden, daß nicht einmal Zeit geblieben war, Hilfe herbeizuholen. So litt sie nur an Unterkühlung und Schock, nicht aber an den Folgen der Geburt.

Domaris war sich nicht klar darüber, ob sie die Verantwortung für einen weiteren Menschen übernehmen durfte. Sie hielt das Kind immer noch warm an ihrer Brust geborgen, setzte sich auf einen niedrigen Schemel und dachte lange über die Zukunft ihrer kleinen Nichte nach.

Als Deoris erwachte, war sie allein. Sie lag still da, schlaflos, aber schwer vor Mattigkeit. Nach und nach kehrten mit Abklingen der Betäubungsmittel die Schmerzen in ihren verwundeten Körper zurück. Langsam und mühsam drehte sie den Kopf. Sie erkannte die undeutlichen Umrisse eines Binsenkorbs, und in dem Korb strampelte und wimmerte etwas. Träge stieg der Gedanke in ihr auf, daß sie das Kind jetzt gern halten würde, aber sie war zu schwach und zu müde, sich zu bewegen.

Was danach geschah, konnte Deoris niemals völlig ergründen. Sie schien die ganze Zeit halb im Schlaf zu liegen, mit offenen Augen, aber unfähig, ein Glied zu rühren oder zu sprechen. Sie war wie in einem Alptraum, ohne Orientierung, wo die Wirklichkeit begann und wo sie aufhörte – und später gab es niemanden, der ihr sagen konnte oder wollte, was in jener Nacht, nachdem sie Rivedas Kind geboren hatte, in der kleinen Hütte am Meer tatsächlich vorgefallen war . . .

Ihr war, als ging die Sonne unter. Das Licht lag rot auf ihrem blassen Gesicht und dem Korb mit dem Baby. Ihr Körper war vom Fieber glühend heiß, und lange Zeit stöhnte sie, nicht laut, aber untröstlich wie ein verletztes Kind.

Das Licht verwandelte sich in ein Meer aus blutigem Feuer, und der Chela kam herein. Sein dunkler Blick schweifte umher und begegnete dem ihren . . . Er trug eine bizarre, fremdartige Kleidung, geschmückt mit Symbolen einer unbekannten Priesterschaft.

Einen Augenblick lang glaubte sie, Micon stehe vor ihr – ein schmächtigerer, jüngerer Micon mit unrasiertem Gesicht. Nach einem forschenden Blick auf Deoris holte Reio-ta Wasser, goß es in einen Becher und hielt ihn ihr an die aufgesprungenen Lippen. Er stützte ihren Kopf so behutsam, daß es nicht wehtat. Dann hatte sie wieder den Eindruck, es sei Riveda, der dort in einem Nimbus rosigen Lichts stand, der sich niederbeugte und sie küßte, wie er es so selten in ihrem gemeinsamen Leben getan hatte. Doch die Illusion verschwand, und sie sah wieder nur das ernste junge Gesicht Reio-tas, der den Becher wegnahm.

Er blieb eine Minute stehen. Zuerst sah er sie nur an. Doch dann begann er, die Lippen zu bewegen, aber seine Stimme schien aus unglaublicher Entfernung zu kommen, und Deoris, deren Bewußtsein sich wieder trübte, verstand, sosehr sie sich auch bemühte, kein einziges Wort. Endlich drehte er sich um und hob das Kind aus dem Binsenkorb. Deoris, in einer Art Wachtraum liegend, sah zu, wie er im Raum umherwanderte, das Kind auf den Armen. Er trat wieder zu ihr. Auf ihrem Strohsack fand er einen langen blauen Schal, gewebt und mit geknoteten Fransen besetzt – das Eigentum der Priesterin Caratras. Er wickelte das Kind hinein, nahm es ungeschickt auf den Arm und ging fort.

Durch das Geräusch beim Schließen der Tür wurde Deoris vollends wach. Sie keuchte auf. Die kleine Hütte wurde von dem Licht der untergehenden Sonne nur noch schwach erhellt, und es befand sich außer ihr keine lebende Seele darin. Nirgendwo war ein Geräusch zu hören außer dem Klatschen der Wellen und den Schreien der in der Luft kreisenden Möwen.

Lange Zeit lag sie still, während das Fieber durch ihre Adern kroch und wie Feuer in den Narben auf ihrer Brust brannte. Die Sonne tauchte in einem Flammenmeer unter. Dunkelheit senkte sich herab und legte sich schwer auf ihr Herz. Nach vielen Stunden kam Elis (oder war es Domaris) mit einem Licht, und Deoris sprudelte ihren Traum hervor. Sogar in ihren eigenen Ohren klang es nach unsinnigen Phantasien. Ewigkeiten vergingen, in denen Domaris (oder Elis) sich über sie beugte und endlos wiederholte: »Weil du mir vertraust . . . du vertraust mir doch . . . tu es, weil du mir vertraust . . .« Ihr gebrochener Arm schmerzte sehr, das Fieber brannte, der Traum kam immer wieder und wieder – und nur in ihrem unruhigen Schlaf hörte sie ab und zu das kleine, affenähnliche Wesen, das Rivedas Tochter war, weinen.

Eines Morgens kam Deoris voll zu sich und fand sich in ihrem alten Zimmer im Tempel wieder. Die Fieberphantasien waren verschwunden und kehrten nicht zurück.

Elis pflegte sie Tag und Nacht so liebevoll, wie Domaris es getan hätte, und Elis berichtete ihr, daß Talkannon tot war, daß Karahama tot war, daß Domaris schon vor Wochen nach Atlantis abgesegelt und der Chela verschwunden war, niemand wußte, wohin. Rivedas Kind war in der Nacht seiner Geburt gestorben.

Immer, wenn Deoris schlief, träumte sie – und stets den gleichen Traum: Sie lag in der dunklen Hütte, wo ihr Kind geboren war, und der Chela versuchte, sie gegen ihren Willen ins Leben zurückzuholen. Die rote Sonne schien ihm ins Gesicht, als er ihr Kind davontrug, eingehüllt in die blutbefleckten Fetzen von Karahamas Priesterrobe . . . So kam sie schließlich zu dem Glauben, es sei nie wirklich geschehen. Alle waren sehr freundlich zu ihr wie zu einem verwaisten Kind, und viele Jahre lang sprach sie den Namen ihrer Schwester nicht aus.

V. Tiriki

»Als das Universum aus dem Nichts erschaffen wurde, fiel es sogleich wegen mangelnden Zusammenhalts auseinander. Wie Tausende kleiner Mosaiksteine, die keinen offenkundigen Sinn oder Zweck haben, sind alle Stücke in Form und Größe identisch, obwohl sie sich in Farbe und Muster unterscheiden mögen, und wir haben von dem Mosaik kein Bild, das uns leiten könnte. Niemand weiß mit Sicherheit, wie es aussehen wird, bis das letzte Steinchen an der richtigen Stelle eingepaßt ist . . . Für diese Aufgabe gibt es drei Werkzeuge: Vollständige Nichteinmischung, aktive Kontrolle über jede einzelne Bewegung und Austausch von Kräften, bis ein zufriedenstellendes Gleichgewicht erreicht ist. Es führt jedoch keine dieser Methoden zum Erfolg, wenn die beiden anderen nicht mit ihr in Einklang gebracht worden sind. Das müssen wir als grundlegendes Prinzip hinnehmen – sonst haben wir keine Erklärung für das, was bereits zu unserer Kenntnis gelangt ist.

Das Problem ist bisher ungelöst, aber wir machen Fortschritte in einzelnen Wellen. Einer Zunahme des allgemeinen Wissens folgt ein Rückschlag, bei dem Wissen verlorengeht – nur um während der nächsten Welle neu erworben und verbessert zu werden. Denn der Unterschied zwischen jenem Mosaik und dem Universum ist, daß kein Mosaik je mehr werden kann als ein Bild, in dem jede Bewegung aufgehört hat – ein Bild des Todes. Wir arbeiten aber nicht auf eine Zeit hin, in der alles stillsteht, sondern auf eine Zeit, in der alles sich zur Freude der Betroffenen in Bewegung befindet – Fels, Pflanze, Fisch, Vogel, Säugetier und Mensch.

Das war nie eine leichte Arbeit und wird es nie sein. Aber die Straße, die in Hoffnung gebaut wird, ist dem Reisenden angenehmer, als die Straße, die in Verzweiflung gebaut wird – obwohl sie beide zum gleichen Bestimmungsort führen.«

Aus den *Lehren Micons von Ahtarrath,*
aufgezeichnet von Rajasta dem Magier

1. Das Exil

Es herrschte schon tiefe Dämmerung, und die Brise im Hafen frischte zu einem Westwind auf, der die beschlagenen Segel leise klatschen und das Schiff im sanften Rhythmus der Wellen steigen und fallen ließ. Domaris sah zum Ufer hinüber, das nun schon fast im Dunkeln lag, und ihr weißes Gewand war wie ein leuchtender Fleck zwischen den schwarzen Schatten.

Der Kapitän verbeugte sich in tiefer Ehrerbietung vor der Initiierten. »Priesterin . . .«

Domaris hob den Blick. »Ja?«

»Wir werden gleich ablegen. Darf ich dich in deine Kabine führen? Die Bewegung des Schiffes könnte dich sonst krankmachen.«

»Ich danke dir, aber ich würde lieber an Deck bleiben.«

Der Kapitän verbeugte sich noch einmal, zog sich zurück und ließ sie allein.

»Auch ich muß dich jetzt verlassen, Isarma.« Rajasta wandte sich zur Reling. »Du hast deine Briefe und Empfehlungsschreiben. Es ist gut für dich gesorgt. Ich wünschte –« Er brach ab; seine Stirn legte sich in tiefe Falten. Zum Schluß sagte er nur: »Alles wird gut werden, meine Tochter. Friede sei mit dir.«

Sie neigte sich über seine Hand und küßte sie.

Rajasta nahm sie in die Arme. »Die Götter wachen über dich, Tochter.«, stieß er hervor und küßte sie auf die Stirn.

»Oh, Rajasta, ich werde es nicht ertragen können!« schluchzte Domaris. »Micail – mein Kind! Und Deoris –«

»Still!« befahl Rajasta streng und löste ihren Griff von seinem Arm. Doch er wurde gleich darauf wieder milder. »Es tut mir leid, Tochter. Es läßt sich nichts daran ändern. Du *mußt* es ertragen. Und wisse: meine Liebe und mein Segen folgen dir, geliebte Tochter – jetzt und immerdar.« Der Wächter hob die Hand und zeichnete ein archaisches Symbol in die Luft. Bevor Domaris darauf reagieren konnte, drehte Rajasta sich auf dem Absatz um und ging schnell von Bord. Domaris starrte ihm verwundert nach und fragte sich, warum er ihr – einer zum Exil Verurteilten – das Zeichen der Schlange gegeben hatte.

Ein Irrtum? Nein – einen solchen Irrtum beging Rajasta nie.

Nach einer Zeit, die ihr sehr lange vorkam, hörte Domaris das Klirren der Ankerketten und von den Ruderbänken Sprechgesang. Sie stand immer noch an Deck und strengte ihre Augen an, um in der sich verdichtenden Dunkelheit einen letzten Blick auf ihre

Heimat zu werfen, auf den Tempel, in dem sie geboren war und von dem sie sich ihr Leben lang nie weiter als eine Meile entfernt hatte. Sie verharrte immer noch auf ihrem Platz, nachdem sich schon lange die Nacht zwischen das über das Wasser gleitende Schiff und die unsichtbare Küste niedergesenkt hatte.

Es war eine mondlose Nacht, und es dauerte lange, bis Domaris merkte, daß jemand neben ihr kniete.

»Was ist?« fragte sie tonlos.

»Domaris –« Die flache, zögernde Stimme Reio-tas war neben den Schiffsgeräuschen kaum zu hören. »Du mußt nach unten kommen.«

»Ich möchte lieber hierbleiben, Reio-ta. Ich danke dir.«

»Du mußt – da ist – etwas, das ich d-dir zeigen muß.«

Domaris seufzte und wurde sich plötzlich der Kälte, ihrer verkrampften Muskeln und ihrer Müdigkeit bewußt. Sie stolperte auf ihren gefühllos gewordenen Beinen, und Reio-ta trat schnell an ihre Seite und stützte sie.

Sofort richtete sie sich auf, aber der junge Priester bat: »Nein, stütze dich auf mich, Domaris –«, und sie seufzte und erlaubte ihm, ihr zu helfen. Wieder dachte sie mit einem seltsamen Gefühl der Erleichterung, daß er mit Micon wirklich überhaupt keine Ähnlichkeit hatte.

Die Domaris zugewiesene kleine Kabine wurde von einer einzigen schwachen Lampe erhellt. Die Sklavinnen – es waren fremde Frauen, denn Elara hatte sie nicht bitten können, ihren Mann und ihre neugeborene Tochter zu verlassen – hatten daraus einen ordentlichen und gemütlichen Raum gemacht. Der erschöpften Domaris kam er warm und einladend vor. Es roch leicht nach Essen und ein bißchen nach dem stechenden Qualm der Lampe. Aber all diese Dinge vergaß sie sogleich, denn ihr Blick fiel auf ein in einen blauen Schal gewickeltes Bündel, das zwischen den Kissen auf dem niedrigen Bett lag . . . ungeschickt in die Überreste einer befleckten blauen Robe gehüllt, bewegte es sich, als sei es lebendig . . .

»Meine verehrte, liebe, ältere Schwester«, erklärte Reio-ta demütig, »ich möchte d-dich bitten, meine anerkannte Tochter in d-deine Obhut zu nehmen –«

Domaris schwankte und fuhr sich mit den Händen an die Kehle. Dann begriff sie. Mit einem sofort wieder unterdrückten Aufschrei nahm sie das Kind in die Arme. »*Warum hast du das getan?*« flüsterte sie.

Reio-ta senkte den Kopf. »Es t-t-tut mir leid, daß ich sie ihrer

Mutter wegnehmen mußte«, stammelte er, »aber es war – es war – du weißt so gut wie ich, daß es ihr Tod gewesen wäre, hätte ich sie dort gelassen! Und – es ist mein gesetzliches Recht, meine T-Tochter mitzunehmen, wohin es mir gefällt «

Mit tränennassen Augen drückte Domaris das Kind an sich, während Reio-ta nüchtern darstellte, was sie selbst sich nicht hatte eingestehen wollen.

»Die Graumäntel und die Schwarzmäntel – und täusche dich nicht, es gibt immer noch Schwarzmäntel, und es wird welche geben, bis der Tempel ins Meer fällt – und vielleicht noch länger! Beide würden dies Kind nicht am Leben lassen – sie h-halten sie für ein Kind des Dunklen Schreins!«

»Aber –« Domaris riß die Augen auf. Sie zögerte, die Frage zu stellen, die seine Worte in ihr wachgerufen hatten – aber Reio-ta erriet schnell ihre Gedanken. Er lachte kurz auf.

»Für die Graumäntel symbolisiert sie ein Sakrileg«, erläuterte er. »Und die Sch-Schwarzmäntel würden ihren einzigen Wert darin sehen, sie als Opfer darzubringen! Oder w-weil die Lichtgeborenen sie verdorben haben, ist sie in ihren – in ihren Augen nicht mehr die – die Inkarnation von –« Reio-ta brachte das Wort nicht über die Lippen; er erstickte fast daran.

Auch Domaris wollte die Zunge nicht gleich gehorchen. Schließlich brachte sie entsetzt heraus: »Die Priester des Lichts würden dort sicher –«

»Sie würden sich nicht einmischen. Die Priester des Lichts –« Reio-ta sah Domaris flehend an. »Sie haben Riveda *und seinen Samen* verflucht! Sie würden nichts unternehmen, um sie zu retten. Und jetzt, wo dies Kind verschwunden ist, wird – Deoris in Sicherheit sein.«

Domaris begrub ihr Gesicht in dem Fetzen, der den schlafenden Säugling umhüllte. Nach langer Zeit hob sie den Kopf und öffnete tränenlose Augen. »Ja«, murmelte sie – »auch das ist Karma . . .« Dann sagte sie zu Reio-ta: »Ich werde mit der zärtlichsten Liebe für sie sorgen – das schwöre ich!«

2. Der Meister

Reio-ta reichte Domaris die Hand, und sie umklammerte sie mit einem Griff, der ihre Angst vor dieser neuen Aufgabe verriet. Doch ihr Gesicht war heiter in seiner lieblichen, beherrschten Ruhe. Die Augen des jungen Mannes streiften sie unter dunklen Wimpern mit einem anerkennenden Blick. Seine freie Hand schob den schweren Sackvorhang beiseite, der den Innenraum abschirmte. Ihre Hand lag kalt in der seinen, und das Gefühl der Verlassenheit schien von ihr auf ihn überzuspringen. Sie war gefaßt – doch er erinnerte sich unwillkürlich an den Augenblick, als er die zitternde Deoris vor den Rat der Fünf geführt hatte.

Die Erkenntnis überfiel Reio-ta so heftig, daß es ihm vor sich selber grauste. Seine Reue war wie ein wildes Tier, das ihn ansprang und in seinen Eingeweiden wühlte; eine Lebenszeit, ein Dutzend Lebenszeiten konnten nicht auslöschen, was er getan hatte! Und der plötzliche Blick in die Seele der Frau an seiner Seite, die seine Schwester hätte werden sollen, war eine weitere Qual. Sie war so verzweifelt, so völlig allein!

So behutsam, als wolle er sie um Entschuldigung bitten, zog er sie in die karg eingerichtete innere Kammer. Sie erblickten einen hochgewachsenen, schmalgesichtigen alten Mann, der auf einer einfachen Holzbank saß. Er stand auf und schien sie schweigend zu mustern. Erst viele Monate später erfuhr Domaris, daß der alte Mann von Geburt an blind war.

Reio-ta sank vor ihm auf die Knie, um seinen Segen zu empfangen. »Meister und Herr«, sagte er demütig, »ich bringe N-Nachricht von Micon. Er ist als Held gestorben – und für eine edle Sache –, ich aber habe Schuld auf mich geladen.«

Lange Zeit herrschte Schweigen. Endlich streckte Domaris dem alten Mann beschwörend die Hände entgegen. Er bewegte sich, und sogleich bekam auch Reio-tas in seiner Selbstanklage erstarrtes Gesicht wieder Leben. Er blickte zu dem alten Rathor auf und fuhr fort: »Ich b-bringe dir Domaris, die Mutter von Micons Sohn.«

Der alte Meister hob die Hand und sprach einen einzigen Satz. Die Güte in seiner Stimme begleitete Domaris von jetzt an bis zum Augenblick ihres Todes. »All das weiß ich, und mehr.« Er hob Reio-ta auf, zog ihn an sich und küßte den jungen Priester auf die Stirn. »Das ist Karma. Gib deinem Herzen die Freiheit, mein Sohn.«

Reio-ta kämpfte darum, mit ruhiger Stimme zu sprechen. »M-Meister –«

Jetzt wollte auch Domaris um Rathors Segen niederknien, aber der Meister ließ es nicht zu. Er beugte sich nieder und berührte den Saum ihres Gewandes mit den Lippen. Domaris holte erschrocken Luft und half dem alten Mann schnell auf die Füße. Rathor hob die Hand und zeichnete ein seltsames Symbol auf ihre Stirn – es war das gleiche Symbol, mit dem Domaris Micon gegrüßt hatte, als sie ihn zum erstenmal sah. Das Lächeln Rathors war wie ein niemals endender Segen . . . Er trat zurück und setzte sich wieder auf seine Bank.

Verlegen ergriff Reio-ta Domaris' Hände. »Du darfst nicht weinen«, bat er und führte sie hinaus.

3. Kleine Sängerin

Mit der Zeit gewöhnte sich Domaris einigermaßen in Ahtarrath ein. Immerhin hatte Micon hier gelebt und hatte dieses Land geliebt – mit solchen Gedanken versuchte sie sich zu trösten. Trotzdem brannte das Heimweh in ihr und ließ sich nicht überwinden.

Sie liebte die großen grauen Gebäude, massig und imposant, die so ganz anders waren als die niedrigen, weißschimmernden Häuser des Alten Landes, wenn auch auf ihre Weise ebenso eindrucksvoll. Sie gewann Freude an den in Terrassen angelegten Gärten, an der herrlichen Aussicht auf die in der Sonne glänzenden Seen im Tal und an den weitausladenden Kronen der Bäume, die an Höhe alle übertrafen, die sie bisher gesehen hatte.

Dennoch fehlten ihr die Springbrunnen und die ummauerten Innenhöfe und Teiche, und es dauerte viele Jahre, bis sie sich mit den vielgeschossigen Gebäuden abfand und Treppen steigen konnte, ohne zu meinen, sie verletze ein heiliges Geheimnis, das nur in Tempel verwendet werden durfte.

Domaris hatte ihre Wohnung im obersten Stock des Hauses, das die unverheirateten Priesterinnen beherbergte. Alle Zimmer, die aufs Meer hinausgingen, waren für Domaris und ihre Begleitung geräumt worden – und für ihre kleine Pflegetochter, von der sie selten und nie für lange getrennt war.

Von jedermann im Neuen Tempel wurde die hochgewachsene, Ruhe ausstrahlende Frau mit der weißen Strähne im flammenden Haar von Anfang an geachtet und bald auch geliebt. Man behandelte sie wie seinesgleichen, jedoch mit Zurückhaltung und Ehrerbietung, wie es einem Menschen gebührt, der ein wenig anders, ein bißchen geheimnisvoll ist. Sie war stets bereit, zu helfen und zu heilen, von schnellem Entschluß, aber geduldig und ausgleichend, wenn es Probleme gab. Immer lief ein kleines blondes feingesichtiges Mädchen hinter ihr her. Alle liebten Domaris, nur hielt ihre Fremdartigkeit die Leute ein wenig auf Distanz. Instinktiv erkannten sie, daß diese Frau ihr Leben lebte, ohne wirklich Anteil daran zu nehmen.

Ein einziges Mal geschah es, daß Dirgat, Erzpriester des Tempels – ein großer Mann von heiliger Würde, der Domaris ein wenig an

Ragamon den Ältesten erinnerte – kam und ihr vorwarf, sie habe zu wenig Interesse an ihren Pflichten.

Domaris senkte den Kopf und gestand auf diese Weise ein, daß der Tadel verdient war. »Sag mir, worin ich gefehlt habe, mein Vater, und ich will versuchen, es besser zu machen.«

»Du hast kein Jota von deinen Pflichten vernachlässigt, meine Tochter«, antwortete der Erzpriester gütig. »Tatsächlich bist du mehr als gewissenhaft. Du verfehlst dich auch nicht an uns, mein Kind – sondern an dir selbst.«

Domaris seufzte, widersprach jedoch nicht, und Dirgat, der eigene Töchter hatte, legte seine Hand auf die ihre.

»Mein Kind – verzeih mir, daß ich dich so nenne; ich bin alt genug, dein Großvater zu sein, und ich habe dich sehr gern. Geht es wirklich über deine Kraft, bei uns ein wenig Glück zu finden? Was quält dich, Tochter? Öffne mir dein Herz. Haben wir dich nicht freundlich genug aufgenommen?«

Domaris erhob die Augen, und angesichts ihres tränenlosen Kummers räusperte sich der alte Erzpriester verlegen. »Verzeih mir, mein Vater«, antwortete sie. »Ich trauere um mein Heimatland – und um mein Kind – um meine Kinder.«

»Hast du denn noch andere Kinder? Wenn deine kleine Tochter dich begleiten konnte, warum sie nicht?«

»Tiriki ist nicht meine Tochter«, erklärte Domaris, »sie ist das Kind meiner Schwester. Ihr Vater wurde der Zauberei angeklagt und hingerichtet – und man hätte auch das unschuldige Kind umgebracht. Um es zu retten, nahm ich es mit. Meine eigenen Kinder –« sie wartete einen Augenblick, bis sie ihre Stimme wieder in der Gewalt hatte. »Es wurde mir verboten, meinen ältesten Sohn mitzunehmen, denn er muß von einem würdigen Mann, der das Vertrauen seines Vaters besaß, erzogen werden, und ich bin verbannt.« Sie seufzte. Ihr Exil war zum Teil eine selbstauferlegte Buße, aber das erleichterte es ihr nicht. Nun zitterte ihre Stimme doch, und sie schloß traurig: »Zwei weitere Kinder sind bei der Geburt gestorben.«

Dirgat nahm ihre Hand fester in seine. »Niemand kann vorhersagen, welches Geschick ihm die Götter zuteil werden lassen. Vielleicht wirst du deinen Sohn wiedersehen.« Nach kurzer Überlegung fragte er: »Wäre es ein Trost für dich, unter Kindern zu arbeiten – oder würde es dich noch trauriger machen?«

Domaris dachte nach. »Ich glaube – es wäre eine Wohltat für mich.«

Der Erzpriester lächelte. »Also sollen dir, zumindest für einige

Zeit, deine anderen Pflichten erleichtert werden, damit du die Leitung des Hauses der Kinder übernehmen kannst.«

Domaris hätte fast geweint über die Mühe, die sich der gute und weise Mann gab, sie glücklich zu machen. »Du bist sehr freundlich, Vater . . .«

»Oh, das ist nicht der Rede wert«, murmelte er verlegen. »Gibt es sonst noch eine Bürde, die ich dir erleichtern kann?«

Domaris senkte den Kopf. »Nein, mein Vater. Keine.« Nicht einmal vor ihren Dienerinnen ließ Domaris sich anmerken, was sie seit langem wußte: Sie war krank, und höchstwahrscheinlich würde es nie wieder besser mit ihr werden. Es hatte mit der Geburt von Arvaths Kind angefangen, mit der ungeschickten und grausamen Behandlung, die ihr zuteil geworden war – nein, nur grausam, nicht ungeschickt. Die Brutalität der Schwarzmäntel war alles andere als unbeabsichtigt gewesen.

Damals hatte sie es hingenommen, und es war ihr gleichgültig gewesen, ob sie lebte oder starb. Sie hatte nur gehofft, die Schwarzmäntel ließen ihr noch soviel Zeit, daß ihr Kind geboren werden konnte . . . Aber die Zauberer hatten sich an Domaris auf ganz besondere Weise rächen wollen. Sie sollte am Leben bleiben und leiden! Und gelitten hatte sie wahrlich – unter Erinnerungen, die sie im Wachen und im Schlafen verfolgten, unter Schmerzen, die sie nie ganz verließen. Langsam und heimtückisch erweiterte der Schmerz jetzt seinen Herrschaftsbereich, stahl sich durch ihren ganzen Körper, vergiftete sie völlig – und sie ahnte, daß weder ein schneller noch ein leichter Tod auf sie wartete.

Sie wandte ihr Gesicht wieder dem Erzpriester zu, es hatte seine Heiterkeit und Ruhe zurückgewonnen. Da hörten sie das Trappeln kleiner Füße – und Tiriki purzelte in den Raum. Das seidige helle Haar flog um ihr elfenhaftes Gesicht, ihre Tunika war zerrissen, an einem rosa Fuß saß eine Sandale, der andere war bloß. Mit ungleichmäßigen Schritten hopste sie auf Domaris zu. Die Frau hob das Kind hoch und drückte es fest an sich. Sie setzte Tiriki auf ihren Schoß, doch das kleine Mädchen zappelte sich sofort wieder frei.

»Tiriki«, sann der alte Erzpriester. »Ein hübscher Name. Stammt er aus deiner Heimat?«

Domaris nickte . . . Am dritten Tag der Reise, als vom Alten Land nur noch die Berge als verschwommene blaue Linie sichtbar waren, hatte Domaris am Heck des Schiffes gestanden, das Kind in ihren Armen, und sich an jene Nacht voll schmerzlicher Zärtlichkeit erinnert, als sie unter den Sommersternen wachten und Micons Kopf auf ihren Knien ruhte. Obwohl sie damals kaum hingehört hatte, vernahm sie jetzt im Geist zwei Stimmen, die zu einem Wohlklang verschmolzen, der fast unirdisch war: der silbrige Sopran ihrer Schwester, und dazwischen Rivedas schöner Bariton . . . Erst hatte Domaris fröstelnd und mit sich hadernd dagestanden, das Kind in ihren Armen, das sie liebte, obwohl sein Vater der einzige Mann war, den sie je gehaßt hatte. Ihr Gedächtnis hatte ihr einen Streich gespielt und die Erinnerung an Rivedas herrliche warme Stimme und die grübelnde Sanftheit in seinem kantigen Gesicht wachgerufen, in jener Nacht, als Deoris auf seinem Schoß schlief.

Er hat Deoris aufrichtig geliebt. Er war nicht durch und durch schlecht und wir waren keine schuldlosen Opfer seiner bösen Taten. Micon, Rajasta, ich selbst – wir sind an Rivedas Verbrechen nicht unschuldig. Es war auch unser Versagen.

Das Kind in ihren Armen war gerade in diesem Augenblick aufgewacht und gab glucksende, singende Töne von sich. Domaris drückte es laut schluchzend fester an sich. »Du kleine Sängerin!« Und seitdem hatte sie das Kind Tiriki – *kleine Sängerin* – genannt.

Nun machte sich Tiriki auf eine Erkundungsreise: Sie lief zu dem Erzpriester, der die Hand ausstreckte, um ihren seidigen Kopf zu streicheln. Aber ohne Vorwarnung öffnete sie den Mund und schlug ihre kleinen Eichhörnchenzähne in Dirgats bloßes Bein. Vor Verwunderung und Schmerz stieß er ein sehr unwürdiges Grunzen aus – doch bevor er schelten konnte oder auch nur seinen Schreck überwunden hatte, ließ Tiriki ihn los und tappelte weg. Als sei sein Bein nicht hart genug gewesen, begann sie, an einem Bein des hölzernden Tisches zu nagen.

Bestürzt hob Domaris das Kind hoch und stammelte verworrene Entschuldigungen, zugleich konnte sie sich nur mühsam das Lachen verkneifen.

Dirgat winkte ab und rieb belustigt sein gebissenes Bein. »Du sagst, die Priester in deinem Land hätten ihr das Leben genommen«, kicherte er. »Sie hat nur eine Botschaft von ihrem Vater überbracht!« Ihre letzten verlegenen Entschuldigungen wehrte er mit der Versicherung ab: »Ich habe Urenkel, Tochter! Sie beißt nur, weil ihre Zähne wachsen, das ist alles.«

Domaris zog einen glatten Silberreifen von ihrem Arm und gab ihn Tiriki. »Kleine Kannibalin!« mahnte sie. »Kau darauf herum, aber bitte verschone die Möbel und meine Gäste!«

Das kleine Mädchen schaute sie mit riesengroßen zwinkernden Augen an und führte den Reifen an den Mund. Sie versuchte, ihn ganz hineinzustecken, und als sie merkte, daß er dazu zu groß war, begann Tiriki, versuchsweise an seinem Rand zu kauen. Mit einem Plumps setzte sie sich auf ihren kleinen Hintern und gab sich alle Mühe, den Armreifen aufzuessen.

»Ein bezauberndes Kind«, sagte Dirgat ohne eine Spur von Ironie. »Ich habe gehört, daß Reio-ta die Vaterschaft erklärt hat und mich schon darüber schon gewundert. Es ist kein atlantisches Blut in diesem Blondchen, das sieht man auf den ersten Blick!«

»Sie sieht ihrem Vater sehr ähnlich«, stellte Domaris ruhig fest. »Er war ein Mann aus dem Nordland, er sündigte und wurde vernichtet. Der oberste Adept der Graumäntel – Riveda von Zaiadan.«

Der Erzpriester stand auf und verabschiedete sich; in seinen Augen spiegelten sich Besorgnis und Unruhe. Er hatte von Riveda gehört, und was ihm zu Ohren gekommen war, war nichts Gutes. Wenn Rivedas Blut in dem Kind vorherrschte, mochte es sich als ein schlimmes Erbe erweisen. Obwohl Dirgat nichts davon sagte, liefen Domaris' Gedanken in die gleiche Richtung, nachdenklich blickte sie auf Rivedas Tochter . . .

Aber sie entschloß sich grimmig, alles zu tun, damit Rivedas Erbe das Kind nicht vergiften konnte. Dennoch fragte sie sich zweifelnd: *Wie soll man einen unsichtbaren Makel bekämpfen, der im Blut liegt – oder in der Seele?* Sie nahm Tiriki wieder in die Arme, und als sie sie losließ, war Domaris' Gesicht naß von Tränen.

4. Die Erscheinung

Auf dem Teich, der »Spiegel der Gedanken« genannt wurde, schien ein schon halb mit der Dunkelheit verschmolzenes Abendlicht und malte die Äste der Bäume als feines Filigranmuster auf die Wasserfläche. So endete ein Tag, ihm folgten andere und schließlich waren Jahre vergangen . . .

Nur wenige wagten sich hierher, denn der Teich war unheimlich und man sagte von ihm, er sammle und reflektiere die Gedanken dessen, der hineinblickt. Deshalb lag er meistens verlassen da, und um ihm herum herrschten Frieden, Ruhe und stille Heiterkeit.

Eines Tages wurde Deoris von ihrer Rastlosigkeit an den Teich getrieben, denn ihre Zukunft schien ihr leer und ohne Hoffnung zu sein.

Die ganze Tragödie im Tempel des Lichts war schließlich so ausgegangen, als habe man einen Ochsenziemer benutzt, um eine Fliege zu töten. Riveda war tot, Talkannon war tot und ebenso

Nadastor. Seine Schüler waren tot oder hatten sich zerstreut. Domaris war im Exil.

Was Deoris betraf, so wollte sich niemand die Mühe machen, sie zu verurteilen, jetzt, wo das im Sakrileg gezeugte Kind tot war. Deoris war zur Initiierten einer der heiligsten Mysterien im Tempel gemacht worden, daher konnte man sie nicht einfach sich selbst überlassen. Von ihrer Krankheit und ihren Verletzungen erholt, hatte sie sich einer langdauernden Bewährungsprobe unterziehen müssen. Sie hatte härtere Prüfungen und ein strengeres Studium als je zuvor in ihrem Leben auf sich genommen. Ihre Lehrerin war keine andere als Maleina gewesen. Nun war auch diese Zeit vorbei – aber was kam danach? Deoris wußte es nicht und konnte es nicht erraten.

So warf sie sich auf den grasigen Rand des Teichs nieder und blickte in seine Tiefen, die von einem dunkleren Blau waren als der Himmel. Sie fühlte sich einsam und hatte bittere Gedanken, sie sehnte sich leidenschaftlich nach dem Kind, an das sie kaum eine bewußte Erinnerung besaß. Tränen sammelten sich in ihren Augen bis das glänzende Wasser verschwommen und trübe wurde, dann fielen sie unbeachtet herab. Deoris schmeckte Salz auf ihren Lippen und schüttelte heftig den Kopf, um die Tränen zu vertreiben. Doch sie wandte den Blick nicht von dem Teich ab.

In ihrer Versunkenheit überraschte es sie gar nicht, daß plötzlich Domaris sie aus den Tiefen ansah: Ihr Gesicht war dünner geworden, der feine Knochenbau trat deutlicher hervor, und der Ausdruck war bittend – ein liebevolles Beschwören. Die Lippen teilten sich zu ihrem wohlvertrauten Lächeln, und sie breitete die mageren Arme aus, um Deoris zu umfangen . . . Wie gut Deoris diese Geste kannte!«

Eine leichte Brise kräuselte das Wasser, und das Bild verschwand. Dann erschien für einen Augenblick ein anderes Gesicht, die feinen, elfenhaften Züge Demiras glitzerten in den Wellen. Deoris bedeckte das Gesicht mit den Händen, und die Erscheinung löste sich auf. Als sie wieder hinsah, spielte nur noch der Wind mit dem Wasser.

5. Der erwählte Pfad

Im Lauf der letzten Jahre hatte Elis ihr hübsches Aussehen verloren, dafür aber die Würde und den Charme einer reifen Frau erlangt. In ihrer Gegenwart empfand Deoris einen merkwürdigen Frieden. Sie nahm Elis' Jüngstes, ein Kind von noch nicht einem Monat, sehnsüchtig auf den Arm. Dann gab sie es der Mutter zurück. In plötzlicher Verzweiflung warf sie sich neben ihrer Cousine auf die Knie und verbarg ihr Gesicht.

Elis sagte nichts, und nach einem Augenblick sah Deoris auf und lächelte schwach. »Ich bin töricht«, gestand sie, »aber – du bist Domaris so ähnlich!«

Elis berührte den gesenkten Kopf mit seinem Kranz schwerer dunkler Zöpfe. »Du selbst wirst ihr von Tag zu Tag ähnlicher, Deoris.«

Elis' ältere Kinder stürmten ins Zimmer, angeführt von Lissa, die jetzt ein großes, verständiges Mädchen von dreizehn Jahren war. Deoris stand schnell auf. Als die Kinder die Frau in der blauen Robe einer Initiierten Caratras erblickten, blieben sie stehen, und ihre Ausgelassenheit verging ihnen auf der Stelle.

Nur Lissa war gewandt genug, Deoris zu begrüßen. »*Kiha* Deoris, ich muß dir etwas erzählen!«

Deoris legte den Arm um die Tochter ihrer Cousine. Sie konnte sich nicht mehr vorstellen, daß sie dieses junge Mädchen jemals als unartiges Kleinkind in den Armen gehalten hatte. »Was für ein großes Geheimnis ist es, Lissa?«

Lissa sah sie mit ihren dunklen Augen aufgeregt an. »Es ist eigentlich kein Geheimnis, *kiha* . . . nur daß ich nächsten Monat im Tempel Dienst tun werde!«

Hinter Deoris' Gesicht – der ruhigen Maske einer ausgebildeten Priesterin – rasten die Gedanken. Sie hatte gelernt, ihren Ausdruck, ihr Benehmen und – beinahe – auch ihre Gedanken zu kontrollieren. Sie, eine Initiierte Caratras, war für immer von bestimmten Stufen der Vervollkommung ausgeschlossen. Lissa würde bestimmt nie so aufsässige Gedanken hegen wie sie damals. Sie war dreizehn oder vierzehn gewesen, erinnerte Deoris sich, ungefähr in Lissas Alter, aber sie wußte nicht mehr recht, *warum* es ihr so widerstrebt hatte, den Tempel Caratras auch nur für die kurze Zeit des Dienstes zu betreten. Wenn sie daran dachte, konnte sie ihren Gedanken kaum mehr Einhalt gebieten, und sie trugen sie erbarmungslos weiter . . . zu Karahama . . . zu Demira . . . und zu der quälendsten aller Überlegungen. Wenn ihre eigene Tochter am Leben geblieben wäre, das Kind, das sie Riveda geboren hatte, wäre es jetzt nur ein bißchen jünger als Lissa – vielleicht acht oder neun – und würde bereits zur Frau heranwachsen.

Lissa verstand nicht, warum Deoris sie plötzlich umarmte, aber sie drückte ihre Tante liebevoll an sich. Dann nahm sie ihren neugeborenen Bruder auf den Arm und ging auf den Rasen hinaus, die anderen Kinder trieb sie vor sich her. Die Frauen beobachteten sie, Elis lächelnd vor Stolz, Deoris ein bißchen traurig.

»Sie ist schon eine richtige junge Priesterin, Elis.«

»Sie ist sehr reif für ihr Alter«, erwiderte Elis. »Und wie stolz Chedan jetzt auf Lissa ist! Weißt du noch, wie wenig er für sie übrig hatte, als sie noch ein Baby war?« Einen Augenblick verlor sie sich in Erinnerungen. »Jetzt ist er ihr ein wirklicher Vater!«

Es war kein Geheimnis mehr; vor ein paar Jahren hatte Arvath sich verspätet als Lissas Vater bekannt und einen Versuch unternommen, Anspruch auf sie zu erheben, wie es Talkannon in einer ähnlichen Situation mit Karahama gemacht hatte. Chedan hatte jedoch in dieser Sache das letzte Wort sprechen dürfen und sich geweigert, Arvath seine Stieftochter zu überlassen. Arvath hatte die strenge Buße, die über ihn als pflichtvergessenen Vater verhängt wurde, umsonst auf sich nehmen müssen – außer vielleicht zum Wohl seiner Seele.

Der Gedanke an Arvath gab Deoris einen Stich ins Herz. Sie wußte, daß er die treibende Kraft bei Domaris' Verbannung gewesen war, und das nahm sie ihm immer noch übel. Er und Deoris trafen sich höchstens zweimal im Jahr, und dann benahmen sie sich wie Fremde. Arvath selbst konnte in der Priesterschaft nicht weiter aufrücken, da er bis jetzt noch kein Kind hatte.

Deoris wollte sich gerade verabschieden, aber Elis faßte die Hand ihrer Cousine und hielt sie zurück. Die Intuition, die sie in so starkem Maß besaß, zwang sie zum Sprechen. »Deoris – ich glaube, für dich ist die Zeit gekommen, dich an Rajastas Weisheit zu wenden. Das wird dir weiterhelfen.«

Deoris nickte langsam. »Ich werde es tun«, versprach sie. »Hab' Dank, Elis.«

Sobald sie ihrer Cousine aus den Augen war, zeigte Deoris etwas weniger Haltung. Sie war dieser Sache sieben Jahre lang ausgewichen, denn sie fürchtete, von dem unbestechlichen Richter Rajasta verurteilt zu werden . . . Trotzdem beschleunigte sie ihren Schritt auf dem Pfad zu seiner Wohnung.

Wovor hatte sie sich eigentlich gefürchtet? Rajasta konnte ihr doch dazu verhelfen, sich selbst ins Gesicht zu sehen, ja sich selbst zu erkennen.

»Ich kann dir nicht sagen, was du tun mußt«, erklärte Rajasta unbeugsam. »Nicht, was ich von dir verlange, zählt, sondern das, was du selbst von dir forderst. Du hast bestimmt Entwicklungen in Gang gesetzt. Studiere, welches Unheil durch dich entstanden ist und welche Verpflichtungen dir deshalb auferlegt werden müssen. Du wirst dich schärfer verurteilen, als ich es je könnte – doch nur so kannst du wieder Frieden mit dir selbst schließen.«

Die vor ihm kniende Frau kreuzte die Arme vor der Brust und forschte in ihrem Innern. Lange Zeit verharrte sie in dieser ruhigen Stellung.

Rajasta hielt ein Wort der Warnung für angebracht. »Du wirst das Urteil über dich selbst sprechen, wie es eine Initiierte tun muß. Aber versuche nicht noch einmal, dein Leben wegzuwerfen, das die Götter dir dreimal neu geschenkt haben! Zum Tod darf man sich nicht selbst verdammen. Es ist Ihr Wille, daß du lebst. Von einem Menschen wird nur dann zu sterben verlangt, wenn sein Körper durch eine Schuld so besudelt und verunstaltet ist, daß ihm durch Wiedergeburt eine bessere Hülle gegeben werden muß.

Deoris blickte auf. »Rajasta, ich ertrage es nicht, daß ich geehrt, daß ich Priesterin und Initiierte genannt werde – ich, die ich mit Körper und Seele gesündigt habe –«

»Still!« befahl er streng. »Auch das gehört zu deiner Buße, Deoris. Ertrag es in Demut, denn es läutert dich; Verschwendung ist ein Verbrechen. Andere, die weiser sind als wir, haben beschlossen, daß du auf diese Weise allen am besten dienen kannst. Eine große Aufgabe ist dir nach deiner Wiedergeburt vorbehalten, Deoris. Füchte dich nicht, tue gewissenhaft für jede Sünde Buße. Der Tod wäre für dich ein zu leichter Ausweg gewesen! Wärest du gestorben – hätten wir dich verstoßen, um zu sterben oder in neue Irrtümer zu verfallen – dann hätten sich Ursachen und Verbrechen vervielfältigt! Nein, Deoris, die Wiedergutmachung, die du in diesem Leben leisten mußt, wird länger dauern und schwerer sein als das!«

Beschämt blickte Deoris zu Boden.

Mit einem kaum hörbaren Seufzer legte Rajasta ihr die Hand auf die Schulter. »Steh auf, Tochter, und setze dich neben mich.« Sie gehorchte, und er fragte: »Wie alt bist du eigentlich jetzt, meine Tochter?«

»Siebenundzwanzig.«

Rajasta sann vor sich hin. Deoris hatte nicht geheiratet, und sie hatte sich auch keinen Liebhaber genommen – Rajasta hatte sich die Mühe gemacht, darüber Nachforschungen anzustellen. Er war sich nicht mehr sicher, ob es klug von ihr gewesen war, keine Rücksicht auf die Bräuche des Tempels zu nehmen. Eine unverheiratete Frau in ihrem Alter wurde verachtet, und Deoris war weder Ehefrau noch Witwe . . . Mit tiefer Bekümmernis, die ihn nie ganz losließ, dachte er an Domaris. Ihre Trauer um Micon hatte ihre Gefühle verdorren lassen. Ob Riveda bei Deoris ebensolche Narben hinterlassen hatte?

Endlich hob Deoris den Kopf, und ihre blauen Augen sahen ihn fest an. »Laß dies meine Strafe sein –« und sie erläuterte ihm, was sie vorhatte.

Während sie sprach, sah Rajasta sie forschend an, und als sie geendet hatte, meinte er: »Du machst es dir nicht leicht, meine Tochter.« Nichts von allem, was ihr in den letzten Jahren widerfahren war, hätte sie dazu gebracht, beinahe die Fassung zu verlieren, wie Rajastas Freundlichkeit in diesem Augenblick.

Doch sie wankte nicht in ihrem Entschluß. »Domaris hat sich auch nicht geschont«, sagte sie langsam. »Ich glaube zwar nicht, daß ich meine Schwester in diesem Leben wiedersehen werde, aber –« Sie senkte den Kopf. Von plötzlicher Schüchternheit übermannt, fiel es ihr schwer, weiterzusprechen. »Aber da unsere Eide uns binden, werden wir uns in einem späteren Leben begegnen – und dann möchte ich mich nicht vor ihr schämen müssen.«

Rajasta war tief bewegt. »So sei es«, nickte er. »Du hast die Wahl selbst getroffen und dein Spruch ist gerecht.«

6. Überraschungen

Im elften Jahr ihres Exils stellte Domaris fest, daß sie ihre Pflichten nicht mehr ohne fremde Hilfe erfüllen konnte. Sie trug es mit einer Würde und Geduld, die sich in allem zeigte, was sie tat. Seit langer Zeit wußte sie ja, daß sie krank war und daß es wahrscheinlich nie mehr besser werden würde.

Den Aufgaben, die ihr blieben, kam sie mit ruhiger Heiterkeit nach, und sie wurde allen gerecht – nur die strahlende Sicherheit und die beschwingte Freude von früher waren dahin. Jetzt kennzeichnete sie eine beherrschte Haltung, eine gewisse ernste Aufmerksamkeit, die dem Augenblick galt und Vergangenheit wie Zukunft gleichermaßen verdrängte. Für alle Menschen hatte sie Achtung und Freundlichkeit, sie nahm die ihr gezollte Ehrerbietung mit gütiger Zurückhaltung entgegen, und wenn sie im tiefsten Innern manchmal dabei eine traurige Ironie empfand, verbarg sie es in ihrem Herzen.

Domaris lebte nicht nur, weil sie es für ihre Pflicht hielt, am Leben zu bleiben. Daran konnte niemand zweifeln, der sie in den ruhigen Augenblicken des Rituals sah. Sie nahm echten und intensiven Anteil am Leben. Oft wirkte sie wie eine weiße Flamme, ja manchmal schien sogar ihr ganzer Körper zu leuchten. Sie hatte nicht die leiseste Ahnung von dem Eindruck, den sie auf ihre Mitmenschen machte, aber sie fühlte sich auf eine seltsame Weise glücklich. Es gelang ihr nicht, dies Gefühl genauer zu bestimmen. Seine wesentlichen Bestandteile waren, daß ihre seelische Gespanntheit an ein Mysterium rührte und daß sie sich Micon hier in seiner Heimat nahe wähnte. Sie sah das Land inzwischen mit seinen Augen, und obwohl manchmal die Gärten und stillen Teiche Erinnerungen an die Höfe und Springbrunnen zu Hause erweckten, lebte sie doch in Frieden mit ihrer Umwelt und sich selbst.

Ihr Wächteramt versah sie immer noch mit Beständigkeit und Güte, einfühlsam und taktvoll.

Seit kurzem nahm sie sich jeden Tag etwas Zeit, um den Hafen zu beobachten. An ihrem hochgelegenen Fenster sitzend, sah sie hinaus, und jedes weiße Segel, das aus dem Hafen lief, ließ sie traurig werden und sich einsam fühlen. Die einlaufenden Schiffe erfüllten sie dagegen mit einer schmerzlichen hoffnungsvollen Sehnsucht. Sie wartete auf etwas, wußte aber selbst nicht, was. Sie hatte ein Gefühl, als schwebe ein Verhängnis über ihr, und sie ahnte, daß die Ruhe, die sie im Augenblick genoß, nur vorübergehend war.

Eines Tages saß sie wieder dort und hielt die Hände müde im Schoß. Da trat ihre Dienerin ein und meldete: »Eine Frau von hohem Rang bittet um Audienz.«

»Du weißt, daß ich zu dieser Stunde niemanden empfange.«

»Davon habe ich sie unterrichtet, aber sie bestand darauf.«

»Sie bestand darauf?« rief Domaris aus und gewann dabei fast ihr altes Temperament zurück.

»Sie sagt, sie komme von weit her und es handle sich um eine Sache von großer Wichtigkeit.«

Domaris seufzte. So etwas geschah hin und wieder – gewöhnlich war es eine unfruchtbare Frau auf der Suche nach einem Zaubermittel, das ihr Söhne bescheren sollte. Hörte man denn nie auf, sie zu plagen? »Gut, schicke sie herein«, sagte sie lustlos und schritt langsam in das Vorzimmer.

An der Tür blieb sie stehen. Sie hielt sich mit einer Hand am Türrahmen fest, und die Welt begann sich zu drehen. *Deoris! Nein, nur eine zufällige Ähnlichkeit, eine Täuschung des Lichts – Deoris ist weit weg in meiner Heimat, vielleicht verheiratet, vielleicht tot.* Ihr Mund war trocken, und vergeblich versuchte sie zu sprechen. Ihr Gesicht war bleich wie Mondschein auf weißem Marmor, und sie zitterte mit jedem Nerv.

»Domaris!« Es war tatsächlich die geliebte Stimme! »Erkennst du mich nicht, Domaris?«

Tief aufatmend streckte Domaris die Arme nach ihrer Schwester aus, dann verließen sie ihre Kräfte und sie fiel wie leblos zu Deoris' Füßen nieder.

Weinend, bebend vor Angst und Freude kniete Deoris nieder und nahm ihre Schwester in die Arme. Die Veränderung, die mit Domaris vor sich gegangen war, traf sie wie ein Schlag ins Gesicht, und einen Augenblick lang fragte sich Deoris, ob sie tot sei, ob der Schreck über ihr Erscheinen sie getötet habe. Doch ehe sie diesen Gedanken weiterverfolgen konnte, öffneten sich die grauen Augen und eine zitternde Hand legte sich an ihre Wange.

»Du bist es, Deoris, du bist es wirklich!« Domaris lag in den Armen ihrer Schwester, das bleiche Gesicht voller Freude. Deoris' Tränen fielen auf sie nieder, und lange Zeit merkten es beide nicht. Endlich bewegte Domaris sich unruhig. »Du weinst – aber es gibt keinen Grund für Tränen«, flüsterte sie, »jetzt nicht mehr.« Damit stand sie auf, zog Deoris mit sich in die Höhe, nahm ihr Taschentuch und trocknete ihr die Tränen. Dann hielt sie es ihr an die immer noch kecke Stupsnase und befahl, ganz die große Schwester: »Schnauben!«

Als sie wieder sprechen konnten, ohne zu schluchzen oder zu lachen oder beides durcheinander, sah Domaris in das Gesicht der schönen, fremden und doch so vertrauten Frau, die ihre Schwester nun war, und fragte unsicher: »Deoris, wie ging es bei deiner Abreise – meinem Sohn? Sag mir schnell – geht es ihm gut? Er muß jetzt – schon fast ein Mann sein. Sieht er – seinem Vater sehr ähnlich?«

Deoris antwortete zärtlich: »Das kannst du selbst feststellen, mein Liebling. Er wartet draußen, denn er ist mitgekommen.«

»O gnädige Götter!« rief Domaris, und es sah aus, als werde sie von neuem ohnmächtig. »Deoris, mein Baby – mein lieber, kleiner Junge –«

»Verzeih mir, Domaris, aber ich – ich mußte diesen einen Augenblick mit dir allein haben –«

»Aber natürlich, Schwesterchen, doch nun – oh, bring ihn mir!«

Deoris ging zur Tür, und Domaris, die keine Sekunde mehr warten konnte, lief mit. Langsam und ziemlich schüchtern, aber mit strahlendem Lächeln, kam ein hochaufgeschossener Junge auf seine Mutter zu und nahm sie in die Arme.

Mit einem kleinen Seufzer richtete Deoris sich auf und sah den beiden wehmütig zu. Schmerzlicher Kummer überkam sie und sie verließ das Zimmer. Als sie zurückkehrte, saß Domaris auf einem Diwan und Micail kniete zu ihren Füßen und drückte eine bereits flaumige Wange an ihre Hand.

Domaris stand mit glücklichem Lächeln auf, sah daß Deoris noch ein Kind bei sich hatte und rief: »Wer ist denn das, Deoris? Ist es *dein* Kind? Wie – wer – bring es her, laß es mich ansehen!« Dennoch wanderten ihre Augen immer wieder zu ihrem Sohn zurück, während Deoris dem Kind die warme Oberkleidung auszog. Bei aller Freude tat es Domaris weh, in dem dunklen, stolzen Gesicht des jungen Micail die Züge Micons so genau widergespiegelt zu sehen, dasselbe Lächeln, das nie lange von seinen Lippen wich, die klaren, sturmblauen Augen unter dem rötlich leuchtenden Haar, das sein einziges Erbteil vom Volk seiner Mutter war . . . Die Augen liefen ihr über, als sie mit ihrer zarten Hand über die Locken in seinem Nacken fuhr.

»Du bist jetzt ein Mann, Micail, wir müssen diese Locken abschneiden . . .«

Der Junge, plötzlich wieder schüchtern, senkte den Kopf.

Nun wandte sich Domaris ihrer Schwester zu. »Gib mir dein Kind, Deoris, ich möchte es mir ansehen. Ist es ein Junge oder ein Mädchen?«

»Ein Junge«, antwortete Deoris und legte Domaris das einjährige rosige Kind in die Arme.

»Oh, er ist süß, herzig!« bewunderte sie ihn. »Und wer –?« Domaris zögerte, die Frage auszusprechen.

Deoris griff mit ernstem Gesicht nach der freien Hand ihrer Schwester und gab ihr die einzige Erklärung, die Domaris je erhalten sollte. »Dein Kind ist ums Leben gekommen – zum Teil durch meine Schuld. Arvath war von jeder Beförderung ausgeschlossen, weil er keinen Sohn hatte. Und so habe ich die Verpflichtung, die du – nicht erfüllt hattest, für dich übernommen . . . und . . . Arvath war nicht unwillig.«

»Also ist dies – Arvaths Sohn?«

Deoris beachtete die Unterbrechung nicht, sondern fuhr ruhig fort: »Er hätte mich sogar geheiratet, aber ich wollte nicht allzusehr in deine Fußstapfen treten. Später . . . es kam mir wie ein Wunder vor! Du weißt doch, Arvaths Eltern sind hier, in Ahtarrah, und sie hatten den Wunsch, seinen Sohn großzuziehen, da Arvath nicht wieder geheiratet hat. Also bat er mich, diese Reise zu unternehmen – es gab niemand anders, den er hätte schicken können –, und

Rajasta sorgte dafür, daß ich dir Micail bringen durfte, denn wenn er volljährig wird, kann er Anspruch auf das Erbe und die Stellung seines Vaters erheben. Also ging ich mit den Kindern an Bord, und –« Sie zuckte die Schultern und lächelte.

»Hast du noch mehr Kinder?«

»Nein. Nari ist mein einziges Kind.«

Domaris sah den kleinen Lockenkopf auf ihrem Schoß an; er saß lachend und zufrieden da und spielte mit seinen Daumen. Jetzt, wo sie wußte, wer der Vater war, fand Domaris, daß er Ähnlichkeit mit Arvath hatte. Sie hob den Kopf und bemerkte den wehmütigen Ausdruck auf dem Gesicht ihrer Schwester. »Deoris –« begann sie – aber die Tür flog auf, und ein Mädchen tanzte ins Zimmer, blieb stehen und sah scheu zu den Fremden hin.

»Entschuldige, *kiha* Domaris«, flüsterte sie, »ich wußte nicht, daß du Gäste hast –«

Deoris drehte sich zu dem Kind um: ein zehn Jahre altes, hochaufgeschossenes Mädchen, zart und schlank. Langes, glattes Haar fiel ihr offen auf die Schultern und umrahmte ein feines Gesicht, in dem große, silberblaue Augen mit dunklen Wimpern strahlten . . .

»Domaris!« keuchte Deoris, »Domaris, *wer ist sie? Wer ist dieses Kind? Bin ich wahnsinnig oder träume ich?«*

»Mein Liebling, errätst du es nicht?« fragte Domaris leise.

»Domaris, ich kann ihren Anblick kaum ertragen, du hast – Demira nie gesehen –« Sie brach in Schluchzen aus.

»Meine Schwester, sieh mich an!« befahl Domaris. »Wäre ich zu einem so grausamen Scherz fähig? Deoris, es ist dein Kind, dein eigenes kleines Mädchen – Tiriki, Schätzchen, komm her, komm zu deiner Mutter –«

Das Mädchen lugte zu Deoris hin und blieb schüchtern stehen. Domaris sah im Gesicht ihrer Schwester eine Ahnung aufdämmern, die zu phantastisch war, um wirklich zu sein, eine verrückte, mit Angst vermischte Hoffnung.

»Aber Domaris, mein Kind ist doch gestorben«, stieß Deoris hervor, und dann kamen ihr Tränen, die sie zehn Jahre lang unterdrückt hatte, die sie damals in ihrem alptraumhaften Elend nicht hatte vergießen können. *»Also war es doch kein Traum!* Man sagte mir, sie sei gestorben, mein Kind sei schwachsinnig, schrecklich deformiert, verkrüppelt gewesen –«

Domaris stellte den kleinen Jungen auf die Füße, trat schnell zu ihrer Schwester und zog den dunklen Kopf an ihre Brust. »Liebling, verzeih mir«, bat sie. »Ich war verzweifelt, ich wußte nicht, was ich sagen oder tun sollte – ich habe es zu einem der Tempelleute gesagt, um sie daran zu hindern, sich einzumischen, während ich mir einen Plan zurechtlegte! Ich hatte ja keine Ahnung, daß – oh, meine kleine Schwester, und in all diesen Jahren hast du geglaubt –« Sie hob den Kopf. »Tiriki, komm her.«

Das kleine Mädchen traute sich immer noch nicht heran, aber als Deoris, die noch nicht ganz wagte, an das Wunder zu glauben, es sehnsüchtig ansah, flog ihr das großmütige Herz des Kindes entgegen. Tiriki kam gelaufen, schlang ihre Arme um die schöne Frau und blickte schüchtern zu ihr auf.

»Nicht weinen – o bitte, nicht weinen!« bat sie mit einer ernsthaften und zugleich kindlichen Stimme, die Erinnerungen in Deoris weckte und ihr beinah das Herz zerriß. »*Kiha* Domaris – ist das wirklich meine Mutter?«

»Ja, Schätzchen, ja«, versicherte Domaris ihr – und dann drückte Deoris das Kind leidenschaftlich an sich. Domaris lachte und weinte gleichzeitig; die Überraschung und die Freude waren zu groß gewesen.

Micail rettete sie alle. Vom Fußboden her, wo er Deoris' Baby ebenso ungeschickt wie vorsichtig festhielt, erklärte er mit tiefster Verachtung:

»*Weiber!*«

7. Die Blume, die niemals welkt

Domaris ließ die letzten Töne ihrer Laute verklingen, legte sie beiseite und begrüßte Deoris mit einem Lächeln. »Du siehst ausgeruht aus, Liebes.« Damit winkte sie ihre jüngere Schwester auf den Platz neben sich. »Ich bin so glücklich, dich hier zu haben! Wie kann ich dir nur dafür danken, daß du mir Micail gebracht hast?«

»Du – du – was soll ich sagen?« Deoris griff nach der zarten Hand ihrer Schwester und hielt sie fest. »Du hast doch soviel für mein Kind getan. Hast du Eilantha – wie nennst du sie? – *Tiriki* – die ganze Zeit bei dir gehabt? Wie hast du das nur geschafft?«

Domaris versank in träumerische Erinnerungen. »Reio-ta hat sie mir aufs Schiff gebracht. Eigentlich war es sein Plan – ich wußte nicht, daß sie in so schrecklicher Gefahr war. Man hätte sie nicht am Leben gelassen.«

»Domaris!« Entsetzen sprach aus der Stimme und aus den Augen. »Warum hat man das vor mir geheimgehalten?«

Domaris wandte ihre tiefliegenden Augen der Schwester zu.

»Reio-ta hat versucht, es dir zu sagen. Du warst jedoch – zu krank, um ihn zu verstehen. Ich fürchtete, du könntest – es verraten oder –« Sie wandte das Gesicht ab. »Oder versuchen, sie selbst zu töten.«

»Hast du wirklich gedacht –«

»Ich wußte nicht, was ich denken sollte, Deoris! Es ist ein Wunder, daß ich überhaupt denken konnte! Und bestimmt war ich nicht stark genug, dich zu zwingen, mir dein Kind zu überlassen. Aus unterschiedlichen Gründen hätten weder die Grau- noch die Schwarzmäntel sie am Leben gelassen. Und die Priester des Lichts –« Domaris brachte es immer noch nicht fertig, ihre Schwester anzusehen. »Sie haben Riveda – *und seinen Samen* verflucht.« Domaris schwieg eine Weile, dann wischte sie das alles mit einer Handbewegung beiseite. »Das ist aber alles Vergangenheit«, erklärte sie fest. »Seitdem habe ich Tiriki bei mir gehabt. Reio-ta ist ihr ein guter Vater gewesen – und seine Eltern lieben sie sehr.« Sie lächelte. »Sie ist schrecklich verwöhnt worden, ich warne dich! Halb Priesterin, halb Prinzessin . . .«

Deoris hielt die weiße Hand ihrer Schwester fest und sah sie forschend an. Domaris war dünn, fast ausgemergelt, und in ihrem bleichen Gesicht hatten nur noch Lippen und Augen Farbe – die Lippen aber waren wie eine rote Wunde und die Augen glänzten manchmal wie im Fieber. In Domaris' leuchtendem Haar waren viele, viele weiße Strähnen . . .

»Domaris! Du bist ja krank!»

»Es geht mir ganz gut, und es wird mir bald besser gehen, jetzt, wo du hier bist.« Innerlich wand Domaris sich unter Deoris' scharfen Augen. »Wie findest du Tiriki?«

»Sie ist reizend.« Deoris lächelte wehmütig. »Nur ist sie mir so fremd! Ob sie – mich lieben wird, was meinst du?«

»Selbstverständlich!« versicherte Domaris ihr. »Bedenke doch, du bist ihr auch noch fremd; sie kennt ihre Mutter erst seit zwei Tagen!«

»Ich weiß, aber – ich möchte, daß sie mich *jetzt* liebt!« In Deoris' Stimme lag mehr als nur eine Spur der alten Aufsässigkeit.

»Laß ihr Zeit«, riet Domaris mit einem leisen Lächeln. »Glaubst du, Micail hätte sich im Ernst an *mich* erinnert? Und er war viel älter, als ich fortmußte.«

»Ich habe dafür gesorgt, daß er dich nicht vergißt, Domaris! Allerdings habe ich die ersten vier oder fünf Jahre wenig von ihm gesehen. Er hatte auch mich schon fast vergessen, als man mir wieder erlaubte, mit ihm zusammen zu sein. Danach habe ich versucht –«

»Das hast du sehr gut gemacht.« Tränen der Dankbarkeit glitzerten in ihren Augen. »Ich hatte immer die Absicht, Tiriki von dir zu erzählen, aber – aber sie hat ihr ganzes Leben lang nur mich gehabt. Und ich hatte sonst niemanden –«

»Ich kann es ertragen, daß sie dich mehr liebt«, flüsterte Deoris tapfer, »doch eben nur – ertragen.«

»Oh, mein Liebling, mein Liebling, du weißt doch, ich würde dich nie deiner Tochter berauben –«

Deoris fing fast wieder zu weinen an; obwohl ihr jetzt die Tränen nicht mehr so leicht kamen. Es gelang ihr, sie zu unterdrücken, doch die veilchenblauen Augen drückten eine tiefe Resignation aus, die Domaris mehr berührte als Protest oder Kummer.

Eine hohe Kinderstimme rief: »*Kiha* Domaris?«, und die beiden Frauen sahen Tiriki und Micail im Eingang stehen.

»Kommt her, meine Lieben«, forderte Domaris sie auf – doch sie lächelte nur ihren Sohn dabei an, und das Herz tat ihr weh, denn sie blickte in Micons Augen . . .

Der Junge und das Mädchen traten mutig ins Zimmer, wenn auch beide eine gewisse Gehemmtheit noch nicht überwinden konnten. Hand in Hand standen sie vor ihren Müttern, denn obwohl Tiriki und Micail sich kaum kannten, teilten sie doch ihre Verwirrung: alles war für sie neu geworden. Micail hatte bisher nur die strenge Disziplin der Priesterschaft und die Gesellschaft von Priestern gekannt. Seine Mutter hatte er nie ganz vergessen, nur fühlte er sich in ihrer Gegenwart noch fremd, war linkisch und verlegen. Tiriki hatte zwar eine nebelhafte Vorstellung davon gehabt, daß Domaris sie nicht selbst geboren hatte, aber ihr Leben lang war sie von Domaris geliebt und verwöhnt worden und hatte bei soviel beschützender Fürsorge nie eine leibliche Mutter vermißt.

Das Gefühl der Fremdheit überwältigte Tiriki von neuem. Sie ließ Micails Hand los, lief zu Domaris, klammerte sich eifersüchtig an sie und verbarg ihren silbrigblonden Kopf in ihrem Schoß. Domaris streichelte ihr über das Haar, doch ihre Augen wichen nicht von Micail. »Tiriki, mein Liebling«, mahnte sie sanft, »weißt du nicht, daß deine Mutter sich in all diesen Jahren nach dir gesehnt hat? Und du begrüßt sie nicht einmal! Was sind das für Manieren, Kind?«

Tiriki antwortete nicht und wollte nicht aufblicken. Der Schmerz stach Deoris wie ein Messer ins Herz . . . Sie war darüber hinausgewachsen, Domaris als ihr Eigentum anzusehen. Bei dieser Szene war ihr jedoch, als sehe sie einen anderen silberblonden Kopf an ihrer eigenen Brust liegen und als höre sie Demiras trauriges Flüstern: *Wenn Domaris nur einmal freundlich zu mir spräche, ich glaube, ich würde vor Freude sterben . . .*

Domaris hatte Demira natürlich nie gesehen, und wäre sie ihr je vor die Augen gekommen, hätte sie sie mit Verachtung behandelt, mochte Deoris dem kleinen *saji*-Mädchen zum Trost auch etwas anderes erzählt haben. *Tiriki,* dachte Deoris staunend, *ist genau das, was Demira geworden wäre, hätte man sie so fürsorglich und liebevoll aufgezogen. Sie hat die ganze zarte Schönheit Demiras, ihre Anmut, ihren Zauber – und dazu etwas, das Demira fehlte – eine Süßigkeit, eine Wärme, ein wirkliches Vertrauen ins Leben!* Deoris lächelte durch den Tränenschleier vor ihren Augen. Sie sagte zu sich selbst: *Vielleicht war es am besten so . . . ich hätte nicht soviel für sie tun können.*

Deoris streckte die Hand nach Tiriki aus und streichelte ihr über das glänzende, seidige Haar. »Weißt du, Tiriki, daß ich dich nur einmal gesehen habe, bevor du mir weggenommen wurdest? Aber in all diesen Jahren hat es keinen Tag gegeben, an dem du in meinem Herzen gefehlt hättest. Nur habe ich an dich immer als ein Baby gedacht – ich hatte nicht erwartet, dich fast schon als Frau wiederzufinden. Vielleicht können wir ja Freundinnen werden?« Sie schluckte ein bißchen bei diesen Worten, und Tiriki mit ihrem großmütigen Herzen konnte nicht anders, als bewegt zu sein.

Domaris hatte Micail zu sich gewunken und die Existenz von Deoris und Tiriki offenbar vergessen. Tiriki trat näher an Deoris heran. Sie sah den sehnsüchtigen Blick in den tiefblauen Augen, und das Taktgefühl, das ihre geliebte Domaris so sorgfältig in ihr entwickelt hatte, ließ sie nicht im Stich. Deoris war überrascht von der Gefaßtheit des Kindes, als es seine Hand in die ihre gleiten ließ.

»Du bist nicht alt genug, um meine Mutter zu sein«, erklärte Tiriki so liebenswürdig, daß es nicht frech wirkte. Dann legte sie impulsiv die Arme um die Taille ihrer Mutter und blickte ihr vertrauensvoll ins Gesicht . . . Anfangs waren Tirikis einzige Überlegungen gewesen: *Was würde kiha Domaris von mir erwarten? Ich muß mich so benehmen, daß sie sich meiner nicht zu schämen braucht!* Jetzt aber war sie selbst von Deoris' beherrschtem Kummer, von ihrer Zurückhaltung zutiefst berührt.

Herzlich sagte das kleine Mädchen: »Nun habe ich eine Mutter und dazu einen kleinen Bruder. Läßt du mich mit meinem kleinen Bruder spielen?«

»Natürlich«, versprach Deoris, immer noch in der gleichen

behutsamen Art. »Du bist selbst fast schon eine Frau, deshalb wird er in dem Glauben aufwachsen, er habe zwei Mütter. Wenn du willst, komm mit, dann kannst du zusehen, wie die Kinderfrau ihn badet und anzieht, und danach zeigst du deinem kleinen Bruder und mir vielleicht die Gärten.«

Damit hatte sie, wie sich bald herausstellte, genau das Richtige getan und auch den richtigen Ton getroffen. Tirikis letzte Vorbehalte schwanden schnell dahin. Eine Beziehung, wie zwischen Mutter und Tochter, entwickelte sich zwischen den beiden nie. Aber sie wurden Freudinnen – und sie blieben es in all den langen Monaten und Jahren, die ereignislos vorübergingen.

Arvaths Sohn wuchs zu einem stämmigen Kleinkind, dann zu einem gesunden Burschen heran. Tiriki schoß in die Höhe, und ihr Gesicht verlor seine kindlichen Züge. Micail kam in den Stimmbruch, und auch er wurde groß. Als er fünfzehn war, trat seine Ähnlichkeit mit Micon noch stärker hervor – die dunkelblauen Augen waren genauso scharf und klar, das Gesicht und der schlanke Körper von der gleichen Intelligenz und Rastlosigkeit beseelt . . .

Von Zeit zu Zeit luden Micons Vater, Fürst Micantor, Regent der See-Königreiche, und seine zweite Frau, die Mutter Reio-tas, Micail für ein paar Tage zu sich ein, und oft sprachen sie davon, daß ihr Enkel als Erbe von Ahtarrath bei ihnen im Palast wohnen müsse.

»Es ist unser Recht«, sagte der alternde Micantor immer wieder. »Er ist Micons Sohn und muß erzogen werden, wie es seinem Rang entspricht – nicht unter lauter Frauen! Natürlich möchte ich damit nicht herabsetzen, was du für ihn getan hast. Reio-tas Tochter hat ebenfalls ihren Platz und Rang bei uns.« Micantors Augen ruhten dann immer mit geduldiger, kummervoller Zuneigung auf Domaris. Auch sie hätte er gern als geliebte Tochter aufgenommen, doch ihre Reserviertheit ihm gegenüber war nie geringer geworden.

Bei all diesen Gelegenheiten räumte Domaris mit ruhiger Würde ein, daß Micantor recht habe und Micons Sohn in der Tat Erbe von Ahtarrath sei – aber ebenso ihr Sohn. »Er wird erzogen, wie sein Vater es gewünscht hätte, das schwöre ich dir. Aber solange ich lebe, wird er mich nicht wieder verlassen. Solange ich lebe«, wiederholte sie. »Es wird nicht mehr lange dauern. Laßt ihn mir – bis dahin.«

Dies Gespräch wurde mit wenigen Variationen alle paar Monate geführt. Endlich neigte der alte Fürst das Haupt vor der Initiierten und verzichtete in Zukunft darauf, sie zu bedrängen. Seine regelmäßigen Besuche setzte er jedoch fort; sie wurden sogar immer häufiger.

Domaris kam seinen Wünschen entgegen, indem sie ihrem Sohn

erlaubte, einen großen Teil seiner Zeit mit Reio-ta zu verbringen. Das befriedigte alle Beteiligten, denn die beiden wurden schnell enge Freunde. Reio-ta empfand tiefe Zuneigung für den Sohn seines älteren Bruders, den er verehrt und verraten hatte – und Micail freute sich über die Freundlichkeit und Herzlichkeit des jungen Prinzen. Anfangs war er steif und unfreundlich gewesen und hatte Schwierigkeiten gehabt, sich einem Leben anzupassen, das von keinen Vorschriften eingeengt wurde. Rajasta hatte ihn nämlich von seinem dritten Jahr an in der strengen Disziplin der höchsten Ränge innerhalb der Priesterkaste unterwiesen. Doch schließlich verschwanden seine Scheu und Verschlossenheit, und Micail entwikkelte nach und nach den offenherzigen Charme und die Heiterkeit, die Micon so liebenswert gemacht hatten.

Dazu trug Tiriki vielleicht noch mehr bei als Reio-ta. Vom ersten Tag an hatte zwischen ihnen eine Freundschaft bestanden, die bald zur Liebe heranreifte. Es war eine geschwisterliche und unsentimentale Zuneigung, aufrichtig und tief. Sie stritten sich oft, denn sie waren sich sehr unähnlich: Micail – beherrscht, von ruhigem Wesen, stolz und reserviert – neigte dazu, verschlossen und spöttisch zu sein. Dagegen war Tiriki bei aller Wohlerzogenheit von heftigem Temperament und so unruhig wie Quecksilber.

Aber solche Streitereien waren nichts weiter als kurze Ausbrüche und Tiriki bereute ihre Hastigkeit immer als erste. Dann umarmte sie Micail und bat ihn unter Küssen, ihr wieder gut zu sein. Und Micail zog sie an ihrem langen offenen Haar, das zu fein und zu glatt war, um länger als ein paar Minuten eingeflochten zu bleiben, und neckte sie, bis sie um Gnade bat.

Deoris freute sich über diese enge Freundschaft, und Reio-ta war ganz entzückt darüber. Beide vermuteten jedoch, daß Domaris nicht ganz damit einverstanden war. In letzter Zeit huschte nämlich ein seltsamer Ausdruck über ihr Gesicht, wenn sie Tiriki ansah. Sie spitzte die Lippen, runzelte leicht die Stirn, rief danach Tiriki zu sich, um sie zu umarmen, als wolle sie ihr einen unausgesprochenen Vorwurf abbitten.

Tiriki war noch keine dreizehn, und war doch schon sehr fraulich. Es war, als gäre in ihr etwas wie Hefe und sie warte nur darauf, zur vollständigen Reife erweckt zu werden. Sie war ein elfenhaftes, bezauberndes Geschöpf – und Micail merkte nur zu bald, daß es zwischen ihnen nicht mehr lange so bleiben konnte, wie es war, denn seine kleine Cousine faszinierte ihn zu sehr.

Doch Tiriki hatte die impulsive Unschuld eines Kindes, und eines Tages, auf einem einsamen Spaziergang am Strand, berührten sie sich, gaben sich einen spielerischen Kuß – und dann standen sie plötzlich fest umschlugen da und bewegten sich nicht, weil sie fürchteten, dieser wunderschöne Augenblick könnte enden. Schließlich gab Micail das Mädchen sehr behutsam frei und schob es von sich. »Eilantha«, flüsterte er ganz leise – und Tiriki verstand, warum er ihren Tempelnamen ausgesprochen hatte, schlug die Augen nieder und machte keinen Versuch mehr, ihn zu berühren. Ihr Begreifen war für Micail die endgültige Bestätigung, daß er sich in ihr nicht getäuscht hatte. Er lächelte, bestärkt von einem neuen Verantwortungsgefühl, und faßte sie bei der Hand.

»Komm, wir müssen in den Tempel zurückkehren.«

»Oh, Micail!« protestierte das Mädchen, »jetzt, wo wir uns gefunden haben – müssen wir uns da so schnell wieder verlieren? Willst du mich nicht einmal mehr küssen?«

»Noch oft, hoffe ich«, sagte er. »Aber nicht hier und jetzt. Du bist mir zu kostbar. Und du bist noch sehr jung, Tiriki, ebenso wie ich. Komm.« Seine Autorität war von neuem wie die eines älteren Bruders, und als sie den langen Weg durch die Gartenterrassen zum Tempeltor hochstiegen, wandte er sich ihr mit einem schnellen Lächeln zu.

»Ich will dir eine Geschichte erzählen«, schlug er vor, und sie setzten sich zusammen auf die in den Fels gehauenen Stufen.

»Es war einmal ein Mann, der lebte ganz allein in einem Wald, und seine einzige Gesellschaft waren die Sterne und die hohen Bäume. Eines Tages fand er eine schöne Gazelle im Wald, und er lief zu ihr und versuchte die Arme um ihren schlanken Hals zu schlingen und so Trost in seiner Einsamkeit zu finden. Aber die Gazelle bekam Angst und lief fort und er fand sie nicht wieder. Nachdem er viele Monate lang gewandert war, fand er die Knospe einer lieblichen Blume. Inzwischen war er ein weiser Mann geworden, weil er so lange allein gewesen war. Deshalb störte er die Knospe nicht, sondern setzte sich viele Stunden zu ihr und beobachtete, wie sie sich öffnete und der Sonne entgegenreckte. Und als sie sich öffnete, wandte sie sich ihm zu, denn er war ganz leise und nahe bei ihr. Und als die Knospe offen war und zu duften begann, war sie eine schöne Passionsblume geworden, die niemals mehr verwelkte.«

In Tirikis silbergrauen Augen stand ein leises Lächeln. »Ich habe diese Geschichte schon oft gehört, aber erst jetzt erkenne ich, was sie bedeutet.« Sie drückte seine Hand, stand auf und tanzte die Stufen hoch. »Komm«, rief sie fröhlich, »man wird schon auf uns warten – und ich habe meinem kleinen Bruder versprochen, ihm im Obstgarten Beeren zu pflücken!«

Das Frühjahr kam, und Domaris konnte der Krankheit, gegen die sie so lange angekämpft hatte, nicht länger standhalten. Auf den Regen im Frühling folgte der Sommer mit seinem Blühen und Reifen, und während der ganzen Zeit lag sie in ihrem Zimmer, unfähig, vom Bett aufzustehen. Sie beklagte sich nicht und tat besorgte Frage leichthin ab; bestimmt werde sie im Herbst wieder gesund sein.

Deoris wachte mit zärtlicher Fürsorge über sie, aber die Liebe zu ihrer Schwester machte sie blind, und sie sah nicht, was anderen nur zu klar war.

Weder Deoris noch sonst jemand konnte Domaris helfen und so lag sie geduldig da, ohne Hoffnung auf Besserung, viele Tage und Nächte hindurch. Für eine Rettung war es seit langem zu spät.

Erst jetzt erfuhr Deoris – denn Domaris war zu krank, als daß sie das Geheimnis länger hätte hüten können – wie grausam ihre Schwester von den Schwarzmänteln behandelt worden war. Ein Gefühl schwerer Schuld lastete nach dieser Entdeckung auf der jüngeren Schwester. Noch etwas anderes erfuhr Deoris. Sie hatte bis dahin nicht gewußt, daß Domaris bei jenem seltsamen, traumähnlichen Zwischenspiel, das für Deoris immer noch unter dunklen Schleiern verborgen lag und für sie nichts anderes war als der Alptraum vom Idiotendorf, von ihr schwer verletzt worden war. Was Domaris ihr nun endlich erzählte, erklärte nicht nur den Tod von Arvaths erstem Kind bei seiner Geburt. Deoris wurde außerdem deutlich, daß es an ein Wunder grenzte, daß Domaris Micon ein gesundes Kind geboren hatte . . .

Fürst Micantors sehnlichster Wunsch wurde ihm endlich erfüllt, und Micail zog in den Palast. Domaris vermißte ihren Sohn, aber sie wollte nicht, daß er sie leiden sähe. Im Gegensatz zu ihm ließ Tiriki nicht einfach über sich verfügen. Sie widersetzte sich Deoris und, zum erstenmal in ihrem Leben, auch Domaris. Die Kindheit lag nun völlig hinter ihr. Mit dreizehn war Tiriki größer als Deoris, wenn auch zart und schmächtig wie Demira. In ihren silbergrauen Augen und in den Zügen ihres schmalen Gesichts lag ein vorzeitiger Ernst. Auch darin glich sie Demira. Deoris war mit dreizehn noch sehr kindlich gewesen, und so erkannte keine der beiden Schwestern, daß Tiriki in demselben Alter bereits erwachsen war. Es kam ihnen nicht zu Bewußtsein, daß die Menschen aus Zaiadan einem schnelleren Reifeprozeß unterlagen, und so nahmen sie Tiriki nicht ganz ernst.

Jeder tat, war er konnte, um das Mädchen an den schlimmsten Tagen von Domaris fernzuhalten. Aber eines Abends, als Deoris, die nächtelang gewacht hatte, im Nebenzimmer erschöpft eingeschlummert war, schlüpfte Tiriki herein und sah Domaris still im Bett liegen, das Gesicht so weiß wie die weißen Locken, die sich in ihr immer noch leuchtendes Haar gemischt hatten.

Tiriki schlich sich ans Bett und flüsterte: *Kiha —?*«

»Ja, Liebling«, antwortete Domaris schwach. »Nicht weinen.«

»Ich weine nicht«, erklärte Tiriki und sah auf. In ihren Augen waren keine Tränen. »Kann ich denn gar nichts für dich tun, *kiha* Domaris? Du hast — starke Schmerzen, nicht wahr?«

Domaris sah in die großen, ernsten Augen des Kindes und antwortete schlicht: »Ja.«

»Ich wollte, ich könnte sie für dich tragen —«

Da zitterte doch ein Lächeln um die farblosen Lippen. »Bloß das nicht, Tiriki, mein Schätzchen. Nun lauf, Kleines und spiele.«

»Ich bin kein Baby mehr, *kiha!* Bitte, laß mich bei dir bleiben«, bat Tiriki so eindringlich, daß Domaris nur die Augen schloß und minutenlang stumm dalag.

Ich will vor diesem Kind nicht meine Schmerzen zeigen! sagte Domaris zu sich selbst — aber auf der Stirn standen ihr dicke Schweißtropfen.

Tiriki setzte sich auf den Bettrand. Domaris wollte sie schon warnen, denn sie ertrug nicht die leiseste Berührung, und manchmal, wenn eine der Sklavinnen unabsichtlich gegen ihr Bett stieß, schrie sie auf vor Qual. Doch da merkte sie erstaunt, daß sie bei Tirikis behutsamen Bewegungen nicht den geringsten Schmerz verspürte, auch dann nicht, als das Mädchen sich vorbeugte und ihr die Arme um den Hals schlang.

Schon seit Wochen hatte niemand außer ihrer Schwester Domaris anfassen dürfen, und nicht einmal Deoris' erfahrene Hände hatten jede peinigende Erschütterung vermeiden können. Tirikis schmaler Körper schob sich unmerklich über die Bettkante, und sie kniete so viele Minuten dort, die Arme um ihre Pflegemutter gelegt, ohne ihr den geringsten Schmerz zu verursachen. Domaris war sprachlos vor Staunen.

»Tiriki«, schalt sie endlich — widerstrebend, denn die Gegenwart des Kindes tat ihr wohl »—, du darfst dich nicht so ermüden.« Tiriki antwortete nur mit einem merkwürdig beschützenden, beinahe weisen Lächeln und hielt sie noch fester. Plötzlich fragte Domaris sich, ob sie es sich einbilde oder ob sie sich wirklich besser fühlte. *Nein, es stimmte:* Die Schmerzen ließen langsam nach und eine Art neuer Kraft zog in ihren erschöpften Körper ein. Zuerst empfand Domaris nichts als gesegnete Erleichterung und entspannte sich mit einem langen Seufzer. Dann aber ging ihre Erleichterung in plötzlichen Sorgen unter.

»Fühlst du dich jetzt besser, *kiha?*«

»Ja.« Domaris entschloß sich, nicht darüber zu sprechen. Es war absurd, anzunehmen, ein dreizehnjähriges Kind könne bewirken, was nur den höchsten Adepten nach langer Ausbildung gelang! Es war eine aus ihrer Schwäche geborene Einbildung gewesen, mehr nicht. Mit einem letzten Rest von klarer Überlegung erkannte sie, daß Tiriki, wenn sie dennoch diese Fähigkeit besaß, um ihrer selbst willen von ihr ferngehalten werden mußte . . . Aber bei Tiriki ließ sich so etwas leichter beschließen als durchführen.

In den folgenden Tagen verbrachte Tiriki viel Zeit bei Domaris und nahm der überarbeiteten Deoris einen großen Teil ihrer Last ab. Domaris hielt sich streng unter Kontrolle. Mit keinem Wort, keiner Geste wollte sie sich dieser kleinen Kindfrau verraten.

Lächerlich, dachte sie zornig, *daß ich mich vor einer Dreizehnjährigen in acht nehmen muß!*

Eines Tages hatte sich Tiriki wie ein Kätzchen neben ihr zusammengerollt. Das erlaubte Domaris ihr, denn die Nähe des Mädchens war ihr ein Trost, und Tiriki, die ein unruhiges Kind gewesen war, zuckte und zappelte jetzt niemals. Sie lernte geduldig und sanft zu sein, aber Domaris wollte nicht, daß das Kind sich überanstrengte. Deshalb sagte sie: »Du bist wie ein Mäuschen, Tiriki. Wirst du es nicht müde, bei mir zu bleiben?«

»Nein. Bitte, schick mich nicht weg, *kiha* Domaris!«

»Das tue ich nicht, Liebes, nur versprich mir, daß du dich nicht übernimmst.«

Tiriki versprach es. Domaris berührte das flächserne Haar mit einem weißen Finger und lag dann seufzend und bewegungslos da. Tirikis große graue Katzenaugen sahen verträumt ins Weite . . . *Woran mag das Kind denken? Was ist sie doch für eine kleine Hexe! Und dieser merkwürdige – Instinkt! Deoris und Riveda hatten beide etwas in dieser Art,* erinnerte sie sich, *ich hätte damit rechnen müssen . . .* Domaris konnte keinen Gedanken mehr länger nachhängen. Der Schmerz war zu sehr Teil von ihr geworden; sie wußte nicht mehr, wie es war, frei von Schmerzen zu sein.

Tiriki, auf deren zartem Gesicht sich die ersten Spuren der Erschöpfung zeigten, erwachte aus ihrer Träumerei und beobachtete ihre Pflegemutter traurig. Dann schlang sie impulsiv ihre Arme um Domaris und schmiegte sich an sie. Und diesmal war es keine Einbildung: Domaris spürte den plötzlichen Zustrom von Lebenskraft, das Zurückweichen der Schmerzenswellen. Tiriki handhabte es noch etwas ungeschickt, so daß Domaris von der neuen Energie schwindelte.

In dem Augenblick, wo sie dazu fähig war, schob sie Tiriki entschlossen von sich. »Mein Liebes«, sagte sie voller Erstaunen, »du darfst das nicht –« Sie brach ab, denn sie merkte, daß das Mädchen nicht zuhörte. Domaris holte tief Atem und richtete sich mühsam auf einem Ellenbogen hoch. »Eilantha!« befahl sie kurz, »es ist mir ernst damit! Du darfst das nie wieder tun! Ich verbiete es! Wenn du es noch einmal versuchst – schicke ich dich ganz von mir weg!«

Tiriki fuhr in die Höhe. Ihr schmales Gesichtchen war gerötet, und über die Stirn zog sich eine merkwürdige kleine Falte. *»Kiha* –« begann sie überredend.

»Hör zu, mein Schatz«, erklärte Domaris freundlicher und legte sich in die Kissen zurück. »Glaub mir, ich bin dir dankbar. Eines Tages wirst du verstehen, warum ich nicht zulassen darf, daß du – dich auf diese Weise deiner Kraft beraubst. Ich weiß nicht, wie du es gemacht hast – das ist ein Geschenk der Götter, mein Liebling . . . aber nicht so! Und nicht für mich!«

»Aber – aber es ist *nur* für dich, *kiha!* Weil ich dich liebe!«

»Mein kleines Mädchen –« Domaris fehlten die Worte, sie sah nur in Tirikis große ruhige Augen. Nach einer Weile verdunkelte sich das verträumte Gesicht des Kindes wieder.

»Kiha«, flüsterte Tiriki mit seltsamer Eindringlichkeit, »wann – wo – wo und wann war das? Du sagtest zu mir –« Sie richtete den Blick forschend auf das Gesicht der Frau; ihre Brauen waren grübelnd zusammengezogen. »Oh, *kiha,* warum fällt es mir so schwer, mich zu erinnern?«

»An was, Tiriki?«

Das Mädchen schloß die Augen, dann öffnete sie sie wieder und flüsterte: »Du warst es – du sagtest zu mir: ›Schwester – und mehr als Schwester – wir zwei, Frauen und Schwestern, geloben dir, Mutter – wo wir stehen in Dunkelheit –‹ Ihre Stimme wurde undeutlich, und sie begann zu schluchzen.

Domaris keuchte. »Daran erinnerst du dich nicht, du kannst dich unmöglich erinnern! Eilantha, du hast spioniert, gehorcht, du kannst nicht –«

Tiriki stellte leidenschaftslos fest: »Nein, nein, du warst es, *kiha!* Ich erinnere mich, aber es ist wie – ein Traum, wie das Träumen von einem Traum –«

»Tiriki, mein Baby – du redest wie ein verrücktes Kind, du redest über etwas, das geschehen ist, bevor du –«

»Dann ist es geschehen! Es ist geschehen! Soll ich dir den Rest erzählen?« ereiferte sich Tiriki. »Warum glaubst du mir nicht?«

»Weil es geschehen ist, bevor du geboren wurdest!« stieß Domaris hervor. »*Wie ist das möglich?*«

Blaß, mit brennenden Augen wiederholte Tiriki die Worte des Rituals ohne Stocken. Sie hatte erst ein paar Zeilen gesprochen, als Domaris ihr totenblaß Einhalt gebot. »Nein, nein, Eilantha! Hör auf! Du darfst diese Worte nicht wiederholen! Nie, niemals – bis du verstehst, was sie bedeuten! Welche Folgen sie . . .« Sie streckte die abgemagerten Arme aus. »*Versprich es mir . . .*«

Tiriki sank ihrer Pflegemutter heftig weinend an die Brust. Aber schließlich murmelte sie ihr Versprechen.

»Eines Tages wird Deoris es dir erzählen, wenn ich es nicht mehr kann«, sagte Domaris. »Du wurdest vor deiner Geburt Caratra geweiht, und später einmal –«

»Es wäre besser, du ließest mich es ihr jetzt erzählen«, sagte Deoris' ruhige Stimme von der Tür her. »Verzeih mir, Domaris, ich konnte nicht umhin, es zu hören –«

Tiriki sprang wütend auf. »Du! Du bist gekommen, um mir nachzuspionieren, um mich zu belauschen! Du willst mich keinen Augenblick mit *kiha* Domaris allein lassen, du bist eifersüchtig, weil ich ihr helfen kann und du nicht! Ich hasse dich! Ich hasse dich, Deoris!« Sie schluchzte wild, und Deoris stand da wie gelähmt, denn Domaris hatte Tiriki zu sich gewunken, und ihre Tochter weinte hilflos in den Armen ihrer Schwester, das Gesicht an ihre Schulter verborgen, und Domaris drückte sie mit angstvoller, selbstvergessener Zärtlichkeit an sich. Deoris senkte den Kopf und wollte wortlos gehen, als Domaris zu sprechen begann.

»Still, Tiriki, mein Kind«, befahl sie. »Deoris, komm her zu mir – nein, nicht da, du sollst dicht bei mir sein, Liebling. Du auch, Kleines«, wandte sie sich an Tiriki, die sich ein Stückchen zurückgezogen hatte und Deoris grollend und eifersüchtig ansah. Domaris reichte eine ihrer müden, wachsweißen Hände Tiriki und streckte die andere Deoris entgegen. »Nun hört mir zu, alle beide«, flüsterte sie, »dies mag das letzte Mal sein, daß ich so zu euch sprechen kann – das allerletzte Mal.«

9. Das Meer und das Schiff

Als der Sommer in den Herbst überging, verloren sogar die Kinder die Hoffnung, Domaris werde sich wieder erholen. Tag für Tag lag sie in ihrem Zimmer, sah durch das Fenster die Sonne auf den weißen Wellen glitzern und träumte. Manchmal, wenn eins der bannergeschmückten Segelschiffe über den Horizont entschwand, fragte sie sich, ob Rajasta ihre Botschaft erhalten habe . . . aber nicht einmal das war ihr mehr wichtig. Wochen, Monate gingen dahin, und mit jedem Tag wurde sie blasser, kraftloser, erschöpfter von den Schmerzen, die einen Punkt erreicht hatten, an dem auch Schmerzen sich nicht mehr steigern können. Schon das Atemholen war eine Anstrengung für sie.

Als das Jahr zu Ende ging, wurde Deoris, die in den langen Tagen und Nächten der Krankenpflege schwach und blaß geworden war, streng befohlen, sich mehr zu schonen. Die meiste Zeit erkannte Domaris sie gar nicht, und es gab wenig, was man noch für sie tun konnte. Zögernd überließ Deoris ihre Schwester den anderen Heiler-Priesterinnen und machte eines Vormittags mit ihren Kindern einen Spaziergang am Strand. Dort schloß sich Micail ihnen an, der seit der Erkrankung seiner Mutter Tiriki wenig gesehen hatte. Später sollte Micail sich an diesen Tag als den letzten erinnern, den er als Kind unter Kindern verbracht hatte.

Tiriki flog mit ihrem hellen, offenen Haar hierhin und dahin und zog ihren kleinen Bruder mit sich. Micail rannte ihnen nach, und alle drei begannen mit Schreien und Spritzen und Schubsen zu toben und sprangen in der Brandung umher . . . Sogar Deoris zog ihre Sandalen aus und plantschte fröhlich mit ihnen im Wasser. Als sie dessen müde waren, baute Tiriki für ihren kleinen Bruder eine Sandburg, während Micail Muscheln an der Hochwassermarke suchte und sie Tiriki in den Schoß warf. Deoris fand es nicht ganz richtig, daß ein Junge von sechzehn und ein Mädchen von dreizehn schon so reif, so ernst, so erwachsen sein sollten – obwohl sie sich im Augenblick wie Kinder aufführten, die erst halb so alt waren!

Schließlich beruhigten sie sich, legten sich zu Deoris' Füßen in den Sand und forderten sie auf, ihre Sandbauten zu bewundern.

»Sieh mal«, sagte Micail, »ein Palast und ein Tempel!«

»Siehst du meine Pyramide?« fragte der kleine Nari mit schriller Stimme.

Tiriki zeigte mit dem Finger. »Von hier aus sieht der Palast aus wie ein Schmuckstück auf einem grünen Hügel . . . Reio-ta hat mir einmal erzählt –« Plötzlich setzte sie sich auf und verlangte zu wissen: »Deoris, habe ich jemals einen richtigen Vater gehabt? Ich liebe Reio-ta, als sei er mein Vater, aber – du und *kiha* Domaris seid Schwestern, und Reio-ta ist der Bruder von Micails Vater –« Von neuem brach sie ab und sah unruhig zu Micail hinüber.

Er begriff sofort, was sie meinte, und er streckte die Hand aus, um sie ins Ohr zu zwicken – aber er änderte seine Absicht und zupfte nur spielerisch daran.

Deoris sah ihre Tochter ernst an. »Natürlich, Tiriki. Dein Vater ist gestorben – bevor er dich anerkennen konnte.«

»Wie war er?« fragte das Mädchen nachdenklich.

Bevor Deoris antworten konnte, erklärte der kleine Nari mit der niederschmetternden Logik eines Kindes: »Wenn er vorher gestorben ist, kann er doch nicht ihr Vater sein!« Er piekte seiner Halbschwester mit dem Finger in die Rippen. »Gräbst du mir ein Loch, Tiriki?«

»Dummes Baby«, schalt Micail ihn.

Nari zog eine Schnute. »Ich bin kein Baby! Mein Vater war Priester!«

»Micails und Tirikis Väter auch«, erklärte Deoris freundlich. »Wir sind hier alle Kinder von Priestern.«

Nari warf sich mit neuer Kraft auf das von ihm entdeckte Paradoxon. »Wenn Tirikis Vater *vor* ihrer Geburt gestorben ist, dann hat sie keinen Vater!«

Micail grinste über Naris Unschuld. Auch Tiriki kicherte, wurde jedoch schnell wieder ernst, als sie den Ausdruck auf Deoris' Gesicht bemerkte.

»Möchtest du nicht von ihm sprechen?«

Von neuem tat Deoris das Herz weh. Riveda war in ihre Seele so unauslöschlich eingebrannt wie die *dorje*-Narben auf ihrer Brust, aber sie hatte gelernt, ruhig und beherrscht zu sein. Als sie zu sprechen begann, war ihre Stimme fest. »Er war ein Adept der Magier, Tiriki.«

»Ein Priester wie Micails Vater, sagst du?«

»Nein, Kind, nicht wie Micails Vater. Ich sagte, er sei Priester gewesen, weil – nun, die Adepten sind auch eine Art von Priestern. Dein Vater gehörte jedoch zur Graumantel-Sekte, die im Alten Land nicht in so hohen Ehren steht wie hier. Und er war ein Nordmann aus Zaiadan; du hast das Haar und die Augen von ihm. Er war ein berühmter Heiler.«

»Wie war sein Name?« forschte Tiriki.

Deoris antwortete nicht gleich. Domaris hatte offenbar nie darüber gesprochen, und da sie Tiriki als Reio-tas Tochter aufgezogen hatte, war es ja auch ihr Recht gewesen, zu schweigen . . . Endlich sagte Deoris: »Tiriki, in allem, worauf es ankommt, ist Reio-ta dein Vater.«

»Oh, ich weiß, und es ist ja nicht so, als liebte ich ihn nicht!« beteuerte Tiriki zerknirscht. Wie unter einem Zwang stehend, fuhr sie fort: »Sag es mir doch, Deoris – denn ich erinnere mich, als ich noch ganz klein war, sprach Domaris mit einer anderen Priesterin über ihn – nein, es war ein Priester – oh, ich weiß es nicht mehr, aber –« Ihre Hände vollführten eine seltsam hilflose Geste.

Deoris seufzte. »Ich will es dir gerne sagen . . . Sein Name war Riveda.«

Tiriki wiederholte den Namen fasziniert. »Riveda . . .«

»Das wußte ich nicht!« fiel Micail verstört ein. »Deoris, kann es der gleiche Riveda gewesen sein – ich habe als Kind von ihm in den Höfen der Priester reden hören –, war er der – der Zauberer, der Häretiker?« Er sah die Bestürzung in Deoris' Augen, den schmerzlich verzogenen Mund und brach ab.

Nari hob den Kopf und piepste: »Was ist ein Häretiker?«

Sofort bereute Micail seine Unbedachtsamkeit. Er stellte sich auf seine langen Beine und hievte den kleinen Jungen auf seine Schulter. »Ein Häretiker ist ein Mann, der böse Dinge tut, und er wird etwas ganz Böses tun und dich ins Meer werfen, wenn du nicht aufhörst, Deoris mit dummen Fragen zu quälen! Sieh mal, ich glaube, das Schiff dort will Anker werfen. Komm, wir sehen es uns an; ich trage dich hin!

Nari krähte vor Entzücken, und Micail galoppierte mit ihm davon. Bald waren sie nur noch zwei winzige Figuren weit weg am Wasser.

Deoris erwachte aus ihrem Tagtraum. Tirikis Hand schlüpfte in ihre, und das Mädchen sagte leise: »Ich wollte dich nicht quälen, Deoris. Ich mußte mich nur vergewissern, daß – daß Micail und ich nicht von zwei Seiten her verwandt sind –« Sie errötete, und dann rief sie beschwörend: »Oh, Deoris, du weißt doch sicher, warum!« Zum erstenmal hielt Tiriki ihr Gesicht freiwillig ihrer Mutter zum Kuß hin.

Deoris nahm das schlanke Mädchen in die Arme. »Natürlich weiß ich es, meine kleine Blume, und ich bin sehr glücklich darüber. Komm – sollen wir uns das Schiff auch ansehen?« Hand in Hand folgten sie den Spuren von Micails eiligen Füßen durch den Sand, bis alle vier wieder beisammenstanden.

Deoris nahm ihren Sohn auf den Arm (Nari wenigstens gehörte ihr allein, dachte sie) und hörte lächelnd zu, was Micail, den Arm um Tiriki gelegt, über das Segelschiff erzählte, das gerade in den Hafen glitt. Die Liebe zum Meer lag ihm im Blut wie seinem Vater: auf der langen Fahrt vom Alten Land hierher war er verrückt vor Freude gewesen . . .

»Ob das Schiff wohl aus dem Alten Land kommt?« fragte Tiriki neugierig.

»Das sollte mich nicht überraschen«, antwortete Micail weise. »Sieh nur – sie lassen ein Boot zu Wasser; das ist merkwürdig, normalerweise landen die Boote nicht hier am Tempel, sondern erst in der Stadt –«

»Im ersten Boot ist ein Priester«, stellte Tiriki fest, als das kleine Fahrzeug den Strand erreichte. Sechs Männer, gewöhnliche Seeleute, gingen auf dem unteren Weg davon. Der siebte jedoch stand still und blickte nach oben, wo der Tempel wie ein weißer Stern auf dem Gipfel schimmerte. Deoris blieb fast das Herz stehen, es war –

»Rajasta!« rief Micail voller Freude, vergaß seine neugewonnene Würde und rannte über den Sand auf den weißgekleideten Mann zu.

Der Priester wandte den Kopf, und sein Gesicht strahlte. Er nahm Micail in die Arme. »Mein lieber, lieber Sohn!« Deoris, die mit ihren Kindern langsam folgte, sah, daß das Gesicht des alten Wächters naß von Tränen war.

Den Arm um Micail gelegt, begrüßte Rajasta die anderen. Deoris wollte niederknien, aber er faßte sie mit seinem freien Arm. »Töchterchen, dies ist ein glückliches Omen für meine Mission«, sagte er zu ihr.

Deoris zog Tiriki nach vorn. »Ein Wunder ist geschehen, mein Vater, denn als ich hier ankam, fand ich – meine eigene kleine Tochter in Domaris' Obhut.«

Rajastas Lächeln war wie ein Segen. »Das wußte ich, meine Tochter, denn Reio-ta hatte mir von seinem Plan erzählt.«

»Du wußtest es? Und in all diesen Jahren hast du mir nie etwas davon gesagt?« Deoris senkte den Kopf. Es war wohl tatsächlich klüger gewesen, sie in dem Glauben zu lassen, sie habe ihr Kind für immer verloren.

Tiriki klammerte sich verschämt an Deoris, und Rajasta legte die Hand auf ihren seidigen Kopf. »Hab' keine Angst, Kleine; ich kannte deine Mutter, als sie jünger war als du jetzt, und auch deinen Vater habe ich gut gekannt, wir waren miteinander verwandt und du kannst mich ruhig Onkel nennen.«

Nari lugte hinter seiner Schwester hervor. »Mein Vater ist ein Priester!« sagte er keck. »Bist du auch mein Onkel, Wächter?«

»Deiner auch«, sagte Rajasta und strich ihm über die wirren Locken. »Geht es Domaris gut, meine Tochter?«

Deoris wurde vor Bestürzung blaß. »Hast du ihren Brief denn nicht erhalten? Weißt du nicht, wie es um sie steht?«

Rajasta wechselte die Farbe. »Nein, ich weiß von gar nichts; im Tempel geht alles drunter und drüber, Deoris, wir bekommen keine Briefe mehr. Ich bin in Tempelangelegenheiten gekommen, obwohl ich mich natürlich darauf gefreut habe, euch beide wiederzusehen. Was ist mit Domaris?«

»Sie liegt im Sterben.« Deoris versagte die Stimme.

Die bleichen Wangen des Priesters wirkten eingefallen – zum erstenmal bemerkte Deoris, daß Rajasta ein müder, alter Mann geworden war. »Ich hatte in letzter Zeit Angst um sie, denn ich spürte irgendwie, daß ein Verhängnis über ihr lag.«

Der Wächter sah nun in Micails junges, stolzes Gesicht. »Du siehst deinem Vater inzwischen sehr ähnlich, mein Sohn. Du hast seine Augen . . .« Bei sich dachte Rajasta: *Und Domaris gleicht er ebenfalls.* Er war tief bekümmert, daß Domaris, die er mehr als eine Tochter geliebt hatte – keiner seiner eigenen Nachkommen war ihm auch nur halb so teuer gewesen –, schon so früh sterben mußte. *Der wesentlichste Teil von Domaris,* erinnerte er sich jedoch traurig, *ist ohnehin schon lange tot . . .*

Vor der Wohnresidenz der Priesterinnen schickten Rajasta und Deoris die Kinder fort. Sie stiegen allein die Treppen hinauf.

»Du wirst sehen, wie sie sich verändert hat«, sagte Deoris vorsichtig.

»Ich kann es mir vorstellen.« Rajastas Stimme verriet seinen tiefen Kummer, und er stützte sich schwer auf den Arm der jungen Frau. Deoris klopfte leise an die Tür.

»Deoris?« fragte eine schwache Stimme von drinnen. Deoris trat zur Seite, um dem Wächter den Vortritt zu lassen. Sie hörte, wie Domaris noch einmal »Deoris?« fragte – und dann vernahm sie einen glücklichen Aufschrei: »Rajasta, Rajasta – mein Vater!«

Domaris' Stimme war nur noch ein Schluchzen, und Rajasta eilte zu ihr. Sie versuchte, sich aufzurichten, aber ihr Gesicht verzog sich vor Schmerz und sie sank in die Kissen zurück. Rajasta nahm sie behutsam in die Arme. »Domaris, mein Kind, mein liebes Kind!«

Deoris entfernte sich leise und ließ die beiden allein.

Deoris stand auf der Terrasse und lauschte auf die Rufe der Tempelkinder in den unteren Gärten. Da hörte sie leise Schritte hinter sich, drehte sich um und erblickte Reio-ta, der sie freundlich ansah.

»Ist Rajasta bei Domaris?« erkundigte er sich.

Deoris nickte, und ihr Gesicht wurde traurig. »Nur die Hoffnung, ihn wiederzusehen hat sie am Leben gehalten. Jetzt wird es nicht mehr lange dauern . . .«

Reio-ta ergriff ihre Hand. »Du darfst nicht trauern, Deoris. Sie ist seit vielen Jahren – nicht mehr richtig lebendig gewesen.«

»Ich trauere nicht um sie«, gestand Deoris, »sondern um mich. Ich bin viel zu selbstsüchtig – das bin ich immer gewesen –, und wenn sie geht, bin ich ganz allein.«

»Nein«, widersprach Reio-ta, »du wirst nicht allein sein.« Plötzlich fand sich Deoris in seinen Armen wieder, und sein Mund lag auf ihrem. »Deoris«, flüsterte er, »ich habe dich von Anfang an geliebt! Von dem Augenblick an, da ich aus tiefer geistiger Umnachtung erwachte und dich auf dem Boden eines Tempels liegen sah, der mir fremd war, zu Füßen eines Graumantels, von dem ich nicht einmal den Namen wußte. Und als ich deine schrecklichen Verbrennungen sah, da liebte ich dich auch, Deoris! Nur das gab mir die Kraft zum – zum Widerstand –«

Sachlich nannte Deoris den Namen, über den Reio-tas Zunge nach so vielen Jahren immer noch stolperte. »Zum Widerstand gegen Riveda . . .«

»Könntest du lernen, mich zu lieben?« fragte er bittend. »Oder hält die Vergangenheit dich noch immer gefangen?«

Stumm legte Deoris ihre Hand in seine. Ihr wurde wohl vor Vertrauen und Hoffnung, und sie erkannte, ohne das Gefühl näher zu analysieren, daß sie ihr Leben lang darauf gewartet hatte. Für Reio-ta würde sie nie eine so wahnsinnige Bewunderung empfinden wie für Riveda. Sie hatte Riveda geliebt – nein, sie hatte ihn angebetet wie einen Gott. Arvath hatte sie zur Frau genommen, um einen Sohn und Erben zu haben, zwischen ihnen hatte Freundschaft bestanden und sie waren durch das Kind, das sie ihm an ihrer Schwester Statt geschenkt hatte, miteinander verbunden – aber Leidenschaft hatte Arvath in ihr nicht geweckt. Inzwischen zu vollkommener Reife gelangt, war Deoris willens und fähig, den nächsten Schritt in die Welt der Erfahrungen zu tun. Lächelnd löste sie sich aus seinen Armen. Er ließ sie los und gab ihr das

Lächeln zurück. »Wir sind nicht mehr jung und stürmisch«, sagte er, »wir brauchen nichts zu überstürzen.«

»Alle Zeit gehört uns«, antwortete sie sanft. Von neuem nahm sie seine Hand, und zusammen stiegen sie in die Gärten hinunter.

Die Sonne stand schon niedrig am Horizont, als Rajasta sie alle auf einer Terrasse in der Nähe von Deoris' Wohnung zusammenrief. »Ich habe Domaris nichts davon gesagt«, teilte er ihnen mit, »aber ich möchte euch schon heute abend mitteilen, was ich morgen den Priestern im Tempel vortragen will. Der Tempel in unserer Heimat – der Große Tempel – wird zerstört werden.«

»O nein!« rief Deoris aus.

»Doch«, bestätigte Rajasta mit ernstem Gesicht. »Vor sechs Monaten wurde entdeckt, daß die große Pyramide immer tiefer in die Erde sinkt, und die Küstenlinie ist an vielen Stellen gerissen. Es hat mehrere Erdbeben gegeben. Das Meer dringt immer weiter ins Land vor, und einige der unterirdischen Kammern brechen schon ein. Nicht mehr lange, und der Große Tempel wird von den Wellen des Meeres ertränkt werden.«

Es erhob sich ein Sturm von bestürzten, verwirrten Fragen, die er mit einer Geste zum Verstummen brachte. »Ihr wißt, daß die Pyramide über der Krypta des Verhüllten Gottes steht –«

»Ich wollte, wir wüßten es nicht!« flüsterte Reio-ta ganz leise.

»Diese Krypta ist der Nadir der magnetischen Kräfte der Erde – der Grund, warum die Graumäntel sich so bemühten, sie vor einer Entweihung zu schützen. Aber vor zehn und mehr Jahren –« Unwillkürlich streifte Rajastas Blick Tiriki, die zitternd, mit weit aufgerissenen Augen dasaß – »geschah dort ein schreckliches Sakrileg und es wurden Worte der Macht gesprochen. Reio-ta hatte nur zu recht mit seiner Vermutung; wir hatten die Würmer an unsern Wurzeln nicht ausgerottet . . .« In Rajastas Blick war ein Ausdruck der Angst, als sehe er von neuem Schrecken, die die anderen nicht einmal erraten konnten. »Später wurde das Übel durch noch stärkere Zaubersprüche gebannt, aber – der Verhüllte Gott hatte seine Todeswunde empfangen. Seine letzten Zuckungen werden mehr im Wasser versinken lassen als der Tempel.«

Mit fast tonloser Stimme fuhr Rajasta fort: »Die Worte der Macht haben Felsen gespalten, Materie in ihre Urbestandteile aufgelöst; Vibrationen, die auf einer so niedrigen Ebene begonnen haben, kann man nicht anhalten; sie müssen von selbst ersterben. Täglich zittert die Erde oberhalb der Krypta – und die Beben breiten sich immer mehr aus! In spätestens sieben Jahren werden der Tempel –

und vielleicht die ganze Küste, die Stadt und viele Meilen des Landes im Meer versinken –«

Deoris gab einen halb erstickten Laut des Entsetzens von sich.

Reio-ta senkte den Kopf in schrecklicher Selbsterkenntnis. »Götter!« stieß er hervor. »Ich – ich bin nicht schuldlos daran.«

»Wenn wir schon von Schuld sprechen müssen«, erklärte Rajasta sanfter, als es seine Gewohnheit war, »bin ich nicht weniger schuldig als jeder andere, denn ich war Wächter, als Riveda sich in schwarze Zaubereien verstrickte. Micon weigerte sich in seiner Jugend, einen Sohn zu zeugen, und wagte es deshalb nicht, unter der Folter zu sterben. Ebensowenig dürfen wir den Priester vergessen, der ihn unterrichtete, seine Eltern und die Diener, die ihn aufzogen, den Ururgroßvater des Schiffskapitäns, der Rivedas und meine Großmutter aus Zaiadan brachte . . . Niemand kann Wirkung und Ursache gerecht abwägen, und am wenigstens auf einer Waage wie dieser! Das ist Karma. Gib also deinem Herzen Freiheit, mein Sohn.«

Lange Zeit herrschte Schweigen. Tiriki und Micail hatten sich an den Händen gefaßt und hörten zu, ohne alles genau zu verstehen. Reio-tas Kopf lag auf seinen gefalteten Händen, während Deoris steif wie eine Statue dastand und ihr die Kehle wie von unsichtbaren Händen zugeschnürt wurde.

Schließlich fuhr sie sich, die Augen trocken, aber im Gesicht kreidebleich, mit der Zunge über die ausgedörrten Lippen und fragte heiser: »Das ist – noch nicht alles, nicht wahr?«

Rajasta nickte traurig. »Nein, es ist nicht alles. Vielleicht wird die Katastrophe in zehn Jahren auch Atlantis erreichen. Diese Erdbeben breiten sich immer weiter aus, rund um den Globus. Die Stelle hier, wo wir jetzt stehen, mag eines Tages in viele Teile zerbrochen sein und unter Wasser liegen – und es kann geschehen, daß nirgends ein sicherer Ort bleibt. Ich für meine Person glaube nicht, daß es soweit kommt! Menschenleben sind nicht sehr wichtig – diejenigen, denen es bestimmt ist, daß sie am Leben bleiben sollen, werden leben, und wenn sie sich Kiemen wachsen lassen müssen wie die Fische und ihre Tage damit verbringen, unvorstellbare Tiefen zu durchschwimmen; oder sie werden Flügel bekommen und als Vögel in der Luft schweben, bis das Wasser zurückweicht. Und diejenigen, die die Saat ihres eigenen Todes ausgestreut haben, werden sterben, und seien sie noch so klug und entschlossen . . . Aber damit nicht noch schlimmeres Karma erzeugt wird, dürfen die Geheimnisse der Wahrheit, die im Tempel aufbewahrt werden, nicht sterben.«

»Wenn – wenn es so kommt, wie du sagst, wie können sie gerettet werden?« fragte Reio-ta.

Rajasta sah erst ihn, dann Micail an. »Einige Teile der Erde sind nicht bedroht, glaube ich. Dort werden sich neue Tempel erheben, wo das Wissen aufgenommen und bewahrt werden kann. Die Weisheit unserer Welt mag in alle vier Winde zerstreut werden und für Äonen verschwinden – für immer sterben wird sie nicht. Ein solcher Tempel wird unter dem Schutz deiner Hand liegen, Micail.«

Micail fuhr zusammen. »Unter meiner Hand? Ich bin doch nur ein Junge!«

»Sohn von Ahtarrath«, sprach Rajasta feierlich, »im allgemeinen ist es dem Menschen verboten, sein Schicksal zu erfahren, weil er sich sonst zu leicht auf die Götter verläßt und keinen Gebrauch von seiner eigenen Kraft mehr macht . . . Du jedoch mußt es wissen und dich darauf vorbereiten! Reio-ta wird dir dabei helfen. Obwohl er für seine Person von einem hohen Aufstieg ausgeschlossen ist, werden doch die Söhne seines Blutes die Macht von Ahtarrath erben.«

Micail blickte auf seine schlanken, kräftigen Hände nieder, und Deoris erinnerte sich plötzlich an zwei sonnenbraune, magere, verkrüppelte Hände, die auf einer Tischplatte lagen . . . Micail warf den Kopf zurück und begegnete Rajastas Blick. »Dann, mein Vater«, sagte er und reichte Tiriki die Hand, »möchten wir heiraten, so bald es möglich ist!«

Rajasta sah Rivedas Tochter nachdenklich an. »So sei es. Vor langer Zeit, als ich noch jung war, hat es eine Prophezeiung gegeben: *Ein Kind wird geboren werden einem Haus, das erst aufgestiegen, dann gefallen ist, ein Kind, das ein neues Haus begründen wird, um die bösen Taten des Vaters für immer auszulöschen.* Wieder sah er Tiriki in das kindliche Gesicht, doch was er erblickte, veranlaßte ihn, zustimmend den Kopf zu neigen und fortzufahren: »Du bist jung, aber die neue Welt wird hauptsächlich den Jungen gehören! Auch das ist gut, denn es ist Karma.«

Erschauernd fragte Tiriki: »Werden denn nur die Priester gerettet?«

»Natürlich nicht«, wies Rajasta sie sanft zurecht. »Nicht einmal die Priester können beurteilen, wer sterben und wer überleben soll. Die Menschen, die nicht zur Priesterschaft gehören, wird man vor der Gefahr warnen und ihnen mitteilen, wo sie Zuflucht finden können, und ihnen in jeder Weise helfen – nur können wir sie, anders als die Priester, nicht dazu zwingen, sich zu retten. Viele werden uns mit Unglauben begegnen und verspotten, und selbst die es nicht tun, mögen sich weigern, ihre Heimat und ihren Besitz zu verlassen. Es wird Menschen geben, die ihr Vertrauen auf Höhlen, auf hohe Berge oder Schiffe setzen – und wer weiß, vielleicht tun sie recht daran und machen es besser als wir. Leiden und sterben werden solche, die den Samen ihres eigenen Endes gesät haben.«

Rajasta streckte ihnen die Hände entgegen. »Ich sehe uns in einer anderen Zeit«, prophezeite er. »Wir sind zerstreut, aber wir kommen alle wieder zusammen. Bande sind in diesem Leben geschmiedet worden, die es verhindern, daß wir jemals getrennt werden. Sie alle, Micon, Domaris, Talkannon, Riveda – und auch Demira, deine Schwester, die du, Tiriki, nie kennengelernt hast – haben sich nur von einer einzigen Szene eines niemals endenden Dramas zurückgezogen. Sie werden sich verwandeln – und an uns gebunden bleiben, und solange die Zeit besteht, wird auch dies Band bestehen. Das ist Karma.«

Als Rajasta gegangen war, überließ sich Domaris träumerischen Gedanken, die in keinem Zusammenhang mit den Schmerzen und der Schwäche ihres verbrauchten Körpers standen. Micons Gesicht und Stimme waren ihr nahe, und sie spürte seine Hand auf ihrem Arm – nicht die leise, vorsichtige Berührung seiner verkrüppelten Hände, sondern einen kräftigen, energischen Griff um ihr Handgelenk. Domaris glaubte nicht, daß der Tod eine sofortige Wiedervereinigung mit sich brachte. Sie vertraute indes darauf, daß Micon und sie Bande der Liebe geknüpft hatten, die sie wieder zusammenführen würden, ein einziger leuchtender Strang in dem Gewebe der Dunkelheit, das sie miteinander verband. Sie mochten in vielen zukünftigen Leben getrennt bleiben, während andere Verbindungen eingegangen und Verpflichtungen erfüllt werden mußten, aber sie würden sich wiedersehen. Domaris bedauerte nur, daß sie in diesem Leben nicht mehr sehen würde, wie Micail zum Mann heranwuchs und welches Mädchen er eines Tages zur Frau erwählte.

Dann erkannte sie mit der Klarheit einer Sterbenden, daß sie nicht darauf zu warten brauchte, die Mutter von Micails Kindern kennenzulernen. Sie hatte sie in ihrem einsamen Exil selbst aufgezogen, hatte das ungeborene Mädchen der Göttin angelobt, der sie alle dienten. Das fröhliche Lächeln von früher lag auf Domaris' Gesicht. Sie öffnete die Augen und sah Micon vor sich . . . *Micon?* Nein, das dunkle Gesicht war von Haaren gekrönt, die leuchteten wie einst ihre eigenen, und das Lächeln, das ihr antwortete, war jung und ebenso unsicher wie der Griff der mageren Jungenhand um ihre. Hinter ihm nahm sie für einen Augenblick Deoris wahr; nicht die gesetzte Priesterin, sondern das Kind mit den tanzenden, windzerzausten Locken, dies abwechselnd fröhliche und mürrische Kind, das in ihrer sonst sorgenfreien Mädchenzeit ihre einzige Sorge und gleichzeitig ihr Entzücken gewesen war. Auch Rajasta war da, sah bald gütig, bald streng aus, und neben ihm war das Lächeln Reio-tas.

Alle sind sie meine Lieben, dachte sie und hätte es beinahe laut ausgesprochen, als sie plötzlich das helle Haar des kleinen *saji*-Mädchens, der Namenlosen, sah, die sich an jenem Tag im Grauen Tempel von Karahamas Seite weggestohlen hatte, um Domaris zu Deoris zu führen – aber darüber war die Zeit hinweggegangen. Es war das Gesicht Tirikis, gerötet vom Weinen, das aus dem Licht heranschwamm. Domaris' Gesicht war ganz von einem heiteren Lächeln beseelt, das in jedes Herz hineinstrahlte.

Micon flüsterte: »Herz der Flamme.« Oder war es Rajasta, der das alte Kosewort mit zitternder Stimme ausgesprochen hatte? Domaris erkannte keine Einzelheiten mehr, aber sie spürte, daß Deoris sich in dem trüben Licht über sie beugte. »Kleine Schwester«, hauchte Domaris – »Nein, du bist nicht mehr klein . . .«

»Du siehst – so glücklich aus, Domaris«, wunderte sich Deoris.

»Ich bin auch sehr glücklich«, antwortete sie, und in ihren glänzenden Augen spiegelten sich alle ihre Gesichter wider. Eine Sorge, die halb Schmerz war, verdunkelte für einen Augenblick die helle Freude. Sie bewegte sich und stöhnte: *»Micon!«*

Micail umfaßte fest ihre Hand. »Domaris!«

Von neuem öffneten sich ihre Augen, jetzt strahlten sie vor Freude. »Sohn der Sonne«, sagte sie ganz deutlich. »Nun – beginnt alles von neuem.« Sie legte ihr Gesicht aufs Kissen und schlief ein, und in ihren Träumen saß sie wieder im Gras unter dem alten, schattenspendenden Baum des Tempelgartens ihrer Heimat, während Micon sie umschlungen hielt und ihr leise etwas ins Ohr sagte . . .

Domaris starb kurz vor dem Morgengrauen, ohne noch einmal aufzuwachen. Als die Vögel vor ihrem Fenster zirpten, bewegte sie sich ein bißchen, hauchte: »Wie ruhig der Teich heute ist –« und dann fielen ihre Hände leblos über den Bettrand.

Während Micail und Tiriki sich hilfesuchend in den Armen lagen und schluchzten, trat Deoris auf den Balkon, wo sie lange Zeit bewegungslos stand und in die Gräue von Meer und Himmel hinaussah. Ihr kamen keine klaren Gedanken, sie empfand nicht einmal Verlust oder Leid. Daß Domaris sterben mußte, war ihr seit Monaten bewußt, und dies war nur das lange erwartete Ende. *Domaris für immer tot? Unmöglich!* Der erschöpfte, Schmerzen leidende Teil von ihr war verschwunden, und sie lebte von neuem, jung, behende und schön . . .

Deoris hörte Reio-ta erst, als er sie mit Namen anrief. Sie wandte sich um. In seinen Augen stand eine Frage – in ihren die Antwort. Worte waren überflüssig.

»Ist sie von uns gegangen?« fragte Reio-ta.

»Sie ist befreit«, antwortete Deoris.

»Und die Kinder –?«

»Sie sind jung; sie müssen weinen. Laß sie nur um sie trauern, wie sie möchten.«

Sie blieben in ihrem Schweigen eine Weile allein. Dann kamen Tiriki und Micail zu ihnen. Tirikis Gesicht war geschwollen vom vielen Weinen, und Micails Augen waren rot über den fleckigen Wangen, aber seine Stimme klang fest, als er sagte: »Deoris?« und zu ihr trat. Tiriki schlang die Arme um ihren Pflegevater. Reio-ta zog sie an sich und sah über ihren blonden Kopf hinweg Deoris an. Sie wiederum blickte stumm von dem Jungen in ihren Armen zu dem Mädchen, das sich an den Priester klammerte, und dachte: *Es ist gut so. Sie sind unsere Kinder. Wir werden bei ihnen bleiben.*

Und dann erinnerte sie sich an zwei Männer, die sich gegenüberstanden, in allen Dingen Gegner, und doch bis ans Ende der Zeit miteinander verbunden, ebenso wie sie und Domaris. Ihre Schwester war gegangen, Micon war gegangen, Riveda, Demira, Karahama – sie waren auf ihre Plätze in der Zeit zurückgekehrt. Aber sie würden wiederkommen, denn der Tod war nichts Endgültiges.

Rajasta schloß sich ihnen an, das alte Gesicht ruhig und heiter, und begann, die Morgenhymne zu intonieren:

»In Schönheit steigst du auf am Horizont des Ostens,
O östlicher Stern, ergieße dein Licht in den neuen Tag;
Geh auf, schöner Tagesstern!
Freude und Lebensspender, erwache,
Herr und Lebensspender –«

»Seht! Die Nacht ist vorbei«, flüsterte Tiriki.

Deoris lächelte. Durch die Tränen in ihren Augen sah sie das Morgenlicht in Regenbogenfarben. »Der Tag beginnt«, sagte sie, »der neue Tag!« Ihre schöne Stimme nahm die Hymne auf, die bis an den Rand der Welt erklang:

»Tagesstern, schenk uns dein Licht,
Geh auf, schöner Tagesstern!«

Danksagung

Mein Dank gilt Dorothy G. Quinn, die mir viele Jahre – ich denke nur ungern darüber nach *wie* viele – Freundin und Ratgeberin gewesen ist. Sie hat mit mir die Vergangenheit erkundet und gemeinsam mit mir einige Szenen skizziert, in denen die Personen Domaris und Micon umrissen werden. Seitdem ist das Buch viermal umgeschrieben worden, und Dorothy würde ihr Geisteskind wahrscheinlich nicht wiedererkennen. Aber es war sie, mit der gemeinsam ich die ersten Schritte auf diesem Weg getan habe, und ich fühle mich ihr unendlich verpflichtet.

Ich danke auch meinem Sohn David R. Bradley, der dem Manuskript den letzten Schliff gab und aus verschiedenen Quellen, u. a. aus unveröffentlichten Schriften seines verstorbenen Vaters Robert A. Bradley, die philosophischen Exzerpte beigesteuert hat, die den einzelnen Kapiteln vorangestellt sind.

Marion Zimmer Bradley